巴金故居
Former Residence of Ba Jin

巴金研究会
Ba Jin Literary Association

萧珊
著

XIAOSHAN WENCUN

萧珊文存 ①

巴金故居　巴金研究会 策划

上海人民出版社

萧珊（1918 年 1 月 8 日—1972 年 8 月 13 日）

萧珊，摄于 20 世纪 30 年代

1937 年，萧珊与巴金，摄于苏州青阳港

萧珊，1939 年 8 月 28 日摄于昆明
金殿的树上，时在西南联大就读

1946 年 1 月中旬，与女儿小林，摄于
重庆民国路文化生活出版社外

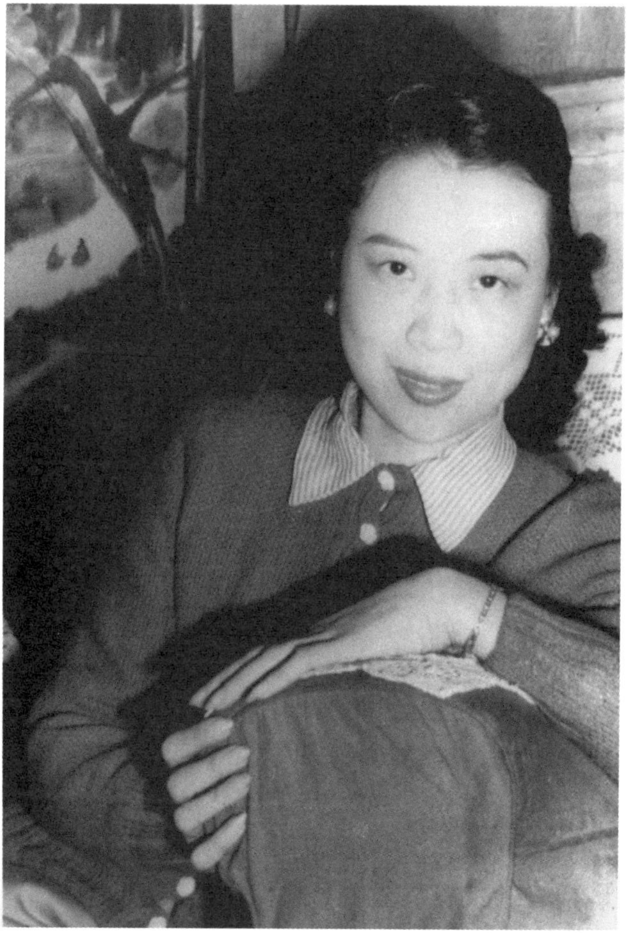

抗战胜利后，摄于霞飞坊 59 号

巴金与萧珊，20 世纪 50 年代初摄于上海虹桥公墓

1951 春，巴金与萧珊、女儿小林、儿子小棠，摄于复兴公园

1961 年夏，巴金一家在黄山紫云楼

巴金夫妇与儿子小棠，1964 年在五台山

巴金、李小林、李国煣、萧珊、李小棠（从左至右），20 世纪 60 年代初摄于武康路寓所走廊

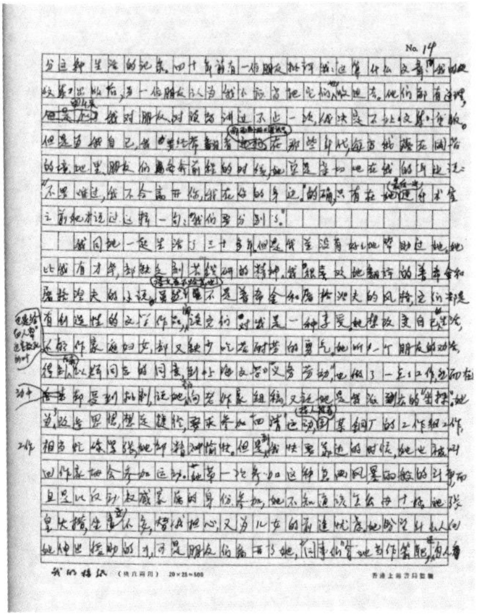

巴金《怀念萧珊》手稿（部分）

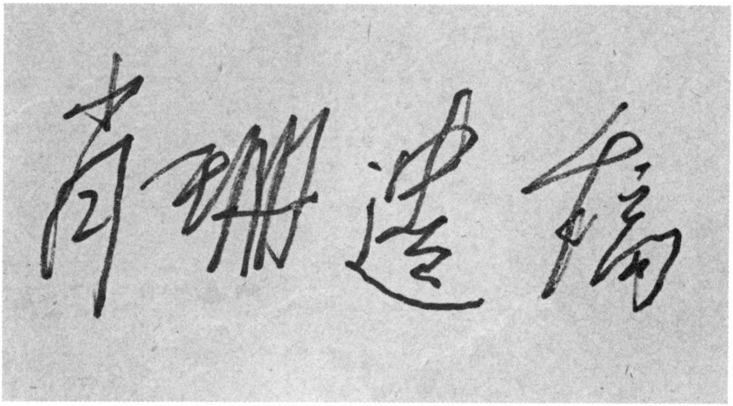

巴金手书“萧珊遗稿”

代序一：怀念萧珊

巴　金

一

今天是萧珊逝世的六周年纪念日。六年前的光景还非常鲜明地出现在我的眼前。那一天我从火葬场回到家中，一切都是乱糟糟的，过了两三天我渐渐地安静下来了，一个人坐在书桌前，想写一篇纪念她的文章。在五十年前我就有了这样一种习惯：有感情无处倾吐时我经常求助于纸笔。可是一九七二年八月里那几天，我每天坐三四个小时望着面前摊开的稿纸，却写不出一句话。我痛苦地想，难道给关了几年的“牛棚”，真的就变成“牛”了？头上仿佛压了一块大石头，思想好像冻结了一样。我索性放下笔，什么也不写了。

六年过去了。林彪、“四人帮”及其爪牙们的确把我搞得很“狼狈”，但我还是活下来了，而且偏偏活得比较健康，脑子也并不糊涂，有时还可以写一两篇文章。最近我经常去火葬场，参加老朋友们的骨灰安放仪式。在大厅里，我想起许多事情。同样地奏着哀乐，我的思想却从挤满了人的大厅转到只有二三十个人的中厅里去了，我们正在用哭声向萧珊的遗体告别。我记起了《家》里面觉新说过的一句话：“好像珏死了，也是一个不祥的鬼。”四十七年前我写这句话的时候，怎么想得到我是在写自己！我没有流眼泪，可是我觉得有无数锋利的指甲在搔我的心。我站在死者遗体旁边，望着那张惨白色的脸，那两片咽下千言万语的嘴唇，我咬紧牙齿，在心里唤着死者的名字。我想，我比她大十三岁，为什么不让我先死？我想，这是多么不公平！她究竟犯了什么罪？她也给关进“牛棚”，挂上“牛鬼蛇神”的小纸牌，还扫过马路。究竟为什么？理由很简单，她是我的妻子。她患了病，得不到治疗，也因为她是我的妻子。想尽办法一直到逝世前三个星期，靠开后门她才住进医院。但是癌细胞已经扩散，肠癌变成了肝癌。

她不想死，她要活，她愿意改造思想，她愿意看到社会主义建成。这个愿望总不能说是痴心妄想吧。她本来可以活下去，倘使她不是“黑老K”的“臭婆娘”。一句话，是我连累了她，是我害了她。

在我靠边的几年中间，我所受到的精神折磨她也同样受到。但是我并未挨过打，她却挨了“北京来的红卫兵”的铜头皮带，留在她左眼上的黑圈好几天以后才褪尽。她挨打只是为了保护我，她看见那些年轻人深夜闯进来，害怕他们把我揪走，便溜出大门，到对面派出所去，请民警同志出来干预。那里只有一个人值班，不敢管。当着民警的面，她被他们用铜头皮带狠狠抽了一下，给押了回来，同我一起关在马桶间里。

她不仅分担了我的痛苦，还给了我不少的安慰和鼓励。在“四害”横行的时候，我在原单位（中国作家协会上海分会）给人当做“罪人”和“贱民”看待，日子十分难过，有时到晚上九十点钟才能回家。我进了门看到她的面容，满脑子的乌云都消散了。我有什么委屈、牢骚，都可以向她尽情倾吐。有一个时期我和她每晚临睡前要服两粒眠尔通才能够闭眼，可是天刚刚发白就都醒了。我唤她，她也唤我。我诉苦般地说：“日子难过啊！”她也用同样的声音回答：“日子难过啊！”但

3

是她马上加一句："要坚持下去。"或者再加一句："坚持就是胜利。"我说"日子难过"，因为在那一段时间里，我每天在"牛棚"里面劳动、学习、写交代、写检查、写思想汇报。任何人都可以责骂我、教训我、指挥我。从外地到"作协分会"来串联的人可以随意点名叫我出去"示众"，还要自报罪行。上下班不限时间，由管理"牛棚"的"监督组"随意决定。任何人都可以闯进我家里来，高兴拿什么就拿走什么。这个时候大规模的群众性批斗和电视批斗大会还没有开始，但已经越来越逼近了。

她说"日子难过"，因为她给两次揪到机关，靠边劳动，后来也常常参加陪斗。在淮海中路"大批判专栏"上张贴着批判我的罪行的大字报，我一家人的名字都给写出来"示众"，不用说"臭婆娘"的大名占着显著的地位。这些文字像虫子一样咬痛她的心。她让上海戏剧学院"狂妄派"学生突然袭击、揪到"作协分会"去的时候，在我家大门上还贴了一张揭露她的所谓罪行的大字报。幸好当天夜里我儿子把它撕毁。否则这一张大字报就会要了她的命！

人们的白眼，人们的冷嘲热骂蚕蚀着她的身心。我看出来她的健康逐渐遭到损害。表面上的平静是虚假的。内心的痛苦像一锅煮沸的水，她怎么能遮盖住！怎么能使它平静！她不断地给我安慰，对我表示信任，替我感到不平。然而她看到我的问题一天天地变得严重，上面对我的压力一天天地增加，她又非常担心。有时同我一起上班或者下班，走近巨鹿路口，快到"作协分会"，或者走近湖南路口，快到我们家，她总是抬不起头。我理解她，同情她，也非常担心她经受不起沉重的打击。我记得有一天到了平常下班的时间，我们没有受到留难，回到家里她比较高兴，到厨房去烧菜。我翻看当天的报纸，在第三版上看到当时做了“作协分会”的“头头”的两个工人作家写的文章《彻底揭露巴金的反革命真面目》。真是当头一棒！我看了两三行，连忙把报纸藏起来，我害怕让她看见。她端着烧好的菜出来，脸上还带笑容，吃饭时她有说有笑。饭后她要看报，我企图把她的注意力引到别处。但是没有用，她找到了报纸。她的笑容一下子完全消失。这一夜她再没有讲话，早早地进了房间。我后来发现她躺在床上小声哭着。一个安静的夜晚给破坏了。今天回想当时的情景，她那张满是泪痕的脸还在我的眼前。我多么愿意让她的泪痕消失，笑容在她那憔悴的脸上重现，即使减少我几年的生命来换取我们家庭生活中一个宁静的夜晚，我也心甘情愿！

二

我听周信芳同志的媳妇说，周的夫人在逝世前经常被打手们拉出去当做皮球推来推去，打得遍体鳞伤。有人劝她躲开，她说：“我躲开，他们就要这样对付周先生了。”萧珊并未受到这种新式体罚。可是她在精神上给别人当皮球打来打去。她也有这样的想法：她多受一点精神折磨，可以减轻对我的压力。其实这是她一片痴心，结果只苦了她自己。我看见她一天天地憔悴下去，我看见她的生命之火逐渐熄灭，我多么痛心。我劝她，安慰她，我想拉住她，一点也没有用。

她常常问我：“你的问题什么时候才解决呢?”我苦笑着说：“总有一天会解决的。”她叹口气说：“我恐怕等不到那个时候了。”后来她病倒了，有人劝她打电话找我回家，她不知从哪里得来的消息，她说：

"他在写检查，不要打岔他。他的问题大概可以解决了。"等到我从五·七干校回家休假，她已经不能起床。她还问我检查写得怎样，问题是否可以解决。我当时的确在写检查，而且已经写了好几次了。他们要我写，只是为了消耗我的生命。但她怎么能理解呢？

这时离她逝世不过两个多月，癌细胞已经扩散，可是我们不知道，想找医生给她认真检查一次，也毫无办法。平日去医院挂号看门诊，等了许久才见到医生或者实习医生，随便给开个药方就算解决问题。只有在发烧到摄氏三十九度才有资格挂急诊号，或者还可以在病人拥挤的观察室里待上一天半天。当时去医院看病找交通工具也很困难，常常是我女婿借了自行车来，让她坐在车上，他慢慢地推着走。有一次她雇到小三轮车去看病，看好门诊回家雇不到车了，只好同陪她看病的朋友一起慢慢地走回来，走走停停，走到街口，她快要倒下了，只得请求行人到我们家通知。她一个表侄正好来探病，就由他去把她背了回家。她希望拍一张X光片子查一查肠子有什么病，但是办不到。后来靠了她一位亲戚帮忙开后门两次拍片，才查出她患肠癌。以后又靠朋友设法开后门住进了医院。她自己还很高兴，以为得救了。只有她一个人不知真实的病情，她在医院里只活了三个星期。

我休假回家假期满了，我又请过两次假，留在家里照料病人。最多也不到一个月。我看见她病情日趋严重，实在不愿意把她丢开不管，我要求延长假期的时候，我们那个单位的一个"工宣队"头头逼着我第二天就回干校去。我回到家里，她问起来，我无法隐瞒。她叹了一口气，说："你放心去吧。"她把脸掉过去，不让我看她。我女儿、女婿看到这种情景，自告奋勇跑到巨鹿路向那位"工宣队"头头解释，希望同意我在市区多留些日子照料病人。可是那个头头“执法如山”，还说：他不是医生，留在家里，有什么用！“留在家里对他改造不利！”他们气愤地回到家中，只说机关不同意，后来才对我传达了这句“名言”。我还能讲什么呢？明天回干校去！

整个晚上她睡不好，我更睡不好。出乎意外，第二天一早我那个插队落户的儿子在我们房间里出现了，他是昨天半夜里到的。他得到了家信，请假回家看母亲，却没有想到母亲病成这样。我见了他一面，把他母亲交给他，就回干校去了。

在车上我的情绪很不好。我实在想不通为什么会有这样的事情。我在干校待了五天，无法同家里通消息。我已经猜到她的病不轻了。可是人们不让我过问她的事情。这五天是多么难熬的日子！到第五天晚上干校的造反派头头通知我们全体第二天一早回市区开会。这样我才又回到了家，见到我的爱人。靠了朋友帮忙，她可以住进中山医院肝癌病房，一切都准备好，她第二天就要住院了。她多么希望住院前见我一面，我终于回来了。连我也没有想到她的病情发展得这么快。我们见了面，我一句话也讲不出来。她说了一句：“我到底住院了。”我答说：“你安心治疗吧。”她父亲也来看她，老人家双目失明，去医院探病有困难，可能是来同他的女儿告别了。

我吃过中饭，就去参加给别人戴上反革命帽子的大会，受批判、戴帽子的人不止一个，其中有一个我的熟人王若望同志，他过去也是作家，不过比我年轻。我们一起在“牛棚”里关过一个时期，他的罪名是“摘帽右派”。他不服，不听话，他贴出大字报，声明“自己解放自己”，因此罪名越搞越大，给捉去关了一个时期不算，还戴上了反革命的帽子监督劳动。在会场里我一直像在做怪梦。开完会回家，见到萧珊我感到格外亲切，仿佛重回人间。可是她不舒服，不想讲话，偶尔讲一句半句。我还记得她讲了两次：“我看不到了。”我连声问她看不到什么？她后来才说：“看不到你解放了。”我还能再讲什么呢？

我儿子在旁边，垂头丧气，精神不好，晚饭只吃了半碗，像是患感冒。她忽然指着他小声说：“他怎么办呢?”他当时在安徽山区农村已经待了三年半，政治上没有人管，生活上不能养活自己，而且因为是我的儿子，给剥夺了好些公民权利。他先学会沉默，后来又学会抽烟。我怀着内疚的心情看着他。我后悔当初不该写小说，更不该生儿育女。我还记得前两年在痛苦难熬的时候她对我说：“孩子们说爸爸做了坏事，害了我们大家。”这好像用刀子在割我身上的肉。我没有出声，我把泪水全吞在肚里。她睡了一觉醒过来忽然问我：“你明天不去了?”我说：“不去了。”就是那个“工宣队”头头今天通知我不用再去干校就留在市区。他还问我：“你知道萧珊是什么病?”我答说：“知道。”其实家里瞒住我，不给我知道真相，我还是从他这句问话里猜到的。

三

第二天早晨她动身去医院，一个朋友和我女儿、女婿陪她去。她穿好衣服等候车来。她显得急躁，又有些留恋，东张张西望望，她也许在想是不是能再看到这里的一切。我送走她，心上反而加了一块大石头。

8

将近二十天里，我每天去医院陪伴她大半天。我照料她，我坐在病床前守着她，同她短短地谈几句话。她的病情恶化，一天天衰弱下去，肚子却一天天大起来，行动越来越不方便。当时病房里没有人照料，生活方面除饮食外一切都必须自理。后来听同病房的人称赞她“坚强”，说她每天早晚都默默地挣扎着下了床，走到厕所。医生对我们谈起，病人的身体经不住手术，最怕的是她的肠子堵塞，要是不堵塞，还可以拖延一个时期。她住院后的半个月是一九六六年八月以来我既感痛苦又感到幸福的一段时间，是我和她在一起度过的最后的平静的时刻，我今天还不能将它忘记。但是半个月以后，她的病情又有了发展，一天吃中饭的时候，医生通知我儿子找我去谈话。他告诉我：病人的肠子给堵住了，必须开刀。开刀不一定有把握，也许中途出毛病。但是不开刀，后果更不堪设想。他要我决定，并且要我劝她同意。我做了决定，就去病房对她解释。我讲完话，她只说了一句：“看来，我们要分别了。”她望着我，眼睛里全是泪水。我说：“不会的……”我的声音哑了。接着护士长来安慰她，对她说：“我陪你，不要紧的。”她回答：“你陪我就好。”时间很紧迫，医生、护士们很快做好了准备，她给送进手术室去了，是她的表侄把她推到手术室门口的。我们就在外面廊上等了好几个小时，等到她平安地给送出来，由儿子把她推回到病房去。儿子还在她的身边守过一个夜晚。过两天他也病倒了，查出来他患肝炎，是从安徽农村带回来的。本来我们想瞒住他的母亲，可是无意间让他母亲知道了。她不断地问：“儿子怎么样？”我自己也不知道儿子怎么样，我怎么能使她放心呢？晚上回到家，走进空空的、静静的房间，我几乎要叫出声来：“一切都朝我的头打下来吧，让所有的灾祸都来吧。我受得住！”

我应当感谢那位热心而又善良的护士长，她同情我的处境，要我把儿子的事情完全交给她办。她做好安排，陪他看病、检查，让他很快住进别处的隔离病房，得到及时的治疗和护理。他在隔离病房里苦苦地等候母亲病情的好转。母亲躺在病床上，只能有气无力地说几句短短的话，她经常问：“棠棠怎么样？”从她那双含泪的眼睛里我明白她多么想看见她最爱的儿子。但是她已经没有精力多想了。

她每天得输血，打盐水针。她看见我去就断断续续地问我：“输多少西西的血？该怎么办？”我安慰她：“你只管放心。没有问题，治病要紧。”她不止一次地说：“你辛苦了。”我有什么苦呢？我能够为我最亲爱的人做事情，哪怕做一件小事，我也高兴！后来她的身体更不行了。医生给她输氧气，鼻子里整天插着管子。她几次要求拿开，这说明她感到难受，但是听了我们的劝告，她终于忍受下去了。开刀以后她只活了五天。谁也想不到她会去得这么快！五天中间我整天守在病床前，默默地望着她在受苦（我是设身处地感觉到这样的），可是她除了两三次要求搬开床前巨大的氧气筒，三四次表示担心输血较多付不出医药费之外，并没有抱怨过什么。见到熟人她常有这样一种表情：请原谅我麻烦了你们。她非常安静，但并未昏睡，始终睁大两只眼睛。眼睛很大，很美，很亮。我望着，望着，好像在望快要燃尽的烛火。我多么想让这对眼睛永远亮下去！我多么害怕她离开我！我甚至愿意为我那十四卷“邪书”受到千刀万剐，只求她能安静地活下去。

不久前我重读梅林写的《马克思传》，书中引用了马克思给女儿的信里的一段话，讲到马克思夫人的死。信上说：“她很快就咽了气。……这个病具有一种逐渐虚脱的性质，就像由于衰老所致一样。甚至在最后几小时也没有临终的挣扎，而是慢慢地沉入睡乡。她的眼睛比任何时候都更大、更美、更亮!”这段话我记得很清楚。马克思夫人也死于癌症。我默默地望着萧珊那对很大、很美、很亮的眼睛，我想起这段话，稍微得到一点安慰。听说她的确也“没有临终的挣扎”，也是“慢慢地沉入睡乡”。我这样说，因为她离开这个世界的时候，我不在她的身边。那天是星期天，卫生防疫站因为我们家发现了肝炎病人，派人上午来做消毒工作。她的表妹有空愿意到医院去照料她，讲好我们吃过中饭就去接替。没有想到我们刚刚端起饭碗，就得到传呼电话，通知我女儿去医院，说是她妈妈“不行”了。真是晴天霹雳！我和我女儿、女婿赶到医院。她那张病床上连床垫也给拿走了。别人告诉我她在太平间。我们又下了楼赶到那里，在门口遇见表妹。还是她找人帮忙把“咽了气”的病人抬进来的。死者还不曾给放进铁匣子里送进冷库，她躺在担架上，但已经给白布床单包得紧紧的，看不到面容了。我只看到她的名字。我弯下身子，把地上那个还有点人形的白布包拍了好几下，一面哭着唤她的名字。不过几分钟的时间。这算是什么告别呢？

据表妹说，她逝世的时刻，表妹也不知道。她曾经对表妹说：“找医生来。”医生来过，并没有什么。后来她就渐渐地“沉入睡乡”。表妹还以为她在睡眠。一个护士来打针，才发觉她的心脏已经停止跳动了。我没有能同她诀别，我有许多话没有能向她倾吐，她不能没有留下一句遗言就离开我！我后来常常想，她对表妹说：“找医生来”，很可能不是“找医生”，是“找李先生”（她平日这样称呼我）。为什么那天上午偏偏我不在病房呢？家里人都不在她身边，她死得这样凄凉！

我女婿马上打电话给我们仅有的几个亲戚。她的弟媳赶到医院，马上晕了过去。三天以后在龙华火葬场举行告别仪式。她的朋友一个也没有来，因为一则我们没有通知，二则我是一个审查了将近七年的对象。没有悼词，没有吊客，只有一片伤心的哭声。我衷心感谢前来参加仪式的少数亲友和特地来帮忙的我女儿的两三个同学，最后，我跟她的遗体告别，女儿望着遗容哀哭，儿子在隔离病房还不知道把他当做命根子的妈妈已经死亡。值得提说的是她当做自己儿子照顾了好些年的一位亡友的男孩从北京赶来，只为了看见她的最后一面。这个整天同钢铁打交道的技术员，他的心倒不像钢铁那样。他得到电报以后，他爱人对他说："你去吧，你不去一趟，你的心永远安定不了。"我在变了形的她的遗体旁边站了一会。别人给我和她照了相。我痛苦地想：这是最后一次了，即使给我们留下来很难看的形象，我也要珍视这个镜头。

一切都结束了。过了几天我和女儿、女婿到火葬场，领到了她的骨灰盒。在存放室寄存了三年之后，我按期把骨灰盒接回家里。有人劝我把她的骨灰安葬，我宁愿让骨灰盒放在我的寝室里，我感到她仍然和我在一起。

四

梦魇一般的日子终于过去了。六年仿佛一瞬间似的远远地落在后面了。其实哪里是一瞬间！这段时间里有多少流着血和泪的日子啊。不仅是六年，从我开始写这篇短文到现在又过去了半年，半年中我经常在火葬场的大厅里默哀，行礼，为了纪念给"四人帮"迫害致死的朋友。想到他们不能把个人的智慧和才华献给社会主义祖国，我万分惋惜。每次戴上黑纱、插上纸花的同时，我也想起我自己最亲爱的朋友，一个普通的文艺爱好者，一个成绩不大的翻译工作者，一个心地善良的人。她是我的生命的一部分，她的骨灰里有我的泪和血。

她是我的一个读者。一九三六年我在上海第一次同她见面。一九三八年和一九四一年我们两次在桂林像朋友似的住在一起。一九四四年我们在贵阳结婚。我认识她的时候，她还不到二十，对她的成长我应当负很大的责任。她读了我的小说，给我写信，后来见到了我，对我发生了感情。她在中学念书，看见我以前，因为参加学生运动被学校开除，回到家乡住了一个短时期，又出来进另一所学校。倘使不是为了我，她三七、三八年一定去了延安。她同我谈了八年的恋爱，后来到贵阳旅行结婚，只印发了一个通知，没有摆过一桌酒席。从贵阳我和她先后到了重庆，住在民国路文化生活出版社门市部楼梯下七八个平方米的小屋里。她托人买了四只玻璃杯开始组织我们的小家庭。她陪着我经历了各种艰苦生活。在抗日战争紧张的时期，我们一起在日军进城以前十多个小时逃离广州，我们从广东到广西，从昆明到桂林，从金华到温州，我们分散了，又重见，相见后又别离。在我那两册《旅途通讯》中就有一部分这种生活的记录。四十年前有一位朋友批评我："这算什么文章!"我的《文集》出版后，另一位朋友认为我不应当把它们也收进去。他们都有道理，两年来我对朋友、对读者讲过不止一次，我决定不让《文集》重版。但是为我自己，我要经常翻看那两小册《通讯》。在那些年代，每当我落在困苦的境地里、朋友们各奔前程的时候，她总是亲切地在我的耳边说："不要难过，我不会离开你，我在你的身边。”的确，只有在她最后一次进手术室之前她才说过这样一句：“我们要分别了。”

我同她一起生活了三十多年。但是我并没有好好地帮助过她。她比我有才华，却缺乏刻苦钻研的精神。我很喜欢她翻译的普希金和屠格涅夫的小说。虽然译文并不恰当，也不是普希金和屠格涅夫的风格，它们却是有创造性的文学作品，阅读它们对我是一种享受。她想改变自己的生活，不愿做家庭妇女，却又缺少吃苦耐劳的勇气。她听一个朋友的劝告，得到后来也是给“四人帮”迫害致死的叶以群同志的同意，到《上海文学》“义务劳动”，也做了一点点工作，然而在运动中却受到批判，说她专门向老作家组稿，又说她是我派去的“坐探”。她为了改造思想，想走捷径，要求参加“四清”运动，找人推荐到某铜厂的工作组工作，工作相当忙碌、紧张，她却精神愉快。但是到我快要靠边的时候，她也被叫回“作协分会”参加运动。她第一次参加这种疾风暴雨般的斗争，而且是以反动权威家属的身份参加，她不知道该怎么办才好。她张皇失措，坐立不安，替我担心，又为儿女的前途忧虑。她盼望什么人向她伸出援助的手，可是朋友们离开了她，“同事们”拿她当做箭靶，还有人想通过整她来整我。她不是“作协分会”或者刊物的正式工作人员，可是仍然被“勒令”靠边劳动、站队挂牌，放回家以后，又给揪到机关。过一个时期，她写了认罪的检查，第二次给放回家的时候，我们机关的造反派头头却通知里弄委员会罚她扫街。她怕人看见，每天大清早起来，拿着扫帚出门，扫得筋疲力尽，才回到家里，关上大门，吐了一口气。但有时她还碰到上学去的小孩，对她叫骂“巴金的臭婆娘”。我偶尔看见她拿着扫帚回来，不敢正眼看她，我感到负罪的心情，这是对她的一个致命的打击。不到两个月，她病倒了，以后就没有再出去扫街（我妹妹继续扫了一个时期），但是也没有完全恢复健康。尽管她还继续拖了四年，但一直到死她并不曾看到我恢复自由。这就是她的最后，然而绝不是她的结局。她的结局将和我的结局连在一起。

我绝不悲观。我要争取多活。我要为我们社会主义祖国工作到生命的最后一息。在我丧失工作能力的时候，我希望病榻上有萧珊翻译的那几本小说。等到我永远闭上眼睛，就让我的骨灰同她的掺和在一起。

一月十六日写完

（本篇最初连续发表于一九七九年二月二日至五日
香港《大公报·大公园》，后收入《随想录》）

代序二：再忆萧珊

巴金

昨夜梦见萧珊，她拉住我的手，说："你怎么成了这个样子？"我安慰她："我不要紧。"她哭起来。我心里难过，就醒了。

病房里有淡淡的灯光，每夜临睡前陪伴我的儿子或者女婿总是把一盏开着的台灯放在我的床脚。夜并不静，附近通宵施工，似乎在搅拌混凝土。此外我还听见知了的叫声。在数九的冬天哪里来的蝉叫？原来是我的耳鸣。

这一夜我儿子值班，他静静地睡在靠墙放的帆布床上。过了好一阵子，他翻了一个身。

我醒着，我在追寻萧珊的哭声。耳朵倒叫得更响了。……我终于轻轻地唤出了萧珊的名字："蕴珍"。我闭上眼睛，房间马上变换了。

在我们家中，楼下寝室里，她睡在我旁边另一张床上，小声嘱咐我："你有什么委屈，不要瞒我，千万不能吞在肚里啊！"……

在中山医院的病房里，我站在床前，她含泪望着我说："我不愿离开你。没有我，谁来照顾你啊?!"……

在中山医院的太平间，担架上一个带人形的白布包，我弯下身子接连拍着，无声地哭唤："蕴珍，我在这里，我在这里……"

我用铺盖蒙住脸。我真想大叫两声。我快要给憋死了。"我到哪里去找她?!"我连声追问自己。于是我又回到了华东医院的病房。耳边

2

仍是早已习惯的耳鸣。

她离开我十二年了。十二年，多么长的日日夜夜！每次我回到家门口，眼前就出现一张笑脸，一个亲切的声音向我迎来，可是走进院子，却只见一些高高矮矮的没有花的绿树。上了台阶，我环顾四周，她最后一次离家的情景还历历在目：她穿得整整齐齐，有些急躁，有点伤感，又似乎充满希望，走到门口还回头张望……仿佛车子才开走不久，大门刚刚关上。不，她不是从这两扇绿色大铁门出去的。以前门铃也没有这样悦耳的声音。十二年前更不会有开门进来的挎书包的小姑娘。……为什么偏偏她的面影不能在这里再现？为什么不让她看见活泼可爱的小端端？

我仿佛还站在台阶上等待车子的驶近，等待一个人回来。这样长的等待！十二年了！甚至在梦里我也听不见她那清脆的笑声。我记得的只是孩子们捧着她的骨灰盒回家的情景。这骨灰盒起初给放在楼下我的寝室内床前五斗橱上。后来，“文革”收场，封闭了十年的楼上她的睡房启封，我又同骨灰盒一起搬上二楼，她仍然伴着我度过无数的长夜。我摆脱不了那些做不完的梦。总是那一双泪汪汪的眼睛！总是那一副前额皱成“川”字的愁颜！总是那无限关心的叮咛劝告！好像我有满腹的委屈瞒住她，好像我摔倒在泥淖中不能自拔，好像我又给打翻在地让人踏上一脚。……每夜，每夜，我都听见床前骨灰盒里她的小声呼唤，她的低声哭泣。

怎么我今天还做这样的梦？怎么我现在还甩不掉那种种精神的枷锁？……悲伤没有用。我必须结束那一切梦景。我应当振作起来，即使是最后的一次。骨灰盒还放在我的家中，亲爱的面容还印在我的心

3

上，她不会离开我，也从未离开我。做了十年的“牛鬼”，我并不感到孤单。我还有勇气迈步走向我的最终目标——死亡，我的遗物将献给国家，我的骨灰将同她的骨灰搅拌在一起，撒在园中，给花树做肥料。

……闹钟响了。听见铃声，我疲倦地睁大眼睛，应当起床了。床头小柜上的闹钟是我从家里带来的。我按照冬季的作息时间：六点半起身。儿子帮我穿好衣服，扶我下床。他不知道前一夜我做了些什么梦，醒了多少次。

一九八四年一月二十一日

（本篇最初发表于一九八四年四月八日香港《大公报·大公园》，后收入《随想录》）

目录

在伤兵医院中

××：

我们已经落了班，伤兵的痛楚的喊声也沉了下去，护士宿舍的人都发出轻微的鼾声，庞大的伤兵医院，渐趋于静寂。忽然轰轰的大炮声和劈拍的机关枪声在窗外响起来，我想起了你，我曾经允许你，告诉我们这里的生活情形，我现在来给你写这样的一封信，这时候我的心还是很激动的。

十多天前的一个早晨，由友人的介绍我和一个同学带了充分的喜欣与兴奋，进了第××红十字会伤兵医院。这是新近设立的。旧式的四层洋楼里已经住满了为着光荣的战争而挂彩的战士，空旷的草地上正在建筑简单的房屋，预备更多的伤兵来住。

因为我们是生手，看护长特地把我们派到三楼的轻伤病房。我们穿上看护衣，好像变成了另外一个人似的。

到了换药的时候，心里真慌，虽然我们进院以前也曾在一个医生的家中学习了一些关于包扎及医药的常识，但到了这时，却不由得人不心跳。医生换好药，关照我代他包扎。我拿了绷带在手里，有点兴奋，又有点惶恐，但是我一想到我是为了什么到这里来的时候，我也只得咬紧牙关尽力地做去了。

“×小姐，先替这位同志把伤口净一下。”

2

我解开了那个战士大腿上的绷带，一条紫色的发肿的大腿露了出来。这那里是人的皮肤？我禁不住痛楚地怀疑着。大腿上有两个伤口，内侧小，外侧很大，显然是子弹打穿了的。伤口的浓烈的臭味差不多叫人发呕了。但是我极力忍耐住，我默默地拿了双氧水和红药水替他消毒，我的第一天的工作就这样地开始了。

六点钟是伤兵们吃晚饭的时间。一荤一素的菜，除开饭和粥外，还有面和馒头，北方人的食性更近于麦，所以每次吃饭时面和馒头时常不够。照例，盛饭等等事并不是我们护士的工作，但是两个茶房照管四个病房里五十几个伤兵吃饭，显然是太辛苦了，而且也忙不过来，所以我和文愉快地跟着两个茶房在各个病房里奔走。

在他们饭后，我们看见他们闲着发闷，便随便和他们交谈起来。我们偶尔问到作战的情形，一位在吴淞受伤的弟兄立刻爽快地回答道：

“那情形实在太令人兴奋了，作战最激烈的时候，我们有三天没有吃东西，不知道饿，只有一个知觉就是多杀几个敌人，‘冲呀，往前冲！’弟兄们齐口同心的喊着，不管敌人前面还是机关枪和铁甲车，为了雪耻和报仇，就是‘死’也愉快的，而且我们还躺在自己的土地上！”单纯的脸，单纯的心，却吐出铁一般的句子，另一位没有手臂的同志接着说，不，怒吼着：“难道还有比做亡国奴更悲惨的事实吗？”兴奋使他脸上激动得发红。

另一位麻脸的伤兵接着说下去：

“在前线，实在太缺乏救护车了。救护车根本到不了前线，有许多弟兄本来可以活命的。可是为了不能够行动就牺牲了。我们要想医治，至少要跑十多里路，伤重的除了我们轻伤的来背负了一些外，其余的都牺牲了!”

××，这是一幅多么使人心痛的图画呵，凄凉的战地，许多不能自由行动的重伤兵士在死亡的兵士堆里躺卧着，呻吟着。轻伤的人忘了自己的痛楚，轻轻地负起他们去找寻救护车……

当当，吃饭的钟声阻止了我们谈话，我和文兴奋地跑到饭堂，工作虽辛苦，但每个人脸上都是这样坚定，愉快，这时，我想起了我母亲的话：“这样肮脏，这样辛苦，你能忍受吗？别去，听妈的话。”真的，时代的进步，使作母亲的也难明白年轻儿女们心的渴望和要求了。

第二天上午，我就搬送铺盖等随身行李进来（因护士须得住院），顺便带了几份杂志和当天的报，值班时，把它们分给弟兄们。他们宝贵地接受了它，单纯的脸上露出了欣喜的表情。他们激动地告诉我们。以前他们住在××医院，每天可以看到早晚两份报。××医院在华界，后来怕敌机来轰炸，才把他们转送到这里来。这几天他们都没有看见报纸了。惋惜的口吻，表示着他们关心战争的前途比自己的创伤还更切。

我听见这样的话以后，有空闲时，便去找总务股负责人，把伤兵的话转告了。他微笑地答道：“这里还是刚刚开设，有许多事都来不及办。不过报纸今晚上就可以看到的。”果然，晚上茶房就拿了《大美晚报》来向每个病房分发了。

就在这天的夜晚，我和文在病房里服务，一位战士忽然要求我们唱歌，他底话还未说完，其余的弟兄们就你一句我一句乱杂地，一致要求我们来唱。十几双眼睛殷切地望着我们，单纯的脸上同样燃着希望之火。我们实在不忍心拒绝他们，固然我们知道这样做一定会引起医生们的反感。但又想，他们都是能够自由行动的轻伤者。唱歌，一定不会给他们刺激，或许反能增加杀敌的勇气也说不定。所以我们终于答应了他们的要求。他们高兴地，孩子似的望着我们，在他们的眼里，我看到未曾说出的话语。我们会意地谦逊地给他们一个微笑。

“……你们正为着我们老百姓，为了千百万的妇女儿童，受了极名誉的伤，躺在这病院的床上……”病房的空气顿时严肃，静悄悄地，没有一点声音。但弟兄们的眼眶内都显出晶莹的泪光，自己的声音也由激动变成呜咽。

“……日本强盗为着要我们全中国……”不知是一种什么情绪，我们都不能提起声音。但是弟兄们却发狂地伸出铁一般的拳头。“我们要报仇!”“我们要赶日本强盗回老家去!”实在，这真太使人激动了！我们都流了眼泪。几年来的侮辱，已经把我们的力量炼成了一块钢铁，这力量是飞机和大炮所不能轰炸毁的。事后，我们遭受了医务主任的不满的批评。的确，拿护士的职务来说，我们是做错了事情。

第二天，弟兄们便一致要求我们，教他们唱歌，真的，除了看报，躺卧外别无他事的弟兄们，生活确太乏味了。唱歌也可以调剂寂寞的情绪，所以毫不迟疑的答应了，把《义勇军进行曲》、《打回老家去》的歌词、歌谱写下来交给他们，唱了几遍，他们居然也能哼了，虽然不合拍，但从他们口中吐出，却更雄壮了。

记不清是哪一天下午，换药后，医生悄悄地在我耳边关照：“检查身体表里有△记号的，把他们名字记出，他们大致可以出院了。”“但是他们的伤并不曾完全好。”“我知道，但是目前并不叫他们去归队，不过送他们到后方医院。”医生轻轻地说，“有许多新受伤的弟兄没有地方安顿。”我没有话说，默默地点点头。依照医生的吩咐，把有△记号的弟兄们名字记出了。固然他们是不会注意到这琐碎的举动，即使知道，也许反而能愉快一点，他们是这样盼望早日重上火线。但我总觉得异常难受，不敢抬起头去张望他们，脸有点发红，真像作了一件亏心事一般。吃晚饭时，我无论如何不能下咽。同桌的×医生以为我病了。便说：“×小姐不适意吗？等会在草地上去散会步。好在病房里，现在也没有什么事情了。”同坐的文也以为我真病了，对我微微一笑，似乎在说：“好一位娇生惯养的小姐!”我发急地分辨自己没有病。但是饭后，我们也在草地上散步了一会。是月圆的时候，夜色很美，但很凄凉。“唷哟，痛煞我了。”“给我药，为什么不给我吃药?”“我还没有换药，叫医生来。”重伤病房的弟兄们的杂乱的喊声直往我耳内钻，我抬起头来，望见自己所服务的病房里的二位弟兄正伏在阳台上，含笑地招呼我们。我急急地对文说：“我们上去吧!”文似乎很奇怪，“上去又没有什么事，月色这样好，多散一会步不好吗?”我把心中所感到的告诉她，末了我说：“他们要走了，我们恐怕永不会再看见他们的。只有这一晚上，我们还不能多为他们做些事吗?”文笑我太傻，太孩子气，但结果，她也依了我。

第二天早上，我们被调到重伤病房去服务。感谢看护长，我和文仍在一处。从这天起我们改到日班服务，吃过粥以后，我们跑进重伤病房，屋子颇大，纵横地放了二十张床，只有左面有四扇窗户，显然空气不大流通。这时窗户上又挂了窗帏，暗沉沉的，加上弟兄们痛楚的喊声，把这屋子衬得更阴森了。

我不能忘却，在这里第一次换药时的感觉。就在这天早晨八点钟，头发斑白的×医生和年轻的A医生进来，我跟了×医生，把一位躺在床上不能动弹的弟兄的腿上纱布解开，他的腿红肿得比平时大了一倍，一个嘴一样大的伤口，血水不住地从那里流出，固然在被褥上衬了油布，但是被上还有一堆堆的浓血，褥上还有点点的血渍。×医生钳着消毒纱条去洗净他的伤口的内部。“唷哟，痛煞我了!”

那弟兄带着满头的大汗，发出低微的声音，×医生好像哄孩子似的安慰他，一面仍镇静地工作。但是我却不能这样镇静，拿着“脓盘”的手微微地在发抖。回头看文，她和A医生还在替一位没有手臂的弟兄上药，这位勇敢的战士没有喊痛，咬紧了牙关，但汗还不住从额上流下。在文的眼睛里我也发现一种晶莹的光亮，急急地回过了头，不敢再去看她，我怕，我怕自己会哭起来。

在这里，检查身体的工作是比较困难多了，有时候他们会拒绝数脉搏及测温度。“妈的，横是不会好了，还测他作什么?”这时才费劲啦，痛楚已经使他们的性情变成粗暴了。

吃中饭的时候，我们帮同茶房把饭菜往各弟兄的床前搬送，我自己粗心，仍以为他们都是能够自己吃饭的，所以想立在门外透一口气。我刚刚立了一分钟光景，就看见了一个轻伤兵士在喂另一位不能自己吃饭的弟兄，我便急急地跑过去：“同志，谢谢你，让我来喂吧!”我蹲在地下，把面条一匙一匙的往他口内送。这时，有几位伤势较轻的弟兄告诉我还有五六个不能吃饭的弟兄在那边。我把一碗面条喂完，问他还要不?他摇摇头，默默地看着我，轻轻地说：“小姐，你真好。”我听了这话，心中真难受极了，我究竟有什么地方值得他们感谢我呢?我喂完了五六个弟兄面条，其中一位给我的印象最深，他只咽了两口面条汤就表示不要了，我问他要不要吃粥，他也摇摇头。用他失神底眼光深深地看我一眼。我低下头，心激动而发痛，我不知道怎样才好，后来医生告诉我，这位弟兄的生命最迟到今晚便要结束了。我更下意识地在他的床前踱来踱去，直到换班护士来的时候，才默默地看他一眼走开了。第二天值班的时候，我看见这张床空了，默默地在他床侧呆立了一会，仿佛还看见他那失神的眼光向我深深地一扫，但是我们已是两个世界里的人了。病房很静寂，似乎在为他致哀，我轻轻地哼着安息歌："愿你安……息，……安……息。……"弟兄们的头下垂着，眼眶都发了红。

这时，有一位弟兄严肃地对了我说："小姐，给我写封家信好吗?"我默默地点了头。"本来到年关的时候我要结婚的。但是在目前我不需要妻子。我要把身体送给国家，为已死的弟兄们报仇。关照我妈，叫我未婚媳妇改嫁。倘使她不肯，就嫁我那在家务农的弟弟吧!"我把这些话写上，问他还有什么话吗?他似乎想说什么话，但忽然又坚定地摇摇头说："没有了。"文跑过来。"有一个弟兄吵着要换药。"她皱着眉头说。我把他封好，交给茶房。跟着文同到医生休息室去，但医生告诉我们，这位弟兄的药要在手术室里才能换，但这时手术室有几位弟兄等着上手术。

我跑进病房，就听见一种乱杂的声音。许多人围着那位要上手术室才能换药的弟兄。"什么事呀?"我自己问道。文慌张地跑过来。"他要自杀了，用裤带在勒自己。"激动使她的脸上发了红。我从人丛中挤进去，这位弟兄神经质地哭喊着："我不要活，我不要活，横竖医不好了，为什么还要叫我多受几天痛苦?"医务主任像慰藉孩子般地给他劝告，几个茶房及男护士紧紧地拉着他的手，一面去解开勒在颈上的裤带。他不能再反抗了，孩子似的哭起来："你们好狠，死也不让我死!"等了一会，人渐渐地散了，医务主任悄悄地用上海话关照我们："小心地看守他。"病房里渐渐地平静了，但显然的笼罩着一层悲哀的气氛。

晚上，我正在寝室里写信，一位同室的护士跑了进来，对我说："二楼二号一个弟兄在打男护士耳光，"接着告诉我这位弟兄吃饭后故意将碗丢在地上，那位男护士跑过去，劝他不要这样做，他发狠地打了男护士一个耳光。但那位男护士却没有一点反抗的表示，而顺受着。我放下笔，拉了文到二楼二号病房。房里很静，有一位弟兄（后来他们告诉我，他是连长）半撑起身子在说："……弟兄们，这是不应该的。我们是军人，保卫自己的国家，正是我们的天职，决不能因为自己是伤兵，就做出种种不好的举动，他们都是中学大学的学生，如今为了国家，抛弃了物质上的享受，来看护我们。……你们细想，现在是什么时代，我们还能够像过去的军人那样横暴吗？所以我说，这位弟兄，简直破坏了我们的纪律——应该枪毙。"连长的低沉的声音渐渐地高亢了，他的眼里正燃着怒火。那位弟兄的头低垂着，脸红着，似乎失悔自己的过分的举动。听到连长的铁一般的沉着的话句时，我们围着他为那弟兄求情，甚至那男护士也来求情。结果连长叹口气说道："这家伙破坏我们军队的纪律，理应枪决，看诸位面上，叫人送他到后方医院去。"第二天我们果然没有看到那个弟兄，也不知道他在那里。现在我对那连长起了大的好感。但是对那位搬走了的弟兄，心中也不免有点怀念。

××，我应该结束这一封信了。但是我还想起一件事情：今天我在药剂处拿药时，经过扶梯边有一位弟兄喊我，跑过去，他发出低微的声音对我说；“小姐，我要糖。”我赶快向事务处去要了点白糖来交给他。但他看了，忽然伤心地哭起来。绝望地说了一句“你不曾听懂我的话。”我恐惶地站在他的床前，不知道怎么好。过了一会，忽然那里值班的男护士向我耳边低语道：“他死了！死了，死了。”××，在一个人临死前的一刹那，我还不能给他一点微小的满足，我将怎样地责备自己呵！我的心乱得很。这时我还看见那位弟兄的黄瘦的脸，在对着我伤心地哭着，“你不曾听懂我的话!”这句子又清晰地送进我的耳里来，啊××，我怎样才能够使自己的心境安静呢？我不能再写了。再见罢。祝你好！

慧　珠①

十月八日

① 慧珠是萧珊的笔名。

在孤军营中

在一个美丽的春天的下午，我跟着三个学校的剧社到孤军营①去。一辆搬场汽车载着我们这一行四五十个年轻的孩子和道具、布景等等，虽然车拥挤得连动都不能动，但是我们不以为苦，我们还欢笑着，我们低声唱着歌。太阳追着我们，追着我们的车子，它也愉快地望着我们笑，微风轻轻地拂拭我们的脸和头发。

汽车忽然停下了，人们立不住，向前扑过去，大家哄然地高声笑了。在笑声中，有人高兴地叫着："孤军营到了，孤军营到了！"孩子们争先地跳下车去。剧社的负责人焦急地高叫着："当心道具和布景！"

我们静静地站在竹篱笆前面，让那个矮小的负责人去和在篱笆门口守卫的白俄巡捕办交涉。过路的人好奇地望着我们的小孩子互相耳语，不时对着我们笑。过一会那个负责人来对我们说：

"人太多了，一次进去不可能，现在我和他们商量结果：是分三次

---

① 1937 年 8 月，淞沪会战爆发，经过多轮激战后，10 月 27 日晨，抗日爱国将领、国民党军第 524 团团副谢晋元率一营兵力，在上海苏州河畔四行仓库打响的保卫战成为当时最著名一役。扬名海内外的"四行孤军，八百壮士"在奋战四天后接指令撤军，却意外地被租界工部局羁押，软禁于今天上海胶州路的十几亩土地上，直至太平洋战争爆发后沦为日俘，这就是抗战史上著名的租界"孤军营"。当时上海各界人民出于对八百壮士的敬仰，冲破阻挠，纷纷到孤军营慰问官兵。持续的慰问活动使将士们备受鼓舞。

进去。一个剧社先进去做完戏出来换第二个，再换第三个。”但是谁都不愿意在外面老等，每个剧团的人都想第一个进去，那个负责人没有办法了，他搔着头，皱着眉，不知用什么方法才能解决这个问题。后来不知是谁想出了用拈阄的办法来解决这个难题。真幸运，我们那个剧社得了第一，我们高兴得跳了起来。那几个白俄巡捕等到我们这十九个人走进去以后，立刻又把篱笆门围了起来。

篱笆门里有几间简单的木屋，大概是白俄巡捕的起居室吧，木屋旁边就是那条长长的甬道，甬道的尽头是一扇“阴阳交界”的小木门。（“孤军”中的兵士是不能跨出这一道门的。）我们站在甬道上，篱笆内的白俄巡捕点过了我们的人数，又仔细地去查看道具箱，他找到那支假的来福枪，装着很严重的样子，把它拿了出来。可是一拿出来他自己也忍不住笑了。连忙挥着手，这是叫我们走的意思。那扇小门前的守卫替我们开了锁，放我们进去。有一个兵士正在那里徘徊。我们看见他就说明我们的来意，他谦逊地向我们微笑了，便领着我们往里面走，一面高兴地叫着：“兄弟们，他们又来演戏了。”几个在排球场打球的兵士看见我们便丢了球，高兴叫着：“他们又来演戏了，弟兄们，我们去帮助他们工作!”

他们领着我们到饭厅（同时又是纪念厅）里去。那个宽大的场所是用简单的木料建筑成的，虽是简陋却很清洁。阳光充满了一屋子，阳光是从两边的窗户（这与其说是窗户，还不如说它是“洞”，光另另的，只是一块三尺正方的空隙）里射进来的。屋子的南边排列着许多桌子，每只桌子两旁放一条长凳。屋子尽头的墙上挂着总理遗像和党国旗。四周的墙上贴着许多标语。我们把道具箱和布景放在地上，男同学和兵士们很快的把桌子搬在一起，搭成一个舞台，同时又把长凳排列起来。我们又走到外边去看一下。饭厅，不，现在我们要叫它为剧场了，剧场旁边是个小天井，中间有一棵大树。再过去是兵士们的寝室。我想进去看，可是一个女同学却说："没有得到他们允许，进去不大好吧。"这话给旁边的一位兵士听见了，他微笑地回答我们："尽管进去好啦，小姐们，没有关系的！"我们高兴地跟着他进去。这是一间狭长的房间，两边紧紧地放置着许多木板床，军用毯摺得和豆腐干似的，很整齐的放在上首。空气是这么严肃，我们不敢笑，不敢谈话，我们带了崇敬的心情走过去，我们带着崇敬的心情望着前面那个穿着很整齐军服的兵士——这里的兵士都是穿得那么整齐的，从来没有一个人是敞着衣，或者不扣钮的。不过穿皮鞋的很少，我看见的都是穿着黑色的胶鞋或布鞋。——我忘记了现实，我忘记了这是用简单木料盖成的寝室，一切已经变成神圣化了。

我们从另一道小门出来，过道的对面是一间同样的寝室。

"小姐们来化装吧，"男同学们在叫了，我们答应着，我们向剧场跑去。奇怪，剧场完全布置好了，蓝色的布幔低低地垂着，长凳很整齐的排列着，有几个兵士已经在凳上坐好了。

"这么快，"我们不约而同的说。

"不是这许多弟兄帮助，才没有这么快！"男同学们高兴地指着这些兵士说。兵士们谦逊地天真地对着我们微笑。

我跟着演员们到后台去，演员们都急急地化装，我没有固定服务，所以我倒闲着，可以自由地支配我的时间。

我正想找一位弟兄谈话，我看见了后台另一张桌子旁边站立着一位黑脸的兵士，他正拉着一个五六岁男孩子的手（这个孩子，因为剧本的需要，是我们向一个教师那里借来的，是一个很可爱的小弟弟），很低声地在和他讲话。我走了过去，那位兵士看见我便微笑地说：“小姐，这孩子真可爱!”他一面怜爱地去抚摸孩子的头。“讲下去，讲下去！后来怎么样?”孩子嚷了起来，可是化装员却来把他拉去，叫他去上油彩。兵士眯着眼睛望着那孩子。

“老乡，你很喜欢这个孩子，是吗?”

他坦白地笑了，“小姐，我也有这样一个孩子!”他从袋里摸出一张相片来，“你看，这两个孩子像不像?”相片上的孩子也很可爱，胖胖的。两个孩子确实有点相像。我点点头。他快乐得像孩子一般的傻笑起来。

哄然的笑声把我的注意力吸引到那边去。我回头去看，原来那几个做军官的演员在试穿孤军中军官的衣服，一面做着神气活现的样子，引得所有的旁观者都笑了。旁边的三个兵士，知道他们不大会穿军服，就帮助他们背上皮带，还替他们打裹腿。

“小姐，你们哪个学校的?”一个戴白边眼镜的兵士悄声地对我说。我说明剧社和学校的名字。

“在这里，你们觉得怎么样?”某种欲望在推动着我，使我直率地发问了。

“物质上，精神上，我们都很愉快，各界的同胞对我们这样好，常常拿各种东西和食物来送给我们，并且还给我们许多比这些东西更可宝贵的同情。不过我们很寂寞，”他茫然地，低声说，后来又加一句：“我们是军人!”我懂得他的话，我也茫然了，我反悔这样直率的发问，给他唤起一些痛苦的记忆。忽然我记起了一年半以前的一个阴霾的日子里，我在人潮里拥挤着，只为了能看见那视死如归似的五百壮士中的一两个影子。

“一年多以前了，跟着几个朋友，在人丛中挤进去，远远地望着在空中飘扬的国旗和几个背着枪的弟兄们，我崇敬地和其余的人一样挥动着我的手。……”我梦幻地，激动地说，我觉得自己的声音在颤抖。“这情景，我一生决不会忘记的。”

他的眼睛发光了，他低声回答着：“小姐，我们也决不会忘记的!”我望着他，我微笑了，我觉得他也在对我微笑。后来他向我点点头，和同伴们一块儿出去。我跑到他们化装的那张桌子旁边，我发觉黑脸的老乡快活地望着那个孩子在上油彩。

“怎么办呢？弟兄们都坐着等了，你们还没有化装好，来，谁去唱歌吧，”短小的负责人对着女同学说。

有几位同学答应了，但是有一个演员，已经化装好了，她主张在幔布内唱。这样也博得弟兄们的不少掌声。唱歌完毕后，那位短小的负责人便上台上报告剧情。

开幕时，我藏在舞台上，看见那个黑脸的老乡已经在下面坐好了。以后，他每当孩子出场，总是拼命的拍手，而且还眯着眼睛对孩子笑。可是孩子不知道这个，他从来没有向台下望一望。

在全剧将终的时候：孩子的父亲因革命而死，因此连累了他的家人，祖父、祖母和母亲都被捉去了，起首孩子哭着要妈妈，后来他看见父亲的友人，记着了父亲，孩子并不知道父亲死去了，幔布就在孩子说毕“等父亲回家，我一定和他一块儿去打狗子，用手枪‘拍拍’

的打——”之后慢慢地垂下了。黑脸的老乡出神地拍着手，黑脸因喜悦发出了光彩。

我们回到后台，演员们急急卸装了。洗脸的洗脸，换衣服的换衣服，有人嚷着衣服找不到了，也有人嚷来福枪掉了。

我们预备出去的时候，那个戴白边眼镜的弟兄，和黑脸的弟兄到后台来了，一直陪我们到那道“阴阳交界”的小门，那位戴眼镜的弟兄对我这样说：“小姐，我们不能再送你们了，”他打开门上的小窗，对面的白俄巡捕看见了我们便开了锁，放我们出去。我们挥动着手，我们从窗洞里看进去，也望见他们在挥手。我觉得自己的眼中有泪光了。这质朴的性情、可爱的灵魂，倘使不是事实不可能，我愿陪伴着他们，为他们工作，甚至献出我的整个年轻的光阴。

在那几间木屋旁边，我们看见和我们换班的另一个剧社的学生们都坐在屋檐下等着，脸部已经化装好了，我们看着那些奇怪的面孔，忍不住大笑起来。是这样的，他们告诉我们：“外面等得太久了，他们要求守卫放他们进去化装，居然得到守卫的允许。另一个剧社不愿意再等就回去了。”

白俄巡捕点过我们的人数以后，便叫他们进去。他们欢呼一声，很快地跑去了。我们等候白俄巡捕开门，可是他们只背着枪，在我们旁边踱来踱去。

五分钟，十分钟过去了，但白俄巡捕还没有开门的意思。

我们焦急地，低声地互相询问着：“究竟什么一回事?”我们谁也不懂俄国话，而且也不愿意去问他们。我们中有几个，就坐在屋檐下石阶上。有人低声说：“会不会要我们等他们做好戏，一块儿出去吗?”

我们不相信。

廿分钟过去了，但他们还不把我们放出去。

“关牢监了，”有人低声地说着。我们默默地望着说话的人。一种思想在袭击我们，我们不想说话，更不想笑。

有一个俄国巡捕从外面进来，咕嚷咕嚷的和这几个俄国巡捕讲话，他不时偷偷望着我们笑。“不知又要出什么花样了!”我们都这样想着。后来他们打开门上的小窗和外面的守卫讲话。

篱笆的门开了，那个俄国巡捕对我们微微一笑挥着手，叫我们出去。

走出那扇门，我们觉得身子变得轻松了。我们欢笑着，我们不约而同的嚷着：“从牢监里放出来了。”我们望着太阳，太阳也望着我们微笑，微风也来拂拭我们的头发。我们低声唱着歌向十字路口走去。

汽车中

虽然卖票的时间还没有到，汽车站中已拥挤了这许多人同这许多行李。人都是从不同的地方来，又要往不同的地方去，但是在短短的旅途中，却是同行者。

黄沙飞扬了，人们急忙拿出手帕来保护自己的眼睛，一辆长途汽车驰到站里。车子转一个身，就在前面停下了。它喘息地吐出许多人和行李来。人的身上都罩着一层厚厚的灰沙，但他们并不去管它，都埋着头在地上找寻自己的行李。

这汽车就是到丽水去的，有人拿了小行李想先上汽车去占位子，但是车站的负责人阻止了他们，说是还要扫洗这车身和车厢，现在未到上车的时刻。

壁上的挂钟当当的敲着十二点钟了，卖票处的小圆窗打开了，排列成长列的人们在铁栅右边站着，为首的人先买票，买好从左面出去。但也有立在外面的人托行列中的代买票。

我和两个友人上车时，车厢里的座位已经没有几个空着了。我们赶快在空位上坐下。我的座位在车门的旁边。我发觉坐在我隔壁的是一个穿着黄色的日本大衣的军官。我惊怪地望着他。也许是由于我注视的缘故，这个军官忽然微笑了。他对我说道："这是俘虏大衣，我们是从战场上得到的。——很好呢，比我们自己的灰布棉大衣来得暖和!”他拍拍大衣，快乐地笑了!

车厢里已经挤满了客人，连那条狭狭的过道上也堆满了行李和人——人就坐在行李上面——但是在这种情形下，还有人要挤进车来，我又看见四个人进来了。一个穿着蓝布长衫的中年男子和三个孩子——一个十五六岁的少女，一个十一二岁的男孩和一个四岁光景的小女孩。那个男子向车内四处张望一下，深深地叹道：“没有座位了。”小女孩睁大眼睛，失望地望着她的父亲。

“爸爸，我脚痛!”小女孩低声说，声音里带一点悲哀。父亲弯下腰，把她抱起。同时指着吐吞口的步阶，叫那个少女坐。少女不肯坐，她回答她喜欢站，而且脚又不酸。父亲大概是疲倦了，手中又抱着一个孩子，所以就自己坐下了。然而他又发觉儿子不在车厢里，他焦急地叫着孩子的名字。那孩子就坐在司机的旁边，起劲地在和司机谈话。听见父亲的叫声，回过头来，对着父亲微笑。

一位摩登太太的身边还有一个空位，不过那上面放着大包袱。这做父亲的男子看见了，便请求那个刚进来的查票员，要他去和那位太太商量让出这座位给他女儿坐。查票员允许了。他查好票果然便去和这位太太商量。可是太太却把两条细长的眉毛皱在一起，尖声地嚷起来。

“咦，我自己的孩子不要坐吗?”太太生气地把包袱放在地下，在后面女佣的身上把那个五六岁的小姑娘抱过来，她得意地吩咐道：“宝宝，坐在这儿!”

“那么这里可以坐吗?”查票员指着包袱，客气地问道，太太骄慢地点点头。“姑娘，坐在这里罢!”查票员温和地说，父女俩用感激的眼光望着他。

少女刚坐下，那太太的声音响了起来：“喂，坐得当心一点，里面有玻璃东西！”父亲无可奈何的向太太陪着笑脸。查票员轻视地望着那太太一眼，说了一句“同是出门人”，便下去了。

汽车的马达声响起来，带汽油味的烟从各窗口钻进来了，人急急地把玻璃门拉下，但是烟还充满车厢里，而且还从车底下钻进来。人置身在烟雾里了，那种令人呕吐的怪味直冲进人的鼻管。有人说还是把窗门打开罢，使空气也可以进来。

汽车开了，风从窗户吹进车中，人顿时觉得爽快一点。我回头望着曾经停留过的古旧小城，但是它渐渐地变得模糊了。

白色的墙上写着红色蓝色的字，是刺激性的标语，小孩子们在田野上唱着雄壮的歌，还学着军人的操练。

我闻到花的清香，从窗口伸头去找寻花的影子，树上我看见许多白色的花在太阳光下微笑。阳光是这样的柔和，风又这样的温柔，虽然冬天还未过去，但我已经看见了春天。

汽车在小站停了一会，没有人下去。虽然车厢是这样拥挤，但还有两个人进来，是夫妇模样的两个人，同样的穿着蓝布长衫，女的手里拿了一个红纸小包，大概是茶食之类的东西，男的拿了一只竹篮，里面也盛着食物。汽车一开，那个穿蓝旗袍的妇人站立不稳，就跌在戴着瓜皮帽的男子身上，男子轻佻地挽着她的手，说着：“这样你不会跌跤了。”两人就这样谈起话来，那妇人一会儿怪叫一会儿又高声笑着。两个人身子随着汽车的颠簸摆动着。

又到了一个站头，它是这条路上唯一的大站，上下的人很多，那对夫妇模样的人也下去了。戴瓜皮帽的男子的嘴角，还挂着微笑。查票员上来了，他查到一个传令兵，没有买票，查票员要看他的公文，他不肯，两个人就这样吵着——战时优待军人，凡军人买票享有半价的权利。有公干的军人得免票。——结果那个传令兵还是把公文给查票员过目了。

“那么你应该这里下车了。”查票员把公文还他。他露出侥幸的样子下去了。

卖零食的小贩围住了汽车吵闹地叫卖着，车里有人探出头来买茶叶蛋和橘子。

在汽车快开的时候，我发觉那位传令兵又在车上了。他快乐地跟旁人在讲话。人问他到什么地方去。他说回家去一趟，家就在下一个车站。

公路蜿蜒地伸出去，远远看去似乎前面没有路。但是路在高山的崖边。在这狭窄的公路上，倘使有两部汽车对面驶过，是没有地方让避的。幸而这里站头多，调度好，通电话也方便，因此很少发生意外事情。

公路旁边是一条江，江也同公路一样的蜿蜒着，江水很清澈，连江底的东西也都看得清楚，在阳光的照耀下，水发出一种翠色的光。江的彼岸也有同样的一列高山，也是那样的伟丽。——我听见人在讲，不久以前，这里的汽车分日夜二班，在一天晚上，汽车开到这里，邻近的村庄上正在做喜事，灯烛辉煌，灯光照在江上，江水也变成银白色了。司机误把它认作公路，结果汽车坠入江中。自从这次出事后，夜车便不开了。现在公路临江那边还竖立着一块石碑。

我俯着头去看下面的江，江依旧是那样的清澈，虽然它已经吞食了三十多个善良的旅客。

公路的崎岖使汽车颠簸得更凶，那位摩登太太竟伏在窗口大吐了。一面埋怨说：“要不是倒楣的战争，谁会走这条鬼路。”

“再过两三站可以到了。”不知谁在说。

公路由山道伸入大路了。人在车厢中坐了，或站立了四五点钟，脚麻了，腿也酸了，身上、头发上都罩着一层厚厚的黄沙。但是“快要到了”这句话却鼓舞着每个旅人。

汽车驶到古旧的城边，友人告诉我，这里就是我们今天过夜的地方。我听见雄壮的歌声了，从车窗望出去，我看见一大群壮丁，大概是操罢回去了。雄壮的歌声就是从他们中间发出来的。我尊敬地望了望这些未来的战士的英姿。

汽车就在这个小城里停了。我们都下车来。友人们去领行李。我向四周张望，看见了炸弹的遗迹——想不到对这古旧破碎的小城，敌人还不肯放松！

沪港途中

——旅途杂记一

睡梦中，给闹钟的声音吵醒，睁开眼看，已是五点钟，我焦急地起来，披衣，着鞋，去洗脸。当母亲进来时，我已把零碎的，随身带的东西收拾好了。“用不到着急，闹钟还快半个钟头。”母亲看了我着忙的样子安慰我道，可是这时已经五点半了。母亲拿了我理好的手提箱先出去。

我跑到弟弟睡的床前，抚着他的头发，低声地说：“别了，弟弟。”他的眼眶中似乎含着泪，可是他一转身往里睡了，我再也看不出他的脸，我不知道他醒着还是熟睡。我呆呆地站在他的床前。我觉得自己快要哭了。四年，不能不算是悠久的时间吧，离开了家，离开了一切亲爱的人，仅为了一些梦景和理想，到遥远陌生的地方去，我不知道这是不是该哭的事情，于是我眼泪掉下来了。

到了母亲的房间，她已经为我们预备好点心。我不饿，又吃不下，然而在这临别的一刹那，我不好不听母亲的话。“孩子，以后没有人照应你了，你在外面自己当心身体。”我想哭了，但是我装着高兴的样子。“妈，我已经到了自己管自己的年龄了。”母亲望了望我叹口气，又微笑了，“是的，孩子，你是到了自己管自己的年龄了。”可是这微笑是多么凄凉，寂寞。

虽然我还说时候早，但是父亲说汽车已经等在外面了。妈替我提了小箱子，一直送我们进汽车，她捏住我的手，呆呆望着我，半晌才吐出一句：“孩子，你保重!”我看着母亲，母亲脸上很白，虽然还露出笑容，可是泪光已在她的脸上闪耀。我点点头，我不敢讲话，我觉得自己的眼泪已经流下脸颊。我们进了车厢，汽车立刻开动了。我从窗内伸出头，我看见母亲很快的跑了几步，但是汽车跑得比她快。我看见母亲站住了，用手帕在揩泪，一面又向我们挥着手。我再也不能忍受，我偷偷地哭了。我想叫汽车停下来，但是汽车开得更快。我看不见母亲，我再也看不见母亲站的地方！我就这样离开了我的母亲。我回过头来望父亲，父亲呆呆地在出神，他的手拍着我的背，似乎我还是个婴孩。

街上很静，店铺全没有开门，只有三五成群的武装巡捕的脚步声，和辘辘的粪车声在点缀这寂寞的清晨。天空是一片蔚蓝色，东方已有了金光，太阳却还未露脸。汽车经过几条静穆的街，就在太古码头停下了。我们看见那只开海防的轮船上烟囱在冒烟。我和父亲急急走上扶梯，扶梯旁边水手在讲：“等一会就要拔扶梯了。”父亲陪我到官舱去找到我的房间，他就要走了，我一直送父亲到扶梯旁，父亲抚摸着我的头发：“孩子，以后切切的保重自己!”说完这句话，父亲头也不回匆匆地下去了。我呆立着，我望着父亲的背影，看见水手把扶梯拔下了。似乎记起什么，我跑到甲板的栏杆旁，我用目光找寻，在码头上，许多送行人的中间我找到我的父亲。我还听见父亲在问我，还需要别的水果吗？我摇摇头。轮船动了，我跟着别人，在挥动我的手帕，父亲挥动着他的手。我又看见别的人在跟着轮船跑，父亲却站立不动。轮船离开码头渐远了，码头上站立的人的轮廓也渐渐变模糊了，但是我还看见父亲呆立在那里。他的白大褂儿在微风中飘动。远了，远了，一切都远了，虽然我的眼前还飘动着父亲大褂的白色，然而我再也不能看见他的面庞。我只看见黄浦江中昏浊的江水，和往来的悬着太阳旗的船只，我不能没有一点伤感，然而我不曾哭，我咬紧了自己的牙齿，望着逝去了的高大建筑物，低声的说："再见罢，上海。"

海渐渐变色了，我看着它由黄浊变到青碧。蓝色的海在阳光照耀中发出银白色的光，四周是一望无际的广阔，远远地我还看见几只小船在蠕动，似乎从云端转出来一样。海鸥在我们头上飞旋，晨风慰抚着我们这一群初离家的孩子，太阳露着笑脸似乎在对我们说："孩子们，勇敢些，在无畏者前面才有路!"海又要变色了，远远地我又看见黄浊的海。"小姐们，吃早饭了。"茶房的叫声，把我们从沉思中喊醒。啊，我们就这样的开始了海上生活。同饭桌的十个人，除了一位中年的太太外，我们全是同学。这位中年太太看着我们这一大群的孩子，很慈祥地望我们微笑，还告诉我们，她姓张，现在去广西柳州看她的丈夫。

风浪来了，船微微地在颠动，几个同行者很快的离开饭桌，回到房间里去睡。我们不晕船的就在船尾立看，望那无际的碧海（海又变成了碧色），看着白浪碧波，我们互相不说一句话，默默地也不知过了多少时候。我忽然觉得皮肤有点炙痛，才发现自己是站在太阳光底下。我们的房间里只住两个人，当我走进房间时，同行的友人已经睡熟了。我爬上自己的上层铺，疲惫使我很快地就睡着了。

中午吃点心，这天我们吃鲍鱼粥，可是没有人想吃。我和王各人拿了一个凳子，到外面甲板上栏杆旁边去看书。这时海很平静，阳光也不怎样强烈。我们各人读着自己的书，偶尔讲两三句话。也不知是什么时候有一位学生模样的青年站到我们旁边来，他听见王讲流利的北方话，就问王是不是北方人。结果他们却是同乡。他告诉我们，他是从天津出来的，而且还告诉我们天津的许多可歌可泣的故事，有令人兴奋的，有令人悲愤的。我茫然地望着海，海已开始在跳荡了，浪花四面喷射着，天空和海是同样的蔚蓝色，但是天空是这样的柔和。那位天津的学生隔了一会说一句，“天津，我们的地方!”虽是这样短短一句话，却使我们想起了许多事情。我回过去看那位学生，他正望着海低低念着：“海，海，永远是同样的海，什么时候才能见到自由的陆地?”

晚上六点钟吃饭，菜很好，但是许多人不敢吃饭，所以一张圆桌上只有我们寥寥的四五个人。这晚我很早就睡了，我们约好明早四点钟起身，看太阳出来。

从睡梦中给王叫醒，睁开眼看表已是四点半钟了，赶快从床上跳下，束紧睡衣的带子，拿了一付太阳眼镜，和王一同到船尾甲板上，姚和黄都在那里了。这时候天已快亮了，天空是浅蓝色的一片，东方已有了粉红色的云彩，我们不约而同的欢呼：“太阳快要出来了!”海很平静，风温和地吹拂着我们的衣服，头发，我用一条大的绸巾束着头，使自己的发不至于飘到脸上来。东方的云彩都变成粉红色，连云彩下面的海水也成了粉红色。忽然我看见几道金光在粉红云彩下面闪耀。我们正在打赌说太阳是从那里出来。但是我看见与海相接处的粉红云彩渐渐分开了，太阳就在那里转了出来，它跳跃着，似乎是个淘气的孩子。光很强烈了，我戴起太阳眼镜，我看见太阳还在转动跳跃，而且还发散很多的金光。太阳渐渐地升高，金光也跟着升高，天空的云彩完全变成霞色了，连海也是一样。现在太阳升上了天空，那强烈的光芒使我不敢正眼去看，虽然我戴着太阳眼镜，眼睛也受不住。我们都感到满足。我们欢呼，我们跳跃，似乎是四个疯狂的孩子。

早晨六时半，吃牛奶红茶和饼干。早点后我和王两人站在甲板上，王望着海轻轻地唱起歌来。她的嗓子很好，和海的涛声相混合，才是美丽的交响曲。这天吃早饭人更少了，只有三个人，但是我总不缺席，茶房望着我们笑："小姐，你们三位才好呢。"

晚上我正想上床睡觉，王进来拉我到甲板上，这时天和海是同样的深黑。天空中没有一颗星，但是我们能够看到海在怒吼，海发怒地吐出白沫，海涌起山一样的巨浪在打击我们的轮船。这时我看见了许多光亮在闪动，是星星吗？天空又是这末的高。是灯塔吗？但光却在移动。我们隐约地听到谈话的声音。原来是渔船，是渔夫在谈话，这光就是渔船里的灯光。海颠簸得更凶了。海似乎张大了口，但是渔船似乎很从容，我似乎还听见渔夫的歌声和他们张网的声音。渔船渐渐地远了，光也消失了，但是勇敢的渔夫依旧在打渔罢。夜深了，四周都静了，可是我们两个人还倚着栏杆，望着黑色的海，听它在怒吼，在咆哮，在打击载着了我们的轮船。

第二天更闷热了，一个同伴在篷舱里大吐，她哭着抱怨自己不应出来讨苦吃，还说要回家。我惶恐地望着这位比我大四五岁的同伴，她在许多男同学面前，这样大声地孩子似地哭着，我真不知道应该怎样去劝慰她才好。可是当我在甲板上转一会回来时，这位小姐却高声地在笑了，而且还和几个男同学在讨论泰罗鲍华生得美，还是罗勃泰勒漂亮。

这天我整天在栏杆旁边和王谈了许多话，她告诉我许多事，她说她母亲怎样为她们吃苦，去年她们怎样从被敌人包围着的小县中逃出来，一天步行四五十里。她似乎很激动，我握住她的手，觉得她的手在抖动。我不知道这是不是应该的事，年轻的孩子离开了他们寂寞的父母到遥远的地方去。但是我却没有懊悔过。

太阳往西边下去了，海水又从蔚蓝色变成黑色。夜又到临了。明天正午我们就可以看见陆地了。那是香港，在那里我可以看见几个熟识的朋友，受到他们的热烈的款待，和他们在一起过几天愉快的日子。是的，一切希望都在明天，我等待明天。

在海防

——旅途杂记二

天气更闷热。海水全变成了黄浊色。我怀疑轮船是折回了上海。但是我看见热带色彩的小洋房和阔叶的外国梧桐树。海防就在我的眼前。同行的友人都忙着收拾行李。我的行李已经收拾好，我闲着，一个人踱到甲板上，心想南国的天应该是明朗的吧。我仰起头看，天却阴霾着，细雨已经在飘扬了。

在远方另一个都市里，几天前我欢笑过，我留恋过。我记着自己怎么急急的上岸不等友人来接；也记得自己找到友人时又是多么高兴，更不曾忘记他们是怎样热烈的招待我，把我送上轮船时又怎样亲切地和我握别。现在一切似乎都远了，我再看不见那些友爱的面庞。可是这雨，这飘扬的雨丝，却把一切都联起来，“那边是不是也飘着细雨?”我望着遥远的地方不禁这样的想着。可是同行友人的叫声，使我又回到现实里来。我回舱，那位长须的英国人已等着收船票和护照了。船快要停泊了。

我们披着雨衣到甲板去，船已经不动了，码头旁早停了一只轮船，我们的船就泊在那只轮船旁边。我们看到那只轮船的甲板上已经站了不少的人。我想大概是我们的一部分同行者的亲友罢。是的，我听到他们在打招呼，我又听到他们的欢声笑语。可是我们——这一群初离家的孩子，看遍人丛却找不到任何一位预备来接我们的熟人，我们感到一阵失望，也有点茫然，望着堆在舱中的行李。——海防，——南国的土地，——安南话。

啊，我听到一种熟识的语言，回过头去看，一位穿制服的青年正对着“船上人”在讲话，也许是这“熟识的话语”引诱着我，我跑近这青年的身旁，我看见他的证章，知道他是中国旅行社的职员。又知道他是到船上来接人的，可是被接者却没有乘这只船来。我仿佛看见了希望，我便用这种我们熟习，我们宝爱的语言，和他讲起话来，我还讲到我们的为难处。可是他很和气的像朋友似的回答说，他愿意帮助我们。很快的，我们这大群的孩子就跨过另一只轮船的甲板上了岸，行李也由这位周先生负责叫人送到海关检查所去。这天是星期日，海关不办公，我们用不着跟去。

上了岸，四周都是一望无际的苍绿。自己是踏上真正的南国的土地了。心被过度的喜欣所激动，我忘了下雨，也忘了地上的溜滑，只想笑，想唱歌，想跳。正在这时，我们听到一种呼喊的声音，是用一种陌生的语言在呼喊，周先生告诉我们是检查员要看我们随身的行李。检查员大概是安南人罢，黄皮肤，高颧骨，发光的黑齿。他只简单的把我们的小行李翻了翻，当他看到我们中的一个人带着洋娃娃时，他快活地望着那可爱的洋娃娃笑了。

走出车站，就能看见不少的安南人和那奇怪的装束。他们男女的衣服都是同样的紧小，都穿着长仅到膝的袍子：袖子长，下面还开了一尺多长的叉子，露出一大节直到脚背的裤子。所不同的是女的头上盘着高髻，脚上穿高跟鞋，男的都留短发，穿着木屐。

坐上人力车，车夫拉着我们到旅馆去。街道是这样整齐，两边你可以看到许多热带色彩的洋房，行人道上种植着高大的外国梧桐。车子经过一个花园，里面有凉亭，草地，树木和花朵。花有红的，白的，都是你不知道名称的花朵，可是你曾闻到花的香气，那末甜，不由你不想：“南国究竟是美丽的！”

车子在东方旅馆门前停下，周先生替我们找到两个房间，又把车资付了。萍水相逢，仅为一点熟识语言的牵引，他却像好友似的帮助了我们。我们感动地望着他，可是总无法表达出心中的谢忱，他却坦然微笑了，谦逊地说了一句：“都是中国人。”啊，是了，我们同是中国人。

在旅馆里休息一会，我们又要求周先生陪我们去逛街。雨已停止，雨后的太阳是格外新鲜，可爱。我们从一条街到另一条街，街道永远是这样的清洁。我心里正在暗暗的赞许，可是我闻到一阵触鼻的鸦片气味，这时我们已经穿入了另一条小街。街道是这样的狭小，又是这样的污秽，没有热带色彩的小洋房，也没有外国梧桐，店铺都是这样乱糟糟不美观，也不整齐，我觉得奇怪，我正想动问身边的周先生，可是他却悄悄地说了：“这是中国街。——犯罪，和不正当的行为，都可以在这里任意发生。”中国街，啊，是中国街，这里是含着多少的被损害和被侮辱的成分呢。

太阳西沉了，我们都觉得有点肚子饿。在船上辛苦了几天，晕船的人还饿了几天，这时大家都想痛快地吃一顿。有人就要求周先生把我们带到最好的西菜馆去。他大概也了解这班孩子的心理，他微笑地答应了。他领着我们经过一条街，又一条街，后来在高大建筑物前停下。我们都想：“好阔气的 hotel！”我们跨上石阶，露台上的桌子已经坐满了异国的男女。安南的侍者来把我们领到楼上的小房间里。我们九个人依次在长桌旁边坐下，侍者拿上菜单，我们望了菜单上的法文菜名，可怜，除了32.75外，什么也不知道。我们是饿了，当侍者拿上第一道汤时（由我们自己用大匙把汤舀到盆里），大家贪心地在自己盆里舀得很多。侍者好奇地望着我们，汤就在第五个人手里舀光了。侍者只得下去拿汤。可是吃到第二道菜时，大家都没有这末贪心了。到第三道菜时，谁也不想吃。孩子们互相望着微笑，连周先生和侍者也忍不住望着我们笑了。这群孩子中谁也没有到过这末洋气的旅馆，更没有吃过这末贵的晚餐，所以一出大门就互相称赞旅馆的富丽和晚餐的丰富了。

街上灯光辉煌，灯光下的街道似乎更美。我们应该分路了，周先生陪着他们五个想买点零碎物件的同伴往横路过去了，我和王、姚慢慢地走回东方旅馆去。两部脚踏车飞快地从我身边驰过，姚先看见，她高兴地叫了起来："是陈先生和张先生"！骑在车上的人也因为她的喊声而跳下来。果然是我们同船来的天津学生和我的亲戚。大家都快活地笑了。我和姚都吵着要骑脚踏车，但是我的亲戚说："没有护照的人被查出，恐怕会给送到局里去。"这句话把我们的兴趣打消了。我们陪着他们，把脚踏车送到车行去。晚上的街似乎有点神秘，来往的女人特别多，都是穿着颜色鲜艳的长袍，脸上抹得又红又白，我的亲戚和那位天津学生忽然笑了起来，他们告诉我们，一点钟以前，他们出来逛街，有一个安南的男子跟在他们身后，悄悄地说着他们不懂的话，好久，他们才懂得话的意义，原来是在问他们要不要"姑娘"。我听了这话，指着二三成群的艳装的安南女人问："这都是'姑娘'吗?"我听到的回答："是罢。"我呆呆的瞧着她们，茫然自语道："怪不得有人说海防是小巴黎!"

第二天，雨下得很大，我们雇车子到中国旅行社去找周先生，请他陪着我们去海关检查所。我们的铺盖之类已经查过了，只等着检查箱子。我们把箱子开了，让那个法国的检查员翻看，可是他只把它草草的翻了一下就关上了。回想在途中听见人说检查是怎样可怕，把人关在黑屋子里，又怎样，又怎样……现在想起来倒觉得很可笑了。固然今天我看见一个新嫁娘因为带新的东西太多被罚，但是也只能怪她自己不好，谁叫她带着这么多的衣料呢。

我们回到旅馆，正在大吃刚买来的香蕉（这里的香蕉十分便宜，一角钱可以买许多），忽然听到门外一阵吵闹声，我便跑到门口去。原来是同船的张太太来看我们。她生气地对我说她和车夫讲好车钱一角，到了这里，可是车夫吵闹着要加钱。张太太住的旅馆离这里并不远。我们知道这里的人有一种欺负外来中国人的劣根性，便叫账房出来帮忙。账房是久居安南的广东人，他把车钱交给车夫，车夫还咕噜地在吵着加钱。账房生起气来，打他一下耳光，还骂几句。我以为车夫一定不肯干休，可是车夫却望着账房谦卑地笑了，摇着自己被打的面颊在地上拾起一角钱来。朋友，也许你会笑，你会觉得有趣，可是这里面有的却是严肃。

那天晚上张太太约我们去巴黎酒店，看安南人跳舞。我们这群孩子大都没有去过舞场，所以大家欣然同意。吃过饭去巴黎酒店时，张太太已经在舞场里等着我们了。舞女都是穿着倒长不短的衫子的安南女人，舞客都是法国兵，根本没有一个穿整齐西服的，都是衬衫短裤，所以这地方与其说它是舞场，还不如称它做酒吧间更妥当。这里你可以看到舞女对舞客有一种卑鄙的服从，像奴隶同主人一样，使你容易记起这里是帝国主义和资本主义压迫下的殖民地。

第二天早上我们去中国旅行社询问什么时候可以取回护照。周先生回答我们说护照恐怕已经拿到旅馆里了。回到旅馆，那位天津学生已在等候我们，对我们说他们预备包明天的火车去昆明，问我们愿不愿意参加。我们当然愿意，唯一的问题是怕护照不能到手。我们把困难告诉天津学生，可是被账房听见，他便对我们说护照已在他那里了，只等我们签字付费，护照就可以拿回。

我们伴着天津学生到外面去吃午饭，路中，他告诉我们："海防有三多，女人，扒手和蚂蚁。"女人，这两天晚上我已经看够了，说起蚂蚁我想起昨天晚上放在桌上的香蕉，今天早晨每个香蕉都爬着千万只蚂蚁，应该也不虚传了，只是我还没有领教过扒手的本领。然而我们吃过饭出来时，我看见一个安南人很注意的望着我们，倒也不在意。忽然他过来向天津学生身边一碰，我们还以为是偶然的，可是天津学生叫了起来，他的钢笔丢了。我们想去追那个安南人，可是到那里去追他？热闹的十字路口，已没有那个安南人的影踪了。

下午我和王去买我们路上应吃的点心和水果。天气是这样的闷热，太阳又是这样的厉害，汗珠不但聚在脸上，而且还打湿了衣服。我们想找一家冷饮店，可是附近没有。嘴干得实在没有办法，心想这时能找到卖冰的就好了。真巧，我立刻就看到一个卖冰棒的小贩。我们快活地每人买了两支冰棒，正在得意地吃着，我们忽然发见一个青年在对我们注视，他严肃地对我们说："这是日本货!"也许是羞耻心，也许是别的感情在鼓动我们，大家马上把冰棒都丢了。我望姚，姚也望我，我们都不觉得口干了。再回头去看那个青年，他已经走得很远了。

我们又在外面买了一点东西，我们回旅馆的时候，在途中看见，铁轨房边的栅门已经关上了。它拦断了我们的路。我们也和其余的人一样地在栅门前面等着。我望着箱子似的火车驶过。明天，是的，在明天，它也会载着我们照样地经过重重的高山，穿过无数的山洞，到更远，更远的地方去。那里是我们自己的土地，是我们渴望了两年的自由的中国的土地。

滇越路上

——旅途杂记三

四周还是黑黝黝的，没有一丝光亮。空气是这样静寂。除了同屋友人的均匀鼾声和帐外嗡嗡的蚊子叫声外什么也听不到了。一阵凉风从窗外吹来，我舒服地在床上翻身，正想闭上眼睛睡，但是昨夜天津学生讲话的神气又在我眼前显现了。我还记得那句话："火车是不能等你们的。"我扭开电灯，差一刻五点钟！我焦急的叫醒了同屋的友人。我还想到对面房间去敲门，但是把门打开，我看见对面的门渐渐开了，转出来三个毛茸茸的头。

安南茶房把黄包车夫叫来时，才五点一刻，王轻松地叹一口气："火车六点钟才开。"天空由暗灰色变成灰白，渐渐地亮起来。忽然在温暖的皮肤上起了令人愉快的清爽的感觉，原来下雨了。车夫要把车篷拉上，我却阻止了他，雨丝是这样细柔，它们温柔地抚着我的头发。

到了车站时。天津学生站在大门口等我们，他看见我们就说："你们来迟了。"他帮着我们提零碎的小行李。这时中国旅行社的周君也到了，他要押送某军长的行李到昆明去。我们这节车已经挤满了人和行李，行李是整齐的放在一边，下面是包箱，上面平放着铺盖卷。好柔软的床铺！好些人都睡在那上面。车厢里充满着的人气味，而且闷热，又没有座位。我们跑到车板上，我们远远望见张太太坐着黄包车来了。她本来预备搭七点的特别快车去河内；现在来得这末早，敢是来送我们罢。我们正想跳下车去。火车突然怪声叫了起来，而且渐渐地蠕动了。张太太向前跑了几步，对我们挥动手帕，我们也黯然把手帕摇着。什么时候再见呢？我惆怅地想着。大家偶然碰在一起，半个月来朝夕相处，不能没有一点感情。现在海防渐渐地在雨丝中消失了。我们看到的只是绿色的田野和浸在水中的茅屋。（今年南国的雨水特别多！）

我们上的是最末的一节车，风顺着火车进行的方向吹，我们吃不到烟灰。雨停止了，天空渐变成浅蓝色。太阳也扎挣地从云端出来。这时站在车板上的我们是幸运者。可是每到一小站，安南人拿着行李争先恐后的要挤上我们的车厢来。由于言语的隔阂，我们没法解释这节车是我们的包车，我们只有拦住两边门，不让他们上来。他们脸上露出愤怒的表情，嘴中咕噜地也不知在说些什么话。周君却替我们翻译道："让日本人来炸死你们！"

火车在嘉林停下了。嘉林是我们这天所经过的最大的车站。美丽的热带色彩的洋房，阔叶的芭蕉树，起初我们以为是到了河内。别人告诉我在嘉林火车要停好一会儿，因为要加煤，还要换车头。听了这话，我们放心地下车。站中停着好些列车，有的往河内，有的向海防，更有的是去老街的（我们的列车便是）：可是现在暂时都聚在一起休息着。它们抽气，它们喘息，不知是表示休息快慰，还是为了将起程的更长的旅途而叹息，忽然我发现有一辆黄色的公共汽车驰过来，我奇怪这条路上会有公共汽车。我向同伴问起，他告诉我这就是特别快车。我记得张太太就是乘七点的特别快车去河内的，"也许她就在这辆车里面罢。"我正在这样想，这时忽然看见一位中年妇人向我们招手，她正是张太太。我们笑着，便跳跃地跑过去，结果我发现了我的亲戚也在这辆车中。车子停了，我们跳上车厢。车厢构造完全和上海香港等处的公共汽车一样。里面座位分头二三等。他们都在二等车厢内。那些柔软的沙发，和我们的长条木凳比起来，真是太舒服。但是张太太却对我们大摇其头说：车子开得太快了，头晕，吃不消！

现在我们的车厢被掉换在前面了，是车头后的第二节。第一节是邮政车。我们上了车子就蠕蠕开始动了。火车如今是向另一个方向进行的，风不断地把煤灰吹送过来，不一会，浅色的衣服加上了黑色的花纹，手臂上新增了几个炙伤的小泡。但是我们依然快活地站在车板上望着逝去的美丽的风景，吃我们从海防带来的面包和水果。也不知过了多少时候，我觉得雨滴在我的皮肤上，那雨点渐渐变大，我们又不得不避入车厢里。可是雨还来袭击我们，虽然我们关上了所有的窗门。（说起窗，也许有人会想到玻璃，但是四等车车窗根本是一块大木板。）雨湿了我们的衣服，雨使我们冷得发抖。有人避入前面的邮政车里去，我和王也跟着去。邮政车里有“门”可以抵抗雨的侵袭，而且还有玻璃窗，我们可以安静地看到雨中的景物。还有一位则从英国回来预备替祖国服务的工程师，他可以讲法文，他就和车厢中的唯一的职员，老年的安南人谈话。那个老年的安南人虽然不能讲中国话，但是略略认识我们的文字。写在纸上告诉我们，他念过百家姓，千字文，他还告诉我们，他姓梅。可是当我们问他法国和安南的情感关系时，他却什么都不肯说。

天渐渐昏暗，雨更大，但是我们看到远处的灯光。那个安南人告诉我们，那有光的地方就是老街，那是今晚上我们的住宿处。我们回到车厢去收拾零碎的行李，男孩子忙着在推选今晚的守夜者（就在车厢内睡管理行李)，可是却不要女孩子尽义务。到了老街，我们先去护照调查所，让他们查讫我们的护照，好容易方完成了这番手续。我们立刻雇车去找旅馆，车夫把我们拉到新华旅馆停下。新华旅馆是广东人开的中国旅馆，在广东省内任何地方都可以找到这种式样。我们在旅馆里吃过晚饭，换去湿衣，疲倦和雨及黑暗打消了我们去逛街的念头。这时候我们需要的是睡觉。第二天清晨，我们从账房那里拿到了护照。那时候街上很静，但已有三三两两的坐黄包车提行李的人。他们也是和我们一样的去赶车的罢。老街是一个城市，街道很小，但很清洁。这里虽是南国，但房屋却缺乏南国鲜艳的色彩，甚至有许多旧式的中国房屋。

我们到车站时，列车还未开来（火车晚间不在老街过夜)，我们还有时间去买当天充饥的食物。我们回来的时候，火车已经到了。天津学生告诉我，他们昨晚是在离这里廿里远的地方过夜的。

火车渐渐开动，我们离开了老街。可是车子一过富良江上的大铁桥，便又停住不走了。我还以为火车出了毛病，可是一个同伴告诉我说，现在是到河口——我们中国的境界了。我们正想下去，但是那位工程师要我们带着身份证明书和护照去受检查。检查处离车站很近，是一所破旧的屋子，那时屋里已经拥挤着许多人，检查员简单的问了我们几句话，看了一下身份证明书，便在护照上签了字。我一个人跑到富良江边（铁桥上铁门已经关上了，我们不能够过去)，看对岸老街沿江的建筑物。那一带本来没有鲜艳的色彩，现在在太阳光下，却现出了惊人的美丽。混浊的红色江水也在太阳光下面闪耀。还有好些白色水鸟在水面上飞舞，天空是淡蓝色，有各种古怪的云彩。我忘记了真实，以为是美丽的书图。我正愣着看对面，忽然有人在我背上轻轻一拍，把我吓得一跳，我回头看，原来是工程师。他说："海关要来检查行李了，上车罢!"我留恋地望着发出红色光辉的江水，低低地说了一声"再见!"

海关已经来检查过了，因有某军长的行李的关系，而且我们都是学生，所以也没有叫我们个别的打开行李。火车还未开，我们俯在窗口，看河口的花木房屋和山。是的，仅仅隔了一条江，各方面已有过多的差别！一条江限制了两种民族的共同发展。忽然，我在草丛中发现一朵美丽的大红花，鲜艳的颜色在太阳光下发出迷人的微笑。我正想下车去采，但火车已经在动了。天津学生自告奋勇地，下车去替我摘花。花太美了，我没有地方安置它，又不忍戴在我自己的头上。对"美"的物质，我只要欣赏，我从来没有占有它的欲望。所以姚说她喜欣这花，我立刻把花插在她的发上，工程师连说 Charming，姚羞红了脸，要把花拿下。于是工程师就讲英国女孩子和我们中国孩子不同。一个英国女孩子听到了某人讲她美丽，她一定很高兴的向某人道谢。这话使姚更脸红，更不好意思，可是我们都大笑起来。

火车开始转入山洞，眼前黑漆漆的，足足有两三分钟。煤气冲到了我的嘴里，我伏在王的背上，直咳嗽得透不过气来。孩子们永远是好奇的，太多的山洞渐渐地引不起我们兴趣，而且那种会使人窒息的煤气也使我们非常难过。两边的山渐渐变成了红色，这土的颜色，使我记起了广州。广州，什么时候我能够再见你呢?

我和王永远站在车板上，让风吹和太阳晒。虽然夏日的太阳会炙痛我们的皮肤，但我们仍然不管。王在低声唱着"Great Wartz"里的歌曲，我默默地凝望着远方，这歌声似把我带回到我离开了的那个孤岛去。王是个有趣的女孩，但和我一样爱吃零食。每到一站，我们都要下去找卖零食的小贩，因此我们得了“小老鼠”的绰号。——工程师听到我们常在唱歌，他就教我们唱国际学生歌，不多一会，我们这节车上便充满了这样的歌声。

在黑暗中，车到了开远。我们几个人唯恐找不到旅馆，所以很快地跳下车去。开远是个小城，街是这么不平，而且没有路灯。我们也没有带手电筒，有时我们简直不知往那里去，却赖疲倦和饥饿鼓起我们的勇气。然而走遍了整个开远，我们还没有找到一家有空房间的旅馆。旅馆差不多给航校的学生完全包去了。在一家安南人开的西菜店内，我们遇见了天津学生。我们告诉他找不到旅馆，他低声地说：“别嚷，等一会我包你们睡得很舒服。”我们在那里吃了一顿丰富的晚饭。我们随着天津学生回到车上，他带我们去头等车，他悄悄地告诉我们昨晚他守夜时，他就睡在这里。头等车的沙发刚够我们一人长，我们一人占了一张，睡的问题也就这样地解决了。

半夜蚊子的侵袭使我不得不直坐起来。我看见火光，我又听到清脆的女人声音：“孩子，别玩弄火，当心烧了你的手。”“姑娘别作弄人，当心伤了你的心。”这是男孩子的低声。我推开百叶窗，伸出头去观看，但是我什么都没有看见，我只听到轻轻的脚步声，和还在空气中颤动的银铃般的笑声。是梦吗？是幻影吗？天还没有明，为什么悄悄地走了？

第二天早晨，我们取火车头的水洗脸漱口。工人望着我们直笑，我们不管，水这时对我们是怎样的重要！火车至七点钟才开。火车渐渐地向高山进行，火车渐渐绕着山升上去。我们望着刚才停留过的小车站的房屋，它们简直成了孩子的玩具的东西了。山洞更多了。差不多走了几步就要过一山洞，一个山洞的煤气还未发散，另一山洞的煤气又聚起来。有一次，经过山洞时，王在黑暗中站立不住，乱抓着一件东西作为支持。可是过了山洞，我发觉一位男同学红着脸连说“喂喂”，王的支持物原来是那个同学的鼻子。王发觉后立刻放了手，她也禁不住红着脸笑了。

我一夜没有好睡，太多的山洞，使我们觉得疲倦。我只想睡，连吃东西都不感到兴趣。又下雨了，雨丝使我们挤在车厢里，可是雨还打进车厢来。天气渐渐变冷，同伴都忙着找衣服，我的箱子找不到，我只能够束紧雨衣的带子。我正在埋怨过不完的山洞，“第一百五十六个了，”一个孩子欢呼着，“最后一个山洞!”这声音使我兴奋一下。但，渐渐地，疲倦又支配了我。

雨下得更大，虽然坐在车厢内，虽然穿着雨衣，我还不能不张开伞。这时候工程师提议要我们唱国际学生歌，我们全体站起来，雨虽然下得很大，可是我们的歌声依然在雨声中振荡开去。各节车的旅客奇怪地伸出头来，张望我们这一群疯狂的孩子们。

天色灰黑了，远远的，我看见有灯光，那是昆明。雨声更大，但是我们的歌声却把雨声压倒了。我们的列车就在歌声和雨声中渐渐地停下来。我高兴地想着：我终于到了自由的昆明了。

女生宿舍①——在昆明的一个

联大女生宿舍迁到南院了。南院原是一所破庙，作为一个本地中学的宿舍也有好些年了。几间大屋子，前面还有刻着“南天一柱”“乾坤正气”等金色的横匾，走到屋子里边，还可以发现许多狰狞面目的泥佛。后来那所中学疏散到外县去，从远方流浪来的大学又把这所旧庙租了下来，作为男生宿舍的一部，而且把几间大屋子当作教室。泥佛用纸糊抹了，使人瞧不见它的面目的狰狞。横匾取下了，可是“南天一柱”“乾坤正气”等名称却成了每间教室的专名词。现在女生宿舍搬到这里。和女生宿舍连在一起的总办公处也迁了过来，每间教室又变成各种不同的办公室。女生宿舍则散在几个院子里。抗战并没有把阶级观念打破，所以宿舍的好坏也以年级的高低来分配的。大四女同学的宿舍最好，大一的新同学却拥挤在一间有四五十只上下床铺位的“大统舱”里。（这间大寝室本来原是教室，现在床铺排列得和轮船上的统舱一样。所以同学们混称它为“大统舱”。）

人对于女生宿舍，也许会想到“富丽”“堂皇”等形容词，可是这些形容词是随着炮弹毁灭了，现在我们有的仅是一所破旧的屋子。但是我们宝贵它，而且我们知道有多少人徘徊在这所破屋子的门口，要

① 本篇初刊1940年12月1日出版《中国与世界》第5期，署名“陈嘉”。

进也进不来。不过当我们搬到这里时，多少还是有点不惯，屋子实在太破了。

山城的气候的确可爱，夏天不会使人淌汗，冬天更不容易看到雪，太阳比任何地方都明亮，天也比别处蓝得美丽，时常有几朵棉絮似的白云在蓝空中飘浮。甚至在雨季中比在别处好得多，雨后即天晴，并不和江南的黄霉时节相像，绵绵地连下几天雨。

可是雨季总是雨季。我的宿舍是在“大统舱”右侧的小院子里，院里的小天井有一株古老的树，时常有松鼠在那里跳跃。天井那面并立着两间屋子，人住在靠里的一间。屋内图案似的放着四张有上下铺的床位。睡在上铺虽然不大方便，但不像在下铺那样受跳蚤臭虫的扰乱。我高兴能够找到一张上铺。可是有一天晚上，我在睡梦中觉得自己掉在大水漕里，又冷又湿，我害怕得要叫起来。睁开眼，屋子里只是黑黝黝的一片。我还以为是做梦，但是我听到下雨的声音。我赶快打开电筒。被上湿了一大块，连睡衣也湿透了。我用电筒向四面探照，照见雨水不停地从屋顶上滴下来。那天晚上我不能睡好，我怨天，我怨这间屋子。第二天才知道每间屋都有类似的情形。房子实在太旧了。不过现在我知道了防雨方法，每天晚上用油布雨衣等盖在被上，即使下雨，我也不会像掉在水漕里一样了。

总办公室处混杂在女生宿舍中间，所以各院子里常常有些男同学，和办公人员进出。这样一来，男生要找女同学也方便得多。从前的女生宿舍是不准男生入内的，在女生宿舍门口就树着“男宾止步”的木牌。后来这木牌失踪了，但是男同学们也只能在院子里高声叫唤他要找的女同学的名字。现在呢，男孩子都跑到女同学的屋子里来。有时早晨睁开眼睛，你会发觉有一个男孩子坐在屋子里，你又会想起昨晚将熄灯的时候，他还在屋里。你难免会再想：难道那个人一整晚都坐在这把椅子上吗？这种情形使得屋里其他的女孩子觉得太不方便。所以女生舍监出来干涉了，但是“干涉”并不能使这情形消灭甚至于减少！

七月份的贷金终于在九月中旬发给了。这消息也使穷孩子们兴奋一点。虽然十四元一月的贷金在“米要买百余元一石，猪肉买①二元六毛一斤”的山城里不算什么一会事——学校内最便宜的伙食费尚要超过这数目！但是，这些钱究竟也能帮助人解决一些不大不小的难题。自从发给贷金的消息传出后，那天早上在发贷金的小屋子门口，便拥挤着许多男女学生，每个人拿着入学证和领贷金的单子。那天下午我从外面回宿舍的时候，在临近南院大门的文林街上，我听见一种气愤的声音，那是刚从南院出来的两个男同学口中发出来的。

“没有希望了，那个办事的人不是说已经被人冒领去了？我还以为领了贷金可以还你十块钱，谁知入学证一丢，贷金立刻被人领去！”那是较长的一个男学生说的，他的黄色学生制服的裤子上有一大块补钉。他叹了一口气，“明天我把那件冬天大衣出卖罢！”

“到了冬天怎么办？”

“到了那时再讲，谁还能顾到两三个月以后的事呢？而且你也不是有钱的人，你不能每月都替我付饭钱！”他们已经走远了，我再听不见

① 本句两个“买”字，原刊文如此，疑应为“卖”。

他们的谈话。但是我心里很难受。人都有一颗知道耻辱的心，假使那个冒领贷金的同学经济稍稍宽裕的话，他也决不会为了十四元做出这种对不起人的事。我沉溺在痛苦思想中，但是一个叫声把我唤醒了。我仰头看，原来一个男同学刚从里面出来。我就顺口问他是否在找人。可是，我得到的是一句想像不到的回答。

“我在领贷金。”

我看了看他穿在身上的西服：灰色法兰绒上衣，黄色法兰绒的裤子，脚上还有一双黄色生胶的皮鞋。这个人，因为平日衣服穿得这末整齐，我们都叫他做“gentléman like”。

“怎么，你也领贷金？”我有点茫然了。

“为什么我不该领贷金呢？”他笑着说：“Miss X 我请你去南屏咖啡店吃西餐好不好！昨天晚上我和两个同学在那边吃饭，好极了。我到昆明后第一次吃这末好的西餐。而且并不算太贵，三个人才吃五十多块。”

南屏咖啡店，五十多元钱的西餐，领贷金，那个穿着破旧黄制服，裤子后面有补钉的瘦长影子又在我的脑中出现了。我不能说话，我只能苦笑着摇摇头。不等他再说话，我很快地跑进宿舍的院子里去。我觉得自己快要哭了。晚上我去别间屋子找一个同学，她没有在。和她同屋的那位阔小姐躺在床上，穿着一身粉色绸睡衣，爱娇地和坐在她的床边另一同学说：

“明天你替我把贷金领来。我请你到松鹤楼去吃中饭！”

学校里有许多没有钱吃饭的穷学生，可是这辈阔小姐阔少爷，居然也跟穷孩子们抢着领贷金，十四元一月的贷金！我对于“人心”真的有点不解了。

中国人对于节日特别重视，尤其是我们在江南生长的孩子。虽然对于流浪的女孩，“中秋”并不是一个愉快的日子，而且好些同学都为了想家在流泪，但是，中秋毕竟也给人带来了欢乐和生气。只是令人失望的是这晚上看不见月亮的影子。因此我没有兴致跟着朋友们去游大观楼，一个人早早地回到宿舍，在自己下面一张床上一躺。屋子里很静，除了在电灯下映出的自己影子外再没有别的人。我觉得有点寂寞。正在这时同房的Y进来了。她看见我一个人躺在床上，便走过来拉着我的膀子说：

“起来，我们一起到外面去，外面很热闹——月亮已经出来了。”

我随着她跑到外面的院子里，一个奇异的景象使我惊讶了。廿余对男女同学正在那里跳舞，中间放着留声机奏着舞曲。月亮的清辉成了很合式的灯光，照在每个人脸上。整个院子都成了银色。我虽然不会跳舞，但是我却被这情景感动了。我把身子倚在一颗①大树上，望着被月光笼罩着的每个旋转的身子。

夜深了，我觉得有点冷，我应该回屋去加一件外衣。我经过另一个院子，那里有四株高大的桂花，香气袭人。我为它们吸引住了，便爬上高大的石台，想去采几枝桂花。但是我听见石阶那边有人在讲话。我便停止了动作，藉着月光，从桂花树的空隙处望见石阶上坐着一对年青的男女。他们背着月光，所以我看不见他们的脸。

---

① 原刊文如此，疑应为“棵”。

“别说谎，你的眼睛明明告诉了我，你喜欢我，你现在还喜欢我，我知道你的眼睛是不会说谎的!”是一个男子的声音。他们决想不到有人站在桂树的石台上面偷听!

“也许我喜欢过你，可是这并不是爱！我只觉得有一阵风，一阵狂风，使我停不住脚步!”这是女孩清脆的声音。她停了一会，轻轻地笑了起来，她的垂到肩上的黑发在月光下闪耀着，微微地在飘动：“不过这时候早已过去！你看，现在还能够找到狂风的影子，或飞沙的痕迹吗？现在有的仅是明朗的天，和银白的月光！我还不了解生活，我只晓得我做过一些梦，不管那是空洞的，美丽的，反正他们都走了！你为什么还要拉着梦景不放手呢?”

“你就这样坚决？你真的不会后悔吗?”男子这样问道。

我听到了女孩清脆的笑声：“后悔，什么时候我后悔过？而且我们这样分手不是很好吗？我的印象留在你的心中永远是年轻的。世界上没有永久的梦！让这淡淡的影子留在我们的心头——你的心头，我的心头。”

月光显得更明亮，那女孩忽然转过身，现在我把那张脸看清楚了。的确是一个非常可爱的姑娘，眼睛里正闪着光。但是那一张陌生的脸，我没有在同学中间看见过。我记起这几天有几个别校的同学寄住在我们这里，也许她就是其中之一罢!

“不过你允许我，以后别再来找我，也许明天我就会离开这里。我们这样分开不是很美丽吗？没有怨恨，没有厌倦，有的只是青春和欢乐!”女孩带着幻想的口吻说话。我仿佛读到了一首牧歌！恰恰在这时，我的皮鞋在石阶上一滑，使我的身子失去了平衡。我连忙立定，再往对面看，白玉一般的石阶上却没有一个人。远去了的脚步声音在这静夜里轻轻地响着，使我不致怀疑自己落在想像的幻觉里面。

一天早晨，我刚从盥洗室洗了脸出来，却看见一位同学正伏在床上悲痛地低声哭着。我望着她发愣，我向来不知道怎样用嘴去减少别人的痛苦，去劝慰别人，所以我站在这个自己平日相当敬佩的女孩面前，真有点不知所措了。忽然远远地传来一阵歌声“九一八，九一八，从那个悲惨的时候……”有人在唱“松花江”。我记起今天正是这个纪念日，我现在知道这个同学为什么痛哭了。她是东北人，在三年前，抗战刚发动的时候，离开了家，离开了每个熟习的人，到自由的祖国来。她做过伤兵医院的护士，也在战地里作过服务员。她告诉我们，就在“九一八”那年，她的十六岁的哥哥自杀了，她那时虽然很小，可是这个悲惨的痕迹永远留在孩子的心中。后来她到这里来读书。她没法同家通音讯，只靠着十四元一月的贷金，而且还不能按时领到，她怎样能生活呢？所以当邮局招考邮务生的时候她便去投考，幸而被录取了。她要求邮局把她的办公时间改派在晚上，现在她每天晚上还要去邮局办公。她是一个沉默的女孩，不多讲话，宿舍里似乎根本没有这个人的样子。我从来没有看见她有过十分激动的时候。但是她对同学却很和善，所以我们大家都爱她。我听见人说过“松花江”的歌声常常会使她流泪。难道又是它在唤醒她的痛苦的回忆吗？我望着她，她的哭声似乎更悲惨了，把我的眼泪也引了出来。我不能劝慰她，我只好离开屋子。

院子里正下着细雨，天空满布着阴云。我怅然了：“天，你难道也为着几年前悲惨的日子流泪吗?”我木然地站在院子里，也不知道雨打湿了我的衣服。“你傻了，站在雨天下干吗?”我回头，是同屋另外两个同学，手中拿着一只大口袋，笑着对我说：“今天群社的同学在大门口募捐，怕女同学们今天不大出街，所以叫我们进来募捐。你闲着没有事，来帮我们罢!”也不等我回答，她们从口袋中拿出一个小包，告诉我里面有五十面白色小旗，印着“九一八，劝募寒衣纪念”等红字。她们的脸上正闪耀着青春的光彩，并没有失望和悲哀。

雨不知在什么时候停止了，我看见一片明朗的蓝天，天空中连一朵浮云都没有。我像抓住一个希望似的，快活地对她们说道：“我不怕，光明永远是我们的!”他们也许会奇怪我的回答，但是我看到的却是更灿烂的笑脸!

萧珊自述①

一九三七年，“八·一三”上海抗日战争爆发的时候，我在爱国女中念书，当时我也像大多数中学生一样，在抗日救国的号召下，渴望能为抗战多做一些事情，所以我们几个同学受过短期的包扎训练后，便到一所红十字会伤兵医院里报名，去当看护了。在伤兵医院中所见所闻，无不使我激动，试着用文字把它记录下来，题名为《在伤兵医院中》，投稿于当时抗战刊物《烽火》，在那里发表。这是我第一次写作，也是我接触文学的开始。两个月后上海沦陷，医院内迁，我们又回学校当中学生。不久后，曾同上海中学的同学一起前去孤军营慰问，写过一篇《在孤军营中》，由巴金同志拿去发表的。两年后，我离开上海去昆明投考大学，经过香港，海防，坐滇越路到昆明，曾把旅途中见闻写成两篇报道。寄给上海巴金同志。在昆明西南联大念书时候，虽也曾寄过一些散文，但连发表的地方和名称都记不清了。四四年结婚后，住在重庆文化生活出版社，书店供给我食宿，我替书店校稿、写信、写广告、打书包等工作。这期间也为《大公报》杨刚主编（指她出国前）的副刊写过一些散文。四六年五月回上海，当时巴金同志

① 此为萧珊加入上海市作家协会时按要求的所写创作自述，现藏上海市档案馆；此据手稿刊录，部分文字、数字依原件而未做统一和规范。

是上海文化生活出版社的总编辑，但是整个编辑部也仅是他一人而已，我帮忙他做点编校工作。50 年我开始学俄文，也为平明出版社搞点编辑工作，五二年我开始翻译小说，前后出版的《阿细亚》(53 年)、《奇怪的故事》(54 年)、《别尔金小说集》(56 年) 等和《屠格涅夫中短篇小说集》(59 年)。58 年十二月我来《上海文学》编辑部，也曾在刊物上发表过两篇作品。

小妹剪去辫子了

一

今天下午，小妹回家特别早。她一蹦一跳地走进家门，齐腰长的辫子也随着一起一落，系辫子的红绸蝴蝶结，在夕阳下也一晃一晃地抖动，好看极了。她在屋子里找不到小弟，便放开嗓子喊道：

“小弟，小弟！——婆婆，小弟还没有放学吗？”

婆婆还来不及回答，小弟好像从地底下钻出来似的，在一边笑嘻嘻地说话了：

“小妹，今天你可比我回家早了。我们在衡山公园义务劳动。我们男生队和女生队比赛，我们拾了三筐落叶，女生只拾两筐……”

平时，小妹最不满意弟弟也叫她小妹。她老是咕噜：“做了七八年的姐姐，可还没有听见喊过一声姐姐！”可是今天她一点也不在乎这个，她的心似乎给什么不寻常的事情占据了，她脸上透露出一种跟她年龄不相称的严肃神情。不等小弟说完话，就拉住他，低着头跟他咕哝了几句，并且对婆婆说：

“婆婆，我带小弟去理发了。”

婆婆还没有接口，姐弟俩已经手拉手走出去了。

小妹的学名叫王小梅。其实她正式命名为王小梅也不过一年半的时间，从前她在学校里也叫王小妹。一家人叫她小妹叫惯了，连比她小八岁的弟弟也不了例外地叫她小妹。爸爸妈妈认为任何名字都足以代表一个人，何必用高深的字眼。可是小妹在快毕业时，却提出改名的要求。

“小妹，小妹，我快变成全校的小妹了。连幼儿园的小朋友也叫我小妹，小妹!”小妹一提到名字就有气。

所以小学毕业证书上就改为王小梅。她第一次写上“王小梅”三个字的时候，把“梅”字写的特别大，左看右看，心想：“这才像一个名字呢。”进了中学，第一次跟新同学接触时，她总是抢先把自己的名字告诉别人：“我叫王小梅，梅花的梅字。”

天黑了好久，那两个孩子还没有回家。爸爸、妈妈都下班回来了，饭菜也已经摆上桌子，就等孩子们回来一起吃饭。婆婆要上街去找他们。

爸爸笑着阻止她：“妈，你急什么！他们理好发自然会回家的。我们还是先吃饭吧。”这句话还没有说完，小弟的声音又在屋外响起来了：

“婆婆，快来看呀，小妹剪去辫子了。”

左邻右舍都从窗子里伸出头来张望，有人在说：“小妹，你怎么想通了，舍得剪辫子!”

小妹捂住脸跑进屋里。婆婆一看，小妹果然剪去了辫子，短发垂耳，后脑系一个大红绸结，圆圆脸上的黑眼睛却羞得更低了。

“小妹，你把辫子送给婆婆吧，让婆婆做假发好梳头。”

小妹微笑地摇摇头，心想：“为你一个人，我才不去剪辫子哪！”

“嘿！我女儿居然剪去辫子，多好看，又精神，又漂亮！这才像一个小女兵！早该听爸爸的话。”

小妹一声不响，只管埋下头吃饭。

小妹的头发可真逗人爱，又黑又亮，每天早晨拆散辫子，头发松松地垂到腰下，就像一泻而下的瀑布。暑期，小妹参加军事训练时，每天大清早起来梳辫子，她的头发又多又长，梳起来真费事啊。妈妈免不了要说：

“小妹，你什么时候才肯剪去辫子？你看，你每天要浪费多少时间！还说行动战斗化。”

“五四时代女学生为了剪去辫子，进行斗争。现在女孩子却一个一个都留起长辫子来了。”爸爸接着这样说。

小妹对这些想来都置之不理。她想：“我留辫子又不妨碍谁，我又不要你们帮着梳辫子。”

所以今天这样一来，连妈妈都纳闷了，真的，这孩子怎么舍得剪去辫子？

晚上九点钟，妈妈照例要到孩子们的屋子去看看，替他们盖好被子。小弟早睡熟了，发出匀称的鼾声。小妹还坐在写字台前面，呆呆地望着台上那两根又粗又长的辫子出神。

“小妹，九点了，还不睡觉！”

“妈妈，我告诉你一个秘密，就告诉你一个人：我的辫子要去炼钢了。你看，我给它系上一条多好看的蝴蝶结！”

妈妈一看，果然有一根火红色的绸带把两根辫子束在一起。“辫子要去炼钢？孩子们的新鲜事可真多！”妈妈心里想。

“快上床睡觉去，有话留着明天跟妈妈说吧！”

“再让我说一句话，我就睡觉，——这蝴蝶结多像钢水！”小妹说着，快活地笑开了。因为她真的看到一片金光灿灿、无限广阔的钢水的海洋！

二

第二天早晨，某女中初中某班第一堂课是班主任王老师教的平面几何课。王老师走进教堂，马上感到教室里的气氛跟平日不太一样，平日嘻嘻哈哈的女孩子，这时都绷住脸，显出严肃的样子。不同的自然不止这些，不过王老师并没有发现最显著的地方罢了。

“立—正！”班主席喊起来。

王老师说声：“坐下！”便打开平面几何，“我们上一课讲到邻角和邻补角，同学们都懂了吗？”

王老师回过身去，正打算在黑板上画出邻角和邻补角的图，她在黑板上读到下列的字句：

王老师：

我们为了支援钢铁元帅升帐，全班同学剪去辫子作为对钢帅的献礼。

初二×班全体学生

王老师转过身来，可不是，全校有名的长辫子班，现在变成清一色的短头发！女孩子看到她转过身来，又调皮、又快活地放声笑了。这个时候，班主席第一个站出来，对王老师行一个少先队的敬礼，献上她的辫子。女孩子们一个一个地鱼贯而上，献上自己的辫子。

事情是这样的：昨天上完末节课时，王老师对同学们宣布：学校第一座土高炉建成，以后还要建第二座，第三座……同学们齐声欢呼，欢呼的声音几乎把王老师的话都淹没了。后来王老师又随便谈到现在市场上搪炉用的麻棕奇缺，但是人的头发可以代替麻棕，还可以加强炉泥的拉力。她没有想到这些话在女孩子们心中发生了这样强烈的作用。女孩子们都不自禁地望望自己的辫子：辫子啊，原来你也能为祖国社会主义建设事业效劳啊！

下课后，女孩子就一堆一堆地聚在一起，谈论这件事，要求开一个班会。她们班上唯一的团员（就是他们班上年纪最大的一个女孩子），十五岁的王兰英说话了：

“刚才王老师说的话，同学们都听明白了？我们军训时，不是说过：随时准备着，听凭祖国的召唤？不是说过，服从祖国的需要吗？今天祖国为了早日走向共产主义社会，需要大量钢铁。炼钢需要炉子，炉泥需要麻棕，人的头发可以代替麻棕，还可以加强炉泥的拉力！同学们，我们应该用实际行动来支援钢铁元帅了。”

小妹下意识地摸了摸她那系着红绸蝴蝶结的辫子，像所有的女孩子一样，手中柔软的发突然和钢连在一起了。想到炉泥里掺着她们的头发，炼钢炉子射出缤纷的火花，她们各个眼睛发亮，脸庞灿烂得像花朵一样。

王老师望望这一大堆黑压压的辫子，又望望这些容光焕发、十分稚气的脸孔，似乎看到一个无限光辉、幸福的前景！她觉得她的眼皮有点发潮，眼睛有些模糊了。她猛地抬起头来，激动地拿起粉笔准备讲解邻角和邻补角的关系……

（《文艺月报》1958 年第 12 期）

幸福的会见

一

我们来到金星金笔厂装配车间门口，一张大幅素描就引起了我们的注意。画上有一个短头发的女工，用胜利的眼光，望着一部部自动的机器微笑。但为什么要画一个女工呢？我们还有点不解。我们顺着楼梯上去，走进左边第一间屋子，当头最显眼的地方，就有一张“三八红旗集体”的奖状，和一副“立志要顶半边天，保持荣誉再跃进”的对联。再一看，原来在长长的操作台边，坐的几乎全是穿花衣服，年轻的女工。女闯将沈芙蓉就是这个车间里的。

我面对着流水线工作台出神了。流水线自动地、连续不断地在搬运零件，一盒、一盒的笔杆，笔套，笔尖，水箱……慢慢地移动过来，装配女工不慌不忙地拿下自己所需要的零件，这减少她们多少劳动强度！我忍不住对旁边那个穿紫色的女工赞美起来。

“一点不错！过去，哪能这样安静地坐着做生活！整天的跑来跑去，吃力不说，还做不出活来。这都是沈芙蓉给我们带来的方便！”那位紫衣女工一面从容工作，一面回答我。

我走到另一条流水线旁边，每个女工面前有一部小巧的机器，轮子带动小铁钳，克嚓、克嚓地夹着金笔尖。“这是什么工具?”我问。

一位双辫女工显然对我很不满。“这是拗笔尖机呀！报上都登过。就是沈芙蓉搞出来的!”

又是沈芙蓉！我更想早一点看见她本人。“她在哪里呢?”我对那个陪我们参观的同志说出我的意图。

“你要找她，这就难了！她已下班了。大概又躲在哪个角落里搞革新了!”

“沈芙蓉一早就出去了，为了自动化，又到什么电机厂取经去了。”双辫姑娘接口说。

完了，见不到她了。那个同志看到我失望的样子，想了一想，说：“明天晚上八点半，你到工会办公室来找我吧。我替你约好她。”

二

第二天，我又到金星金笔厂去。刚到厂门口，我就看见一个短头发的女同志，匆匆地走在我身边，我看了她一眼，她也看了我一眼。她看见我踌躇不前，便问我找谁。我拿出我的介绍信，她告诉我工会办公室就在前面那座大楼的楼上。那个女同志大约有三十上下，质朴的脸上，露出非常诚恳的神情，叫人看上一眼就会信任她。我就忍不住向她打听沈芙蓉了。她用坦率的眼神看我一眼，淡淡地说：

“她也没有作出什么了不起的事情，报上把她说得太好了。”

她的话引起我强烈的反感，我真想说她几句。她好像看出我的心事，就加快脚步自顾自走了。

我走到工会办公室，比约定的时间还早二十分钟。那个年轻的同志看见我去了，撂下手上的工作，过来陪我。“时间还早呢，沈芙蓉八点半一定来，她说过的话一定算数!”

我们闲谈起来，自然而然的话题就又转到了沈芙蓉的身上。但还没谈上几句，门打开了，进来一个矮小的女同志，就是我刚才在门口遇到的那个人。

“沈芙蓉快过来，这个女同志等你很久了，昨天她就想找你。你自己跟她谈谈吧。我还要去开会!”

我们俩相视而笑了。好险呀，刚才我还差一点挖苦她呢，想不到她就是沈芙蓉本人！她在我对面坐下，又对我笑笑，质朴的脸上泛出淡淡的红云。

“你要我谈什么？我本人真没有什么可谈的呀！我只是在党的教育下做了一点点小事，党和人民却给了我这么大的荣誉!”

“单是去年一年就搞出四十多种革新，为国家增产三四十万财富，还说是小事情！好吧，现在就请你谈谈怎么打破迷信来搞技术革新吧!”

沈芙蓉把头一偏，短头发都掉到脸上来了，但是她并不去掠头发，想了一会，不好意思地说：“好吧。”

三

沈芙蓉一向听党的话，也总是最先响应党的号召的，可是对于技术革命她完全没有信心。她想：“无论怎么样辛苦、繁重的工作，我都不会皱一下眉头，就是叫我干上三天三夜不睡觉也行。可是要我来搞革新，那怎么成？我不懂技术，连车、刨、钳的活都不会！我刚刚摘掉文盲帽子，怎么来设计制图呢！搞技术、闹革新那是男人的事，女人搞得出什么！”可是她怎能不听党的话，党永远不会错的！“没有党，我沈芙蓉又会落到哪里去了？”她这时的心里，真是七上八下，波动得厉害。

解放前十年的那段痛苦的岁月，现在又一下子全浮上她的心头：抗日战争的时候，他们在上海穷得活不下去。爹娘硬着心把哥哥送给别人；妈妈哭哭啼啼地带着她回绍兴乡下；爹呢，一个人留在上海；一家人就这样四处分散。十二岁那年，她的妈妈死了。临死的时候，拉着她的手哭：“人穷，志不能穷呀……”但是在战乱之中，爹又没有消息，狠心的堂房婆婆，就将她以五十二块钱的代价卖给地主家。从此，小小年纪的沈芙蓉，不但负担繁重的劳动，还经常受到不明不白的打骂，从清早到深夜没有喘息的时间。半夜里，她还要给地主老婆捶腿。有时稍一大意，眼睛闭上了，一个耳光便刮过来了。因此，她经常躺在床上悄悄地哭：“爹，爹，你在哪里？你为什么不来救救我？”哭着哭着，这一天终于到来了！但救她的并不是她爹，而是中国共产党！中国解放了，也把她解放了！她来到上海，嫁了丈夫，参加了工作。现在，她已有三个健康的孩子。孩子喝上牛奶，吃到饼干。爹长年生病，还照常拿工资。……这一切说明了什么？她自言自语地说：“芙蓉呀，芙蓉呀，你得党这样多的恩惠，你在技术革新上就不听党的话了？”

她是装配车间的烘尖女工，用手工操作出来的笔尖永远跟不上形势需要。有一天，她在第一中百公司买东西，她望着自动电梯呆呆地出神了。要是烘笔尖不用人工，能用一种像自动电梯似的工具多好呢。但是，她把她的想法告诉她爱人时，她爱人劝她：“少管闲事，多在生产上加把劲吧。”可是沈芙蓉却不听他的，仍然在暗中进行工作，她不会画设计图，就用剪刀把它剪出来，她不会用工具，就虚心地学习机工、木工的活。由于党和同志们的帮助，用传送带烘笔尖机终于成功了。这不但鼓励了沈芙蓉自己，还鼓励了全厂的女工。

除开烘笔尖的工作以外，当时车间最难做的工作是拗笔尖。操作的人得用大拇指拗笔尖，常常搞得鲜血淋淋。有一个女工也曾动过改变操作的脑筋，但是没有成功。有一天，沈芙蓉请她父亲来吃大闸蟹，她在洗蟹时，无意间她的手给大蟹钳钳住了。蟹钳真凶，钳住了就是不放；要是有一个这样的工具来代替大拇指拗笔尖多好。……她的眼睛发亮，忘记了手疼，马上用硬板纸拼拼凑凑作了个模型，后来终于成功了，每人每小时竟然可以拗成三千只笔尖。

四

一九六〇年的春天来了。厂里要实现三化运动，技术革命的浪潮愈掀愈高。沈芙蓉又是兴奋，又是难过，她怎么来为高级产品出力呢？

这时候，她正在搞洗高级水箱的工作。水箱是金笔的重要零件，有保持温差、防止漏水的作用。水箱洗好后，还得在药水里浸十二个小时，真是“老牛破车”，甚至连达到生产指标也不可能。何况现在厂里正预备生产60型高级金笔，温差要达到五十度以上，照现在的操作方法，怎么能行。

“一定得改变洗水箱的操作方法！”沈芙蓉首先提出这个关键来！

正是这时，车间里有一个女工在搞半导体写毛机，遇到了困难。

沈芙蓉陪她去搪瓷厂请教一位老师傅。这位老师傅无意中提到他们的厂要搞超声波来检验质量，而且说超声波的应用范围很广，沈芙蓉就问：“能不能用来清洗水箱？”这位老师傅回答不出来。而且，搪瓷产品和精密度很高的水箱是完全不相干的两样东西，怎么能把这两者牵到一起呢。但是“应用范围很广”这几个字恰像一把火炬，照亮了沈芙蓉前进的道路。

沈芙蓉兴奋地找到车间支书，谈出她大胆的假定：“既然超声波应用范围很广，为什么不能利用它来洗水箱？”支书一听她的话，很赞赏这个革新家的想象力！但是超声波是怎么回事？支书自己也不能给她多少这方面的知识，只是鼓励她去钻研，给她借来一本《超声波的原理和应用》。

夜深了，沈芙蓉专注地读这本书。但这本书上都是生字和奇怪的名称，还有莫名其妙的图样。沈芙蓉愈看愈糊涂，便去请教已经睡了的爱人：“你文化比我高，你给我解释，这是什么意思！”

她爱人披上棉衣，立刻坐了起来，迷迷糊糊的拿书一看，差一点笑出声音来。

“搞革新，真把你搞疯了。超声波还是一种新的科学，哪是你我搞得懂的！再说，我的文化并不比你强多少，我怎么能解释给你听。好冷呀，早点睡吧！”他一说完，就钻进被窝里去了。

一个小学五年级文化程度的人，要叩科学的大门自然会遇到许多困难。她怕了吗？不，她记得，党经常说：“要知难而进、战胜困难；不能知难而退、让困难吓倒！”她怎么能不听党的话呢？而且，她也马上想到向秀丽，这个为了抢救国家财产，保护人民生命安全，在烈火中永生的英雄："向秀丽她还是一个新党员；我呢，入党也快五个月了！我难道就能被这些古怪的名词吓倒？我还算是什么党员！"

她清醒了，又一个字一个字地往下读。这本书给她证实：超声波应用的范围果真是很广的，已经应用在机械工业、冶金工业、化学工业、纺织工业、轻工业……她在轻工业项目下仔细地看下去，又有宝石钻孔、石墨击碎、雪花膏处理、酿酒、清洗等功能。她一下子站起来，眼睛发光，高声地说："这条路走对了，我的想象有根据。"

这天晚上她怎么也睡不着。她翻来覆去老是想超声波："哪个厂已经有超声波的设备？哪个厂在生产超声波仪器？只要让我看到'超声波'这个实物……"大清早，她找支书谈话，支书热情地鼓励地望着她微笑，又给了她不少力量！

五

"怎么能看到这个仪器呢？"这是沈芙蓉现在的中心问题。

她一面忙生产，一面打听什么厂在用超声波，同志们也帮她各处打听，只要哪儿有一个线索，她就奔到哪里，这样她来回跑了二三十个单位，没有找到跟洗水箱有关的线索。

快到春节，这一天又是风雨，又是雪，气温突然降到零下五度。她从光学仪器厂出来，身上已经湿透了。风真大，手冻僵了，伞都拿不稳了，她仍然挺起胸来，顶着逆风走。但是往哪里走呢？她想得出神了，无意中踩在一块薄冰上，滑了一跤。有个过路人连忙扶她起来，和善地问她摔痛没有？这个陌生人亲切的声音，使她想起十余年前的旧事：也是天寒地冻的时候，小小的芙蓉，手上都冻得裂口出血了，她还是捧着水仙花到院子里去换水。她在雪地里一滑，冻僵的手拿不住花盆，花盆打碎了。地主老婆罚她跪在雪地里，雪片一层层积在她身上。地主的孩子却站在她面前拍手大笑："叠雪人了，叠雪人了！"好心的老奶妈劝她：哀求地主老婆饶她这一次。她没有吭声，因为她记得妈临死时候说的话："人穷志不穷"，她宁死也不向地主讨饶！可是今天，整个社会却对她这样的关怀。于是她的精神更加抖擞了。她已经透过时间的薄幕，看到了共产主义时代灿烂的金光！

她跳上电车，看见车上有一个挂着科技学会证章的同志，她连忙问他：

"你知道哪儿在用超声波！"

那个人惊异地看她一眼。她说明是为了搞技术革新。那个同志叫她到华东电子厂去看看。她就马上下车，冒着大风雨向前直奔。她爽性不打伞了，只把围巾包在头上。这时，华东电子厂门口，已积水成洼，她毫不踌躇地涉水而过。门警阻止她，向她要介绍信。她哪有介绍信，只是说着一句话："一切都为了技术革新！"

"这是我们厂的规章！"门警也只是说着一句话。

到底门警也终于给这个奇怪的女人感动了，把她介绍给一个从里面出来的干部。那个干部看见沈芙蓉一身都湿淋淋的，连忙叫她进去，要她换衣服。

"那没有关系，里面衣服不湿！带我去看超声波吧！"沈芙蓉一再说。

她走进一间小屋子，那里她只看见一只像桌子一样大小的箱子，再没有别的仪器。她问：“哪儿有超声波!”

“这就是超声波!”那个同志指着大箱子说。“它是用来测量海水的深浅的。”

路是人走出来的，沈芙蓉终于打听到：有个电机厂里就有她用得上的超声波。但这时已是春节最后一天的傍晚了。这天，她父亲约他们去吃晚饭，爱人和孩子们早去了。她急忙在后赶去。但一路上她想的尽是超声波的事，她忽然想起，这些天卢湾区不是正在开技术革新展览会？这个厂正在卢湾区，展览会上不可能没有这个厂的新产品。这样一想，她就毅然转过身往父亲家不同的方向走去。

果然，她在展览会上看到不少超声波的仪器，其中有一只正是超声波清洗机。“终于找到了。”她宽慰地长长地吐一口气。

“可是哪个厂在用这仪器呢？让我看到它操作多好!”

热心的讲解员看见她呆呆地站在那里不动，连忙过来介绍这仪器的功效……现在上海手表厂都用它来洗零件了。……她一听到这句话，不待讲解员说完，回身就走。但是这天还是春假例假日，厂里的工人提早走了。这时她才想起父亲约她去吃饭的事，可是这时已经八点半了。

六

第二天一清早，她兴奋地向车间支书汇报了事情的经过。支书听她说完话，也兴奋地告诉她：“正好！就是这个厂呀，今天请你去谈技术革新的经验。”

“我有什么经验可谈呢？我……”沈芙蓉脸红了，急忙地说。

“这又是什么为难的事呀，事情怎么样，就怎么谈吧！而且，那里还有清洗机呀!”

清洗机比什么都有说服力。沈芙蓉就去了。

超声波真灵，把发生器的灯丝电源一扳，绿灯亮了。他们叫沈芙蓉把一打塑料水箱放进金属的换能器里。忽然，红灯亮了，发出丝丝的声音。隔了几分钟，换能器上的水振动了。这时候，这个厂的技术人员对她说：

“我们的钟表零件只需洗五、六分钟，你们的水箱就洗七分钟吧!”

沈芙蓉拿着已经洗过的水箱，又高兴又紧张地回到厂里，就装进金笔到测定科去测验。测验结果，十二支笔倒有两支不合格。支书又鼓励她说：“再试验几次，做试验哪有一次就成功的!”

这次她洗了五打水箱，开十分钟电源。回厂后再测验，成绩却很好，六十支金笔全是第一流的质量，温差都在 50 度以上。

成功了，原来需要十二小时的工作，在十分钟内完成了。沈芙蓉兴奋得紧紧握住支书的手不放。她的脸发出红光，她多高兴呀，这一下能为国家节约了人力物力。

“你还要我说什么吗？其实我的事情很简单。”她又用坦率的眼睛看看我，随后马上站起来，抱歉地笑笑，把头发一甩，接下去说：“木匠间还有事情找我。我们提出巧干十天，实现车间自动化。这几天是关键性的时间！我不能多陪你了。”

在这一天等于二十年的日子里，我有什么权利多打扰她呢？这是一次幸福的会见，我怀着万分感激的心情，恋恋不舍看着这位对党无限忠诚、把困难看得十分渺小的女闯将，匆匆地走下楼去。

亲人

一

上海的初春，虽然寒气未消，但是街上、公园里却已新绿满枝，花树含蕾。这一天天气很好，天空蓝湛湛，万里无云，风温和得就像新人的笑脸。我忽然想起了一个我刚认识的朋友，人们尊称她为“病家的亲人”。可是她既不是医生，又不是护士。她是谁？她是一个小药房的营业员，名叫方静。她在平凡的工作中做出了许多不平凡的事迹。她那春风一样的笑容照亮了许多需要特殊照顾的老人和残疾病人的心灵！

那天傍晚，我照约定的时间到药房去看她，她不在，去看病人去了。只有两个女营业员在柜台里忙碌。

这时一个小顾客来买冻疮药，那个双辫的小营业员连忙迎上去问话，小孩答不上来，她打开笔记本，记上小顾客的地址，一面亲切地对小孩说：“你先回家，吃过饭我带药来！”她看我一眼，解释地说：“冻疮药有两种，这小孩又说不清楚。不如等一会去看看，根据情况来对症敷药。”我还来不及说话，旁边一位老顾客忍不住说：“这个小同志服务态度就是好，有一天我来买药，钱带得不够，就是她把药给我送上门来的。”姑娘的脸羞涩地笑了一下，陷入了沉思。姑娘，你在想什么？你在想几个月以前，你刚从高中出来分配到这家小药房时的情景，当初，你觉得在这个小天地里，整天干着“一手收钱，一手交货”的工作有什么出息！同社会主义建设有什么关系！你满脑子都是革命者的出生入死的斗争和建设者奋发图强的事迹。可是这“二分钱一片感冒片，四分钱一包滑石粉”的工作，对社会主义革命又有什么关系？有一天下班以后，方静拉着你一起去替一位老奶奶换药，刚走上楼梯，还没有进屋，老奶奶就嚷起来：“亲人，你来了！”老奶奶年过七十，向来行动不便，最近腿被烫伤了，在工厂工作的儿子来买药时，因担心无人服侍紧锁双眉。方静了解这情况后，就主动把照料老奶奶的工作承担下来。这天方静替老奶奶洗净伤口，换药包扎，还轻轻地替她换了内衣内裤，把换下的衣服洗净晾好。临走时，替老奶奶盖严被子，悄悄地把一包带来的纸包塞在她枕边：“奶奶，你尝尝我妈妈做的我家乡的甜点心！”老奶奶一把抓住方静的手，热泪盈眶，颤声说：“亲人呀……”你的心震动了，热泪也滚下来了。这是你第一次接触到柜台外面的世界，你的眼睛睁大了，原来“社会主义平凡的买卖关系”中，有着深刻的巨大的意义！归途中，你只是默默地，默默地埋着头走路，可是你内心的波涛却翻腾得多么厉害！……

这边柜台上，又有一个三轮车工人模样的顾客来买消炎药膏和纱布。那个年龄稍长的营业员要求看看他的伤口，帮他上药。顾客开始有点发窘，但最后还是把裤脚卷起了。伤口已经溃烂，她轻轻地给他洗创口、消毒，然后敷上药膏、包扎。临了，她拿出笔记本，轻声在问他的住址：“明天我来替你换药！”顾客的脸色涨得通红，半晌才讷讷地说：“同志，你太好了！”

在这里，我看见一个一个顾客进来，又看到他们一个一个面带满意的笑容走开。我的心真暖和！这时，外面响起了一阵孩子们的闹腾声，原来是方静回来了，周围还围了一大群孩子。一个小女孩悄声在说话，另一个男孩子严肃地在说话……方静又是笑，又是点头。孩子们渐渐走开了。方静白净的脸上泛着红晕，含笑对我说："孩子们真可爱！你以为刚才那个男孩子在跟我说什么——他们有的告诉我：这学期没有得过三分。有的问我生什么病，前天，'三八'节那天还每人送我一朵鲜花，你看，还在那里！"柜台里边写字台上，一只玻璃杯里几朵十分鲜艳的花还吐着芬芳！这一切使人感到她和这附近的劳动人民有着多么深厚的感情。

二

"不能忘记过去！"方静这样开始说话。

方静出生在浙江慈溪农村，家无寸土。八岁时父亲半身不遂，失业回乡。父亲原在上海八仙桥猪肉庄做小职工，整日浸在水里拔猪毛。可怜的父亲，为了养活一家六口，连一双胶鞋都没有，长年累月，湿气入骨，双腿瘫痪，老板一下就辞退了他。母亲养活不了六口人，先要十四岁的姐姐，带着六岁的弟弟，替地主家看牛、放羊；八岁的方静让人介绍到在上海经商的同乡家去当寄饭丫头，那家大老婆把她带到了上海。八岁的小女孩就这样离开了爹娘，告别了童年。从此她起早摸黑，挨打受骂，还不敢哭出声来，这一碗冷饭、残羹多么不容易咽下去呀！每天早晨她陪一个也是八岁的小姐上学校，她听到里面朗朗的读书声发呆出神，要是有一天她也能走进校门，读书认字，给妈妈写信……这样的美事，即使在梦里都不曾有过！

妈妈虽然送走了三个孩子，还是养不活余下的三个人。她一狠心，也到了上海，进方静主人家做女佣。夜深人静，小女儿躺在妈妈的身边，眼泪像断了线的珍珠那样滚下来，有多少委屈要诉呀！妈妈搂住女儿，叹口气："这是命苦呀，你为什么要投生到妈的肚子里来？"母女俩能够生活在一起，这也是一种幸福，可是，这样的幸福也是短暂的。有一天，东家失去了一只皮包，先来搜方静母女的衣物。傲气的母亲带着女儿离开了同乡家，人穷志不穷！

妈妈把方静寄养在一家小糟坊里，说明只吃饭不拿工钱。母女分手时，妈妈含泪说："静呀，熬熬吧，有办法，妈会来接你！"小姑娘过着牛马般的生活，一天十四小时操着成年人的重活，还要洗衣、烧饭、抱孩子。有时候渐渐疲乏眼睛睁不开了，一条木棍凌空打下来，小方静吓得连忙睁大眼睛，眼泪直往肚里咽。只有夜晚，躺在地铺上，才敢抚摸着身上的伤痕，发出这样的心音："妈妈，你来救救我吧！"

不幸紧跟在穷人背后，母亲走后不久，两岁的小妹死了。小妹本来就营养不足，又没有人好好照顾她，生了病还吃不上一顿饱饭，就这样眼看着她死去。父亲只是惨笑一下："还是死的好！"姐姐和弟弟虽在本村，但不常回家。有一天弟弟回家找不到小妹，一面哭，一面嚷，问父亲要人，父亲的眼泪簌簌地掉下来。有一天姐姐和弟弟回家来看望父亲，打开门，父亲倒在地上，僵硬多时了，没有一个人知道他怎么死的，什么时候死的！

更悲惨的还在后头。姐弟在山坡上放牧，老黄牛野性大发，不知怎么和另一条牛斗起来，小弟拉不住它，老黄牛一时性起，朝弟弟撞来，牛角戳进弟弟的肚子，弟弟惨叫一声，倒在血泊里。姐姐在放羊，赶到弟弟身旁时，他只剩一口气了……

小方静听到这一连串的消息呆住了，这许多可怕的消息怎么都凑到她一家来！再说她自己吧，日子也不好过啊！主人因为小作坊生意清淡就拿她出气："你这白虎星，克死你父亲、弟弟，又来克我生意……"主妇受到丈夫欺侮，或者小孩生病也认为跟她有关，尽是挨打受骂。

妈妈只好带着小方静离开了小作坊。妈妈在人家做女佣，不能把女儿带在身边。她借了印子钱，托人求情让小姑娘进了一家小袜厂当童工。天不亮，就起来做工，晚上睡在伸手不见五指的黑屋子，又闷又小。冬天还能忍受，小姐妹们直挺挺地挤在一排，倒还暖和，只是闷得透不过气来。有人苦笑说："我们已经睡到棺材里了。"到了夏天，屋里热得像蒸笼，臭虫像小钉子。晚上睡不好白天又吃不饱，干活怎能不受影响！一天，小方静耳朵嗡嗡在叫，眼前金星直跳，可是她还不敢休息。摇呀，摇呀，她渐渐支持不住，头垂下去了，忽然，一只大手抓住她的头发，骂道："死丫头，你要偷懒！"铁棍打下来，一下就把小方静打晕过去。年复一年的过去，她怎么也逃不出这只大手！

好不容易盼到解放这一天，多灾多难的大地上开遍了红花，上海解放了，全国解放了。

三

一九五六年，方静参加了商业工作。她刚到药店时，看到这许多大大小小的药瓶、一千多种不同的药品，吓呆了。在开始的那些日子里，她把每一个药名都记在笔记本上，又列出它的性能、效用和服法，然后十遍，二十遍地念着，有时连做梦都在背诵药名……

一九五九年，方静被调到红旗街的祥生药房工作。临走时，领导上对她说："同志呀，这是条红旗街，是这一带劳动人民聚居的地方，你不仅要做好本位工作，还得多关心顾客……"方静点点头，带着激动的心，走上新的岗位。

三月间的一个下午，一位老妈妈拉着小男孩的手走进店堂，焦急地问："这孩子咳了好几天，今天一直叫头痛，不知道应该买什么药给他吃!"方静连忙走出柜台，替孩子量温度，三十八度九。她让孩子服了退热药片，又配了止咳药。一老一小的身影渐渐远去，她却愈想愈不放心。这天下班她原打算先回家看看，她的女儿在出水痘，可是她却先走到病孩的家里来了。一张大床并排躺着三个孩子，刚才那个男孩小脸烧得更红了，鼻翼不住搧动，抽着粗气。方静又给他量了温度，是四十一度，忙说："赶快送他上医院看看吧!"母亲为难地指指另外两个孩子："他爹忙着赶任务，晚上不能回家，这两个也不舒服，还有一个小的。我怎么抽开身哪!"母亲说着，眼睛都红了。方静忙说："我带他上医院!"

孩子患的是急性肺炎，马上要住院，还要大人陪夜。怎么办？自己的女儿也在生病，女儿的爸爸也不在家里，可是有外婆照顾呀！她一转念，打电话通知她妈妈，晚上不能回家了……孩子经过好几小时的急救，情况有了好转。方静这才轻轻地嘘了一口气。病房里好静呀，病人都熟睡了，发出和谐的鼾声，孩子也睡得很沉，刚才还烧得通红的脸，现在安详了，浓眉底下长长的眼睫毛合拢了，红红的嘴角还露出一丝笑意。方静望着他出神……突然她眼前出现了一个也是圆圆脸的男孩，也是浓黑的眉毛，可是那对会说话的大眼睛显出多么可怜的神情，忽然他倒在地上了，大眼睛乞怜地望着她，仿佛在说："姐姐救救我吧，让我活下去吧！"他就是被牛犄角戳死的弟弟……方静揉揉眼睛，弟弟没有了。床上的孩子呢，却喃喃地叫："妈妈！"方静俯下身去，孩子发着均匀的呼吸声，原来在睡梦中呓语。她不觉轻声说："小弟弟，你好幸福啊！"

天亮了，一天又开始了，方静摸摸孩子的前额，不怎么烫手了！她离开了医院。三月的清晨还是十分寒冷，方静走到街上忍不住打个寒噤，但是，她的心好暖啊。生活在这样的社会里，一个人能为别人多做一点事情，是多么幸福啊！可是一个人的生命有限，要做的事却是无限，怎么能把有限的生命化为无限的力量呢？现在，这倒是方静经常想到的问题了。

日子一天一天地过去，笔记簿写满了一页又一页。每一页、每一个顾客的姓名上，都有一个完整的故事。方静带着它走进过多少家的门槛，认识了多少个的亲人！忽然她的眼睛盯在梦花街一四一弄二号这个地址上。这是郭老伯的家呀！她第一次看到郭老伯，他的神情是多么严峻呀！他拄着拐杖，困难地走进店堂，他要买纱布、药棉和止痛片。嘴里不住地嘘气，眉头皱成一团。方静走出柜台，扶着他坐下，倒了开水，服侍他服药，一边亲切地说："老伯伯你是不是脚痛，让我看看你的伤口吧？"老人板着面孔，只是摇头。为什么要麻烦别人，这只烂脚几十年来臭得连自己都不忍闻。但是方静笑着说："烂脚总是有气味的，有什么关系！”方静打开了他的裹腿，轻轻把纱布拉开，好大的创口，足足有碗口大，老伯伯在忍受怎么样的痛苦！她仔细地消毒、包扎，心想：“不能让老人一个人回家。”这时已接近下班了，她低声向同事交代一下，不管老人的再三谢绝，还是搀着他，送他回家。

屋子又小又乱，方静扶着老人在床上坐定，忍不住问他：“老伯伯，你的小辈呢?”老人盯她一眼，愤慨地说：“我一辈子没有成过家，哪来的小辈?”方静同情地望了望他，便动手整理屋子，扫地，倒便壶……老人默默地看着她干活，她做得那么自然，好像她是在自己家里做家务一样，老人看着这一切，他有点不相信自己的眼睛，他终于开口了：“同志呀……”

老人是安徽人，在地主家做了半辈子长工，二十九岁那年，地主用铁耙打坏了他的脚，又把他赶出门去。老人一路要饭到了上海，可是到了上海又能怎么样？上海是有钱人的天堂！为了活命，他什么事都干。几十年来，说不尽的流离颠沛！

“解放了，我这个穷要命的烂脚叫化子，也有了安定生活。靠毛主席的福，我按月领到救济费……可是这脚呀，从廿九岁烂到现在，我……我七十六了，从没有好过，有时候痛得直钻心呀！”老人眼睛里泪光闪闪地说。

他这段悲惨的经历，使方静感动得哭了。她一时思潮汹涌，波澜千万，二十九岁到七十六岁，四十七年间有过多少难熬的日子，受过多少欺凌，旧社会给这个孤苦的老人又带来了多少肉体上和精神上的创伤！一定要治好这旧时代留下来的、血肉模糊的创伤！方静走前一步，拉住老人的手：“老伯伯，旧社会我们都是一根蔓上的苦瓜，你没有儿女，我没有父亲，你就把我当作你的女儿吧。你不要多走动，我每天来看你！”

第二天，方静一清早就赶到郭老伯家里，老伯还在睡觉，她悄悄地做起家务，收拾房间，洗衣服……邻居们都在窃窃私语：“这样好的营业员实在少见，真是共产党教导出来的呀！”老伯醒来，看到这一切，怀疑自己在做梦。昨天，今天，这一切的变化都太离奇……方静赶忙替他洗疮口，换药。她一面缠纱布，一面想：“老伯的疮伤几十年来老不肯收口，这是不是跟身体弱、缺营养有关？”她为此专门请教了医生。下班后，她买了维生素丙和乙$_1$，兴冲冲地赶到老伯家里，说：“老伯伯，每天服这药片，能够早一点使伤口长好！”老人流着眼泪，说：“我的好闺女……毛主席啊，是你送给我的……”从此以后，方静天天按时赶来，有时因为开会，或者别的事耽搁了，老人也要拄杖倚门张望。邻人笑问：“老伯伯，你等谁？”他也会笑答：“等我的闺女呀！”有一天方静按时来替他换药，她忽然高兴得叫起来：“老伯伯，疮口长新肉了……”现在连老伯脸上深深的、像蜘蛛网似的皱纹好像也填平了。

这一切方静从来没有告诉过别人。可是好事传千里，现在各处都来邀请方静介绍她的事迹。方静总是涨红了脸，惶惑地想：“我做了一些什么，有什么值得讲的？都是一些平平凡凡、谁都做得了的小事啊！”方静啊，正是这种平凡的小事照亮了多少人的心！现在又有多少人在学习你，以你作为榜样。店堂里有人对她说：“你能做的工作，照说我也能做，为什么我只想‘上马容易，下马难’，甚至连上马的勇气都没有啊！”又有人说：“我照着你学了几天，可是坚持不下来！”这些话让方静沉思，想了几天，到书店去买了好几本《毛泽东选集》，分送给大家。他们学习《为人民服务》，学习《纪念白求恩》，……毛主席的著作，像有一把打开心灵的钥匙！现在这个小药房得到的表扬信愈来愈多，不光是表扬方静一个人的了。

方静本人呢？自然她的亲人更多了。这些年来，她连续获得了三年市的先进工作者和市三八红旗手的称号，还荣获朝鲜民主主义人民共和国的千里马骑手的光荣称号，她的笔记本也换了一本又一本了。

在刘胡兰烈士家乡

书桌上有一座刘胡兰烈士的胸像，那是半年前我在山西的时候一个朋友送的纪念品。现在她全身浴在灿烂的阳光里，发出耀眼的光芒。我望着她刚毅的神情，凛然的英姿，凝视着远方的眼睛，我望着，望着，不知不觉又回想到另一个阳光灿烂的日子里去了。

这是一个晴朗的日子，汽车沿着平坦的公路前进。虽说已是十月天，晋中的冬天照例来得比江南早，可是今天的阳光却是这样暖和，使人并不感一丝寒意。从车窗里看出去，公路两面的庄稼有的地方已经收割了，露出光秃秃的土地，有的地方还垂下重甸甸的穗子在等待收割。朋友指着田地告诉我，今年山西遭到百年未有的特大的旱灾。灾难压不倒硬骨头，劳动人民不但善于做国家的主人，而且还勇于做大自然的主人。在毛泽东思想武装下，人的精神面貌改变了，原以为不能搞水利，或者水利搞得较差的地方，现在都打井开渠，安水泵，装水管，坏事变成了好事，不少地方取得了丰收。朋友的话很朴素，可是我却记起沿途看到多少村庄墙上，用大字写着“学大寨，赶大寨”，大寨的精神在这场斗争中遍地开花结果了。自然，朋友还告诉我，在这场改天换地的斗争中，出现了生动事迹，劳动人民又显出怎样的英雄气概，这些我不在这里多说了。窗外金色的穗子正在微风中波动，仿佛一片金色的海洋，它不是在欢唱英雄的颂歌吗？毛主席说过：世间一切事物中，人是第一个可宝贵的。在共产党领导下，只要有了人，什么人间奇迹也可以造出来。我这样想着的时候，汽车已经穿过文水县，在一条较狭的公路上前进。公路两侧挺立着高高的白杨树，树叶虽已开始变黄，但是在阳光的照耀下闪着金光，显得这样抖擞，这样生气勃勃。我们进了云周西村，远远望见红砖围墙里露出青葱的树木，烈士陵园到了。

我们从巍峨庄严的红漆正门进入烈士陵园，进门的两侧雕刻细致，漏花玻窗的画廊上挂满烈士成长过程的一组一组画片，这些画片概括地叙述了烈士短短而不朽的一生。画廊之间矗立着一座雄伟的汉白石纪念碑，碑的正面就刻着我们伟大领袖毛主席亲笔题字："生的伟大，死的光荣。"我虔诚地读着这八个字的时候，烈士的故事马上在我脑子里活动起来了：刘胡兰八岁的时候，第一次看到当时文水县抗日民主政府顾永田县长，这个十九岁的共产党员勤勤恳恳为老百姓办了许多好事。刘胡兰是从他的嘴里听到"工作干部，不论职位高低，都是人民的勤务员"这个道理。毛主席思想的火花一下子把这个孩子的心点燃了。虽然过了一年多，顾县长就壮烈牺牲了，但是他撒下的革命种子却在这个女孩身上开花结果了。

纪念碑前面是一片茂盛的花圃，低矮的木栅把它围成了八块，虽然已经是晚秋，但是木栅里树荫间繁花盛开。有几朵不知名的红花，在苍苍郁郁的松柏丛中显得那么美，那么生气盎然！

穿过花圃，进入烈士遗物陈列馆，这间屋子很大，分里外两部分，墙上挂着各种彩色的图片，图片中间还挂着几幅大油画，不论是图片，还是油画，都忠实地记录了烈士活动的事迹。我在一张题为"看护伤员”的油画面前站住了：年轻的刘胡兰开心地站在一个半躺着的伤病员身边，她手里拿着一只水壶，又挽了一篮鸡蛋，在伤员的脸上看不到受病痛折磨的神情，他激动的笑容里交织着感激。屋子里还有几张玻璃桌，和两口玻璃柜，那里都陈列着烈士的遗物。我们顺着次序看到她穿过的衣服，夜读用的油灯，学文化用的石板，放识字本、零钱的小木匣等等。在一张玻璃桌上陈列着一只银戒指，一块折叠成四方形的手帕和一盒空的万金油盒。烈士就义前，把它们悄悄地塞在母亲的手里。纪念馆的工作同志仔细地向我讲解："银戒指是奶奶的纪念物，奶奶临死给她戴在手上的。万金油盒是她入党介绍人石世芳送给她的，万金油早用光了，小盒子却从没有离开她的身边。手帕是伤员王连长的纪念品，在他伤愈重返前线时送给她的。他说：'手帕不是我的，却是我一件很宝贵的纪念品，我们营长在一次战斗中牺牲时留给我的'……"胡兰子多么重视这方手帕，这不是普通的手帕，这是战斗的情谊，阶级的情谊！怪不得在那个严重的时刻，刘胡兰还巴巴的把它们交给母亲。这三件貌似普通的纪念品，倒十分形象地让我明白在革命的洪流中，在战争的环境里，刘胡兰这个年轻的农家姑娘怎样从奶奶的爱护里，从家庭的小门里冲出来，接受了党的教育，终于成为一个无产阶级的坚强战士，为革命的利益献出了她十六岁的生命！

里屋也有几张油画，有一张叫"临危不惧"：刘胡兰穿一身黑色衣裤从容地站在雪地上，短发在烈风中飘动，她那双明亮的眼睛无畏地看着远方，似乎她早透过时间的薄幕看到共产主义的光芒！这是油画作者捕捉她临刑前精神世界的形象所塑造的。十八年来这个临危不惧的共产党人的形象不知鼓舞了多少人，今天，在建设社会主义的道路上、又有多少人踏着她的血迹在奋勇前进呢！屋里还有一些放遗物的玻璃桌和玻璃柜，一口玻璃柜里陈列着刘胡兰就义前几个小时用过的洗衣盆，盆里还搁置着一件没有洗完的衣服。我在想象刘胡兰当时是怀着怎样激动的心情在搓洗这件衣服，组织上要她马上离开这里，转移到山上去，虽然山上有不少新的工作在等待他，可是这里有她的战斗岗位，有她的工作同志，还有她父母弟妹……不待她洗完这件衣服，阎匪军已把云周西村包围了，刘胡兰不愿连累别人，挺身而出。另一口玻璃柜里安置着一座锈蚀很厚的铡草刀，看它铁锈斑斑的狼狈相，它倒像是一堆烂铁，但是玻璃柜上明明贴着一张说明：它就是杀人的武器，就是它十八年前吞食了我们党的女儿刘胡兰同志的生命！我忍不住又回头去看看刘胡兰的画像，我觉得她仿佛傲然地望着它在笑。墙上还挂着一张油画："复仇之火"，那是烈士牺牲后十七天，云周西村解放了，战士们来到烈士就义的地点，默默地摘下帽子，每人拿着一块渗透烈士鲜血的泥土，庄严地宣誓："坚决为烈士报仇！"战士的脸上燃烧着愤怒的烈火，仇恨的烈火，这火焰足以烧毁一个旧世界。

穿过花径，对面也是一间同样大小的陈列馆，门口木牌上我看到几个大字："向刘胡兰同志学习"。这个馆也分里外两间，我进去的一间里，不论是墙上挂着的照片，还是玻璃桌里的陈列品都说明一个事实：英雄的形象已变成物质的力量。十八年在历史的长河里只是短短的一个瞬息，但是培植的幼苗成林了，母亲怀里的孩子也一个、一个地长大了。我在墙上一张照片上看到：刘胡兰女民兵班命名大会。那是烈士牺牲十八周年的前夕，文水县委、县人委授予云周西村大队民兵营女民兵班为"刘胡兰班"的光荣称号。班长刘芳兰就是烈士的妹妹。在另外一张照片上我看到刘芳兰端着枪在她姐姐塑像前宣誓，在别一张照片上我又看到刘胡兰班全体女民兵在刘胡兰坟前宣誓。“继承烈士遗志，紧握手中枪，做坚强的革命战士”。刘芳兰这个年轻的姑娘，在她姐姐就义时，还只是一个吃奶的孩子，两年前，她初中毕业即带头响应了党的号召，回到农村参加农业生产。现在她不但是一个五好社员、优秀射击手，还是刘胡兰班的班长。我看着照片上这个瘦小姑娘的刚毅神情，忽然想起公路两侧挺立的白杨树，她就是一棵小白杨树。在毛主席思想的阳光哺育下壮茁地在成长！我还在照片上看到云周西村正在建设中的新村、百货商店，还有电动化的面粉加工厂，农具装配厂，还有在公路上，在田地里来回奔驰的拖拉机、汽车……这里已经逐步实现：“耕田不用牛，点灯不用油”的理想了，烈士的想望已经变成今天的现实。云周西村人懂得怎样奋勇地在烈士撒了鲜血的土地上进行建设，还懂得怎样紧握手中枪，保住革命的果实，保卫贫下中农的天下。我还看到了刘胡兰家乡子弟兵成长的组画：石佩琳是石三槐烈士（石三槐在一九四七年一月十二日和刘胡兰一起在敌人的铡刀下牺牲）的儿子，刘胡兰中学的学生，一九六二年参军，经过部队三年来的锻炼，已经成为一个共产党员，五好战士，还立过二等功。这里叙述他怎样活学活用毛主席的著作，终于练出一身杀敌的硬功夫。他愤怒地端着刺刀，对着一个勾出大胡子形象的靶子在练刺杀。我明白了，这不是靶子，这是刺杀他爸爸的凶手。这是阶级敌人，这是美蒋反动派，这是全世界最凶恶的敌人！我看着这画面，耳边忽然听到一声声的怒吼：“一定要为烈士报仇，一定要解放台湾，一定要把美帝国主义赶出台湾，随时准备消灭胆敢来犯的敌人！”耿福元和石佩琳同时参军，他们是刘胡兰中学的同学，现在又同是共产党员，五好战士，耿福元还是石佩琳的班长。旁边一张玻璃桌上就陈列着他们两人的奖章和喜报，在不远的一张桌上还有另外六个五好战士的喜报。年轻的一代在向刘胡兰烈士汇报他们的成绩了。云周西村上一代是革命的英雄好汉，——下一代也很勇敢地挑起革命的担子，誓作坚强的革命接班人。我还看到一张照片，这是在一九六四年国庆节，毛主席、刘主席和中央各位首长接见前来参加观礼的解放军代表时的合影，石佩琳也在其中。纪念馆的同志十分生动地对我讲到石佩琳当时激动的心情，即使在照片上，我也能看到小伙子明亮眼睛里射出来幸福的光芒！另一间屋里挂满了中央首长的题词，毛主席书写的“生的伟大，死的光荣”挂在最显著的地方，还有从外地来参观的党政军民各团体送的挽联和献词，还有国际友人的题字。玻璃桌上还陈列着有关刘胡兰的史料和著作，还有各国译文和文艺著作，还有关于刘胡兰式英雄的资料和作品。在右边墙上挂着以刘胡兰命名的先进集体的照片。我从这个馆出来，禁不住想：尽管刘胡兰活着的时间有限，但是革命者光辉榜样的力量却是无限！真正的英雄永远不会死亡，刘胡兰的名字是一面永不褪色的红旗！

在陈列馆北端的正面有一座红墙琉璃瓦的大厅，这便是七烈士的纪念厅。正面竖立着七根红柱，屋檐上彩绘鲜明，我一跨入红门，迎面站立一座刘胡兰的塑像，墙上挂有七位烈士的油画像，正中是刘胡兰烈士，石三槐、石洋六、张年成、石世辉、陈树荣、刘树荣等六位烈士，分列两边。画像下面有每人的简历和陈列遗物的玻璃桌。我仔细地读了他们的简历，六位烈士全是贫农，他们并不是共产党员，也不是革命干部，他们中间有人为民主政府、八路军做过不少工作，曾经冒着生命危险掩护过革命干部脱险，有的只是为人忠厚，作风正派的庄稼汉，可是他们都有高度的阶级觉悟，都忠于革命，都是在敌人的淫威下坚贞不屈，在刑场上保持一个革命群众的气节！毛主席说：“真正的铜墙铁壁是什么？是群众，是千百万真心实意地拥护革命的群众。这是真正的铜墙铁壁，什么力量也打不破的，完全打不破。反革命打不破我们，我们要打破反革命的。”云周西村有这样的人民群众，敌人的严刑拷打能起什么作用！死刑又能起什么作用！两边的侧墙各挂一幅油画，一幅是“踏着烈士血迹前进”，一幅是“七烈士图”。

从纪念厅出来我往旁边一拐，看见一片竖着栏杆、围有铁索的场地。这块光秃秃的场地在满园茂盛的花木间显得十分奇特。我走近一看，原来这里便是刘胡兰七位烈士殉难的地方。场地中间石柱上安放了一座圆形石碑，碑上写着“七烈士就义处”。一九四七年一月十二日，刘胡兰在这里献出了她年轻的生命。那么，著名的观音庙就在这附近了，观音庙是不是还照旧存在？我想着，不觉这样地问了。纪念馆的工作同志点点头，朝前一指，观音庙就在我的旁边。它完全保持旧时的面貌，它那饱受时间侵蚀的形象和园内那些色彩鲜明的建筑物成了一个强烈的对照。然而这所式样古老的建筑物恰恰是这里斗争的目睹者，是云周西村革命历史的见证人，观音庙是民主革命时期的村公所，刘胡兰在这里活动，在这里斗争。它还亲眼看见刘胡兰就义前在敌人面前表现出怎样临危不屈的英雄气概！

我走进观音庙，径自走向西厢房。西厢房有里外两间，外间较大，空荡荡的没有什么陈设，只是大炕上还堆着一些花圈，想来不久前还有些团体来向烈士献过花圈，工作同志把它们收捡到这里来了。里间很小，阎匪军大胡子就在这里审问刘胡兰。这间屋子的陈设跟十八年前完全一个样子：靠窗口搁着一张破旧的办公桌，桌上放一块缺角的砚台，砚台旁有几支秃头毛笔，办公桌前面是一张老式的圈手椅，靠门还摆着一条长凳。这一切都活了起来，争先恐后地对我诉说当时的情景。我仿佛看见刘胡兰平静地走进来，她还是穿那一套黑色的衣裤，只是头上包了一条白毛巾，态度十分从容，跟我刚才在陈列馆里看见的油画上的形象一模一样。她走到办公桌前面站住，眼睛一下也不眨地盯住圈手椅。我想起来了，当时大胡子就坐在这把圈手椅上。刘胡兰在这里说着：“我是中国共产党候补党员”、“全村就我一个共产党”、“怕死不当共产党!”这几句话永远响彻云霄。

我又回到烈士就义处，我仿佛是跟着刘胡兰的脚步走出来的，我先前看见的那幅“七烈士图”又在我眼前出现了。七位烈士都反绑着手，六位烈士站在西首，刘胡兰一个人在东首屹立着，地上积着一层厚厚的雪。刘胡兰平静地看着前面。她看到什么呢?这时候被赶来开会的乡亲们该是愈来愈多了，她应该看见她的父母和妹妹。她妹妹脸上一定还留着泪痕，她会说：“妹妹啊，要挺起胸来做人，要坚强啊!”她又在人丛中看到地下村长、共产党员郝一丑同志了，她宽慰地松一口气，深情地说：“同志啊，你肩上的担子更重了。”党在群众中间，云周西村的党组织依旧庄严地屹立着。那六个云周西周村人真是好样的，受尽敌人严刑拷打，身上的棉衣都撕成一条条，露出血淋淋的皮肉，满脸血污，可是他们不说一句软话！真不愧为云周西村人！阎匪军不知在什么时候搬来了三把铡刀，刘胡兰只是轻蔑地扫了它们一眼，又傲然地抬起头来望云天。天是灰白色，从清早起就刮着狂风，下起暴雪，地上已经铺了一层厚厚的积雪，远近都是白茫茫的，看不到路了。但是暴风雪总是短暂的，灰白的云天后面将出现耀眼的万里晴空，共产主义的理想一定会实现！屠杀开始了，赤血染满了雪地，六位烈士的尸体凌乱地横在殷红的冰雪上。从早晨到现在！四、五个钟点过去了，刘胡兰像一尊钢铸的塑像。屹立在原地不动。她应该清清楚楚地看到那六位乡亲、父老的英勇牺牲的过程，又好像她什么都没有看到，只是她的脸色愈来愈庄严，她明亮的眼睛好像要冒出火来，她好像在说：播下去的麦种不经过雨露、霜雪得不到丰收，撒播的革命火种不经过流血、牺牲也不会开花结果！她火一样的眼光照亮了四周群众的心。要做刘胡兰那样的人！敌人失败了，敌人枉然想在她脸上找到一丝懦怯和害怕的表情，但是他只遇到她怒视的眼光。对于一个共产党人，死亡是多么无用的威胁！刘胡兰愤怒地问：“我咋个死法?”敌人用尽一切花招，却不能使这个年轻的姑娘屈服，他气昏了头，虚张声势地喊：“一个样”。刘胡兰蔑视地看他一眼，跨过纵横六具尸体、两把铡刀，从容地躺在第三把铡床上，她圆睁的眼睛无畏地怒视着敌人。还有什么比这双正义的眼睛更叫刽子手害怕的呢！他们用枯草蒙住她的脸，可是她晃晃头又把草晃掉了，她凛然地、冷笑地看着他们。刘胡兰就这样不屈地牺牲了。她的一生虽然那么短暂，但是恰像流星一样在夜空里划出夺目的亮光！

忽然我又听到一声声的口号，“向刘胡兰烈士学习！”“保卫我们伟大的社会主义祖国！”“坚决支持世界人民革命斗争！”“打倒美帝国主义！”……这声音十分雄伟。我随着声音去找寻，原来紧挨着烈士就义处有一座刘胡兰塑像！现在正有不少战士站在那里愤怒地举着拳头高呼口号。今天解放军某部战士在这里露营，烈士的母亲胡文秀同志给他们做一次阶级教育的报告，讲烈士“生的伟大，死的光荣”的一生。可惜报告已经结束！我失去了一个难得的机会。我只看见胡文秀同志穿着黑色灯芯绒衣裤渐渐走远的身影。

塑像处在纪念大厅和烈士墓之间，四周围有矮墙，刘胡兰高高地立在石座上，双手紧握着拳头，头微仰，嘴唇紧闭，双眉微皱，现出她宁死不屈的神情，深沉的眼光似乎随时在告诫参观的人们：“要警惕呀，国内有阶级和阶级斗争，国外有帝国主义！”我明白“刘胡兰班”女民兵为什么经常在这里练武了。在陈列室里我见过这样一张照片：姑娘们在塑像前端着枪瞄准。烈士的血，英雄的形象时时刻刻在磨炼她们思想上的武器，使她们身处在云周西村，能看清整个世界的形势，能看到世界上还有三分之二受压迫的人民没有解放！她们是带着阶级仇恨，带着刘胡兰的形象在这里苦练杀敌本领。“为烈士报仇”！现在这烈士不仅是她们的刘胡兰姐姐，而且还是千千万万受美帝国主义、各国反动派所屠杀的阶级兄弟。

下午我去访问胡文秀同志，她还没有回家。她们住在四合院的正房，靠左的大炕上铺着一幅绿色塑料布，整整齐齐的叠着几条花被。现在屋里没有人，只有一个花白大母猫躺在炕边灶台上。炕上搁着一口矮矮的衣柜，炕边有一口大衣橱，旁边还有一只大立柜，柜面上放着热水瓶、花瓶、镜子。我感到奇怪的那里明明有一座自鸣钟，为什么还有一只小闹钟？墙上正中贴着毛主席的画像，下面有胡文秀和她子女的照片，还有刘芳兰背枪的半身照。朋友告诉我：芳兰子现在是山西有名的神枪手了。左右两侧挂着不少奖状，都是奖给刘芳兰的，都是一九六五年度发的奖状，有公社发的，有共青团晋中地委发的，有共青团省委发的，还有军区发的，这些奖状让我们看到芳兰子回家参加农业生产以后无论在思想上、劳动上，还是军事技术上都得到了显著的进步，刘胡兰的小妹妹正迈着大步在前进。

正在这时芳兰子回来了，别人把她从打高粱的场地上找回来了。她穿一件红花布上衣，黑灯芯绒裤子，个子不高，而且有些瘦小，黑红、黑红的瓜子脸上闪着太阳的光泽。眼睛不大却显得很有神采。我虽然第一次看到她，却像老朋友一样握住她的手，她的手很有力，手心里还有几个硬茧。胡文秀妈妈也回家了，我激动地向烈士的母亲表示了敬意。我多么想听听芳兰子前进道路上的情况，芳兰子脸一红，只是说："我没有做什么，没有什么可谈的。"正在这时门外有人说话，公社的武装部长屈保元同志来了。芳兰子指着他说："你们问他吧"。屈保元同志笑着问她："你自己为什么不好谈谈?"虽然这样说，他还是滔滔地对我们谈了起来。

话还是从一九六三年夏天说起，芳兰子是刘胡兰中学的学生。那年夏天她初中毕业带头响应党的号召，回来参加农业生产劳动。她一回家村里就议论纷纷，有人说："怕是早晨的露水，长不了。"又有人说："刘胡兰的妹妹，全国人民代表的女儿，还能长待在农村!"当时芳兰子感到很委屈，她想："正因为她是刘胡兰的妹妹，更应该响应党的号召。为什么乡亲们这样看她呢?"大队陈书记知道了这个情况赶来找她谈话，指出这是一种习惯的看法，一种旧思想。还笑着问她："这也是一种考验，你敢不敢跟旧思想决裂，走革命的道路?"芳兰子当时就坚决地表示：路是毛主席指出来的，她永远跟着毛主席走！她当时暗暗下定决心，要干出个样子给大家看看。以后她也真是早出晚归，凡事抢难抢先。当时最难干的农活要算在棉田里打切棉花，站起来太高，蹲下去又太低，只能弯着腰干，一天下来腰酸腿痛。这对她也真是一个考验。可是她一走近故居的门前，看到“胡兰之家”这四个大字，姐姐的形象，姐姐用鲜血写下云周西村光辉历史的事迹一幕一幕地在她眼前展开了。她顿时感到一股热流通过全身，她又勇气百倍了。她轻轻地说：“姐姐，我一定在劳动中好好锻炼，我一定走你的道路，接过你的事业”！困难也真是纸老虎，你迎着它而进的时候，它一个、一个地倒下去了。一个夏天过去，刘芳兰的皮肤晒黑了，手上的血泡变成了硬茧，群众夸耀她说：“真不愧是胡兰子的妹妹！”

话题转到刘芳兰又怎样变成一个神枪手，屈保元同志说得更生动了。

芳兰子刚参加民兵时，手中没有枪，跟她堂哥合使一支枪，堂哥负责教她，第一次打靶，芳兰就取得三发两中的成绩。去年六月份，领导发给芳兰一支枪，严肃地嘱咐她：“枪杆子来之不易。打天下要靠枪杆子，保天下还得靠枪杆子。没有枪杆子就没有劳动人民的天下”。这天晚上她激动地在笔记本上写道：“我要永远握紧手中枪，学习雷锋，做毛主席的好战士”。民兵营为了加强军事训练，从某部队请来四位解放军战士，帮助民兵提高杀敌本领，每天清早出工前集训一小时，中午两小时晚上收工时再练两小时。这时候天气很热，劳动一天以后，已经够累了，可是她天天坚持。每天清早胡文秀同志准时叫醒她，有一天妈妈看到芳兰子睡得真香，本来瘦削的瓜子脸，现在下巴更尖了，妈妈要她多睡一会不忍心把她叫醒，为了这件事她还跟妈妈生气呢。第二天她的炕上多了一只小闹钟。从此她每天风雨无阻，准时练武。我听到这里，忍不住朝柜上的闹钟看看，怪不得这间屋子里有两只钟！芳兰子低下头抿着嘴笑起来，胡妈妈也笑着对我说："芳兰子跟她大姐一样倔强！"

芳兰子她们在陵园的场地上进行训练，几天以后，场地上的碎石子把她的手拐都磨出血来了，大娘们心疼地，要她移到砂地里去练。芳兰子认真地说："解放军打仗时，要不要先找一块舒服地方再举枪打敌人？"说得大娘们都咧开嘴笑了。

去年八一建军节，文水县召开民兵工作现场会议，请芳兰子也去表演。芳兰子心里有顾虑，怕来一个"刚擦边"。结果她用跪、卧两种姿势表演一百公尺胸靶射击，六发六中，当时全场掌声如雷。然后是小目标射击，芳兰子三枪打中一百公尺外三只小酒瓶。检查结果，三只酒一只打掉瓶嘴，一只打碎瓶底，一只是震倒了。就是说这三枪都没有打好。芳兰子看到这情况脸红了。知道自己射击技术还不过硬。芳兰子本来不多说话，这几天更沉默了，一有空便在场地上闷声练习射击。民兵营教导员看出她的思想包袱，便问她："你瞄的是什么？"芳兰子看他一眼，随口回答："靶子！"指导员严肃地指出，"这不是靶子，这是敌人，是杀害你姐姐的许大胡子，是霸占台湾的美蒋反动派，是在越南南方杀害无数阶级弟兄的美帝国主义……"并且要她带着问题去学习毛主席的著作，特别要她精读《为人民服务》、《愚公移山》、《纪念白求恩》三篇文章。芳兰子是学习毛主席著作的积极分子，遇到困难也总是找毛主席著作解决问题。这次她翻开毛主席的书，一遍、一遍地读这三篇文章，越读越感到脸红、心跳。张思德是长征战士，但是党叫他干啥，他就干啥，只想到革命利益，一点也不计较个人得失。用张思德作为镜子来照照自己呢，自己的无产阶级觉悟又多么低啊！她去参加射击表演前，为什么怕来一个“刚擦边”呢？她没有打中小目标，为什么又有患得患失的情绪呢？为什么别人能打中小目标，她却打不中呢？练武的目的是什么呢？她这样一层一层的追问下去，感到自己完全没有建立“练为战”的思想，完全没有从根子上认识练武是为了保卫劳动人民的天下，是为了保卫无产阶级革命事业，是为了彻底消灭帝国主义！所以她在练武场地上只看到靶子，看不到敌人。所以她去参加射击表演，害怕来一个“刚擦边”丢脸。要是那一天在她面前不是三只小酒瓶，而是三个阶级敌人，是杀死姐姐的凶手，那么在这个关键的时刻，她能胆怯，她能犹豫，她能让敌人从自己手里逃脱吗？不，做一个革命的接班人，绝不是这样没有出息的人，她想起妈妈对她讲过多少遍的姐姐的事情：姐姐不怕困难，不怕危险，为了革命的利益，宁死不屈的往事，她要做一个像姐姐这样的人！她明白，技术不过硬主要的还是自己思想不过硬：没有以革命接班人的标准来要求自己，没有用毛主席思想来武装自己，没有全心全意为人民服务的观点。一丢下个人的包袱，她觉得眼睛明亮、心胸开阔了，看到的不只是自己家乡的前途，更关心国家的前途世界的前途！愚公能移山，毛泽东时代的青年还有什么困难克服不了。她意气风发地站在姐姐的坟前宣誓：“要为天下劳动人民练武，要用枪杆子保卫祖国，坚决革命，永不变色!”国庆节那天，文水县举行全县民兵射击比赛，刘芳兰以站、卧、跪三种姿势射击，九发九中；两枪把百米以外的两只酒瓶打得粉碎，获得全县射击比赛第一名的优胜锦旗。人人都夸她是一个神枪姑娘。她懂得这是党对她的鼓励和鞭策。

屈保元同志笑着说：“现在我们这里不但出了一个神枪姑娘，而且有了整整一个班的神枪姑娘!”刘胡兰班是去年十二月二十一日正式成立，由九个贫下中农和革命烈士的后代组成的。芳兰子是这个班的班长。她懂得做一个民兵，首先是一个革命者，要为革命练武。她不但自己勤学苦练，还善于团结和带领全班民兵。有一个女民兵因为打靶成绩不好哭了，芳兰子对她说：“哭顶什么用，要是哭能消灭敌人，我们全班来练哭吧!”她帮助这个姑娘找出技术不过硬的原因，还发动大家每天晚上学习毛主席的著作。用毛主席思想武装起来的人有最大的战斗力，姑娘们在练武场上个个都是勇往直前，练出了一身过硬的本领。真能做到枪响靶倒！现在这个班只要听到一声号召，不管下雨、下雪、刮大风、下冰雹，都立刻奔上练武场，真的起到“召之即来，来之能战，战之能胜”的作用!

要是寒冬，雨雪交加，地上土冻冰滑，姑娘们是不是还照常练武呢？我这样想，也这样问了。芳兰子笑了笑，没有正面回答我的问题，她认真地说：“要是那种天气，敌人来了，我们能不消灭他们吗?”她们把靶场当作战场，思想上树立了一支枪。

这个班成立十个月以来，前后参加十八次表演赛，受到不少表扬。她们每受一次表扬，便找一次差距。姑娘们懂得要经受住困难的考验，也要经受住胜利的考验。今年六月二十日，她们在太原参加一次表演比赛，对手是太原市尖子民兵，都是身材高大的姑娘。刘胡兰班女民兵年纪小，身材又矮小，在这些高大的姑娘面前开始有些胆怯，有点畏难情绪。但是毛主席的教导，刘胡兰的形象，使她们敢于挑重担。“一定要取得好成绩，为烈士争光!”在训练场上，她们却发现她们的对手太原队平时训练不够，装子弹技术不过硬。姑娘们一致要求，要帮助太原队克服这个薄弱的环节，并把这个企图告诉对方，太原队很感动。姑娘们把这工作当作政治任务，一个、一个对口教，使太原队很快掌握了压子弹的技术。姑娘们说：“练兵是为了战争，比赛是为了提高杀敌本领，发挥民兵的作用。帝国主义胆敢侵略我国的时候，我们会使他们寸步难行。”这次比赛中，刘胡兰班的姑娘们获得三场全胜。

芳兰子把我们带到公社的新砖房里去。她住在最后一栋房子里。刘胡兰班民兵为了工作、学习、练武方便起见，都搬到公社里住。她们的住房宽大，又很干净，房里放了八张木床。芳兰子和郭玉莲同床，靠床头的是段承兰的床。段承兰是金忠嫂的女儿，刘胡兰当时躲在她家里，她才出世六天。刘胡兰牺牲后，金忠嫂为了纪念胡兰子给孩子取名为承兰。她去年高中毕业，回来参加农业劳动，现在也是刘胡兰班的民兵。靠墙排列着九支枪。每天晚上姑娘们聚在明亮的电灯光下面学习毛主席著作。墙上还张贴着一张红纸的表扬信：表扬她们每天清早上工前打扫公社院子，搞环境卫生的事迹。

公社旁边是卫生院，再过去是装配厂。芳兰子遥遥一指，烈士陵园旁边，白杨树的深处有许多栋新砖房，这是刘胡兰中学。芳兰子高兴地说：“我们学校很大，光是篮球场就有五、六个。”沿途经过不少棉田，棉桃已经采过了，还留着一些残桃。今年公社是粮棉双丰收。远远我们听到欢笑声，场地上有不少人在打高粱，大半是妇女。芳兰子向场地招招手，一个圆脸姑娘走了出来。“她就是段承兰”，屈保元同志向我介绍。他还告诉我一个小故事：有一次承兰子生病，早上没有起床，全班的姑娘都关心她，忙着给她请医生，拿药，看她服下药片，给她盖严了被，嘱咐她好好休息，病好以后，再跟大家一起去练武。姑娘们刚刚走出门外，承兰子再也躺不下去了：“承兰啊，承兰啊，你的名字叫承兰，你要继承刘胡兰姐姐的事业。难道有一点不舒服就躺着不动了？战士轻伤不下火线啊！”她马上跳下床，背上枪，来到操练场。段承兰听到屈保元同志讲她的故事，脸更红了，大眼睛闪闪发光，小嘴里却包不住笑了。比起她来，芳兰子显得成熟多了。她不但是队里年轻人的好朋友，还是五保户老人们的好闺女，她包下老人家里担水、碾米等家务活，在老人需要的时候，她总是出现在他们面前。老人们个个夸她：“和胡兰子一个样。”

我望着刘胡兰烈士的塑像，回想起半年前的往事，回想起在云周西村度过的日子和所遇到的人，我强烈地想念他们；特别想念芳兰子，这个沉静而倔强的姑娘！这半年来全国都在学习王杰、麦贤得和焦裕禄。这些光辉的人物又曾给她怎样巨大的影响啊！自然，她还很年轻，在前进道路上还可能遇到这样、那样的困难，但是她读毛主席的书，听毛主席的话，她会坚定地走毛主席指出的路！这棵茁壮的小白杨树会在毛主席思想的阳光下迅速地成长。

一九六六年五月初

挽歌①

——愿在天之灵安宁

昨天我还歌颂死，美化了死，
今天我静静的站在灵床前
掀开你脸上的白巾，如一个噩梦
“不可能，不可能，没有
一声祝福，一声再见，
而我们已别于永恒之门！”
虽说你已经年老，我却十分年少；
虽说年龄是不能插上翅膀；
虽说多少人落于渊中，因为要飞越；
然而有这么一天，距离有了捷径；
灵魂也插上羽翼，因为花朵盛开，
因为“年轻的心”盖过了灰白的髭须。
像一个奇迹出现！你曾步行了十余天。
五十二的高龄，年轻人的敏捷
想望自由，何怕关山难渡？

① 这首诗是为了悼念友人林憾庐而作。

你，可敬的老人，当你听见了“不合理”
热情重使你变成年青，你
攻击，辩论，甚至脸红，暴筋……
然而你却在忍受你所不该忍受的！
“让我下楼，莫阻我，莫阻我，
让我再有一次的畅谈！”然而
你终究再不能下楼，除了那时候
当你穿上寿衣，裹着锦被，
静静地躺在那楠木棺中。
我望着你，和平的面容
这么安静，你带走了这许多眼泪；
是不是你已经瞧见白色的天使，
天国的门渐渐为你张开，而你的
“亲爱的安琪儿”却在门旁迎你以微笑，
你，虔诚的老基督教徒。
我崇敬退后，放轻脚步，
唯恐惊醒你，你永恒的长梦。
安静，安静，你已经死了！
而你将永活；活在你所爱的心房，
活在别人的记忆，活在空气的颗粒……

颂

翠色秧田的泥水里
俯仰着是一张张古铜色的脸庞
你们笑着说：没有山歌，没有秧子。
音乐就是心里的滋养！
四环群山，一泓溪水是宇宙；
时间的波流如尘土无用；
悠闲和享受亦是罪过；
见到金黄遍田，亦泛起喜悦
然而这也是神的意见。
千百年来自祖先到儿孙
你们生存在同一国土
不同究竟完成人类延续的基石，
你们自己就是一曲和音！

我神往无涯海洋中飞翔的白鸟
却更爱古井观天的青蛙！

（选自李光荣编选《西南联大文学作品选》
人民文学出版社出版2011年10月1版）

附录：萧珊年表

陆盛华

1918 年

1 月 8 日（农历十一月廿六日）生于浙江鄞县（宁波）迎风桥陈家，原名陈蕴珍，小名长春。

父亲陈仁官（1900.2.17—1981.1.10），因其父较早亡故，家道中落，主要依靠积蓄与族中各房轮流收取的族产年租生活。16 岁到上海学生意，主要从事上海到东北一带的皮货收售。为生意曾去过日本。1931 年“九一八”事变后，东三省被日寇侵占，东北一带货路断绝，遂在上海南市蓬莱市场边开设一家“蓬莱咖啡馆”。后又在老西门、复兴路一带开设饮食店二家。

母亲成秀娟（1899—1941）知书达理，热爱文艺，思想新潮，理解和支持儿女参加进步运动。

1930 年—1933 年

1930 年考入鄞县县立女中（即竹洲女中，现宁波二中），读初中。

1931 年“九一八”事变后，积极参加抗日爱国学生运动，并加入了由中共地下党学委领导的“读书会”。在校时曾参加《一片爱国心》等剧的演出。

1934 年—1935 年

约 1934 年上半年，因参加抗日爱国学生运动，被当局“关注”，躲避到姑母家。当得到要抓捕她的消息后，向姑母要了盘缠，连夜逃离宁波到上海父母处，并在上海南市务本女中继续读书。

1936 年

因喜爱巴金小说，崇拜巴金，遂与巴金通信从而结识并相恋。

8 月　写信约巴金在上海新雅酒家见面，并赠照片一张。照片背面写着：“给我敬爱的先生留个纪念。阿雯　一九三六、八”

“自 1936 年 8 月，未满二十的母亲以崇敬和爱慕的心情写信约父亲在上海新雅酒家见面，他们的命运就紧紧地连在一起了。”（李小林：《家书·后记》）

“她是我的一个读者。一九三六年我在上海第一次同她见面。……她读了我的小说，给我写信，后来见到了我，对我发生了感情。”（巴金：《怀念萧珊》）

9 月　为安全起见，全家由南市搬到租界居住。遂转学入上海爱国女子中学读高二。

“当我升入高中二年级时，陈蕴珍转学来到我们班。她一头童花型的短发，大大闪亮的眼睛。当时，我是学生会主席，她是学生会的活跃分子，而且非常进步。我们一同参加抗日活动，一同阅读文学作品，很快就成了形影不离的好朋友。”

“她来我们学校时，已与巴金先生通信。……借着这个关系，她热心为学生会请来大作家，为我们这群女孩子讲演。记得她请郑振铎先生、李健吾先生，最后请了巴金先生，这在当时真是不容易啊！”（陶肃琼：《我一生的朋友——萧珊》）

12 月　第一次到拉都路敦和里 21 号（今襄阳南路 306 弄 22 号）巴金

寓所看望巴金。

本年　参加由地下党领导的上海市学生学会，并结识了中共江苏省委学委负责人张英（笔名莫高芳）、陈伟达。

1937 年

积极参加抗日救亡运动，结识了救亡剧协于伶等一些左翼文化人。

“……你妈妈从前有些事我也不太清楚，我认识她时，她在爱国女中。在此之前，好像因参加学生运动被学校开除。她认识不少地下党学运方面的人，你舅舅还是她介绍认识他们的。……她还认识不少人，如于伶。”（引自 1991 年 10 月 17 日巴金与李小林谈话）

下半年，介绍正在上海中学读书的胞弟陈鸿堤（程铿）参加上海市学生学会。

9 月　“八一三”日寇轰炸上海后，淞沪会战爆发。爱国将领谢晋元率部与日寇浴血奋战。

萧珊与爱国学生投入抗战运动：为红十字会募捐、缝制军用棉衣、手套等，并在参加医护包扎培训后，去伤兵医院当义务护士，为伤兵读报、写信、聊天、包扎伤口等。

10 月 31 日　用笔名“慧珠”在《烽火》第九期上发表散文《在伤兵医院中》。拿到第一次稿费后，买了台灯送给母亲。

约“八一三”前后，因歹徒纵火，烧毁蓬莱市场，父亲开设的“蓬莱咖啡馆”惨遭殃及被焚毁。

1938 年

3、4 月间　与上海中学同学同去退入租界的谢晋元部“孤军营”慰问。

7 月上旬　萧珊母亲成秀娟请巴金在饭店吃饭、晤面，并将女儿托付给巴金。

7月　在上海爱国女子中学高中毕业。下旬去广州会巴金。临行前，将胞弟程铿介绍给地下党学委负责人张英。送别时，萧珊不无遗憾地对程铿说：“看来我们要走两条路了。”

“倘使不是为了我，她三七、三八年一定去了延安。”（巴金：《怀念萧珊》）

8月　在广州目睹日寇飞机轰炸后的惨状，多次为躲避日军空袭而奔走。

9月上旬　随同巴金、林撼庐由广州去武汉。同月下旬由武汉返回广州。

10月20日　日寇轰炸广州，广州沦陷前十小时，与巴金等人一起乘木船离开广州。

10月26日　到达梧州。五天后再与巴金等人一起乘船经九龙往柳州再改乘汽车前往桂林。

1939年

2月　与巴金从桂林经金华、温州搭船回上海。

6月　以笔名“陈嘉”在6月16日出版的《宇宙风》上发表散文《在孤军营中》。

7月　以笔名“陈嘉”在7月16日出版的《宇宙风》上发表散文《汽车中》。

8月　考入中山大学（已迁至昆明）外文系。由上海乘船经香港、海防转抵昆明。巴金在香港接送。杨静如（杨苡）受巴金委托在昆明火车站接萧珊。随后转入国立西南联合大学文学院外国语文学系一年级。

10月2日　国立西南联合大学新学年开课。4日在新校舍举行开学典礼。

10月　以笔名“陈嘉”在10月16日出版的《宇宙风》上发表散文《沪港途中——旅途杂记一》。

11月　以笔名“陈嘉”在11月16日出版的《宇宙风》上发表散文《在海防——旅途杂记二》。

冬　与同学王树藏（育常）借住沈从文家楼上。

“萧珊初到昆明时，是和她的挚友王树藏借住在青云街沈从文先生家里，而我的大一国文的导师是朱自清、沈从文两位教授。我……向沈先生求教，并向沈先生借阅新文艺书刊，中文系的刘北汜兄也是跟沈先生学习写作的，所以我们和萧珊、树藏都常在沈先生家见面而熟悉起来。”（萧荻：《忆萧珊》）

1940年

在昆明西南联合大学读书。

3月　以笔名“陈嘉”在3月1日出版的《宇宙风》第九十四、九十五期合刊上发表散文《滇越路上——旅途杂记三》。

5月4日　参加西南联大学生“五四”火炬游行。

“一九四〇年春天的一个晚上，我永远忘不了你参加了那次有名的火把游行。……在队伍中间，你举着火把，挺着胸，非常严肃又自信地迈着你特有的步伐向前走着。”（杨苡：《梦萧珊》）

7月　巴金由上海抵昆明探望萧珊。

9月　由外国语文学系转入历史学系二年级。

“读完大学一年级，我决心弃理从文，而北汜兄也因当时的中文系是以语言文字、训诂、考据为正宗，对新文艺并不很重视，所以我们都决定转入历史系。而树藏本来就是历史系的，于是萧珊也和我们一起转了系，我们成了同系同级的同学，在一起的机会就更多了。”（萧荻：《忆萧珊》）

12月　以笔名“陈嘉”在本月1日出版的《中国与世界》第5期发表《在昆明的一个女生宿舍》。

本年　胞弟陈鸿堤（程铿）由地下党安排，赴皖参加新四军。

1941年

在昆明西南联合大学读书。

2、3月间　与同学萧荻、刘北汜、王文焘、王树藏租住昆明钱局街金鸡巷4号。期间，参加“冬青文艺社”活动。

“……好友萧荻（原名施载宣）在钱局街金鸡巷4号租到了三间楼上的房子，他一个人住不了，便邀了萧珊、王育常、我以及另一位男同学王文焘一起搬到了金鸡巷去。”“这时候，我们一些爱好文学的同学萧荻、田堃、林元、杜运燮、汪曾祺、马西林、巫宁坤和我等十多人组织的冬青文艺社……萧珊原来没有参加，这时也参加进来。我们在金鸡巷的这个住处，也就成了一部分冬青文艺社社员经常碰头的地方。”（刘北汜：《四十年间——关于巴金、萧珊的片断回忆》）

“在你们几个人的‘公寓’里，几乎每晚都有同学夹着书本匆匆而来，热闹得很！汪曾祺、巫宁坤、杜运燮……都是常去的冬青文艺社的好友。你们互相起外号，你最兴致勃勃，唤刘北汜为‘礼拜四’，称杜运燮为‘都都’，叫施载宣为‘小弟’。……他们叫你‘小三子’，……这也就是你后来先用‘萧珊子’，后来干脆用‘萧珊’为笔名的来历。”（杨苡《梦萧珊》）

“……那时你不过十九岁！……目光四射地、充满好奇地接受生活给你带来的种种考验。……你喜欢接近各种各样的人，当然，你接近了‘群社’，你们也有‘冬青文艺社’的活动。”（杨苡：《梦萧珊》）

6、7月间　皖南事变后，白色恐怖笼罩昆明，为同学萧荻安全，设法送他去外地暂避。

“……1941年她送别我到滇缅边界的一个小县——龙陵……”“1941年春的皖南事变之后，白色恐怖笼罩着大后方。……新的反共高潮到来后，联大一些比较引人注意的同志，已经分头按照党的部署，转移到外省和省内边远的州县，萧珊、树藏等也关切地为我的安全担心。过了些时候我也得到通知，要我自己找个关系，疏散到外地去暂避一时。萧珊和树藏知道了马上代我去找巴金的老朋友、爱国华侨庄重先生想办法。……她俩和我一起租了马，骑着到庄先生在郊外的住所去请他帮忙。经庄先生介绍，我便以树藏大姐已故弟弟王树杞的名字，带着庄先生的介绍信，到滇缅边境的龙陵县中去投奔云南教育界的老前辈张晓天、黄子方两位先生。”（萧荻：《忆萧珊》）

7月21日　暑假开始。

7月　巴金由重庆抵昆明探望萧珊，并一起去呈贡探望了沈从文、卞之琳和冰心。

“……萧珊对我们说到的沈从文先生在呈贡生活的情况，很感兴趣。过了不久，就怂恿巴金跟她一起去了一次呈贡，探望沈从文和卞之琳先生，住了几天才回来。”（刘北汜：《四十年间——关于巴金、萧珊的片断回忆》）

“……我记得巴金曾把你带到我呈贡山上的家里来。这一次印象很

深……”（冰心 1961 年 11 月 24 日致萧珊信）

9 月 8 日　陪同巴金等由昆明去桂林创建文化生活出版社桂林办事处，并去桂林旅行。

9 月　回昆明上课。

9 月 21 日　新学年旧生开始注册。

本年春夏间母亲成秀娟病逝。

1942 年

在昆明西南联合大学读书。

年初　从金鸡巷搬回西南联大宿舍。

7 月 1 日　读完三年级。暑假开始，去桂林探望巴金，并在文化生活出版社桂林办事处帮助工作。

因几位好友均因故辍学离开昆明，且希望留在巴金身边照顾他的生活，故决定辍学，留在文化生活出版社桂林办事处帮助巴金做一些工作，并自学英文。

本年初　父亲陈仁官因思念亡妻，担心远离身边的儿女，心情郁闷，患眼疾致双目失明。后回宁波由萧珊祖母照顾生活。

1943 年

在文化生活出版社桂林办事处工作。

5 月　用笔名“萧珊”在 5 月 25 日出版的《宇宙风》第 131 期上发表诗歌《挽歌》，以悼念本年 2 月不幸病逝的友人林憾庐先生。

1944 年

5 月初　与巴金离桂林去贵阳。

5 月 8 日　在贵阳郊外“花溪小憩”与相恋八年的巴金旅行结婚。

“我和萧珊谈了八年的恋爱，到一九四四年五月才到贵阳旅行结婚，没有请一桌客，没有添置一床新被，甚至没有做一件新衣服。将近两年时间我们住在出版社里，住在朋友家里，无法给自己造个窝，可是我们照样和睦地过日子。”（巴金：《关于〈龙·虎·狗〉》）

5月中旬　婚后三天，巴金留贵阳治鼻病，萧珊独自去重庆，住民国路文化生活出版社。在重庆文化生活出版社帮助工作。

8、9月间　为巴金新完成的小说《憩园》写广告。

“萧珊和我是《憩园》的头两个读者。……萧珊为《憩园》写了一则广告，她只用一两百字，就精湛地概括了全书，可惜这则广告文字已经找不到了。”（田一文：《忆巴金写〈憩园〉》）

12月下旬　去成都巴金老家省亲。

“四十年代，萧珊两次回成都，住的时间不长。我那时在上高中住校，她因语言不通，有时要我为她外出带路。”（李致：《“萧珊仍然和我在一起！”》）

1945年

在重庆文化生活出版社帮助工作并照顾巴金。

8月　15日日本宣布投降。20日前后去成都待产。后因准备与巴金同回上海待产，被巴金叫回重庆。因搞不到回沪机票，滞留重庆。

12月16日　在重庆宽仁医院生下女儿李小林。

1946年

4月下旬　因只买到一张机票，遂独自带着女儿从重庆返回上海。住霞飞路霞飞坊（今淮海路淮海坊）59号。

5月21日　巴金由重庆返沪。

8月　由表弟袁申旋陪同，带女儿回老家宁波十余天，探望老祖母和父亲。

1947—1948 年

在上海，除打理家务养育女儿接待友人外，协助巴金工作。

“当时巴金住在霞飞坊（今淮海坊），他家来往的朋友多，简直就像一座文艺沙龙。女主人萧珊殷勤好客，那间二楼起坐室总是有不断的客人。……萧珊有许多西南联大的同学，如汪曾祺、查良铮、刘北汜也不时来坐。谈天迟了，就留下晚饭……”（黄裳：《琐记》）

经常为蛰居台湾的同学萧荻寄书籍，并为他保存诗稿。

“直到 1946 年夏天我从昆明回到上海，才和萧珊重晤。那时她和巴金住在霞飞路（今淮海路）霞飞坊，距我的住处不远，我们常有来往。当时我先后在《学生日报》和《文汇报》当编辑，都是搞学生民主运动的报道。在不到一年的时间内，这两家报纸先后都因报道学生民主斗争，被国民党政府封闭。上海不能呆下去了。于是我又经老作家李何林教授介绍，躲到台湾去教书。离开上海之前，萧珊还亲自下厨，为我们夫妇饯别。在我蛰居台湾时，生活寂寞，她不断为我从上海购买新出的书刊寄给我，我写的一些诗，也常抄寄给她。”“1982 年夏天……我十分意外地又收到巴老寄来的一个挂号邮包，打开一看，却是我的一本 40 年代诗习作的手抄本，……这真使我喜出望外，我才想起，这是 1948 年底，在我筹划离开台湾之前，我请我的一个学生代我把手头存留的诗稿抄录一个副本，因为我不能预料旅途中是否会碰到什么麻烦，所以先把这个诗集的副本寄给萧珊代存。”（萧荻：《忆萧珊》）

1948 年　10 月下旬—11 月 5 日　去宁波探亲。

1949 年

上海解放前夕，通货膨胀，物价飞涨，经常为柴米油盐操心。

“解放前夕，国民党政府抛出了金圆券，一时物价飞涨……一次我陪萧珊去取版税……坐在三轮车上捧着一袋纸币踌躇无计，只能胡乱买一些日用杂物回来。”（黄裳：《琐记》）

“……决定了要储粮备荒，李伯母立刻指挥我们投入了行动。……最令我惊讶的是李伯母居然自己动手做起咸黄鱼干和咸菜来了！她干起活来照旧是有板有眼，动脑筋，而且不惜力气。……我们在三楼的阳台上拉起一条条细绳，把腌好的咸黄鱼或咸菜搭在上面晾晒，干一批收一批。”（马绍弥《在霞飞坊 59 号的日子里》）

4 月 10 日　友人马宗融（1892.9.5—1949.4.10）病逝。与巴金领养马宗融遗孤马小弥、马绍弥姐弟。

5 月　临近解放，国民党特务活动猖獗，时刻为巴金安危担忧。解放军逼近上海，萧珊急切地盼望着曙光出现。

“萧珊经常会在晚上带领我和我姐姐，偶尔还抱着小林，从晒台的围墙爬上屋顶去看闸北方向那一闪一闪把天染得通红的炮火，倾听那随着火光而起的炸雷般的炮声。我们都很兴奋，常常会情不自禁的大呼小叫：快了、快了！大家都明白，这快了就是指上海解放已是指日可待，有种急切期盼的意思。”（马绍弥《在霞飞坊 59 号的日子里》）

5 月 27 日　上海解放。

9 月　送马宗融女儿马小弥参军北上。

1950—1951 年

全国解放后巴金社会活动繁忙，除了参加各种全国性会议，还出访友好国家经常不在上海。萧珊忙于家务，为巴金处理一些信件和日常事务并积极参加里弄活动。

1950年7月28日　儿子李小棠出生。

1951年3月　开始在上海俄语专科学校夜校高级班学习俄文。

“萧珊去夜校学俄文了，巴金鼓励她，这样他译书时可以参照英俄两种文字。”（杨苡：《淮海路淮海坊59号》）

1951年5月　参加里弄为上海解放二周年捐物。

“这几天我们里弄在搞慰劳品，为了二年前今天的解放。昨天送东西去了，我个人捐了五样。”（《家书》：萧珊致巴金1951.5.28）

1952年

1952—1953年期间，巴金两次赴朝鲜战地采访，萧珊时刻关心着巴金的行踪和作品，为支持巴金，除努力安排好家务，为巴金处理信件、购书刊、接待访客外，还参加里弄一些活动，并积极响应国家号召购买公债。

“说到我自己，我很好，正常的工作也做一些，（有一次我们调查我们里弄家长身份情况，发现有问题的工商家都是有二个‘家’。……）”（《家书》：萧珊致巴金1952.4.16）

为平明出版社义务工作。

在上海俄语专科学校夜校高级班学习俄文。

“二、四、六，依然上课，我现在又升一级了。俄文愈读愈难，愈觉得生字把握的少，我一定坚持下去。”（《家书》：萧珊致巴金1952.4.16）

“俄专也在‘思改’，我也参加了，希望通过这一次，我能变得好一点。”（《家书》：萧珊致巴金1952.6.30）

开始翻译俄国作家屠格涅夫的作品。

2月11日　送别去北京作赴朝鲜战地采访准备的巴金。3月16日巴金抵达朝鲜。

9月　开始翻译俄国作家屠格涅夫小说《阿细亚》。1953年6月，由平明出版社出版，首印1.05万册。

9月28日　携女儿去北京迎接从朝鲜归国的巴金。

1953年

为平明出版社义务工作。平明出版的穆旦（查良铮）的《青铜骑士》、《波尔塔瓦》、《加甫里颂》等及巫宁坤的《白求恩大夫》等大都由她组稿和校看。

“我已为‘平明’拉稿，……我把平明的出版方针给他们谈过一下。”（《家书》：萧珊致巴金1953.9.8）

“我请他（按：指卞之琳）把查（按：指查良铮）译《波尔塔瓦》看了一遍，他觉得比得过一般译诗，那么就够了，我想再寄回去给查改一下。”（《家书》：萧珊致巴金1953.10.5）

“考好后我替庆英看了一部译稿，查良铮一部普希金诗篇，现在采臣要我看《白求恩大夫》”（《家书》：萧珊致巴金1953.10.23）

“我最近在看《白求恩大夫》，巫（按：指巫宁坤）的译文不坏，不平俗，可是调子还嫌太旧，爱套‘成语’。”（《家书》：萧珊致巴金1953.11.16）

“半个多世纪以前，巴金先生和萧珊女士向我推荐这部白求恩传记的英文原著。……后来他们盛情嘱我把它译成中文，我从来没有译过这样大部头著作，但感到义不容辞，就斗胆应命了。幸运的是，我的译文经过萧珊的精心润饰，就在1954年由上海平明出版社出版了……”（巫宁坤：《〈外科解剖刀就是剑——白求恩大夫的故事〉译后记》）

7月26日　送巴金赴北京作第二次赴朝鲜采访准备。8月16日巴金抵达朝鲜。

8月　开始翻译俄国作家屠格涅夫小说《初恋》，1954年5月由平明出版社出版，印1.4万册。

10月6日至14日　参加上海俄语专科学校考试。

11月　从上海俄语专科学校毕业。并在私人教师处继续进修俄语。

“我在俄专算正式毕业了，拿到一张毕业证书，但这只是阁下之功。不是你，我不会想到念完它。”（《家书》：萧珊致巴金1953.11.16）

“俄专的同学又拉着我去读俄文，我答应了，只是我怕，这会使我工作的进展更慢了，试一个月罢，反正是找私人学。（《家书》：萧珊致巴金1953.11.27）”

12月　积极购买建设公债。

“……1954年建设公债出来了……我算了一下，我们可以购五千万，反正购到十月份，一月一月的购就是了。将来我们还可以仔细算算，是不是还可以多购一点呢。”（《家书》：萧珊致巴金1953.12.20）

1954年

11月　译作俄国作家屠格涅夫的《奇怪的故事》由平明出版社出版。首印1.5万册。

12月　译作俄国诗人普希金的《别尔金小说集》由平明出版社出版。首印2.3万册。《别尔金小说集》收有普希金的《出版者前言》及小说

《射击》、《大风雪》、《棺材商人》、《驿站长》、《小姐——乡下姑娘》。

1955 年

约上半年　为回国不久，正在挨批受审的西南联大同学巫宁坤寄赠法文原版书司汤达的《巴尔姆修道院》。

“软禁在家里，日子过得倒也清静。收到巴金夫人萧珊寄来的法文原版的司汤达的小说《巴尔姆修道院》，就着手翻译起来。”（巫宁坤：《一滴血》）

5 月　杨苡到上海，住萧珊家。其时“反胡风运动”已开始，好友靳以担心杨苡的处境，也担心杨苡和萧珊说话随便会吃亏，要杨苡转告萧珊注意。为此杨苡和萧珊彻夜长谈，却引起了两个好友的争辩，不欢而散。

“那时我们都才三十多岁，都自以为是，执著自己的幼稚的看法。……靳以约我在饭后跟他到他家聊聊，我们后来谈了不止两个小时，我起初满不在乎，后来又有点害怕起来，因为我自认为是远离政治的。……又提到好几位我们俩的朋友和老同学。夜深时，靳以谆谆嘱咐了我要转告萧珊，以后说话注意点儿，……回到淮海坊，我和萧珊作了长夜谈，……却引起了争辩，特别是为了一个我们共同的好友，一个绝顶聪明、勤奋用功的才从美国回来诚心诚意想为祖国作点贡献的诗人，我认为必须保护他，不要忙着为他出版书，以免招人嫉恨，引起麻烦。她却天真地拒绝我的担心，我们又谈到另一个朋友，同样的提醒遇到同样的固执，那时天快亮了，于是两人不快地互道了晚安。”“……我并没有睡熟，心里一直想着靳以的话。上午萧珊陪我走出了弄堂，……送我去火车站。靳以后来写信告诉我，她送我走后，

立即去找靳以，指责他多虑。”（杨苡：《淮海路淮海坊59号》）

7月　翻译俄国作家迦尔洵作品。

7月　按巴金要求，代巴金参照俄文原著校阅高尔基的《草原集》。

9月　由上海淮海路淮海坊59号迁居武康路113号。

1956年

12月　靳以大女儿章洁思病，为她求医奔走。

“1956年底，靳以出访苏联，他离开的第二日，我的大女儿就高烧不退。此刻我的小女儿出生才半年，我又工作繁忙。陈蕴珍对她这个从小看大的干女儿真是关怀备至，不但天天前来看望，还为她四处请医问药，焦虑之切如同亲生。最终我女儿因病势凶恶，虽被从死亡线上抢救回来，还是落下双腿残疾。她对这个孩子更加关切，不只在健康方面，更在心理上，精神上关心她的成长。”（陶肃琼：《我一生的朋友——萧珊》）

1957—1958年

“反右”斗争开始后，萧珊的一些西南联大的同学、朋友先后被打成“右派”、“历史反革命”。如：黄裳、巫宁坤、汪曾祺等被划为“右派”，查良铮被打成“历史反革命”，萧荻被取消预备党籍划为“内控右派”。这一切极大地震动了萧珊，使她感到既无奈又不能理解。同时又为曾在“鸣放”期间，以笔名“余一”发表了多篇如《“恰到好处”》、《论有啥吃啥》、《秋夜杂谈》等杂文的巴金的处境而担忧。

“从1955年到1957年，我们所关心的老朋友一个个中箭落马！我们已无法，也没有能力去扶一把，只能眼睁睁地看着他们被发配到各地的劳改农场或北大荒去……”（杨苡：《淮海路淮海坊59号》）

1957 年 6 月 14 日　在寓所接待法国著名作家萨特、波伏娃及学者艾坚尔伯一行。

“一九五七年六月十四日，星期五，我有幸在上海会见了巴金。……客厅的沙发和软椅上都蒙着布罩，巴金夫人也来到客厅里，当时在场的三位女士全都穿着旧式的旗袍。黑白相间的格子花呢，浓黑的头发中缀着一点红，并且发着幽光（那也许是一只别针?）。这一切更突出了巴金夫人严整、优雅、贤惠的韵致。”（艾坚尔伯：《〈寒夜〉法文译本序言》）

1957 年 7 月　译作俄国作家屠格涅夫的《阿细亚》由新文艺出版社用平明出版社 1953 年版纸型印刷出版。

1958 年 10 月　翻译完成俄国作家屠格涅夫作品多篇。

1958 年 12 月　开始在《文艺月报》（后改名《上海文学》）编辑部当义务编辑。《小妹剪去辫子了》在《文艺月报》第 12 期发表。

1959 年

6 月　与巴金等人去新安江水库工地访问四天，并访问了金华、双龙等人民公社。

6 月　与巴金合译的《屠格涅夫中短篇小说选》由人民文学出版社出版。首印 2.3 万册。《屠格涅夫中短篇小说选》收俄国作家屠格涅夫中短篇小说七篇，其中《僻静的角落》、《雅科夫・巴生科夫》、《阿霞》（即《阿细亚》）、《初恋》、《草原上的李尔王》五篇为萧珊所译。萧珊并为该书写了《译后记》，简要地介绍了屠格涅夫的生平和各篇的内容。

10 月 13～28 日　与友人林曦去福建福州、泉州、厦门等地参观访问。

11月7日　老友靳以逝世，参与料理后事。

“1959年11月，靳以突发心脏病骤然告别人世，……此时我的儿子大学还未毕业，大女儿病残在家，小女儿年仅3岁。陈蕴珍犹如我的亲姐妹陪伴在我的身旁，为我料理我所不知的大大小小一应事务。公祭之时，她站在家属行列的前面向所有前来祭悼者一一鞠躬还礼。”“靳以去世不久我终于病倒下来，大口吐血。陈蕴珍立即赶来，并请来她的老友李医生，那是位经验丰富的肺科大夫。经诊断，为支气管出血。……在她的安排下，我又去肺科疗养院住了一段日子，病情得到了稳定。1961年春，巴金先生在杭州花港招待所，她又把我和女儿都拉过去休养了几天。”（陶肃琼：《我一生的朋友——萧珊》）

1960年

2月　与巴金在家接待老友杨苡，询问其在南京挨批的情况，并给以安慰。

“……这天夜晚你在二楼大书房里备了一盆烧得旺旺的炭火，我们三人谈到深夜。这次主要是巴金先生很仔细地听我谈开批判会的情况，你也专注地听着，总是插话：‘怎么可以这样说呢？怎么搞的？’那突如其来的一次次批判的确使我惶惑不安！……然而那天夜里你们的安慰和勉励却使我支撑下来，很快地又恢复了自信与乐观。”（杨苡：《梦萧珊》）

4月　散文《幸福的会见》在《上海文学》第四期上发表。

5月14日　去杭州探望正在那里准备第三次全国文代会发言稿的巴金。

5月20日　去医院探望正在上海治病的方令孺。

5月31日—6月4日　去杭州探望和照顾正在那里准备第三次全国文

代会发言稿的巴金。

7月21日　与编辑部同志们一起下乡劳动一天。

8月中旬　携李小林、李小棠与在北京参加完第三次全国文代会的巴金同赴北戴河度暑假。住中国作协休养所。同时在那里的有曹禺一家、沙汀、雷加、宗璞等。回来时，在北京停留几天。

10月4日　巴金由上海启程去成都写作。

10月20日　与孔罗荪同去探望来沪的茅盾，并陪同茅盾参观上海工业展览会。

“廿日上午我同罗荪一起去看茅盾，（罗荪说：他给老巴来两信，你该去看看他！）陪他看了工业展览会，然后送他上车。”（《家书》：萧珊致巴金 1960.10.24）

10月21日　参加上海作协组织的下乡支农劳动拔菜苗。

10月26日　巴金继母病逝，为让巴金在成都安心写作，代表巴金与巴金弟、妹共同料理老人后事。

12月8日　作为高级知识分子家属代表，参加上海市第四届妇女代表大会。

“这几天我在市里开第四届妇代会，我也不知道为什么缘故，她们一定要让我做高知家属代表，……今天已经是第四天（前两天小组会，昨天正式开会），今天星期，上午休会，下午小组会。董竹君、周信芳的爱人都在我们这一组。”（《家书》：萧珊致巴金 1960.12.11）

1961年

2月8日　巴金结束在成都写作返沪。

3月18日　陪陶肃琼去杭州。

5月30日　去杭州探望正在杭州写作的巴金及友人方令孺，并邀陶肃琼母女同去休养。

8月下旬　携李小林、李小棠赴黄山与正在黄山写作的巴金一起度暑假。

1962年

1月31日—2月13日　应友人之邀，携李小林、李小棠与正在广东视察的巴金一起在广州过春节。节后去从化、新会等地。

10月18日　陪同巴金会见并宴请日本作家井上靖先生。

11月16日　与巴金同去东湖招待所看望来沪为儿子治病的刘白羽、汪琦夫妇。

"就在我一生最困难的处境里，许多朋友向我伸出了友谊之手，……巴金、萧珊更是常来看我们，使我们得到了很深的温暖。……但只有这一次在上海，我才知道萧珊是一个多么热情、多么明朗、多么纯洁的人。她像一个圣者，那样自然地来到我们的苦难之中，她的言谈笑语一下子使我们从地狱回到人间，世间有什么比友谊更温暖更珍贵?"（刘白羽：《心灵的历程》）

11月29日—12月2日　陪同巴金去杭州休息、会友。

1963年

4月11日　陪同巴金看望来沪的作家刘白羽夫妇。

5月4日—9日　陪同巴金与沙汀、刘白羽、萧芜等同去杭州会友、休息。

5月13日　陪同巴金宴请来沪演出的川剧团15位演职员。

8月17日　陪同巴金去火车站迎接冰心与日本友人三宅艳子。

8月19日　陪同巴金与来沪的冰心同访沈尹默先生。

8月21日　陪同巴金宴请冰心，23日代表巴金去火车站送别冰心与日本友人三宅艳子去广州。

12月2日—13日　代表编辑部去北京组稿，住曹禺家。

1964年

本年应广大读者要求《收获》杂志复刊，《上海文学》与《收获》合并。继续在《收获》编辑部义务工作。

1月1日　陪同巴金看望来沪访问的日本友人中岛健藏夫妇，并与他们共进午餐。

1月3日　陪同巴金欢送日本友人中岛健藏夫妇离沪。

1月4日　与巴金看望来沪的冰心与日本友人松冈洋子，并于6日请冰心吃午饭。

1月22日　由上海作家协会组织参观上海闵行工业区。

3月23日　陪同巴金在寓所接待日本作家代表团。

4月9日—16日　与巴金、杜宣、孔罗荪、姜彬、芦芒等同赴浙江杭州、桐庐、新安江电厂等地参观、访问，并与电厂工人座谈。

6月　采访药店营业员劳模方静事迹的散文《亲人》在6月5日出版的《萌芽》杂志第六期上发表。

7月31日—8月25日　应友人之邀与巴金、李小林、李小棠一起去山西度暑假。期间，去文水县刘胡兰故乡、昔阳县大寨大队及阳泉煤矿、太原工人牛奶场、经纬纺织机械厂、杏花村汾酒厂、“万人坑”等处参观访问。

8月25日—28日　李小林先行返沪。与巴金、李小棠由山西抵北京会友。

9月起　每周四参加食品厂劳动。

9月8日　陪同巴金在寓所接待越南作家邓泰梅。

11月11日　西南联大同学、好友王树藏来访，留宿叙旧。

12月10日　与巴金等到上海海通有色合金厂旁听斗争不法资本家大会。

1965年

本年每周四参加食品厂劳动。

4月9日—12日　陪同巴金去杭州休息并探望友人方令孺。

“我要对你说，就是真的想念你。你屡次都说看我像母亲一样，我听了心里说不出的欢喜和惭愧，你对我真是体贴入微，我也是爱你的厚道、热情。这次总像没谈够，你临走对我讲的话多好啊，我要是有一个这样的朋友常常在我旁边提醒我多好啊。亲爱的萧珊，你忙我知道，等有空就写（信）给我，给我一些帮助。”（方令孺致萧珊信1965.4.17）

4月20日　与来沪的老友张兆和在寓所欢晤。

4月28日　与巴金及作协同人去上海港务局第三装卸区观看“上海港操作技术比武”，并冒雨参观港区码头、仓库。

4月30日　在上海文化俱乐部与巴金同晤老友张兆和及西南联大同学汪曾祺。

5月5日—7日　去上海奉贤肖塘公社了解“社教”运动情况。

5月15日　参加庆祝我国第二次核试验成功游行。

10月下旬　去北京迎接访问越南归来的巴金并会友人。期间，因巴金归期临时推迟，23日去山西省文水县刘胡兰家乡采访。

11月5日　与巴金离京返沪。

11月26日　陪同巴金拜访并宴请来沪访问的日本作家中岛健藏和夫人、白土吾夫和夫人。

1966年

1月31日　与巴金、方令孺、任干等参观上海重型机器厂万吨水压机、上海电机厂双水内冷汽轮发电机。

2月20日　参观国产万吨轮“东风号”。

3月22日　参加上海沪东铜厂“四清”工作队。

5月初　完成散文《在刘胡兰烈士故乡》。

5月4日　在上海东湖招待所与第二天即将离沪返杭的方令孺话别。这是她们最后一次见面。

6月22日　散文《在刘胡兰烈士故乡》在香港《文汇报》上发表。

6月　“文革”开始，上海作家协会也受到“红卫兵”冲击，“造反派”开始向“走资派”与“资产阶级反动学术权威”开火。萧珊起初依然积极投身在工厂的“四清”工作之中，然而随着她尊敬的领导、熟悉朋友、亦师亦友的爱人被“揭发”“批判”，及至自己也被诬陷，使她陷入茫然、紧张、害怕和痛苦之中。

“她听一个朋友的劝告，得到后来也是给‘四人帮’迫害致死的叶以群同志的同意，到《上海文学》‘义务劳动’，也做了一点点工作，然而在运动中却受到批判，说她专门向老作家组稿，又说她是我派去的‘坐探’。她为了改造思想，想走捷径，要求参加‘四清’运动，找人推荐到某铜厂的工作组工作，工作相当忙碌、紧张，她却精神愉快。但是到我快要靠边的时候，她也被叫回‘作协分会’参加运动。她第一次参加这种急风暴雨般的斗争，而且是以反动权威家属的身份参加，她不知道该怎么办才好。她张皇失措，坐立不安，替我担心，又为儿女们的前途忧虑。她盼望什么人向她伸出援助的手，可是朋友们离开了她，‘同事们’拿她当作箭靶，还有人想通过整她来整我。”（巴金：《怀念萧珊》）

7月20日　参加作协批判叶以群同志大会。

8月10日　叶以群同志受迫害于8月2日自杀。上海作协继续批判叶以群同志，萧珊被叫回参加批判会。

8月16日　作协上海分会机关有人贴巴金大字报，要他“交代”与叶以群、孔罗荪的关系。

8月17日　作协上海分会机关有人贴“揭露萧珊”的大字报。义务参加编辑工作被污为巴金派往编辑部的“坐探”。

8月19日　作协上海分会机关有人贴巴金大字报，批判他为“资产阶级反动学术权威”。

8月22日　晚上在家写大字报。“晚饭后和萧珊商量写大字报。我写了五张，她写了二张”（巴金日记1966.8.22）

8月23日　参加上海作协批判孔罗荪大会，被迫临时发言，但“内容空虚，反应不好”。（巴金日记1966.8.23）

8月31日　忙于工厂“四清”运动，凌晨三点半才回到家。

9月上旬起　巴金频遭批斗。萧珊被从“四清”工作队召回，参加运动，靠边劳动并多次陪斗。

9月10日　作协上海分会造反组织到住宅抄家达六、七小时。书橱全部被封。

“到九月初有人（一位工人作家）来通知我说我态度不老实，革命群众要对我采取行动，于是开始了第一次的抄家。这次抄家从上午抄

到下午，连吃饭的时间在内，大约有六、七个小时……将我的书橱全部贴上封条，把重要的东西完全带走。”（巴金：《二十年前》）

9月中旬—年底　住宅遭“红卫兵”多次抄家、骚扰。

12月1日　北京来沪“红卫兵”深夜到住所抄家，为保护巴金不受伤害，萧珊去公安派出所请求保护未果，被“红卫兵”发现后用铜头皮带打伤左额。

“这可怕的十二月！它对于我是沉重的一击，它对于萧珊的病和死亡起了促进作用。红卫兵一批一批接连跑到我家里，起初翻墙入内，后来大摇大摆地敲门进来，凡是不曾贴封条的东西，他们随便取用。晚上来，白天也来。夜深了，我疲劳不堪，还得低声下气，哀求他们早些离开。”（巴金：《十年一梦》）

1967年

本年，住宅仍经常遭“红卫兵”骚扰。

因非作协上海分会机关正式工作人员，只是一名义务编辑，无编制，春节前后被允许回家，但需到里弄接受“改造”。被责罚每天扫大街一次。

本年5月10日《人民日报》、6月、8月上海《文汇报》、《解放日报》分别发表“批判”巴金的文章，掀起一股“批判巴金”的高潮。8月底，巴金被隔离审查，关在作协二楼走廊写“交待”，不准回家，晚上就睡在走廊，直至9月18日巴金被上海复旦大学中文系“红卫兵”“揪”到复旦大学，又关押近一个月。并于9月26日在复旦大学召开“批判”大会。

这一阶段，萧珊除探望失明的老父外极少外出。处于自身受辱，并为亲人、友人担心和与亲友隔绝的孤独之中，身心受到极大的摧残。

冬，全家被勒令搬到底楼居住，二楼三楼被封。

1968 年

1 月　寓所遭上海戏剧学院“狂妄派”冲击，萧珊再次被勒令到作协接受批斗。

本年 2 月 26 日、6 月 18 至 21 日上海《文汇报》、《解放日报》先后发表多篇“批判”巴金文章，6 月 20 日上海文化系统在杂技场召开“批斗”巴金的电视大会，向全市转播。巴金被不断地“批斗”和“检查交待”。萧珊始终处于担惊受怕、焦虑不安的状态之中。

12 月　女儿李小林去江苏吴江军垦农场劳动锻炼，接受“再教育”。

1969 年

1 月　儿子李小棠被分配到安徽省嘉山县明光农村“插队落户”。

5 月至 1970 年春节前，巴金被责令去松江县参加劳动。

夏　去看望正在苏州尹山湖农场参加“双抢”劳动的女儿李小林，并在连队住宿一夜。

1970 年

春节后，巴金被责令到奉贤县上海文化系统“五七干校”劳动。

夏秋间　参加里弄“备战备荒”制作砖坯。

8 月　女儿李小林结束劳动锻炼，从农场回上海戏剧学院参加运动，等待分配。

这期间，常有某人的问题已解决、某人被“解放”的消息流传，但总不见巴金的问题有所进展，使萧珊一直处于孤独、希望、失望之中。但她一直没有绝望，她坚信巴金没有“问题”，他的“问题”一定会解决。

1971 年

4 月 4 日　女儿李小林结婚。向弟媳顾培珠借款两百元，为女儿添置了简单的家具和生活用品。

结婚当天，女儿、女婿刚出家门，萧珊再也控制不住自己，嚎啕大哭，深深自责，感到对不起女儿。

年底　明显感到身体不适，经常腹痛，乏力，消瘦。

1972 年

春起，身体不适加剧，常有低热。得不到相应的检查和治疗，只能在附近地段医院就诊，服用中药调理。

1 月　收到西南联大同学查良铮来信。

1 月 16 日　复查良铮信。信中说：“收到你的信有好几天，不是不想写信，而是无从下笔。我们真是分别得太久了，你说有十七年，是啊，我的儿子已经 21 岁了。少壮能几时！生、老、病、死是自然界的现象，对你我也不会例外，所以你也不必抱怨时间。但是十七年真是一个大数字，我拿起笔，不知写些什么……从你信里来看，你还是过去的你，知识分子改造是一个艰巨的历程，老友新交，我也不知道怎样认识你了。……将来有机会来北京时，我一定通知你，并且一定要去看看你的妈妈。”（萧珊致查良铮 1972.1.16）

2 月 15 日　年初一晚，携女儿李小林、女婿祝鸿生、儿子李小棠应老友林曦邀请，赴林家晚餐。晚餐后因腹部疼痛勉强走回家。

5 月 23 日　发高烧至 39°多，去地段医院急诊，输液后回家，高烧依然不退。

5 月底　巴金回沪休假，假期满，放心不下萧珊的病，欲请假照料，被

“工宣队”头头拒绝。

“我看见她病情日趋严重，实在不愿意把她丢开不管，我要求延长假期的时候，我们那个单位的一个‘工宣队’头头逼着我第二天就回干校去。……我女儿、女婿看到这种情景，自告奋勇地跑到巨鹿路向那位“工宣队”头头解释，希望同意我在市区多留些日子照料病人。可是那个头头‘执法如山’，还说：他不是医生，留在家里，有什么用！‘留在家里对他改造不利！’”（巴金：《怀念萧珊》）

6月中旬　收到自“文革”以来失去联系多年的沈从文先生的辗转来信。

6月22日　复沈从文先生信。告知家庭近况和自己的情况，“收到你的信，全家都很兴奋，相传阅读。我家里情况还是依然，老巴在干校……我生的也不知什么病，四十余天体温有时高到39°，至今尚未查出病因……”（萧珊致沈从文信 1972.6.28）

6月底　被诊断为肝癌晚期。

7月22日　经友人帮忙，入住上海中山医院，确诊为肠癌肝转移。巴金被允许从“干校”请假，每天相伴照料。

“将近二十天里，我每天去医院陪伴她大半天。我照料她，我坐在病床前守着她，同她短短地谈几句话。”“她住院后的半个月是一九六六年八月以来我既感痛苦又感到幸福的一段时间，是我和她在一起度过的最后的平静的时刻，我今天还不能将它忘记。”（巴金：《怀念萧珊》）

8月8日　因肠梗阻危及生命，由巴金签字同意作手术。

“医生通知我儿子找我去谈话。他告诉我：病人的肠子给堵住了，必须开刀。开刀不一定有把握，也许中途出毛病。但是不开刀，后果更不堪设想。他要我决定，并且要我劝她同意。我做了决定，就去病房对她解释。我讲完话，她只说了一句：‘看来，我们要分别了。’她望着我，眼睛里全是泪水。我说：‘不会的……’我的声音哑了。”（巴金：《怀念萧珊》）

8月10日　在安徽插队，几天前刚赶回上海探望母亲的儿子李小棠患急性肝炎，住入隔离病房。

“儿子还在她身边守过一个夜晚。过两天他也病倒了，查出来他患肝炎，是从安徽农村带回来的。本来我们想瞒住他的母亲，可是无意间让他母亲知道了。她不断地问：“儿子怎么样?”我自己也不知道儿子怎么样，我怎么能使她放心呢?”（巴金：《怀念萧珊》）

8月13日　上午十一点四十分在安睡中逝世。时年54岁。

“据表妹说，她逝世的时刻，表妹也不知道。她曾经对表妹说：‘找医生来。’医生来过，并没有什么。后来她就渐渐地‘沉入睡乡’。表妹还以为她在睡眠。一个护士来打针，才发觉她的心脏已经停止跳动了。我没有能同她诀别，我有许多话没有能向她倾吐，她不能没有留下一句遗言就离开我！……为什么那天上午偏偏我不在病房呢？家里人都不在她身边，她死得这样凄凉!”（巴金：《怀念萧珊》）

8月16日　下午一点十五分在上海龙华火葬场中一厅举行没有任何仪式的告别，共有亲友40余人参加。骨灰寄存在上海龙华火葬场骨灰寄存处，六室八排417号。

“三天以后在龙华火葬场举行告别仪式。她的朋友一个也没有来，因为一则我们没有通知，二则我是一个审查了将近七年的对象。没有悼词没有吊客，只有一片伤心的哭声。”“这就是她的最后，然而绝不

是她的结局。她的结局将和我的结局连在一起。”（巴金：《怀念萧珊》）

萧珊逝世三年后，骨灰寄存期满，巴金将萧珊骨灰接回寓所，安放在床头五斗柜上。随着“四人帮”的倒台，“文化大革命”的结束，巴金得到了彻底的“解放”。在萧珊去世六年后，巴金饱含深情地写下了《怀念萧珊》。

萧珊的作品也重新与读者见面。陆续出版的有：

1981 年 8 月萧珊、巴金合译的《屠格涅夫中短篇小说集》由四川人民出版社出版。

1981 年 11 月贵州人民出版社出版的《普希金小说选》收萧珊译文《射击》《大风雪》《棺材商人》《驿站长》《小姐——乡下姑娘》等五篇。

1982 年 11 月萧珊的《黑桃皇后及其他》由四川人民出版社出版，收《别尔金小说集》全部内容及普希金的中篇《黑桃皇后》。

1994 年 10 月《家书——巴金萧珊书信集》由浙江文艺出版社出版。

1998 年 9 月由江苏文艺出版社出版了萧珊、巴金的合集《探索人生》。集子收萧珊散文《在伤兵医院中》、诗《挽歌》《家书·致巴金》23 封、译作俄国作家屠格涅夫中篇小说《阿霞》。

2005 年 10 月 17 日巴金逝世。享年 101 岁。

2005 年 11 月 25 日遵照巴金遗愿，萧珊的骨灰与巴金的骨灰掺和在一起，由子女撒入东海。

“等到我永远闭上眼睛，就让我的骨灰同她的搀和在一起。”（巴金：《怀念萧珊》）

2008年6月

附记：

《萧珊（陈蕴珍）年表》编写前后，采访了萧珊的亲友李小林、李小棠、程铿、杨苡、马绍弥、袁淑贞、袁申旋等，李济生、李国煣提供了部分宝贵的资料，李小林和巴金研究会的周立民更给了具体的指导。在此一并表示诚挚的感谢。

主要参考资料：

1.《巴金全集》第25、26卷	巴金	人民文学出版社
2.《创作回忆录》	巴金	香港三联书店出版社
3.《随想录》	巴金	人民文学出版社
4.《家书——巴金萧珊书信集》	巴金　萧珊	浙江文艺出版社
5.《巴金传》	徐开垒	上海文艺出版社
6.《四十年间》	刘北汜	《百花洲》1983年第3期
7.《心灵的历程》	刘白羽	中国青年出版社
8.《我一生的朋友——萧珊》	陶肃琼	《人物》2004年第12期

9.《国立西南联合大学校史：一九三七——一九四六的北大、清华、南开》

西南联合大学北京校友会编

北京大学出版社

10.《忆萧珊》　萧荻　《随笔》1984年第4期
11.《巴金的一个世纪》　唐金海　张晓云　四川文艺出版社
12.《梦萧珊》　杨苡　《人民文学》1986年第10期
13.《淮海路淮海坊59号》　杨苡　《文汇读书周报》2002年3月1日

巴金故居
Former Residence of Ba Jin

巴金研究会
Ba Jin Literary Association

萧珊
著

XIAOSHAN WENCUN

萧珊文存 ②

巴金故居　巴金研究会 策划

上海人民出版社

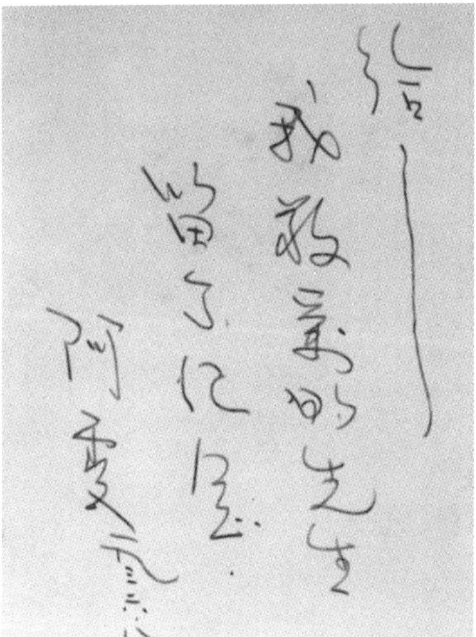

萧珊第一次送给巴金的照片，右图为照片背面的赠言

巴金一家，1950 年代后期摄于武康路花园

萧珊与巴金通信手迹

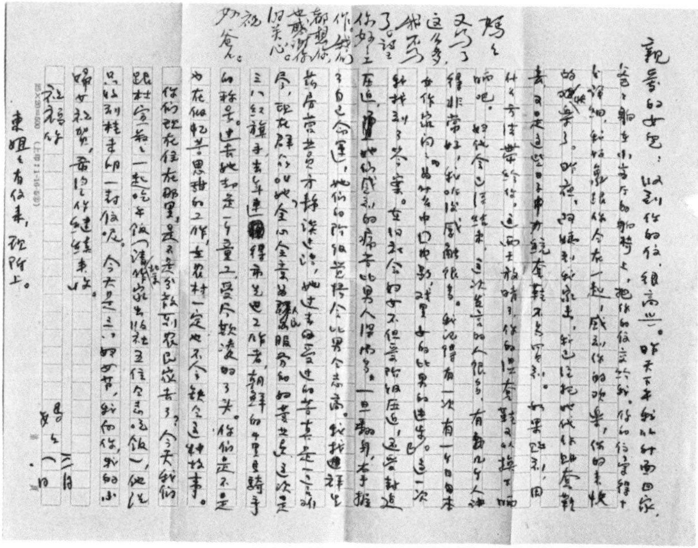

亲爱的女儿：收到你的信，很高兴。昨天下午我从什刹海回家，爸爸躺在小窗下的躺椅上，把你的信交给我。你的信写得十分详细，我好像跟你在一起，感到你的欢乐，你的未来快乐的日子了。昨夜，姆妈到我家来，我也把她代你欢喜。[illegible]去了走过些日子中力统查鞋不多写了。如果路到，因什么方法带给你。这两天放晴了，你的保暖鞋可以换下来吧。妇代会已经结束，这次发言的人很多，有几个人讲得非常好，我听得感动很多。我记得有一次有一个日本女作家问，为什么中国电影里女的比男的进步。这一次我找到了答案。在旧社会妇女不但受阶级压迫，还受封建压迫，她们感到的痛苦比男人深得多。一旦翻身，掌握了自己命运，她们的阶级觉悟会比男人高。我找过祥生[illegible]若营大会的讲话，她过去的苦真是一言难尽，现在所以她全心全意为人民服务，如黄世[illegible]这次是三八红旗手，去年还获得市先进工作者，朝鲜的千里马骑手的称号。过去她却是一个童工，受尽欺凌的了头。你们是不是也在做忆苦思甜的工作，在农村一定也不会缺乏这种故事。你们现在住在哪里，是不是分散到农民家去了？今天我们跟杜宣[illegible]一起吃午饭（请作家出版社王任叔吃饭），他说只好到桂林去，寄一封信呢。今天是三八妇女节，我向你，我的小妇女祝贺，希望你继续来信。

祝福你

妈妈 三月八日

棣姐姐有信来，附上。

又写了这么多，我不写了。希望你好好工作。我们都想念你，你的姆妈也很关心你。祝好 爸爸。

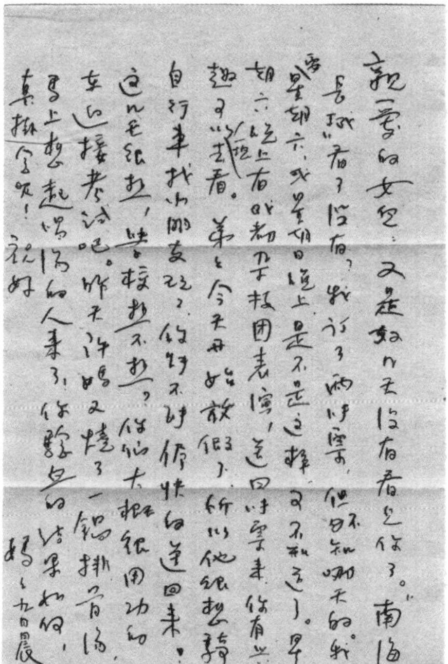

亲爱的女儿：又是好几天没有看见你了。南海长城看了没有？我看了两次，但不知哪天的，我是星期六，或星期日晚上是不是这样又不知道了。星期六晚上有北京部队杂技团表演，这回时间来，你有兴趣可以去看。弟弟今天开始放假了，所以他很想自行车找小朋友玩玩，你好不时给他快的送回来！这几天很热，学校热不热？你们大概很用功的在迎接考试吧。昨天许姆妈又烧了一锅排骨汤，马上想起缺你的人来了！你营养的结果如何，真挂念呀！祝好

妈妈 九日晨

萧珊写给女儿李小林的书信手迹

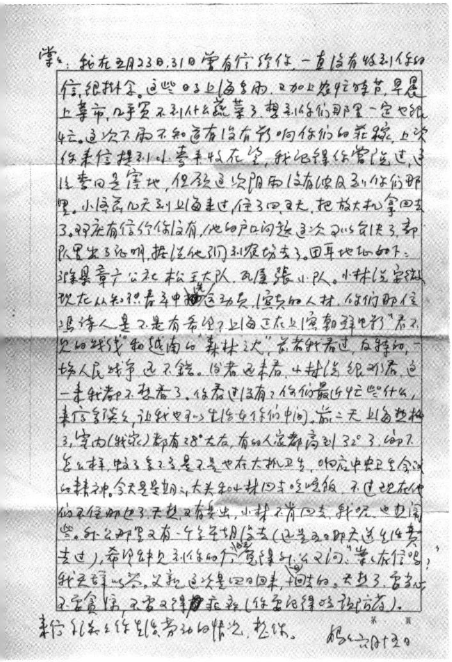

棠棠：我在五月23日、31日曾有信给你，一直没有收到你的信，很挂念。这些日子上海多雨，又加上农忙季节，早晨上菜市，几乎买不到什么蔬菜了。想到你们那里一定也很忙。这次下雨不知道有没有影响你们的庄稼。上次你来信提到小麦丰收在望，我记得你曾说过，这儿麦田是洼地，但愿这次阴雨没有波及到你们那里。小徐前几天到上海来过，住了四、五天，把收音机拿回去了。阿庆有信给你没有，他的户口问题这次可以解决了，部队里出了证明，据说他们到农场去了。回来地址如下：涟水县章广公社松王大队瓦房張小队。小林说安徽现在从知识青年中[illegible]选动员，宣传的人材，你们那里选调人是不是有希望？上海正在上演朝鲜电影"看不见的战线"和越南的"森林之火"，前者我看过，自愿的，一场人民战争还不错。后者还未看，小林说很好看，这一来我都不想看了。你看过没有？你们最近忙些什么，来信多谈谈，让我也了解生活在你们中间。前二天上海热极了，室内（我家）都有28°左右，有的人家都高到32°了。你那里怎么样，蚊子多不多，是不是也在大抓卫生，响应中央卫生会议的精神。今天是星期六，大头和小林回来吃晚饭，不过现在他们还没回来。天热又有[illegible]，小林不肯回去，我呢，也热闹些。外公那里又有一个多星期没去（已是五日那天送生活费去过），希望能见到你的信。外公总是问："棠棠有信吗？"我无法回答。又想这次是四日回来，十四去的。天热了，要当心，不要贪凉，不要又得痢疾（你要记得吃饭防痢）。

来信谈谈工作、生活劳动的情况，想你。 妈妈 六月十五日

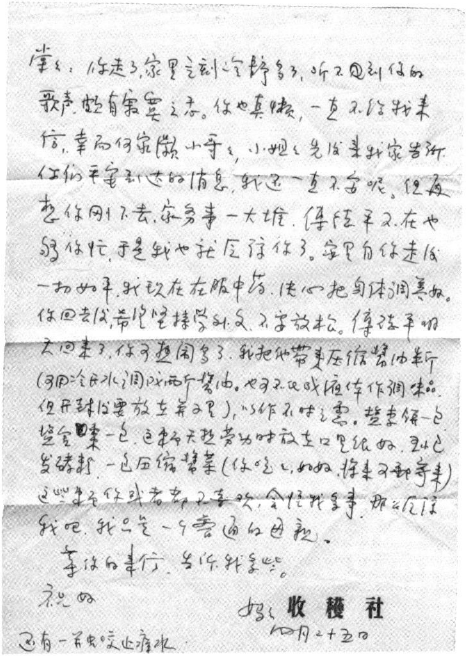

棠棠：你走了，家里立刻冷静多了，听不见到你的歌声，颇有寂寞之感。你也真懒，一直不给我来信，幸而何家徽小哥哥、小妞妞先后来我家告诉你们平安到达的消息，我还一直不安呢。但后来你刚下去，家务事一大堆，傅强平又在也够你忙，于是我也就原谅你了。家里自你走后一切如常，我现在在服中药，决心把身体调养好。你回去后，希望坚持学外文，不要放松。傅强平明天回来了，你可热闹多了。我把他带来压缩酱油半斤（可用冷开水调成两斤酱油，也可不化成液体作调味品，但开封后要放在瓶子里），以作不时之需。[illegible]一包[illegible]一包，这种天热劳动时放在口里很好，还有[illegible]，一包压缩酱菜（你吃吃，好的，将来可都寄来）这些东西你或者都不喜吃，会怪我多事，那么原谅我吧，我只是一个普通的母亲。

等你的来信，告诉我多些。

祝好

妈妈 收穫社

四月二十五日

还有一瓶虫咬止痒水。

萧珊写给儿子李小棠的书信手迹

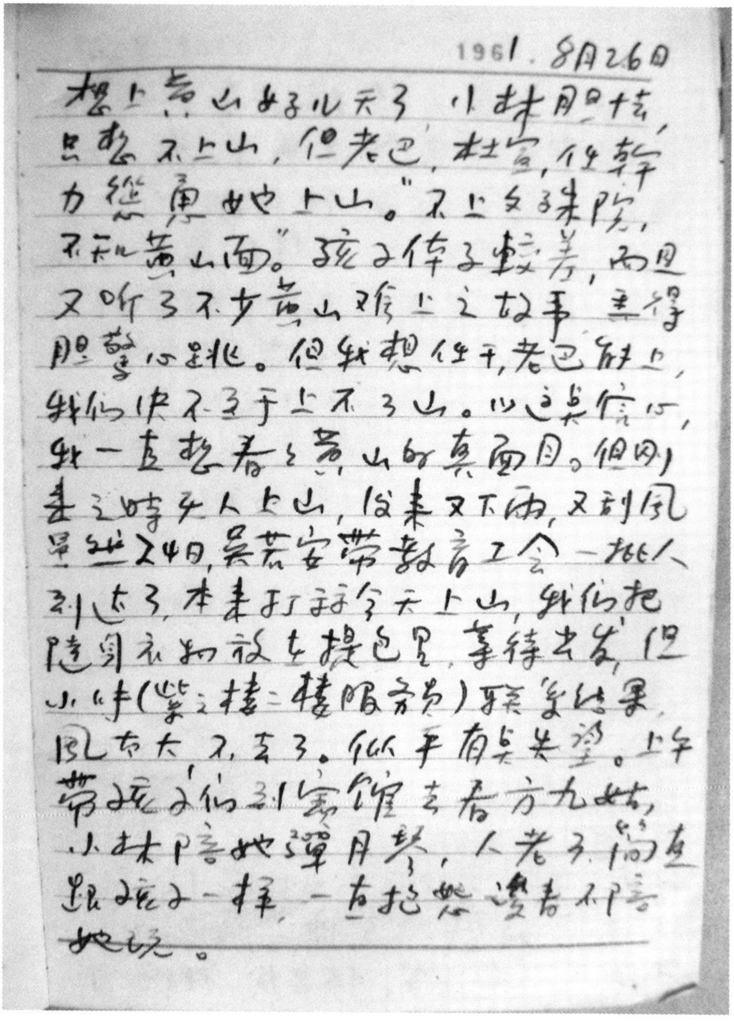
1961.8月26日
想上黄山好几天了，小林胆怯，
总想不上山，但老巴、杜宣、任幹
力怂恿她上山。"不上文殊院，
不知黄山面。"孩子体子较差，而且
又听了不少黄山难上之故事，弄得
胆惊心跳。但我想任幹、老巴能上，
我们决不至于上不了山。以这点信心，
我一直想看看黄山的真面目。但刚
来之时无人上山，后来又下雨，又刮风，
早然又4日，吴若安带教育工会一批人
到达了，本来打算今天上山，我们把
随身衣物放在提包里，等待出发，但
小峰（紫紫棣棣眼前光）孩子结果
风太大，不去了。似乎有点失望。上午
带孩子们到宾馆去看方九姑，
小林陪她弹月琴，人老了，简直
跟孩子一样，一直抱怨婆婆不陪
她玩。

萧珊日记手迹

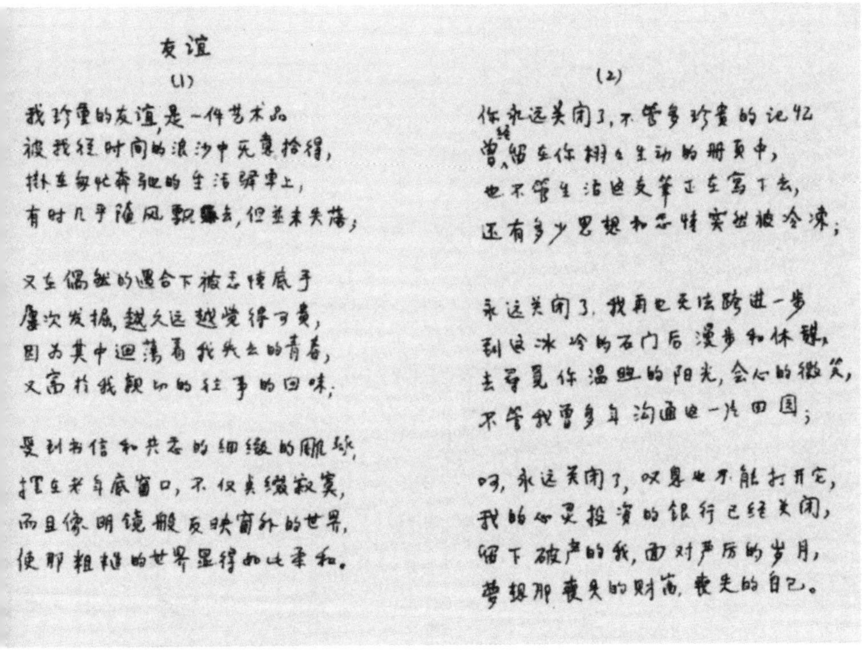
友谊

(1)

我珍重的友谊，是一件艺术品
被我从时间的浪沙中无意拾得，
挂在匆忙奔驰的生活驿车上，
有时几乎随风飘去，但并未失落；

又在偶然的遇合下被感情底手
屡次发掘，越久远越觉得可贵，
因为其中回荡着我失去的青春，
又富于我亲切的往事的回味；

受到书信和共感的细致的雕琢，
挂在老年底窗口，不仅点缀寂寞，
而且像明镜般反映窗外的世界，
使那粗糙的世界显得如此柔和。

(2)

你永远关闭了，不管多珍贵的记忆
曾经留在你栩栩生动的册页中，
也不管生活这支笔正在写下去，
还有多少思想和感情突然被冷冻；

永远关闭了，我再也无法跨进一步
到这冰冷的石门后漫步和休憩，
去寻觅你温煦的阳光，会心的微笑，
不管我曾多年沟通这一片田园；

呵，永远关闭了，叹息也不能打开它，
我的心灵投资的银行已经关闭，
留下破产的我，面对严厉的岁月，
梦想那丧失的财富，丧失的自己。

1976年6月穆旦作诗《友谊》，并在1976年6月28日致杜运燮的信中将此诗抄寄杜运燮，信中说：“《友谊》的第二段着重想到陈蕴珍，第一段着重想到你们。所以可以看到，前者情调是喜，后者是悲。”

萧珊与巴金通信集《家书》书影

目录

2

34	一九五二年六月三十日
35	一九五二年七月十五日
36	一九五二年七月三十一日
37	一九五二年八月八日
39	一九五二年八月二十一日
40	一九五二年八月二十五日
41	一九五二年九月三日
42	一九五二年九月十四日
43	一九五三年七月二十九日
45	一九五三年八月八日
47	一九五三年八月二十日
48	一九五三年九月七日
50	一九五三年九月八日
51	一九五三年九月二十日
53	一九五三年十月五日
54	一九五三年十月二十三日
56	一九五三年十一月十六日
58	一九五三年十一月二十七日
60	一九五三年十二月十二日
62	一九五三年十二月二十日
64	一九五四年八月五日
65	一九五四年九月八日

萧珊日记（1961—1963）①

① 萧珊日记记在绿色封面的64开本日记本上，原件由巴金先生捐出，现藏中国现代文学馆，现根据手稿整理。日记均为片断，并不连续。整理中基本照文字原样录出，部分明显错字或漏字处，整理者以［　］形式将正字和补字附后。

3

一九六一年

8月26日

想上黄山好几天了，小林胆怯，只想不上山，但老巴，杜宣，任干［极］力怂恿她上山。“不上文殊院，不知黄山面”。孩子体子［质］较差，而且又听了不少黄山难上之故事，弄得胆惊心跳。但我想任干，老巴能上，我们决不至于上不了山。以这点信心，我一直想看看黄山的真面目。但刚来之时无人上山，后来又下雨，又刮风，虽然24日，吴若安带教育工会一批人到达了，本来打算今天上山，我们把随身衣物放在提包里，等待出发，但小张（紫云楼二楼服务员）联系结果，风太大，不去了。似乎有点失望。上午带孩子们到宾馆去看方九姑①，小林陪她弹月琴，人老了，简直跟孩子一样，一直抱怨峻青不陪她玩。

8月27日

今天天气并不佳，风还是不小，我以为今天决不会上山了。起身后，任干房门已打开，他的朋友今天走，他一定去送行了。下楼后离

---

① 方九姑，指作家方令孺。

4

吃早饭时间尚远，下坡蹓蹓，到宾馆大门口，教育工会的人已在作上山打算了。我连忙赶回来作上山打算。我替孩子们准备了三个花卷，以备之需。幸而有这三个花卷，路上替我解决了不少问题。小妹真是忧心忡忡。刚上山时太阳光很强，而且没有走过山路，一下子又汗流浃背，真是疲乏。小妹更是连说走不动，我那时倒担心，真怕走到半路，欲进退两难。幸而，慈光寺到了，我们在寺中石阶上稍作休息。慈光寺为明万历时所建，是黄山古庙，可惜里面只有一片荒凉，看不出过去的盛况了，连菩萨都搬家，只有空壳一架。休息后，我们叫小陶（跟随我们的向导）陪我们先行，小棠勇于走路，我只有跟随他后面，只好请小陶陪小林慢慢走。小棠发现小林实在走不动，就把手中那条万寿山手杖换了小林的竹杖。我们和小林距离很远，教工会同志要我等小林同行，以鼓舞她情绪。立马桥到了，远远看见小棠的红汗衫，他坐在桥那边已休息多时。从桥上望下去，一片悬崖，我们已海拔 1 400 多尺了。就是说从温泉 630 公尺起行，已经走上八百多公尺了，再走二百公尺就到玉屏楼。从这里到玉屏楼上坡不多，省力不少，过度仙桥，一线天，就看见蓬莱三岛，想走上山前，听说林校校长到此处石阶上，说一声："这就是蓬莱三岛"，便气绝，似不可信。再前行不久，小陶说："这是小心坡"，上坡就看见一棵枝枒向我们伸张的松树，这就是著名的迎客松。玉屏楼到了，我们一天的路程已告结束。

服务员小薛，把我们带到二楼最右的一间，他说："巴主席就住在这一间"。孩子们很高兴，我们就住在爸爸住过的屋子。吃过午饭，在屋子间稍睡（小棠最讨厌我们睡午觉），便和小棠出去散步，看见从芜湖跟我们同车来的电影学院助教小鲍，我们和小鲍并不相识，只不过同车的关系，这里遇到，真觉得亲切。我们到文殊台上，俯视群峰，真是气概万千，所以老画家说这里比北海宾馆风景佳，这里雄伟，群峰聚集，所以古人说“不到文殊院，不见黄山面”。今天我们是见到黄山雄伟的面目了。

晚上八时许就入睡，被子潮湿，幸而跟小棠同睡，楼下教工会同志正在跟玉屏楼（即文殊院）服务员向导等联欢。

8月28日

今天清早醒来，还见月亮悬在空中，匆匆走出室外，已经看不见云海了，他们说今早四时云海甚好，明天一定起早。

八时动身去北海宾馆。临行前，教工会王同志作报告，动员体力差的同志下山，小妹没有自信，很想回去，但我想既然到得玉屏楼，也能走到狮子林，我极力怂恿她去。从玉屏楼西行，送客松似对我作招手状。别了，玉屏楼，什么时候再看到你！下莲花沟，路旁有一松，顶平而圆，就像佛前的蒲团，故叫蒲团松，据说顶上可坐四五个人，但没有人敢到松顶去坐一会。从这里一直下坡然后再上八百级石阶（未来之前，对这八百级石阶颇具畏心），所以走一会，歇一会倒也不觉疲乏，而且今天满天云雾没有太阳，走时不出汗，也不觉累就走到莲花岭上。本来我们已和闵行机器制造学校体育教师林耀辉讲好，同上莲花峰，但满天云雾，什么也看不见，连林老师都没有兴趣上去了。于是便下著名的百步云桥，我叫小陶挽着小妹，其实云桥并不难走。耳听不如真实情况可靠，幸而让小妹来。下去便看见鳌鱼峰，穿过鳌鱼洞，我们便站在鳌鱼背上，天空地阔，豁然开朗，这便是天海了，可惜云雾一片海中什么都看不到。远远望去，已经看见光明顶上的气候台了。从这里到狮子林不远了。我们十二时到达北海宾馆，我们住在二楼。这屋子倒有三张床，我们母子三个各睡一床了①。

领队王同志说明晨四时去看日出。晚上因和科学院范世蕃（孩子们叫他笑迷迷［眯眯］）等打桥牌，兴奋过度一直睡不好，到了二点钟还以为时间已到。

8月29日

四时许我们已到达清凉台，天色灰濛，离天亮尚早，但地平线上已经露出玫瑰红色。从天栏上望下去一片云海，白茫茫的，无边无际，真像吐着白絮白泡沫的大海，这里，那里都露出一点峰顶，很像海中的礁石。红霞越来越宽，也越来越淡，天渐渐亮了，但是地平线上太阳依然未露面，只是红光越来越宽，看得出四射的光芒，离太阳出来的时间不远了。果然太阳像一颗灿然的星星似的露出头来。光更强烈了，使人的眼睛都睁不开来，原来太阳完全出来，好快的过程！

清凉台曾接待过多少游客，山水若有知，山水亦有情，它一定更倾向今天的游客！

一九六二年

2月4日

我们到广州五天了。火车将达广州车站时，心里倒有点不安，万

---

① 本页上端有作者添写的“浩如烟海，广阔无边”一句话。

一巴先生不在，我们将往何处去？羊城宾馆会不会接待我们？但一到车站，王匡同志在［招］手，非常感动。晚上他爱人田蔚同志来看我们，也给我一个和蔼可亲的印象。

第二天就是二月一日了，上午接待室告诉我老巴可以回来了，要我们尽早吃午饭。一点四十分我带孩子们在飞机场上接到老巴、方九姑，高兴极了。孩子们各挽老巴的手，回宾馆后，老巴打开他的宝藏，椰子壳、贝壳等。大谈海南岛之丰富。可是时间关系无法去海南岛了。希望以后有机会能亲眼见见热带景物，在海边拾拾贝壳。

二日上午和董老（浙江水产学院副院长）一起去文化公园看水产，文化公园有人用万寿菊在扎花塔，充满了春意。

下午去黄花岗、红花岗看烈士陵墓，又到动物园。晚上萧荻来访。

三日上午去出口商品陈列馆。

下午在家休息，陈洪有来，一直坐到六时余。四时许老巴去机场接茅盾、夏公、杜老宣去了。晚上，我带小林去红线女家，她在家休息，稍坐片刻即回。杜老宣来了，他即将去开罗，想不到又在广州遇到一起过年，真巧合！

（四日）

下午看花市，人山人海，广州市民爱花。每人从花市出来，手执一花，面露笑容，真所谓拈花而笑。我们购金橘一盆，盆上有成熟肥大金橘十余个，金灿灿充满喜吉之意。临回来时又设法买到三枝塑料花，粉红、白色相间娇嫩可爱。人居客中都忘记过年之事，看广州市民热闹情况，想起今天是除夕了。

今天是我和老巴结婚后第一次带孩子们在外面过年。

2月7日①

佛山市，全市（省）卫生红旗城市

四大陶瓷城市之一（江西之景德镇）

日本占领8年，破坏很大（现有人口21万）手工业很退步，为全省最不卫生之城市，衣食无着，人民怎能讲卫生，传染病很多，隔几年有烈性的传染病大流传，四害猖狂，市容破烂，没有一条完整的马路。

解放后，经过第一个五年计划，58年后变化很大，从没有一只机械工业，到现在有机械工业，传统的手工业发展——陶瓷业发展很快，经过58年后不但艺术陶瓷有大发展，工业陶瓷发展也快。石湾过去人口为九千，现工人也有9千人。农业机械，拷绸，50年工业总值一千二百万，现2亿3千万，文化卫生发展快，中［学］解放初期8百人，现3千多人，小［学］过3千多，现在也增加十倍以上。

佛山陶瓷有800余年历史，宋代民间艺术，解放前没有（有的饿死失踪），现在剪纸等大为发展。卫生运动后，这市的卫生情况大不相同，市民养成自动的卫生习惯。用公筷的习惯十分普遍，马路每天三扫一洗（群众自动），过去下水道又长又臭，又烂又乱，蚊子密度无法减少。当时总路线公布前，以为改下水道需15年（20公里长），学习总路线后，全市市民动手，大搞群众（运动），结果60天搞成80公里（原来20公里），改污水池为花园，湿地变成人造湖，厕所大改革。

---

① 此日和2月9日、12日、13日日记所记是作者参观中的关于当地情况的资料或片断印象。

去年香港澳门传进来付［副］霍乱，这城市四面受包围，但因历年来卫生习惯却顶住，没有受害。过年时（今年）每人供应之物约有12元，由于完［全］要农村情况好转。

这城［市］方向具有现代工业基础，轻工业之城，文化艺术之城，整洁美化之城

居安里，原为鸡屎巷

浮雕图①大明江山②为民除害

陶雕华表二柱

石雕华表二柱

祖庙木牌楼明建

石湾美术陶瓷研究所（工业）

有8百多年历史，宋代开始

解放后，保护，发展，提高方针，石湾陶瓷日渐发展，成立国营工厂。艺术厂方向，政治和艺术同抓。过去制方秘方不外传，解放后技术公开，共同提高，失传很久的东西都发掘出来。

生产过程，8工序：①作者原作，阳模②模型，阴模⑧灌浆④修胚⑤加工，石墨加工⑥晓素胎⑦上釉⑧釉烧

石湾特点以陶为主，附近出产陶泥，解放前艺术工人大部（分）饿死失散，只留下三四个人。解放后大力培养下一代，解放十余年有的张……①

---

① 原稿记录至此中断。

2月9日

流溪河水电站（福建古田也是地下厂房）

水库在山的一边，进水口经过约二公里的管子（约一辆汽车大小，穿过山）到地下厂房。湖有 15 公里的水库，水来很快，下流（游）的灌溉由这里供给，湖中养鱼。坝 450 公尺，56 年开建，58 年 8 月投入生产，没有发生意外，59 年大水中受过考验。发电供广州，发电量 42 000 千瓦，工人 175 人，每度电 1 分 2 成本。四月水位最低。

2月11日

早晨八时半动身来新会，途中过渡三次，每次遇见红线女，连次道别。一时许到新会招待所，遇见县委曾书记。曾书记十分朴实，不好说话，但为人可亲。

午饭后稍事休息，曾书记陪我们逛逛招待［所］附近的游览区，沿途都是南方树木，葵树成林（为我向所未见），芭蕉结果，还有一片叫情思的竹林（这竹子金黄色间以绿条），一切都充满生气，尽眼望去翠绿一片，哪像是春节以后的几天！今天天气尤其热，我仅穿一件绸衬衣，鼻上还在冒汗，游泳池里还有人在游水。

这里有一个人民礼堂有［能］容纳 3 千余人，但只管去四万余，完全由义务劳动建成。晚上在这里看《保尔·柯察金》。

“小鸟天堂”（为）老巴 29 年前写过篇散文而命名。真是小鸟天堂，千万只白鸟（有夜鹤、白鹤二种，傍晚夜鹤飞去，白鹤回来，交换居住）聚集在榕树林中，说“林”，其实榕树只有一棵，经过三百年，榕树枝干生根，变成密林，远远望去，只见葱翠一片。我们划小舟绕天堂一周（这岛约十二亩），浓密得望不到泥地。小鸟群起飞翔，似乎在欢迎29年前曾来欣赏过它们的旧交。

2月12日

葵厂，57年创立。百余家个人经营，57年变成葵公司一家。

解放初　二千一百余万件。

57年成立公司　四千7百多万件

58年 ⎫　　　　5千3百多万件

59年 ⎬大跃进　5千4百多万件

60年 ⎭　　　　5千6百余万

61年，公司分许多厂，有归国营，有归公社。发挥不足，产量可能下降。

葵的总（综）合产品十七产品。规格48个。58年一月开始搞总（综）合产品（以前只有葵扇），工人3百八十余人。（目前，这个厂。以前57年有千余人。这新会镇有4万余人，半数以上搞这工作。）家庭副（业）。

车间共有七个

①晒白　②剪修　③烤　④长尺划　⑤车纫　⑥包装　⑦总（综）合车间

七大工序分七个车间

圭峰山劳动大学，现有8百余人（下放干部，工人）。

58年第一批300余干部，2/3劳动，1/3学习，60年回来。第二批4百余人，1/2劳动，学习。现在第三批，主要学政治、哲学、党史、时事，由党委宣传部专人教授，50/100学农业知识。

青年学生培养二年后为干部，一面劳动锻炼，一面建设山区。

90万亩山区，耕田约有60万亩。

长短结合（长期的果树和短期的土豆、香菇）

北果南育（平（苹）果、板栗、核桃）

荔树5百余亩

波（菠）萝五百余亩

橄榄三百余亩

油料每人四两自给，蔬菜自给，肉类自给，粮食60/100

58年政府投资25万，现尚欠政府3万（还23万）

香料作物，年收18万

经济收入，扩大建设，政府不要求上缴，建设面积一万五千余平方米，除十（木）料，石灰由政府供应外，余自给。

龙潭发电厂，70万投资（华侨），发电600千瓦

2月13日

早晨去理发，洗头。

下午

热情是南方人的共同特点，广东又是革命的策源地，近百年来林则徐、洪秀全、孙中山领导反帝斗争和初期民主斗争都发生于此地，或从这里闹出来。

这是艺术品，不能用钱的数目来表明它的价值。

这时候有一双坚实的手，匆匆地拉我跨上一条待开的木船，“同舟共济”。

一九六三年

6月11日

今早晨在协会见到《文汇报》上有新华社河内消息，老巴已于昨日下午到达河内。好快！一下子，这短短几十个字对我全变成有血有肉，有形象的了。凡是有你名字的一切，都使我感到亲切。也许我们中间没有这许多的距离，你就在我们中间。

○○○

致巴金

一九四九年七月十六日（残简）[1]

……你走快一个月，什么时候可以回家？非常想着你。——刚从文生社回来，读到你十一日来信，亦读到你给采臣十三日的信，你收到采臣的信了，那末我五日写出的信你也该读到了，你可以放心了罢。明天我是不是也可以读到你的回书？今天中午我在肃琼处吃饭，小妹在文生社。肃琼跟我聊了很久，她实在很关心靳以，她也渴望跟靳以一起过过家庭生活，希望靳以早些回来。

我去外滩，因为我的表坏了，在那边修。廿二日那天开明送来七万元，我买了一箱肥皂，替你买十磅糖，佣人去乡下支了一些钱，余下无几了。上海这几天物价有点波动，以粮食为最。刚在文生回家的途中，陪小妹照了相，是为爸爸照的，明天可以看样子。小妹这几天很吵，今天上午我在给你写信之前，她闹着要去"好姐姐"那里，挨了打，眼泪还亮着，悄悄的跑到我身边："妹妹下次不给妈妈生气，妈妈打妹妹，妹妹还是喜欢妈妈。"说得都想哭了。不写了，明天又是星期，兄弟给我打电话来，明早晨来陪我去看他太太，我弟媳妇病了。

---

① 巴金赴北平参加第一次中华全国文学艺术工作者代表大会。此信为这期间巴金、萧珊通信唯一保存下来的一封，第一页已遗失。

过一二天再写信给你。现在已十一点，你在做什么？我想你。孩子睡得好极了。

蕴　珍

十六晚十一时

一九五〇年十一月二十一日

李先生：

和大[①]今天在华沙开幕了，廿日结束，那末你是不是月底就能回北京？能回北京就近了。我简直不能想象波兰，华沙对我是一片空白，我认识的波兰是在你的小说中，翻译小说里，历史教本里，但都不是新波兰。你好吗？长途旅行之后一定很疲乏了。——十六日

今天十九日，开会第三天了，你好吗？我非常想念你。窗外有好月光，月亮是一个，也能照到你。你在干什么，现在是下午六时半，小弟在屋内刚睡熟，发出小鼾声，真是你的儿子，这么小就有鼾声。这孩子在泻肚，虽然肚子不好，依然胖。你回来时候准认不得他。但是你什么时候能回家？我很寂寞。这几天我连袁雪芬的通讯都感到亲切，因为那里面亦有你。

廿一日了，明天是三哥的忌日，依你的嘱咐，明天我将招待他们来吃一顿饭。可是天气坏极了，今天在下雨，明天是不是晴天呢？去年我们是一块儿去的，你当然记得。今天你在什么地方，和大是不是

---

① 和大，指在华沙召开的第二届世界保卫和平大会。

已经结束。我们隔得远极了，我不能想象你的生活的一丝一毫。许多日子没有收到你的信了，你的最后一封信，是由伊尔库茨克寄发。好像你留莫斯科好几天，然而没有一个字，航运还是不很方便？我亦知道你忙。上海亦是冬天了，我们都穿上绒线衣，今年冬天我想装火炉，听说烟囱很贵，问问价再说。

开明的版税已经送来，出乎意外的少。只有五百多万，我大吃一惊，后来看到附条，才知道不是这三个月版税的全部，有许多分店结单未到。

小妹常常想起你，常常说要跟爸爸写信，她已经会写许多字了，常常得到“★”。可是娇得很。跟婆婆没有感情，婆婆常逗小弟。小弟愈长愈像你，会笑出声来，很好玩，有时睡中醒来，独自甜笑，美极了。——昨夜午夜醒来，睡不着了，其实才十二点，很早，如果你在家中可多好！我们生活依然，只是睡得更早了。非常非常的想你。

蕴　珍

廿一日夜

一九五〇年十一月二十七日

李先生：

明天是你的生日①，你在什么地方？和大结束后，报上没有你们任何消息了。前几天报上看到“有部分代表廿六日回莫斯科”，你也在

① 巴金先生的生日是11月25日，此据农历而言的。

部分之内罢？太久了，没有一个字从你那里来，想想有点不自在。今天上海很冷，刚才我请下面妹妹看《他们有祖国》，冷风吹来，颇有吃不消之势，但是这时候你那地方一定更冷了，尽管屋内有水汀，不能一步不在街上走，我受这一点冷实在不算什么了。昨天星期，小妹妹学校有恳亲会，她有表演，现在她也会说“抗美援朝，不买美国货，不看美国电影”。孩子很乖，很想你。你有信来的时候，我告诉她，“爸爸想念小林”，她快活得很，逢人就说：“爸爸今天有信来，爸爸想我。”她还跟十二嬢说：“爸爸回来，我跟爸爸睡觉！”小胖子还是很胖，但是懂事多了，能有意识的笑出声来，有时我还觉得他好像认识我的样子。明天也是小弟四足月的日子，我要请大家吃面，祝你长寿。多久你可以回家？多么想听听你的声音，像往日一样，在你声音中睡着。太远了，我无法想像你的生活。能知道你回北京，又多好呢！

祝福你！

蕴　珍

十一月廿七日晚

一九五一年五月二十八日①

李先生：

收到你廿四日来信。今天廿八日，你走了已经六天。这几天想像你一定很忙，早出晚归。你住的永安饭店是个怎么样的饭店呢？天气很热了，洗澡方便不方便？昨天星期家里来了许多客人，鸿堤一家，

① 巴金抵京参加政务院文化教育委员会工作会议。

采臣一家，济生一家，六七个小孩闹成一团，后来萧荀和沈庾香也来了，她们见人多太闹，没有吃饭就走了。星期天就这样过去，人空后累极了。本来允许带小妹去玩公园也没有去成。晚上小妹说："奈末该死，爸爸的信还没有写。"昨天给三家的孩子都买了些儿童节的礼物，每人一磅饼干、一套衣服。这几天我身体不大好，打了防疫针，有了太大的反应，肚子泻，发冷发热，影响到小弟了，晚上要醒来好多次。如果你还在家里多好呢。这几天我们里弄里在搞慰劳品，为了二年前今天的解放。昨天东西送去了，我个人捐了五样。（那次慰劳人民志愿军的捐款，我捐了二万为你所笑，今天特提此事。一笑！）星期五黄源来，他因"武训不足为训"之故，要我去国际买一本《十七世纪西欧文学选》，要我替他译人名书名，我略翻一下，只认得一个"莫里哀"。念了二个月俄文要把六百多页的书做一个 Outline，是跟我开玩笑的事，我预备把书送给他了。"六一"前晚我们里弄有一个小型的庆祝会。现在孩子们是比我们那时幸福多了。不好肚子又要泻了。看见家宝没有？译生近况如何？我非常记挂她。

祝好！

蕴　珍

廿八日早晨

一九五二年二月十五日

李先生：

今晚上小康请我们去吃面，出去之前以为有你的信来，没有等着，小妹吵着要看对面的电影，我把今上午写的信寄了。信是由西总布胡同开明顾先生转的，不会收不到。回家读到你的信，一时感情很波动，无法自制，我多么想能紧紧的拉住你的手，让你了解我心情之万一。上海自你走后尚未有阳光，你把雨帽丢在家里，如果你们不另发雨衣的话，我劝你立刻买一顶，这里每天在下雨。刚才马弟弟出去时我让他戴你的雨帽。我陪了他们看二次电影，《中国杂技团》大家都满意，小妹、老太太都想看第二次，但最近不演了。你能留北京至月底，很好，至少我们离得近一点，离开北京后，你会不会没有时间给我写信呢，我真怕没有你的信的日子。没有你的信，我怎能想像你的生活？你不知道有时候我多么的需要你，我多渴望你能更爱我一点，我好像还是一个没有长大的小女孩子。刚才十二小姐没有回来，老太再三的对丁香她们说：后门别上锁，小孃孃没有回家！现在谁会这样的关怀我呢？有的只是需要我照料或关心的人，我得硬。有一天晚上，睡在床上的时候，小妹很好奇的问：“妈妈，你为什么流眼泪了？”我能对一个小女孩说什么呢。而且我最不愿意别人看到我的眼泪，或看见我哭。刚在小康家时，大家都以汝及人没有回来为奇，“家”还是非常温暖的地方。成都大嫂、三三都有信来，钱都收到了。译协抗美援朝的收据也寄来，我把几张收条放在一块儿。

雨还是在落着，我真不喜欢。你猜我在哪儿给你写信？——我睡在床上，躺着给你写。今天天气又变了，外面好大的风。小妹听说你又有礼物给她，很快活。今天她一直问我，乌克兰是不是一个人，无论如何解释不清，这孩子主观也很强。冷得很，不写了，现在是十一点零五分，小弟还没有醒！

蕴

十五晚

绍弥十九日回学校，采臣拿一百二十万出来，除付学费外，有廿五万余存“定活两便”。我们都很好，别挂念。信到时如上信未到请到开明去拿。

十六晨

一九五二年二月二十三日

李先生：

昨天我在家里等了一天，汝龙没有来平明。一天我若有所失。今天早晨汝龙来电话，说昨天因为车上没有睡好，在家里睡了一天。我没有等他来我这里，我去了平明，我急得很，我赶着去看他，因为他来自你的地方，看见他我似乎看见你的影子。我听见他说了你曾经自语：“所以我迟结婚，一有了家，人就有所牵挂。”你不知道我多么感动，如果不是因为人多，也许我就会哭出来。小林一拿上你的电话，就叫着“爸爸”。孩子是很想你的，有一天我叫她给你写信，她就说：“我不写，我一写信，我就会想到爸爸，就要眼泪汪汪。”那末你为着我们而保重自己罢！听说你一直在跟天气斗争，你到现在还没有穿上羊毛裤吗？我以为这不应该。钱已经汇了，如果信到的时候钱尚未送来的话，你可以去开明拿了。开明的钱也没有送来，如果月底前不送来，月初我能不能打电话去问？你告诉我。

你说你直接寄出八封信，我算来连汝龙带来的那封在内，一共是八封，看信的口气似乎并没有不曾收到的。——我希望你在朝鲜不要住得太久，既然别人愿意你住一两月后找个回国队伍一块儿回来。那末让我怀着这个希望而等待着罢。马弟弟今天亦从学校回来了。你们那边伙食好不好？西禾的电话已经打去，书他会来拿的。先放在我这里。祝福你

蕴　珍

廿三日

小林把电话给弟弟了，拿了我二个小玩意。我送一给萧荀，一送老太，余下亦只有一个。

衣服你又何必自己洗，这不就是辛辛苦苦官僚主义吗？

一九五二年二月二十五日

李先生：

廿一日来信收到。这几天的报纸上整天在登载美帝在朝鲜发动细菌战争，害怕极了，我没有办法在看到朝鲜战场任何消息时不联系到你，因为就在现在，在我的想象里你已是他们中间的一个了。你们组织上应该照顾到你们的安全，应该对你们的安全是有保障的，是不是你们都已打过防疫针了，我非常惦念。昨天星期日，采臣的大男孩子二足岁生日，晚上我们都在他那里吃面，菜烧得多，都是采臣烧的，都是你所喜欢吃的，可是你离开我们多么远呀！（昨天有一只坦克车，我让萧荀送“白蛮”了，我送一只蛋糕。）昨天你信到的时候，妹妹吵着要我念她听，这一次我是念给她听的，她听我念到“学好了，爸爸更喜欢她”，她就大哭，大叫爸爸。幸而有萧荀在一边，不然我也将哭起来。我的怀念也是深的，每晚上我坐上你的大椅子时，好久我不能收集我的思想。也许你又会笑我，你会说：“你喜欢的是感情的闪耀，

你只喜欢你自己。”可是你怎么会晓得呢，昨晚上我好久不能睡，我轻轻地喊着你。你记得不记得十几年前你讲给我听过“七重天”的故事？半年是不是很快的呢？我们分开已是半月了，对于我，这已是长得不能令人忍受的了。顾师母有信给我，她希望我春末能去北京，这一次她又白等了。我希望我能九月去北京，在北京等到你。你回北京之前，你当然会通知，可是这离现在太远了。

钱收到没有？今天上午开明又有电话来，明天将送那张支票来。你们决定什么时候离开，我想我还可以使你在北京收到一封信。请转告罗菡子，她那位爱人同志来过我这里二次，因为她没有信来。那位党员同志的温情使我感动。

孩子们都好，昨天小棠也带着去采臣家。采臣近来很瘦。

蕴　珍

一九五二年四月四日

李先生：

廿四日由朝鲜寄给小妹的信，早收到，你不能想象我的高兴，这么真实，这是你啊。我似乎依然感到我们是在一块儿，在任何场合中都有你。昨日是老太的生日，像去年一样，我们一家人聚在一起，很热闹。我并不感到你离开这么远，我们讲的都是你！甚至我像在去年一样喝了二杯酒，我的脸红了，我忽然感到你的眼睛盯住我看，我很抱歉的笑起来。其实在这个场合我是应该喝二杯的，不是吗？昨天报上还有你的消息，你们到了平壤了。现在你得常常公开讲演了，我真替你着急，如果我在听讲，我的头一定埋得低低的。但是回国的时候，你一定不在乎讲话了。你从朝鲜直接写给我的信，今天还没有收到，我多着急的等待你写给我的信！小妹高兴极了，看见人就告诉他们，“爸爸叫我李小林同志”，她甚至不让我读她的信，幸而她认识的字没有这么多，她只有叫别人念给她听，可是她把信藏得好好的，再也不让别人看了。最有趣的是你寄那张照片来的时候，她就不肯给婆婆看：“是我的爸爸写给我的。”老太就逗她：“你的爸爸是我的儿子。”这孩子，她回答什么：“我知道，不是你的儿子。”当时使我窘极了，这孩子心多极了，不容易教育。但对你有极深的爱。我常常把她当作大人跟她说秋天我们一起来接你时的情况。多好呢，如果现在就是秋天了。萧荀也说如果文生社还保持现在情况的话，她和我们一起来。她现在也卷入“五反”运动中去了，是他们基层的增产节约委员会的委员。你现在好不好？我真害怕细菌战，我怕同医生朋友们说话，他们那一套理论会使我晚上睡不着觉，白天若有所思。不，你会平安的，你一定得平安。我的一切都很好，孩子们都长得很壮。小棠还是不能讲话，有时讲上一大串，不晓得他说的是些什么。

总之，你得保重，细菌是可以消灭的，躲避的，只是你不能太马虎，以为臭虫、跳蚤咬咬不在乎，这不是不在乎的时候，防疫针并不如想象的可靠，但人的科学知识可以帮助我们！写这些话时我的心荡了开去，我真害怕。

别想念我们，有空给我们写几个字。

祝好。

蕴　珍

四日上午

一九五二年四月十六日

李先生：

四日的信想早收到。我们已经收到你的信有三月十八、廿三日、廿九日，及今天这封由北京付邮的信，照片和底片都收到，带回国寄发的信，到得较快。小林看到你的照片很高兴，说："爸爸变得更好看了，爸爸也成志愿军了。"小弟也会跟着他姐姐乱嚷一会，逢人就说："爸爸在朝鲜。"孩子们都长得很结实，很快，你回家的日子，你会吃惊。小林弹琴很有进步，会自动的去练，我现在已替她接洽好了，在本弄一家熟人那里练。叶艾生每天下午都在我这里，陪小妹练琴。十一日早晨采臣给我打电话来："四哥有一封长信给你，在《人民日报》上。"我很焦急地找《人民日报》，终究在文生社读到你的文章，我很感动，我也很感激你。在这种紧张的日子，你并没有忘记我们。小妹不倦地听我读，把头一偏："爸爸总是喜欢提到我，别人都晓得我，多难为情！"她是高兴你提着她，记着她。这孩子，有的时候我抱着小弟玩，她会说："我晓得你不喜欢我，妹妹自家喜欢妹妹，爸爸喜欢妹妹。"多心极了。第二天上海各报都转载这篇文章了，连我父亲在无线电里也听到这篇文章的广播。他说过好几次要我来信希望你善自保重。也许我们说这话是多余的，因为你自己会更知道保重，因为通过你，通过你们，这些英雄的形象会保存，会活在每个人的心里。但是我还是一个母亲，一个女人，有时候我怀念是沉的，会叫眼睛发潮。自然我懂得我的怀念是跟千万个母亲、妻子的怀念连在一起，我不必要恐慌，我们即使在心理上也得打胜仗的。但许多时候情感和理性并不一致。你自然懂得我的心情。九月实在太远了，我什么时候能重见你，多好呢。我现在对孩子唯一的责骂就是：“你再不听话，妈妈不带你去北京接爸爸了。”这比什么都灵！

说到我自己，我很好，正常的工作也做一些，（有一次我们调查我们里弄家长身份情况，发现有问题的工商家都是有二个“家”。而这里金屋之多令人吃惊。）娱乐也找一点，我们每天六时前后开留声机（是叶小姐拿来的机器），让孩子受点音乐教育。二、四、六，依然上课，我现在又升一级了。俄文愈读愈难，愈觉得生字把握的少，我一定坚持下去。前星期在靳以那里住二晚，那边空气好极了，秋天有机会时，我们可以一起去他那里住一二天。九姐那里我已汇过二次钱，你别担心我会忘记。萧荀、瑞珏都卷入了“五反”里，表现得很好。

常常给我们写一二个字，说你好。最近在报上读到敌人在前线放毒气弹，担心极了。妹妹一定要写一封信给志愿军大哥哥们，而且还要贴照片，照片我没有替她贴，信寄上，请转交。

祝福你！

蕴　珍

十六晚

一九五二年五月七日

李先生：

收到你四月十七日的信前一会儿，我没有在家，我在文生社看萧小姐的病，但老太的电话使我赶回家来，你不会知道我是怎么焦急的想读你的信。多少天了，差不多一个月了我没有读到你一个字，你不知道我多着急。原先我还安静的在等待，每天以为下一次邮局会把你的信给我送来，可是这么久了，我的等待使我焦急，一直停留在我的脸上，每个人都探问着望我的脸，那时候我多么恨自己的软弱。现在好了，我看到你的字，我读到你的信，你是平安的，你的身体很好，这就是一切了。还有什么比你的安全对我更重要的事呢？你永远是我的神，跟我的心同在。至于我们呢，大家都很好，孩子们长得很壮。尤其是小弟，一天一天的在长大。他愈大愈像你，尤其从背后看过去，简直就是你的缩影。同样的走路，同样会咬牙，会皱眉，看着看着我忍不住要笑。小妹亦高了不少，这孩子心眼太多，就是想你。有的时候会忽然说着，“我要爸爸回家。”我自己呢，我还是在念俄文，只是有的时候心忽然飞了，离开我远远的，那时候什么都听不进，做不来了。这也是个病，得克服。所以你回家的日子，我还是得向你学习，我不敢挑战。这是我第三次给你写信了，前二封寄安东海城部转，第一信有小妹给你的信，第二信有小妹写给志愿军大哥哥的信，我想都不会丢，因为你的信我全收到，二张照片，跟一张底片。关于平壤的文章，国内还没有见到，那篇见到司令员的文章，全国都转载，九姐在成都都读到了。那封关于细菌战的公开信，我无法读到全文，在《人民日报》看到一点鳞爪。你知道我是多么珍惜由你那里来的任何东西！总之，我们都很好，一切像你在家时一样，不同的，所有的人思想集中在你身上，你的健康是第一。

蕴　珍

七日晚

常给我看到你的字，不必太多，一个，一个字，亦让我知道你好。

一九五二年五月十五日

李先生：

收到四月卅日信，我等着，我以为立刻将收到你给我的“覆信”，接着你给小妹的信来了，五月七日了，你还没有收到我的第一封信，四月四日的信，不禁奇怪。但没有收到那封信也好，那封信我写得很坏，我想到的只是我的挂虑，我温情得可笑，我忘记你是在我们最可爱的人中间，我记得曾在《我们会见了彭司令员》一文中读到：“我们连飞机、大炮都不怕，难道还怕这些小虫吗”，这些英雄使我感动。你是有责任使他们永存！开城那篇文章国内已经见到（真巧，《人民日报》五月一日登出这篇文章，我闻到开城初春的气息，你知道我多高兴！）但平壤那篇怎么没有看到呢？我真想能读到那篇反细菌战公开信的全文！

昨天那封给小妹的信，我读过以后，她就抢着去放在自己的抽斗里，这孩子才六岁半，就懂得跟妈妈抢爸爸了，一笑！孩子已经弹完一本琴谱了，很有进步，手的姿势也好，只是家里没有琴，练起来太麻烦，我真想替小妹购一架，“三反”、“五反”以来琴价大跌，250—300万之间可以买架不错的钢琴，如果我的意思并不为你反对的话，我想这么做。开明版税日前已寄来，是算到三月底为止的（这次半年一结），但跟上次三个月结算比，也多不了多少，大概是“五反”关系，进书的少。“平明”早定案，是基本守法户，赵家璧也是基本守法户。——总之，我们都很好，老太一天一天的在胖，小棠棠跟婆婆赛胖，弄堂里的人没有一个不喜欢他，别说是母亲了！小妹妒忌小棠，常说爸爸回来如何、又如何，棠棠已经长得不会被姐姐欺侮了，孩子长得多快！孩子的爸爸什么时候可以回来呢？我多想望那个日子。我们离开三个余月，是我们结婚来最长的别离！

珍

十五晚

你那位通讯员还跟你在一起吗？希望你小心。我多愿意我就是你的那位通讯员，照顾你的一切！无论何时，你的身体是第一！

一九五二年六月六日

李先生：

今天收到你的廿九日来信，到得很快，看到你的照片我很高兴。你不但没有瘦，我以为反而比以前胖了些，足见你心身都好，还有什么能比这使我们更高兴的吗？只是天气渐渐热了，我不知道朝鲜热天的滋味怎么样？上海已经热得人昏昏沉沉的了。我说这话我知道你一定会笑我，朝鲜零下的寒流并没有使你叫苦，你还怕夏天吗？可是一个女人的心有时是会这么狭，我害怕你会以我而脸红。十五日信到的时候刚是端午节，你可以想象我的心情，我们是不在一地，我们中间隔着很大的距离，但是什么会隔离我们呢？当我寂寞的时候，当我想念你的时候，你会突然的站在我的前面。甚至在这个端午节，我也不是孤独的，你的信躺在我的手里。你还记得十五年前那个端午节捧着花来你那里的小姑娘吗？孩子们都长得很快，小妹渐渐有所谓独养女的习气，要求很多，这是很坏的一件事，希望你回家时候我们共同来克服她这个“病”。小弟很好，很壮很傻，很美，尤其是脸上线条活动的时候，真逗人爱！我怕我会有偏心。《平壤》在《人民文学》第六期上发表了，我还收到廿万稿费。通过你，朝鲜人民的乐观精神使我感动。俄专渐渐正规了，教我们读书会话的是革大的苏联教师，他培养我们革大的精神，所以现在学习很紧张。我吃亏在开始基础没有打好，但正如你所说，我并没有比别人笨，别人可以，我没有不可以的理由。你什么时候可回国呢？想到可以读到你所刻画的英雄的形象的时候，想到做你第一个读者的时候，我多幸福！但这之前，我希望能早日在北京看到你。别忘记告诉我你可能离开朝鲜的时间。

珍

六月六日

九姐来信向你要几张朝鲜邮票。我将上街时，又看到五月廿日的信及照片，但廿八的信依然没有收到。（小弟在捣乱。）

一九五二年六月十六日

李先生：

廿六日来信的确到得比前二信（廿九、卅日）慢多了。看到你的照片，小妹接着把你的照片抢过去了，因为她觉得妈妈不该把爸爸“独占”，自然，这也是理由，于是她把你的照片藏在自己的小匣子里。前天这里报上登着有你的二张照，都和黄谷柳同在，一张在写作，二个孩子见了都狂喜叫爸爸，可是我们却可望而不可即，未免黯然。今天你离开我们已是四个月近十天了，日子不能说不过得快；但是还得多少日子我们才能再见呢？我已经梦过好几次我们的“再见”。你什么时候离开朝鲜时，别忘记先告诉我，萧荀也将同我一起来接你。报上时常有你活动的消息，那次文艺大会师你也参加了。朝鲜，那个我多么陌生的国土，现在对我变了这么亲切，因为在那些亲爱的志愿军同志们中间还有你，我的朋友。别忘记我是在等待读你的长篇小说，我了解今天你所有的活动都是小说的一段，一页。我很好，老太太和孩子们亦很好。瑞珏经过“五反”后待遇大大提高，190 单位①。平明上月这月营业情形都很好，人行这月可贷款八千万。曹未风的沙翁译稿第一部 Hamlet 已交来。受采臣托，我让巫宁坤看几部，今天 Hamlet 已寄到北京去了。汝龙学校“思改”，很久都不能来上海，可是他已决心脱离学校岗位，在政府的“养材致用”的原则下，他是该站在编译的岗位上。还有一件好消息得告诉你，国煜七月一号将结婚了，我购了一件毛衣和一对枕套送她，算作纪念。我相信你知道这事一定很喜欢，我已经写了贺信去。

祝你好！

蕴　珍

六月十六日

最近一期翻译通报对曹前译的沙翁全集有不好评论，所以这次得好好小心不可，我以为不完美宁可不出。第一出版界会对他有成见的。要达到完美，太难。

---

①　单位：解放初期薪金计算的基本标准量。每单位量是当时实物物价的平均数。

34

一九五二年六月三十日

李先生：

前信想已收到，还附有我的近影，希望为你喜欢。六月六日、十日来信收到。《反细菌战公开信》及《我们会见彭司令员》二文已代你保存，请勿念。今天已是六月最后一天了，这时候你也许是在前线了。上海热极了，这时已有92°，朝鲜不知如何？一切希望你保重才好。前二天收到顾均正来信，说你在十六日曾有信给他，“九月底，十月初回北京”，非常怅惘。我们离开已近五个月，我过于相信你在八月底前后能回北京了。渐渐不能忍耐等待我们会见的日子，希望你是在九月初前后到北京，那末再二个月我们可以见面了，那多好！我将带着妹妹一起来接你，然后我们一起回家。我不仅一次梦到过这个日子！但是这只是我的私意，如果你工作未了，如果你还有应尽的任务在，当然一切由你。广川部队工作队的女同志已有信给小妹，这些天她忙着温习功课，而且还得抽出一些时间练琴，她没有兴趣写回信了，过些时候，她放假了，我会叫她再写信，我也会给女同志们寄小妹照片去，虽然她们没有问她要。巫宁坤有信来，说起曹译沙剧事，就Hamlet一剧论，散文部分还好，韵文部分生硬，而且错处较多，改起来相当麻烦，当然谈不到“风格”。这也许是一件麻烦事！

你现在怎么样？生活在志愿军中间，人是会变得很年轻、愉快。前几天看到一个登高英雄牺牲的记载，感动极了，想到你也生活在他们中间，你感染一切他们所感染的，有一天通过你，那些牺牲的英雄，那些朴实的好人一个个会活起来，想到这些，我的等待，我的苦思不是没有意义的了。俄专也在“思改”，我也参加了，希望通过这一次，我能变得好一点。学校功课很忙，这几天在考试，明天考文法。

孩子们都很好，只是天热，晚上睡不好，甚以为苦。

希望保重。

蕴　珍

六月卅日

一九五二年七月十五日

李先生：

收到六月廿一日来信已有好些天，之间没有得到你第二封信，你一定很忙罢，非常想念你。这些日子你大概早已深入部队里，想到这些日子你的生活我完全没有份，我完全不了解，我不舒服透了。我们分别已经五个多月了，是十年来最长一次离别。如果我不想着我们的再见，我将不能忍受每一个日子！一切都是为了再见而等待。但这还在你，究竟什么时候才能见到你呢？我的朋友，也许你会笑我：隔离了五个月，我还是没有一点进步，依然故我，依然从个人的感情出发。但人是不是有权利可以想到自己的时候呢？孩子们长得很快，小弟会讲“毛主席万岁”了，而且他看到五角星、国旗都认为是“毛主席”，很有趣的小东西。小妹很淘气，这几天几乎每天在南南外婆家。有一天她太不听话了，我火极，拿棒子打她，小弟会将自己的身子遮着她，要打我，这情形使我感动极了。再两星期小东西二足岁了，今年你依然不在家。昨天在报上读到志愿军得到抗美援朝纪念章时的情形，看到纪念章的式样，我高兴极了，因为你正是他们中间的一个。我很好，老太也很好，我们共同的想望：等待你回家。

祝好（文章二篇早收到，上信已提过。）

蕴　珍

七月十五日

一九五二年七月三十一日

李先生：

同时收到七月五、九日二信，信走得很久，之间我已有一月没有见到你的信，非常焦急，自然你不会有什么事的，但是人有时候会这样没有理性，我的怀念甚至刻在我的脸上，连丁香她们都看出来了。但是好了，你的信来了。再过几天，你将在开城，之后可以回到兵团，可以决定回国的时期。想到将要到来我们见面的日子，我有的不仅是喜欢了。什么时候我可以在北京等你了，九月中，九月底吗？什么时候我写信的地址得改变了？我们看到你（五月摄）的照片，你胖了，足见你的心身都愉快，我们很高兴，小棠棠还认识你，用小手指着："爸爸，那个！"其余三位是谁呢？小棠棠二足岁的生日过了，我没有任何表示，只是星期日中午请萧荀带弟弟、妹妹在十三层楼午饭，棠棠高兴极了，跟小妹俩在厅里跑来跑去。那天还请了丁香，她带了他二年。老太太很不高兴，"弟弟二足岁就不过生了！"自然你不在也是重要的因素，天气热也有关系。我上次告诉没有，小妹弹琴的成绩很好，只是一暑天过去，天天不练，开学时又忘掉了。这几天在收拾屋子，响应清洁防疫运动，彻底一点，可是人累极了，好几天没有好好念俄文了。今天奇热，我坐着给你写信，汗流如注。今晚上不想去上课了。《家》的一千五百本稿费早寄来了，好像只有二百二十余万（合百分之八点五样子），《秋》尚未有消息。

你知道不知道李健吾将离“剧专”，去北京人民出版社，专搞翻译。黄裳廿八晚去北京，陈沂邀他去写《白蛇传》（越剧），徐玉兰剧团加入部队，成解放军剧团了。另外有言慧珠和新凤霞二剧团。也许可以到国外演出。小弥这几天在上海，陪一外国客人来的，姊弟见过面。马弟弟这学期成绩依然不好。小孩子好玩，虚荣心很大，学校里的小组并没有帮助他。奇怪，这孩子实在太复杂。

黄源离开文化部了，你知道不知道？

保重身体，你的安全在我们是第一。

祝好！

蕴　珍

七月卅一日

广川部队女同志给小妹的信早收到，只是她不想再写信。

一九五二年八月八日

李先生：

又是在小弟过生那天（古历的）收到你的信，那天我带着他们照一张照，把样子寄上给你看看，等照片印就时，小妹当给广川部工作队寄回信去。放暑假后小妹成天调皮，什么事都不想做，我们又忙着响应政府清洁卫生爱国运动，成天忙着。我们分别整整半年了，我真想你立刻就可以回国！可是还有那么多的日子隔在我们中间。等待使我疲倦。你是不是可以争取早些回国呢，我原来预备九月底去北京，在北京过国庆节。你是不是同意我这决定呢？希望你来信告诉我。萧荀和小妹同去，所以我们留京的日子不能超过两星期。在《人民文学》上读到《朝鲜战地的春夜》，不禁黯然，你经历了这么多，而没有我的份。

时间冲淡孩子对你的记忆，别人问小弟："爸爸在哪儿?"现在他说："爸爸在玻璃下面。"（我把你的照片放在玻璃板底下。）所以你得赶着回家了。自然，这都是私意，一切都得由你，你的工作是第一。

开明这一期的版税尚未寄来，沈沦的钱早用光了，我预备给她些，你看如何？王长简将深入河南半年，他很担心，怕回沪写不出剧本（他已进电文创作所）。靳以很少见，有一天来了一下，院系调整后他可能不在沪江了。

天气热，孩子们都瘦了，别怪我不当心。

想你，想你所经历的一切。

附上八百元邮票十张。

祝好！

蕴　珍

八月八日

现在你的俄文念得如何了？我向你挑战。

一九五二年八月二十一日

李先生：

收到你的八月七日的信，之前三星期没有收到你的信了，我越来越不能忍受你的“缄默”。虽然我知道你平安而且好的，可是没有你任何一个字，怎样可以作为我想象你的生活的凭借呢？我们分别已经六个半月了。是不是再一个多月我就可以看到你？你会知道我是怎样的焦急等待这个日子的到来！前几天《大公报》有李蕤一篇文章，其中也提起那个美国兵尸首身上找到的他母亲和妻子的信，我感到亲切极了，因为你也跟我讲过那封信的事，你在七月十七日的信里还告诉我李蕤和你住在一屋里。谁都不要战争，而战争在进行着，美帝国主义者又在扬言要轰炸北朝鲜七十八个城市，你知道这个消息使我多么不安，但是我会克服这情绪，我不该让任何阴影笼罩着我，我要学习志愿军乐观的精神。我告诉过你没有，陆不如回乡去休养了，临走时我还送他十万元，日前有信来要我寄他五万元，我寄去了。能帮助人总是愉快的事。孩子们渐渐都长大了，都自己有一套，小妹现在整天都在弄堂里玩，不肯弹琴、念书，但也许是家里没有琴的缘故，在别人家弹，容易养成孩子自卑的心理，我也不勉强她，好在这月底前我们自己有一架琴了，在你回家之时，我要小妹弹给你听好几只小曲子，我要好好的训练她。小棠最近一点东西也不要吃，每天就喝半磅牛奶跟一点面包，我想找儿童医院替他去检查一下。我很想去北京过“国庆”，但怎么办呢，你到底什么时候可以到北京？还是那句老话，一切都由你。

祝好！

蕴　珍

八月廿一日

附上《反细菌战的公开信》，济生已经替你抄就。

一九五二年八月二十五日

李先生：

十五日的信到得很快，刚十天。我们分别六个半月了，愈来愈不能忍受这距离，这次你写来的信封上好像为火烧炙过，一片焦黄色，它遭遇过什么呢？我的朋友，你没事罢？你为什么要提说那首瓦普查罗夫的诗呢，他是在跟人生告别，可是你为什么要向我说那首诗呢？我们快要见面了，再一个多月我们能互相握住我们的手，我预计九月底带小妹来北京等你，让你在北京的车站上就可以看到小妹的笑容，你是不是回北京过“国庆”呢，快给我来信，让我知道你的决定。其实我真傻，你何尝不愿早点归来，只是任务未了。有一天小妹向我提出这样的疑问：“为什么人家爸爸都在家里，我们爸爸一直不回来？”有的时候小朋友的爸爸带他们出去玩了，她会很寂寞的说：“我爸爸回家也会带我出去，我爸爸会带我去吃冰淇淋，还有奶油呢！”所以我觉得像“翻妮”那样的小孩子，他们生而不知“父亲”，他们的父亲现在遥远的国土保卫朝鲜的母亲与孩子，保卫祖国的幸福生活，他们该以有这样的父亲而感到骄傲！然而不是幸福。“幸福”原住在非常平凡、细琐当中，今天我才懂。所以我提议把“她们会觉得有着这样的父亲是多么‘幸福’的事情”，改为“……多么值得骄傲啊。”你的意思如何？

前不久大嫂有信来，而且给你的，说了半天没有提到要钱的事，但是我还是在给九姐寄钱时多汇了十四万，让九姐转给她，能帮助人总是好事。

当心你自己，我的目光永远跟随着你呢。

蕴　珍

八月廿五日

我不知道你会不会笑我：我想译屠氏的 Ася，我有了一本俄文的，但不知英文的你放在哪只书柜，我知道你要译这本书的，但还是让我译罢，在你帮助下，我不会译得太坏的。你帮别人许多忙，亦帮助我一次！

一九五二年九月三日

李先生：

昨日瑞珏回家说起，你有信给小康，二月后才能归家，我大吃一惊！我满心以为你九月底就可以离开朝鲜了。我计划九月廿八日去京，国庆节有二天假期，我既可以遇到国庆盛典，又可以借此看到一些旧友（因放假），但是我的计划是不是又得打破了？一切都在你。如果没有你的信，那末我还是按照我的计划进行。我将带着小妹来接你，而后一块儿归家。我希望你竭力争取这月底，至迟下月初归国。但是这只是我的私心。我们分别七个月了，为什么我们不该早些见面呢？小林常常吵着要“爸爸”，我虽然能跟孩子解释，但却不易自慰。也许我不该这末说，因为我只是一个人！而你那边有无数的年轻人敬爱你，希望你跟他们在一起！

我去北京自然是住在顾均正家，顾师母已经来信邀过我们了。如果你没有异议，那末廿日以后来信，可以由顾先生转我。

今晚有好月亮，我多想我们是在一起呢。

Ася 我已开始译，但进展很慢，我只是在读英文、俄文而已，作为一个练习，我希望为你所赞赏。

祝好！

蕴　珍

九月三日晚

现在已经很凉快，北京已很有寒意，别让我冬天才去北京。汝及人依然在北京，梅尘也在北京。

又及

四日晨

一九五二年九月十四日

李先生：

又是廿天没有见到你的信了，该没有什么？算起来你应该从七○部队回来了，你已经决定你的行期了吗？我告诉你：靳以、九姑他们也将来朝鲜赶国庆，慰劳志愿军同志们。单华东的就有二百人。我已经定好廿八日的票北上，你不会叫我在北京久久等待吧？小林同去，事实上她该不去的，会耽误不少功课，但老太怕负责任，我也不愿意留她在家。黄裳和我同去，本来他该廿五日动身，我要他陪我走，迟了二天。票子是托文晖代购的。（黄裳加入军委文化部为文艺创作员，九日回上海的。）“再见”好像已经具体化，但什么日子我能在车站握着你的手呢？家宝有一信来，说将来车站接我，住他家（他又是一个小女孩的爸爸了，写信的时候，译生还未出院）。自然我还预备先到顾家，我拉黄裳同路，免得别人来接，麻烦人不好。但是你不怪我这样贸然的带小林北上了吗？北京离你还要近一点呢。不要让我久等你，我的朋友，最近你非常心绪不宁，我们离别七个多月了。梅尘也到北京了。

小妹早给广川部工作队女同志写信，还附有照相。

别让我等不及，先回上海。你知道一切在你。

祝好！

蕴　珍

九月十四日

一九五三年七月二十九日

李先生：

今天已经星期三了，你离开家整整三天。这时候你大概已经决定你的行踪。朝鲜和平谈判已经初步完成，停战协定已经签字了，这时候去朝鲜会有不少东西可看，你也许不会等到开作协会了。只是你去了朝鲜，我们之间距离更远了，不禁黯然。

你走了，好像把炎暑留下来了，星期天奇热。想到你在车上一定更热，你不会中暑？非常挂念你。火车开动之后，小林大哭，我不敢看她哭，我也无能安慰她，我又能怎么做呢？好几天来我们没有说过关于“离别”的话，等我意识到“离别”的时候，火车早走了。我们就这样分别了，以后半年，也许半年更多的时候，我只能每天等你的信。——棠棠木然，他不懂“离别”是怎么一回事？火车开了之后，他还在等火车回来，“爸爸要带嘎许多冰淇淋来。”回家之后，许久许久，他忽然说一句：“火车顶坏!”小林很想念你，只要我略略把话说得重一点，她就会感到很委屈，今天早晨自己爬到长沙发里去睡，自言自语地说：“阿拉爸爸喜欢我的。”我忍不住哭了，我不仅是你离开了我，我感到孩子也离开了我，还有什么事能使一个做母亲的更伤心的吗？

你好吗？这三天你怎么过的。在火车里你休息得好不好？我真愿意你会详细告诉我，但是你没有时间，我知道。家里很好，孩子们也乖，小林弹琴还是不肯自动练，但每天都弹，早、中、晚三次。

昨天《生活在英雄们中间》版税来了，是千字十单位算，九百万。

家里有你三封信：①杨静如夫妇要到东欧新民主主义国家去教中文了。这时候已在北京。②那位找樱子女士的先生，大表示“卿本薄命，我也无缘。”③杨人楩介绍来的女孩子来信，附两首诗给你。三信都不转你了。还有《资本论》第一册已拿到，我放在楼下新书橱里。

再会了，我的朋友，如果这些日子我有什么使你不愉快的地方，原谅我吧，我的心是好的。

祝福你！

蕴 珍

七月廿九日

八月一日开始我译《初恋》了。

一九五三年八月八日

李先生：

五日晚跟你通话后，才发觉原来预备跟你说的话一句都没有说，但这也足够了，我又听到你的声音！今天收到你五日寄出的信，仿佛感到我们之间并没有空间，你不是说过：你刚有信寄给我吗？这不是你亲口说的话吗？可是我们之间是有距离，我们离得越来越远了，你是昨天离开北京的，那末现在，八日晚上你还该在火车上吗？火车上一定很热！今年是奇怪的热，本地人都说有好多年没有这末热了。

我没有第二封信寄到北京，因为你信里总说办好手续就走，我以为你收不到我第二封信了。早知道你七日才离京，我的第二封信早寄出了，我是想把我们一家的照相早寄你，早留在你身边！但愿你的通信处可靠，你可以很快看到我的信，看到“我们在一块儿”。

六日早晨我告诉小妹，晚上给你打过电话，她就赶忙问：“爸爸问起我吗？”我告诉他们：你问起他们两个。可是棠棠听我说他不乖，他就生气：妈妈顶坏。孩子们都喜欢得到你的欢心。你走之后，孩子们还是每天吃冰淇淋，可是小林还喜欢这末说：“妈妈，爸爸走后，我们好久没有吃汽水……”事实上不然。小林有一天汽水喝不完，倒在冷开水瓶里，这孩子糟不糟？还以为妈妈不如爸爸善待他们。一不满意就说："我知道你不喜欢我！"

叶艾生有信来，她决定来上海，等公事下来就走，她的爱人完全赞同她走，因为他有机会也可请调上海。只是叶艾生有孕了，这件事使我太失望！

《家》刚到，已代购五册，如嘱送陈善祥及小顾。社会文化事业管理局行政科订书的钱早汇出，只是我把你写的那张条子附信寄去了。因为私人汇款必得在邮局汇。时代的《俄华辞典》已定一部，当嘱采臣再定一部。

家里都很好，你放心。今天陆不如来，我拿给他八万元。

后天是靳以生日，我买了两双送你那样的丝袜送他。只是后天他不能请我们吃面，他要陪贵宾。

马小弥今天刚有一信来，说起她兄弟的教育问题。她原则上赞成她兄弟去北京，只是北京无处可住，学校又不收住宿生，而且限定我们十日内作决定。可是今天信到已是八日了。等于是空话。明天这信当转采臣。绍弥一直没有回来过。我不知道他的情况。

再谈了，我的朋友，此信到时，你已处在热闹、兴奋环境里，希望还能有时间想到我们。

天气很热，望保重！

蕴　珍

八月八日晚

有一位河南的年轻人，得到你赠书，很受感动，要到上海来找你，并且把户口介绍都写来了。我已去信阻止，告诉此人，你已离沪，半年内不会回来。

一九五三年八月二十日

李先生：

收到安东来信后，你就对我们沉默了，算来十一日你就在朝鲜了，为什么还没有信来，现在来信该不像从前了，一定快多了，我每天在等你的信，又笑我自己等得太急。十天前我曾有一信寄到 4210 信箱，早收到了？我不知道你这个通信处可靠不可靠？我不敢把那张我们母子三人的照片寄你，还是得到你朝鲜来信后再寄吧。(那张我们全家的照片附在信内寄上。) 朝鲜生活如何？希望即告我。

上海有一个好长的热天，这几天有台风警报，也只是晚上稍凉，孩子们都长过热疮。今天早晨小棠棠一睁眼就说："爸爸回来了吗?"丁香上来时候，他本来闹着不肯下楼，丁香骗他："爸爸睡在二楼"，他很快就下去了。——这一次他会告诉别人："爸爸去朝鲜，打美国人。"有一天早晨对南南说："我有机关枪，到朝鲜打美国人去……我自家会走路。"南南这些日子常住这里，小妹更无心弹琴了。

陈洪有在上海。他是八月六日到北京的，他以为你不会再去朝鲜，不在北京，必在上海，一定可看到。可是别人告诉他，他在北京时，你实际上已经离开了。他非常懊悔没有看到你。他很好，还有孩子的天真和热诚，他现在加入民盟，参加过所有大运动，工作表现很好。现在在学校作政治教员，组织上要他去海南岛搞工作。孩子们都喜欢他，他住"文生"那边，在我家吃二顿饭。昨晚靳以请陈洪有在他家里吃饭。

你寄来书九包如数收到，北京寄出的五、六、八日信，及沈阳、安东二信都收到，只是不见你朝鲜来的“只字”！采臣已把《生活在英雄们中间》廿册（二版）寄到4210信箱。寄出后我倒后悔了，该不是要把书留在家里罢？

最近有一批书到外国去展览，你的书各要五册，中图都光了。据说又要再版。有一天黄源打电话来：要我告诉你，他读了《黄文元》那篇小说很受感动。黄裳也以为你这篇写得很好。据他说：有人以为你把好稿子寄北京。星期天中午他跟靳以、陈洪有都在我们这里吃中饭，他问我要了一本《阿细亚》，第二天早晨，他就打电话来，他要我继续做这工作。我很难为情，如果我有什么成绩的话，这一切得归功于你。我现在开始译《初恋》，我觉得我好像只为你一个人在搞这工作。偶尔我想一两得意之句，我就默默地望着你，希望得到你的嘉许，如去年冬天一块儿工作时一样。

女裁缝不做了，现在朱妈继续在做。我很想找翠菊回来。

祝福你，永远。

蕴　珍

八月廿晚

《英雄的故事》平明印四万，然中图只要二万八千。

一九五三年九月七日

巴先生：

我将近一个月没有看到你一个字了，你可以想象我的不安，我想不出你这么久对我沉默的理由，你该不会病了吧？不然你决不可能这么久不给我写信，无论多忙，难道一个字两个字也不能让我知道你平安吗？该不是真如别人所说火车被大水冲坏？但也不能这么久。昨天报上还说着：金日成将军经过沈阳到苏联去了。那么这也是不可能的假定！那么又有什么缘故不给我来信？你不知道我多焦急，这次病后你身体并没有恢复，你不会太累吗？我的朋友，我多么渴望听听你的声音！

孩子们都太小，都不知道母亲的挂念，朋友们也不会懂得我的心情，亲爱的朋友，你也不会知道在我的生活里，你是多么重要，你永远是我的偶像，不管隔了多少年！对我说话吧，别用沉默来惩罚我，我受不了，我的心非常不妥实，你从来没有这么久不给我来信！

上海已是秋天了，朝鲜会更冷了，今年冷天你的衣服一定不会够，要不要我给你做一件丝绵背心来呢。小林已经上学了，这孩子已经会说："爸爸忘记我们了！"不是的，爸爸太忙了。最近我们星期天常常去靳以家玩，我送靳以、萧荀每人一张睡榻，但我可以送你什么呢，九月底我可以拿第一次收入了，可是我连你在什么地方都不知道，我快有一个月没有接收你的信！

《英雄的故事》日内将出书了，济生已经看到样书，我还没有看到。印四万册，因为采臣怕"人文"又来抢。张骏祥来信恭维你这篇《黄文元》，北京大家都谈论他。我读了这封信很高兴，你，我的爱人！可是你为了写比"这人物"更完整的小说，我们得分别！那末你安心地生活罢，别怀念家里。

北京国际书店所订书款（共陆拾贰万）我已寄京了。

陆不如最近常在我这里拿钱，三次我共给了他廿万元，一次付房钱，一次乡下朋友来，一次零用。

九姐及幺妹的钱已寄出，请勿念。

这几天我们在放假，十五日上课，十月初结束。我真怕结束不了，但为了你我一定参加毕业考试。《初恋》我已译得一万字，译得很慢，有时兴来一晚上译了二千多字，但有时一搁就是一星期。黄裳已经译好《猎人日记》了。明天去杭州搞盖叫天，据说他的纪录片明年将出国比赛呢。梅的纪录片来不及搞。萧荀星期天常来。

祝福你

蕴　珍

九月七日

一九五三年九月八日

巴先生：

信刚写完，收到你十二、十七日寄来的信，（信到得真慢！）谢谢天，你平安，还有什么消息比这使人更高兴吗？这时候小林在楼下弹琴，你听到吗？刚才我念信给她听的时候，她哭了，不知什么缘故，我也流泪了，但这是喜欢的泪，我没有白等！我有两信寄到战字4260信箱，还有我们一家子的照片。

我已开始为“平明”拉稿，王佐良有信来，他有意搞一点古典作品，我叫他先译狄更司的 Martin Chuzzlewit，姜桂侬也愿意为平明搞一点古典作品，杨周翰、王还夫妇有意 Swift，我就叫他们搞 Gulliver's

Travels，Tale of a Tub 两书，你看如何？只是他们都很忙，都得明年交书了。他们说平明可以出“题目”，来些整套什么，但出题目主要得有人，光出题目，没有人来完成也是徒然，所以我还是让他们自己出题目。你的意思如何？我把平明的出版方针给他们谈过一下。我也叫王佐良拉稿了。

给你我们母子三人的照片，你喜欢吗？

关于“平明”，你有什么计划，也请告我。

祝好

蕴 珍

九月八日晨

一九五三年九月二十日

李先生：

真怪，你廿七日寄发的信倒比十九日先到。今天是九月廿日，再两天就是中秋，你在哪里，在哪一个部队了？开城早就离开了，三星期看到很多东西吗？真羡慕。上海也是秋凉了，晚上盖薄被，冷天很快就来，不知道你冬天的衣服够不够，你自然不好再着军装，希望你来信告诉我。还有你不是说一副眼镜弄坏了，有便人来的时候带回国，邮政寄我，我替你配一副寄朝鲜来，就是不知道朝鲜可不可以寄邮包。国际书店定书单寄来过两次，共九本书。款已寄出。

靳以他们已去京，去京前我请他们在锦江吃饭，我们两家八口，跟黄源九个人，靳以点菜，吃得很好，吃了廿余万。黄源这人实在很温情，他听说我要译《春潮》，他在旧书店为我找一本《春潮》（张友松译的），实在让我很感动。所以我更该好好搞一下，让别人失望一点也不愉快。《初恋》我已搞了三分之一，你回来当然可以完成，只是我怕又给你失望。常常想到这一点我没有信心了。

济生为你常去国际书店，买来好些书。插图本托氏、屠氏新全集市上还没有见过。这不会忘记给你买的。我们普希金的好本子有没有？查良铮已译好一部，但没有插图。你能告诉我，我们的放在哪个书架吗？

家里很好，这一次棠棠常常想到你，常常说："跟爸爸好，有冰淇淋吃。"坐在座上吃饭的时候会问："爸爸'哪能'样子坐的？"他觉得你是他的英雄。可是这孩子脾气很急躁，个性又强，实在是个问题，长大后问题不会比绍弥少。有一天他打人，十二小姐告诉他打人不好，他就问："妈妈为什么打我？"这样小，就会问出这类话，真糟！妹妹小气，整天问我喜欢不喜欢她。这孩子也淘气，有一天朱妈（女裁缝不做了，朱妈做下去）去接她，五点钟时垂头丧气地回来："妹妹不见了。"真把我急死。我给他们学校打了好几个电话，找她要好的小朋友地址。结果她六点钟悄悄地走回来了（她跟小朋友到另一个小朋友家去）。这孩子胆子真大，我骂了她一顿。弹琴时总要使你生气，不然不好好弹。但是人都是有惰性，我想到自己，对她也无可奈何了。

我告诉过你没有，我送靳以及萧荀躺床各一。做得比我们的好看。我父亲去宁波了，祖母八十阴寿。

靳以十月初回上海，你一定一月底回上海吗？这次你不要我来接你了（一笑），是不是？曾有两张照片寄朝鲜，收到吗？

常常想你，我们有好几年没有在家里过中秋了，去年不在一起。前天王道乾结婚。

《英雄的故事》采臣已办妥。听说《春》、《秋》第四期将印，印数尚未来。今天小妹吵着要《彭德怀将军》那本小册子，说你给她一本，她丢了，闹着要我给她另一本。她说要叫先生讲给他们听，结果我只有替她找一本《生活在英雄中间》，她才满意地去学校。小姑娘事情真多！

想我。

蕴　珍

廿晚，月亮好。

绍弥问题暂时解决，先在上海读半年。

一九五三年十月五日

李先生：

收到你离开城（九月九日）的信及九月十三日来信，奇怪你怎么这么久收不到我的信呢？但是请相信，我们都很好！叫办的事都已办妥，《英雄故事》等都已寄出，不日想可收到。济生常常去国际书店，字典的名目已写给他，你回来后发现阁下的书架一定又太少了。徐承墀到上海来休假，我们看到过，我请他在“谢路易”吃一顿饭。昨天他又来过（今天去京），我陪卞之琳出去吃饭了。卞更苍老，精神倒还好，颇有寂寞感。一月后回北京去，我请他把查译的《波尔塔瓦》看了一遍，他觉得比得过一般译诗，那末就够了，我想再寄回去给查改一下。叶艾生已来（九月廿四日到），住我家，已经大腹便便，十二月底将生产，但劳动局没有办妥，暂时还不能进去工作。而且现在房子也是一个大问题了。我有点烦，但我决不形之于色。我这几天很紧张，明天起考试了，考一星期，本来我实在不想考，但既然你一径愿意我参加考试，那末我没有理由逃避这一次。其实考试也无多大意义，只是温一次而已。我已经拿过一次版税了，我在想为你买些什么？儿子、女儿都很想你，“顶喜欢爸爸!”“爸爸不在第一喜欢妈妈。”前者是儿子说的，后面是小林说的。国庆节李瑞珏通宵二夜跳舞，我在家陪大肚子和孩子们。——黄裳在杭州，少弥的事上信已告你。

想我们!

蕴　珍

十月五日

一九五三年十月二十三日

李先生：

好久没有收到你的信了，萧荀他们昨天收到你的信，说你先一天曾有信给我，然而我还没有收到，奇怪。你现在在哪里？我收到你的九月十三日信后还不曾看到你一个字，自然我知道你很好，我也相信你很好，只是有的时候我想起我连你在哪儿都不知道，颇感寂寞。我在上一信（十月五日）告诉过你那天晚上将举行毕业考试第一样科目，现在这考试已经过去了，我是十四日考毕，十六日聚餐。今天又星期五，整一星期了。我的朋友，我只是为了你才参加这一考试的，但愿你嘉纳我。考好后我替祝庆英看一部译稿，查良铮一部普希金诗篇，现在采臣要我看《白求恩大夫》。刚看了廿页，急极了，进度很慢。萧小姐笑我“快变成四爸第二了”，但是我如果能有一点像你，那我会非常高兴。《初恋》暂停，我想等《白》看好，看济生稿子时，晚上来搞《初恋》，但你回来时，我保证搞好，希望能比《阿细亚》译得好一点。我昨天在百货公司买一只女用的不锈钢自动表（125万），并不怎么好，我希望有一天你能很慷慨的送我一只好表，（一笑!）这只可以给小林。（我那只旧的，老太要去了。）昨天黄裳从杭州回来，中午我请他在新雅吃饭，他的终身大事可望成功了，小姐去杭州看他两次，又同去月下老人祠。黄裳高兴极了，电影所发欠薪及加薪，于是此公都要花在小姐身上了。

家里很好，孩子都很壮，只是愈来愈调皮。这些天小苏州每天送水果来，小弟很爱吃水果，和父亲不像。昨晚家里第一次吃螃蟹，萧荀、瑞珏、老太、我，再没有旁人，少了你，但似乎又有你在座！亲爱的朋友，你常常听到我言中有你吗？叶艾生还住在这里，今天开始去上班，再两月要做妈妈。可是房子太难找，我实在很焦急。最近上海的房子又很贵了，还有各种名堂，很讨厌!

赵家璧来过一次，自然是送版税来，这一次是上两次的总数，他大捧你一番。这一次靳以很高兴，因为“接送”有汽车坐了。可是他实在辛苦，据说有一天到车站送客三次。

你怎么样，最近身体好不好？小说的眉目有了没有？据说第五期作家通讯上又有你的消息，说你明春回国。我自然不相信，不过如果你将留过明春，我决无意见。时间真快，你离开上海都三个月了。

小林愈来愈懒，从不自动弹琴，可是她的教师说她手指灵活得多了。据说这学期小林那一级（三乙）学生是全校最调皮的。你看怎么办？学得一口油腔，真糟！

想着我。

祝福你！

蕴　珍

十月廿三日

一九五三年十一月十六日

李先生：

我上一信刚寄出，就看到你十月初的来信了。今天相继收到你的十月廿三日及十一月五日来信。可是你托李希庚带回国寄的信却没有收到，可见“欲速则不达”这句老话甚有道理。读到你的信非常高兴，尤其是你不将延迟归国日期，那末再二个多月，我就可以在上海的车站见到你了，那时候我一定带着妹妹、棠棠一块儿来接你。你的冬衣如嘱将寄到顾师母家里去。我给你买一件冬大衣的料子，很轻柔，（算是我用第一次版税送给你，好不好？）本来想替你做好，但他们说还不如等你回家再做。也有道理。希望我这心思为你嘉纳。

上海这几天还是着两件毛衣的天气，想不到你那里已经这么冷了，可见我们之间相隔甚远。如果以后再冷，拿笔不方便，你别忙着给我写信，只要你好，只要你自己保重！还有一件大事得恭喜你，你做了外公了。国煜生一男孩，生得很大，有九磅多重，足足比小棠棠重一磅。母子都好。那位查同志有信给萧荀。李静远的事还无消息。我告诉过济生，他寄钱时帮我们寄卅万，但最近没有他太太的消息。还有一件大事也可以告诉你，黄裳订婚了，有一天黄裳陪那位小姐来我这里坐了很久，第二天就去无锡。我们在报上读到他们订婚的消息。只是卞之琳还是忧伤满面，有一天他请我在四马路一家酒店吃螃蟹，大聊他自己，所说的不是他本人，就是张家的事，我很同情他。靳以的短篇小说集出一小乱子，问题出在《熊的故事》上，但外面没有人知道，平明赶着争取添印三千，把那篇文章删去，另外排两篇进去。真是因祸得福，增加收入九百万元。陶肃琼最近小产，在家休养。可是叶艾生决不会小产了，肚子愈来愈大。房子毫无希望，但是她生产时，她有一个朋友可以让她暂住。家里这几天大兴土木，我把亭子间整理出来了。你回家后，我们可以各占一间屋子工作，老太的房间也粉刷了。

吃饭后我们吃糖，小棠分每人两颗。还多两颗，“这给爸爸了。”儿子心中有你，常常说：“爸爸妈妈都好来西。”再隔十天是你的生日了，那一天你不知道在干些什么？但我会想念你的，我会请别人吃饭，为你干一杯酒，遥祝你健康。只希望明年你的生日我们在一起，我们到什么地方单独去玩一天呢。——我在俄专算正式毕业了，拿到一张毕业证书，但这只是阁下之功。不是你，我不会想到念完它。《初恋》搞了五分之二，进行很慢，看到你对我文字评价，我更战战兢兢，我多么想获得你一个称赞！我最近在看《白求恩大夫》，巫的译文不坏，不平俗，可是调子还嫌太旧，爱套“成语”。

济生的稿子也看了一些，我这人太爱浪费时间，因此常常感时间不够用，如果你回家之日，我还不曾看好济生稿子，或译好《初恋》，该多糟！——下星期日是三哥忌日了，我不会忘记。我已经约好郑美修去照相，但愿天好。

又在下雨了，这时候你在做什么，该不会已经睡觉了吧？此信到时，但愿刚是你生日，那末让这张纸带上一个人真诚的祝福吧。

蕴　珍

十六晚

一九五三年十一月二十七日

李先生：

收到你八日、十二日来信。看到红叶如见你人，非常感动。前天是你的生日，你在哪里？那天下雨，中午萧荀在我这里吃面，晚上靳以、郑美修也在我这里吃饭，吃蛋糕。你听见没有，我的心在为你祝福。我上封信不知道告诉过你没有，我替你购一件很轻柔大衣料子，是我送给你“生日的礼物”，我的版税还够替你付大衣工资，我很高兴，因为这真正是我的收入送给你的礼物。

廿二日（星期日），三哥忌日的那一天，天气好极了，我们照了好些像，中午大大小小有十八个人在我家里吃饭（还不算丁香、朱妈），可算奇迹。寄给你三张照片，这次郑公照相不如上次，太黑了。

我的朋友，你那里已经下雪，零下五度，上海还是小阳春的天气，但愿这封信能把上海的阳光都给你捎着来，使你不感觉冷。再隔两个月我们又将聚在一起了。这些天小棠棠已经整天嘴边都挂着“坐汽车去接爸爸，好姐姐讲过带我一块儿去接爸爸!”妹妹听我说你将回来，她更高兴了，就问：爸爸赶回来给我过生？这孩子这学期功课很差，上一次期中考试，读书、写字都得一个“下”，实在很糟。现在我把三楼亭子间整理出来了，也可以给我们（你或者我）做书房，小妹还可以在那儿弹琴，客人来可以方便得多。你回家之初，又会发现我们家里完全一新了。

说说我的工作，我仿佛是走上你忙乱的路，可是我完全没有你的博学和仔细，济生的稿子还刚开始看，《初恋》才译一半，心里真焦急。如果你回家时候，连这两件工作还没有搞完，那我真可以朽焉。所以这两个月非好好抓紧时间不可。你给济生信里有两句话我看完非常有感（就是说年纪不小了，不要再浪费光阴），啊，我亲爱的朋友，我真怕时间，我这许多年已经浪费过去了，现在来追，是不是还来得及？不会永远掉在后面呢？我好胜心重，内容空虚，这是我的大毛病。俄专的同学又拉着我去读俄文，我答应了，只是我怕，这会使我工作的进展更慢了，试一个月罢，反正是找私人学。

冬衣我会寄到北京去的，你放心。你到北京时候去顾师母处取就是。

你的计划我非常同意，只是你非写不可。我以为你可以写，你能够写，我等着做你第一个读者。我的意思你还得写战士的私生活一面，所以你还得到四川走走，熟悉几个战士家属。但这也是后话。

傍晚沈从文打电话来，说明天早晨八时多来看我，好家伙这么早！他说了好久要我猜他是谁，可是我猜不到，他还是很有意思，明天我该请他吃饭。

小妹也问你要红叶。

再谈了，我的朋友。

祝你晚安！

蕴　珍

十一月廿七晚十一时

这时朝鲜几点？

一九五三年十二月十二日

李先生：

又是半个月没有给你来信了，这半个月我过得很勤快，但也许是你快回家了，如果你回来之先，我还不能把《初恋》译好，我实在觉得难为情。我最近在赶，今天原文只有九面了，就是说，再一星期无论如何可以结束了，你也为我高兴吗？昨天收到你的信，那时萧荀也在我这里，邮票的事已经托她了，据说《伟大的祖国》还没有全套邮票呢。这几天上海也冷了，但比起朝鲜，又算得了什么？我在二楼还生了火炉，昨天生过，还不错，很得意。我们在计划，如果你在三楼亭子间工作，那末在那间小屋子也装一只小火炉，但是我怕你不愿意在亭子间工作。小妹这两天弹琴有兴趣一点，都是自动去练，而且克服某一点困难时，她会很高兴，再三天这小子过生了，我不会忘记给你定一个蛋糕送她，我准备叫店里做几个糖字："爸爸送"，你看好不好？小棠棠今天又淘气，不肯剪手指甲，大闹，我恐吓他：不要他睡在我床上。他哭叫："爸爸。等爸爸回来，告诉爸爸。"他一说起爸爸，就说爸爸回家会请吃冰淇淋。我告诉过你没有，沈从文先生来过一次上海，到我家里来了一次，我要请他吃饭，他一定不肯，他走得很局促，但我在他临行前赶到他住的旅馆里看过他，送他一些书。（刚平明送克利斯朵夫的再版来，我把这部书也送给他了。）昨天赵家璧来，这一次他不是送版税来，因为他说，我总爱说他送钱才来。昨天因为小棠棠有点不舒服，不然我请他去外面吃饭了。（昨天是在家里吃的，叫了两样菜。）靳以这几天没有来，我会打电话问他唐弢定书事。我托靳以定一部《瞿秋白文集》（精装本），当时怕靳以定不着，所以又叫黄裳定了一部，但反正一部可以让给平明。你看到《文艺报》说到关于黄文元的文章吗？那一天黄源看到就打电话来。此公实在有趣。靳以第一次版税已经拿到了，他说等你回来他可以大招待你一番了。小康出书后也得意非凡，完全像公鸡了。

家里都好，就是小棠棠这几天有点咳嗽，但没有关系，我还没有给他看医生哪。老太对这一点很不满意。

叶艾生搬出去了，还是住在朋友家，那一家可以给她一间屋子，住的问题算解决了，就是生孩子问题尚未解决。

济生的稿子刚开始看，我想《初恋》搞好后，全力来搞这部。想到堆在我这里这么久了，心就紧了。

给你看三张相片，很有意味，不是吗？可别送人。

想着我罢，我亲爱的朋友。

蕴　珍

十二月十二日

我送小妹一件珠皮镶边的棉袄，红缎子的，去年她看到南南有，心里很难过，所以我决定给她做一件。算作过生礼物。真好，小妹都满八岁了。

一九五三年十二月二十日

李先生：

离开写九号信又是一星期过去了，这将是我寄到朝鲜最后一信了，以后我可以寄信到北京来了。我们的距离少了很多，我多高兴。衣服（大衣、制服、帽子、围巾、短袖羊毛衫，可以当棉毛衫穿，穿在衬衫内）十四日寄出的，本来想等一个文联的干事，但想想还是不必等的好。那末再卅余天我可以在上海车站看到你了，真好！时间也实在过得快，这么一晃，就半年过去了，你不会知道我多害怕，什么事没有做出来，卅岁早过去了，我不知道我还来得及赶得上时间吗？自然，能够作为你的妻子，在我永远是一件值得庆耀的事，可是就因为这个，我多么寂寞，我只是环绕在你的周围，一个无足轻重的东西。我能赶得上什么哪。但不必再说这些，难道对我的病，你还不比我知道得更清楚吗？只是你得拉我。

小妹听到你回家的日子近了，高兴得喜笑颜开，说着：我要在墙上用大字写“欢迎爸爸回来”。小妹是一个半大的孩子，十六日她生日，我给她在老大昌订一个大蛋糕，上面写三个粉红字：爸爸送。我是要她去照相的，可是这位小子无论如何不肯，真糟！这一点完全像你。那一天南南、靳以都在。可是李瑞珏进医院拔牙去了。她的牙跟黄佐临的一样，非全拔不可，因为小姐不好没有牙，所以在医院里住二星期，回家跟原来一样，两三月后牙床长好后，另配一副牙齿齐整的。叶艾生生小孩去了，真巧，跟小妹同天，只是一个男孩。她生孩子很紧张，沈庾香吓得一晚睡不着，医生都接洽好了，以为非动难产手术不可（真糟，我得签字），可是后来产门开，却快得连穿消毒衣的时间都没有。人的诞生并不是一件很简单的事，它庄严得令人掉泪。

说说我的工作情况，我应该脸红，《初恋》到今天还没有译好。星期一开始就忙叶艾生，而平明又送来《白求恩》等四部原稿，第一、二部稿样，既是允许下来，总得赶，是不是？只是译《初恋》的心情却没有了。其实只有最后两章了，两三天就可以完成。黄裳叫我译《猎人日记》作者原注，前晚上我搞了一下，发现由英文译，用原注并不高明，有点文不对题的样子，Garnett 译文中已经溶化了原注。等黄裳来时当告诉他。

星期六我在靳以家晚饭。他说有信给你。他的意思我懂，1954 年建设公债出来了，靳以认三千万，他向你挑战了。我算了一下，我们可以购五千万，反正购到十月份，一月一月的购就是了。将来我们还可以仔细算算，是不是还可以多购一点呢。

我有一信寄在连队里（你给我的地址，好像上月廿八寄出的），三哥坟上我们所拍的照片看到没有？姜桂侬答应给我译一部 Jack Lindsay 的 Betrayed Spring，《译文》十一月号推荐此书。

我想你。

蕴　珍

廿日

一九五四年八月五日

李先生：

你离开上海整整一个月了。你怎么样，你现在哪儿？我收到你从莫斯科寄出的信后，就没有得到你任何消息了。为什么你不从雅尔达给我写信来呢？我记得契诃夫的房子是在山上，可以望得见海，南方这时候也不会很热吧。为什么不给我写写这些呢，你知道每次你有信来，都在我心里引起波动，这一天我谈话都有你。可是你给我的信太少了，也许你的信正在途中，你不能忘记我。

上海自你走后，几乎天天下雨，沿江的一带据说有卅年未有的洪水。前几天一直很凉快，像秋天，昨天开始又热了，又回到夏天，算日子你也快回来了。那末让这封信在北京等你吧，以表我欢迎你的心于万一。

家里你走后都很好，小棠初进托儿所相当不惯，我也非常不惯，家里少了两个人，真冷静，人不能一下子把自己浸到书本里。（想到这儿，我真难受，我这一辈子浪费的时间可太多了，活着总该有一点成绩，而这成绩将来就是你生命的痕迹，啊，我亲爱的朋友，愿你不断的鞭策我吧。）翻译进行很慢，整个都是屠氏的人生观，有时候真不易处理，想到你回家，我又得挨骂了，我的脸红了！译得慢也并非都是我的过，客人也占去我一些时间，前一阵子，查良铮来上海一次，常在我家里，那时候吴学夷也还在，我招待了他们几次。以后巫宁坤来了，他是来蜜月旅行的，从青岛、济南到南方苏杭……现在可好了，买不到回去的车票，焦急得很。

济生他们都进“新文艺”了，“文生”的人除小毛、陈先生外全在“新文艺”。济生在第二编辑部，工资三百卅。马云在总编室搞整理工作，萧荀在财务设计室，但她还未正式去办公，清理工作未竟。

诚实书店已把法文字典送来了，可是一定要伍拾万，钱我已经付了，书相当新。那一批俄文书价还未说妥，书有一部分在我这里，我已经按你的价钱给他166.5万元，连上次35万元，计给他201.5万元。(法文字典伍拾万另外给的。) 这家伙相当市侩，每一部书都提到新文艺，说他们愿给多少……反正书价你回家后可以跟他议定。

前几天我叫小妹弹琴给对过王先生夫妇听，他们认为她的手很好，就是说还没有Spoiled，只是这小家伙很懒，不肯多弹，真伤脑筋。这些天跟南南在一起，又是你来我往，不是住我家，就是住她家。对这孩子我该怎么办？我话说得重一点，她又要哭了……你来花点功夫吧。这次音乐学院中级班招生，三千多人考，只取卅人，我实在为这孩子担心。附上棠棠生日时，三人照。这小东西可又胖了。

全家都在等着你回来。再谈了，亲爱的旅人，我真诚地祝福你。

蕴　珍

八月五日

一九五四年九月八日

巴先生：

收到你三日来信。你住在北京饭店，我为你高兴，现在可有一个安静的环境，晚上可以关起来做点事了。可是你是不是一个人住？你走的那天，天气又出奇的热，不知道你又生了多少痱子。你这个人真有意思，专会拣大热天行路。上海又热了几天，今天比较好些了。北京怎么样，一定凉爽得多了？你们开始开会了，累不累呢？北京饭店新楼房早该造好了，不会吵得你睡不好觉吧。你看我一张嘴就问你这许多问题，使你开不了口。我们离别有一星期了，时间过得真快！这一星期（开会以外），你是不是关在屋子里，还看到些什么人？这次行车一定很好玩，这许多人，只是车上太热了，你会说。据说沈沦母女在车站看见你，你却不要我们来送你。

你走的那天，小妹去学校很早，回来我问她，为什么走得这么赶忙？你想，她怎么回答？“每次爸爸走，我总要哭的。”这孩子真多情！只是有时候非常不听话，总是惹我生气，有时候我平静地想想，我有许多不是处。昨天我在送章靳以，他去宜昌，随民众轮走了。他还是想到四川的，准备在宜昌等船。这船可真不坏，我在船上待了二小时。我真希望有一天你会陪我坐这轮船到四川走走，看看三峡，我们从没有在一起旅行过，晚上让我们躺在甲板的椅子上，望天水相接的远方！为什么你总是说我是奢望？如果真是奢望，那么我再也不说了。

你走了，家里冷落了，平时常来的那些人都不来了。可是采臣却叫人送来一部唐湜译的普希金诗剧，要我看。自然我很难为情，我只好把它搁在桌上，而且我也只能就中文看。我的稿子抄好了。新译尚未开始，还没有想过从哪一篇开始，让我休息几天吧。你看，我多懒！

前晚上家里闹贼，虚惊了一场，东西倒没有少。是这样，丁香半夜起来解小手，发现有人，大叫，人就从后门出去了。我吓得不敢动，楼上只有我跟两个孩子。现在到了晚上，我们是草木皆兵了。

王道乾说，可以给我弄拾张票，那么就够了。有一天我在看山东话剧团几个独幕剧，水准不高。昨天孔罗荪也随“民众”走了，他去南京接太太的，不然我还可以找找他。

记着，这次你可要送我图章，不能忘了。

再四天就是中秋了，你自然会过得很好，很热闹，可是我们呢？我们有几个秋节不跟你在一起了，未免黯然。少了你，我们这个节会过得多么没劲！可是在你那些热闹中却没有我的份。

孩子们都很好，小棠棠每天喝牛奶，要吃两片桃脯，你来的时候为他买一点吧。他很壮，在托儿所也讨人喜欢。小林上午在家很不定心，十一时就闹吃饭，到学校去。现在是早上弹琴，然后做功课，下午回家再弹，下午不让她做功课了。我又伤风了，昨天在黄浦江边又吹了风，又晒了太阳，昨晚又跟李瑞珏看《奇婚记》（对过），这故事很好玩。我怕一时好不了。想我吗？

蕴　珍

九月八日

一九五四年九月十五日

巴先生：

收到你十日来信。刚才在无线电里听到北京人代会的录音，这么热烈的掌声，你也在拍手呢，兴奋极了。可是这几天你一定很辛苦，愿你好好保重。

诚实书店那人来过了，Даль字典有下落了，他要300万，不能少，原主250，书店赚50，他说卖给别人可多得10万，你看如何？立刻给我一信（是新的那部，1903版）。前一阵子我买了一本《拜伦全集》，版子很好，有T.Moore等人注解，只是旧了一点，那人说有Fielding全集，50万，你要不要？

《家》看过了，他们给我十张票，家里那些人全请了（小妹也去的），演得不算好，只有觉慧尚有清新气息，这是许多“地方戏”所够不上的。只是像“五四”年代的年青人了。后来孔罗荪也给我送四张票，巧极了，星期天下午，我给马弟弟叶艾生等去看了。叶现在情绪波动，平明公私合营，看样子，她也许还得回贵阳去。这是女人，有什么办法！……孔罗荪太太来了，礼拜六我和陶肃琼合请他们全家。

昨夜我跟瑞珏在看《考验》，戏太平了。黄裳约我们星期天去苏州，他在苏州接我们。我想带孩子们、老太太去坐坐火车，想跟萧荀、瑞珏同去，但是还没有决定。可是小林已经约好南南了。我呢，却等着你陪我去逛杭州。什么时候回家，我要来接你。我们又分别半个月了，时间过得真快，你在热闹、兴奋中不会有时间想到我们的。现在是晚上八点钟，小棠已经睡在床上：“妈妈，快点写信，陪弟弟睡觉！”这孩子愈来愈调皮。在托儿所老师都认为他聪明，可是他爱作弄别人。在家，他就喜欢弄小妹。昨天我又跟小妹生气了，我在洗澡，陈老师来教琴，我听见她在说：“小林，你让我太失望了。”我洗好澡，小妹早去外面玩了，我叫她回来，把她骂一顿，我很伤心，我哭了。她也哭了。事后我很失悔，我的教育也许根本不对，叫我怎么办呢？今天她很乖，明天就会忘记的。

中秋晚上，月亮好极了，我跟萧荀，带孩子们在公园里坐，那时候你在什么地方，你在谁家过节？你有好几年不在家过节了。你记得吗，有一年，好像也是中秋，我们也去了公园，可是那是好多年以前的事了，那时没有小棠，现在他会跟小妹比赛跑。小妹上来睡觉了，要我问你好，要你不要忘记给她买书，将来也是一个书呆子。棠棠还没有睡着，还在叫："妈妈，妈妈！"

有一天老毕太太来了，她不知道你不在家，她是为了老毕稿子来的。有一部左拉译稿，交到新文艺去了，她怕新文艺改译文，怕老毕生气，要你对新文艺里人说说话。这个女人对老毕真好，好到了糊涂程度。可是我要你想着我。

祝好！

蕴　珍

十五晚八时

一九五四年九月二十四日

李先生：

收到你十九日来信。Даль字典已经买下来了，依他这数目，他还说一点好处都没有。上次的小百科全书早送来了，难道我没有告诉你。书架刚送来，做得比苏老板做的精致，只是刷成黑的了，很可惜。今天已经廿四了，再二个星期你也该回来了。有一件事你没有告诉我，九姐将来上海。日前采臣来叫我从三哥存款里取一百万给她寄去，当时我很奇怪，我以为她在医牙，后来采臣说："四哥难道没有告诉你，我们约九小姐出来。”我很伤心，原来你并不是什么都告诉我的！靳以可能去成都，我给他介绍九姐、吴先忧。他对书舫不在重庆失望极了。

我们去苏州玩了一次回来，孩子们在野外真高兴，（我还带南南一块儿去，）灵岩、天平都跑上去，不坐轿子，小棠棠也要自己走，丁香要拉他手，还问萧荀：“黄裳要人拉吗？好姐姐。”真妙，因为同行的，只有黄裳是男人，而他也自命为男人。

还汝及人的300万，早汇出了，瑞珏给汝及人直接写信，以为他会告诉你的。现在该收到了，你可以问他。家里全是书架了，倒很温暖。只是夏天更不得了。

蕴　珍

九月廿四日

一九五四年十月二日

李先生：

昨天是国庆，上海也有一番盛况，济生都去参加游行，可惜的是天下雨，为人减兴不少。我们（我带小林跟陶肃琼母女）在文化俱乐部玩，本来说好的陶肃琼请我们吃饭，结果陈同生给钱了，非常不好意思。明天还有两张票，小家伙自己问陈同生要的。昨晚上有烟火，有杂技，孩子们都不想回家了。北京的盛况我也想象得出，天安门前，这几天晚上歌舞的年青人，看热闹的中年人，还有烟火！二年前我跟家宝他们来过，那时候已经水泄不通了。

朋友，星期天的晚上我居然听见你的声音了，你可以想象我的兴奋，可惜小林去看电影，小棠已经睡觉了。昨天我在看电影，有契诃夫纪念会的新闻片，我以为可以看到你了，却不料片子映到那个院士演讲为止了。

寄北京饭店的二百万，廿八号寄出，想已收到。

沈沦工作已定，分配在华东人艺工作，有一天她们母女、文晖母女到我这里报喜讯，我请她们在天鹅阁吃了一顿饭，先还一个情，将来有机会再请吴先生他们。

家里书架已来，你书房那部分书，及家宝送的柜子那一部分书放妥后所余空隙无几了。非常抱歉。Даль字典早买来了，收据还未送来。孩子们收到你的书，说爸爸顶公平。棠棠这几天又在扁桃腺发炎，都没让他看热闹，想想也怪可怜，这孩子！你什么时候回家，我想十月十日前不一定可以赶回来吧。

想着你，愿你也想想我们吧。

蕴　珍

十月二日晨

一九五五年二月一日

李先生：

你走了，孩子们都跟我睡。昨天带他们去看《邱克与盖克》，小棠棠很高兴，一直问爸爸到哪里去了。他从电影上的爸爸想到自己的爸爸。今早晨，他要我写信给你："只带两条羊羹，因为三条太多了。"你的儿子很俭省，是不是？

你走后，我发现你没有带袜子走，原来给你准备的羊毛袜子，还丢在沙发上，很抱歉，请你在北京买双袜子了。

昨天下午冷静极了，老太太去九小姐那里玩，楼下只有马少弥，妹妹去外面了，我在三楼看《这里没有冬天》。这本书写得不好，空极了，人物没有个性，显得做作，虚假，只有一段还动人，就是小寡妇再嫁前夕的心情。

小妹刚上楼来，要我告诉你，她在吃牛奶，要你早回来。

再谈了，我的朋友，我的意思只是让你知道我们都在想念你。

祝好！

蕴　珍

二月一日

一九五五年七月三日

李先生：

你走了四天。今天看到你的信，很高兴。今天上海奇热，比上个星期日还热。北京怎么样？你住的屋子有一个露台一定凉快些，恨不能在你那屋子里乘乘凉。靳以说他们那里有一个四间头的公寓，你自然不要。前二天为小妹温习算术、语文，算术她考了 91 分，很得意："到底进步了些，爸爸知道也高兴。"语文还不知道真实分数，她怪我给她温得太深了，"老师考的都是简单的！"所以她考得并不好，据说也有 80 以上。这个星期（七日）两孩子都放假了，可热闹！小妹决定给她割扁桃腺去。

你走的第二天，卞诗人来了，那天晚上在汽车旁边，他轻轻说：

“也许明天来看你。”第二天早晨我还没有脱掉睡衣（只是八点半呀），此公就来了，直坐到十一时半，我本想留他吃饭，可是我实在累了。现在去苏州了。

你走了以后，人文把《父与子》英译本寄回来了。《家》又再版八千本。

今天星期，马氏姐弟，叶艾生母子，萧小姐全在我这儿午饭。

附给你一个女孩来信。我们都想你。

珊

七月三日晚

刚想把你的信付邮，收到“人文”来信，现附上。

一九五五年七月九日

巴先生：

收到你五日来信，《谈契诃夫》八本已另包寄上。这几天上海较凉快了，孩子们都放假，整天在家里闹。作为少先队的姐姐，打头闹。马少弥也回家了，据说他星期二三去京，我送给他一件灰毛衣，星期一可拿。我想星期一晚上请马氏姐弟、章氏兄妹及孩子们吃饭，算给他们送行，也算庆祝大蜀加入青年团。前二天诚实书店那个人把一本沙氏全集拿来（有很多插图），说是你跟他说好的；在我这里拿了十五元，发票没有送来，说明等你回来结算，你如不要可以退还他。《草原集》中文本家里有（我已经找到），俄文的我可以打电话问采臣要，你放心，我一定给你看。

卞之琳又回来了，已经找过我一次。那位小姐的事好像难成了，小姐明白表示，愿意跟他做个朋友，进一步却不能了，因为一切都有距离，不论学识、年龄……卞之琳将回北京另外进行了，但愿他此行顺利。听说他好像月中回京。你需要带什么东西，那顶帽子要不要带来。

昨天下午靳以在我这里（就是收到你信的时候），他现在又将为第一个五年经济计划的报告写文章了。据说陶肃琼有小孩了。星期天晚上孩子闹着要出来，我们曾去他们那里玩了一阵。陶很害怕有小孩，但那天她却有此预感了，昨天靳以来，我还问过他呢，似有可能。很好，他们也可以尝尝小小孩的味道了。

九姐这阵子很少来，上海的天气把她吓死了，她说她几十年来没有过这样的大热天。可是热的还在后面呢！

南开外文系决定停办了，查、巫都来信告诉我这件事，两个人的态度显然不同，查很得意，“能逍遥一时且逍遥一时吧。”巫有点焦急，想进文学研究所，要我告诉他卞诗人地址。这跟物质基础很有关系。卞很愿意帮巫的忙，然而事实上他也无能为力。

看来，小棠棠的生日你不会回家了，抱歉之至！棠棠出生以来，只有他出世那年你在上海。幸而他还小，不懂得这些，不然他会伤心。明天又是星期天，明下午得为小棠去开家长会了。听说他们托儿所暑假有开班可能，如这样太好了。

我开始在译迦尔洵了，译得很慢。有时有疑难的地方想问问人，苦于你不在上海，别人我是不会问的。

蒲园的房子已经出租，300 单位一月。靳以说如果我们要以后可能有。但那地方地基不好，常常做大水。

想我们吗，你走了十天了。

祝你好！

蕴　珍

七月九日

一九五五年十二月二十七日

李先生：

你走了。我们望不见飞机的影子回家，天气不好，又雨，又冷。小棠棠在家休息一天，他还乖，睡了两小时午觉。昨夜大家都睡得早，十点钟都睡静了。你呢，这时候还不会睡觉，跟朋友在聊天？这两天你累坏了，希望争取时间休息。这一次你住在哪儿，什么时候离开北京？靳以当然看到了，昨晚陶肃琼还打电话，害怕他不回家过年。你自然在北京过年了。昨晚屋子显得很大，很静，害怕极了，萧荀还打电话来问我："怕不怕？"我自然说"不怕"。这一次你走得很匆促，待我想到该给译生她们带点什么去的时候，已经迟了。她第二个孩子是男的，还是女的？你在北京约还可留几天，看看还少什么没有？免得在国外不方便。回国之前，你需要钱，我给你寄来，不要在别人那里拿了。

昨夜我不到十一时睡熟了，今天精神很好。但是你一定不会有时间好好休息的，不久你即将长途旅行，希望你争取时间休息，不要太累自己。现在父亲在我这里，早晨来的，叫他那老婆婆帮我洗书架。昨天郭信和来电话说：有你一张《明朗的天》票，问我要不要？我送给她了。今天有你两封信：中国新闻社寄来卅元稿费，人民文学出版社寄来信一封，附信寄上，你看该怎么答覆。

是不是还能寄你一封信？只希望这封不致再退回上海。你的身体怎样？希望保重。

蕴　珍

廿七日午

一九五五年十二月二十九日

巴先生：

廿六、廿七来信收到。廿七日我曾有信寄作协刘白羽同志转你，想也收到，在那信里附有人文信一封。平明今天正式过去了，二编室六位（康、杨、叶、潘、郝、成），祝在总编室，其他两位，一搞通联组，陈绮在资料室。陆则等他反省后再进新文艺，据说工作也在二编室（俄文组），另外一个人也待反省后再进去，这个人你想不到会是林亚一吧。小顾进中图，据说还是一个什么科的科长，戴子明也进中图。采臣的位置还没有确定。昨夜新文艺开联欢会，孔罗荪太太还跳新疆舞。昨天有读者给你的两封信，都是寄稿的信，都是火气很大，（说我们是有发表欲的年青人，老作家应该扶植……）我把这两封信连稿子交给王道乾去处理了。

鞠躬到上海来了，前晚上到我这里来玩，今晚上我将请他吃一顿便饭。他住在沈沦家。

章大哥跟你住一起，不回天津去了吗？你们两人想必又可东逛西荡了，有什么好吃、好玩可别忘了告诉我，钱不够，来信告诉我，请别在人家那里拿。上海跟北京之间邮寄实在很快，你看，廿七日的信我都收到了。你四日准走了吗，一定回家过春节吧，有时候我感到屋子太大，太空洞了，有点怕。到德国别忘了给我来信。

棠棠要我告诉你：他很乖，很听话。可是实际上并不很乖，淘气极了，今晚上一定要我去开家长会，“要不然妈妈就不喜欢我”，撅着小嘴巴。昨天他跟小林一块儿找废铁烂铜，为完成小五年计划，还要小林告诉老师：“是弟弟帮着找的。”结果尽是些坏灯泡。

刚国际书店有通知：《日俄汉字教学辞典》因苏联变更出版计划不出了。

祝你新年好！

蕴　珍

十二月廿九日

一九五六年一月二十三日

巴先生：

你到柏林后给我来的信收到，但也就此一信，使我的目光无法追随你遥远的脚踪，你知道我多想你的紧张生活中有我的一份。每天晚上我跟孩子们说：“明天爸爸有信来了，”第二天他们都怪我说谎。自然你太忙，你不会忘记我们的。孩子们都放假了，小林考得不坏，这孩子知道用功了。小棠决定转到附近中南新村托儿所去。算日子，你也该启程回国了，今天是廿三日，我把这封信留在北京等你。

小棠要我写信问你要：红果和羊羹，白色的龙凤饼。我却想请你带二只腊鸭，靳以带来一只，其味甚佳。靳以这阵子很忙，上海全市公私合营了，前天上海可热闹呢，狂欢通晚。小林也去新文艺参加晚会，小棠都哭了。昨天大雪，所以也没有带他们出去。本来想把他们带到儿童联欢会去的。

我又给你买二只书架，是银楼的银器橱，不过不算好货。你在北京留的钱够花没有？

希望你早日回家。

蕴　珍

一月廿三日

一九五六年六月十四日

李先生：

你走了三天。我很好，十一日晚上我去看了《刘胡兰》，可惜不是宛生演的。第二天很好，在屋子躺了大半天，什么事也没发生。昨天端午，济生、采臣夫妇全在这儿吃饭。附上作协、《工人日报》信各一封，照片找到一张附上。还有一封苏联读者来信，要求解释《春》内各书名的来由（如《夜未央》等），因没有时间性，不在这信内附你了。

家里都好，请勿念。

你怎样，身体好不好？人代明天开会了，大概又得累些日子。

祝好！

蕴　珍

十四日

一九五六年十二月八日

李先生：

收到你重庆寄来的航信及明片，一直在等你的信，家里人都问我：老兄从成都来信了没有？成都的信终于来了，走了六天。九姐说，星期一有飞机入川，我赶着来写信，要不，你会看不到我的信了。

你走了十天，家里都好。昨天我把那天照片放大取来，李小棠亲着你的照片，连说：爸爸。你走后，两个孩子就缠我一个人，整天打架，这个说妈妈不喜欢我，那个也说妈妈不喜欢我，真难为死我了。本来萧荀要住在我家等你回来的，可是星期日晚上，李小林又说“妈妈最喜欢棠棠”，萧荀不来了，她怕小妹左右为难。就是说：“她实在要跟妈妈睡，可又怕好姐姐多心。”今天是星期六晚上，萧荀在我家。现在是晚上十一点三刻，大家睡静了，只听见外面街上铲垃圾的声音，这时候你在干什么？刚看川剧回家吗？十四年没有回去了，成都的变化一定很大，希望你此行收获不少。

家宝来上海了，他也是来视察的，然后留在上海写资本家改造的剧本。他昨天来我家，送我一把日本伞和一只小熊（机动的，很好玩），他现在患高血压，不敢坐车了。成都有什么好东西，可让我送人的？王道乾也回来了，他跟家宝同车的，他送你一斤红茶（两种不同的品种），不是你买的那种有罐的。真不好意思，不过给钱更不好。

日本展览会我去了三次，第一次和陶肃琼等同去，买了一些北京剩下的东西：毛衣和尼龙两用衫。后来就没有东西了。今天我和瑞珏拿了门采尔的票子去那里，贩卖部排队的人多得可怕，许多不守次序的人闹事，一时大乱，小孩们挤得叫救命，贩卖部临时关门。上海人真喜欢排队，排队得到的东西总是好的，我自然也在内。

陈西禾这几天很紧张，每天晚上打电话来问九姐若干事，但愿他成功。前几天我看了《生的权利》，认为很好，为什么中国不能拍出这样的片子？

有时间常来信，告诉我多一些，让我也可以追随你遥远的眼睛。

保重身体。

蕴　珍

十二月八日

一九五七年三月五日①

巴先生：

刚收到两封信，都有时间性的，寄你解决。昨天孩子们回家，都以为我在骗他们，不相信爸爸是走了。小妹说：不看见爸爸走也好，免得我哭。小弟说：我要爸爸天天在家，可以讲故事。

这封信请家宝转你，可以到得快一点。请告诉家宝，我还没有看过《家》。

---

① 巴金抵京参加全国宣传工作会议，随即又参加作协创作规划会议。

今天又冷了，明天将零下二度。今年天气真怪！

当心身体。

珊

三月五日

一九五七年六月二十二日

巴先生：

今天星期六，你走了刚一星期，时间过得真快。昨天看到你的文章，（《文汇报》转载的，）很亲切。这些天没有早给你写信，固然是先不知道你的地址，可是我这几天却也为小妹报名、弄证件来往跑她学校而忙。小妹这孩子如果考取音分院附中，马上要自己管自己，可是一点小事自己都办不妥。现在好了，我刚陪她去报了名，拿到准考证。我好像轻松了半天，不管考取、考不取，是做过这么一件事了。这几天小妹也怪可怜，脸青青的，每天早上五点钟就起来温功课了。寄上小弟、小妹照片各一张，这还是你在上海时照的，给你看看。人代会要廿六日开始，约什么时候结束。小妹是十三日去曹河泾口试（这是最难的关头），以后还得考普通中学，她想考二女中，就是陈国容做校长的学校。跟南南同学。国际书店估价单未到，倒来了二张收据。陆不如又来过，满口酒味，要钱买衣服。看他这个人可怜，也叫人不同情。昨天我拿人艺给你的票在看《复活》，今晚上我跟小妹、小弟、黄书通去文化广场听音乐会。小弟完全是为了权利问题去的。小弟这几天一直睡行军床，他贯彻男人跟男人睡的原理。你在北京生活得好不好，我知道你又会以“生活忙乱”来回覆我的。

我们很好。

祝你好！

蕴　珍

六月廿二日

一九五七年六月二十四日

巴先生：

你廿日来信收到。赵家璧电话已打去。刚接国际书店寄来的“订报刊办法的说明书”，寄你就近办理。这里又有陈范予儿子来信三封。有一个读者寄邮票 1. 4 元，订《收获》，我将转收获社。今天又冷了，你没有带毛衣出去，不知会不会受寒，最近天气不正常极了。重庆有文艺青年办的内部刊物《绿叶》，请你题词，得在七月一日前寄出，时间来不及了，（今天刚收到，）正好以此为辞不写。你怎么办？这时候家里真静，孩子们还没有回来，这是下午二时。我很好，时间浪费得很厉害，有时候想到这一辈子——一片空白，有点烦恼，你会怪我“名利思想”，其实这何尝是呢。查良铮并未进“文研所”，他去北京接洽了一次，但没有正式进去。上封信使人误解。孩子们都想着你。你能七月中回来很好，小妹可以考完了。

蕴　珍

廿四日

一九五七年六月二十八日

李先生：

你廿五日来信收到。随信寄上人民币六百元，请查收。怎么我寄给你的信一封都没有收到，我还寄你小弟、小妹的照片。上封信我告诉过你《穷人》等两书已卖完。刘盛亚夫妇又来上海了，这次又给我们带些牛肉干来，昨天下午去杭州玩，明天回渝，真舒服。北京很热吗，上海这几天非常凉快，每天下雨，今天倒见了阳光。还有一件事，那个法国人叫人送一只很小的洋囡囡给我，送你一本书。小妹普通中学是七月廿一日考试，在那之前，你一定可以回家了。这几天晚上我们母子三人睡一床，可够不舒服的。

祝你好！

蕴　珍

廿八日

一九五七年九月十六日

李先生：

收到你的信。你走的那天早晨，我回到楼上，你的床边还放着睡衣，你忘了带。一套睡衣要穿十余天可要脏死了。拖鞋也忘了带，好在你住的是和平饭店。小妹读书后，可够紧张的，每天下午回家总在五点钟左右，又要练琴，又要做功课，幸而一、三、五上午无课，可是这小姑娘磨得要命，上午没有课，就不好好温功课，把东西都推到下午去，真要命。星期日下午带他们溜街，后来去南南家。晚上在锦江吃饭，请我表弟。那天真巧，家里没有人，偏偏张家的女孩来了（你堂妹的女儿）。昨晚上我躺在床上看《人民日报》，小弟看见一个“巴”字，就说是“爸爸的名字，爸爸在开会”。小弟做了一星期小学生，一点功课都没有，每天只是画画笔划，下星期才教拼音字母。上海自前天开始下雨了，要不然我们的草地要干坏了。

好像你走了已经很久，算日子才五天。希望你争取时间早回来，廿三日演《神灯》，你赶得回来吗？真希望我们一起看呢。

《续资治通鉴》的通知单来了，我已请作协通讯员帮我去取。顾轶伦又送来两包书，我没有打开包。

问你好！

蕴　珍

十六日晚上

一九五七年九月十八日

李先生：

昨天刚寄上一信。《友好报》社来信，现附上给你，好像是你答应人家写稿似的，《友好报》不寄了。今天十八，好像你走了很久，屋子更空阔了。下午总是寂寞的，孩子们都上学去了。小棠这孩子愈来愈皮，昨天给关“晚学”，据说两个小朋友打架，怎办？男孩子真不得了，小林可从来没有这种事。教管孩子我们二人都有责任，可不能全堆在我身上，我们得合作。

今天桂花开始开了，金桂、银桂都绽出几朵小花来，只是靠秋千的那枝依然故我。你回来之时，当然满园芳香了。靳以家也很寂寞了，中午就是南南一人。你们会开得怎样？报上没有一点消息。祝好。

问章大哥好！

蕴　珍

十八日晨

一九五七年十一月十六日

巴先生：

你的来信收到。在那之前，我老是在等待你的信，自然报上常有你们消息，我的眼睛还勉强能跟上你遥远的踪迹。你忽而在这儿，在那儿，现在又该从列宁格勒回来了吧，但没有你的信，心里总是不贴实的。这次你在国外一定见闻很多，小林总说：爸爸真开心，跟毛主席在一块儿。这也是我的感想。能多走走，多看看真好呀！这不只是见见世面的事，而是让你明白怎么做一个人。这些年来我老守在家庭一角，想想真自卑。收到你信时，孩子们都在家，小棠闹着要给你写信，他说，爸爸见到他的信一定很开心，字都是他自己写的，都是课本里有的。这孩子记性很好。小林昨天做功课，没有时间写信，我答应她等她写好再给你寄来。孩子们都很想念你。上海这些时候一点也不冷，想到你背着皮大衣，穿着皮靴一定也不冷了吧。这次上海捐寒衣，我给你在作协捐了二百元。刚有一张青年艺术剧院的汇票（二百零一点)，我就交给作协了。杨静如来信要在三哥忌日时到上海来。人文又寄来一张《父与子》的合同，说旧合同已满，新合同是一万本一个定额，所以这次《父与子》再版又寄上二千多元来，照新合同一个定额算。你回来时候请购北京的糖胡桃，就是你上次买给棠棠吃的那种，我很喜欢吃。济生也问你要。

想你。

蕴　珍

十六日

《日本美术全集》收到，款已交。

一九五八年一月三十日

李先生：

两次来信收到。彼得洛夫的地址只错了二个号头，你的记性真好。作协刚有人来，我就把地址的条子转给小彭去了。四期的《收获》我还没有看到。你走了以后，小棠也考好了，小林天天考试，每天照例四个小朋友一块去校，一块来温书，小棠嫌孤单了，昨天下午我和九姐带他去大马路，红茶我也买了一点，百货公司有九角、五角两种，我每样购六两，祁门红茶买不买由你自己决定吧。今天卅号，你已经走了八天，日子过得真快，希望你能如期回家，小棠每天问我，“爸爸什么时候好回来”，他们都是三月初开学，听我说爸爸回家，他们还有两个多星期的假期，高兴极了。小姑娘这几天很辛苦，害得我陪着辛苦，她每样功课都要我帮她温一遍。明天好了，考最后一样，算术。小棠眼睛上伤疤已结好，只是有一个疤，赵政说，将来可以电烫一下。

星期天这里下了一上午雪，但没有积起来，孩子们很扫兴，天气还是冷，经常在零度以下，所以我几乎跟孩子们一起睡，一方面因为人少屋大，颇有寂寞感（决非害怕），还不如寻梦。今天我第一天生火，在你的书房里。从昨天开始我们也在打扫屋子了，我们已把你汽车间书房打扫一番，堆在地上的，都叠起来放在木箱里，精致工作由你自理。你身体怎么样？北京更热闹了吧。俄文《友好报》转来苏联读者给你的信，还有一篇批评你小说的文章，《友好报》不用，也把它转来了。要不要我转到北京，此人还附有照片呢。

寄上三佰元，查收。问你好。

蕴　珍

一月卅日晚

一九五八年二月八日

巴先生：

来信收到。今天有个好太阳，我很愉快。前一阵子不是下雪，就是阴天，太苦人。家里自你走后都好，小棠患牙疾，拔了一颗牙，今天又得陪他去拔牙。这孩子很硬，一点都不嚷。家里已经打扫完毕，你回家什么都干净了。可是我们忙了一星期，刚巧丁香弟弟从乡下出来，替我们帮忙一周，我送他七八元钱的东西。少年儿童社来信，《坚强战士》拟再版，问你需不需修改，这由你回家解决吧。北京有好红茶，不妨再带点来。寄苏联《收获》两本，今天我代你寄出。姑妈的孙子从四川来上海，昨天回蓉，我请他在锦江吃一顿饭，在家里便饭二次，这个年轻人很不错，老实极了。我送姑妈（姑妈和这个人同住）一点小东西。你十四日回家很好，可以把《家》校好，孩子们都在家，你工作功效很成问题。小棠闹极了，不是讲故事，就是打 Durak，讨厌极了。昨天采臣孩子们全在我们家里，大家讨论爸爸、妈妈的好坏，他们家孩子怕爸爸，可是棠棠却说：他不怕爸爸，也不怕妈妈。你看多好。北京有糖请带点来，我请父亲帮我做汤圆心子。

想着你，我们大家。

蕴　珍

二月八日

一九五八年九月二十八日

李先生：

廿五、廿六日来信收到。真快，这封信到时你已将走上旅程了，是不是由莫斯科转？路隔得远了，望你保重。自你走后，家中都好，今天早上还参加扑灭四害的突击，但只有我和丁香二人参加，丁香也是我硬把她叫起来的。天蒙蒙亮，好玩极了，蚊子各处乱飞，但都高过你，使你无用武之地，但也不错，打了六十多只。

人民文学出版社寄文集的新合同来，基本稿酬为千字 10 元，文集（五）的稿费已寄到，不算基本稿酬，只计印数稿酬，但却比旧办法多（《家》印三万五，只有一千多元）。他们很客气，还问你同意不同意，但你自然不会有不同的意见，我代你签字后把合同寄还他们，还是等你回家处理？中国青年出版社《一场挽救生命的战斗》也寄了合同来，如何处理，盼告。

昨天我代你回二封读者信，有时间性的，也给国炯夫妇写了一封信，告诉他们，你即将出国。马妹妹有信来，她已下乡去锻炼，马弟弟进大学第一堂课也是劳动——炼钢。年青人很有办法。我很羡慕。

孩子们照常，还是爱打架。不过今天小林很好，给弟弟十六张邮票。问你好。

祝你旅途愉快！

珊

九月廿八日

一九五八年十月二十一日

李先生：

收到塔什干五日、八日来信。九日我有一信寄到塔什干，不知道收到没有？算来你可能快回国了，让这封信在北京迎接你吧。昨天我读到郑振铎飞机失事的消息，当时我拿报纸的手都发抖了，后来我给章大哥打电话，章大哥说：要给他家去电报。我本来想让他加上你的名字的，但转念你回北京一定会去看他们的。飞机还是一种不可靠的交通工具，虽然这是意外事故，但一看到这意外事故，免不了为远行人担心。你好吗，亲爱的朋友？八日来信，你说起又吐又泻了几次，真挂念呢，你这个人就是怕麻烦，为什么不去找你们团里的医务人员呢！家里自你走后都好，小妹本来要下乡半月，后来大约是人民公社不欢迎这些半大的孩子（工作效率不高），改为初三——高三下乡（配合上海十二万劳动大军），她们初一、初二留校炼钢，但校内没有这许多地方给她们住，这星期是初一住校，初二（十二班）要下星期才住校了。这个星期是早晨去，晚上回来，中午在校吃饭，上午上课，下午主要是过民主生活和锻炼，通过劳卫制的孩子，才有资格炼钢，小妹连一样都没达到劳卫制标准，她自己很难为情。这一来，练琴的时间更没有了。好在她老师十月份不空，杨体烈已支援东北音乐学院去，王晴华住到他那里去了，很近。

我很好，有一次我去找过吴强，他调到印染一厂。他不愿我先去，要等你回来决定。是的，我们不能再这样生活下去了，这股洪流会把人淹没的，我还不自甘落后。孩子们很好，很健康，小弟对住校最发生兴趣，因为可以读书，又可以玩耍（不像家里小组全是女孩），又没有妈妈管。小妹是甘居中游，但这下也好了，辫子剪去了，过集体生活没有这许多时间给她梳头。

告诉你一件事，你走后不久夏宗禹的邮件寄来了，两只煤精制的烟灰缸，倒有一只碎了，那只完好的我转给靳以了。（他信里这样说的，一只转给靳以。）

父亲打电话来，希望你坐火车回国，自然这是过虑之举，但也是老年人对你的关心。

什么时候可以回家，给我们来信，我来接你。

祝好！

蕴　珍

十月廿一日

屠氏后记几篇我都译好，前面那篇序，太长，有时引用赫尔岑对屠氏挖苦的话很难译，这就搁下来了。

又及

一九五九年四月十九日

巴先生：

见到你的信。你已经走了五天，今天又是星期日，风很大，小棠脸上出了一脸风疹，刚赵政夫妇来过，要他休息，自然他不肯听话，现在和孔海立在楼下看小人书。你信到得迟一天，老太太生日已过，但吃饭的时候，我还是代你敬一杯酒。那天素菜很好，比外公生日那天好。而且前一天我们还吃了荤菜，是美心定的桌菜，质量比以前差多了，但有大块的肉和鸭子，孩子们吃得很高兴。父亲也来的，所以那天京戏票退了。我送老太一床毛巾被，枕套和拖鞋，都是她实际需要的。采臣给老太汇款十元，也是第二天才收到。总之老太太那两天过得很愉快。

那天在车站上，发现你精神很不好，非常不安，这几天怎么样？北京生活虽然紧张，总不如上海临行时忙乱，总有休息时间吧？前门饭店的伙食还像以前那样丰盛吗？上海这几天没有什么好吃的。昨夜，星期六晚上去看南南，陶肃琼也已回来，南南也在叫苦没有荤菜吃。

午饭时收到你十七日来信，过几天寄钱来。但据说，不久将有五彩的电视机到，我们是不是等着购五彩的呢？还是就买普通的呢？由你决定吧。反正廿六日我一定把钱寄上，我说廿六日，你懂得我的意思。

苏联《文学报》寄来一百元，已收到。附上汇款通知单，请你自己写收条给作协吧。另外，外国文学寄来的一信，寄《收获》的款及书还未收到，信也附上。保重身体！

祝好！

蕴　珍

四月十九日

一九五九年四月二十一日

巴先生：

星期天有信给你，现在是星期二晚上，孩子们都在床上熟睡了，小棠脸上还是那么红，两天没有去上学了，也没有什么热度，七点钟时打电话给赵政，没有回家，李德洪答应我赵政回家后给我来电话，现在已经十点钟，可能不会来电话了。孩子有什么小毛病，我就焦急，今天在《文艺月报》心都不定，就是这些婆婆妈妈的感情！

你有一些读者的信，有一封是北京大学俄语系来的，他们要编俄文学史，要你找屠格涅夫自由主义倾向的资料。我已回信。今天收到北京旧书店寄来书两包。

北京这几天冷不冷？老担心你衣服不够暖和。今晚报载冷空气到上海，可是奇暖，孩子盖上被还在出汗。气象台也不准。王道乾五月一二日将来北京、天津组稿，我倒很想跟他同来，但我来时，你也快走了，想想还是算了。附上沙汀同志一信，希望你也帮我出出力。艾芜同志有办法约到稿吗？他还该记得我。

徐成时见到没有？便中请代我打听一下杜运燮的情况。章大哥好吗，北京的生活是否有助于他的身体？

北京有什么好吃的没有，孩子们馋极了，我们在说等你回家可以去吃一次美心。你走后，家里冷静多了，济生倒常来，只是去来匆匆。

想着你，想象北京热闹、兴奋的生活。

祝好！

蕴　珍

四月廿一日

今天很冷了，气象台还是灵。你看了几次川戏？孩子们都说爸爸真舒服。有好的红茶替我购一听。小棠脸上的红痧已退多了。请放心。

王道乾嘱我请你代催陈市长稿子。

一九五九年四月二十八日

李先生：

收到廿二日来信。知道你已经找到医生每天在打针，我们都很高兴。但愿这一次能治愈。干妈日前来，说起她在推拿的那位医生，推拿的技术也很高明，一点也不痛，或者将来回上海时也可试试。星期日上午这里大风大雨，霎间，武康路水淹，小林哭丧着脸回来，她无法上琴去，后来叫一部三轮车过渡。小棠已经好了，脸色很红润。星期日下雨，孔海立没有来，打两次电话去孔还是未来，后来我带他们上街买小人书，又去看萧荀，萧荀老是胸痛，也不知何故。马云太太现在不很好，每天得打两次吗啡针，据说有时还不管事，这病真可怕。电视机五彩的是指苏联，据说中国暂时不会来。那么就订普通的吧。文栋臣经过上海回闽去了，上星期五上午下班回家，老太他们正没有办法，只好开二听罐头，下午我和济生陪他在国际十四楼吃饭（电梯等了半小时），国际倒有菜，而且可以订桌菜。然后又陪他去大世界、济生家。我送他一支钢笔，给小南购一件衣服。次日上午就回去了。因为忙着吃夜饭，也没有时间购唱片，而且他认为路上也不好带。附上一信是彼得洛夫妻子写来的。家里都很好，我还是照常去《文艺月报》，昨天小林到机关借书，等我一起回家，本来想带她在外面吃饭，但想想小棠要上琴，不能叫他来，也就算了。小林笑我：舍不得弟弟，对弟弟介好。言下有醋意。

园子里现在很美，但你回家时，杜鹃一定都谢了，非常抱歉。

田一文有信来，他认为你的帮助会促进他政治上进步。信不附来，反正要你回家后才能处理这事。看报昨天你们开会到九点四十五分，回旅馆更迟了。希望你下星期三能回家，我带孩子来接你。

祝好！

蕴　珍

四月廿八日上午

济生有信给你，寄给作协，不知收到没有？

一九五九年十月十四日①

李先生：

这次沿途很好，那间屋子原来那个旅客搬到另一间去，6号只有我同林医生二人。火车上伙食也好，吃得到鸡、牛肉等。今早晨四时许醒来，福州马上到了，我们不知道怎么可以找到交际处，天还漆黑，但终得下车去，我刚下火车，准备接林曦的行李，有人来问我们了，是交际处林同志来接我们，一直把我们送到房间。上午我们去洗过温泉，那是一条温泉街，据说解放前有大小洗澡处一百多家，现在还余卅多家。然后去省委找张鸿夫妇，没有遇到，下午二时半来看我们。现在林医生回家去了，我给你先写这封信，你可以放心。你怎么样？不要太累啊。想你。

蕴　珍

十四午

一九五九年十月二十三日

李先生：

十八日由福州来信约已收到。我们是十九日早晨四时半由福州动身，到泉州已经十二点半，幸而泉州招待所有人来接我们。泉州很小，招待所是国庆前才开始接待客人。我们在招待所用过午膳，忽然遇到

---

① 萧珊随友人林曦去福建参观访问。

这里的地委书记。在福州时，我们在一个饭厅用饭，所以他一见我们，就对我们很热情。在泉州二天半，每天用地委的车子送我们出去参观，当地的文化局长陪我们。临行时还请我们吃午饭。总之这次来我们很受优待。廿一日下午六时到达福州，当晚宣传部杨部长在这里请我们同袁灵云夫妇便饭。这个招待所依山而建，原来是华侨产业，交际处同华侨交换的，真是亭台楼阁。厦门前不久才遭十二级巨风破坏，在市区还看不到多少损失，不过树木略有损坏，但登上鼓浪屿日光岩一看，断墙残垣，尤其海边损失更大。今天上午在集美看陈嘉庚墓园，这个建筑很古怪，满处都是浮雕，都是民间传说。不但有这些，还有工厂设备，制造工程，体育锻炼……刻于壁上。据说这工程完全由他自己设计，也完全根据他的意思施工。我们去的时候沿海围栅为巨风吹倒很大一片。厦门这个城市很有意思，一面安静地学习、工作，一面却炮声隆隆。你们怎么样？这几天外宾任务还是这么紧吗？真想念你们。同住招待所有袁灵云（京剧院的）夫妇带一个女孩，真想什么时候我们也能一块儿出去走走。福建省各地文化界都问：你什么时候也能来福建走走。孩子们都好吗？我给小棠买了橄榄，小林有珠子皮包。萧荀怎么样？走的时候没有看见她，不知道她的身体怎样？章大哥好了没有？我这次买了不少铁观音，本来在福州购了一斤半，不算太好；到了泉州有好的，我在招待所买了一斤，后来李国炯又送我半斤，谁知道临行时，地委张书记又送我们每人一斤，那是出国的，所以我旅行包里全是茶叶了。孩子们听话吗？小棠这孩子得好好教育，我们都太宠他了。明天去前线，我想后天回福州，但林医生想多留一天，那么也许星期一回福州，公路车要坐十二小时，也许在福州还休息一天，星期三回上海，届时会打电报回家。

我很好，林医生随时给我吃维他命C，怕我感冒。

祝福你!

问候婆婆，九姑妈。

蕴　珍

十月廿三日

一九六〇年四月二日

李先生：

收到你廿八日、卅一日来信。你走了以后，作协还是每天开会。今天大组会结束，星期一（四日）起又开大会，会期是四天，不知道会不会再延迟。靳以校稿是昨天送来的，我还没有看，因为我那篇沈芙蓉稿子，魏老要我修改。今天上午才送回去，不知道是不是四月号用。我本来打算今晚上开始看校样，现在先给你寄来。那篇序最后一句，文艺出版社领导有意见，认为捧之太过，删去或修改你决定吧。

上星期四中午我请畴叙、陶肃琼在国际吃饭，明天我将陪肃琼去上靳以坟，我也想先去三哥那里看看。

寄上《大公报》，上面有你的访问记，你也许不会知道这记者写了一篇文章。报是作协的，你把它带回来。

星期一是老太生日，今年真是无能为力，我送她二十元人民币，请她自己买东西，家里就随便吃吃。星期二还可以去国际，偏偏又是星期一。

你的感冒好了没有，身体得当心。听到你生病，真不放心。孩子们倒很好，女儿今天去马桥公社参观。儿子本来要去复兴岛，后来“老师说‘我们不乖’，不让去了。”今天跟孔海立搞天线地线，现在卧室都是线了，真要命。

你给儿子、女儿都买糖，就没有提我，很伤心。那天遇到王辛笛，他要我问你，北京有没有不要糖票的砂糖。

刚才我在街上看见蒋燕。她一时不会离开上海。王青没有找到，也没有请过她吃饭。

祝好！

蕴　珍

四月二日

附上湖南师范学院中文系支部的信。

一九六〇年五月十九日

李先生：

时间真快，今天又是星期四。昨夜听见你的声音，好像并不是在两地，声音清楚极了。房间调好，你可以好好思索写文，杭州真好，没有事你不必急着回来。罗荪没有看见，他去市委开会了，中午我再给他打电话。那天午夜回家，不久下大雨，幸而我从西站下车，要不然一定变成落汤鸡。昨天、今天都冷，杭州一定也这样。我们那三天很好，正是游山的好天气！小妹不想来杭州了，她怕功课赶不上，她们六月十二日考试结束。现在她只想让她去玩一次成都。我们都好。你的腿痛怎样？希望你当心！

祝好！

蕴　珍

五月十九日

一九六〇年五月二十四日

巴先生：

收到你十九、廿一日来信。廿一日信到得很快，第二天上午就收到了，当时就交给郭卓，廿二日我在机关听广播，参加座谈会。这一次又有你出席主席团的通知。我们都好，小棠回家后功课倒跟得上，只是心野了，更不想弹琴。有一天（星期五下午）去衡山公园劳动，玩到七点半才回家。九姑妈吓得各处打电话。那一天我刚巧去看九姑，她现在除了她的病，什么都不感兴趣。那天我还遇到杭州文联的女同志，据她告诉我，医生说九姑患的是忧郁症和幼稚病，也就是精神分裂症的初期。一去看她，她就不让我走，那天我到九点钟才回家吃饭。昨天又去看她，杨永直已给她定好东湖招待所的房间，她一再说要我去接她出医院，完全像一个孩子！文联副主席是叫俞仲武，只是《赞歌集》没有找到，是不是你记错，不放在书桌上？不过文艺出版社又送了五本精装本，你要，请告我。我还想来一次，你说什么时候来？不是这个星期四来，就是下星期三，明天下午我要到张家宅看看。这次来，我将一个人来。你要我哪一天来呢？

祝福你！

蕴　珍

五月廿四日

附上彼得罗夫及《外国文学》编辑部来信。

请你替我买两条羊筋皮带，我那条小妹拿走了。一条送南南，一条自用。

一九六〇年五月二十六日

巴先生：

昨夜听到你的电话，很高兴，声音真清楚，哪像你在杭州呢。这次在杭州住了二十余天，身体情况怎么样？我常常挂念你的健康，看许多小毛病也不能忽视。昨天和郭卓一起在文化俱乐部吃饭，她一再说：作为读者，希望能读到你的小说。我去过张家宅，没有找到人。文艺出版社要把你那篇《蝶恋花鼓舞我们前进》收在集子里，你也许要修改，寄上，请你直接寄还。彼得罗夫的地址附上。

我什么时候来，连自己也不能决定。或者就是31日来吧。买好票会告诉你的。

祝好！

蕴　珍

五月廿六日上午

一九六〇年七月十九日

巴先生：

刚收到北京来信，转给你。你如要照片请告我，我找出后给你寄上。星期日离开你们之后，老孙送我回家，我刚遇见林医生，于是我们决定请张鸿等吃一顿饭，有她在，我胆子大了，如果找郑经理不成，可由她设法。后来我给支部胡德华（他是跟我同汽车回来）打个电话，我告诉他车子留我这里一会，万一国际不成，林医生跟和平的陈经理熟，我们可以去和平。想不到国际一炮就成。我们请的是张鸿、郭风、王尚政和谢投八（章靳以的熟人），他们问起陶肃琼，我也把陶肃琼请来。你可以告诉罗荪和吴强，我代他们请客了。席中郭风唇白如纸，把我和林医生吓坏了，当时马上请他平躺，喝一点白兰地、红茶，后来嘴唇颜色正常，送他下楼。张鸿当时悄悄跟我说：“吴强要我跟他们同机飞，你看，我怎么走得开？”张鸿当晚坐火车走，飞机票只要四张。

上海这几天凉快多了，北京怎么样，你跟谁一屋？

祝好！

蕴　珍

七月十九日

一九六〇年七月二十五日

李先生：

十七、十九和廿一日来信收到。这些天一直没有给你写信，但报上整天有文代会的消息，还有毛主席和你们一起照的照片。但是我没有找到你，你躲在哪个角落里？上星期二给你寄了信后，星期四跟编辑部同志们一起下乡劳动一天。那天风很大，太阳底下倒也不觉得怎么热，只是手臂晒得发痛。这星期四是小棠生日，我还未决定去不去。小林这几天开始下厂劳动，整天唠叨考试的事，月底可以知道，正式发榜是八月三日。小棠这学期成绩不好，算术都是三分。这星期开始，小队之家成立，早晨七时开始收广播。李小林走得更早，她们是七点上班。所以一早家里就开始热闹，老太太吃不消了。

刚才在文具柜找了半天照片底片，但不见你要的那种，我想你一定放在铁书桌里，可惜我没法证实。现在给你附上两张底片，如不对，你只好另拍一张。

黄素封已于廿一日去世，星期日大殓，我送了一个花圈，他们用的是宗教仪式。冰箱的事，现在该怎么办？

听说南南有一封信给你，收到没有？

你身体怎样？信上只字未提，我挂念的是你的头发晕，无论如何我们该好好保重，好好生活。

蕴　珍

七月廿五日

一九六〇年七月二十九日

巴先生：

星期一给你的信该收到了，这几天你大概很忙，一直没有收到你的信。台风又一次来袭上海，我们家的篱笆又被吹倒了，因为当时已快天黑，我无法找花匠，于是我给胡德华同志打一个电话，他派老高、老戴帮我们忙，把竹篱拉起，等房管处有空时再来修理。昨天是小棠十周岁生日，所以我没有下乡去劳动，下午有许多小朋友在我们这里玩，孩子们玩得很高兴，晚上我带他们一起去文化俱乐部，本来我叫小孔跟我们一起去的，但是周玉屏要他陪她去，在俱乐部碰头。晚上我们十个人在一起吃饭，倒有五个是孩子，另外就是瑞珏、周玉屏、萧荀、沈庾香和我。因为这几天风雨交集，三轮车不好找，同时我只有八张票。

小林这几天在劳动，早晨六时出门，下午四时回家，这几天心神不定，一定要得知录取消息，才给你去信。昨天我为了小东东进幼儿园的事给陈校长打电话（陶肃琼认为作协介绍信不可靠，要陈校长找她阿姨说说），小林以为我为她的事给陈校长去电话，急得跳脚。你看可笑不可笑？自然这也有好的一面。那张化妆照拍好了，她很得意，要我寄你看看，至于她自己若考不取学校大概不写信了。

有一个高莽，不知是不是给靳以画像的那个人，写了一篇《石榴花的故事》，要给《收获》投稿。有波兰来信，好像有关《家》的事，信给你转上。

最近身体好吗？大家都想念你。

蕴　珍

七月廿九日

酸梅卤是在东安市场买的。

一九六〇年八月十日

巴先生：

星期天上午刚寄出给你的信，马上收到你的航空信，人民币百元星期一上午寄出。杜宣没有看到，不过我给他通了电话，他也没有说什么别的话。这些日子他大概很忙，要帮助戏剧学院搞出《钢人铁岛》来。不过我根据你的意思跟陶肃琼谈过，上信我也告诉过你，她们也认为上海如能医治，当然上海方便一点，红十字会医院允许再度为她设法医治，现在每天在体疗。

星期天晚上我去找过黄素封太太，事情很快就解决了，我惟恐伤害她们，迟迟不敢说出口，她的女儿惟恐我不给钱，马上就提到冰箱的事，既然双方都愿意很快办妥这件事，事情就好办了，第二天晚上我就把钱送去。这件事就这样结束了。一切都根据黄妹妹的意思，而且是根据她提出价钱中最高的价格。五年来一直用它，现在才正式是我们的了。

北京能不能购到套鞋，棠棠的套鞋漏水，不能再修，上海又买不到，现寄上底样，请你找找。套鞋要高统的，高统没有买中统，再没有只好买低统，希望一定能给他买到一双。

这次作协又要去八斤粮票，统一寄来。以群说，你常常不在旅社里吃饭，粮票可能多。

小棠常常问：爸爸什么时候回家？小林问：爸爸为什么对她的琴表妹照片没有意见。

祝好！

蕴　珍

八月十日

一九六〇年十月十日

巴先生：

收到你西安寄出的信，知道你八日离开西安，那么现在你已经抵达成都。你走后吴先忧、沙汀各来一信，吴请你代购平装毛选，沙等待你入川，并说他为《人民文学》写一作品。这件事我很伤心，沙政委完全把《上海文学》忘却了，我还是去年开人代会时向他约稿，《人民文学》不过今年上半年而已。沙政委如果不给我一篇好稿子，未免说不过去。希望沙政委自己说出一个交稿的日期吧。《上海文学》已改组，王道乾调文学研究室，萧岱、施燕平为编辑部正副主任，金鼓、欧阳翠、乐成、袁竹舟调走，加范康、小彭、姚奔。这次整风结束很快，星期四最后一次小组会，晚上吴强小结，并安排人事。调走的同志集中二楼学习毛选。

你的生活安定了没有，希望你定下心能完成创作计划。我十分渴望读到你的作品，你明白我这心理。但是你得好好当心自己。雨衣已为你邮寄上，由沙汀转。如果它到达快，要不要我把夹大衣也寄上?

孩子们都好，小弟把你的陈饼干都吃光了。小妹十七日下乡，十一月一日回来。她对下乡感到很兴奋。

祝好！

蕴　珍

十月十日

师陀有稿寄来，并有信给我，稿子是写人民公社概况，还是属于去年那阶段的文章，用魏老的话，浅而散，我只好退了。

一九六〇年十月十二日

老巴：

我记不起你买了《上海》画册没有？徐汇区新华书店寄来一张购书证，你托他们买，还是托小顾买？买 80 元那种，还有 65 元的，请马上给我一信，因为 10 月 31 日前得购买。

好

珊

十月十二日

一九六〇年十月十七日

巴先生：

收到成都寄来的信，九日跟十一日的信同时到达，没有想到航空信会走了五六天。在这以前我有两信由沙汀转你，并给你寄上雨衣，想来都该收到了。可是云南冶金厅那位志愿军同志的稿子却已经由成都转到上海来了。星期六茅盾有一信给你，谈的都是波兰作家普特拉曼特夫妇的事，他十九日到上海，去杭州等普氏夫妇，廿九日一块儿来上海。我把这封信交给罗荪，请他处理，并代茅盾订票及旅馆。小林今天下乡去了，今早晨三点多起来，四点钟不到预约的三轮车已经来按电铃，她慌慌张张只吃一碗粥，其实时间完全有余，她们是四点四十五分在静安寺八路电车站集合，今天下午五时可到南汇。十一月一日回来。这次本来学校不让她去，前两天刚请过病假，但小林还是争取下乡，锻炼对孩子只会有好处。

婆婆最近身体不大好，你走后第二天看过康医生（我交给她五十元，给她看医吃药用），八号去内科医院检查，疑有癌症，当时我就通过罗荪找到陈同生（他们在市委集中学习《毛选》四卷），星期四（十三日）一切报告出来，还是疑为癌症。星期五下午我在机关开会，陈同生打电话来找我，他五点多钟到我家，他认为还是送医院较好。当时我顾虑婆婆有洁癖，未见得肯去医院。星期六中午我回家时，李瑞珏、济生正等着我，他们也认为还是送医院较妥当。当时我找作协写介绍信，找内科医院院长，办理入院手续，六时把老太太送进医院。总之，这完全是陈同生的关系。院方还给我们签了陪客证。所以关于老太太的事你可以完全放心，罗荪这次也强调有事可以找他。

南南的医院也已搞妥，在内科医院进行医疗。那天陈介绍南南去找院长，陶肃琼没有空，我陪她去，我觉得小姑娘还好，焦急的倒是她外婆和妈妈。

那天陈同生还谈起你创作的事，他非常希望你这次写中篇后，能把写《群》的事彻底考虑一下，你需要什么材料他也可以帮助你。他强调这次文代会的精神，我们中国解放后十一年还没有几部大作品出来，而且老作家没有写过大东西。他把希望寄托在你身上。他认为四川的春天和秋天都好。罗荪也跟我讲到这件事，他说你如果认为四川太远，可到无锡、苏杭一带，看材料方便一点。他们要我把这个意思告诉你。

苏联《文学报》来信要你写一篇纪念托尔斯泰的文章，内容是写托氏小说在中国读者中的影响，或你对托氏的理解。十一月份托氏逝世纪念日出专号，十一月一日前得交稿，我算算日子反正来不及了，也不给你附这封信来。

你的小说写得怎样了?《解放军文艺》那篇大概寄来了罢?我不能做你的第一个读者感到很失望。多少年来你写小说都是我先读的，我已经养成这个习惯了。

今天下午陈部长在我们机关作报告，我得赶着去了。

你一个人在外，身体可要当心!肚子泻怎么样，好了没有?在家的时候我也没有好好照顾你，离开你又真是不放心!寒流要到上海，小林一定不肯多带衣服，这孩子真任性。家里的事你可以放心，别人都对我很好，陈同生同志尤其关心我们。

附小河南的信，云南冶金厅的稿子要不要我先看?

祝好!

蕴　珍

十月十七日

一九六○年十月二十四日

李先生：

十六日来信收到。我十七日上午给你寄发的信想已收到，那天下午陈部长来作协作总结报告，在作报告之前还举行一次考试，幸而是问答题，还不至于使人交白卷，不过也是笑话百出。看来我们这些编辑工作者政治水平实在不高。那天报告一直做到八点多钟，回家棠棠已经睡着了。上星期开始我们学习《毛选》，三个月结束。两星期读这本书，下星期转入专题讨论。到现在为止，我才读完十三篇，很焦急。大衣已为你寄上，大舅母要的头巾市上没有，待有时再寄。大衣也许不会很快到，因为小包只寄两斤以内的东西，邮包得走十天光景。雨衣是不是已经收到？廿日上午我同罗荪一起去看茅盾，（罗荪说：他给老巴来两信，你该去看看他!）陪他看了工业展览会，然后送他上车。他要在杭州等那位波兰作协副主席，然后一块来上海。那天我倒在锦江吃了一顿很精彩的好午餐。星期五（廿一日）我们作协全体下乡支援农业，是蹲在菜田里拔菜苗，罗荪蹲得走路都不灵了。回家读到你的信和小林的信，她在农村很好，劳动得很高兴。孩子们应该锻炼、锻炼。我们这星期四（27日）还得下乡，我看罗荪他们也许不去了。

老太还是这样，陈同生同志要我转告你，请你放心。不过老太年已古稀，体力不比年轻人，这病或者不易治疗。现在我们找一个护工陪她，我们每天去看她。在医院里她很受优待。

南南前一阵情绪不大好，昨天我去看过她，陪她吃一顿晚饭，跟她聊聊，后来她也比较高兴了。医生要她正视现实，告诉她她的病完全恢复的希望极微，这孩子受不了。不过让她有正视现实的机会也好，现在打算做小瑞那样的鞋子。今天就写到这里。祝好。

蕴　珍

十月廿四日

一九六〇年十月二十八日

巴先生：

你电报来的时候我刚从万国公墓回家，我们准备把老太太葬在万国，也只有万国有地方，虹桥和龙华早停止卖地。回家后听说孔罗荪和陈同生都有过电话来，问我有什么事需要帮忙，正说的时候，陈同生同志来看我了，问我有什么困难没有，并告诉我老太太医疗的经过。

这次陈对老太的病很重视，他亲自在抓，内科医院院长向他汇报。老太太这次过世是快了一点，不过逐日见她受苦的情形，医学和我们都对她无能为力，我们也感到很难过，反而觉得她少受罪为幸事。老太太病情经过是这样的：六日她感到不太舒服，到康医生那里去看，七日晚上没有睡好，八日早晨李瑞珏决定让九姐陪她到内科医院去检查，那天是星期六，我中午回家吃饭的时候，九姑妈悄悄告诉我：门诊初步检查疑为肝癌。同时她也把这诊断打电话告诉瑞珏、济生。我听了很紧张，癌是绝症，肝癌又是绝症中的绝症。当时我们决定不让老太太知道自己病况。星期一再去作超声波检查。星期日晚上我打电话给罗荪，希望他帮我找陈同生。星期一上午本来编辑部要开会，但陶肃琼再三要我陪南南去检查，她要交一个计划无法请假，我当时也为难，但也只好答应了。中午陪南南检查回去，孔、陈来看我问明老太太门诊号码，陈一口应承和内科医院联系。老太太第二天（十一日）又去内科医院作各方面检查。十二日晚上陈打电话给我叫我去找内科医院王院长（总支书记），十三日一切报告出来，还是诊断为肝癌，院方还是不说百分之百肯定的话，因为绝对肯定除非切片检查。老太年过七十，似没有开刀切片的必要。星期五（十四日）下午陈同生打电话到作协来找我，他认为老太还是送医院治疗为妥，当时我考虑老太有洁癖，未见得愿住医院，可是第二天（星期六）上午快下班的时候，九姑妈打电话到作协来找我，我赶回家时，瑞珏、济生也都来了，（昨晚上信没有写好，今天接下去写的。）我们商量结果，认为老太入院治疗为佳，家里白天倒能找人打针，晚上怎么办？我和济生赶到医院，跟院方研究结果，院方同意。老太太是十五下午六时进医院的。星期日、一，情况较正常，能起床大小便。所以我十七日上午给你寄的信没有写什么，我实在不愿意扰乱你，陈同生同志也说：还是不告诉你为上策。星期二老太又作拍片检查，院方认为门诊诊断结论下得太早，外科主任认为不像肝癌，想趁捷克专家来上海之便，由他作一次小手术检查，所以先由院方作各方面准备。我去的时候老太已经疲乏不堪，瑞珏很激动，我陪她去找院长，我们认为如果手术检查对病人没有积极作用，不必让她多受痛苦。当时已有一张照片洗出来，胆上有石头，我们大家松一口气，胆石不是绝症，院长也说：可以让中西医会诊。星期三晚上陈同生打电话给我说，院长对老太的病还是满怀信心，将尽一切努力。可是星期四一切报告都出来，胃上幽门有阴影，组织著名专家会诊，并输血、输葡萄糖。诊断胃幽门有癌，已经转移到肝上。就从这天开始从大房间移到单人房间。十七日开始，我们晚上请护工，廿四日开始白天晚上都请护工。我们勉强她喝牛奶鸡蛋，先从家里拿去，但家中牛奶三天一次，从冰箱拿出来到病房里一放就不大新鲜，所以我又设法让医院给她订牛奶，开营养卡。廿五日医生对我说：老太情况很危险。我又急又怕，不知怎么告诉瑞珏。回家打电话给济生夫妇，谁知道医生又把这情况告诉瑞珏。当夜瑞珏跟护工一起陪夜。廿六日清早我和九姐到医院去换瑞珏，九姐要我陪瑞珏先回家，我刚让她吃点东西睡下来，铺开信纸准备给你写信，谁知道九姐的电话来了，要我马上去医院，老太晕过去了。我赶着给济生夫妇打电话，又找机关给我代发一个电报给你，然后我把瑞珏叫醒，一起赶到医院。老太打过强心针，又比较安定了。十一点多钟采臣赶到，她还知道，不过神志已不太清楚，到十二点多钟时济生回家穿衣服，我们又劝瑞珏回家休息，可是她刚睡下，电话又来了。这一次赶回去在接氧气，情况较平静。三点钟时济生回医院，我让采臣、胡莹到我家吃中饭，大家中午都没有吃过东西，饭还没有吃光，济生打电话来，这一次却真的过去了。老太整个病的情况就是这些。我当时没有明确告诉你，是我不忍打扰你的情绪，如果我做得不对，请你原谅我。这些日子我的肩膀上承担的重量不轻，我很矛盾，党和人民对你的期望很高，希望你通过这次能写出长篇来，我何忍来扰乱你！我跟罗荪商量过，罗荪支持我的意见。现在老太已经过去，我看到你的电报很难过，你的悲哀就是我的悲哀，希望你时时念着我们，保重你的身体。昨天上午我和采臣去济生家那边买寿衣，是白绸短衫裤，线春绸棉袄裤和棉长袍，质料很好，比章大哥的好。灵柩是普通的，市上可以买到的一种，本来罗荪说可以找市人委想法，我们商量后推却。现在准备星期日上午在万国殡仪馆大殓，埋葬得等下星期六了。机关找孙肇基帮我办理什务，本来我不想麻烦别人，我知道你最不愿麻烦人。可是罗荪叫我这方面不要多考虑，因为现在许多事情私人办不到，公墓里没有石灰，殡仪馆不运灵柩，没有交通工具。这些事罗荪叫我不要急，机关帮我解决。下午孙肇基来陪我们再去万国公墓（昨天我们自己去的），据说有一块地比我们昨天看的好。地我订的是大穴，309 元。亲戚朋友我们不准备多通知。关于殡仪情形我现在可讲的就是这些。再谈些别的。

人文已把《文集》12、13 寄来，因为没有时间性我想不必寄给你，徐稿跟《赞歌集》给你寄上。小林大概十一月二、三日可以回家，我跟校方联系本来可让她早回来参加婆婆大殓，但校方要我派人去接她，南汇到上海要走一天，学校不放心她一个人回来，所以我就不打算通知她了。

希望你保重身体。陈同生、罗荪叫我问你好。

给我来信，告诉你的情形。

蕴　珍

十月廿日

经济方面，从住院和现在，我以不要他们负担为原则。

一九六〇年十一月一日

巴先生：

我星期五给你的信想已收到。老太是星期天（卅日）上午大殓的，作协办公室来了好几位同志帮助我们办理一切，罗荪夫妇九点多钟也来了，罗荪到十一时才走的。星期六（即五日）落葬，石灰、交通工具作协都为我们解决，所以一切你都可以放心。你还是安心从事写作，把抗美援朝的中篇写好。你一个人在成都，一封信来往得要两星期时间，我真不放心。程子鉴大殓时也来了一下，明天由江西回川，我想去看他一次。

附上信，及“人文”读者服务组的信，请查收。

回家再给你写详信。好！

蕴　珍

十一月一日

一九六〇年十一月二日

巴先生：

昨天在作协曾给你发一短信，上星期五曾有一详信给你，信都是由沙汀转的，想来他们会直接转给你。昨天信里我曾跟你说：我想去看一次程子鉴同志。顺便托他把《抗美援朝报告文集》给你带来。后来打电话联系，他不直接回答，由山西转来。当时他也不在家，所以也就没有去看他。《抗美援朝文集》和《参考消息》寄的是航空包，《毛选》和《赞歌集》是寄普通包，都是挂号的，都由沙汀转。现在沙汀是不是已从医院出来，请代问候他，我过一两天给他写信。

老太是星期日上午十一时大殓，那天作协党组的同志，魏老都来过，各方面共送花圈 33 个，连我们（子女媳九人一个，孙儿等十五人也是一个）家里两个共 35 个。陈其五、陈同生夫妇，上海统战部、四川统战都来了花圈，赵忍安和程子鉴都来了，陈同生本来上午没有空，可是也赶着来了。除陈同生同志外，我不知道他们怎么都知道的。大殓后把灵柩暂时寄放在殡仪馆，星期六（五日）落葬。现在运输的汽车和落葬时所需的 20 担石灰都由作协代我解决了。这次事情陈同生和罗荪都帮了我不少忙，尤其是精神上给我不少支持，使我感到非常温暖。他们都再三要我向你致意，希望你好好保重身体，按时完成创作任务。党和朋友们对你的期望很高，至于我呢，你明白我的心意。这时候我多想跟你在一起，让你了解我这些日子的情况，但千言万语只化为一句话：希望你保重！

这次费用都是我们负担的，老太刚过去，我就说："经济方面的事情你们不必担心，我们负担好了！"这次花钱并不多，到现在为止，还只花去八百余。主要的是棺木购不到好的，罗荪曾说：如果对这种棺木不满意，可找人委设法。但现在是增产节约的时候，我开不出口（这次事情我以不麻烦人为原则，自己能办到的，自己办）。我又怕他们有意见，和济生等商量后，他们也强调不找人委，自己去买。所以我们买的棺木是市上能购到的一种。去年罗荪老太太就是睡这种。这件事是我感到抱歉的。

采臣廿六日上午十一时赶到，当时老太还清醒，我们骗她，说采臣到北京开会，顺便来看她。老太一直到临终都没想到自己会死，也没有感到死的恐怖。有一次我去看她，她还说："医院对我倒还重视，这次都是陈同生的关系！"我把小林第一封信念给她听，她还很高兴的说："小妹回来，我也可以回家了。小林离开家，倒懂事了。"小林没有参加大殓，她在南汇劳动，清早动身要傍晚才到，学校不放心她一个人回上海，所以我也不告诉她。她今天傍晚可以回家。

萧荀有一个多星期没去看她了，那几天整天奔走于老太医院间，后来更没有时间了，而且我们也不打算让她来参加大殓，所以到现在还没有告诉她。昨天我跟沈庾香通过电话，让她先告诉萧荀。

你上次说要两本《毛选》平装本，是第四集还是别几本，请来信告我，可以托顾铁伦设法。那天徐稿是请济生代寄的，没有想到他寄的是普通挂号。

采臣星期日回银川，住在我家三楼。

想你，希望你保重。

蕴　珍

十一月二日

全国粮票 30 斤寄上。我还是给你打 24 斤，采臣来，交我六斤，刚好。看情况家里可以凑合。你廿一日，廿四日早、晚，廿五日信均已收到。附上小妹两信。

刚收到你廿七日、廿九日信，我廿三日的信你收到没有？

一九六〇年十一月九日

李先生：

收到你卅一日来信。老太是五日入土的，那天天气很好，前一天下濛濛雨，我一直担心。参加的就是我们几个人，我让小林请了假，济生家是渝儿去的。万国公墓只是星期六才有劳动力，就是说一星期只有星期六才能安葬。每一公墓都是轮流安排劳动力的。所以大殓和入土不得不隔这许多天。星期日去看章大哥坟，我和你做一个花圈，作协同仁合做两个花圈。那天作协是罗荪、吴强去的。他们也去看老太新坟。做墓立碑都有麻烦，我不想再找人，济生、瑞珏的意思也觉得还是将就作坊现成材料，简单立一个碑。不过我们还没有具体商量过。我认为这件事很简单，将来材料丰富时，还是能重做，三哥的不就是这样？采臣是星期日回去的，我找作协替他买票。采臣比两年前瘦多了，精神倒很好。

小林是上星期三晚上回家的，那天我用你的照顾肉替她烧了红烧肉，她就想吃肉。她未回家时对同学说："最好妈妈能留点肉给我吃。"现在她的饭量大增，能吃三碗饭，下饭菜吃得很少。刚回家时姐弟感情很好，第二天就打架。第二天中午，就是星期四，我们约好在萧荀家会面，一起去文化俱乐部。萧荀身体总不好，现在血压又升高 160 多度，真使人担心。老太的事我们到后来才让沈庾香告诉她，但没有告诉她入土的事，所以星期六她也没有去公墓。星期六晚上都在我家晚饭，济生把孩子们全带来了，热闹了一个晚上。现在瑞珏照常办公了。我们都好，请你放心。国煜没有电报来。

沙汀有信给我，昨天我在编辑部给他写信，但没有写完，明天去上班再写。李劼人托购的蚊香，很困难，有时有，每人限购五盘，廿盘才是一盒，他要廿盒。但我们慢慢设法。请你见到他时提一句，《大波》三部、四部写得怎么样，有单独可以发表的，先寄我们一两章，那么我就可以发动编辑部全体同志替他购蚊香了。（一笑！）戈壁舟答应给我们稿子，为什么还不寄来？

刚陈同生来看我，他也给你写了一信。我把你的创作计划告诉他，他很高兴，他说你将来如需要哪方面的材料可以跟他谈谈。他认为你每年到各处去跑跑很好，建议你到福建厦门去看看，那边有很多志愿军部队，他们都很怀念你。你的短篇写得怎样了？昨天以群还跟我谈起你的中篇，他希望能在我们这里发表，我知道你中篇一定不会给《上海文学》的，那么留一个短篇给我们吧，一月份希望又有你的小说。

马小弥又结婚了，本来我去信要她多多考虑，但是她的对象马上要下乡，领导上要他们办了这件事再走。

我们都好，昨天花园的廊前又种了菊花，新买到的，虽然种子不好，但总比光秃秃的好看多了。想你！

祝好！

蕴　珍

十一月九日

一九六〇年十一月十一日

巴先生：

寄上《参考消息》十一月一日至十日，九份请查收。并寄上叶君健寄来的你发言的译稿。你寄来的信收到，知道你病很挂念，请保重，明后天再给你写信。

祝好！

珊

十一月十一日

一九六〇年十一月十四日

巴先生：

收到你五、七、九、十日来信，知道你生活详细情形，这对我不仅是喜悦，它还缩短了空间的距离，我们还是在一起。在你学道街的新居里，我们一块儿坐在客厅里招待客人！总有一天我会来学道街家里做做主妇。但现在不谈这些，我们正在学习《毛选》四卷，上星期已经开始讨论第一单元（共九篇），我因为前一阵忙乱，加上老太生病时受了凉，她的事情刚办好人就瘫了，咳嗽老不好，你知道我又怕看医生，结果别人《毛选》都精读了一遍，我还未动手，到现在还只看了一半。瑞珏的确很伤心，老太过去后，人就瘦了，现在还在看医生吃药。这次瑞珏很脆弱，老太过去后她就躺下来，九姑妈留在家里陪她，我们跑腿外还得事事征求她的意见，安抚她的情绪。大殓前一天，连罗荪都说，“你还是找个人照顾她，要不，大殓时你顾内顾外会太紧张。”她实在没有陶肃琼坚强，但想想陶肃琼上有老母，下有病女，如果她垮了，她们怎么办？瑞珏则不同了，凡事有我们顶着，她可以钻到个人感情里去。你放心，我们会照顾她的，我现在就让济生夫妇多来我们家玩。你最近信里常说张秀熟，这个人是谁，我怎么不认识。十一日曾在作协为你寄上航空印刷品一包，有《参考消息》，还有你发言的英译。以后《参考消息》不给你寄了。

我九日曾有一信给你，刚写好信，陈同生来了，还把他写给你的信读一遍给我听，他希望我来成都，他说成都的冬天好。又说起你写《群》的事，他说材料方面有什么困难，他可以设法。这个人很热心，很有感情。最近他也很忙，胡愈之、沈钧儒都在上海治病，都去找他。九日上午作协开一个动员大会，要会员大搞创作，本着百花齐放的精神来繁荣创作。还把阁下没有回沪奔丧提得很高。那天我没有参加，也许是他们不知道那天我不去上班，也许是对我没有期望。吴强开这次会后，当天晚上就走了。

孩子们得到你的邮票高兴极了，小妹这孩子太懒，星期天小朋友多，当然不肯写信，平时倒也够忙的了，不过要写信并不一定抽不出时间，只是她没有写信的习惯。而且每隔一天晚上又有电视，又要浪费好多时间。小妹回家后饭量大增，每顿要吃三碗饭。小棠还是吃得很少，人越来越瘦，真叫人担心。我把饼干罐开了，他倒很节约，每天只吃两片，我叫他多吃一点，他也不肯，“省省吃”。从这个月开始，文化俱乐部每月供应两封饼干，要市秤八两粮票。但小棠还没有去过，有电视的日子不肯去，上星期三本来带他去，徐成时来了又没有去成。

北京作协外委会有信给你，现附上。我记得你是没有借过箱子。附上照片几张，小的就送给国莹，大的不要送她，没有底片。希望你好好保重，不要太累，伤风这么久还不好，得找医生看看才好。祝好！

蕴　珍

十一月十四日

一九六〇年十一月十八日

李先生：

收到你十五日来信，我十四日的信你还没有收到。你的女儿刚说她将给你写信了。这孩子实在太懒。小棠这几天生病，星期二上午突然肚子痛，九姑妈把我叫回家，我带他去看医生，也查不出什么毛病。昨天一天嚷头晕，上午九姑妈没有给他量温度，下午我给他一量，竟有39度。找林医生来看了一下（她带了一个小儿科医生同来），据说是滤过性病毒感染的扁桃腺炎，今天还有38°5。这病得一个星期，药没有多大用处。这一来倒可以休息一下，可是一有电视，晚上还是闹着下楼去。孩子真没办法。昨天南南也在这里看电视，有周总理答英国记者问。很精彩，我们听见周总理说话。

济生要下放两年，是在宣传部的基地，宝山县什么公社，下星期下去。因为他们编辑全是老弱，只有他还算壮年，我是昨天才听说的。老太太如在，一定又要心痛了。他本来说今晚来，我一则因为小弟病，二则因为他要来，晚上学习请假回来。小弟刚睡着，小妹也睡着了，屋里清静极了。昨天我们装了火炉，现在铁皮缺货，管子奇贵，你屋里也装上了。成都这么冷，屋里一定没有装火炉，再冷怎么办？真为你担心。我的咳嗽倒好了，不知是不是我传到小弟。孩子生病，真使人心痛。

小顾把《上海》画册送来了，真漂亮，使我都不敢看它了。

附上两张照片，刚洗来的，你就送给小四吧。

作协为你寄十二斤粮票，我一再跟罗荪说不要，可是郭信和已把它寄出去了。这是食堂结余下来作干部调济粮的。

不要为小弟担心，孩子总有生病之时，我们的孩子还比一般小孩健康，而且我会照顾他们。所以你应当心自己！希望不断读到你的作品。我认为《回家》比我们这篇好！祝你好。

蕴　珍

十一月十八日

请转告沙汀，我希望十二月中能收到他的小说，我们要先登要目，能否把题目早日告诉。

一九六〇年十一月二十四日

巴先生：

收到你十五日信后，还没有见到你的信，你的身体怎么样了，伤风好了没有？伤风虽不算大病，但折磨人，你也得当心。你的衣服够不够？你有两件毛衣，还有两件衬身的短袖羊毛衫，一条毛裤，一条羊毛裤，天冷时可以重起来着。我认为你的帽子太薄，应该去买一顶，成都一定有地方买。小棠早已好了，只是还在咳嗽，这孩子也不在乎。

告诉你一件事，济生要下放了，其实我十八日信中已经说给你听过，不算新鲜事了。今晚上我请他们去看《悲壮的颂歌》。我想把南南也带去。只是天下雨，非常不方便。

沙汀为什么不给我来信，我们已经把他的小说算在一月号，作为重点。希望十二月廿日以前给我稿子。你的小说也希望廿日左右寄来。一月号是我们争取销路的关头。

我很好，只是想念你。

祝你好！

蕴　珍

十一月廿四晨

一九六〇年十一月三十日

李先生：

收到廿三日来信，从你信中看来好像你只收到我十八日来信，十四日信收到没有？那封信里有许多小相片，还有沙汀的底片，但愿不至于丢掉。皮靴已为你寄上，但不知道什么时候才能到达，早知道成都天冷，真该带去。手套没有给你寄上，当时我想寄小包可以到得快一点，没有加进去，谁知道这皮靴还是重了。济生明天要下乡了，这次下放的都是质量较好的人，济生如能好好锻炼，各方面都有收益。上海最近也比较冷了，小客厅里已经生上火，但也只有九姑妈一人烤火。小弟倒好了，不过还在咳嗽，小妹又病了，看来今年我是不能来成都了，孩子们身体都不好，九姑妈又胆子小。你的中篇写得怎样了，我真想看看，每天能写多少字，现在写了多少？我想你一定写得非常顺利。有一天晚上我带南南去看《悲壮的颂歌》，那天是下雨天（就是上次跟你提过，请济生夫妇、萧荀的那一天），刚好遇见杨光池，坐他的车子回家。杨局长人真好，只是不了解别人的感情，老是对司机同志说南南是残废。他最近身体也不好，老问你什么时候回来，要你带点家乡口味的东西给他。我顺便说起舒元卉要买女脚踏车事，他微笑，并说：

现在不成，将来再说。他也告诉我已为张光茹买过一辆。功叙有信来，附给你看，据我看，你不必写信与他。肃琼信已交。郎伟也有信来，要一点钱度冬，我想用你的名字为他寄拾伍元去。陆不如也常有信来，要我替他设法，让他回乡，我有什么办法。当时他好好在乡，又不安心。

任干回来了，这次人倒不胖，精神挺好。他写了一篇小说，据施燕平说是老小都喜欢看的侦察小说。一月号你的小说一定要来，沙汀的小说也许不成了，但希望二月号一定给我们。以群最近天天来办公，对刊物的责任心加重了，只是常催我给这个、那个人写信。日前我也给家宝写了一信，他的《卧薪尝胆》一点消息俱无，我们希望他写一篇关于这剧本的散文，将来他可作前言、后记。但此公很懒，不知成不成。周立波的照片是不是你寄给他了，回信请告诉我，他们要我给他写信。一月号一定得拿点东西给读者看，要不然“集中精力，办好刊物”还是一句空话。读者会对《上海文学》没有信心。魏老去崇明了，约去三星期，最近快回来了吧。

家里依然如是，瑞珏早出晚归，九姑妈总是在楼下等她，小妹说，“九姑妈现在好像是嬢嬢的妈妈了。”家里少了人，自然冷静多了，所以孩子们很不愿意我离开他们。有时候我也希望你早一点回家，但这也只是有时候想想而已，我最大的希望是你丰收而归。

下封信给你寄钱、寄粮票来。

祝好！

蕴　珍

十一月卅日

一九六〇年十二月五日

李先生：

收到廿九日来信。看你的信感到成都似比上海更冷，倒出我意外。顾铁伦的大儿子刚从地质学校毕业（暑假后去农村支援三个月），分配到成都工作，我让他把你的棉袄裤带来，晚上工作时不至于受冻，其实白天也可以穿，现在大家都穿棉衣服了。上海这几天也比较冷了，不过室内还好，外面风大。这几天吃饭间没有生火，今年煤饼缺货，我们只买到五十斤，连原先留下的，只能够烧上二个月，所以太阳好的时候就不生了，反正楼下也只有九姑妈一人烤火，留到最需要的时候。

今天已是五日，我不知道你的短篇是不是已经寄出，寄到家里，还是寄到机关？一月号茅公允许为我们写一篇评论，有你的小说和茅公的文艺评论，我们明年第一炮当能打响。二月号沙汀的小说一定可以用上了，陈白尘允许为我们赶一篇杂文，（他要我们出题目，萧岱要他写有关鲁迅传的题材，我已经去信。）《上海文学》每个月如有一篇站得住脚的作品，我们一定会得读者的欢迎。所以你不能把好作品都给人文，留一点给我们吧。他们作家多，可以硬性要人家支持。

南南最近很好，前几天我请她和她妈妈一起去看苏联艺术团表演，她的情绪很好，陶肃琼悄悄告诉我：她都自动提出要参加一点社会工作，想争取入团。现在正在做工具鞋子，慢慢便可独立生活，暑假后可以上学校过集体生活。这对她真是进步，张元昌使她面对现实，也促进她不少。这个孩子慢慢地坚强起来了。

星期六上午我们就《毛选》的学习作一次测验，据说罗老闹了不少笑话。常常参加这种考试对我也有促进作用。这次题目很简单，是以群出的，据说因为是第一次考试的缘故。以后经常要测验，也可以使我认真学习，认真思索。

河北省跃进剧团到上海来了，是文化局长带队的，去福建慰问演出，也将在上海作短期演出，远部长有信给你。我本来约任干去看看他们，但星期六剧团没有空，今天他们去作协拜访，所以也就算了。有一个华侨杜承恩已回泉州，问你要什么东西，他想给你寄一点牛油、咖啡粉来，并附诗、稿，我直接处理了。

舒元卉也有信来，她说星期日在你处要了一天，很希望我来成都等等。这个年轻人很质朴，我一定要回她一信。李小林很懒，最不喜欢写信，可是昨天她却偷偷的给你写封信，也不让我看。她要自己给你寄来。后天星期三是你的生日①了，这些年来你的生日我们总是在一起的，今年我们离得这么远，我只能远远地为你祝福了。那一天我相信国煜姐妹一定会来看你的，我真有点羡慕她们。

我十一月十四日曾有一信给你，好像你没有收到，那封信里还有小林扮琴表妹的照片，她最得意的一张，还有许多别的照片，希望你来信提及。上信我为国煜寄上一相片，谅收到。祝你生日愉快。

蕴　珍

十二月五日

附上十二月份全国粮票 24 斤。

---

① 这里说的生日日期也是依照农历而言的。

一九六〇年十二月六日

李先生：

你的十二月三日来信收到。

小顾的儿子顾祖洪，系分配到成都来工作，我让他把你的丝绵衣裤带来，晚上熬夜写作时可以御寒。我在成都没有过冬天，想不到成都倒比上海冷。

我们都好，请放心。

《毛选》平装三卷、普及本四卷，我请顾轶伦直接寄你。

祝好！

蕴　珍

十二月六日

一九六〇年十二月十一日

李先生：

十二月三日来信收到。我托顾轶伦儿子顾祖洪给你捎来丝绵袄裤，谅已收到。《无畏战士李大海》也已收到，同志们都看过，一致认为好，昨天又看到你寄来的补充，我们会补进去的，请放心。这几天我在开市第四届妇代会，我也不知道为什么缘故，她们一定要让我做高知家属代表，你知道我也没有去参加过一次会议，忽然市政协打电话来要我去文化俱乐部开会，自然我没有去，事后他们来找罗荪，希望我能参加一些社会活动云云。今天已经是第四天（前两天小组会，昨天正式开会），今天星期，上午休会，下午小组会。董竹君、周信芳的爱人都在我们这一组。

星期三（七日）那天是你的生日，晚上我带孩子们、九姑妈去俱乐部吃饭，我们想着你，这时候你不知道又跟谁在一起？你有没有想起我们。这些日子你给沙汀的小说写好没有？那两篇小说当然在中篇写好后再动笔了，一篇给我们吧，《上海文学》六一年一定得把销路打开。我很想看看你的中篇，也许为了这个缘故我会跑到四川来。罗荪有一次跟我讲："你家里还有什么事丢不开？可以正式来上班。"我在想这些年你可以到处跑跑，孩子们都大了，我也有机会到处看看，不光是开开眼界，也可写些东西，如作一个正式干部，我怎么可开口！可是作正式干部有适当的政治待遇，现在我是三不样。罗荪后来说：一切在于我自己。我想跟你商量，你也会说，这是你自己的事！所以我在想还不如趁没有进去前走走。但这又是后话。

小妹的病早好了，是发热，和棠棠类似的。

大舅母要的头巾，这里只有红、绿，素色的没有。

蕴　珍

十二月十一日

昨天为你汇上四百元，不够再为你汇来。

这一次河北跃进剧团在上海打了一个大胜仗，连剧协都没有估计到，所以都没有留票，以为要看的人少，票都交给戏院的票房。一扫而光。我们要购票都拿不到好票了。招待演出《三娘教子》周信芳都哭了。唱得真好！所以我说川戏再来，非拿出几个好戏不可，现在有很多比较了，容易在现有的基础上打下去。

又及

一九六〇年十二月十七日

李先生：

收到你十日、十一日来信，很高兴，知道你生日过得非常愉快和热闹，还有什么比这个消息使我们更高兴的呢！我把你的信念给棠棠听，棠棠睁大眼睛说："爸爸吃得真好!"现在孩子们都很馋了，棠棠用你的碗吃饭，每顿吃满满一碗。昨天是小林的生日，我们杀了一只鸡，棠棠闹着要清炖，还非常有理说："爸爸也喜欢喝鸡汤。"可是这只鸡也真瘦得可怜，一点油也没有，孩子们还是吃得很高兴。昨天一起吃饭的还有萧荀和瑞珏，因为没有菜，所以也没有找别的人。而且为孩子生日通知别人，也和时代精神不符了。

你到四川后已经伤风两次了，你真粗心，明明知道自己容易感冒，却这样不小心，一个人知道自己身体的缺点，就应该作那方面的护理，单凭信心不可靠，这是不科学的。任干说：等你回上海，他要教你气功。家宝有信来，他很关心你，还是这句老话，叫你学学气功。信附上，这次家宝写这样长信完全由我激功所致，想想很好笑。我这次收到许多作家来信，还是没有稿子，每个人来信都诉苦一番，每个人都忙，过去《上海文学》又跟作家的关系不算太好，现在要开始联系作家也不能一下就成功。可靠的还是你，无论如何留一篇最精彩的给我们，时间不论（我想最好是五月号用），你可以留到最后写。我认为你这篇《无畏战士》写得很好，真是视死如归，藐视死，到死还是大无畏的。只是你写到他捉美国俘虏一节，我认为还不够丰富，马上就要把校样寄给你了，你看是否可加几笔。但这仅仅是我的意见。他们把《无畏战士》的注移到下面，以为免得读者知道不是真人真事，减少感染力。

四百元早寄出，算来也该收到了，钱是十日寄出的，用航汇。棉鞋大概还未收到，早知道小顾的儿子会来成都，由他带来也就早收到了。

给蒋斐之的电话早打过，他会给你留书的。《新华半月刊》并未停，明天跟邮局去交涉，可以续定。只是我们还缺了半年。《参考消息》已由作协去统办。最近外文书店没有什么书单来，只拿过一本小百科全书。你的文集马上去找，日内可寄出。信纸昨天在协会已为你寄上。有一个越南的学生，要你的《家》、《春》、《秋》，他月底回国，我去信要他留下越南地址。信不转来了。两个小鬼的照片手头没有什么，附上两张，印好再寄。

《以革命的名义》他们都看过了，小棠又在电视中看了一次。于是之在上海，有一天任干在街上遇见他，说什么时候我们去陪他玩玩。那一阵子刚开妇代会，没有时间。今天下午任干要来找我去看他，于是之也想来看看小鬼。

萧荀已经去上班了，半天休息。上班后身体更差了，她领导的意思还是劝她休养，可是她又不甘心。调工作，又怕新机构领导不了解她。看看她这种情况也实在使人担心！我常常劝她从长远利益出发，可是她说呆在家里跟时代气息越隔越远，心里也不畅快。济生今晚上可以回家了，他已经下去半个月。老太太的墓碑已订了一块，是四十元，这完全是瑞珏去奔走的，我没有管这件事。因为当时瑞珏意思碑石要有章大哥那样大的，我没有作声，后来也不过问了。本来我和陶肃琼商量过，她们建设公司有办法，但我认为这件事还是跟你妥为商量的好。现在李瑞珏既然这样焦急，我也就不必管了。而且找人设法总是不太好的，用建设上的材料来做墓碑，这也说不出口了。

今天又刮风又下雨，很阴沉。非常想念你！我最近很矛盾，又想来一次成都，又想不来，总之决定不了。孩子们自然都不要我走，但我想错过这一次机会，以后也许就难了。

现在你可以专心写中篇了，难关过去没有？不打扰你了，再会！

蕴　珍

十二月十七日

一九六〇年十二月二十日

李先生：

稿附上，请你尽快寄回《上海文学》。

编辑部意见，认为李大海牺牲那一节似有突然感，但他们没有提出别的意见。李大海等牺牲一节，似可加几句，说明他作过最大的努力。萧岱意思是他临死前还面色如生，很从容，似还不够作最大的努力。但一切由你决定吧。稿至迟二十五日寄回上海。

祝

好！

蕴　珍

十二月廿日

一九六〇年十二月二十八日

李先生：

收到廿一日来信。我在廿一日也有信给你，谅已收到。

今天是廿八日，这一年只有三天了。信到的时候，六一年已经开始，那么，让我祝贺你新年快活。在你小小的“家”里一定有人陪伴你度过了新年的节日，你一定不会寂寞。也许你那位好心的炊事员又会为你搞出杰出的菜饭，让你招待客人。你的菜饭常发出诱人的香味，孩子们笑我：“妈妈要到成都去吃好菜!”自然，我现在已经决定不来了。我也不放心孩子们，九姑妈胆小怕事，她说“她没有带过孩子，万一孩子出事，她怎么作交代!”她很容易想到一边去。可能这是老太太去世把她吓怕了。总之，我决定不来了。上信告诉你小李找我谈话，我们是在罗荪办公室里讲话的，罗荪、任干都在场，我也讲不出什么话，刚巧你给小妹那封信（生日祝贺信）在手边，我就把你给她生日的祝词念了一下。罗荪和任干都谈了一些。文章大概是元旦见报。《无畏战士李大海》你大概早已寄回来了；编辑部的意见（李大海牺牲部分），他们大家（罗荪等）都不同意。

今天外文书店送来一批书，共51本，蒋斐之来电话，如有重复，将来去调换。外文刊物已续订，《新华月刊》（六一年改为月刊）已托魏绍昌在设法续订，并搜集六〇年所缺的几本。昨天已把文集寄上。

前天收到沙汀来信，他并未明言二月号一定给我们稿子，只说一月五日去重庆写文章、休养。真使人担心！我们已把他的小说作为二月号重点。你一定设法催他，一月廿日以前一定给我们稿子。茅公生病住医院去了，他的秘书给我们一信，这样一来他的稿子又落空了。

挂面是不是可以留一点，孩子们一生病就没有东西吃。现在通心粉买不到了，挂面要有医生证明才可以买。最近上海供应较紧，孩子们饭量大增。今晚上我要带他们（连九姑妈）去文化俱乐部吃饭。他们只有星期三才肯去，二、四、六家里有电视，也就不肯出去。

中篇写得如何？记得你说过了月底难关就过去了，现在该写得更顺畅了吧。真想看看。祝新年好！

蕴　珍

十二月廿八日

一九六一年一月三日

李先生：

收到你廿八日来信。编辑部廿八日曾给你打了一个电报，大概地址写错了，没有及时收到。这样倒好，你的校稿信其实也是廿八日收到的，因为信封上有我的名字，老赵没有交给编辑部，而编辑部也没有仔细找找，却在一边焦急。我第二天（廿九日）上午去作协老赵才把那两封信交给我。一切都照你所改的改正了，请放心。这期刊物阵营很强，可是二月号却没有这样大的号召力了，我们把希望全搁在沙汀身上，今天上午才给沙汀去一信，希望文联会把信转到重庆去。二月号一定要有他的稿子，你给我催催他吧。

元旦已经过去了，没有你在旁边，我们总感到很寂寞。上午罗荪、任干、以群到我家来拜年，弄得我很窘。稍坐片刻，我们便去金公那里，金公一开口就说：要请我们喝酒，可惜老巴没有回来。可是那天他却什么都没有请我们吃！昨天看见罗荪（招待拉丁美洲的外宾）又说什么时候招待我们，我看又得等你回来了。元旦中午济生在我家吃饭，因为正在整社，他第二天（昨天）早晨就回去了。下午陪陶肃琼去罗荪家，我顺便把那件紫红尼龙茄克送给咪咪。本来打算去陈同生家，打电话去他不在，我们便去看南南，谁知道在路上看见他了，一起去章家。我回家时赵家璧夫妇在，他们要去文化俱乐部吃饭，顺便来我这里看看。晚上孩子们情绪都很低落，家里只有我们母子三人（她们去济生家），我又把孩子们带到俱乐部玩一会，真是人山人海，元旦夜就这样度过去了。小林说，爸爸不在家，戏票都没有了！那一年她跟着你去大世界，她还念念不忘。其实我也努力过，只是没有办法。现在我们已经在计划你回家度春节了，孩子们决定不吃这个月你的照顾肉，“做酱油肉，等爸爸回家一起吃！”我们还计划让绍弥回来过春节，一来春节时间短，短期相处，孩子们不至于吵架；二来女儿要暑假“周游全国”，说是你讲的。但是你也不必太迟离开成都（二月十五日是春节），你还打算去郑州看看。你总不好在大年夜回来吧！到郑州看见李准，为我们约稿！希望你不迟过二月十日回家。

黄源有一信给你，他现摘下帽子，很高兴。现把信给你寄上。

这次为你寄上全国粮票 36 斤，请查收。因为是集中一个月打的，所以这个月粮食可能紧一些，但没有关系，我们总可以克服。文化俱乐部还有 15 张票，起码可带孩子们去四次！我们早已吃两稀一干了。两个保姆每月得吃 70 斤粮，就是说我们几个人得调剂她们 20 斤，所以小林在外公家吃午饭，我也没有给粮票了。

下星期为你寄钱来，就是说十日左右为你寄上。

这几天，天天有电视，孩子们不肯好好睡觉。有时从热屋子里出来到大客厅冰冷，我又伤风了，真是受电视之累。附上照片，你要送给谁就送给谁！

上次告诉你的，小李写一篇关于你的文章，这几天不见刊出，登出后我寄给你看看。人民文学出版社来信催你的校样。

李劼人的蚊香只买到四大盒（每盒 20 封，一封两盘）另十六封。现在看不到了！有时当为他再买。天冷了，这东西不太容易找。

非常想念你，孩子天天问：爸爸什么时候回家？中篇写得怎样了？晚上穿上棉衣，不会冷了！祝

新年好！

蕴　珍

元月三日

小林、小棠照片请各送一张给沙汀。

一九六一年一月十日

李先生：

来信收到（一日和八日的信，几乎同时收到），知道你许多生活细节，很高兴。中篇一月底能完成，很好，回家再好好修改，我认为不必很着急寄给《解放军文艺》，请他们认真提意见，是否做得到还是一个问题。那两个短篇回上海后再写吧，你一写上头，写起来就有劲！好多人都认为你最近写的小说比当年从朝鲜回来时写的格调高得多，

我却觉得你的文字实在干净，真达到炉火纯青之境，读起来真舒服。回上海后可以好好休息一阵，那时候孩子们刚放寒假，正好陪你玩玩。我告诉你没有，我给绍弥寄了卅元钱，有机会让他寒假来住几天。我对他是没有尽到抚养之责，但在我家住了这几年，也不免有感情。孩子们都在计划：爸爸回来后怎样又怎样。棠棠较实际，只想吃一次清炖鸡！但现在杀一只鸡请他们吃，谁也不肯。孩子倒是很想你了，棠棠说："爸爸快要回来了，可是等得真是不能忍耐呀。"这是他有一天睡在床上对我说的，我想想倒好笑，这太不像孩子的语汇了。不过我们大家都很好，生活过得很有规律，晚上睡得早，因为这一个缘故，什么工作都没有做出来，真对自己感到失望！这两天却整天忙着别人的事情，上星期五萧荀又发病，她的上级机构为了照顾她，要把她调到古旧书店，但古旧书店在四马路，还得挤26路电车。当时我找了罗荪，把她的病和挤车说了，我们认为既要照顾就要有照顾之实。罗荪倒一口应承找罗竹风谈，但萧荀又不干！可是她心里还是不舒服：认为既无条件休养，又无条件工作！星期天晚上南南打电话给我，陶肃琼大吐血，去医院，我赶到医院，她刚打了止血针，还未透视；半夜二点钟又大吐血（两次吐血有半面盆之多）。这次她不让人打电话找我。昨天我去陪她一天，虽未大吐血，但一口一口的血还未止，晚上我打电话给李德洪，他认为还是送医院住院为佳，我也怕她半夜又大吐血，所以跟罗荪商量，又把她送到中山医院，可是肺科病床没有空，医院还是不收，（陈同生去北京了，多不巧！）而且这次透视，说她肺部已经钙化，没有住院必要。现在也只好让她在家静养，休息一阵子后再去检查了。这完全是没有想到的事，想想也怪惨的！今天倒还好，只是血还没有止。医院里昨晚上给了五针止血针，今天在家找人打。李德洪说有必要时，可送到他医院去，有他在一切也方便些。小五身体好一点没有，他不是也吐血吗？任干后天又要回无锡去休养了，医生说可让他半天工作，但宣传部认为他还是再休养几个月。所以他说要你回来后到无锡去玩玩，那里写文章也不错。你回来后我们一起去看看他。

沙汀的小说这个月一定得要，因为我们过于以为他的小说有把握，把编辑部的存货全拿出去，想把一月号搞得出色一点，以新面目出现。今天施燕平还说：我肩上担着二期《上海文学》的担子！就是说第二期《上海文学》能否叫得响，重量全在沙汀的小说！早知今天真该把茹志鹃的小说留下来！我真焦急。

顺便问问，上次《解放军文艺》的稿费直接寄给你了？编辑部问起《解放军文艺》给你稿费的标准，我回答不出。《人民日报》文艺版有人在上海，他们第七版也改为文艺版了，想找你写文章，我已婉辞推却。

款如数寄上，请查收。祝好！

蕴　珍

元月十日

一九六一年一月十八日

巴先生：

十四日来信收到。上星期六我们还收到沙汀的电报，这稿是可靠了，你知道我们一月号很得大家好评，二月号如无佳作压住，读者还是对刊物没有信心。这期又约了金公稿，可能也不会吹。沙汀来时请为我道谢，只是我在想他是否还能给我们一稿，譬如说今年七月号。但这也许操之过急，你不说也罢。你在成都吃得真好，我简直不敢对孩子们说你所吃的菜名，因为跟我们相差太远。我们这里每天每人只有二分钱菜，自然这是暂时现象，一定很快能克服的。这个月粮也大成问题：主要的两个保姆每月要吃七十斤，而她们只有伍拾伍斤粮，你又多打了十二斤，所以我们只能一天三顿稀饭了。在我家里这真是希有现象。

中篇已写了八万字，真高兴，不过你也不必太心急，要很快结束。你知道你多少年没有写过长东西，读者、文艺界会对这稿抱有很大的期望。所以你还是多请人看看。你离蓉前可把中篇交沙汀提提意见，老朋友不至于敷衍，或有中肯的意见。我常常觉得有时候请别人提意见，只是浪费时间。

陶肃琼已入肺科医院，因为有李德洪在，进去较方便。她住进医院，我倒心定了，要不然真有点不安。据说她的病并不重，只是我们没有经验，把吐血认为很可怕。

赵瑞蕻给罗荪写信，十九日来上海要住到我家，我已经要罗荪去信代我拒绝。

现在什么地方都讲劳逸结合，你也要当心自己啊！再见。

祝好！

蕴　珍

元月十八日

杜承恩来信，二月要来上海转北京，问你在什么地方。他参加观光团。

一九六一年一月二十三日

李先生：

十六日来信收到。二十日即为你寄上二百元，此信到时当已收到。昆明的徐一行同志星期六早晨送来两包红茶，但我还未下楼，甚感抱歉。所以昨天下午（星期日）去看他一次。此人很有意思，虽然是搞工业，但对文学极感兴趣，为人朴素而热情，我一去他就跟我大谈那部抗美援朝的小说，（我不知道那小说写得怎么样，他的文学水平又怎样？请告。）而且还不让我回家，还亲自坐了汽车去接小棠、小林。于是我们跟一个几乎是陌生的人一起吃了一顿晚饭。（徐同志系云南冶金工业厅厅长，过去好像是志愿军后勤部部长，也许是副部长。他曾在朝鲜一个老百姓家见过你两次。）孩子们在锦江受了热（水汀太热），小棠半夜里吐了一床，小林今天也发热了。孩子们近来抵抗力都较差。

沙汀的小说已收到，编辑部只有施燕平一人读过，时间来不及了。今天金仲华也把他的散文送到，我赶着送到作协。二月号虽不及一月号，但也能站得住。那天我看到你的电报真吓了一跳，以为沙汀小说有问题了。

马绍弥二月二十日前可到上海，孩子们都很高兴。大蜀大概也要来，这孩子身体也不大好，今天罗荪告诉我：大蜀的心脏好像也不好。陶肃琼明天要出院，检查出确系肺病，但刚开始并不严重，她要求出院休养，院方也同意。因为她在医院里睡不着。只是出来营养不及医院，医院虽可开营养单，每月虽有几斤肉，几斤蛋，半只鸡。作母亲的哪会一个人独吃呢。医院要她休养二个月。

你回来的时候，如方便能否带点冬菜，乳腐等物。

中篇写得怎么样？许多人对你的这个中篇都怀有很高的期望，所以我说你一定要把人物写得丰满一点，人物丰满了才站得起来。任干这篇小说《严寒时节》就是只写情节，人物没有写好，但我女儿就喜欢他这篇小说。可见有一部分（大部分）读者还是要求情节，要求故事的。

今天已经二十三日，不到二十天你可以回家了，想想真高兴。但这二十天好像比往常更长了，更使人不能耐烦了。真希望你马上就在家了！有时候想到上海供应的情况也真不愿意你回来呢。小棠就想你回家，“爸爸回来有鸡吃！”

赵瑞蕻来了又走了，这次我没有招待他，也无法招待他。星期六下午他来我家坐了很久，后来罗荪也来了。

祝好

蕴　珍

一月二十三日

一九六一年一月二十九日

李先生：

廿二、廿四日来信收到。沙汀的厚稿纸五本已为他寄上，同时也有信给他。这种稿纸前不久都照原价卖给编委，我知道你喜欢小的，多给你要了一些小本子。

今天廿九日，星期日，下午我在电影局看了两个电影，《红旗谱》和《林海雪原》，两个电影都不错，《红旗谱》更好，只是孩子们都不能去看，对我大有意见。你的小说该已写完，真想读读呢。你是不是十日可以到家，告诉我确实时间我来接你。孩子争着问我：爸爸什么时候回家。小林十日前可以考好。现在已经停课，星期三开始考试。今年考得很轻松。

昨天我们回拜徐一行，此公很热情，更想干创作，三天内搞好一篇万字小说，但不成，倒有点像总结报告。我拿到此稿真感为难了。小河南又寄一稿《红旗渠礼赞》，说是礼赞，却没有足够感情，但这篇已决定用了。要不然，真不好意思。师陀说要来接你，他倒不打算回沪了，这次是下了决心，你可以给他打打气。

我们都好，你不必为我们担心，孩子们也很好，我们留一点肉也不光为你，绍弥也要来上海，大家一起吃不是更乐吗？这个月粮食已解决，粮食店给我十五斤临时补贴（就是说我并不申请加粮），我们已恢复两稀一干了。自然小棠是吃干饭。

上次我给你说的那篇文章是留在《上海文学》用了。小李本人已去杭州疗养，肠子下垂。你的小说写得怎么样？真想先读读。现在离你回家的日子更近了，我倒觉得日子更长了，真想你呢。

祝你好！

蕴　珍

一月廿九晚

一九六一年三月十一日

巴先生：

听到你的电话真高兴，那时候孩子们全在楼下看电视，全不知道你有电话来。第二天我就收到你刚下飞机寄出的信，这信到得真快。华侨大厦过去你没有住过，听说伙食办得很好，这些日子你在上海什么吃的都省给我们，我很感歉然，然而也无可奈何，这一下可补充了。你走后，小棠最感不惯，他每天下午没有事，很感无聊，学校上半天课也真是个缺点。自然这只是从个人的角度来说的。你走后我看了甬剧《半把剪刀》，这戏是不错，不过比我想象里差多了。还看了一次徽剧，全是孩子演的，平均年龄不到十五岁，有几个角色很不错，演《罗成叫关》的小生（淤泥河）嗓子洪亮，扮相也好；还有一个旦角演《僧尼会》的小尼姑，真像小舫，也像她一样灵，据说演《贵妃醉酒》很绝，年龄不过十五岁。我是陪陶肃琼一家三代去看的。

你伤风好了没有？北京大概不会像上海这样冷，对你比较合适，以后你如在家过冬，我们得在火炉上想办法。吴先忧有信来，有人去成都嘱买东西，我因为不经手，而且许多东西上海也不好买，我就写信给带东西的人（那人因不熟悉上海，写信来要我们把东西送去），说明你不在上海，东西无法代买。

家宝见到没有？他身体怎么样？《王昭君》动笔没有？十七日去广州，坐火车吗？南方一定暖和了，我们那株大桃树已经含苞欲放了。想念你，保重！

问沙汀同志好，并谢谢他的白木耳。

蕴　珍

三月十一日

一九六一年三月十七日

李先生：

昨天听到电话铃的声音，我正在洗澡，你知道我多焦急，幸而朱妈去接电话了。那时候李瑞珏还未回家，九姑妈已经上楼，孩子们都睡着了，那天没有电视。你的电话真清楚，好像你不是离开我这么远，而是就在附近给我打电话来似的。精装书已托飞机转运，真巧，去广州的飞机原是七时启航，因杭州的天气不好，飞机迟开一小时，我和郭信和赶到机场，飞机还没有开。如果寄航空印刷那要迟多了，这班飞机当然赶不上，下一班要等星期一（上海到广州的飞机是一、四），不一定你能亲自带走，那太麻烦了。这也是罗荪给我出的主意，人熟了什么事情全好办。（以上星期四晚上。）

明天我将陪陶肃琼去杭州，她要把小东东带去，所以我也决定把小林带着，一方面可以照顾小东东，另一方面她说爸爸回来后，功课忙了，不好请假。现在刚开始，功课较松。

明天你要离开北京了，以后我们的距离远了，你的生活愈来愈紧张，如果你不反对，我真想来广州接你，广州我向往久了，为什么不趁你在的时候让我来呢！希望你在国外，一切都小心，尤其要注意身体，你容易伤风，气候变化这么大，不能让自己再感冒了。

我们都好，小林发热两天，现在也好了，请放心。

衬衣的扣子买到没有，我总觉得你这双皮鞋太糟，有点像小孩穿的，广州有没有黑皮鞋，你是不是该买一双了。

祝你

好！

蕴　珍

三月十七日上午

见到欧阳山，请问他有没有收到我的信，并代催稿。

信收到，粮票可打全国粮票（规定打全国粮票要上缴肉、鱼、油、糖票等），再按实际比例上缴作协。

一九六一年六月二十日

巴先生：

稿子收到，我很喜欢这篇散文，写不幸丈夫的一段很有感染力，星期日晚上我给你打电话，本来打算告诉你读后的激动，但一拿电话机，什么都忘了。

你好吗？杭州这么热，你还不如跟任干同回来吧，上海关起门，也能工作，目前上海室内温度只不过 80 ℉，既然一定得回来，又何必在那里受热呢。小说写得怎么样，我们八月号一定要有你的小说，争取在日本代表团来前，把它写成，不然，他们来了，会身不由主，无法静下来的。你以为我的意见怎样？金公又在说：老巴回来后到他家去玩。

波兰文的《家》始终未到，不知什么缘故。

寄上《参考消息》十五、十六、十七、十八日，请查收。

祝好！

蕴　珍

廿日

一九六一年七月三十一日

李先生：

这几天一直在等待你的消息，小林尤其起劲，整日问："爸爸有信来了没有？"后来连罗荪他们都在问你的消息了。自然，小林还有她自己的打算。见到你的信，我把信念给小林听，她还连连问："我们什么时候去黄山？"我却是兴趣毫无，想不到皖南之行比蜀道还难，我看还不如死了这条心。小林听我这样说大嘟嘴巴，"爸爸最不好，叫他去北戴河不去！"今天我打电话去上海旅行社打听，黄山的名额已满。上海有钱有闲的人还是很多！那末这条路已断。

孩子们都放暑假了，李小林这次体育得了二分，这孩子对自己事不大在乎，她本来可以早些找体育老师补考，但她一直不在乎，到临头体育老师不肯给她补考了，说："你别的功课都是四分、五分，体育得二分，难看是不是？"考体育时她在生病，后来又不积极找老师，现在她在说"体育得二分有什么关系"。这孩子进取心不强，很伤脑筋。李小棠现在整天钻进《小五义》里，每天眼睛张开，就在看书，晚上也在看，除非你生气，我对这两个孩子一点办法都没有。

上海下了二天雨，近郊的旱情基本上已解除。

今天是卅一日，七月最后的一天了，你已经上山三天了，也许已经回来，你们怎么上山的，总不至于像丰子恺那样用“四只脚”爬吧！黄山的云山想已享受过了。

我们生活依然，只是寂寞了些。如果黄山并不理想，还不如和金公一起回来。

下信给你寄粮票。

祝好！

蕴　珍

七月卅一日

一九六一年八月三日

李先生：

廿九日信收到，前几天我有信给你，只是我根据你的信封，只写皖南黄山宾馆，不知道会不会遗失。希望来信提及。其实上信到得很快，不过四天就收到了，这封信走了五天。我还以为你们已经上山走了一周，你会跟我谈山上的情况，谁知你们还不曾去过。上信我跟你说过，旅行团名额已满，单独来似不可能，所以我暂时决定不来了，除非有把握不至于沦落异乡。自然，孩子们都很失望。不过，如果有机会的话，廿号左右或可来一次，九月初跟你一起回上海，但，这也是打算而已。

校样附上，P.25，末7行，校对提意见改的，本来“从他手里”是“给他……”，校对说意见不明，我们就改了“从他手里”，你看看吧。

我们很好，上海最近也不热，有风，你走的几天下了两天雨，现在雨又下不下来了。但有风，晚上很好睡觉。小妹自你走后，懒得连街都不肯上，老说疲倦。我因为家里总是茄子和苋菜，想带他们去俱乐部，这两位总是不愿意。自然，弟弟是跟着姐姐，他惟恐姐姐不去，他去了，要吃亏什么似的。你现在好吗？身上的那个小块有没有发展？非常挂念你的身体。寄上全国粮票30斤，请查收，如月初回来可以不必寄你了。

祝好！

蕴　珍

八月三日晚

一九六一年八月九日

李先生：

上两信该已收到，4日信内还附有全国粮票30斤，收到后，请提明。这次又有好几天没有见到你的信，真怀念呢。你们大概去山上绕了一圈了吧，前几天见到电视黄山风景，真美，云海似仙景，好像不似人间。昨天见到吴若安，她廿号以后将来黄山。当时我没有想到什么，后来跟罗荪一谈，他竭力怂恿我来，要我跟她取得联系，或者我明天试试打电话给陈国容，如有消息，再告诉你。如果我会来，要不要我带《参考消息》来。

上次信里有几件事忘记告诉你：《人民日报》文艺组来信向你要稿，希望你在抗美援朝纪念以前给他们一篇小说，或中篇一段。《光明日报》要你就《胆剑篇》风格、人物形象、情节等写读后感。《中国青年报》文艺组为新成立文艺副刊《向日葵》来索稿。我只是简单告诉你一声，信也不转来了。日本的道本光子和井田昭有信给你，写东京见到你的感觉。还有芹泽光治良有信来（信附上），还附有邵可侣的信，要你帮他找女儿。52年邵回国时把女儿丢在中国，现在女儿不跟他通信，希望你说服他女儿，跟他恢复父女关系，并希望到中国看看女儿，或叫女儿到巴黎去看看他。这信我已交给罗荪，他说请白羽同志去了解办理。

看了《胆剑篇》总有不够之感，恐怕演出效果不错，舞台面很美，真所谓充满画情诗意。你好吗？想念你。

祝好！

蕴　珍

八月九日

《人民文学》这期有白羽散文《海》，很失望，他似乎用材料太多，没有消化，实在不如杨朔那篇小散文《鹤首》。

一九六一年八月十六日

李先生：

一直没有给你写信，因为好几天来我自己都决不定来不来黄山。我总觉得来黄山很困难。尤其带两个孩子总不如个人走路洒脱，但孩子们兴趣很高，小林听说顾师母在，更希望早来。上次我跟你说过吴若安二十二日要来黄山，但她是同教育系统一起来，我觉得不方便。当时本来柯灵夫妇也打算来，我们决定从芜湖走，谁知道临时柯灵无法走，既然话已经出口，我只好硬着头皮，带孩子们坐船来。票子已经订了，是十八日晚上上船，廿日清早二三点钟到达，你看多糟糕，又是半夜到。小林希望见到“顾家阿姨”，要尽早来。

金公已到，十四日晚上曾打电话来，昨夜我本来打算去看他，可是大雨没有去。

这信可能比我还迟到，想到快看见你了，真高兴。摊开信纸的时候话很多，但现在又不知道从何说起了，还是见面再谈吧。

希望你保重。

祝好！

蕴　珍

八月十六日

六日、八日、十一日来信都收到。

一九六二年一月二十三日

李先生：

广州两信都收到，刚才又见到海南岛的来信，好像我闻到潮润的海风，多好，能在海南岛的椰子树林里散步。我跟孩子们谈起你的打算，孩子们来广州的热心还不如我强，我来广州时不过比小林稍大，隔了二十余年，我多么想看看广州的变化！所以说我决定来，坐廿九日来广州的通车，卅一日便可以到广州了。我们结婚后还没有在外面过春节，这似乎不可思议，但一定别有风味。你走后，马绍弥来了，学校把他留在上海（作为家在上海的学生），他本来打算寒假看些书，棠棠闹得他无法安静，我们离开十余天，他倒可以利用这时期好好读些书了。

这几天上海冷极了，虽然满天阳光但不能驱寒。因为你不在上海，我们楼上也不经常生火，一方面也因为在家时间不多，又因为生火后晚上又不想睡觉，不如干脆不生，晚上很早睡了。你这些时间一定不觉得寒冷了，真高兴。你想念我们吗？孩子们都在考试了，小棠现在也知道用功。刚才拿到你信时，两个孩子齐声问："爸爸要不要我们去?"他们怕万一爸爸改变主意了。

祝好

蕴　珍

一月廿三日

一九六二年三月二十六日

巴先生：

看到你的信（尽管是寥寥几言），高兴极了。家里自你走后一切如常，只是小林又发了两天热，二十二日南南生日，我送了一只鸡去，晚上带孩子们在她家吃饭，谁知道第二天清早（还不到五点钟），小林就又吐又泻（其实是伤风），我给她吃了四粒 S. G，到八九点钟不泻了，只是有热度。其实星期六早晨热度已退，我还是让她休息一天。星期天上午陶肃琼母女三人来了，陶是为了靳以坟上种树的事和花匠商量。我们还去周玉屏家。昨天南南在我这里吃午饭，肃琼带小东东回去了。下午蔡公来坐了好一会，他很想夏天去四川开音乐会，暑假他们有二个半月的空暇。因为小林伤风未愈也没有上课。你走的那天晚上我跟小棠聊到“他的功课退步问题”，我说：“别人都知道你是爸爸的儿子，你得二分，小朋友都叫某人的儿子（那天街上我遇见他的小朋友，就这样互相在说）得二分，连爸爸都觉得难为情了。”他听后哭了，要我选几道算术题给他做。但过不了几天，他又会忘记了，“粗心”是这孩子最大的毛病，但也许这毛病正是我的，想不到在他身上又重现了。

那天你走后不久，机关的车子也来了，幸而你没有等这车子，满车都是人，孙峻青夫妇带孩子去山东老家。

你走后收到余思牧来信，及论“抗日战争前后的巴金”，没有什么独立的见解，我看了一部分，不知道你是否要尽快给他看一遍？现在我想把它寄给你。绍弥有信来，上次借的火车票钱（25 元）他准备来看你时还给你，我想不必让他还了。留在他身边做零用吧，反正他现在花钱全由小弥负担，我们花一点，也可使小弥少花一点。你看如何？

一直到今天，报上还没有开人代会的正式消息，政协倒开会了，你们什么时候开会？棠棠今早晨还在跟我说：“爸爸走了一个星期，再两个星期他可以回家了。”因为你告诉他三个星期可以回家。棠棠非常想你。

人文的稿费并没有来，倒是《羊城晚报》的稿费（32 元）来了，我原打算存在你的存折里，可是，是邮局的汇单，银行不收。只好归我花费了，（一笑!）好在数目很小，你也不会心痛。有大数目的汇款，当存到你的折子里，可惜的是，机会太少。

沙汀和你同屋，孩子们一直在问：沙汀叔叔会不会来上海。孩子们都十分想念他。——你走后，上海冷极了。看报，北京的最低温度也在零度以下，你没带冬大衣，在室内很温暖，上街时可够呛的了。希望你当心，你太容易伤风了。

陈国容也来北京了，不知道你们有机会看到吗？

我很好，孩子们也好，小林今天上学校去了。

保重身体。

祝好！

蕴　珍

三月廿六日早晨

你是不是把王匡同志女儿的信带走了，家里找不到这封信，小林也不肯写信了。

上东安市场时，替我看看，有没有我送给九姑那样的发叉。有，替我购一两只。

一九六二年三月三十日

李先生：

廿六、廿八日来信收到，真没有想到你已经收到我廿六日的信，我们中间的距离并不远！这几天上海还是很冷，冷得几乎无法忍受。自然，比起严寒的冬天还好得多，只是今天已经三月卅日，我坐在书桌前给你写信，我的脚一会儿就僵了。窗外风声很大，报上说四月初还有冷空气到，今年上海的春天到得真迟！这几天北京很热闹，许多熟人都在北京，这里的人看见我都问：为什么不去北京？昨天萧岱传达了精兵简政，据说作家以后不许开旅馆写作，这样一来，王道乾他们从闵行回来了，只在闵行住了三天。你走后，彼得罗夫、日本的华侨来过信，现转上，别的似没有重要的信了。“人文”的稿酬并未到，连结账的信都没有来。刚才王辛笛打电话来，星期日来看我，要我请他夫妇吃饭，因为赵家璧受我招待过一次。也应该。王组长马上要出差去了，到兰州去。上海的副食品工业票不发了，但有没有别的方法来弥补这，那不知道了。——李子云也许要托你带点东西回上海，将来东西会送到前门饭店来的。孔罗荪要比你先回来，所以只好找你。

我很好，只是怕冷，晚上很早睡了。

希望你保重。

蕴　珍

三月卅日

一九六二年四月八日

李先生：

又是一个星期没有给你写信了，时间过得真快，你走了都快三星期了，连棠棠都感到这一点，只是他说：“爸爸说过三个星期回家的！”真的，你什么时候回来？人代会什么时候可以结束？家宝好像快要来上海了，方方都寄了两封信给他。可是也没有他任何消息。你好吗？我们都在想念你，我父亲还问你回上海的日期。棠棠最近功课不好，但这只是指算术，他好像没有概念，老是弄不懂，有一天我没有在家吃晚饭，回来时，九姑妈跟我说：“棠棠好像有点不舒服，晚上只吃二十个饺子!”其实他是为了算术得个两分。也许我是不够关心他，没有给他好好补算术。孩子也知道担心了，这倒是好事，担心能使他认真。昨晚上蔡公在我这里看电视（乒乓球比赛），说起他夏天也将回四川，多好，我们如果去，可以一块儿去！只是四川夏天太热。

二日来信收到，稿费并未收到。大概是要等你回来再寄来了，（一笑!）所以你不必担心入库。现在上海又发生不少变化，食品店铺橱窗内多了不少罐头，虽然不发副食品工业券，但能用工业券买罐头（这是指水果、蔬菜等，肉类不能购），倒也不错，只是工业券两个月发一次了，也许你知道这件事。文艺俱乐部地点决定了，在延安路200号，15号就开幕了。

刚收到田蔚同志的信，郭小川夫妇去广东了，而且要在那边“落户”，搞长期计划了。沙政委有意来上海吗?

北京冷不冷？上海这几天阴雨。

祝好!

问沙政委好。

蕴　珍

四月八日

一九六二年八月三日

巴先生：

今天已是八月三日，报上读到你发言的摘要，这几天你一定又忙又累，但愿身体很好吧？熟人都看到了吧？来接你的名单中没有三岛一先生，想必这位老先生不在东京。真奇怪，我们中间现在有国境之隔，可是我觉得我们离得很近，报上有任何关于禁止原子弹会议的消息，我都不放过，今早晨九姑妈还在读你的发言（其实她对这类事毫无兴趣），这因为里面有你，而它也把你拉近我们了。算来你很快会回国，哪一天晚上我忽然又会听到电话铃响，而恰恰又是你打来的长途电话！

我们都好，孩子们起先对黄山很有兴趣，后来兴趣也不大了，九姑有信来，黄山今年人太多，都是本省的人，她也不打算多住。小华华这几天住在我们这里，今天收到绍弥来信，他决定不来了，这是明智的决定！我当时写信去约他，那是因为扭不过棠棠，他希望马哥哥来教他游水。前天这里大风大雨（十一十二级台风），还加上三十年未有的大潮，第二天早晨许多地方都淹水，我去作协时，花园的边门尚能进出，中午回家时四周都是水了，汽车都无法开。作协附近的水还不算深，黄浦区水有一人高，我表妹家客堂的水都有两尺多深了，不过今天都退去了。真是来得快，也去得快！

吴强带来的西瓜，他在厦门吃了，他说王匡同志跟他说过，路上不好带就吃了吧，于是他从命了。那天我请他同罗荪在衡山吃饭，两公都认为该处质量很高，吴强还打算请朋友去吃。昨天吴强带两个女孩去厦门了，现在厦门又没有事，他还说希望你也去。

关于定莎翁季刊的事，联系过由这里统一办理，不必再寄北京，订书款 49.5 元，已交魏绍昌汇去。

广州有没有办法替我购点虾米，你跟服务员说，一定买得到。吴强告诉我的。沙汀有信来，对我们不去四川感到很失望，他说：大自然本身的美好对他没有强烈的吸引……所以他不去峨嵋了。这封信很感动我，我已经回信给他了。

我们大概很快能见面，这信到时，你可能也快回国了！我们大家都想念你。孩子们都好！

祝你好！

蕴　珍

八月三日晚

一九六二年八月十六日

李先生：

昨天晚上我一直在等你的电话，好几次电话铃响了，我都以为是北京来的长途电话。你电话来的时候，孩子们都睡了，但是讲话的声音却把他们惊醒了（李小林一心想来北京，她还跟她的朋友讲过告别的话。这一次决定使她很失望），可是李小林要跟你讲话的时候，你的听筒已经挂上了，因而她对我生气了，“为什么对爸爸说不去北京呢?”其实我也很怅惘。我本来打算坐明天（十七日）的飞机来北京，我还要杜宣等我一天。这样决定也好，你一定很累了，我们来北京虽然会使你高兴，但也要消耗你的精神。我希望你这几天在工作之余能争取好好休息。这次会议够紧张的了，从报上所发表的消息来看，我也感到这是斗争。所以在日本两个星期，你连一个字都没有给我，朋友们常常问你的消息，其实我知道的一点都不比别人多。有一天在电影局看电影，阳翰老还问：“老巴差一点挨打了?”想起这一个场面，我不禁为你担心了。但我明白，这是斗争，不是别的，那么，一切都有可能了。这个暑假小棠倒很开心，小华华在这里前后住了半个多月，去游了几次水，刚才大蜀还请他们游水呢。只是这个孩子节约，他觉得每次游水都花钱很划不来，所以他想到黄山和北戴河（自然，他想不到路费问题）。这次决定不北上，他倒无所谓，两个孩子共同的愿望，希望你尽快回家。坐飞机太累的话，还不如坐火车，在车上可以躺躺歇歇。

想说的话很多，但我想让它能乘明天的飞机，那么今天就写到这里了。

祝福你！

蕴　珍

八月十六日

一九六二年八月二十三日

李先生：

十八、廿日来信收到，这几天我害重感冒，有一天发热至 39 ℃，不过今天已经退烧了，请放心。昨天大蜀兄妹在我这里吃晚饭，本来我说过大蜀走前请他们吃一次西餐，但感冒未愈，不好出去，只好在俱乐部买点包子、菜，请孩子们吃一顿。大蜀今天走，他可能要来看你。外文书店购《赤旗报》事已联系过，但七月底报尚未到，到后按日送来。

朱洗去世的事一直没有告诉你，这件事出乎意外的快，据说是一口痰塞住了，后来把气管切开，做人工呼吸都来不及了，人的生命很短促，说完一下子就完了。不过朱洗的一生做过的事情、做出的成绩不少，前几天上海很有些关于他的报导。公祭那天我去了，朱太太不在（怕她晕过去，公祭后才让她来），看到大贝、小贝，老毕的老婆在一边哭。那一天你在广州给我打电话时，我就怕你会知道这个消息，（我不想在你出国前让你知道它，你会知道我的心情。）廿五日《人民日报》就登有这个。以后也就一直没有提起这件事了。

冰箱修好了，前几天才拿来，修费好贵，花了二百多，所以你回来时可以喝冰汽水了，只是现在对冰的渴望不像前些日子了，上海凉快多了。

这封信你不一定收到快，那么就写到这里。

祝好！

蕴　珍

八月廿三日

一九六三年四月十七日

李先生：

我认为这两天一定有你的来信，我等了两天还是不见信来，很失望。信到得真慢呀！前晚你打电话来时，我在陈国容家吃烤鸡，她专诚请小棠棠。电话挂断后，才想到还没有问你什么时候开会。郭信和对我说：中宣部的会要到十七八号才结束，你们的会要在它之后，如此看来，会议当还没有开始，那么这几天你有时间找找朋友了。你知道，我是十分愿意来北京的，但是你说，你们只开十天会，无论如何，月底当可结束。月初你是一定可以回上海的了！时间短促，人说：北京的春天风沙之大无法言传，我也不必来领教了。只是有负家宝贤伉俪之盛情了。那晚家宝打电话来时，我已经睡了，我想一定是你的电话，谁知不是。那天声音特别轻，我简直听不清他说的是什么。家宝能不能来上海？其实来南方创作多好呢，你能不能把他拉来？——你走后，家里依然。少了你，自然非常寂寞，不过孩子们倒听话了。小林星期一又发一天热，第二天就去上学了（星期日晚上她的班主任来找我，认为她太不紧张，要家长督促她好好温课，不能轻敌），她自己说她最怕老师来作家庭访问。这孩子实在不用功，我倒为她着急。家里牡丹全开了，殷红如锦，可惜你又看不到了。华林又有一封信来，大诉苦：没有保姆，身体不好，老爱人没有公费医疗……等等，这信我也不附来了。——你到北京后身体如何？上海这几天热极了，你的衣服带得太多了吧？

祝你好！

蕴　珍

四月十七日

一九六三年四月十九日

巴先生：

昨早刚寄出一信，中午回家，还没有走进屋里，小棠棠就在嚷着："爸爸来信了。"这封信到得真慢，足足走了三天！其实我早知道有这封信，我也在等待这封信，可是信太短，好像听长途电话似的，刚开始讲话，就结束了，未免怅然。你们的会议开了没有？如果只开十天，那么廿七日即可结束，月底当可回上海了。是不是这样？上海这两天又冷了，前天可热呢，今年天气非常的怪。我看《人民日报》上天气预报，北京比上海热多了，今天上海最高温度只有十四度。今晚上赵忍安带他的女儿在我家坐了一会，他完全不知道你到北京去了。他也提到川剧将来的事。济生对此事才热心，有一天他在我这里连连打了好几个电话，招呼别的川人捧场。郎伟又有信来，要你资助五十元，上半年卅元，最好四月寄出，要不要我先寄？可是他的地址十分不清楚。昨天中午我约萧荀、小顾去一次文化俱乐部，菜实在不好，又不便宜，现在十分清静了。——外面在下雨，怪冷的。我打了一个喷嚏，又将感冒了。真快，你走将一星期了，你们一定很热闹！家里也很热闹，孩子们天天在打乒乓，棠棠用种种理由来证明功课已温。

祝好！

蕴　珍

四月十九日

昨天寄出的信，信封上是写民族宫招待所，不知能否收到？

一九六三年四月二十四日

巴先生：

收到十八日来信，那天是星期日（廿一日），我带小林去看陈大年，回家就读到你的信，很高兴。今天离开那一天又有三天了，为什么还不见我那封寄到民族宫招待所的回信？寄给你的信向来没有收不到的理由，要不，退到上海作协？总之，我十分关心那封信的命运。吴强回来了，星期一上午在协会见到他，说及沙汀来上海事已跟石部长说妥，可住东湖。沙汀是不是跟你一起来，还是早来？吴强又说：你们会议只会延长，不会提前。那末你们要月初才能回来？你说北京这些日子较冷，其实上海更冷，整天阴沉，这样的天气有一个星期了。只是你怕冷，在屋子里又得穿上大衣了。郭小川又来了，星期一来过我家，没有遇着，听说月底前要离开这里。川戏明天来上海，济生要去接他们，廿七日公演。金公星期一晚上来我家小坐，主要的还是为林之事，我很想帮忙，但又难下手。小棠明天去春游，今天天气不好，明天会不会又下雨，他可盼了一个星期了。小林最近倒用功，还是不焦急。

祝好！

珊

四月廿四日

上海人代会还未开，听说月底开。

一九六三年七月十日

亲爱的朋友：

今天已是七月十日，你离开上海一个月又一星期了，你到越南也有一个月了，现在你大概早从永宁省回来，在河内准备回国了吧！你这些时候身体怎么样？你最怕热，去的地方却是整天流汗的地方，我想象你一定满身全是痱子了。现在来讲讲我们，你每封信提到孩子们，我先讲讲他们：小妹已考过戏剧学院，初试录取了（单单戏文系报名的有一千余人，初试录取一百七十余人），文化试（中学课程）、复试（看《聂耳》电影写剧评）、口试都经过了，似乎有录取的希望；但没有发榜，孩子心里总不贴实。其实我倒愿意她考不取。大学报名，她报的是北大、复旦、人大、南开……（老师帮她填的志愿），我多希望她能进北大！如果考取剧校，高校不再作考虑（不管你考得如何好，也没有录取希望，就是说，不再占一个录取的名额了）。剧校听说是十五日前发榜（十五日开始高考），又说是十五——廿日之间发榜，那么不管考取不考取还得经过一次考试。小棠十三日去考中学，我给他填的是五十一中学、南洋模范、徐汇中学……这孩子太不用功，进一个功课多的学校对他倒是好事，而且五十一中是五年一贯制，进了这个学校也不必考高中了。你不在家，孩子们在经历这次战斗的时候，我特别紧张，也特别不安，我总希望能用胜利的消息来迎接你回国，我知道你的关心是围绕着我们，我并不孤单。

我最近每天都到协会去，天天开会，中间休息过二个星期（讨论二十五条）。昨天又开始了，任干和胡德华下楼，今天就去讨论他们的检讨。明天是劳动。

上海自你走后一直不太热，孩子们都在说："爸爸回来之时天要热了，大热天跟着爸爸转！"这倒是真的，你回来之时，上海一定要热了。北京好像比上海热多了，家宝在不在北京？刘白羽到旅大后有信来，我因为孩子考试的事没有写信的心情。今天给你写信是起一个早，我希望我的信能到北京等你，欢迎你回国！

非常想念你。

祝福你！

珊

十日晨

一九六三年十一月二十五日①

亲爱的朋友：

今天是十一月廿五日，你记得这个日子吗？我又一次没有跟你在一起度过这一天。你现在在哪里？上月卅日晚上听到你的声音后，你的消息寂然了。你知道我多么想知道你的消息，可是报上也没有关于你们的报导，一直到月半，才有寥寥数语，报导你们到东京了。这几个字对我变成了有形象、有感情的东西了，我读了又读，好像你会从中跳出来跟我说话似的。前三天又有一个“中岛健藏宴请你们代表团”的消息，又是这样简练，记者不肯多说一个字，我无法得知你们的行动。这消息是十九日电，算来是你到东京二个星期后才发表欢迎你们的报导。现在你们到东京有廿天，你们去过一些什么地方？真想听你聊聊，可是你们什么时候才回来？我可能星期一（十二月二日）到北京去，以群要我尽早去，看看人代会的作家，家宝打电话来，说房间已为我准备好，我已成了欲罢不能了。你知道这个时候，我并不想到北京，没有你一点消息，你什么时候才会回到国内？写到这里，赵家璧来了，他在我家吃晚饭（我在洁尔精叫了四个菜，都是你爱吃的），

① 巴金率中国作家代表团访问日本。

我们还为你的健康干杯！这时候你又跟谁在一起？

女儿去农村三个星期，胜利归来，没有生病，倒受到表扬。不过今天她却没有去学校，昨天晚上又发热了，自然规律，睡了一天，晚上又可吃两碗饭。现在大家都睡了，不过十点来钟，四周却十分安静，你走后家里真是冷清！小棠棠还是六点钟才回家，这孩子把所有的功课都放在学校里做，一回家不是打球就是看小说，睡觉不早，早晨天天要人叫醒，真要命。不过这孩子还有一点好处，做功课自觉，不要人督促，成绩还不坏，这一点也比较容易使他产生自满情绪，所以这孩子又好强、又自尊。

今天忽然很冷了，日本似比上海更冷，你的冬衣够不够？下月四日是阴历十月十九日，我会在北京等你，要是这一天我们能在一起又多好呢！我知道你一到广州就会跟我通话的，可是你又什么时候可到广州呢？你知道我至迟十四日回到上海，我要跟女儿在一起度过她十八岁的生日。

再见了，我的朋友，我虔诚地为你

祝福！

珊

十一月廿五日晚上

一九六四年十二月一日①

李先生：

来信收到。昨天我在罗荪家见到丰村，据说阿尔巴尼亚代表团团

① 巴金参加上海市政协组织的农村社教运动参观小组，十一月二十三日抵奉县肖塘公社。

长在上海，要求见到你，罗荪要他们直接跟政协联系，我要丰村替你推了。但究竟如何，不得而知。小林有信来，她身体已好，可以全力投入战斗，她说：爸爸这么大年纪还去参加运动，对她是莫大的鼓舞！廿五日是你的生日，你是在战斗中度过这一天，你的生日比任何一天过得都有意义！那一天中午我在外公家午饭，请外公、菊妹吃饭，晚上我们三个人全吃面。大寨的文章还没有回来，不知道是不是在下面核对，还是李束为不在太原了，我们上星期又去信催问。我给你写信时候电台上刚报告人大代表会议十二月二十日举行。那么你回来后不久又将离开上海了，你的小半导体还灵吗？昨天毛主席在天安门上出席了北京人民支援刚果反美比武装侵略的集会，这是毛主席第一次参加群众性的集会，对全世界被压迫的民族该是多大的鼓舞！

你的伤风好了没有，好好保重！

祝好！

珊

十二月一日早晨

罗荪是前晚回来，二日晨回去，十二月不回来了。

一九六四年十二月二十二日

李先生：

收到你十九日来信，你离开家已经五天了。十七日中午的事你已经知道！那天晚上你来电话的时候，我是到陈国容家去取《参考消息》

订单，赶回来听到你的声音真高兴，虽然我们才离开两天，可是我觉得你已经走了很久。沙汀的稿子全收到了，也找人抄了一份，我想还是让他自己寄给《大公报》吧，我不知道地址。沙汀的小说相当朴实、动人，前面（约三千字）叙述身世部分较差，但整个事迹十分动人。星期六晚上蔡公在我们这里看傅全香的《江姐》，傅演得比“空政”差了，但张桂凤的双枪老太婆却十分感染人。星期日上午我去了南南家，把那本《大众电影》交给她了。晚上济生夫妇和郑美修在我家吃饭。济生是昨早晨下乡的。小林昨天有信来，三级会议延期了，她说这样可放手让大家自己搞，各显神通，没有框框。给我写信的时候，刚开过小型说理斗争会，说是战前练兵，十分兴奋。

这次人大的会一定很热闹，你回来之时一定带来许多令人兴奋的消息。金公大概回来了，请代我问候。

祝好！

珊

廿二日早晨

附上松冈洋子给你的信。

一九六四年十二月二十七日

巴先生：

早晨我想跟你通一次话，早打来怕把你们吵醒，谁知道我在八点钟时给你去电话，你屋里已经没有人了，现在已经十点多钟，还没有给我接通电话，你自然不在屋里了。难道星期日也照常开会？要不然，你是一早出去了。听说北京的革命气氛很浓，那么这个会一定开得更热烈，更紧张，也就更不照常规了。我真想听你聊聊，把这热烈的气氛带给我。报上关于人代会的消息很少，不过陈永贵又在大会上讲过话了，这一次你不是听到他的录音，而是他本人在说话了。我廿二日的信收到没有？同一天我还给沙汀去了一信，并把他小说抄一份寄给他，谅也收到。希望你打电话时问一下。你们大约什么时候回上海？有一天林到我这里来，我极力给她打气，要她对金公主动一点。前天又在街上遇见她，她说要给你写信，问地址。给你写信，当然是托辞，主要的，她要给金公写信。这是好事，你可以给金公打打气。时间过得真快，他们认识两年了，可是金公却出国四次，如果彼此不主动一点，金公的大事永远解决不了。

小林有信给你没有？我把你的通讯处交给她了。

想着你。可是你为什么还不回屋呢？真想听听你的声音。

祝福你！

珊

十二月廿七日

一九六五年一月一日

亲爱的朋友：

今天是元旦，又是一年开始了。昨天读到周总理工作报告的摘要，报纸出来的时候，我们正在参观一个展览会，大家争着看报，对外债还清的部分，大家议论很多。你的两信都已收到，《贤良江畔》早寄上，谅已收到。小林来信说，已有信给你，谅也收到。《英雄儿女》已上演，王辛笛看过，据说很感动，不知道你看了没有？文艺会堂九日上演这个电影，如果你回来了，我们可以一起去看了。我给沙汀一信，希望他看了抄稿，有什么改动，可尽早告我，让我在校样里改正，这样可以争取时间，一月号做到不脱期。我们都好，你走后，天气总是很热，几乎可以不生火，楼上还没有生过炉子！只是有一天雾大极了，对面的人都看不清楚，电车到上午十时才开，上班的人几乎都步行，都迟到。

等会王辛笛要来，我替他们购到两张《琼花》的票。

祝新年快活！

珊

元旦早晨

邓泰梅收到你的书，来了一封热情洋溢的信，而且用中文写的，你快回来了，所以也不寄来了。

又及

一九六五年三月十九日

巴先生：

刚收到金公电话，说你患过伤风，是不是衣服不够？今天又有些刮风，可能还要冷几天。冰心有一封信来，问起余思牧情况，信附上。你或者可以回她一信，要不然请将情况告我，让我回她的信。以群回来了，说北京的朋友们都问你好。

家里一切如常，只是星期二大风，又把篱笆吹掉了，现在暂时扶起，房管处会派人来修理。

你的信收到。希望

好好保重!!

萧　珊

三月十九日

小棠要我给你带糖来，我想用不着带了，但我把他的心意带给你。

又及

一九六五年八月一日

亲爱的朋友：

收到你临行时从北京寄出的信，和在越南寄发的两信，你现在早已离开河内了，这一路一定看到很多感动人的事物，我知道愤怒的人民一定会产生巨大的力量，美帝的狂炸能炸出多少英雄好汉！这一切我将在你的笔下看到。国内的报纸也有少许关于你们的报导，有一次我在《新民晚报》看见你们参加“中国人民援越抗美宣传展览”的开幕典礼，还有一次我又看到胡伯伯接见你们。自然，不是细心的读者，不会发现你的名字，但是现在越南是全世界注意的中心，对于我，尤其是，一篇小小的报导，变成有生命的东西了。读到你十八日的信，你说要过两三天再走，那么胡伯伯接见你们之后，你们就离开河内了。

在河内你看到很多熟人吧，如果你再看到邓泰梅，也请代我问好。我们家里都好。小棠棠满十五岁了，这一次你又不在家。我告诉过你没有，这一次他的成绩不错，都在九十五分左右，只是语文还是 76 分，用他自己的话说：“这没有办法，我已经尽了最大的努力（大考作文做了三张纸）！”你送给小棠的《主席语录》早收到，他包了书面，放在他的床边，这是你送给他最好的生日礼物！现在他睡在外边床（走廊上），不过，他说，“爸爸回来，我还是要跟爸爸睡，爸爸喜欢跟我睡，我也喜欢跟爸爸睡！”你看，这孩子！

小林有信来，说起收到你的信，她说，“信很短，不过我已经感到很满意！”她可能要到八月底才能回来，现在桂未明也去了她们那里。老杜又从厂里出来，原来要他搞解放上海的剧本（他的《上海战歌》，电影《战上海》、《激战前夜》，三个合并，三个剧作者共同创作），现在又叫他搞越南的剧本，人艺的《南方来信》重搞。前几天我跟他通过电话，他还没有谱，感到很苦恼。罗荪常见到，他要我问你好。柯灵去了北京，他去搞“上海今昔”的电影。前两个星期李季来过一次上海，作协同人（我也在）请他吃一次饭，他也到我家坐了一会。他是来组稿（抗日战争的小说）的，吴强允许他八月中交稿，但他重点在搞《红日》，是否能如期交稿，天晓得！

九姑、沙汀都有信来，都要我问你好，过几天我要给他们写信，告诉他们你的消息。

上海今年不算太热，尤其是这几天，下午总是有暴风雨，入晚后，我们的走廊十分凉快。昨晚上济生夫妇、蔡公都在这里纳凉，济生的信还是上次来的时候（七月十日）交给他的，他很感动，要我写信时，替他致意。

我的生活如常，你可以想象得出，我多么希望能跟随你的踪迹！话很多，纸完了，下次再谈吧！希望你保重，我们这里大家都在等待读你的文章。

祝福你！

珊

八月一日早晨

一九六五年八月十五日

亲爱的朋友：

我不知道你是不是还在永灵，但是这信到达你手里的时候你一定已经回到河内，九月二日是越南的国庆，你当然要在月底前赶回河内！这一路辛苦吧，这一路上你看到多少越南的英雄儿女啊！这些人将在你们的笔下重现。我等着读这些文章吧！潘氏娟回忆录《像他那样活着》，我看到了，受到很大的感染，有几段我都看哭了。《工人日报》、《解放日报》都登载全文。我把它介绍给杜宣，老杜要写一个反映越南的戏（市委的意思），将以阮文追这样的人物为主人翁。他和菡子马上要到越南来了，北京要他们十七日报到，他们坐十七日中午的大飞机去北京，我想他们会很快到河内来的，你们会很快就见到了。我多么羡慕他们啊！你身体还好吗，我相信一定很好，也许黑了一点，瘦了一点，但十分健康。刚桂未明来（她上午回来，将去团校学习），说起李小林，她说小林在乡下工作得很好，她的生产队是全大队搞得最好的典型，就是说群众全发动起来了，现在正在等待分团的检验。自然，这并不是她一个人的功劳，主要有上级领导的指示。这样看来，魏老的大胆放手真英明！济生他们正在学习太仓三个公社多、快、好、省的经验。中午济生来我家，我也约了夏景凡，天气太热不想上街，便叫了四个菜在家里便饭。夏景凡刚从北京回来，他可能还得待一些时候，你回沪后可能还能见到他。上海有一支六百人的队伍——慰问团去新疆，慰问上海青年。作协有王宁宇和费礼文参加。我告诉过你没有，罗荪是在军工路电缆厂搞运动，前一阵子在上海集中（学习另一个厂）了两个星期，我已经把你的通信处告诉了他，也许他会有信给你的。明晚上我们（由金公主办）将在锦江小叙，我将托杜宣给你带上一封短信，罗荪也参加。小林二十日可以回沪，回来后她一定会给你写信的，她托桂未明来说，要你带一顶草帽给她，我想这不一定办得到吧？顾培智刚从北京回来，说部里也许又要鸿堤来越，如果他们厂能抽出能力强的干部，那末鸿堤可以不必来了，她很怕他的肺病复发。这个暑假小华华住在我家，楼下小客厅里，棠棠有伴侣高兴极了。只是这次小华华没有考上普通中学（十五日发榜，渝儿、孔海立都考上本校），廿日还有一次发榜，将是半工半读和安排劳动的机会了。这一次毕业的学生不安排去新疆，是去外地、本市商业部门和农村（考不上学生全有安排），现在孩子们觉悟都很高，都是一颗红心多种准备，所以他也不波动，等待二十日的消息。关于这一点下信再告诉你了。话很多，今天就写到这里。祝福你，想你！

珊

十五日晚上

一九六五年八月十六日

我的朋友：

我又在跟你写信了，现在是八月十六日，明天杜宣去北京了，他一定很快会到河内来，那么你看见他的时候便可以看到我的信了。你现在在哪里？一定还没有回到河内，这一路上一定有很多动人的故事，只是一定很辛苦。你身体怎么样？常常挂念着。在我的想象里，你十分健康。我还记得去年十七日我们从大寨回到昔阳，晚上你还精神勃勃的在听陈永贵的报告，而我却需要抽烟提神了！多快啊，一年过去了。所以我相信你一定很好，精神和身体都好。越南很热，但你对越南弟兄的感情会比天气更热！我多想读读你感情充沛的文章（我感到遗憾的这一次无法做你第一个读者了），但是《人民日报》、《红旗》杂志（我听李季说，他们有优先权）还没有开始刊登你们的散文！我很好，今晚我和金公合请老杜，他一定会跟你说我的近况。其实他不说你也明白，我的生活跟你在家时一样。九姑妈前不久摔了一跤，只是伤了筋，可是在床上也躺了不少日子，现在能下床了。女儿虽然还没有回来，却让桂未明带来要你送她一顶草帽的要求，但这是小事，其实是通过这句话捎来对你的想念。不写了，我们全家都很想念你，祝你好！

珊

十六日下午

一九六五年十月十五日

我的朋友：

昨天我又收到你寄来的书报，邮戳是十月十一日的，是不是你已经回到河内？那么，你马上可以回国了，多好！韩北屏同志十二日有信给我，说你月中可以回京。但是今天已经十五日了，还没有得到你任何消息，真急人！相见在即了，可是等待却更难耐了。韩北屏希望我来北京，我今天已有电话给他，要是来得及我会来京接你。要是你在机场没有见到我，那么让这封信来表达我和孩子们的心意，欢迎你回国！

我已寄上百元，留在外委会，还有一套羊毛衣裤，一件夹大衣。看来这几件衣服已不够耐寒了，如果我来当给你带寒衣来，不然托人带来。

陈允潮曾有信给我，还给我寄来四张照片，你、魏巍、老杜、菡子都有，我还不曾回信给他，我想等你回国，我们能照几张照片寄他。

据说刘白羽同志要留你在北京写越南报导，我考虑一下，为创作，留北京也许更安静。上海各方面都在等你来讲越南见闻。上星期我听了一次杨进的报告。我多渴望能听到你的，你的声音！祝福你。

珊

十月十五日

一九六五年十月十七日

我的朋友：

昨天姜彬告诉我，总会有电报来说你已到河内，而且月底回国。多好的消息！我差不多有两个月没有得到你确实的消息了，你离开河内后没有给我一个字，自然我知道你一定没有办法给我写信，而且信一定走得比人还要慢。可是朋友们老问我，你有没有消息，我无词以答，不免有点不安。后来有两个代表团来访，我间接、直接也听到一点你的消息。代表团一致给你很高的评价。我还听到保定江的讲演，他的讲话前一部分差不多都谈到你，那天是在文艺会堂。休息时，佐临给我介绍了陈允潮同志，陈同志本来说要到我家来看看，我也表示欢迎。后来又跟保定江等聊了一会，拍了两张照片。次日我向姜彬汇报这情况，我们又请示外办，听说他们因忙，不能到我家来了。陈同志人很好，虽然我只跟他讲几分钟话，可是我已经觉得他是我一个老朋友，我真希望能在家里招待他，把他当作我们家庭的一员，并表示我对他的感激。我知道你在河内时节，他整天跟你在一起！要是你看到他，请把我的心情转告他！昨天又看到你寄来的书报，多快！凭祥打的是十二日邮戳。小棠马上拆开来，以为是什么好看的书，全是越南文的，他很失望！小林是上月廿日回来的，在家休息廿天，九月十日搬到学校去。现在她是班上的团小组长，要做别人的思想工作了。她身体很好，你可以放心！其实这一些老杜一定会告诉你的。老杜原说上月廿日左右入越，我还有一信托他带来。后来又回一次上海，我听他说了不少你的消息。现在我那三封信（两封寄在凭祥，一封托老杜带来)，你全看到了，我相信我马上也可以读到你的信了，你会告诉我多少激动人心的故事呢!

家里人都很好，只是济生下乡后身体不佳，最近回上海检查，是胃出毛病，不能吃干饭! 我们都要他好好休养后再下去。父亲也常看到，鸿堤可能即来越南，顾培智很焦急，怕他身体垮下来。现在上头已决定他来，他们机关认为他身体不行，他现在还是半休。如果来，你们可以在河内见到。九姑也常有信来。叶以群到成都看戏去了，西南会演。沙汀经常有信来，他的儿子考上北京航空学院，现在有一个小孙子和他在一起。上次济生要吃挂面，我已经写信告诉他了，要他让以群带来。罗荪经常看到，这几天他女儿孔祥玉回来了。孔祥玉他们（四个人）搞的戏正在上演!

真快啊，你离开上海三个月了，你过了两个月紧张的生活，有多少收获呢! 上海的朋友们都想听听你的见闻了，昨天姜彬还说宣传部也要你去讲讲，你要做好思想准备啊!

上海十分凉快了，这夏天不太热，可是你却在炎热中煎熬，你的热情克服了这一切。

话很多，在这里不再多说了，我要上班去了。千言、万语，你也知道我的心意!

祝福你!

珊

十七日早晨

一九六六年六月十三日

亲爱的朋友：

一连收到你三封信了，今天已经是十三日，你离开我们十一天了。这些天我老是在激动中过去，一回到家已精疲力竭了；可是倒在床上却不易马上睡着，越焦急，越睡不着，这样下去我都想去购安神药了。工厂借文化大革命的东风，打开了局面，这几天开过声讨会，每天的大字报都有高潮，这一星期忙得连劳动的时间都没有。今天上午还在工厂开会。昨天星期日，我照例能回家吃晚饭，我顺便去作协看了大字报。重点是王西彦、以群，其次是罗荪和魏老。自然牵涉你我的也有（我们身上难免不带有旧世界种种痕迹），但是我们一定能在斗争中逐步改造我们的世界观，让我们互相促进吧！昨晚济生、萧荀在这里，家璧是这次大重点，棠棠要我警告你，叫你站稳立场。这一点倒是我十分想不到的事。其实也应该想到，资产阶级知识分子要是不彻底改造主观世界，这次不犯错误，另一次也要露出真面目的。我们都好，孩子们也忙，棠棠都要到晚上才回家，小林星期六晚上九时多才回家，躺在床上一直和我聊她学校的事。他们都回校搞文化大革命了。昨天一吃过中饭便回校去了。你忙，好好保重。

祝好！问家宝好！

珊

六月十三日

一九六六年六月十八日

李先生：

你的信收到，十三日我已有信给你，只是，是寄到617号，请你去问问，如果没有收到。老杜到上海，周森告诉我，他自己没有打电话来，我每天回家都在九时半以后，也不便打电话去了。

济生他们单位问题很多，都派工作队去了。

听说要把叶、罗二人调回机关了。文化大革命真是触到每个人灵魂的深处。

我很好，只是累，孩子们也好，请放心。你怎样，很久没有见到你的信了。

祝好！

珊

六月十八日

出版社工作都停顿了，你的校样一时也出不来。

又及

一九六六年七月三日

亲爱的朋友：

昨夜上刚给你写了几个字，忽然想到有一件事忘记告诉你，这个月的香烟我没有购，家里还有一条，这几天连日阴雨，我怕发霉。又不知道你什么时候回家，我想一条也差不多了。

这个暑假孩子们都不放假，小棠的升学：据说以选拔为主。不管他进什么学校，让党来选吧。小林很活跃，昨夜上匆匆和她谈了几句话，现在简直连谈话的时间都没有了。今早我走时，她还在睡觉，回家时她也早走了。这些日子许妈的孙女住在我家，多了一个孩子也热闹一点，要不然白天只有两个大人。

你是不是要陪外宾各处走走，昨天姜彬告诉我：外宾十五日到上海，那么你一定比他们早回来了。

金公已从乡下回来，每个休息日我都看见他。陈同生也来过，我没有见到他，后来我去看过他。他倒是十分关心我们！

祝好！

珊

三日

致李小林

一九六四年三月八日

亲爱的女儿：

收到你的信，很高兴。昨天下午我从外面回家，爸爸躺在小客厅的躺椅上，把你的信交给我。你的信写得十分详细，我好像跟你同在一起，感到你的欢乐，你的丰收的快乐了。昨夜，阿姨到我家来，我已经托她代你购套鞋去，可是这些日子中统套鞋不易买到。如果购到，用什么方法带给你。这两天放晴了，你的湿套鞋可以换下晒晒吧。妇代会已经结束，这次发言的人很多，有几个人讲得非常好，我听后感触很多。我记得有一次一个日本女作家问："为什么中国电影、戏里女的比男的进步。"这一次我找到了答案。在旧社会妇女不但受到阶级压迫，还受封建压迫，她们感到的痛苦比男人深而多，一旦翻身，掌握了自己命运，她们的阶级觉悟会比男同志高。我找祥生药房营业员方静谈过话，她过去受过的苦真是一言难尽，现在群众叫她"全心全意为人民服务的好营业员"。这次是三八红旗手，去年连得市先进工作者，朝鲜的千里马骑手的称号。过去她却是一个童工，受尽欺凌的丫头。你们是不是也在做忆苦思甜的工作，在农村一定也不会缺乏这种故事。

你们现在住在那里，是不是分散到农民家去了？今天我们跟杜宣叔叔一起吃午饭（请北京作家出版社五位同志吃饭），他说只收到桂未明一封信呢。今天是三八妇女节，我向你，我的小妇女祝贺，希望你继续丰收。

祝福你

东姐姐有信来，现附上。

妈妈

三月八日

妈妈又写了这么多，我不写了。望你好好工作。我们都想你，也感谢你的关心。

祝

好

爸爸

一九六四年三月三十日

我的女儿：

收到你的信高兴极了，爸爸还说你比我能干，竟敢去看棺材，还敢去看鬼火，但是青本出于蓝，一代总比一代强！看你的信，你们的工作相当艰巨。希望你们好好动动脑筋，能为贫下中农信任。只要他们动起来，组织起来，工作好做了，人多力量多，也不会怕那些牛鬼蛇神了。俗话说：“邪不胜正”，他们也只敢在门缝偷听。不过，你们还是要好好当心！群众把你们当作工作队，这是党派来的工作队，你看，你们是直接贯彻党对群众关心，你们的责任多大！通过这次运动，你一定有收获，你说过“下乡后感到自己长大多了”，那么你不但是我的女儿，还该是我的朋友，我希望我们以后有更多机会来谈谈心！上星期日，二十二日，是南南姐姐生日，我差一点忘记，她二十岁了，每年这一天我总是在她家里，那几天为了招待日本外宾，恍恍惚惚，临时才记起。我送她一个生日蛋糕，去看她一下回来了。也没有见到陶阿姨和大蜀。

这几天我们家里添了好几株树，草地上种了一株广玉兰，和原来那株对称，又添了三株樱花，一株花桃，你回来之日，也许樱花盛开了。园子里已有一点春天气息，最早开的自然是迎春花。木桃也开了，红黄相映。过几天色采［彩］更多了，你也要回来了。今天十分热，爸爸都脱下棉衣，你在太阳底下一定更感到春意了。《收获》出来了，我刚拿到一本样书，先寄给你，这该是市上最早的一本（书店要到明天下午才有），你该满意。

好好当心自己

妈妈

三月三十日下午

一九六四年四月十六日

亲爱的女儿：

离开上海前曾有信给你，九日晨六时坐双层火车到杭州。双层车很好玩，我们坐上层，椅子可随意转意［动］，什么时候我一定带你们姐弟坐一次。同行除我们外，有罗荪、杜宣等叔叔四人（共六人），杭州有大人①来接我们。在杭州休息一天，大人也跟我们一起到新安江去。新安江水库极大，有 500 余平方公里。星期日早晨我们乘汽艇绕湖半周，我们在淳安县午饭，此县是新城（旧城已淹，移民 22 万），原为排岭，岭上种满桃李等果树，这山区土质酸，好种水果，将来水果成熟时，一定满树果子。可惜我们来得不是时候，既没有看到桃花，也没有看到桃子。水库上水平如镜，四周环山（现在因水库水位高，约 105 公尺，山变成岛屿了），归途中看见渔帆点点，青山、绿水、白帆、山上红花班班，真是好看。这次出去几乎天天下雨，幸而从水库回来时天放晴，才看到湖水清澈，倒影如图。昨天回杭时，遇到暖流，汗流如注，我已穿短袖衬衣。我真愿意你跟我们同在，你一定可以学写一篇抒情散文了。离开淳安县，杜叔叔留诗一首，我把诗录给你看看：

斜几细雨挹山花，一望空濛意更奢，山势已陡人竟转，新城排岭好安家。

杜叔叔是诗人，你实在可以跟他学做诗，现在有闲时不妨多背诵古诗。

我们在新安江住了四天，开过好几天座谈会，最有意思是“小老虎”班女司机的访问，这八个女孩子最大的廿五岁，最小的廿三岁，都是诸暨农村姑娘。没有看见过汽车。58 年大跃进，也把她们卷进建设水库高潮中来。农村姑娘变成穆桂英班的猛将，这中间变化多大！没有大跃进，没有水库，没有解放，这几个姑娘只能在农村里受婆婆、丈夫气，生孩子，做家务而已。

---

① 指方令孺。

现在我们又回到杭州，晚上要回家。又坐双层火车，到家要深夜12点了，上次从新安江回来，也正是这个时候，你们正沉睡。现在你也长大了。这些日子你在干什么。非常想念你。

妈妈

十六日晨

妈妈写了那么多，我不写了。我们今天晚上就可以回到上海。我的感冒尚未痊愈，一直咳嗽。祝

好

爸爸

一九六四年七月九日

亲爱的女儿：

又是好几天没有看见你了。《南海长城》看了没有？我订了两张票，但不知哪天的。我要星期六或星期日晚上，是不是这样，可不知道了。星期六晚上有成都杂技团表演，送四张票来，你有兴趣可以一块去看。弟弟今天开始放假了，所以他很想骑自行车找小朋友玩玩，你能不能尽快的送回来。这几天很热，学校热不热？你们大概很用功的在迎接考试吧。昨天许妈又烧了一锅排骨汤，马上想起喝汤的人来了！你验血的结果如何，真挂念呢！祝好

妈妈

九日晨

一九六四年九月十一日

小家伙：

昨天我跟爸爸等你回家吃晚饭，爸爸还从文化俱乐部买了开花包子，一直等你到七点多，还留了三个开花包。昨晚上风很大，你不冷吗？听见风声就想着你。今天风更大了，有点可怕，你还是来把被子拿走吧！要不然，请打个电话来，设法把被子给你送来。不要偷懒，秋天受寒可不是玩笑事，你下个月还要下乡。今天下午我要到机关去，给你送这封信来，这时你可能在睡午觉，那么

祝你得个好梦吧

妈妈

十一日中午

一九六四年九月二十八日

小林：

刚才我听郭信和阿姨说，你们学校可购方帐子（不要布票，约六元多一顶），你还是在学校购一顶吧，家里一顶是园［圆］顶的，而且有许多破洞，在乡下不方便。钱不够可向同学借，或回家来拿。

祝好

妈妈

二十八日上午

一九六五年七月一日

亲爱的小林：

今天是党的生日，我不知道你是怎样渡［度］过这一个有意义的日子！前天下午作协开了一个纪念会，后来我们又看了《万水千山》。爸爸走了，临走前一天他写了信给你。他已经有信来了，住在北京新侨饭店 266 号，要 8 号才离开北京，你收到我的信，马上给他写信(或者我给你寄去)，他还能收到。这次爸爸有机会到越南去，他很高兴。他一定能用他的笔多为英勇的越南人民服务了。只是越南很热，又很潮湿，他的手膀还未痊愈，不免叫人担心！你好吗？你又离开我十多天。这几天上海很热了，昨天我们都睡在席子上，把你的小床也换上席子了。你在劳动时可要小心啊！这一次我原来打算跟孔叔叔一起去参加一次工厂社教，可是爸爸要远行，孔叔叔不让我去了。这工厂较远，在军工路底，从我们这里去得花一个半小时，也许比你原来待的浏河还远！昨晚上林秀清阿姨在我这里，我们聊到十一点，她才回去。她可能要离开电影局去教书了。前天，就是爸爸动身的那天，我们还同杜宣夫妇一起吃晚［饭］，是陈同生叔叔招待的，说桂未明已到双凤来了。那么你们又在一起了。爸爸大约九月底、十月初可回来。他们是第一批去，杜叔叔是去学习，学习后还要回来，待令出发。我们大家都很好，小棠星期六考好，下午他要去游水了。你的药有一瓶还留在家中，你是不是每天在吃？十珍丸到处有买，你在太仓购一瓶吧！

祝好

妈妈

七月一日

一九六五年七月二十五日

小林：

叶阿姨不来太仓了，可是你们学校有人来，刚叶阿姨告诉我。托带上人民币拾元，请查收。天热，好好保重。我们都好，爸爸也有信来。过一两天给你写信。

祝好

妈妈

二十五日

一九六五年七月二十八日

亲爱的女儿：

你的信收到，星期一托叶阿姨找人给你带上人民币拾元，卫生纸两封，谅已收到。叶阿姨说，你们还是如期回来，就是说十五日可以回上海。不过，你也不必想这件事，现在，你得把整个的心力放在工作上。林秀清阿姨也去搞“四清”了，不过，她去川沙。我十分羡慕她有一个锻炼的机会，以后，就是说春节前上海的四清工作将结束了，我不可能有机会下来了。爸爸有信来，前一阵报上也有少许关于他的报导，二十日胡志明主席接见过他们，他还参加了河内的“中国人民援越抗美的图展”，自然只有点滴，不注意看不到这些，但以前原说不见报的。现在他去永灵了，爸爸曾经写过贤良河畔，现在的贤良河畔是更激动人心了。昨天我读了阮文追的妻子潘氏娟写的回忆录摘要

(《中国青年报》27 日)，你回来时可以读读。这几天上海大风，晚上风声尤大（台风的边沿），想乡下风一定更大，你不会又给风吹到河里去吧？好好保重自己，要注意清洁卫生。我要上班去了。

祝好

妈妈

二十八日早晨

今天是小棠生日

一九六五年八月四日

亲爱的女儿：

又是多少天没有看见你的字迹了，你好吗？上海最近为乙型大脑炎忙，一下子蚊烟香全买不到了。乡下的灭蚊工作当更困难，你们那里有没有发现脑炎，要当心啊！小华华这些日子住在我这里，棠棠有人作伴，我也清静许多。如果你们准时回来，那末很快可以见到你了。这几天乡下很忙吧，小叔叔因肠胃病又回来了，渝儿考得还不错，她升高中不会有问题的。给你寄上《中国青年》十四期（回来时，《中国青年》可送给农村小青年)，农村支部生活十四、十五期，请查收。

余后谈

妈妈

八月四日

一九六五年十月二十日

小林：

我没有接到爸爸，昨晚上去机场，飞机上的客人都走完了，还是不见爸爸，当时也有点焦急。后来作协跟有关方面联系后，才知道临时又有任务，要二十六日才回北京。昨晚上曹禺叔叔不让我住旅馆，搬到他家来，又像二年前一样，在马桶间聊天。我明天将去太原一次，我利用这空隙好好去一次刘胡兰家乡，得一点感性知识。你星期六早一点回家，不要跟弟弟吵架，你是大人了，你得照料家里。

十分想念你。

妈妈

二十日

。。。

致李小棠

一九七〇年九月十四日

棠棠：

十日来信收到，我七日刚给你寄上一挂号信，是直接寄到乡下来的，内附有钥匙三个配你的皮箱，是否合适，请来信告我。现汇上叁拾元，收到后可购白色维尼龙二尺［丈］四尺，（需要二幅半，八尺一幅，另半幅做被挡头。）可做一床被里及一个被挡头。小林姐姐要浅色锦纶袜（米色或灰色，要素色的，不要有花纹），我看加［嘉］山的一定比上海贵，就买一双算了。你买好吃的东西，这倒使我费心，糖不难买，我将给你买一斤奶油糖，一斤硬糖。姐姐给你带来半斤话梅，我们一直给你留着。但下饭之物很难买，我本想给你买一斤香肠，但嘉山猪肉比上海便宜，香肠一定也比上海便宜，姐姐认为你不如就地购买的好。这几天外面有牛肉干，将给你买一斤。明天是中秋，去年你倒在家里，今年你们集体和当地农民一起过节了，饺子包得如何，一定很好吃！可惜你信写得迟几天，不然让你中秋节可以吃到糖果，多好！姐姐分配没有消息，不知道年内会不会走？国庆前她将参加一周劳动，挖防空洞。国庆后将参加运动，所以一时不会走。大头经常在这里，许多杂事都是他做，我好像多了一个儿子，倒也温暖。你将来回家，可要好好学习他优秀品质。父亲还在乡下，每月二日回来，休假四天。这次国庆也许将提前休假。你那里情况怎样，肚泻好了没有？要注意。阿庆有信来，在炮兵农场锻炼，招兵时参军。别的下信再谈！

妈妈

九月十四日

外公已回家。

一九七〇年九月十九日

棠棠：

我寄到乡下的挂号信收到没有？钥匙能用吗？来信望提及。

昨天我给你寄上一邮包，因邮局不能邮寄糖果，我只能在大头菜里给你带上少许，以解你馋。这次我寄上的有广东香肠一斤，大头菜二斤，五香牛肉干一斤，橄榄一包（原一斤，我们吃了一些，不足一斤了，这是稀有之物，最近在一家小店里看到），话梅半斤，糖一包，干菜少许，干菜是你舅妈的表妹（即小孃孃）送我的，很好吃，就是这样也可以下饭，一般是用它来烧肉吃，它本身有咸味，烧肉时不必放很多酱油。香肠要蒸了吃，一般放在饭里蒸，也可以放在碗里隔水蒸。虽然加［嘉］山县便宜，但这是广东香肠，也许你会喜欢吃。希望邮包在国庆节前即可收到，你们也许又要聚餐，那么大头菜可以炒肉丝，蒸香肠，干菜放些粉丝可烧汤。上次你说到冬瓜，其实冬瓜烧肉汤（或放些虾干烧汤）很好吃，上海现在连买冬瓜都要排队。我在十四日曾经给你汇上叁拾元，也是寄到中心街 162 号，并寄上一信，收到后请给我回信。你估计一下，这钱能不能用到你回家？是不是还要我寄钱来？去年你是在家过节，今年换了姐姐，小祝晚上才来的，可惜没有月亮。你要不要罗［萝］卜干，小祝带一些来，倒很好吃。只是这东西要排队，而且不常有。好姐姐昨天在外公家看到，她争取下月回干校去。你回家时可不要忘记给我带一些玉米种子，今年我还吃了几次。现在花生也结果了，只是这几天经常下雨，会不会霉烂？什么情况可收果？父亲月底可以回来，我希望情况会有所改变。姐姐下星期去劳动一周，她很想抽个时间来加［嘉］山看看你，有没有地方住？她现在星期日常去小婶婶家，小瑞都快分配工作了，已检查过体格。昨天我家附近又涨大水，但下午水都退了，天也晴了，今早我去买菜时（出去时未雨）又遇到大雨，一身透湿。不知道什么时候可晴！这样一来，你们的作物收获又要打折扣，今年收成如何？来信多谈谈你的情况。

灰维尼龙不必买，小林送你一条裤料。

你肚泻好了没有？疟疾有否重发？要吃预防药。

妈妈

九月十九日

一九七一年六月十五日

棠棠：

我在五月 23 日、31 日曾有信给你，一直没有收到你的信，很挂念。这些日子上海多雨，又加上农忙时节，早晨上菜市，几乎买不到什么蔬菜了，想到你们那里一定也很忙。这次下雨不知道有没有影响你们的庄稼，上次你来信提到小麦丰收在望，我记得你曾说过，这片麦田是洼地，但愿这次阴雨没有波及到你们那里。小济前几天到上海来过，住了四、五天，把放大机拿回去了。阿庆有信给你没有，他的户口问题这次可以解决了，部队里出了证明，据说他调到农场去了。田耳地址如下：滁县章广公社松王大队瓦屋张小队。小林说安徽现在从知识青年中选运动员、演员的人材，你们那位冯诗人是不是有希望？上海正在上演朝鲜电影《看不见的战线》和越南的《森林之火》，前者我看过，反特的，一场人民战争，还不错。后者还未看，小林说很难看，这一来我都不想看了。你看过没有？你们最近忙些什么，来信多谈谈，让我也可以生活在你们中间。前二天上海热极了，室内（我家）都有 28°左右，有的人家都高到 32°了，乡下怎么样，蚊子多不多，是不是也在大抓卫生，响应中央卫生会议的精神。今天是星期二，大头和小林回去吃晚饭，不过现在他们不住那边了，天热，又有臭虫，小林不肯回去，我呢，也热闹些。外公那里又有一个多星期没去（还是五日那天送生活费去过），希望能见到你的信后去，免得外公又问："棠棠有信吗?"我无辞以答。父亲这次是四日回来，十一日回去的。天热了，要当心，不要贪凉，不要又得疟疾（你要记得吃预防药）。来信多谈谈你生活、劳动的情况，想你。

妈妈

六月十五日

一九七一年十月十五日

棠棠：

七日来信收到。这封信明光的邮印是十一日，到上海已是十三日下午，八小时的距离比实际上远得多！我非常想念你。现在农忙是不是已经开始？傅德平如去江西，这屋子就只有你一个人，你太不会照料自己，真为你生活担心，希望你善于安排，你已经成年了。这几天上海天晴，一下子冷起来，我们都穿上毛衣，幸而星期天（十号），阿昌、阿虎来帮做砖坯，240块总算完成了。里弄里忙于挖地道，一星期劳动三次，这样一来，也难得有空出去了。上封信告诉过你没有，小济来了一次，又回去了，他手边倒有一份形势报告，是舅妈给他看的，你可以要他寄给你看看，比我们听过的详细得多。姑婆也出来了，在外公家住了一阵，昨天去四舅舅家了。好姐身体不好，你有空写封信给她，鼓励她一下，她从小把你当作宝贝，这一点你不要忘记！我这些天整天忙着买菜烧饭，有时感到累，家务劳动也不简单，只是最近菜又非常难买，我已经一星期没有买到素菜，看到你“菜园子菜长得很好”，真羡慕！国庆节前战备空气很浓，最近好像又冲淡了一些，大家都照常生活。战备是长期的，一天不发生战争就得准备一天，等到消灭帝国主义。上次听到城防传达，北京地道搞得很好，西单市场有地下小吃部，一些工厂都能上能下，照常工作，相形之下，上海差多了。花生能买到就买，你离上海时，好些长辈都送东西给你，你也得送一些土产，花生、绿豆在上海是稀有之物，人人喜欢。父亲国庆节回来，休息六天。你姐姐最近身体不好，人越发见瘦，真叫人不安！

常来信

妈妈

十、十五日

一九七一年十一月十六日

棠棠：

四日来信收到，太简单了，我一点不知道你生活的情况。缺粮五六个月，那么现在你们还有粮食吃吗，要不要全国粮票？真担心你的生活。傅德平不走了，倒很好，还有一个老朋友在一起可以互相照顾。家里生活依然，一切你都可以想象得出，你的来信是我生活中的大事。作协大部分工作人员都在上海挖防空洞，除了几个年老体弱的，你父亲就留在干校。里弄里挖防空洞也很忙，九姑妈每星期要劳动三次，还有二次学习中央文件，余下的时间实在不多了，所以我也难得去看外公。小林他们也很忙，更没有时间去看外公了。渝儿来信说，正在请假要回来探亲，但不知道是不是请得准假。今年还有一个半月，今年你是不会回来了，什么时候回来，来信告诉我，我可以给你汇点钱来，好给我买两斤奶粉，两斤虾米。（买虾米时，你尝尝味，有鲜味的才买；南京的奶粉质量很好。）我上次告诉你，我正在给你打毛衣，这是把你一条毛裤拆了改织的；孃孃听说这情况给你买了一斤半粗毛线，本来小林要给你买的（她十月份给大头买了斤半，是孃孃替大头打的，十二元一斤，大头的是米色的），因这月她送好姐一件两用衫四合一料子，没有钱买了，准备下月拿工资后买，现在却由孃孃送你了。你的毛线是黑灰的。不过我什么时候可以织好，只有天晓得。现在好姐有时也参加学习，不过不到干校去，身体还是不好。舅舅不久将回江西去，这个星期日我请他们来我家便饭，好姐届时也将来表演几个菜。陈嶒嵘说市委首长在他们厂里做报告，指出陈敢峰是小骗子，要群众揭发，陈已为黑线拉下水了。我们家养的那只小鸡已将有两斤重了，我们说要养到二斤时吃掉，可它老长不上两斤。下月给你寄钱来，寄什么地方你来信时详细说明。我很好，小林老是瘦，这次抽血也没有参加。祝好

妈妈

十一月十六日

一九七一年十二月二十日

棠棠：

15 日刚给你寄出一信，问你为什么久久不来信。过后隔壁大卫妈妈告诉我，你曾在三界开会，大卫碰见你，但三界会议七日结束，现在又将两星期了，你究竟忙些什么，至今还不见你来信。前天何嘉灏同冯若鸣来过我家，两个人都说有传到肝炎的症状，说要去检查，结果出来后再到我家来，要我把这些情况告诉你。冯说他厂中接触过何所在公社的青年都得了肝炎，至今都在传染病医院中，使人谈虎色变。你们那里情况怎样，你要善自珍重，多洗手，饭前必洗手，肝炎是从接触中传染。小叔叔来信说最近知青要抽上来一批，本来他应该回来

了，这样一来又延迟。据说安徽也要抽一批，是否有此事？如没有什么事，你可作回家打算了？何嘉灏说花生他已带回来，只是现在不作处理，等他情况决定后再说。傅德平是否同你一起回来？还是一起回来的好，彼此有照顾。

祝好

妈妈

十二月二十日

一九七二年四月二十五日

棠棠：

你走了，家里立刻冷静多了，听不到你的歌声，颇有寂寞之感。你也真懒，一直不给我来信，幸而何嘉灏小哥哥、小姐姐先后来我家告诉你们平安到达的消息，我还一直不安呢。但再想你刚下去，家务事一大堆，傅德平不在也够你忙，于是我也就原谅你了。家里自你走后一切如平，我现在在服中药，决心把身体调养好。你回去后，希望坚持学外文，不要放松。傅德平明天回来了，你可热闹多了，我把［托］他带来压缩酱油半斤（可用冷开水调成两斤酱油。也可不化成液体作调味品，但开封后放在瓶子里），以作不时之需。盐李饼一包，盐金枣一包，这东西天热劳动时放在口里很好，五小包发酵粉，一包压缩酱菜（你吃吃，如好，将来可邮寄来），这些东西你或者都不喜欢，会怪我多事，那么原谅我吧，我只是一个普通的母亲。

等你的来信，告诉我多些。

祝好

还有一瓶虫咬止痒水。

妈妈

四月二十五日

一九七二年五月七日

棠棠：

二十一日来信收到，二十五日我让傅德平带信来的时候，我还没有收到你的信，我托他带来之物该早收到的，除信中所写之物外，另外托他带一瓶药，氯霉素是你忘记带的，加了一些黄连素，黄连素功效同前者相同，而且没有副作用，如果是痢疾的话，每次服三片，一日三次。一般腹泻服两片，一日三次。父亲节日前夕回来度假，中午刚走，这次机关来了几次人，要他写一篇全面认识。别人也在动。前几天小妹听了一次报告，其中也讲到清队尾巴的问题，九姑妈前几天在里弄里听报告，也提到落实政策的问题。渝儿下个星期要回去了，九姑［妈］刚从她家回来，说吉林有二十个青年来上海念大学，已经在报到了。你们那里多少？我希望你要继续坚持念英文，说北京的干部每人必得懂一国外国文，机关不懂外文的人都努力在学。你现在劳动该已习惯了，酸痛的情况改善没有？隔壁大卫兄妹二十五日刚回去，五月一日他祖父摔跤中风，四日病故，他们都回来了。你是不是还需要一些什么东西，如果是必需品的话，可托他们带到明光中心街。我想他们一定肯，但是我没有跟他们谈过话，不知道他们什么时候走。如需要马上来信告我，我可以问问大卫。还有大卫的大号叫什么？你回乡后有没有买鸡，有鸡蛋吃吗？身体还是要当心，我现在就是深感其苦。小祝夫妇最近充满创作热情，现在星期日下午，小祝关在小楼上在作文，他们夫妇各人都有一个题材，小林现在去看渝儿了，真快，渝儿来了快两个半月了。上海最近天气怪极了，有一天热至30°，过了两天最高温度只有十三度了，这天气对有病的人都不利，尤其是好姐姐，你走后她身体一直很差，你要给她去信！

祝

好

妈妈

五月七日

致沈从文

205

一九七二年六月二十八日

沈先生：

收到你的信，全家都很兴奋，相传阅读。我家里情况还是依然，老巴在干校，他也做了二年“菜农”，但比起三姐，大大落后。我的女儿已结婚，女婿是同班同学，劳动人民的子弟，婚后女儿女婿住在这里。幸而有他们，要不，住在这里更冷静了。老巴是一个月回家休息四天，可是这次因为我生病，为了照应我一个月没有下乡，我生的也不知什么病，四十余天体温有时高至39°，至今尚未查出病因。我儿子68年春去安徽插队落户，每冬回来过春节。总之，我们家的情况就是这样，你可以放心。陶肃琼家很好，她要我问你好。

别的以后再谈。

祝

好

问三姐好

蕴　珍

六月二十八

致师陀

一九五九年九月三十日

师陀同志：

我们刊物出来了，你大约也看到。封面还不错。但我今天写这信，不是为了拉稿，请你放心。上次说过请你来喝酒，我们决定十月二日晚上请你便餐，没有什么菜，反正是喝酒，你也不在乎菜，不过有油氽花生给你下酒。欢迎你来。祝

节日好

萧　珊

九月卅日

○○○

致穆旦

一九七二年一月十六日

良铮：

收到你的信有好几天，不是不想写信，而是无从下笔。我们真是分别得太久了，你说有十七年，是啊，我的儿子已经有二十一岁了。少壮能几时！生、老、病、死是自然界的现象，对你我也不会有例外，所以你也不必抱怨时间。但是十七年真是一个大数字，我拿起笔，不知写些什么。还是先谈些家务吧。我女儿是去年春末结婚的，她读的是戏剧学院，到今天还没有分配，前一阵听说北方的艺术院校已经分配了，而是改行，后来又说是谣言。女儿的对象是劳动人民的儿子，同班同学。结婚后不久女儿回来住了，而且那一位也不肯回家去了。这样我家里也热闹许多。最近儿子又回来度假了，家里倒也歌声不绝。现在该你来谈谈你的家务了。既然我们现在是新交，得从家庭先来认识吧。你妻子是否还在南大教书，我已经记不得她叫什么了，你们现在有几个孩子，大概还没有到分配工作的年龄吧？你说你在学农基地已经一年多了，从你信里看来，你还是过去的你，知识分子改造是一个艰巨的历程，老友、新交，我也不知怎样认识你了。

66 年以前倒经常有机会到北方来，可是朋友们却没有把我的消息带给你，这样我们失去了好多见面的机会。将来有机会来北京时，我一定通知你，并且一定要去看看你的妈妈。

我的那一位女朋友问候你，她倒经常和我在一起。今天就谈到这里吧。

祝好

珊

72. 1. 16 日

。。。

致雷国维

一九六五年十一月廿三日

雷国维仝［同］志：

你的信和稿子收到将两个月了，这中间我出去了一次，以致不能立刻给你复信，希谅。这一次我们真是很久没有联系了，常常想给你来信，又不知道你是不是不在昆明，所以这一封早就该写的信一再搁下了。

《黑色的金子》我们看了，我们一致认为小说主人翁来师傅塑造得比较成功，这个人物也有形象，但是小说情节拉得太长（我是指时间方面，故事开始在十六年前，解放广西前夕），不够紧凑。我们的意见是：小说从十一页开始，火车驶进 C 市，十五年前的往事，关于师父的回忆（师父冒火抢救机车一节，可插在看到师父手上、脸上伤疤时，认出师父就是那个老司炉后来交待），这里还可以突出师父怎样培养下一代：要求严，爱护深。然后来到来师父家，这里一系列的细节描写应该突出他怎样关心行车安全，关心集体利益，国家利益（这里我还有一个要求，关于技术性的叙述：可略。作者可用注解来说明，以免损害全文）。总之，这一系列的细节要把这个全心全意为铁路运输事业服务、赤胆忠心的老工人形象突出来，也就是说要使黑色的金子发出光辉来。自然，这只是一点参考意见而已。

稿附上，修改后请再寄来。

昆明是战备第一线，支前的任务一定很频繁，这里面一定出了不少人，你不妨写写这些新人。下次来信请跟我谈谈昆明。现在谈到这里。

此致

敬礼

萧　珊

十一月廿三日

。。。

致郎伟

一九七二年五月四日

郎伟兄：

你给芾甘的信收到了，他还是在乡下五·七干校学习，问题还没有解决。不过我们应当相信党，相信群众，党的政策是一交到底。希望你好好保重身体，七十二岁在我们中国人还是算一个壮年人。不要悲观，我相信我们还有见面机会的。我家里人都很好，女儿已经结婚了，儿子去乡下插队落户，对孩子的促进很大，现在是一个身重 150 斤能挑两百多斤的小伙子，想想孩子们的变化真使人高兴。六八年你托人带来的茶叶早已收到，当时没有写信致谢，希谅。

祝好

陈蕴珍

五月四日

巴金故居
Former Residence of Ba Jin

巴金研究会
Ba Jin Literary Association

萧珊 著

XIAOSHAN WENCUN

萧珊文存 ③

巴金故居　巴金研究会 策划

上海人民出版社

正文 8行

8行(低二)

目錄（低二格，空一行）

出版者前言

射擊手

大風雪

棺材商人

驛站長

小姐－鄉下姑娘

别爾金小説集 低一面

占二面 另碼 斷不排

8行

普羅斯塔科娃夫人

親愛的先生，他從小就喜歡聽故事。

斯科季寧

米特羅方 性情……我。

錄自《紈袴少年》。

注（一）《紈袴少年》為俄羅斯諷刺作家馮維辛（一七四五—一七九二年）的喜劇，作於一七八二年。

馮維辛的重要作品。諷刺貴族地主的生活。普羅斯塔科娃、斯科季寧、米特羅方是劇中主人公。

上海美術活頁簿紙（20×20）

1 另页

空一行

出版者前言

我们打算把别尔金小说集整理出版，呈献给读者的时候，希望附带介绍一下该作者的生平，尽管简短的介绍也可以多多少少满足我们祖国文学爱好者的正当的好奇心。因此我们曾经请教于伊凡·彼得罗维契·别尔金的近亲和承继人玛利亚·阿历克山也芙娜·特拉菲列娜，可惜，她不可能供给我们任何关于别尔金的材料，因为她跟死者完全不相识。她劝告我们去找非常可敬的先生，他是伊凡·彼得罗维契的朋友。我们听从她的意见，去信向他求教，接着收到下面这封我们十分切望的回信。我们现在把它附印在这里，不作任何的改动，也不增加注解。这封信不仅是十分丰富的传记材料，而且也可以作为高贵的见解和真诚的友谊的可贵的纪念物。

空一行

×××阁下

本月二十三日奉读您同月十五日付邮来示，敬悉您愿意知道我亲爱的亡友，和近邻伊凡·彼得罗维契·别尔金一生详细事迹：生卒年月，军职，家庭状况，

(一)这是普希金借用出版者的名义写的。别尔金

是普希金借托别尔金名义发表的一系列小说。

(二)照原文直译：我们准备出版现在呈献给公众的别尔金小说集的时候。

另低二面

附 低一面，六碼低不排

No. 1

大風雪[一]

馬兒在山坡上飛馳，
踐踏厚厚的積雪……
一座聖潔的教堂
兀孤獨地立在路旁。
…………
猛然刮起一陣雪風，
白雪片片落個不息；
在雪橇上頭，烏鴉拍着翅膀
盤旋在我們的頭上。
牠的噪聲是不祥的預兆！
馬兒趕快奔跑，
直視黑暗的遠方
豎起了鬃毛……！

茹科夫斯基[一]

起頁另

前空四行

在一八一二年的年底（？）是值得我們忘不了的時期！

善良的格夫烈拉·格夫烈洛維契老爺……住在涅納辣拉德村自己的領地上。他在這個區域以好客和待人親切出名。鄰居們時常到他那裏去吃喝，跟他的妻子柏拉斯古芙雅·彼得羅芙娜玩五戈比的波斯頓紙牌遊戲，有一些人卻是為了拜望他們的女兒，

上海美術活頁稿紙（20×20）

（一）B.A.茹科夫斯基（一七八三—一八五二），俄國詩人，普希金的前輩。以上面的詩引自他的敘事詩《斯維特蘭娜》。

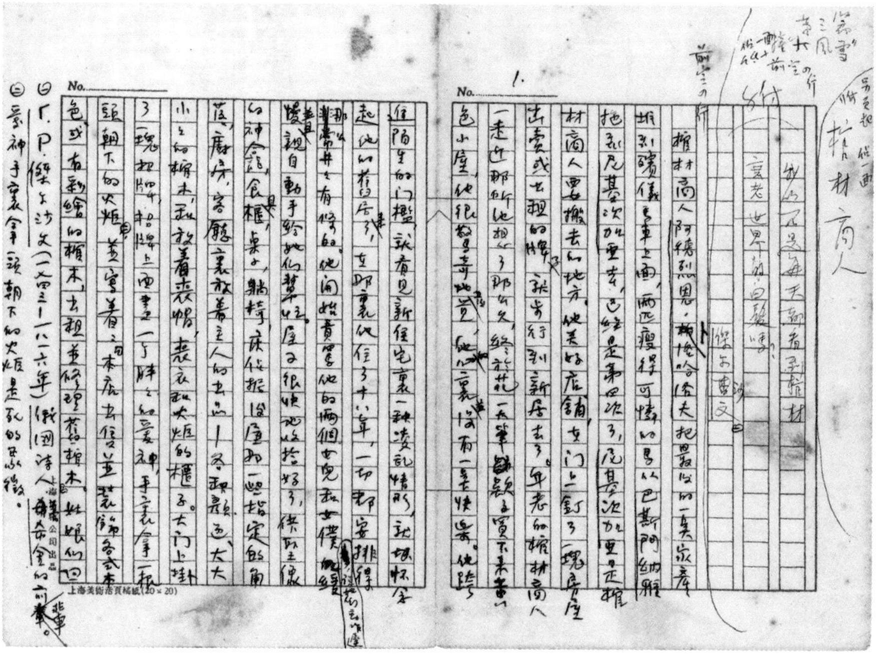

1.

棺材商人

我们不是每天都看到棺材，衰老世界的白发吗？

杰尔查文㈠

棺材商人阿德烈恩·普洛哈洛夫把最后的一点家产堆到灵车上面，两匹瘦得可怜的马儿从巴斯曼纳雅拖到尼基次加亚去，已经是第四次了，尼基次加亚是棺材商人要搬去的地方，他关好店铺，在门上钉了一块房屋出卖或出租的牌子，就步行到新居去了。年老的棺材商人一走近那所他想了那么久，终于花一大笔款子买下来的黄色小屋，他很惊奇地发觉他心里没有一点快乐。他跨进陌生的门槛，就看见新住宅里一种凌乱情形，就怀念起他的旧居了，在那里他住了十八年，一切都安排得那么井井有条的。他开始责骂他的两个女儿和女仆动作缓慢，随后自动手给她们帮忙。屋子很快地收拾好了，供奉圣像的神龛、食具橱、桌子、躺椅、床，都按照在后屋里一些指定的角落；厨房、客厅里放着主人的出品——各种颜色、大大小小的棺木，和放着丧帽、丧衣和火炬的柜子。大门上挂了一块招牌，招牌上画着一个胖胖的爱神，手里拿着一根朝下的火炬㈡，并写着：本店出售并装饰各式本色或有彩绘的棺木，出租并修理旧的棺木。姑娘们回

㈠ Г.Р.杰尔沙文（一七四三—一八一六年）俄国诗人。

㈡ 爱神手里拿着一根朝下的火炬是死的象征。

上海美術社頁稿紙(20×20)

普希金
别尔金小说集

普希金 著　萧珊 译

黑桃皇后及其他

四川人民出版社

萧珊与小狗包弟，1963 年摄于自家花园中

巴金、萧珊、李小棠摄于寓所门前

目录

第一辑　别尔金小说集

普罗斯塔科娃夫人：

亲爱的先生，他从小就喜欢听故事。

斯科季宁：

米特罗方的性情像我。

录自《纨绔少年》[1]。

---

① 《纨绔少年》为俄罗斯讽刺作家Д·И·冯维辛（一七四五——一七九二年）的喜剧。这是他的主要作品。内容讽刺当时贵族地主的生活。普罗斯塔科娃，斯科季宁，米特罗方三人皆为剧中主人公。

出版者前言

5

我们打算把别尔金小说集①整理出版，呈献给读者的时候②，希望附带介绍亡故作者的生平事迹，尽管是简短的介绍，也可以多多少少满足我们祖国文学爱好者的正当的好奇心。因此，我们曾经求助于伊凡·彼得罗维奇·别尔金的近亲和承继人玛丽娅·阿列克谢耶芙娜·特拉菲林娜，可惜，她不能供给我们任何关于别尔金的材料，因为她跟死者完全不相识。她向我们建议去找一位非常可敬的先生，他是伊凡·彼得罗维奇的朋友。我们听从她的意见，去信向他求教，接着收到下面这封我们非常盼望的回信。我们现在把它附印在这里，不作任何的改动、也不增加注解。这封信不仅是十分丰富的传记材料，而且可以作为高贵的见解和真诚的友谊的可贵的纪念物。

×××先生阁下：

本月二十三日奉读您同月十五日付邮的来示，敬悉您愿意知道我亲爱的亡友和近邻伊凡·彼得罗维奇·别尔金一生的详细事迹：生卒年月，军职，家庭状况，以及职业和性情等等。我极感欣慰能够满足您的愿望。亲爱的先生，现在我谨将从我们谈话中，

---

① 别尔金小说集是普希金假托一个亡故的年轻地主别尔金的名义发表的五篇小说。

② 照原文直译：我们准备出版现在呈献给公众的别尔金小说集的时候。

以及我个人对他的观察中所能追忆的一切记录如下：

伊凡·彼得罗维奇·别尔金出身高贵，一七九六年生于戈柳希诺村。他的亡父，二级少校彼得·伊凡诺维奇·别尔金娶特拉菲林家小姐佩拉格雅·加夫里洛芙娜为妻。他虽然不算有钱，可是生活简朴，善于管理产业。他们的儿子最初从乡村教堂管事那里受到教育。他养成了对阅读，对俄罗斯文学的兴趣，似乎也应归功于这位可敬的先生。一八一五年，他进猎人步兵团供职（我忘记是第几团了），他一直服务到一八二三年。那年他的父母几乎在同时去世，他因此退伍，回到自己的领地戈柳希诺村。

伊凡·彼得罗维奇接管领地后，由于他缺乏经验，心肠软，短时间内竟把产业置之不顾，甚至放宽他亡父手定的规则。他撤销那个照章行事的能干的村长，因为他的农人们（这是他们一向的习惯）不满意；他把田庄交给年老的女管家去管理，她以长于讲故事得到他的信任。这个愚蠢的老妇人永远分不出二十五卢布的钞票跟五十卢布的钞票有什么区别。她是所有农人孩子的教母，农人们都不怕她。农人自己选出的村长把农人纵容到了极点，同时又蒙骗主人，因此，伊凡·彼得罗维奇不得不取消徭役制，而用一种很轻的田租制代替。然而在这个时候农人还利用他的弱点：第一年就故意要求减租；而第二年，则以胡桃、越橘等物作为三分之二以上的租税，而且，他们并没有缴清。

我是伊凡·彼得罗维奇亡父的朋友，我认为我有责向他的儿子提出忠告。我自告奋勇想把因他而松弛了的过去规则恢复。因此，有一天，我特地拜访他，要他把账簿拿给我看，而且把那个骗子村长叫来，当着伊凡·彼得罗维奇的面查账。起先年轻的主人非常注意地看我核算，可是后来看到账上说明，近两年来虽然家禽、家畜的数目锐减，农人的数目却有增加，伊凡·彼得罗维奇对最初这一段报告很感满意，便不再听我说下去了。后来我的检查和严厉质问使这个骗子村长感到非常狼狈，逼得他哑口无言。这个时候，我却听到伊凡·彼得罗维奇倒在椅子上发出来的鼾声，我窘透了。从此以后，我不再过问他的田产家务，就像他自己那样把它们交给万能的上帝去处理。

然而，这毫不妨害我们的友谊，因为我虽然惋惜他有我们一般年轻贵族所共有的弱点和致命的懒散，可是我却真心喜欢伊凡·彼得罗维奇。真的，我怎么能不喜欢这样温顺、这样纯洁的年轻人呢！在伊凡·彼得罗维奇那方面，他尊敬我的年龄，也真心地对我怀着好感。在他死去之前，他几乎每天跟我见面，并不讨厌我那单调的谈话，虽然不管在习惯上，在思想方法上，在性情上，我们都有很大的差别。

伊凡·彼得罗维奇的生活过得很简朴，没有做过任何一件放荡的事。我从来没有看见他喝醉过（在我们这一带，这可算是一件从未听说过的奇迹）；他对女人非常倾倒，可是他在她们面前却又像少女似的害羞①。

---

① 这后面接着有一段轶事，我们觉得多余，把它删去了。可是，我们可以告诉读者，它并没有一点足以玷污伊凡·彼得罗维奇·别尔金死后声名的地方。——原注

除了您信中所提到的短篇小说以外，伊凡·彼得罗维奇还留下不少的手稿，其中有一部分还在我这里，另外一部分却被他的女管家在家里各种需要上用掉了。因此，去年冬天她住的耳房的所有窗户上都糊满了他的未完成的长篇小说的第一部。您所提到的短篇小说，好像是他的处女作。它们正如伊凡·彼得罗维奇所说，多半是别人告诉他的真事①。可是小说中的人名几乎全是虚构，村子的名称则采用我们附近一带的村名。因此，我的村子也在某处提到过，这不是出于什么恶意，而是由于缺乏想象。

一八二八年秋天，伊凡·彼得罗维奇因感冒发热，转成热病去世。不管我们的县医（他的医道很高明，尤其擅长治疗宿病，如老茧皮等等）如何努力医治，都未见效。他躺在我的臂膀上死去，享年三十岁，葬于戈柳希诺教堂，他亡故父母坟墓的旁边。

伊凡·彼得罗维奇中等身材，灰色眼睛，淡黄色头发，直的鼻子，脸苍白而消瘦。

我敬爱的先生，关于我已故的邻居和好友的生活方式、职业、性情和面貌，我所能追忆的就只有以上这些。然而如果您认为这封信对您有什么用处，那么，我求您千万不要提到我的名字。因

---

① 实际上，在别尔金先生的手稿上，每篇小说的前面都有作者亲笔题字："我从某人（写着官衔或职业和姓名当头字母）处听来。"我们谨为好奇的研究者抄录如下："驿站长"是九等文官А·Г·Н·讲的，"射击"是中校и·л·п·讲的，"棺材商人"是店员ъ·в·讲的，"大风雪"和"小姐——乡下姑娘"是К·М·Т·小姐讲的。——原注

为我虽然十分敬爱作家，可是要我身列著作界就未免多事，而且拿我的年纪来说，也并不合式。

真诚地问候您

一八三〇年十一月廿六日

于涅纳拉多沃村

我们应当尊重我们作者的可敬的友人的愿望，同时对他供给的材料表示最深的谢意。我们希望读者重视这封信的字里行间所流露的真诚和好意。

A·普希金

。。。

射击

13

我们射击了。

巴拉邓斯基①

我发誓以决斗的权利杀死他

(我还有权向他放一枪)。

露营之夜②

我们驻扎在某小城。大家都知道陆军军官的生活，早晨是操练，上骑术科目，然后到团长那里，或者到犹太小酒店里吃中饭，晚上则喝五味酒③，玩纸牌。某小城没有一家接待我们的人家，也没有一个待嫁的小姐；我们只有在彼此的住所里聚会，除了我们自己的军服以外，再也看不到什么了。

在我们这个圈子里面只有一个人不是军人。他大约有三十五岁了，我们就把他当作一个老头子。经验使他在我们面前很占优势；而且他平日那种沉郁寡言，他的严厉的性格和刻毒的言语又在我们年轻人的

---

① E·A·巴拉邓斯基（1800—1844）：俄国诗人，普希金的朋友。这句诗引自他的舞会。

② 《露营之夜》为俄国十二月党人 A·A·别斯图热夫（笔名玛尔林斯基，1797—1837）的作品，当时这本浪漫主义的小说在俄国、欧洲都很风行。他跟普希金友善。

③ 一种与果汁，糖等混合的甜酒。

脑子里发生了很大的作用。一种神秘的气氛笼罩着他的命运：他好像是俄国人，却取了一个外国名字。他曾经在骠骑兵队里供职，甚至还很得意。没有一个人知道使他退伍，住在这贫苦的小城的原因。在这里，他生活过得清苦，同时又很挥霍：他永远步行，穿一件磨光的破旧常礼服；可是他的餐厅里却经常有我们团里全体的军官。不错，他的午餐（一个退伍兵士做出来的）虽然只有两三道菜，可是香槟酒却像河水似地流着。没有人知道他的境况，他的收入情形，也没有人敢问他这些事。他的藏书大部分是军事书和小说。他乐意借给别人阅读，从来不向人讨回；然而他向别人借来的书籍，也从来没有归还原主。用手枪射击是他主要的运动。他屋子里的四壁全给子弹打穿了，全是小孔，好像蜜蜂巢似的。他收藏的手枪种类很多，这是他简陋的土屋里唯一的奢侈品。他枪法的高明到了使人无法相信的程度。倘使他说要在一个人的军帽上放一个梨，开枪打它下来，那么我们团里谁都会毫不踌躇地向他伸出自己的头。我们常常谈到决斗；西尔维奥（这是他的名字）从没有在这种话题上插嘴。有人问他决斗过没有？他只是淡淡地回答一句：决斗过；可是不会再说细节，可见他不喜欢谈这类的问题。我们猜想，一定有什么人做了他那可怕的枪法的不幸的牺牲品，这个人的记忆一直压在他的良心上。但是我们从来没有疑心到他胆小。有一种人，单凭他的外貌就能消除别人对他的这种疑心。可是一件意外的事情叫我们大家都吃惊了。

有一天，我们十来个军官在西尔维奥家吃午饭。我们照平日那样地喝酒，那就是说，喝了很多。饭后我们请主人作庄家，陪我们打牌。他推辞了很久，因为他几乎从来不打牌。后来他叫人拿纸牌来，在桌上倒了五十个金卢布①，坐下发牌了。我们围了他坐着，牌戏开始了。西尔维奥在打牌的时候，有绝对保持沉默的习惯，他从来不争论，也不解释。倘使赌家算错账，他马上将没有付足的余款补足，或者把多付的数目记下来。我们早已知道他这个习惯，从不干涉他按照他自己的办法处理。可是在我们中间有一个军官，不久以前才调到我们这个团里来。他也在这里打牌，心不在焉地多折了一只角②。西尔维奥拿起粉笔，照他自己的习惯，把账算清。那个军官以为他弄错了，就来说明。西尔维奥不作声地继续发牌。军官忍耐不住，拿起刷子把他认为不正确的数字擦掉。西尔维奥又拿粉笔把它记上。那个军官给酒、纸牌和同事的笑声弄昏了，他认为自己受了极大的侮辱，狂怒地抓起桌上的青铜烛台，朝西尔维奥掷过去。要不是西尔维奥闪得快，他就给打中了。我们非常惊慌。西尔维奥站起来，气得脸发白，眼睛冒火，他说：

“亲爱的先生，请出去吧，您得感谢上帝，这件事发生在我家里。”

结局是用不着怀疑的，我们都认为那个新同事就要给打死了。那个军官走出去了，他边走边说，他愿意对这个侮辱行为负责，任凭庄家先生要怎么办都行。我们继续打了几分钟的牌，可是发觉主人的心不在牌上。我们一个接一个地放下牌，回到宿舍去了，一面谈论着快要空出来的名额③。

第二天，在上骑术科目时，我们正在互相询问那个可怜的中尉还活着没有，他本人就在我们中间出现了。我们向他提出同样的问题，

---

① червонец，俄国金币，分五卢布，十卢布两种。

② 即多下一倍赌注。

③ 指那个军官打死后空出来的军官名额。

他说，他还没有得到西尔维奥的任何通知。这句话使我们更惊奇了。我们到了西尔维奥家，看见他正在院子里，对着贴在大门上的爱司（A字）纸牌，子弹一颗接一颗地打进去。他像平常那样地接待我们，关于昨天的事，一个字也不提。过了三天，中尉还活着。我们吃惊地问："难道西尔维奥不准备决斗吗?"西尔维奥没有决斗。那种轻描淡写的解释居然使他满意，他跟中尉和解了。

在我们年轻人的心目中，这件事情起初使他的威信很受损害。缺乏胆量最不容易得到年轻人的谅解，他们认为勇敢是人类美德的高峰，有了它，其他种种缺点都可以宽恕。但是他们渐渐地忘记了一切，西尔维奥又恢复了从前的威望。

只有我一个人不能够再跟他接近了。我天生有一种浪漫的想象，在这以前，我比任何人更爱戴这个人，他的生活是一个谜，在我看来，他是一部神秘小说的主人公。他很爱我，至少他单单对我一个人没有讲过尖酸、刻毒的话，他跟我谈起各种话题来总是现出诚恳的、非常快乐的神气。可是在那个不幸的夜晚之后，我始终认为他的名誉有了污点，而且是自己愿意让这个污点保留下来的——这样一个思想一直没有离开我，使我不能再像从前那样地对待他。我不好意思看他的脸。西尔维奥聪明绝顶，经验丰富，不会没有注意到这种情形，猜出这个原因。这件事情好像使他很苦恼。至少我注意到有两三次他希望跟我解释，可是我却躲开了这一类的机会。以后西尔维奥也就放弃了这个企图。从那个时候起，我只有跟同事们在一起的时候才见到他；我们以前诚恳、坦白的谈话就从此中断了。

有许多事情分心的京城的居民，很难体会到乡村或小城市居民非常熟悉的那许多印象。例如，邮件日期的等待：星期二和星期五我们团部的办公室里挤满了军官，有人在等钱，有人在等信，有人在等报纸。邮件向例就在那里拆开，在那里大家互相传递消息，办公室里现出一幅生动、热闹的图画。西尔维奥的信件是寄到我们团里的，照例他也在这里。

有一天，他收到一封信。他带着非常焦急的神情揭开信上火漆印。他匆忙地把信看了一遍，他的眼睛发亮了。军官们各人只顾看自己的信件，一点也没有注意到。

“先生们，”西尔维奥说，“有一些情况要我马上离开这儿。我今晚就走。希望你们不要拒绝我最后一次的邀请，到我家来吃午饭。我希望您也来，”他掉过身来向着我，又说下去，“您一定要来啊。”

他说了这话，便匆匆地走了。我们大家约好在西尔维奥那里会面以后，也就分手走开了。

在约定的时间，我到了西尔维奥那里，全团的军官几乎都在他那里了。他所有的行李全收拾好了，只剩下光秃秃的、给子弹打穿的墙壁。我们在桌子旁边坐下。主人兴高采烈，他的快乐很快地传染给大家，变成大家共同的快乐。瓶塞时时发出响声，玻璃杯不断地在冒泡沫，不断地发出丝丝的声音。我们很热诚地祝远行的朋友“旅途平安，万事如意”。我们离开桌子站起来的时候，天已经黑了。大家都在取帽子，西尔维奥跟军官们告别。正在我打算走的时候，他拉住我的手，拦住我。

“我要跟您谈谈，”他低声说。

我留了下来。

客人们都走了，只剩下我们两个人。我们面对面地坐下，默默无言地抽着烟斗。西尔维奥心神不安，他那痉挛性的快乐已经看不到一点痕迹了。脸色惨白，眼睛发亮，再加上嘴里吐出浓烟——这样就给他罩上了一个真正魔鬼的外形。过了几分钟，西尔维奥打破了沉默。

“也许，我们永远不会再见面了，”他对我说，“在分别以前，我要向您解释一下。您可能注意到，我很少尊重别人的意见；可是我喜欢您。我觉得：倘使给您留下一个不公平的印象，那会使我痛苦。”

他住了嘴，动手装满他那燃尽的烟斗；我埋下眼睛，不作声。

“您会觉得奇怪，”他接着说下去，“我并没有向这个不讲理的酒鬼P×××要求决斗。您会同意我这个说法：我有选择武器的权利，他的生命就操在我的手里，而我却没有一点危险。我本来可以把我这种节制解释作我的宽宏大量，可是我不愿意撒谎。倘使我能够惩罚P×××，而不会拿我自己的生命冒一点危险，那我绝不会饶恕他。”

我吃惊地望着西尔维奥。这样的自白完全使我莫名其妙了。西尔维奥接下去说：

“事情正是这样：我没有权利使自己死亡。六年前，我挨了一个耳光，我的仇人现在还活着。”

这句话大大地引起了我的好奇心。

“您没有跟他决斗吗？”我问道。“大概环境使你们分开了？”

“我跟他决斗的，”西尔维奥答道，“这就是我们决斗的纪念品。”

西尔维奥站起来，从帽盒里拿出一顶镶着金边、垂了金流苏的红帽子（法国人叫这帽子做 bonnet de police①），他戴上帽子，帽子离额

① 法语：警帽。

上一俄寸①地方给子弹打穿了。

"您知道，"西尔维奥继续说下去，"我在某骠骑兵团服务。我的性格您是知道的：我有好胜逞强的习惯，而且从我小时候起，这个习惯就成了无法制止的欲望。在我们那个时代粗野算是时髦；我是军队里第一个粗野的人。我们以酗酒自豪；我的酒量超过著名的布尔佐夫②（杰尼斯·达维多夫③作诗赞美过的那个人）。在我们团里决斗是家常便饭；在那些决斗中我不是当事人，就是公证人。同事们个个崇拜我，时常调来换去的团长却把我当作去不掉的祸根……

"我正在泰然地（或者并不泰然地）享受我的荣誉的时候，有一个出身显贵、有钱的年轻人（我不想说出他的名字）调到我们团里来了。我一生没有遇见过这样出色的天之骄子！您想想看：年轻，聪明，漂亮，最疯狂的快乐，最无顾忌的勇敢，和那么响亮的名声，无法计算的、永远花不尽的、像流水似的金钱。您自己来想象吧，他会在我们中间产生什么样的作用。我那优越地位动摇了。他惑于我的盛名，开始追求我的友谊；可是我对他很冷淡。他也就毫不惋惜地离开我走了。我恨他。他在团里，在妇女界中得到的成功使我悲观，绝望。我便找事跟他吵架。他用挖苦的警句回答我用来挖苦他的警句，我觉得他的话总是比我的新奇，尖锐，而且确实比我的有趣得多：因为他在开玩

① 原文是 Вершок，俄国旧制长度中的寸。

② А·П·布尔佐夫：骠骑兵军官，以豪饮，粗暴出名。他是达维多夫的同事，诗人为他写过两首诗。

③ Д·В·达维多夫（1784—1839）：俄国诗人，一八一二年抵抗拿破仑侵略战争中俄国游击队的组织者。

笑，而我却是带了恶意。后来，有一天，在一个波兰地主家里的跳舞会上，我看到他成了所有的太太、小姐们（特别是那个从前跟我有过交情的女主人）注意的对象。那个时候我附在他的耳边说了一句老调子的粗话。他红了脸，打我一个耳光。我们两个人都跑去取刀；太太、小姐们吓得昏过去了。别人把我们拉开了，我们就在当天晚上决斗。

“这是天刚亮的时候。我跟三个公证人站在指定的地点。我说不出急躁地等待我的对手。春天的太阳出来了，天已经热起来了。我远远地看见他。他从容地走来，军服搭在马刀上，一个公证人陪着他。我们迎了上去。他走近了，手里捧着一顶盛满樱桃的军帽。公证人给我们量定了十二步的距离。我应该先放枪，可是在我的心里，愤恨的激动是那么强烈，我不敢信任自己手腕的准确。为了使自己有时间冷静下来，我把第一次射击权让给他。我的对手不同意。我们决定抽签。他永远是幸运的宠儿，他抽到了放第一枪的签。他瞄准了，打穿了我的帽子。现在轮到我放枪了。他的生命终于落到我的掌握里来了。我贪婪地望着他，极力想在他身上找到一点惊惶不安的痕迹！哪怕只有一点点也好！他站在手枪前面，一面挑选帽子里熟透的樱桃吃，一面把核吐出来，樱桃核落到我面前来了。他的漠不关心的样子激怒了我。我想到，‘现在我要拿走他毫不在乎的生命，这对我有什么好处呢?’一个恶毒的念头闪过我的脑子。我放下了手枪。

“‘您现在对于死好像并不感到兴趣，我对他说，‘您请回去吃早点吧，我不想打扰您了。’

“‘您一点也没有打扰我，’他说‘请放枪吧。可是，也随您的便，您还有权放这一枪。我随时准备听您的吩咐。’

“我掉过头向公证人声明，我今天不打算放枪。决斗就这样结束了……

“我退伍以后，就搬到这个小城里住下来。从那个时候起，我没有一天不想到报仇。现在我的时间到了……”

西尔维奥从他的衣袋里拿出早晨收到的信给我看。有一个人（好像是他的事务代理人）从莫斯科给他来信，告诉他某人将和一个年轻、漂亮的小姐正式结婚。

“您想到，”西尔维奥说，“那个某人是谁吧。我要到莫斯科去。我们倒要看看，他在结婚的前夕迎接‘死’，是不是还像从前一边吃樱桃、一边等死那种毫不在乎的样子！”

西尔维奥说完这些话，就站起来，把帽子丢在地上，开始在屋子里踱来踱去，活像一只关在笼里的老虎一样。我不作声地听着他说，一些古怪的、自相矛盾的感情使我激动。

仆人进来报告，马准备好了。西尔维奥紧紧地握着我的手。我们吻着告别了。他坐上马车，车上已放好两只箱子，一只放手枪，一只装他的杂物。我们又告别一次，马便飞奔起来。

一八三〇年十月十二日晚九时

二

过了几年，家庭的状况迫使我不得不移居在H县一个贫穷的小村子里。我料理着田地上的事务，却不断地想起我从前热闹的、无忧无虑的生活，暗暗地叹息。最困难的是，要我养成习惯，完全孤独地消磨秋天和冬天的夜晚。午饭前的一段时间，我还可以勉强消磨过去，例如跟村长聊天，到各处去视察工作，巡视新添设的机构。可是，只要天开始发黑，我就完全不知道该怎么办才好了。我在橱底下，或者贮藏室里能够找到的那些为数不多的书，我都看得背得出来了；只要是女管家基里洛芙娜能够记得的那一切的故事，我都听了几遍了；村妇们的歌曲引起我的愁闷。我开始喝起不掺糖的果子酒来。但是喝酒使我头痛，而且我承认，我害怕变成“借酒浇愁”的酒徒，那就是说，最无可救药的酒徒。这一类例子，我在我们县里看得太多了。除了两三个无可救药的酒徒以外，我再没有近邻，他们的谈话大部分是打嗐和叹气。我觉得孤寂比跟他们在一起还容易忍受些。

离我家四维尔斯特①的地方，有一个属于B·伯爵夫人的富饶的领地。可是只有管理人住在那里，伯爵夫人仅仅在她出嫁后头一年到自己领地来过一次，而且在那里还没有住上一个月。可是我到这里隐居后第三年春天，就听见人说伯爵夫人要跟她的丈夫到自己村子里来度夏。的确，他们在六月初就到了。

有钱的邻人到乡下来，对乡村居民是一件重大的事情。地主和他们的农民们从两个月以前一直到三年以后都要谈论这件事。至于我呢，我得承认，这个年轻、漂亮的女邻人来到的消息使我非常兴奋。我非常焦急地等着见她。因此在她到达后第一个星期天，我吃过午饭便到某村去，以最近的邻人和最恭顺的仆人的名义拜望他们夫妇。

---

① 俄里，等于一·〇六七公里。

23

仆人把我领进了伯爵的书房，便去通报我来拜访伯爵。宽大的书房布置得无比的华丽：靠壁排着书橱，每个书橱上摆得有一尊青铜的胸像；大理石的壁炉架上悬着一面大镜；地板上铺了绿呢，然后又铺上地毯。我住在那个贫穷的角落里，已经不习惯奢侈的生活了，而且已经很久没有看到别人的豪华了，因此我有点胆怯，怀着一种战战兢兢的心情等待伯爵进来，好像外省的请愿者等候大臣出来一样。门开了，进来一个年纪在三十二岁上下、非常漂亮的男人。伯爵带着直爽而和蔼的态度走到我面前，我竭力鼓起勇气，正要向他介绍我自己，可是他抢先说了。我们坐下来。他那随便而亲切的谈话很快地驱除了我那种怕生的羞怯。我刚刚恢复了常态，可是伯爵夫人突然走进来，我比先前更窘了。她的确是一个美人。伯爵给我介绍。我要做出大方的样子，可是我愈努力装出潇洒自如的样子，我愈觉得自己笨拙。他们为了让我有时间恢复常态，而且和新朋友熟悉，就自己交谈起来，把我当作一个忠厚的邻人，对我不拘礼节了。这个时候，我就在屋子里踱来踱去，看看藏书和图画。我不是一个图画的鉴赏家，可是有一张画却引起我的注意。这是一张瑞士风景画。不过引起我注意的并不是画笔，而是画上两颗子弹打穿的小洞，一颗子弹正正打在另一颗上面。

“枪法太好了，”我掉过头对伯爵说。

“是啊，”他答道，“了不起的枪法。”他继续往下说：“您的枪法好吗?”

“还可以，”我答道。我很高兴，谈话终于转到我所熟悉的题目上来了。“隔三十步开枪打纸牌，我不会落空，当然得用熟习的手枪。”

“是吗?”伯爵夫人带着非常注意的神情说。“那么你呢，亲爱的，你能够隔三十步打中纸牌吗?”

“我们什么时候来试一下。”伯爵答道。“我那个时候枪法还不坏呢；可是现在我已经有四年没有摸过手枪了。”

“哦，”我说，“在这种情况下，我敢跟您阁下打赌，您就是隔二十步也打不中纸牌了。手枪需要天天练习，这是我从经验知道的。在我们团里面，我也算是一个很好的射击手。有一次，我整整一个月没有摸过手枪，我的手枪拿去修理了。您想怎么样呢，伯爵阁下？以后，我再来射击的时候，头一次隔二十五步射一只酒瓶，一连四次我都没有打中。我们团里有一个骑兵上尉，是个很聪明、很有风趣的人，他刚巧在那儿，他就对我说：‘你知道吗，老弟，你的手不肯举起来打瓶子了。’不，阁下，不应该轻视这种练习，要不，您一下子就荒废了。我遇到过一个很好的射击手，他每天午饭前射击三次。这是他的习惯，好像每天喝杯伏特加一样。”

伯爵和伯爵夫人听见我讲话，很高兴。

“那么，他的枪法怎样?”伯爵问我。

“就是这样，伯爵阁下。有时候他要是看到一只苍蝇停在墙上……伯爵夫人，您觉得好笑吗？上帝作证，这是真的。他要是看到苍蝇，他就大声说：‘库齐卡①，把我的手枪拿来。’库齐卡把装上子弹的手枪递给他。他‘啪的’一枪，苍蝇打进墙壁里去了!”

“这可了不起!”伯爵说。“他叫什么名字?”

---

① 仆人的名字。

“他叫西尔维奥，伯爵阁下。”

“西尔维奥!”伯爵惊叫道，就站起来。“您认识西尔维奥?”

“怎么不认识他，伯爵阁下，我们还是好朋友。我们团里就把他当作自己弟兄辈一般的同事看待。可是现在已经有五年光景了，我得不到他一点消息。这样看来，伯爵阁下，您也认识他了。”

“认识，还很熟呢。他没有跟您讲过……可是，不会的；我想他未必会说；——他没有跟您说过一件非常古怪的事情吗?”

“伯爵阁下，您不是指他在跳舞会上给一个无赖打耳光的事吗?”

“那么，他告诉过您，这个无赖的名字吗?”

“没有，伯爵阁下，他没有说过……哦!伯爵阁下，”我接着说下去，猜到事情的真相了，“原谅我……我并不知道……这可能就是您吗?……”

“就是我，”伯爵带着很窘的样子答道，“这张给子弹打穿的图画正是我们最后一次见面的纪念品。”

“啊，亲爱的，”伯爵夫人说，“看在上帝份上，不要说了。我听着还害怕呢。”

“不，”伯爵说，“我什么都要告诉他。他知道我怎样侮辱了他的朋友；我也要让他知道，西尔维奥怎样地向我报了仇。”伯爵把安乐椅移近我，我怀了极大的好奇心听完下面的故事。

“五年前我结了婚。——第一个月，我在此地，在这个村子度‘蜜月’①。我应当为着我一生中最好的时间，和一个最痛苦的回忆感谢这

---

① 原文这里用英文：the honey moon。

所房屋。

“有一天黄昏，我和妻一块儿骑马出去。妻的马不知道为什么发了性子。她害怕起来，把缰绳交给我，走着回家去。我骑马先到家。在院子里我看见一部旅行马车。佣人告诉我，在我的书房里坐着一个人，他不肯说出自己的名字，只是简单地说，他有事找我。我走进那间屋子，在黑暗中看见一个满身尘土、满颊胡须的人。他站在这儿，壁炉前面。我走近他，努力在追忆他的面貌。

“‘伯爵，你不认识我了吗?’他用发抖的声音说。

“‘西尔维奥!’我叫起来，而且我承认，我突然觉得毛骨悚然了。

“‘正是，’他接着说下去，‘我还有权放一枪①。我赶来放出我手枪里的这一颗子弹。你准备好吗?’

“他的手枪在插袋里突起来。我量了十二步距离，便站到那一边角落去，请他早些开枪，趁现在妻还没有回家的时候。他拖延着——他要求点灯。蜡烛拿来了。——我锁上门，吩咐不让任何人进来，再请他放枪。他拔出手枪，瞄准……我一秒、一秒地计算时间……我想到她……可怕的一瞬间过去了！西尔维奥把手放下来。

“‘很可惜，’他说，‘手枪里装着的不是樱桃核……子弹太重了。我总觉得，我们不是在决斗，是在杀人：我不习惯对没有武器的人瞄准。我们重新开始吧。我们来抽签，看谁先放枪。’

“我的头昏了……我好像并不同意……后来我们又装好另一支手枪。卷好两张字条，他把它们放在那顶从前给我打穿过的军帽里面。

① 针对上文“您还有权放这一枪”而说。

我又摸到了第一号。

“‘伯爵，你真有魔鬼那样的好运气，’他冷笑地说，我永远也不会忘记他那个笑容。

“我到现在还不明白，我当时发生了什么事，而且他用什么方法可以强迫我这样……不过，我开了枪，打穿了这幅画。”（伯爵用手指指点着那幅打穿了的画。他的脸红得像火一样，伯爵夫人的脸比她的手帕还要白。我忍不住叫起来了。）

“我放了一枪，”伯爵接下去说，“谢谢上帝，我没有打中。那个时候，西尔维奥……——那个时候，他实在可怕极了，——西尔维奥向我瞄准……突然门开了，玛莎①跑进来，她大叫一声，就扑过来，抱住我的颈项。她一来使我的勇气完全恢复了。

“‘亲爱的，’我对她说，‘难道你看不出来，我们在开玩笑吗？你怎么吓成了这样！走吧，去喝一杯水，再到我们这儿来，我要给你介绍一个老朋友，我的同事。’

“玛莎并不相信我的话。

“‘请您告诉我，我丈夫说的是真话吗？’她转过身对神情可怕的西尔维奥说，‘你们两个人真的闹着玩吗？’

“‘伯爵夫人，他一向爱开玩笑，’西尔维奥回答她，‘有一次他开玩笑打了我一个耳光，还有一次他开玩笑打穿我这顶帽子，刚才他又开玩笑不打中我。现在我也想来开开玩笑……’”

“他说了这些话，就举起手枪来对我瞄准……而且当着她的面！玛

① 伯爵夫人的名字。

莎跪倒在他的脚跟前。

“‘起来，玛莎，你不害羞吗！’我发狂地叫起来，‘先生，请您不要再作弄这个可怜的女人，好吗？您到底要不要开枪！’

“‘不开枪了，’西尔维奥答道，‘我满意了：我看到你的惊惶，你的胆怯。我强迫你向我开枪。我已经满意了。你会永远记住我的。我把你交给你自己的良心去裁判吧。’

“于是，他回头走了。可是他又在房门口站住，看一眼那幅给我打穿了的图画，差不多并不瞄准地朝它放了一枪，就出去了。妻晕过去了。佣人不敢拦住他，只是恐怖地望着。他走到阶前，大声唤他的车夫，等不到我清醒过来，他已经走远了。”

伯爵沉默了。这样，我知道了故事的结尾，它的开端曾经那样地使我吃惊过的。以后我再也没有见到故事的主人公了。听人说，在希腊人亚历山大·伊卜西伦季①起义的时候，西尔维奥率领了一队希腊独立运动的志士，在斯库列尼城②战役中牺牲了。

一八三〇年十月十四日

---

① 希腊人亚历山大·伊卜西伦季（1792—1828）：希腊反抗土耳其的独立运动领袖之一。一八二〇年起义，一八二一年失败逃亡奥地利。在一八二〇年冬普希金曾在诗人达维多夫家中见过他。

② 在普鲁特河岸，一八二一年六月十九日希腊独立军在这里为土耳其军队击败。

。。。

大风雪

31

马儿在山坡上飞驰，

践踏厚厚的积雪……

一座圣洁的教堂，

它孤独地立在路旁。

…………………………

猛然，刮起一阵雪风；

白雪片片，落个不息；

在雪橇上头，乌鸦拍着翅膀

盘旋在我们的头上。

它的啼声是不祥的预兆！

马儿赶忙奔跑，

直视黑暗的远方

竖起鬃毛……

茹科夫斯基①

① A·B·茹科夫斯基（1783—1852），俄国诗人，普希金的前辈。上面的诗引自他的叙事诗《斯薇特兰娜》。

在一八一一年年底（这是我们忘不了的时期），善良的加夫里拉·加夫里洛维奇·罗……住在涅纳拉多沃村自己的领地上。他在这个区域以好客和对人亲切出名。邻居们时常到他那里去吃、喝，跟他的妻子普拉斯科维雅·彼得罗芙娜玩五戈比的“波斯顿”纸牌游戏，有一些人却是为了拜望他们的女儿玛丽娅·加夫里洛芙娜，那个脸色苍白、身材苗条的十七岁少女来的。大家都认为她是一个有钱的新娘，许多人都想得到她，不是为着他自己，就是为他的儿子打算。

玛丽娅·加夫里洛芙娜是受着法国小说的熏陶长大的，这就是说，她已经堕入情网了。她挑选的意中人是一个没有钱的陆军准尉，他正在休假，住在自己的村子里。不用说，那个年轻人对她的感情也是同样地热烈。可是她的父母注意到双方的相爱，不许他们的女儿想念他，因而接待他也就冷淡起来，比一个退休的陪审官都不如了。

我们的情人们开始通信了，每天秘密地在小松林里，或者老教堂旁边会面。在那里，他们互相发誓“相爱不渝”；他们抱怨命运，想出了种种的计划。这样一来，他们在写信、谈话的中间，很自然地得到了下面的结论：既然我们中间少一个人便不能生活，而我们的不近人情的父母的意志又是我们幸福的障碍，那么我们不管他们的意志就不行吗？不用说，这个好主意居然让我们年轻人想到了，而且它又跟玛丽娅·加夫里洛芙娜的浪漫的幻想特别适合。

冬天到了，他们的会面中断了，可是书信往还却格外勤了。弗拉基米尔·尼古拉耶维奇在每封信里都恳求她：把身子交给他，跟他秘密结婚，躲藏一些时候，然后跪在她父母的膝前。当然，他们终于会让情人们的英勇的恒心和不幸感动的，他们一定会说：“孩子们，到我们怀里来吧!”

玛丽娅·加夫里洛芙娜踌躇了好久，许多逃走的计划她都不赞成，最后她同意了。在出走的那天，她应该不吃晚饭，藉口头痛躲到自己的屋子里去。她的女仆是她的同谋者。她们两个人应该从后门到花园去，花园后面有一辆预备好的雪橇。她们坐上雪橇直奔离涅纳拉多沃村五维尔斯特的扎德林诺村，赶到教堂去。弗拉基米尔会在那里等候她们。

在决定日子的前夜，玛丽娅·加夫里洛芙娜整晚没有睡觉。她把东西收检了一下，包了一些衬衫和衣服，给她的朋友，一个多情的小姐写了一封长信，另外给父母写了一封信。她用最令人感动的句子向他们告别，拿克服不了的、热情的力量作藉口来辩护自己的过失。她在信的末尾写着：倘使她得到允许跪在她最亲爱的父母的膝前，那个时候才是她一生最幸福的时刻。她用图拉①的火漆印封好两封信，火漆印上刻着两颗燃烧的心，和一句适当的题词。天快亮的时候她才倒在床上，迷迷糊糊睡去了。可是恐怖的梦景还不断地在扰乱她的睡眠。一会儿她觉得，仿佛她正坐上雪橇去行婚礼，就在那个时候，她的父亲来阻止她，用使人受不了的迅速的动作把她拖到雪地上，丢到黑暗的、无底的深渊里去……她头朝前掉了下去，心里说不出的难过。一会儿她看见弗拉基米尔躺在草地上，脸色苍白，浑身鲜血。垂死的人用刺耳的声音哀求她，赶快跟他结婚……另外还有一些丑恶的、无意义的幻象一个接一个地出现在她的眼前。后来，她起床的时候，脸色比平日更苍白些，而且真的头痛了。父母看出她的不安宁；他们的慈

---

① 这地方以雕刻金属物品出名。

爱的关切和不断的询问："玛莎①，你怎么啦？玛莎，你是不是不舒服了？"使她心如刀割。她极力想安慰他们，装出快活的样子，可是假装不出来。到了晚上，她想到这是她在家里所过的日子的最后一刻了，这个思想使她心痛。她差不多像死人一样。她在心里暗暗地跟家中所有的人，和她四周所有的东西全告了别。

晚饭开上来了；她的心狂跳得厉害。她用战抖的声音说，"不想吃晚饭，"便离开了父母。他们吻了她，像平日一样地给她祝福。她差一点哭出来了。她回到自己的屋子，倒在安乐椅上，眼泪直流。女仆劝她镇定，振作起精神来。一切都准备好了。隔半小时玛莎就得永远离开父母的家，离开她自己的屋子，和她平静的少女生活……门外刮起了大风雪。风在狂吼，百叶窗在摇晃，发出响声。她觉得一切都是危险而不祥的预兆。不久屋子里什么都安静了，什么人都睡熟了。玛莎围上披巾，穿上暖和的外衣，手里提一只小箱子，从后门出去。她的女仆带了两个包裹跟着她。她们走到花园。大风雪并没有平静，狂风迎面吹来，好像在阻止这个年轻的女犯人。她们好容易才走到花园的尽头，雪橇已经在路上等候她们了。马快冻僵了，它们不肯站住不动；弗拉基米尔的车夫在车辕前面走来走去，想使它们安静下来。他扶着小姐和她的女仆坐上雪橇，放好小箱子和包裹，抓起缰绳，马便飞奔了。现在让我们把小姐交给命运、交给车夫捷列什卡的技术去，我们且掉过头来讲讲我们那位年轻的情人吧。

弗拉基米尔坐车跑了一整天。早晨他到扎德林诺村牧师那里去了，

---

① 玛丽娅之爱称。

好容易才跟他说妥当。然后他又到邻居地主中间去找证人。他最先去找的是一个退伍的旗手，四十岁光景的德拉文，那个人倒很高兴地同意了。他说这件冒险事情使他回想起从前年轻的日子，和在骠骑兵中间的一些恶作剧。他劝弗拉基米尔留在他那里吃午饭，还向他保证其余两个证人不会成问题。事实上，午饭后不久就来了一个留有胡须的、靴跟上戴踢马刺的测量员什米特，和本县警察局长的儿子，前不久才加入枪骑兵的十六岁少年。他们不仅同意他的提议，甚至还对他发誓，准备为他效力，甚至不惜牺牲生命。弗拉基米尔非常高兴地拥抱了他们，然后回家去预备一切了。

天已经黑了好久。他对他那个忠实可靠的捷列什卡详细地、机密地吩咐了一番，派他赶着自己的三匹马拉的雪橇到涅纳拉多沃村去。他自己另外雇了一部一匹马拉的小雪橇，不带车夫，一个人动身到扎德林诺村去。大约两个钟点以后玛丽娅·加夫里洛芙娜也应该到达那里了。他认识路，而且全程只需要二十分钟。

可是弗拉基米尔刚出了村子，来到田野，就刮起风来了，而且竟然是那样的一场大风雪，他连什么都看不到了。过了一分钟，路全给封住了，近郊在混浊和黄色的雾里消失了，在雾中白雪大片大片地飞下来，天地成了一色。弗拉基米尔发觉自己到了旷野里了，他要想重新走到大路去，可是没有一点办法。马胡乱地踩着走，不是跑上雪堆，就是陷进洼地里去，所以雪橇常常翻倒。弗拉基米尔努力不要迷失正确的方向，可是他觉得已经过了半个多钟头，还没有走到扎德林诺村的树林。大约又有十分钟过去了，还是没有看到林子。弗拉基米尔走过了一片给深沟切断的田野。大风雪并没有停止，天色也没有开朗一点。马开始疲乏了，而他却汗流如雨，虽然他常常陷到没腰的雪里去。

后来他觉得，他走错方向了。弗拉基米尔勒住马，开始思索，回忆，考虑，后来他断定应该向右边走。他便向右走了。他的马勉勉强强在迈步。现在他在路上已经走了一个多钟点了。扎德林诺村应该不远了吧。可是他走着，走着，总走不出田野。全是雪堆和深沟，雪橇接连不断地翻倒，每次他都得把它扳正。时间不停地过去。弗拉基米尔开始感到很大的烦恼了。

他终于看到那一边有什么黑黑的东西。弗拉基米尔便弯到那边去。等到走近时，他才看见是一片树林。“谢谢上帝，”他想道，“现在可近了。”他靠着树林走去，希望很快走到那条熟路上，或者绕过树林，扎德林诺村马上就在它后面出现了。他很快找到了路，走进冬天掉光叶子的树林的黑暗中去了。风不能够在这里怒号了，路是平坦的，马又鼓起勇气来，于是弗拉基米尔安心了。

可是他走着，走着，扎德林诺村还是看不到；树林长得没有尽头。弗拉基米尔惊恐地发觉，他走进了一片陌生的树林了。他感到绝望了。他用鞭子打马，那个可怜的动物跑了一阵，但是不久又慢下来，再过一刻钟，它就一步一步地踩着走了，不管可怜的弗拉基米尔怎样努力都没有用。

树林渐渐地稀了。弗拉基米尔走出了树林，扎德林诺村还是看不见。这时候应该快到夜半了。眼泪从他的眼睛里流下来，他漫无目标地乱赶着雪橇。这时候风雪平息了，云消散了，在他的面前展开一片铺着起波纹的白色地毯的平原。夜晚十分清澈。他看得见不远的地方有一个约有四五家人家的小村子。弗拉基米尔赶着雪橇到那边去。在第一家茅屋前面，他从雪橇上跳下来，奔到窗前，敲着窗。隔了几分钟，木头百叶窗举起，一个老头子伸出他的灰白的胡子来。

“什么事?”

“扎德林诺村离这儿远不远?”

“你问扎德林诺村离这儿远不远吗?”

“是的，是的！远吗?”

“不远，再走十维尔斯特。”

弗拉基米尔听了这句话，抓住自己的头发，一动都不动地站着，好像是一个宣告了死罪的人。

“你从哪儿来?”老头子接下去说。可是弗拉基米尔没有心思回答这个问题了。

“老头子，”他说，“你能不能给我找几匹马，拉我到扎德林诺村去。”

“我们这儿哪会有马?”这个农人答道。

“那么，我连一个带路人都找不到吗？随便他要多少钱，我都给。”

“等着，”老头子一面说，一面放下百叶窗，我叫我儿子出来，他会给你带路。”

弗拉基米尔站着等待。还没有过一分钟，他又去敲窗子了。百叶窗举起来，又露出了老头子的胡子。

“什么事?”

“你儿子怎么啦?”

“马上就出来，他已经在穿皮靴。也许你觉得冷？进来取取暖吧。”

“谢谢，快一点叫你儿子出来吧。”

门嘎吱响了，一个带傻相的少年走出来，他在前面走，一面指点，一面在找积雪所封住的路。

“几点钟了?”弗拉基米尔问他。

“快天亮了，”这个年轻的农人答道。弗拉基米尔一句话也说不出来了。

他们走到扎德林诺村的时候，公鸡啼过了，天也大亮了。教堂门关着。弗拉基米尔付钱给带路人，就走进院子去找牧师。他那部三匹马的雪橇不在院子里。等待他的是什么样的消息呢!

现在让我们回到涅纳拉多沃村那一对善良的地主夫妇那里去吧，看看那里发生了什么事情。

其实什么事也没有。

老人们一早醒来，就到客厅去。加夫里拉·加夫里洛维奇还戴着睡帽，穿着软棉布的短上衣。普拉斯科维雅·彼得罗芙娜穿着棉晨衣。茶炊端上来了。加夫里拉·加夫里洛维奇差女仆去看玛丽娅·加夫里洛芙娜，问她身体怎么样?晚上睡得怎么样?女仆回来说，小姐睡得不好，可是她现在感到舒服些了，她马上就到客厅来。果然，门打开了，玛丽娅·加夫里洛芙娜就走上来跟她亲爱的爸爸、妈妈请早安。

“你头痛怎么样了?玛莎?”加夫里拉·加夫里洛维奇问道。

“好一点了，亲爱的爸爸，”玛莎答道。

“玛莎，昨天你一定中炭气毒了，”普拉斯科维雅·彼得罗芙娜说。

“也许是吧，亲爱的妈妈，”玛莎答道。

白天平安无事地过去了，可是到了夜里，玛莎生病了。他们派人到城里去请医生。医生傍晚才到，正遇到病人在说胡话。一场可怕的热病发作了，可怜的病人在坟墓边上徘徊了整整两个星期。

家里没有一个人知道私奔的事情。前一晚写好的信已经烧毁了。她的女仆对谁都不敢提这件事，害怕老爷发脾气。牧师，退伍的旗手，留胡须的测量员，年轻的枪骑兵都是谨慎的，不会多嘴。车夫捷列什卡连喝醉酒的时候，也永远没有多说一句话。这样一来那个秘密居然让半打以上的同谋者保守住了。可是玛丽娅·加夫里洛芙娜自己却在接连不断的呓语中，说出自己的秘密来了。不过她的话是那么不连贯，所以母亲（她没有离开过床边）也只能从那些话里知道她女儿死心塌地地爱上了弗拉基米尔·尼古拉耶维奇，而且认定爱情是她生病的原因。她跟自己的丈夫，和几个邻居商量。最后大家一致决定：玛丽娅·加夫里洛芙娜的命运分明是这样的了，命中注定的事逃不了，贫穷不是罪过，女人是跟男人结婚，而不是跟他的财富结婚，等等。当我们无法替自己的行为找出辩护理由的时候，在这种场合，道德的格言就会产生非常大的效用。

在这个期间小姐的健康开始恢复了。加夫里拉·加夫里洛维奇家里已经很久没有见到弗拉基米尔了。他害怕在这里受到平日的那种接待。他们派人到他那里去，通知他一个意外的好消息：答应他们的婚事。可是他们只收到他一封半疯狂的信，来回答他们的邀请，这事情叫涅纳拉多沃村那一对地主夫妇多么吃惊！他告诉他们：他的脚永远不会再踏进他们家的门，他请求他们忘记他这个不幸的人，现在死是他唯一的希望了。过了几天，他们听到弗拉基米尔回到军队里去了。这是一八一二年的事。

他们很久都不敢把这个消息告诉病刚好的玛莎。她也不再提起弗拉基米尔的名字。几个月以后，他们从博罗季诺①战役中立过战功、受了重伤的军人名册里找到他的名字，她昏过去了，他们担心她的热病又要发作。然而，谢谢上帝，这次昏过去并没有引起什么后果。

另一个灾祸又落到她的头上：加夫里拉·加夫里洛维奇死了，把全部的财产都留给她。可是遗产并不能安慰她。她真诚地分担着可怜的普拉斯科维雅·彼得罗芙娜的悲痛，发誓永远不跟她分离。她们便离开涅纳拉多沃村，这个有那么多悲痛的记忆的地方，移居到某领地上去了。

这里又有一些求婚者包围在这个美貌的、有钱的待嫁女郎的左右了，可是她并没有给哪一个人一点最小的希望。有时候，母亲劝她给自己选择伴侣，玛丽娅·加夫里洛芙娜就会摇摇头，沉思起来。弗拉基米尔已经不在人世了，他在法国人进入莫斯科的前夕，死在那里了。现在他的纪念物对于玛莎都变成了神圣的东西，至少她把一切能够使她想起他的东西全保存起来：他读过的书本，他的画，他抄给她的乐谱和诗。邻居们知道了这一切，都对她那种始终不渝的爱情表示惊奇，也就带着好奇心在等待一位终于会战胜这个处女阿尔其美斯②的悲惨的贞节的英雄出来。

在这期间，战争光荣地结束了。我们的军队从国外开回来了，人民跑去迎接他们。乐器在奏凯旋的歌曲：Vive Henri-Quatre③和芍亢

---

① 指离开莫斯科五十英里光景的村子，拿破仑第一侵略俄国时，俄、法军队在这里展开了一次血战。

② 古希腊皇后，以对丈夫毛索罗斯忠实为后人所称道。

③ 法文：亨利第四万岁。

特①中杜罗莱斯舞曲和短歌。军官们出征的时候几乎都是少年，回来的时候都变成胸前挂着勋章的、英俊的壮年人了。兵士们在他们自己人中间快乐地谈话，谈话中常常夹杂了一些法国话和德国话。真是难忘的时候！光荣和狂欢的时候！俄国人的心在“祖国”这个字眼跟前怎样地在狂跳啊！见面的眼泪是多么甜蜜啊！我们完全一致地将民族的骄傲和对沙皇②的爱戴结合在一起了！对于他，这又是怎样的一个时候啊！

女人，俄罗斯的女人，在这时候是谁也比不上的。她们平日的冷淡消失了，她们的热诚真是令人心醉。她们迎接胜利者的时候，大声喊着：乌拉③！

而把她们的帽子丢在高空④

那时候的军官里面哪一个人会不承认俄罗斯的女人给了他们最好的、最可宝贵的报酬呢？……

在这个光辉灿烂的时期，玛丽娅·加夫里洛芙娜跟她母亲一起住在某省，没有看到两个京城⑤怎样热烈地欢迎军队凯旋。可是县里、乡下也是一片欢腾的景象，也许还要超过京城。在那些地方，军官一出现，他就成了真正胜利的化身，那些穿常礼服的情人在他们面前大为逊色了。

---

① 法国的滑稽歌剧，一八一四年在巴黎大受欢迎。

② 指俄皇亚历山大一世。

③ 俄语：万岁。

④ 引自俄国剧作家A·C·格里鲍耶多夫的名剧《聪明误》。

⑤ 指当时的新都彼得堡和旧都莫斯科。

我们已经说过，玛丽娅·加夫里洛芙娜不管怎样地淡漠，她还是照样受到求婚者的包围。可是她的宅子里出现了一位受伤的骠骑兵上校布尔明以后，他们全退让了。上校的纽扣孔里挂了一个圣乔治的十字勋章，脸上带有当地小姐们所说的“动人的苍白”。他大约有二十六岁。他休假，回到自己的领地上来，他的领地就在玛丽娅·加夫里洛芙娜的村子附近。玛丽娅·加夫里洛芙娜对他很感兴趣，在他面前，她显得很活泼，平日的那种愁闷的神情不见了。我们不能说，她向他卖弄风情，可是，倘使诗人注意到她的举动，他会说：

*Se amor non e，che duncue?*① ……

真的，布尔明是一个非常可爱的年轻人。他有那种讨女人喜欢的聪明：他的礼貌和对人观察里没有一点做作，但多少也有点不在乎的嘲讽的味道。他对待玛丽娅·加夫里洛芙娜的举动却是简单而诚恳的；可是不论她说什么，或者做什么，他的心灵和视线总是一直在追随着她。他像是一个安静、质朴的人；可是外面传说：他从前是一个荒唐的浪子。然而在玛丽娅·加夫里洛芙娜看来，这对他并没有什么损害，她像一般年青的小姐那样，满意地宽恕了那些表示大胆、热情性格的胡闹行为。

但是年轻骠骑兵的沉默远比一切（比他的温柔，他的愉快的谈话，他的动人的苍白和缠着绷带的胳膊……）更能挑动她的好奇心，激发她的想象。她不能不承认：他很中意她；而他凭他的聪明和经验，也可能早已注意到她喜欢他了。那么为什么直到这个时候还没有看见他

---

① “如果这不是爱，这又是什么呢?”引自意大利诗人 Francesco Petrarca（1304—1374）的诗句。

跪在自己的脚前，还没有听到他的爱情的告白呢？是什么阻止了他？是那种和真正的爱情分不开的羞怯，还是骄傲，还是那种狡猾追求者的作态呢？这对她是一个谜。她仔细想了一下，就断定羞怯是唯一的原因。她决定用更大的关怀来鼓励他，倘使环境许可，甚至用柔情来鼓舞他。她准备着一个非常意外的团圆的结局，她不能忍耐地等着那个带浪漫气氛的最后说明的时刻到来。秘密，不管是哪一种秘密，总是叫女人感到难受的。她的战略得到了预期的成功：至少布尔明现出那种沉思的表情来了，他的黑眼睛带了那样的火焰望着玛丽娅·加夫里洛芙娜，仿佛决定的时刻已经快到了。邻居们都在谈论婚事，好像它是早已确定的事情了。善良的普拉斯科维雅·彼得罗芙娜庆幸她的女儿终于自己找到了一个配得上她的未婚夫。

有一天，老太太独自坐在客厅里用纸牌占卜。布尔明走进屋子里来，马上就问玛丽娅·加夫里洛芙娜在什么地方。

“她在花园里，”老太太说道，“到她那儿去吧，我在这儿等你们。”

布尔明走了，老太太在胸前划着十字，想道：“事情今天可能就决定了！”

布尔明在池边，柳树下面找到了玛丽娅·加夫里洛芙娜。她手里捧了一本书，穿着一件白袍子，真和小说里的女主人公一样。在最初的问话以后，玛丽娅·加夫里洛芙娜故意让谈话中断了，这样一来，便增加了他们两人间的窘态，只有突然的明显的爱情的表白，才能够给他们解围。事情就是这样发生的：布尔明感觉到自己处境的困难，就开口说，他早就在找寻一个机会来对她吐露胸怀，恳求她倾听一会儿。玛丽娅·加夫里洛芙娜便合上书本，埋下眼睛表示同意。

“我爱您，”布尔明说道，“我热烈地爱着您……（玛丽娅·加夫里洛芙娜脸红了，头埋得更低了）。我举动不谨慎，让自己习惯于每天看见您、听到您声音的幸福……（玛丽娅·加夫里洛芙娜想到了圣·普乐①的第一封信）。不过现在要抗拒我的命运已经迟了，您的没有人比得上的亲爱的形象，今后在我的记忆里会成为生活中的痛苦和慰藉的泉源。可是现在还有一个重大的义务留给我执行，那就是向您吐露一件可怕的秘密，一个消灭不了的障碍横在我们中间……”

“障碍是永远存在的，”玛丽娅·加夫里洛芙娜急急地插嘴说：“我绝不能做您的妻子……”

“我知道，”他轻轻地说，“我知道，您曾经爱上过别人，然而死和悲痛的三年……善良的、亲爱的玛丽娅·加夫里洛芙娜！不要再剥夺我最后的安慰：我在想，您会同意造就我的幸福，倘使……”

“不要说了，看在上帝的面上，不要说了，您使我心里难过。”

“是的，我知道，我感到，您本来应该属于我的，然而——我是天底下最不幸的人……我已经结婚了！”

玛丽娅·加夫里洛芙娜惊讶地望着他。

“我已经结婚了，”布尔明接着说下去：“我结婚已经到第四个年头，我还不知道哪一个人是我的妻子，她又在哪儿，而且我是不是还会再看见她！”

“您说什么？”玛丽娅·加夫里洛芙娜大声说。“多么奇怪，讲下去

① 指法国作家卢梭（1712—1778）的书信体小说《新爱洛绮丝》中的男主人公。这小说当时在俄国风行一时。

吧；我以后也要讲给您听……，可是您先讲下去，请您讲。”

“一八一二年年初，”布尔明说道，“我赶到维尔纳去，我们的联队驻扎在那儿。晚上已经很迟，我到了某一个驿站，就赶快叫人套马。那个时候突然起了大风雪，站长和车夫都劝我等着大风雪过去后再说。我听了他们的话，可是我感到一种不可理解的不安，好像有人在后面推我走似的。这时大风雪并没有停止。我不能够再待下去了，又叫人给我套上马，就冒着那样的大风雪上路了。车夫决定顺着河边走，大约可以缩短我们三维尔斯特的路程。河边铺满了雪，车夫错过了我们应该转弯走上大路的地方，结果，我们就发觉走到一个陌生的地区来了。风雪还是没有平息。我看到远处有灯光，便吩咐往那边跑去。我们到了一个村子，木头造的教堂里燃着灯，教堂门开着，木栅外面停着几部雪橇，有人在教堂门口走进走出。

“‘到这儿来，到这儿来！’几个人的声音大声在叫。

“我吩咐车夫赶过去。

“‘哎呀，您究竟在哪儿耽搁了？”有人对我说，‘新娘昏过去了，牧师不知道怎么办才好，我们正打算回家去。快进来吧。”

“我不做声跳出雪橇，走进教堂，那儿点了两三支蜡烛，发射着微光。一个少女坐在教堂的黑暗角落一张长凳上，另外一个少女在擦她的太阳穴。

“‘谢谢上帝！’后一个少女说，‘您到底来了，您几乎杀死小姐了。’

“老牧师走到我跟前，问道：‘您要我就开始吗？’

“‘开始吧，开始吧，神父，’我心不在焉地回答。

“他们扶着少女站起来。我觉得她不难看……一种无法理解的、不可原谅的轻率……我靠近她站在讲经台前面。牧师连忙开始，三个男人和一个女仆搀着新娘，他们全在专心照料她。婚礼举行了。

“‘接吻，’他们对我们说。

“我的妻子向我掉过她苍白的脸来。我正要吻她……她叫起来了：‘呀，不是他，不是他！’于是她倒在地上，失去知觉了。

“证人们全惊恐地盯住我看。我回转身就走，没有人留难我。我走出了教堂，跳上带篷的雪橇，大声说：‘快走！’”

“我的上帝！”玛丽娅·加夫里洛芙娜喊起来，“您竟然不知道您那个可怜的妻子怎样了吗！”

“我不知道，”布尔明答道。“我不知道那个我在那儿举行婚礼的村子叫什么名字，我也不记得我从哪一个驿站走的。当时我并不重视我的犯罪的恶作剧，所以一离开教堂，我就睡着了，”一直睡到第二天早晨，到第三个驿站时才醒过来。那个时候跟着我的仆人在行军中死了，所以我很少有希望找到她，那个让我那么残酷地开过玩笑，而现在却同样残酷地向我报复的女人。”

“我的上帝，我的上帝！”玛丽娅·加夫里洛芙娜一边说，一边抓住他的手，“那么，这就是您了！您就不认识我吗？”

布尔明脸色变白了……跪倒在她的脚跟前……

一八三〇年十月二十日

°°°

棺材商人

49

我们不是每天都看到棺材，

衰老世界的白发吗？

杰尔查文①

棺材商人阿德里扬·普罗霍罗夫把最后的一点家产堆到了灵柩车上面，两匹瘦得可怜的马第四次从巴斯曼纳雅拖到尼基塔门去了，尼基塔门是棺材商人要搬去的地方。他关好店子，在门上钉了一块房屋出卖或者出租的牌子，就步行到新居去了。年老的棺材商人走近了那所他想了那么久、终于花一笔款子买下来的黄色小屋，他很惊奇地发觉，他的心里并没有一点快乐。他跨进陌生的门槛，就看见新住宅里一种凌乱的情形，就怀念起他的旧居来了，在那里他住了十八年，一切都安排得那么井井有条的。他开始责骂他的两个女儿和女仆，说她们动作慢并且亲自动手给她们帮忙。屋子很快地收拾好了。供圣像的神龛、食具柜、桌子、躺椅、床，占据后屋里那一些指定的角落。厨

① T.P.杰尔查文（1743—1816）：俄国诗人，普希金的前辈。这句诗是从他的《瀑布》中引来的。当时在莫斯科尼基塔门（现在改称赫尔岑街），普希金的未婚妻冈查罗娃家对面的确有过棺材商人阿德连的店铺。

房和客厅里放着主人的出品——各种颜色、大大小小的棺木，放着丧帽、丧衣、火炬的柜子。大门上挂了一块招牌，招牌上面画一个胖胖的爱神，手里拿一根头朝下的火炬①，并写着："本店出售并装饰各式本色或有彩绘的棺木，出租并修理旧棺木。"姑娘们回到自己卧房去了，阿德里扬在自己宅子里各处看了一遍，就在窗前坐下，叫人给他准备茶炊。

高明的读者知道莎士比亚和华特·司各特两个人把他们的掘墓工人描写成快活、滑稽的人②，因为用这种对比会更加强烈地激发我们的想象。我们尊敬真实，所以不能仿效他们的先例，而且我们不得不承认，我们棺材商人的性情完全适合他那种阴郁的职业。阿德里扬·普罗霍罗夫素来是阴沉而多思虑的人。只有在看见自己的女儿不做事只顾望着窗外的路人，他跑去责骂她们的时候，或者向那些遭遇到不幸（有时候也可以说幸运）、需要他的出品的人抬高货价的时候，才会打破沉默。总之，阿德里扬坐在窗前，一边喝第七杯茶，一边照他向来的习惯又在忧郁地沉思了。他想起一星期以前，给退伍的旅长出殡的时候在城门口遇到的倾盆大雨。结果好多丧衣给雨淋得缩了水，好多帽子也变了形。他在预先打算一些免不了的开支，因为丧服等等的存货已经到了很可怜的情形。他希望从年老的商人妻子特柳希娜身上捞回他的损失，她垂死地躺在病床上已经快一年了。可是特柳希娜要死在

---

① 爱神手里拿着头朝下的火炬是死的象征。

② 莎士比亚（1564—1616）：英国最伟大的戏剧家。司各特（1771—1832）：英国著名的小说家。在莎士比亚的悲剧《汉姆雷特》和司各特的小说《拉麦木尔的新娘》中都这样地描写过从前的掘墓工人。

拉兹古列亚，普罗霍罗夫害怕她的后人懒得派人走那么远的路来叫他，他们会不管他们答应过他的话，跟附近一个殡殓承办人接洽好的。

这沉思意外地给共济会①会员式的三下打门声打断了。

“谁?”棺材商人问道。

门开了，进来一个男人（头一眼就可以看出他是一个德国匠人），他带着快乐的神情走到棺材商人面前。

“对不起，亲爱的邻居，”他用那种一直到今天我们听了还不能不笑的俄国话说，“对不起，我打扰了您……我希望尽早跟您认识。我是鞋匠，我叫戈特利布·舒尔茨，我住在街那面，那所对着您窗户的小屋里。明天我要庆祝我的银婚纪念，请您跟您的小姐们到我那儿来吃午饭。”

棺材商人愉快地接受了邀请。他请鞋匠坐下，喝一杯茶。戈特利布·舒尔茨的爽快的性格，使他们很快就亲热地交谈起来了。

“您的生意怎么样?”阿德里扬问道。

“哎，嘿，嘿，”舒尔茨答道，“不好不坏，我也没有什么可以抱怨的。当然，我的货不像您的：活人没有鞋也可以走路，而死人却不能没有棺材。”

“您说得很对，”阿德里扬说，“而且，倘使活人买不起一双鞋子，请不要生气我这样说，他还可以光着脚走路，可是连要饭的人死了也会弄一口不花钱的棺材。”他们这种方式的谈话又继续了一会儿。后来鞋匠站起来，向棺材商人告辞，又说了一次邀请的话。

第二天，正十二点钟，棺材商人和他的女儿们从新居的侧门走出

---

① 当时在欧洲各国产生的宗教结社。

来，到邻人家里去了。我在这里违反一般现代小说家通常的习惯，不来描写阿德里扬·普罗霍罗夫的俄罗斯农人长袍①，也不描写阿库莉娜和达丽娜的欧洲式服装。不过我认为在这里提到那两个少女穿戴着只有在庄严的场合中才戴的黄帽子，穿着红皮鞋，也不是多余的事。

鞋匠的窄小的屋子里坐满了客人，大都是德国匠人和他们的妻子，学徒。那里只有一个俄国的公务员——一个巡警，芬兰人尤尔科，虽然他的职位卑微，他还是能够得到主人的特别优待。他像波戈列尔斯基②的信差一样，在他的职位上忠诚而公正地服务了二十五年。一八一二年的大火③烧毁了古都，也烧损了他的黄色的岗亭。可是敌人给赶走以后，在原来的地点马上出现了一座用多利亚④式的白色小圆柱支着的灰色新岗亭，尤尔科又“手执长斧、身穿灰布胸甲”⑤ 在岗亭附近踱来踱去了。住在尼基塔门附近的德国人大部分都认识他，他们中有些人星期天就在尤尔科那里过夜，一直玩到星期一。阿德里扬马上去跟他联络，当他是一个自己迟早用得着的人，而且在客人入座的时候，他们又挨着坐在一起。舒尔茨先生、舒尔茨太太和他们十七岁的女儿洛倩一边陪客人用茶、应酬他们，一边帮厨娘上菜。啤酒冒着

---

① 一种腰间束带的长袍。

② A·波戈列尔斯基（1787—1836）：普希金同时代的作家。普希金喜欢他的一篇小说《列弗尔多渥的女商人》，信差便是这篇小说里的一个人物。

③ 一八一二年法皇拿破仑第一侵略俄国，进入莫斯科，直接威胁俄国的生存，激起俄国人巨大的爱国热潮，放火烧莫斯科。战争由败转胜，法军退出俄国。这是历史著名的一八一二年的大火。

④ 古希腊一个地方。多利亚式建筑是古希腊建筑三种形式中最早的一种。

⑤ 引自 A.E.伊斯梅罗夫（1779—1831）的诗，在十九世纪前半期巡警们都穿厚粗布衣服，手里拿一柄长斧。

泡沫，尤尔科有四个人的食量；阿德里扬也并不比他弱，他的两个女儿却都学着讲礼貌。用德国话交谈的声音愈来愈响亮了。主人突然请客人们安静一下，打开一个用蜡封着的酒瓶，大声用俄国话说："为我这位好路易丝的健康干杯！"冒牌的香槟酒在起泡沫。主人温柔地吻着他四十岁的妻子鲜艳的脸颊，于是客人们声音嘈杂地为好路易丝的健康干杯了。

"为我亲爱的客人们的健康干杯！"主人打开第二瓶酒，又举起杯来，——客人们，又喝光了酒，向主人道谢。随后大家一直继续不停地干杯：为每个客人的健康干杯，为莫斯科和一打德国小城市干杯，为总的手艺团体和个别的行业干杯，为师父和学徒的健康干杯。阿德里扬热心地喝酒，而且他是那么快活，居然说出一句滑稽的祝酒词来。客人中有一个肥胖的面包师突然举起酒杯，高声说道："为我们替他们工作的那些人，Unserer kundleute① 的健康干杯！"这提议跟所有的提议一样，也被全体一致快乐地接受了。客人们开始互相鞠躬行礼，裁缝对鞋匠行礼，鞋匠对裁缝行礼，面包师对他们两个人行礼，大家向面包师行礼……。大家互相行礼的时候，尤尔科转过身子，对他的邻居高声说："怎么样？老伯伯，为你的死人的健康干杯吧。"所有的人都哈哈大笑起来。棺材商人认为自己受了侮辱，皱起了眉头。可是没有一个人注意到这个，客人们继续喝酒，等他们从桌子旁边站起来的时候，已经敲过晚祷钟了。

客人们很晚才散去，而且大多数人都喝醉了。肥胖的面包师和脸

---

① 德语：我们的主顾。

红得像红色摩洛哥羊皮封面的钉书匠，一个人挽着尤尔科的一只膀子送他到岗亭去，正应了那句俄国俗话："善有善报。"

棺材商人喝得酩酊大醉，而且怒气冲冲地回到家。

"这是怎么一回事？"他大声地在发议论。"老实说，我的职业比别人的差吗？难道棺材商人是刽子手的弟兄吗？这些异教徒在笑什么？难道棺材商人是圣诞节里变戏法的小丑吗？我还想请他们到我的新房子来，拿上等酒席招待他们；现在我才不请！我倒要请那些信正教的死人，我的主顾们。"

"你说什么，东家？"女仆正在给他脱鞋子，听见他的话，便说："你胡说这个干什么？快来划十字吧！要请死人到新房子来！多怕人！"

"上帝给我作证，我要请他们，"阿德里扬继续说下去，"而且，明天就请他们。请赏光吧，我的恩人们，明天晚上我这儿开宴会，我要尽上帝给我的一切来款待你们。"

棺材商人说完这些话便倒在床上，立刻打起呼来了。

阿德里扬给人叫醒的时候，院子里还是黑沉沉的。商人老婆特柳希娜就在那天晚上死了，她的管事特地差人骑了马给阿德里扬来送信。棺材商人给他十戈比银币的酒钱，连忙穿好衣服，雇了马车，就到拉兹古列亚去了。在丧家的门外已经站了警察。商人们穿来穿去，活像嗅到死尸的乌鸦一样。死人躺在桌上，脸黄得像蜡，不过还没有腐烂到变形的程度。

在她的四周站满了亲戚，邻人和仆人。所有的窗户全打开了；蜡烛燃得很亮，牧师在给死人念祈祷文。阿德里扬走到一个穿着时髦礼服的年轻商人（特柳希娜的侄儿）跟前，通知他棺材、蜡烛、棺材罩衣和其他的丧事用品马上就会齐齐整整地送到了。承继人心不在焉地谢谢他，一边说自己不想讲价钱，一切全凭他的良心。棺材商人根据他素来的习惯发誓：绝不多拿一个钱。同时却和管事交换了一瞥意味深长的眼光，就坐车回家去安排一切了。

他整天都在拉兹古列亚与尼基塔门之间来回奔波。到了傍晚，一切都弄妥当了，他打发走了马车，步行回家去。这是月夜。棺材商人高高兴兴地走到尼基塔门。在“耶稣升天”的教堂旁边，我们的熟人尤尔科在喊他。尤尔科认识他，跟他道了声晚安。夜晚很迟了，棺材商人走近自己的家。他突然觉得好像看见有人走到他的门前，打开了侧门，走进去不见了。

“这是什么意思?”阿德里扬想道。“又有哪个人要找我吗？不会是贼来偷我东西吗？该不会是我那两个傻丫头的情人吧？总不会有什么好事!”

棺材商人已经想去找他的朋友尤尔科来帮忙了。这个时候又有人走到侧门前，正要进去，一看到主人跑来，就站住，脱下了他的三角帽。阿德里扬觉得面熟，可是匆忙间来不及认清他的面貌。

“您来看我吗?”阿德里扬上气不接下气地说，“请进去，请吧。”

“不要客气，老伯伯，”那个人用低沉的声音答道，“您先请吧，给客人带路!”

阿德里扬没有工夫讲礼貌了。侧门是开着的，他走上楼梯，那个人跟着他。阿德里扬好像听到有人在他的屋子里走动。

“这真有鬼了!”他一边想，一边赶快走进去……他的两条腿马上发软了。屋子里拥来挤去的全是死人。月光从窗外射进来，照见他们的发黄、发青的脸，他们的干瘪的嘴，他们的暗淡无光、半闭的眼睛和隆起的鼻子……阿德里扬恐怖地认出了这些他亲手放进棺材里面的人。至于那个跟他一起进来的客人，就是在落倾盆大雨的那一天埋葬的退伍的旅长。他们全体，太太、先生们都围着棺材商人行礼，问候他；只有不久以前他没有拿到一个钱埋葬掉的那个穷人，好像为自己的衣衫褴褛感到不安、害羞，不敢走过来，胆怯地站在角落里。其余的死人都穿戴得很合体。女的头上全戴着帽子，束着缎带；男的分官职的等级穿制服，可是脸上的胡子都没有剃过；商人们穿着过节日的长袍。

“您看，普罗霍罗夫，”旅长代表整个可敬的团体说道，“我们都来赴宴了。留在家里的只有那些来不了的人，那些全身都松散了的和那些只剩下没有皮肉的骨头的人，但那里面还有一个忍耐不住了——他非常想到您这儿来……”

正在这个时候，一具小小的骷髅从死人丛中挤出来，走到阿德里扬跟前。他的头盖对棺材商人亲切地微笑着。浅绿和红色的布条和旧麻布挂满了他一身，好像挂在竿子上一样；他的足胫骨在一双宽大的长统靴里面碰来撞去，就像在石臼里捣来捣去的两根小杵子一样。

“你不认识我吗，普罗霍罗夫，”骷髅说，“你记得退伍的近卫军中士彼得·彼得罗维奇·库里尔金吗？就是一七九九年你把你第一口棺材卖给他的那个人？——而且你还用松木来冒充橡木。”

死人说着这话，就张开臂骨来拥抱他——可是阿德里扬使出全身气力，大叫一声，把他推开了。彼得·彼得罗维奇摇晃了一下，跌倒在地上，全身粉碎了。在死人中间发出来愤怒的怨声，大家都来维护他们的朋友的尊严，一片咒骂和威吓声把阿德里扬包围住了。可怜的主人给他们的叫喊震聋了，几乎透不过气来，控制不了自己，倒在退伍近卫军中士的碎骨上面，失去了知觉。

太阳早已经照在棺材商人的床上了。他终于睁开了眼睛，看见女仆站在床前在弄茶炊。阿德里扬恐怖地回想起昨晚的事情。特柳希娜，旅长，库里尔金中士全都模糊地在他的想象中出现了。他不作声地等待女仆先开口说话，告诉他昨夜那些古怪事情的后果。

“你睡得真好，阿德里扬·普罗霍罗维奇东家，”阿克西妮娅一边说，一边把长袍递给他。“我们邻居裁缝来看过你，还有本地的巡警也来告诉你，今天是他的命名日。可是你睡得好熟呀，我们不愿意叫醒你。”

“那么亡故的特柳希娜的家里派人来叫过我吗?”

“亡故的? 难道她已经死了?”

“你怎么这样傻! 昨天不是你帮助我准备丧事用品吗?”

“你怎么啦，东家? 你是不是发疯了，要不，昨天的酒性还没有过去? 昨天有什么丧事? 你整天都在德国人家里喝酒，喝得大醉回来，倒在床上就睡着了，一直睡到现在，午祷钟都已经敲过了。”

“真的吗?”棺材商人快乐地说。

“的确是这样，”女仆答道。

“啊，倘使真是这样，那么快点预备茶，把我两个女儿叫来。”

一八三〇年九月九日

驿站长

末等文官①，

驿站之霸。

维亚赛姆斯基公爵②

谁没有诅咒过驿站长，谁没有跟他们吵过架？谁在盛怒的时刻没有向他们要过那本“要命的簿子”③，以便在上面写下自己对种种压制、粗暴和怠慢态度的毫无用处的怨言？谁不把他们当作十恶不赦的坏人，就像衙门里的书吏④，或者，至少也像莫洛姆森林⑤里的强盗？不过，我们还是公平一点，设身处地为他们想一想吧，这样，批评起他们来，也许就会宽厚得多。驿站长是何等人物？驿站长是个名副其实的十四品受难者，他的职位只能保护他免遭拳打脚踢，而且未必总是有效（我要仰赖读者的良心）。维亚赛姆斯基公爵戏称他为驿站之

① 原诗句为“十四品文官”，这是帝俄时代最低一级文官。

② 彼·安·维亚赛姆斯基（1792—1878），诗人及批评家，普希金的朋友。这两句是从他的《驿站》一诗中引来的。

③ 指意见簿。

④ 这类人以阴谋和敲诈勒索著名。

⑤ 指有名的莫洛姆森林，它在相当长的时期中成了一般强盗藏身的地方。

霸，他的职务又是怎样的呢？难道不是真正的苦役？白天黑夜都不得安宁。旅客把乏味的旅途中积下来的怨气一古脑儿发泄到驿站长身上。天气坏，路难走，车夫脾气犟，马不肯拉车——都成了驿站长的过失。旅客走进驿站长寒伧的屋子，像望着敌人一样望着他；要能赶快把这位不速之客打发走，就算万幸；万一没有马呢？……天啊！怎样的辱骂，怎样的威胁会劈头盖脸地落到他头上来啊！下雨天，或者雨雪交加的时候，他得挨户奔跑。哪怕是雨暴风狂，哪怕是主显节①前后的严寒，他只有躲到门厅去，才能避开盛怒的投宿旅客的吼叫和推搡，享受一分钟的清静。一位将军到了；驿站长吓得浑身发抖，把最后两辆三驾马车全拨给他，其中一辆还是特快车。将军走了，连谢谢也不说一声。过了五分钟——又是一阵铃声！……一个信使把驿马使用证往他桌上一丢！……倘使我们对这一切细想一想，那么我们就不会满腔怒火，而是满怀真挚的同情了。我还要再说几句：近二十年来，我跑遍了俄国各地；几乎所有的官道我都知道，几代车夫我都熟悉；驿站长我不认识的很少，没有打过交道的也很少。我希望能在短时间内把我积累下来的有趣的旅途见闻整理出版。现在我只想说明一点，那就是大家对驿站长的看法是非常错误的。这些横遭责难的驿站长，大都是秉性温良、乐于助人、易于相处的人，他们不图虚名，也不爱钱如命。从他们的言谈中（可惜过路的老爷们瞧不起这种言谈），可以得到许多有趣、有益的东西。至于说到我，那么我是宁愿听他们讲话，也不愿听任何一位因公出差的六品文官的高谈阔论的。

不难设想，在可尊敬的驿站长中间有我的朋友。说实在的，有位

① 俄国旧历一月六日，耶稣诞生后第十二天，这时期最冷。

驿站长给我留下了珍贵的回忆。我一度有机会和他接近，现在我打算跟亲爱的读者谈谈他的事情。

一八一六年五月，我沿着现在已经废弃的官道经过某省。我位卑职微，只能乘坐每站换马的驿车，付两匹马的租金。因此驿站长们对我并不客气，我常常要用力争取，才能得到我认为我有权得到的东西。有时驿站长把给我预备的三匹马套到一位大官老爷的马车上去，我由于年少气盛，就会恼恨他的卑鄙和懦弱。同样，在省长的宴会上，势利的仆人上菜时总是把我漏掉，对此，我好久都看不惯。如今对这些我都习以为常了。真的，如果取消唯官职是敬这个普遍通行的规则，改行另一条规则，例如唯才智是敬，那么我们又会怎么样呢？这样一来，会发生怎样的争执啊！再说，仆人上菜又从哪一位开始好呢？不过我还是讲我的故事吧。

一个炎热的日子。在离开某驿站还有三俄里的地方，下起了毛毛雨，不一会儿，大雨倾盆，把我淋得浑身湿透。到了驿站，我首先要办的事，便是赶快换衣服，其次是叫人给我送茶来。“喂，都妮亚!”驿站长喊道，“把茶炊摆好，再拿点奶油来。”话音未落，从板壁后面出来一个约莫十四岁的少女，跑到门厅里去了。她的美貌令我为之一惊。“这是你的女儿?”我问站长。“是我的女儿，”他得意地答道，“又聪明，又机灵，跟她去世的母亲一模一样。”说完，他动手登记我的驿马使用证，我便去细看那一张张点缀着他简陋而整洁的住屋的图画，上面绘着“浪子回头”①的故事：第一张画的是一个头戴睡帽、身穿便袍的可敬的老人送走一个心浮气躁的年轻人，年轻人匆匆忙忙地接受

① 故事见《圣经·新约·路加福音》第十五章。

他的祝福和一袋金钱。另一张画用鲜明的线条描绘出这个年轻人的放荡行为：他坐在桌子旁边，周围都是虚情假意的朋友和寡廉鲜耻的女人。下面一张表明这个年轻人花光了所有的钱，他穿一件破衣服，戴一顶三角帽，放一群猪，并且分食猪的饲料；他脸上露出深切的悲痛和悔恨。最后一张画是他回到父亲那里，那个戴睡帽、穿便袍的慈祥的老人跑出来迎接他；浪子跪在地上；远景是厨子在宰一头肥牛犊，哥哥问仆人有了什么喜事。在每一张画下面我都读到写得很恰当的德文诗。这一切，跟那几盆凤仙花、挂花帐子的床和当时在我四周的一些别的东西一样，直到现在还留在我的记忆里。那个五十来岁生龙活虎般的主人，以及他那件绿色长礼服和三枚挂在褪了色的绶带上的奖章，仿佛就在我的眼前。

我还没有来得及把我那个老车夫打发走，都妮亚已经捧着茶炊回来了。这个小妖精第二眼便看出了她在我身上产生的印象，她垂下蓝色的大眼睛。我就跟她谈天，她落落大方地答话，像个见过世面的姑娘。我请她父亲喝杯五味酒，又给都妮亚倒了一杯茶，我们三个人就一见如故地聊起来。

马匹早就预备好了，可是我还不愿意离开驿站长和他的女儿。最后我向他们告别。父亲祝我一路平安，女儿送我上马车。在门厅里，我站住，求她允许我吻她一下。都妮亚同意了……

自从我做这事以来，

我接过许多次吻，可是没有一次给我留下这样长久、这样愉快的记忆。

过了几年，人事倥偬，我又走上了这条官道，又到了这个老地方。

我忆起老站长的女儿，想到又能同她见面，觉得很高兴。可是我又想：老站长可能已经撤了，都妮亚多半也已经出嫁。父亲或女儿会死去的念头也在我的脑子里闪过。于是，我带着悲哀的预感走近某驿站。马在驿站的小屋前面站住了。我一进屋，立刻认出那几张绘着“浪子回头”的故事的图画。桌子和床还在原来的地方，可是窗台上已经没有花了，周围的一切都显出破败和无人照管的样子。站长盖着皮袄睡着了，我的到来惊醒了他，他抬起半个身子……这正是萨姆逊·威林，可是老得多了！当他准备登记我的驿马使用证的时候，我望着他那花白的头发，那好久没有剃胡子的脸上深深的皱纹，以及那佝偻的脊背，不胜惊叹——怎么三四年的工夫会把一个健旺的汉子变成虚弱的老头！“你还认得我吗?”我问他，“我跟你是老相识了。”“也许是吧，”他阴郁地答道，“这是条大路，到过我这儿的旅客很多。”“都妮亚好吗?”我又问。老人皱了皱眉头。“天晓得，”他答道。“她大概出嫁了吧?”我说。老人假装没有听见我的问话，继续小声念我的驿马使用证。我不再问下去了，吩咐烧茶。好奇心开始折磨我，我希望五味酒会使我的老相识开口。

我没有猜错，老人并不拒绝喝一杯。我注意到，罗木酒使他阴沉的脸色开朗起来了。喝到第二杯时，他就滔滔不绝地讲起来了。他记起了我，要不就是装出记起我来的样子。这样，我便从他的口中，知道了一个当时我深为关注，使我非常感动的故事。

“这么说，您认识我的都妮亚?”他开言道，“谁不认识她啊？唉，都妮亚，都妮亚！多好一个姑娘！从前，不管谁路过，没有一个人不夸她，谁也不会责骂她。太太们这个送她头巾，那个给她耳环。过路的老爷们故意停下来，好像是要吃午饭或晚饭，实际上只是为了多看她几眼。从前，不管脾气多坏的老爷，一看见她，气就消了，然后和颜悦色地跟我谈起天来。先生，您信不信：官差和信使跟她一说就是半个钟头。她管理家务：收拾屋子啦，做饭啦，什么都弄得好好的。我这个老糊涂呀，那时候怎么看她也看不够，怎么爱她也爱不够。能说我不爱我的都妮亚吗？能说我不疼我的孩子吗？能说她过得不快活吗？不能。那是命中注定，在劫难逃啊。”于是他就把他的伤心事详详细细地讲给我听了。——三年前一个冬天的晚上，站长正在新登记簿上面划线，他的女儿在壁板后面给自己缝衣服，一辆三驾马车到了，接着一个头戴契尔克斯①皮帽，身穿长军大衣，裹着披肩的旅客走进屋子里来要马。马都在外头。一听到这个消息，旅客就提高了嗓门，扬起了马鞭。见惯这种场面的都妮亚从板壁后面跑出来，殷勤地问那位旅客要不要吃点什么。都妮亚的出现产生了照例有的那种效果。旅客息怒了，他同意等候马匹，还要了晚饭，摘下湿漉漉的长毛皮帽，解开披肩，脱掉军大衣，原来这位旅客是一个体格匀称、留着黑色小八字胡的年轻的骠骑兵。他在站长身边坐下，高高兴兴地跟他和他的女儿攀谈起来。晚饭端上来了，这时候马也回来了，站长就吩咐，不用喂马，立刻给旅客套车。等他回到屋里，却发现这个年轻人躺在长凳上面，几乎不省人事。他感到不舒服，头痛得厉害，不能上路……怎么办呢？站长把自己的床让给他，而且决定，如果第二天早晨他的病还不减轻，就派人到C地去请医生。

---

① 高加索西北部山地民族。

第二天骠骑兵病得更厉害了。他的仆人骑马到城里去请医生。都妮亚把一方浸了醋的手帕包在他的头上，就坐在他的床边做针线活。病人当着站长的面只是呻吟，差不多不说一句话，可是却喝了两杯咖啡，还一边哼哼一边定了午饭。都妮亚一步也没有离开过他。他不断地要水喝，都妮亚就递给他一大杯她亲自做的柠檬水。病人只润润嘴唇，而且每次递还杯子的时候，总要伸出软弱无力的手捏捏都纽什卡①的手表示感谢。快吃午饭的时候，医生来了。他摸摸病人的脉搏，用德语跟他谈了一阵，然后又用俄语说，他只需要静养，过两三天就可以上路了。骠骑兵给了他二十五卢布的出诊费，又留他吃午饭。医生答应了。两个人吃得津津有味，还喝了一瓶酒，最后彼此十分满意地分了手。

一天又过去了，骠骑兵已经完全复原。他非常快活，一会儿跟都妮亚，一会儿又跟站长说笑话，闹个不停；他吹吹小曲，同旅客们聊聊天，又帮着把他们的驿马使用证登记在簿子上，就这样博得了忠厚的站长的欢心，到第三天早晨，站长竟跟这位可爱的客人难舍难分了。那天是礼拜天，都妮亚准备去做午祷。骠骑兵的马车套好了，他跟站长告别，赏给他数目不小的食宿费，又跟都妮亚告别，并且自告奋勇要送她到村口的教堂去。都妮亚迟疑不决地站着……“你怕什么?”父亲对她说。“大人又不是狼，不会把你吃掉；就坐他的车到教堂去吧。”都妮亚上了车，坐在骠骑兵旁边，仆人跳上车夫座，车夫吹了一声口哨，马儿就飞跑起来。

---

① 都妮亚的爱称。

可怜的站长不明白，他怎么能亲口允许他的都妮亚跟骠骑兵一块儿坐车走，他怎么会这样糊涂，真所谓懵懂一时。还没过半个钟头，他的心开始隐隐地作痛，他耽心得不得了，终于忍耐不住，自己跑去做午祷去了。他走到教堂，看见人已散去，可是都妮亚不在院子里，也不在台阶上。他连忙走进教堂，神父刚从祭坛后面走出来，执事正在吹灭蜡烛，两个老太婆还在角落里祈祷；可是都妮亚不在教堂里。可怜的父亲好容易才打定主意去问执事，她来做午祷没有。执事回答说，她没有来过。站长半死不活地回到家里。他心存一线希望：也许都妮亚由于年轻好玩，忽然想乘车兜风到下一站看她教母去了。他痛苦不安地等候那辆三驾马车回来。车夫没有回来。傍晚时分，他终于一个人醉醺醺地回来了，带来一个吓死人的消息："都妮亚跟骠骑兵到那一站又往前走了。"

老人受不住这个打击，立刻卧倒在前一晚那年轻的骗子睡过的床上。如今站长回想当时种种情形，猜到骠骑兵的病是装出来的。可怜的人得了严重的热病；人家把他送到C城，另外派人来暂时代理他的职务。就是给骠骑兵治过病的那位医生现在来治他的病。他对站长说了实话：骠骑兵根本没有病，他当时就已看出骠骑兵居心不良，可是害怕他的马鞭，没有作声。不管这德国人说的是老实话，还是一心只想夸耀自己有眼力，他的话一点也不能安慰可怜的病人。站长的身体刚刚复原，便向C城驿务局局长请了两个月假，没有对任何人透露自己的打算，便徒步出发去找女儿。他从驿马使用证上得知骠骑兵大尉明斯基是由斯摩棱斯克到彼得堡去的。那个给明斯基赶车的车夫说，都妮亚一路哭泣，不过看起来是自己甘心情愿走的。站长想："我说不定能把我这迷途的羔羊带回家。”他怀着这个念头到了彼得堡，在他的老同事——伊兹马伊洛夫团一个退役下士——的家里住下以后，便开始四出寻找。不久他打听到骑兵大尉明斯基在彼得堡，住在杰姆特旅馆①。站长决定去见他。

一天清早，他到了明斯基住处的前厅，请求通报大人：一个老兵求见。正在擦一双上了楦头的皮靴的勤务兵声言：老爷在睡觉，十一点以前谁也不见。站长走了，到指定的时间又转回来。明斯基穿着晨衣，戴着红色小帽出来见他。“有什么事，朋友?”他问道。老人的心狂跳起来，眼里噙着泪水，他只能用颤抖的声音说：“大人！……行行好吧！……”明斯基迅速地瞥了他一眼，脸刷地红了，拉着他的膀子，把他引进书房，随手锁上了门。“大人，”老人接着说，“过去的事不提了，不过您怎么也得把我可怜的都妮亚还给我。您拿她开心也开够了，可别平白无故毁了她。”“事已至此，无法挽回，”年轻人非常狼狈地说，“我对不起你，情愿求你宽恕，不过你别以为我会遗弃都妮亚。我向你保证，她会幸福的。你要她做什么？她爱我，对她从前的环境已经不习惯了。你也好，她也好——都不可能忘记已经发生了的事情。”然后，他把一件东西塞进老人的袖子里，打开了门。站长自己也不记得，他是怎样到了街上的。

他一动不动地站了很久，最后发现折袖里有一卷纸。他抽出来打开一看，是几张揉皱了的五卢布和十卢布的钞票。他又一次泪水盈眶，是愤怒的泪水！他把钞票捏成一团，丢在地上，用鞋跟使劲踩了一下，

---

① 当时彼得堡一家上等旅馆。

就走了。……走了几步，又停下来，想了一想……再转回来。……可是钞票已经不见了。一个穿得挺漂亮的年轻人一看见他，就向一辆出租马车跑过去，连忙坐上，对车夫大喝一声："走！……"站长没有去追。他决定回家，回到自己的驿站去，但是又想在动身之前见一见可怜的都妮亚，哪怕是见一面也好。因此，过了两天，他又来到明斯基那里，但是勤务兵厉声对他说，老爷谁也不见，而且挺起胸膛把他顶出前厅，冲着他的脸砰地关上了门。站长站了一会儿，又站一会儿，只好走了。

就在这天晚上，他在"一切受苦人"教堂里做过祷告，顺着铸造厂大街走去。忽然一辆华丽的轻便马车在他的面前飞驰而过，站长认出了明斯基。马车停在一座三层楼房的大门前，骠骑兵跑上台阶。站长灵机一动，回转身来，走到车夫身旁，问道："这是谁的马，老弟？是不是明斯基的？""是他的，"车夫说，"你要干吗？""是这样：你的老爷叫我送一张字条给他的都妮亚，可是我忘记他的都妮亚住在哪儿了。""就住在这儿，二层楼上。不过，老兄，你的字条来晚了，现在他自己已经在她那儿了。""不要紧，"站长答道，心里说不出的激动，"多谢指点，不过，我还得把我的事情办了。"他说完这话，就走上楼去。

门锁着，他按了按铃，在焦心的等待中过了几秒钟。钥匙响了一下，门开了。"阿芙都其雅·萨姆逊诺芙娜住在这儿吗？"他问。"是这儿，"一个年轻的女仆答道，"你找她有什么事？"老站长没有回答径自走进客厅。"不行，不行！"女仆在他后面大喊大叫："阿芙都其雅·萨姆逊诺芙娜有客。"可是站长没有理他，一直往前走。头两间屋子漆黑，第三间有灯光。他走到开着的门边站住。在这间陈设讲究的屋子里，明斯基坐在那儿沉思。都妮亚穿着极其华丽的时装，坐在他的安乐椅的扶手上，就像一个女骑士坐在英国马鞍上一样。她温柔地望着明斯基，把他那乌黑的鬈发绕在自己的闪闪发光的手指上。可怜的站长！他从来没有发现他的女儿这样美丽，不由得欣赏起她来。“是谁?”她头也不抬地问道。他还是不作声。都妮亚没有听到答话，抬起头来……大叫一声，倒在地毯上。明斯基惊慌地跑过去扶她，忽然看见老站长站在门口，便放下都妮亚，走到他跟前，气得浑身发抖。“你要干什么?”他咬牙切齿地对站长说，“你怎么像强盗似的到处跟着我?你要杀死我吗?滚开!”说着，用一只有力的手抓住老人的衣领，把他推到楼梯上。

老人回到自己的住处。他的朋友劝他去告状，他想了想，把手一挥，决定让步。两天以后，他离开彼得堡回自己的驿站去，随后又重新干起自己的差事来。“我失去都妮亚一个人生活，这已经是第三年了，”他结束这个故事时说，“她音信全无，是死是活，只有上帝知道，什么事情都可能发生。拿过路的浪荡公子勾引的良家女子来说，她不是第一个，也不是最后一个，她们受了一阵子供养就被抛弃了。这种傻姑娘在彼得堡多的是。今天穿绫罗绸缎，明天呢，你瞧吧，她们就跟穷酒鬼在一块儿扫大街了。有时候，想到都妮亚也许会沦落到那种地步，我不由得起了犯罪的念头，盼她死掉……”

这就是我的朋友，一个老驿站长讲的故事，这个故事不止一次被泪水打断，他用制服前襟擦眼泪，就像德米特里耶夫①的美丽的叙事

① 伊·伊·德米特里耶夫（1760—1837）：俄国诗人。杰连吉伊契是他的叙事诗《漫画》中的主人公。

诗中那个热心的杰连吉伊契，模样令人感动。这眼泪部分是由五味酒引出来的——在讲故事的过程中他喝了五杯。然而，不管怎么说，这眼泪使我非常感动。同老站长分手以后，我久久都不能够忘记他，老想着那个可怜的都妮亚……

就在不久以前，我路过某地，又想起我那个老朋友。我打听到他主管的驿站已经撤销。对我的问题："老站长还活着吗?"谁也不能给我一个满意的答复。我决心重访旧地，便向私人租了几匹马，到某村去了。

这时正是秋天。灰色的云块布满天空；冷风从收完庄稼的田地上吹来，树上的红叶、黄叶随风飘落。日落时分，我进了某村，在驿站小屋旁边停下。门厅里（可怜的都妮亚从前曾经在那儿吻过我）走出一个肥胖的乡下女人，她回答我说，老站长死去差不多一年了，他屋里搬来一个酿啤酒的，那个女人就是啤酒师傅的妻子。我开始懊悔白跑了一趟，无谓地花掉七个卢布。"他怎么死的?"我问啤酒师傅的妻子。"喝酒喝死的，老爷，"她答道。"葬在哪儿?""就在村外，他死去的太太旁边。""能不能带我到他坟上去?""怎么不能。喂，万卡，别老玩猫了。领这位老爷到坟地去，把站长的坟地指给他看。"

在她说这话的时候，一个衣衫破烂、红头发独眼的小男孩跑到我面前，立刻领我到村外去。

"你认识死去的站长吗?"路上我问他。

"怎么不认识！他教过我削笛子，从前（愿他早进天国!）他从小酒店出来，我们就跟着他嚷嚷：'老爷爷，老爷爷，给点榛子!'他就把榛子分给我们。从前他总跟我们一块儿玩。"

“那么，旅客们还记得他吗？”

“现在旅客少了；就是陪审官有时候还弯到这儿来，可是他不会想到死人。夏天有一位太太路过这儿，她倒问起老站长，还到他的坟上去过。”

“什么样的太太？”我好奇地问。

“漂亮的太太，”小孩答道，“她坐六匹马拉的车来的，还带着三个小少爷，一个保姆，一条黑哈巴狗。她听说老站长死了，就哭起来，对孩子们说：‘你们乖乖地坐着，我到坟地上去一趟。’我说我给她带路。可是太太说：‘我自己认得路。’她还给了我一个五戈比的银角子——真是个好心肠的太太！……”

我们到了坟地。这是个光秃秃的地方，没有围栅，竖着许许多多木头十字架，连一棵遮荫的小树也没有。我一辈子也没有见过这样凄凉的坟地。

“老站长的坟就在这儿，”小孩一边说，一边跳上一个沙墩，上面竖着一个嵌着铜圣像的黑十字架。

“那位太太到这儿来过吗？”我问。

“来过，”万卡答道，“我远远地望着她。她趴在这儿，趴了好久。后来太太到村子里去，把神父请来，给了他一些钱，坐上马车走了。我呢，她给了我一个五戈比的银角子——真是个好太太！”

我也给了这小孩一个五戈比的银币，对这次探访不再觉得懊悔了，也不再可惜为它花掉的七个卢布了。

一八三〇年九月十四日

。。。

小姐——乡下姑娘

杜申卡，你任何装束都是动人的。

波格达诺维奇①

伊凡·彼得罗维奇·别列斯托夫的领地在我们一个僻远的省份里。他年轻的时候在近卫军中供职，一七九七年年初退伍，回到自己的领地，以后就从没有离开过那里。他娶了一个没有钱的贵族小姐，她在他到远处的猎场去的时候难产死了。他很快地在管理产业上得到了安慰。他自己设计造了一所住宅，又创办了一所呢绒纺织厂，增加了三倍的收入，就认定自己是这一带最聪明的人。在这一点上，那些带了家眷和狗到他这里来作客的邻人，也不跟他顶嘴。他平日穿一件天鹅绒的棉短上衣，到了节日，他就换上呢子常礼服（这呢子是他自己工厂的出品）。他自己记开支账，除了《上议院公报》② 以外，便什么也不读了。大体上，大家都喜欢他，虽然也认为他骄傲。只有他的近邻格里戈里·伊凡诺维奇·穆罗姆斯基跟他合不来。这一位是真

---

① и.ф波格达诺维奇（1743—1803）：俄国诗人，上诗引自他的诙谐诗《杜申卡》。

② 一种公布政府法令的周报。

正的俄国贵族。他在莫斯科花掉了大部分的财产，那个时期他的妻子死了，他便回到他的最后一个村庄上来。在那里他还是浪费地过着日子，不过换了一个新花样。他培植了一个英国式的花园，在这件事情上，他几乎把他的最后一点积蓄全花光了；他的马夫都打扮得像英国骑师似的；他的女儿有一个英国女教师；他用英国方法耕种自己的田地：

可是，用外国方法，俄罗斯的五谷不会生长。①

格里戈里·伊凡诺维奇虽然尽量节省开支，他的收入也不见增加。他在乡下，也想得出借新债的方法，而且大家都认为他不是傻瓜。因为，在他这一省的地主中间，他头一个想到把产业抵押给保育院②，这种办法在当时一般人看来，是非常复杂、非常冒险的。

在批评他的人们中间，别列斯托夫算是最厉害的一个。厌恶革新是他性格中的一个特征。他讲起他邻人的英国狂就没法冷静，他不断地找机会批评他。要是他把自己的产业指点给客人看，回答客人对他田产管理的称赞的时候，他会带着狡猾的微笑说：

"是啊，先生！我的管理方法可跟我邻居格里戈里·伊凡诺维奇的不一样。我们为什么要用英国方法使自己破产呢！我们只要用俄国方法吃得饱就行了。"

这一类的笑话，由于邻人们的热心，加油加醋、有声有色地传到格里戈里·伊凡诺维奇的耳朵里了。这位英国崇拜者也像我们的新闻记者那样地受不了批评。他发火了，把这位吹毛求疵的批评家叫做

---

① 引自喜剧作家A.A沙霍夫斯科伊（1777—1846）的讽刺诗。

② 这是帝俄时代一种救济孤儿寡妇的慈善机构，常用它的基金放款生息。

“熊”和“乡下人”。

别列斯托夫的儿子回到乡下的时候，这两位地主的关系就是这样的。他在×××大学受过教育，打算进军界服务，可是父亲不同意。年轻人觉得自己完全没有能力担任文职。他们彼此都不肯让步。于是年轻的阿列克谢就过起乡下绅士的生活来了，而且不管怎样，先留起胡髭再说①。

阿列克谢的确是一个漂亮小伙子。说老实话，如果匀称的身子永远不穿上军人的制服，如果他不在英俊的马上出现，而整天伏在办公室的公文纸上虚度青春，那是多么可惜的事！看吧，他打猎时候总是骑着马跑在最前头，也不辨别道路。邻人们一致说，他绝不可能造就出一个好科长。小姐们常常注意地看他，有时候居然看得发呆了；可是阿列克谢很少留意她们；她们认为爱情是他冷淡的原因。事实上，已经有一个从他一封信上抄下来的地址在人们中间传来递去：“莫斯科，阿列克谢耶夫修道院对面，铜匠萨维利耶夫家，阿库莉娜·彼得罗芙娜·库罗奇基娜：我求您千万把此信转交阿·纳·洛。”

我的那些没有在乡下住过的读者简直想象不到这些外省小姐们多么地动人！她们是在纯洁的空气里，在自己家里花园的苹果树荫底下长大的，她们从书本上得到了关于世界和人生的知识。孤寂、自由、阅读，很早就在培养她们的感情和热情（这是我们那些有许多事情分心的京城美人所不知道的！）。对于一般外省小姐，车铃声已经是一件大事，到附近城市去旅行则是她们生活中的一件划时代的事情；客人的

① 帝俄时代的习惯：军人得留胡髭。

拜访会留下很久的、有时甚至是永不会忘记的记忆。当然，任何人都可以自由地取笑她们的某一些怪脾气，可是肤浅的观察家的嘲笑不能抹煞她们的真正的优点，其中主要的是：有特性，个性（individualitè）。照让·保尔①的意见，没有个性，人类的伟大就不存在了。京城的女人也许可以受到更好的教育，可是浮华世界的习惯很快地就使她们的性格成为同一个模样，使她们的心灵变成像她们的头饰那样地单调。我这样说既非批评，又非责难，只是像古代注释家所说：Nota nostra manet② 而已。

阿列克谢会在我们小姐们的圈子里产生一种什么样的印象，这是很容易想象出来的。他是第一个在她们面前显得忧郁、失意的人；他第一个对她们讲到失去的欢乐和他的消逝的青春；而且他还戴了一只刻着骷髅的黑戒指。在那一省里这一切都显得非常新奇，小姐们个个为他心荡神移！

可是对他最感兴趣的还是我们那个英国崇拜者的女儿，丽莎（或者用格里戈里·伊凡诺维奇给她起的名字：蓓西）。两家父亲彼此都不来往，因此，在所有的邻家小姐都只是一味地讲着阿列克谢的时候，她还没有见过他、她十七岁了。一对漆黑的眼睛使得浅黑色的、非常讨人喜欢的脸孔格外生动了。她是她父亲唯一的孩子，是一个娇生惯养的孩子。她的活泼好动和一刻不停的顽皮淘气使她父亲满意，却叫她的女教师杰克逊小姐没有办法。杰克逊小姐是一个古板的四十岁的

---

① 让·保尔（1763—1825）：德国作家。

② 拉丁文：我们的观察很正确。

老小姐。脸上擦了粉，描了黑眉毛，一年中间把《帕米拉》[1] 读上两遍，为了取得两千卢布的报酬，在这个野蛮的俄罗斯寂寞得要命。

娜斯佳是服侍丽莎的女仆。她的年纪比小姐大些，可是跟她的小姐一样，非常好动。丽莎很喜欢她，把自己一切的秘密都告诉她，跟她一块儿想出了种种的主意。一句话，娜斯佳在普里卢钦诺村子里可真是一个了不起的人物，比法国悲剧里任何一个动人的女心腹重要得多。

“让我今天出去作客吧，”有一天，她一面替小姐穿衣服，一面说。

“好啊，可是你到哪儿去?”

“到图基洛沃村，别列斯托夫家去。今天是他们家里厨子女人的命名日，昨天她来请我们去吃午饭。”

“瞧!”丽莎说，“老爷们在吵架，佣人却彼此请起客来了。”

“老爷跟我们有什么关系呢!”娜斯佳说，“而且，我是伺候您的，又不是您爸爸的佣人。您本来就没有跟别列斯托夫少爷吵过架。老头子们喜欢这样，就让他们自己去闹吧。”

“娜斯佳，你要好好地看一下阿列克谢·别列斯托夫。回家来详详细细地说给我听，他的模样怎样，他的为人又怎样。”

娜斯佳答应了。丽莎整天焦急地等着她回家。晚上娜斯佳回来了。

“啊，丽莎维塔·格里戈里耶芙娜，”她一进屋就嚷道，“我看到别列斯托夫少爷了。我可看够了，我们整天都在一块儿。”

“这是怎么一回事，讲给我听，给我从头讲起。”

“好吧，小姐。我们去了，我，阿妮西娅·叶戈罗夫娜，涅妮拉，

① 《帕米拉》为英国小说家理查生（1689—1761）的作品。

冬卡……”

“好啦，我知道了，那么以后呢?”

“对不起，小姐，我会挨着次序讲下去。我们正好在吃饭时候赶到那里。屋子里坐满了人。科尔宾村的人，扎哈里耶夫村的人，女管家和她女儿们，还有赫卢平村来的人……”

“啊，可是别列斯托夫呢?”

“等一下，小姐。我们就在桌子旁边坐下了。女管家坐首席，我就挨着她坐……她女儿们可气坏了，我才不管她们呢……”

“天啊，娜斯佳，你那些讲不完的细节才叫人厌烦呢!”

“您怎么这样没有耐心呀？好吧，现在我们离开餐桌了……我们可足足坐了三个钟头光景。午饭的菜真丰富，包子，鱼胶凉粉，蓝的，红的，有条纹的……我离开了餐桌，到花园里去玩捉迷藏，就在那儿看到了少爷。”

“怎么样，他真的长得那么好看吗?”

“漂亮极了，可以说是一个美男子呢，身材匀称，又高大，脸颊红红的……”

“真的吗？可是我还以为他脸色苍白。怎么？你觉得他是个什么样子？忧愁，沉思吗?”

“您说什么？我这一辈子还没有看到过这样疯狂的人呢。他忽然想到要跟我们一块儿捉迷藏!”

“跟你们一块儿捉迷藏！不可能!”

“太可能了。他还想出什么好主意来了！捉到谁，就跟谁接吻!”

“随你说，娜斯佳，你撒谎!”

“听不听随您，我可没有撒谎。我好容易才躲过他。他就这样跟我们闹了一个整天！”

“可是人家说，他在恋爱，对谁都不瞧一眼，是吗？”

“我不知道，小姐。可是他把我看得实在太过分了，还有对女管家的女儿泰妮亚也这样，对科尔宾村的帕莎也是这样。说起来真罪过，没有一个给他放过了的。这个坏孩子！”

“这真奇怪！可是人家讲他在家里怎么样？”

“大家都说，少爷真好：多善良，多快乐。就是一件事不好：太喜欢追逐女孩子。可是据我看，这没有多大关系：到时候他自己会变得老成的。”

“我多么想看见他！”丽莎叹口气说。

“那有什么困难？图基洛沃村离我们这儿又不远，一共只有三维尔斯特。您散步就可以溜到那边，要不就骑马去。您一定会碰见他。他每天一清早就带着枪出来打猎。”

“不能这样做，不行。他会以为我在追求他。况且我们两家父亲吵了架，这就是说，我还是不能跟他做朋友……哦，娜斯佳，你看怎么样？我来扮一个乡下姑娘！”

“真的！穿上一件粗布衬衫，套上长背心①，您大胆地走到图基洛沃村去。我敢说，别列斯托夫绝对不会放您走过去。”

“本地话我能讲得很好！啊，娜斯佳，亲爱的娜斯佳！这个主意想得多好！”

丽莎打定主意要实行她这个快活的办法以后就躺下去睡觉了。第二天早晨，她着手执行自己的计划：派人到市场去买粗麻布、蓝色中

---

① 一种无袖的农村妇女的衣服，有腰带。

国棉布、铜钮扣；她在娜斯佳的帮助下，给自己裁了衬衫、长背心；叫所有的女仆都来帮忙缝衣服。到了晚上，什么都准备好了。丽莎试了试新衣服，站在镜子前面不得不承认：自己从来没有显得这样可爱过。她反复练习自己扮演的角色，走路时深深地躬着腰，然后把头摇几下，好像一只粘土做的猫，说着农人的语言，笑的时候用袖子遮住脸，结果得到了娜斯佳的满口称赞。只有一件事叫她为难：她试试光着脚走过院子，可是草地刺痛她的娇嫩的脚，砂土和碎石子使她受不住。娜斯佳马上来给她帮忙：她量了丽莎的脚的尺寸，跑到田里去，找牧人特罗菲姆，叫他照那尺寸做一双草鞋。第二天，天还没有亮，丽莎已经醒了。整个宅子里睡得静悄悄的。娜斯佳在大门口等待牧人。号角吹起来了，村中的畜群经过了老爷的宅子。特罗菲姆走到娜斯佳跟前，递给她一双彩色的小草鞋，她给他半个卢布的报酬。丽莎悄悄地扮成了一个乡下姑娘，又在娜斯佳耳边小声吩咐要怎样骗过杰克逊小姐。然后她走到后门台阶上，穿过菜园到田里去了。

朝霞在东方发光，一行一行的金色云块好像在等待太阳，就像群臣在恭候皇帝一样。明亮的天空，清晨的清新空气，露珠，轻风和小鸟的歌声使得丽莎心里充满了年轻人的喜悦。她害怕遇见熟人，仿佛不是在走路，而是在飞跑了。她走到父亲领地边界上那片小树林时，她的脚步慢了下来。她应该在这里等待阿列克谢。她自己也不知道为什么缘故她的心跳得很厉害；可是我们年轻人在从事恶作剧时候所感到的提心吊胆的心情，却正是这种行为最能迷惑人的地方。丽莎走进树林的深处。树林的低沉的、枝桠摇曳的响声在欢迎这个少女。她那快活的心安静下来了。她渐渐地沉入甜蜜的幻想里去了。她在想……

可是谁又能正确地说出来，一个十七岁的少女，在春天早晨六点钟，一个人待在树林里在想些什么呢？她在两边种着高大树木的林荫路上这样地边走边想，突然一只漂亮的长毛猎狗对她叫起来，丽莎吃了一惊，叫了，在这个时候，有人嚷着：

“Tout beau，Sbogar，ici……①”一个年轻的猎人从灌木林中走了出来。

“不要怕，亲爱的，”他对丽莎说，“我的狗不咬人。”

丽莎已经从惊惶中恢复了常态，她马上利用这个机会。

“不，少爷，”她装出半惊惶、半羞怯的神情说，“我怕，你瞧它多凶啊；它又扑过来了。”

这个时候阿列克谢（读者已经认出他来了）在注意地看这个年轻的乡下姑娘。

“要是你怕，我陪着你走，”他对她说，“你允许我在你身边走吗？”

“哪个人不许你走？”丽莎答道。“随便你，路是公共的。”

“你从哪儿来？”

“普里卢钦诺村来的。我是铁匠瓦西里的女儿，采蘑菇来的。”（她用一根细绳提着一只小篮子）。“少爷，你呢？你是图基洛沃村的，是吗？”

“一点也不错？”阿列克谢答道。“我是伺候少爷的佣人。”

阿列克谢想使他们处在平等的地位。可是丽莎望着他笑起来了。

“你撒谎，”丽莎说。“你把我当作一个傻瓜。我知道你就是少爷。”

---

① 法语：“安静点斯鲍格，到这儿来……”

“你凭什么这样想?”

“从各方面。”

“可是——”

“好像我连少爷、佣人都分不出来吗?你穿的衣服不像佣人,你讲话也是另外一种,连叫狗都跟我们叫得不一样。”

阿列克谢越来越喜欢丽莎了。他习惯了跟漂亮的乡下姑娘不拘礼节。他想来抱她,可是丽莎却从他身边跳开了,忽然摆出一副非常庄重、冷漠的神情。虽然这个姿态把阿列克谢引笑了,可是他却管住自己不再作进一步的企图了。

“如果您愿意我们以后做朋友,”她郑重地说,“那么,请不要动手动脚。”

“谁把你教得这样聪明的?”阿列克谢大笑地问道。“是不是我的朋友,你们小姐的侍女娜斯琴卡①吗?原来,文化就是用这种方法传布的!”

丽莎觉得自己不像她所扮的角色了,马上改正了态度。

“你怎么想的?”她说道。“难道我从来没有去过老爷们的公馆吗?你不要吃惊,我什么都听见过,什么都看到过。可是,”她接下去说,“跟你聊天,我采不到多少蘑菇的。你走你的,少爷,我要走另外一条路了。请你原谅……”

丽莎正要走开,阿列克谢却拉住她的手。

“亲爱的,你叫什么名字?”

---

① 娜斯佳之爱称。

“阿库莉娜，”丽莎答道，一面使劲从阿列克谢的手里挣脱自己的手指，“让我走吧，少爷，我该回家了。”

“好吧，我的朋友阿库莉娜，我一定要来看你爸爸，铁匠瓦西里。”

“你说什么?”丽莎急急地接嘴说，“看在上帝份上，你不要来呀。倘使家里人知道我一个人在树林里跟少爷谈话，那么我的灾难就来了。我父亲，铁匠瓦西里，会把我打死的。”

“可是我一定要再看到你。”

“好吧，什么时候我还要到这儿来采蘑菇。”

“可是，哪一天?”

“那么，就明天吧。”

“亲爱的阿库莉娜，我多么想亲亲你，可是我不敢了。那么明天，就是在这个时候，是不是?”

“是，是的。”

“你不会骗我吗?”

“不会骗你。”

“发誓吧。”

“好吧，我凭神圣的礼拜五发誓，我一定来。”

年轻人分手了。丽莎走出树林，穿过田地，偷偷地溜进花园，连忙走进娜斯佳正在那里等着她的农舍去。她换了服装，心不在焉地回答她那个性急的心腹人的问话，然后到客厅去。餐桌已经摆好，早餐也准备好了，杰克逊小姐已经擦好了粉，把腰束得像高脚酒杯一样，正在把涂上牛油的面包切成一小片一小片的。父亲向丽莎称赞她的早晨的散步。

“再没有比天刚亮时候醒来更有益健康的事情了。”他说。

他马上举出的几个从英国杂志上引来的人类长寿的例子，他指出活过一百岁的人都是不喝伏特加，不论冬夏都在黎明时候起身的。丽莎并不在听他说话。她在心里重温早晨见面的种种情形，阿库莉娜和年轻猎人所有的谈话。良心开始在折磨她了。她白费力地反驳自己：他们的谈话并没有越礼，这种恶作剧不会引起什么后果。可是良心对她的责备比理智更厉害。明天见面的诺言尤其使她不安，她完全下了决心不去遵守自己庄严的誓言。可是阿列克谢等不到她，他可能会到村子里去找铁匠瓦西里的女儿，真正的阿库莉娜，那个肥胖的麻脸姑娘。这样他会发觉她的轻狂的恶作剧了。这个思想把丽莎吓坏了。她决定第二天早晨再扮作阿库莉娜到树林里去。

在阿列克谢那方面说，他高兴得不得了，他一整天都在想他新认识的朋友。晚上，在睡梦里，这个浅黑色美人的形象还萦绕着他的梦魂。天刚刚发亮，他已经穿好衣服，不让自己有装好子弹的时间，就带着他忠实的斯鲍格走到田地上，跑到约会的地点来了。在难堪的等待中过了半小时的光景，他终于看见灌木丛中出现了蓝色的长背心，连忙跑上去迎接亲爱的阿库莉娜。她用微笑来报答他那喜出望外的感激。可是阿列克谢立刻看出她脸上的郁郁不乐和不安的痕迹。他想知道这个原因。丽莎承认，她觉得她的行为太轻浮，她为它后悔，这一次她不愿对他失信，可是这次会面将是他们会面的最后一次了。她求他断绝这个绝不会给他们带来什么好处的友谊。自然，这一切全是用农人的语言说出来的。可是一个普通少女不常有的思想和感情却叫阿列克谢大大地吃惊了。他用尽他的口才，阻止阿库莉娜的这个意思。他使她相信他的愿望是纯洁的，他答应永远不做使她后悔的事，一切的事情都听从她，恳求她不要剥夺他这个唯一的安慰——跟她单独见面，哪怕隔一天见一次，哪怕一个星期见两次也好。他用真诚的热情的语言说话，在这一会儿他真的爱上她了。丽莎不做声地听他说话。

“答应我，”她终于开口了，“你绝不到村子里来找我，打听我的消息。答应我，除了我自己约定的会面以外，你不要另外找机会跟我见面。”

阿列克谢凭着神圣的礼拜五发誓了，可是丽莎微笑地阻住了他。

“我不要你发誓，”她说，“你答应一句就够了。”

后来他们就在树林里一边散步，一边亲热地谈话，一直谈到丽莎对他说“时候到了”，他们才分别了。阿列克谢一个人留下来，他不能够了解，为什么一个普通的乡下姑娘在两次见面以后就有真正操纵他的力量。他跟阿库莉娜的关系对他有一种新奇的魔力，虽然这个古怪的乡下姑娘的命令使他痛苦，可是他连想都没有想过不去遵守自己的诺言。事实上，阿列克谢虽然戴着一个命运的戒指，他虽然有过神秘的通信和郁郁的失意，他还是善良、热情的年轻人，他有一颗纯洁的心，能感受纯洁的喜悦。

如果，单单依照我自己一个人的意思，那么我一定要把这一对年轻人的约会、他们正在发展的相爱、信任，他们所做的事、所说的话等等完全详细地描写出来。可是我知道我的大部分的读者不会分享我这种喜悦。这些细节往往会使人感到厌烦，所以我就略过了它们，只说：还没有到两个月，爱情已经使我的阿列克谢神魂颠倒了；丽莎也并不比他冷静些，虽然比他沉默。他们两个人只顾享受目前的幸福，却很少去想将来。

永不分离的结合的念头经常在他们的脑子里闪过，可是他们彼此从来不提到这个。理由是很明显的：不管阿列克谢怎样地钟情他亲爱的阿库莉娜，他仍然记得他自己跟一个贫穷的乡下姑娘中间地位的悬殊；而丽莎呢，她看到他们父亲中间那么深的仇恨，也不敢希望他们双方会有和解的一天。况且她的自尊心还受到一种模糊的、浪漫的希望暗中的鼓动，她希望看见，图基洛沃村的地主终于跪倒在普里卢钦诺村铁匠女儿的脚跟前。忽然间发生了一件重大的事情，它几乎把他们相互的关系改变了。

一个晴朗、寒冷的早晨（这样的早晨是我们俄国的秋天里常有的）伊凡·彼得罗维奇·别列斯托夫骑着马出来，他大约带了三对敏捷的猎狗、一个马夫和几个随身带响铃的侍童，以防万一的需要。同一个时候，格里戈里·伊凡诺维奇·穆罗姆斯基也受到好天气的诱惑，叫人备上他那匹短尾马，骑着在自己英国化的领地附近跑。他跑到树林，看见自己的邻人，穿着狐皮里子的大衣，高傲地骑在马上，在等待那些侍童们用叫声和响铃从灌木林中赶出来的兔子。格里戈里·伊凡诺维奇要是预先知道这次相遇，那么，他当然会走另外一条路；可是他完全出乎意外地碰到了别列斯托夫，突然发觉自己离开他不过是手枪射击得到的距离了。现在没有一点办法，穆罗姆斯基正像一个有教养的欧洲人那样，走到自己敌人跟前，很有礼貌地向他行礼。别列斯托夫也同样热心地还礼，就像一只鼻子给套上链子的熊，按照它的主人的命令向老爷们行礼一样。

这个时候兔子从林子里窜出来了，穿过了田野。别列斯托夫和马夫拚命叫喊，把狗放出去，它们便竭力追赶。穆罗姆斯基的马从来没有打过猎，它受惊了，飞奔起来。穆罗姆斯基一向认为自己是优秀的骑手，就任它自由地跑去，还暗暗地高兴有机会避开那个不愉快的谈话的对手。马跑到一个自己没有注意到的山谷跟前，突然跳到一边去，穆罗姆斯基在马上坐不稳了。他摔在冻硬了的地上，跌得相当厉害。他躺着，一面咒骂那匹短尾的牝马。马好像也清醒过来了，它刚发觉自己背上没有了骑者，立刻就站住了。伊凡·彼得罗维奇赶快跑到他跟前，问他受伤没有。这个时候马夫拉住了马勒子，把闯祸的马给拉过来了。他帮助穆罗姆斯基跨上马鞍，可是别列斯托夫却请穆罗姆斯基到自己家里去。穆罗姆斯基无法拒绝，因为他觉得自己受了人家的恩惠。这样一来，别列斯托夫不但猎到了兔子，他还带了受伤的、几乎像俘虏似的敌人凯旋。

两个邻人一边吃早餐，一边相当亲热地谈话。穆罗姆斯基请别列斯托夫借一部马车给他，因为他承认自己受伤，不能骑马回家了。别列斯托夫一直送他到台阶下，穆罗姆斯基等着他亲口认真地答应，第二天带着阿列克谢·伊凡诺维奇一起像朋友似的到普里卢钦村来吃午饭，才肯动身。这样一来，根深蒂固的旧仇宿恨仿佛因短尾马的一惊而烟消云散了。

丽莎跑出来迎接格里戈里·伊凡诺维奇。

“这什么意思，爸爸？”她吃惊地问。“为什么您拐着腿？您的马在哪儿？这又是谁的马车？”

“这个你绝对猜不到，My dear（英语：我亲爱的），”格利戈里道，然后把先前发生的事情一一对她说了。

丽莎简直不相信自己的耳朵。格里戈里不给她仔细思索的时间，又说，明天两个别列斯托夫都要来吃午饭。

“您说什么!”她说，脸色变白了，“两个别列斯托夫，父亲和儿子！他们明天到我们这儿来吃午饭！不，爸爸，随便怎么办吧，明天不管怎么样我可不露面。”

“怎么你发疯了吗?”父亲说，“从哪一天开始你变得这样怕羞的?或者你像小说里的女主人公那样，对他们抱着世袭的仇恨吗?够了，不要淘气了……”

“不，爸爸，无论您拿世界上什么东西，无论你拿多好的宝贝给我，我都不会在两个别列斯托夫面前露面。”

格里戈里·伊凡诺维奇耸耸肩，不再跟她争论下去了，因为他知道跟她反对没有一点用处。在他这次值得注意的散步以后，他回屋去休息了。

丽莎维塔·格里戈里耶芙娜回到自己的屋子里，就把娜斯佳叫来。两个人把明天客人来访的事情商量了很久。如果阿列克谢认出受过好教育的小姐就是他的阿库莉娜，他会怎么想呢?他对她的行为、品德和她的智慧会有什么样的意见呢?另一方面，丽莎又非常想看到，这种出乎意外的见面会在他身上产生什么样的印象……突然，她想到了一个好主意。她马上把这个主意告诉娜斯佳，两个人高兴得好像拾到天赐宝物一样，就打定主意照计划行事。

第二天早餐的时候，格里戈里·伊凡诺维奇问他的女儿，她是不是还坚持要躲避别列斯托夫父子。

“爸爸，”丽莎回答，“倘使您一定要我这样做，那么我就接待他们，不过有一个条件：不管我怎么地在他们跟前露面，不管我做了些什么，您可不要责备我，也不要露出一点惊讶，或者不高兴的样子来。”

“又要干些什么恶作剧了，”格里戈里一边说一边笑，“哦，好吧，好吧。我答应，你要怎么样，就怎么样吧，我的黑眼睛的顽皮孩子。”他说着，亲了亲她的前额。丽莎就跑出去准备了。

正两点钟，一部六匹马拉的家用轻马车走进了院子，停在茂盛的绿色草地的边上。穆罗姆斯基家两个穿制服的仆人搀扶老别列斯托夫走上台阶。他的儿子骑马跟着来，和他一块儿走进餐厅。餐桌早已摆好了。穆罗姆斯基把他的邻人招待得不能够再殷勤了。他又向他们提议在吃饭以前参观一下花园、动物园，就带了他们顺着打扫得很清洁的铺上砂子的小路走去。老别列斯托夫心里暗暗地惋惜浪费在这种无益的嗜好上面的时间和劳力，可是为了礼貌关系，他并不作声。他的儿子对于节俭地主的不满意和有虚荣心的英国迷的热心，都不赞成。他急得忍不住地等待小姐的出现。他听见人说过好多关于她的话，虽然他的心（我们大家都知道的）早有所属，可是年轻的美人永远有打动他的力量。

回到客厅里，他们三个人一块儿坐下。两个老头子回想到从前年轻的时候，说一些当时自己职务上的笑话；可是阿列克谢却在考虑，他在丽莎面前扮一个怎样的角色。他决定了，冷淡的不关心在任何场合都是最合式的。他准备这样做了。门开了，他带着那种冷淡，那种骄傲的漠视回过头去，这会使惯于卖弄风情的女人的心都要打冷颤的。

多可惜，进来的不是丽莎，而是老小姐杰克逊。她擦粉，束腰，埋下眼睛微微地行屈膝礼。阿列克谢的优美的军人动作完全白费了。他还来不及重新打起精神，门又开了，这一次是丽莎进来了。大家都站起来，父亲给客人们介绍，可是他突然呆了一下，连忙咬住自己的嘴唇……丽莎，他的浅黑色皮肤的丽莎，白粉一直擦到耳根，眉毛描得比杰克逊小姐本人还要黑些，卷曲的假发（比她原来头发的颜色要淡得多）蓬松得好像路易十四时代的假发；á íimlécile①式的袖子高耸得就像庞芭杜夫人②鲸鱼骨箍圈的裙子；腰束得很细，像英文 X 字母；她母亲的所有钻石首饰（那一些还没有送到当铺去的首饰）全在她的手指上，颈项上，耳朵上晶晶地发光。阿列克谢居然认不出这个可笑的、灿烂夺目的小姐就是他的阿库莉娜。他父亲走过去吻她的手，他不高兴地跟着过去，他接触到她的纤细的白手指的时候，他觉得它们在颤抖，就在这个时候，他注意到一对故意露出来的纤脚，脚上穿着非常动人的鞋子。这稍微减轻了一点他对她其余的装束的憎厌。至于她擦粉画眉，老实说，由于他心地单纯，第一眼居然没有看出来，以后也就毫不怀疑了。格里戈里·伊凡诺维奇想到自己的诺言，极力不露出惊讶的样子。可是他觉得女儿的恶作剧非常滑稽，他差一点忍不住笑出声来了。那位古板的英国女教师却没有笑的心情。她猜想眉黛和白粉是从她的柜子里偷出来的，气得她那人工涂白的脸上透出怒恼的红晕来了。她对这个顽皮的少女气愤地望了几眼，丽莎装得好像一

① 一种旧式的女人衣服。

② 庞芭杜夫人（1721—1764）：法王路易十五的情妇。

点都没有看见似的，准备拖延到以后再来解释。

大家在餐桌旁边坐下来。阿列克谢继续扮演冷淡的和心不在焉的角色，丽莎装腔作态，从牙齿缝迸出唱歌似的娇声说话，而且只说法国话。父亲不断地看着她，竟然看出神了。他不懂她为什么要这样，可是他觉得这一切非常有趣。英国女教师气坏了，不说一句话。只有伊凡·彼得罗维奇一个人好像待在家里一样：他吃得有两个人吃的那样多，又喝了很多的酒，自己讲笑话逗自己笑了，而且谈话和哈哈大笑声越来越显得亲热了。

他们终于离开了餐桌。客人们走了以后，格里戈里·伊凡诺维奇放开声音大笑，问了许多话。

“你怎么忽然想到了捉弄他们?”他问丽莎道。“可是，你知道吗，白粉对你倒很合适。我不懂女人化妆的秘密，不过我处在你的地位，我也要擦粉，当然，不能擦得太多，淡淡擦一点就够了。”

丽莎因为自己的计划成功，高兴极了。她拥抱了父亲，答应考虑他的劝告，然后跑去安慰盛怒的杰克逊小姐。杰克逊小姐最后才肯给她打开自己的房门，听她的解释。丽莎说，她觉得在陌生人面前露出那么黑的皮肤很难为情；她又不敢要求……她相信善良的、亲爱的杰克逊会原谅她……等等，等等话。杰克逊小姐确实相信丽莎并没有存心嘲笑她，就平静下来了，吻了吻丽莎，还送给她一小盒英国粉，作为和解的保证。丽莎带着真诚的感谢把它收了下来。

读者猜得出，第二天早晨丽莎不会耽误树林中的约会。

“少爷，昨天你在我们老爷家里吗?”她马上向阿列克谢问道。“你觉得小姐生得怎样?”

阿列克谢回答：他没有注意她。

“多可惜，”丽莎说。

“为什么呢?”阿列克谢问道。

“因为我想问你，别人说的话对不对……”

“别人说些什么?”阿列克谢问道。

“别人说，好像我像我们小姐，对不对?”

“胡说八道，她在你面前简直是丑鬼。”

“啊，少爷，你说这句话不怕罪过。我们小姐生得这么白，打扮得这么漂亮，我哪里能跟她比!”

阿列克谢对她发誓，说她比无论怎么白的小姐都长得好看些。为了叫她完全安心起见，他开始用滑稽可笑的句子来形容她的小姐，使得丽莎衷心地大笑了。

“不过，”她叹口气说，“哪怕我们小姐很可笑，可是跟她一比，我还是个不识字的傻丫头。”

“哦，”阿列克谢说，“这可值不得烦恼！只要你愿意，我马上教你识字。”

“当真?”丽莎说。“让我来试试好吗?”

“好吧，亲爱的，马上开始都可以。”

他们坐下来。阿列克谢从衣袋里摸出铅笔和笔记本，阿库莉娜学起字母来惊人地快。阿列克谢对她的聪明不能不惊叹了。第二天她希望试试写字。一开始铅笔不听她的指使，可是几分钟以后，她写出来的字母居然相当整齐了。

“真是奇迹!”阿列克谢说道，“我们的教学方法居然比‘兰开斯特教学法'①还要快。"

事实上，上第三课的时候，她已经能够照缀音读出《贵族之女娜塔莉亚》②了。而且不断地停下来发表意见，这些批评叫阿列克谢十分惊讶。她又从这本小说里摘录不少的警句，涂满了一整张纸。

过了一个星期，他们开始通信了。邮局设在一棵老橡树的空洞里。娜斯佳暗中担任邮差的职务。阿列克谢把用大字写成的信带到那里去，又在那里找到他的爱人用拙劣笔迹写在普通蓝色纸上的信。阿库莉娜显然熟习了优美的文体，她的智力显著地在发展，在形成了。

就在这个时候伊凡·彼得罗维奇·别列斯托夫和格里戈里·伊凡诺维奇·穆罗姆斯基间新近发生的交情越来越巩固了，很快地变成了友谊。这也归功于下面的情况。穆罗姆斯基常常想，伊凡·彼得罗维奇死后，他的全部财产都归阿列克谢·伊凡诺维奇继承。在这种情形下，阿列克谢·伊凡诺维奇会是那一省一个最有钱的地主，并且他没有任何理由不和丽莎结婚。在老别列斯托夫一方面，他虽然认为他的邻居有些反常（或者，用他的说法，英国式的愚蠢），可是并不否认他有许多优点，比方说，少有的机智。格里戈里·伊凡诺维奇是普隆斯基伯爵的近亲。伯爵是一个显贵，有势力的人物，他对于阿列克谢可能很有好处。再说，穆罗姆斯基（伊凡·彼得罗维奇这样想）一定会高兴让他女儿有找到一个很好的丈夫的机会。两个老头子起初只是各

① "兰开斯特教学法"在普希金时代很普遍。兰开斯特（1778—1838）：英国教育家。

② 俄国作家H.M.卡拉姆辛（1766—1828）的小说。

人在心里考虑这个问题，后来终于在一块儿讨论起来，最后拥抱了，相约逐步来完成这件事情，各人从自己一方面着手进行。在穆罗姆斯基面前摆着一个难题：要说服他的蓓西跟阿列克谢更进一步做朋友。在那次最可纪念的午餐以后，她还没有再见过阿列克谢一面。好像他们彼此间没有什么好感，至少，阿列克谢没有再到普里卢钦诺村来过。而且，每次伊凡·彼得罗维奇到他们家来作客的时候，丽莎总是躲到自己的屋子里面。可是格里戈里·伊凡诺维奇想："要是阿列克谢每天到我家里来，那么蓓西就会爱上他的，这只是当然的事。时间会把一切安排好的。"

伊凡·彼得罗维奇对他的计划的成功倒不大担心。当天晚上，他就把儿子唤到他的书房来，他抽起烟斗，沉默了一会儿，然后说：

"阿廖沙①，为什么你好久都没有提起到军队服务的事情了？难道骠骑兵的制服对你已经失去了魔力吗?"

"不，爸爸"阿列克谢恭敬地回答："我看您不喜欢我进骠骑兵供职；服从您是我的天职。"

"很好"，伊凡·彼得罗维奇说。"我看你倒是一个听话的儿子，这叫我感到安慰。我也不想强迫你，我也不逼你……马上……去担任文职。可是现在我打算让你结婚。"

"跟谁结婚，爸爸?"阿列克谢惊惶地问道。

"跟丽莎维塔·格里戈里耶芙娜·穆罗姆斯卡娅，"伊凡·彼得罗维奇答道，"新娘漂亮极了，不是吗?"

---

① 阿列克谢之爱称。

“爸爸，我还没有想到结婚的问题。”

“你没有想到，我可替你想过了，而且翻来覆去地想过了。”

“随您说吧，我一点都不喜欢丽莎·穆罗姆斯卡娅。”

“结婚以后，你会喜欢她的。等你们互相习惯了，就会相爱的。”

“我觉得自己不能给她带来幸福。”

“你不必为她的幸福发愁。怎么？你就是这样地尊重父亲的意志吗？好极了！”

“随您怎么样吧，我不愿意结婚，而且我也不会结婚。”

“你得结婚，要不，我就诅咒你，至于我的产业，凭神圣的上帝起誓，我要卖掉它，花光它，一文钱也不留给你。我让你去考虑三天，在这以前，你不要想走到我面前来。”

阿列克谢知道，如果父亲的脑子里起了一个念头，那么，用塔拉斯·斯科季宁①的说法，就是用钉子敲，也敲不出它来了。不过阿列克谢像他父亲，要说服他也是一样地不容易。他回到自己的屋子里，想到父亲权力的范围，想到丽莎维塔·格里戈里耶芙娜，想到父亲要让他变成乞丐的庄严的宣告，最后想到阿库莉娜。他才第一次明白，他是多么热烈地爱着她，他突然有了跟乡下姑娘结婚、靠自己劳力生活的浪漫的念头了。他越考虑这种表示决心的行动，越觉得它合乎情理了。树林中的约会因为雨季的关系，从某个时候起就中断了。他用最清楚的笔迹，最疯狂的语言给阿库莉娜写了一封信，向她说明那个威胁他们的危险，并且向她求婚。他写好信，立刻把它送到那个树孔

① 指冯维辛的喜剧《纨袴少年》中的一个主人公。

里的邮局，便非常自满地上床睡了。

第二天阿列克谢的意志更加坚决了，他一清早就到穆罗姆斯基家去，要跟他坦白地解释一番。他希望引起那个老人的宽宏大量，把他拉到他这一边来。

“格里戈里·伊凡诺维奇在家吗?”他把马勒住，停在普里卢钦诺村的宅子的台阶前，问道。

“不在家，”仆人恭敬地回答，“格里戈里·伊凡诺维奇一清早就出去了。”

“真不巧!”阿列克谢想道。“至少丽莎维塔·格里戈里耶芙娜在家吧?”

“她在家，少爷。”

阿列克谢跳下马来，把缰绳交给听差，不待通报就进去了。

“一切都会解决了，”他一边想，一边往客厅走去。“我要向她本人解释。”

他进去了……不觉发愣了！丽莎……不是的，是阿库莉娜，亲爱的浅黑色皮肤的阿库莉娜，她不是套着长背心，而是穿了白色的晨衣，坐在窗前看他的信。她看得那么专心，连他进来也没有听见。阿列克谢忍不住快乐地叫起来。丽莎吃了一惊，抬起头，叫了一声，还想跑开。他冲过去拦住了她。

“阿库莉娜，阿库莉娜!”

丽莎极力要从他那里挣脱身子……

“Mais laissez-moi donc，monsieur，mais êtes-vous fou?①”她掉转

① 法语：“放开我，先生，您疯了吗?”

身，接连地说。

“阿库莉娜，我的朋友，阿库莉娜！”他吻着她的手，说了又说。

杰克逊小姐是这一幕喜剧的见证，她不知怎么办才好，这个时候门打开了，格里戈里·伊凡诺维奇走了进来。

“哈哈！”穆罗姆斯基说，“看来，你们的事情已经完全妥当了……”

读者原谅我不再饶舌来描写故事的收场了。

一八三〇年九月三十日

第二辑　黑桃皇后

。。。

黑桃皇后

黑桃皇后表示不怀好意

最新详梦书

一

遇上阴雨天，
他们常相见
聚赌。
赌注翻一番，
只好求上帝
宽恕！
输赢本平常，
怨只怨粉笔
记数。
一遇阴雨天，
他们急煎煎
聚赌。

一天，他们在近卫骑兵团军官纳鲁莫夫家里打牌。漫长的冬夜在不知不觉中过去了，直到早晨四点多钟他们才坐下吃晚饭。赢钱的人吃得津津有味，其余的人却坐在那儿对着不曾动用的餐具出神。但是香槟酒一端上来，谈话就比较活跃了，而且大家都参加了进来。

“你怎么样，苏陵？”主人问道。

“还是那样，输了。我得承认手气不好：我赌得很稳①，从来不动肝火，脑子也很清醒，可我总是输钱！”

“这么说，你从来没有冲动过？从来没有在同一张牌上加过注？……你的坚定真叫我吃惊！”

“你们说赫尔曼是怎么回事？”有位客人指着一位年轻的工兵军官说，“他从来不沾牌，从来不下注，可是却陪我们坐到五点钟，看我们打牌！”

“我非常喜欢打牌，”赫尔曼说，“不过，我不能为了赢得额外的钱而牺牲生活的必需。”

“赫尔曼是德国人，所以精打细算，就是这么回事！”托姆斯基说，“我不明白的，倒是我祖母，安娜·费多托夫娜伯爵夫人！”

“什么？怎么回事？”客人们都叫了起来。

“我不懂，”托姆斯基接着说，“为什么我祖母不赌钱了。”

“一个八十岁的老太太戒了赌，”纳鲁莫夫说，“这有什么值得大惊小怪的！”

“您真的一点都不知道她的事情？”

“真不知道！一点都不知道！”

---

① 指从不加倍下注。

“噢，那么请听我说吧：

“要知道，六十年以前，我祖母到过巴黎，而且在那里大出风头。人们到处跟着她，为了看一眼 la Vénus moscovite①；黎塞留②热恋她，祖母肯定地说：他差一点因为她的狠心而自杀。

“那个时候，贵夫人都喜欢玩‘法老’③。有一次，在宫廷里，她输给奥尔良公爵一笔巨款。祖母回到家里，一面撕下脸上贴的美人痣④，脱去箍骨裙⑤，一面对祖父讲她输钱的事，叫他还债。

“根据我的记忆，我死去的祖父不过是祖母的管家一类的人，他怕她，像怕火一样。但是，听说她输掉这么大一笔钱，他忍不住发了脾气，而且拿出账单来叫她看，半年来他们已经花了五十万，他们的产业在莫斯科近郊和萨拉托夫乡下，又不在巴黎，他斩钉截铁地拒绝还债。祖母给了他一个耳光，为了表示不快，独自睡了。

“第二天她派人把丈夫叫来，希望家法对他能起点作用，但是发现他毫不动摇。这是她平生第一次屈尊跟他谈判，解释。她倨傲地对他指出，债与债不一样，亲王和马车制造商之间有天渊之别，想使他因此感到羞愧。然而毫无效果。祖父造反了，说什么也不行。祖母不知道怎么办才好。

---

① 法语：莫斯科的爱神。

② 黎塞留公爵（1696—1788），法国路易十三时代红衣主教黎塞留公爵的侄孙，以风流机智著称。

③ 一种纸牌赌法。由一人作庄，下注的赌客人数不限。赌客向庄家的右边牌上或左边牌上下注。庄家翻牌后，如赌客的牌大于庄家这一边的牌或者和庄家这一边的牌一样，那么他就赢了。

④ 十七、十八世纪欧洲的妇女喜欢在脸上贴小黑绸块，作为装饰。

⑤ 用鲸鱼骨做成的箍撑开的长裙。

“她的熟朋友中有个非常有名的人。你们听说过圣·日耳曼伯爵①这个人吗？关于他，外面流传着许许多多离奇的故事。他自称是个永世流浪的犹太人②，而且是长生药和点金术的发明者等等。大家嘲笑他，说他是江湖骗子。卡萨诺伐③在他的《回忆录》中说：圣·日耳曼是个间谍。圣·日耳曼虽说来历不明，但是他生得相貌堂堂，待人接物和蔼可亲。直到今天，祖母还是深情地爱着他，有人讲他的坏话，她就生气。祖母知道，圣·日耳曼手头有大笔款子。她决定向他求助。她写了一个字条，请他马上到她这儿来。

“这个古怪的老人即刻来了，看到她万分痛苦。她用最恶毒的语言形容她丈夫的野蛮，最后她说，她把一切希望都寄托在他的友谊和乐于助人的性格上。

“圣·日耳曼细细寻思了一会。

“‘我可以借给您这笔款子，’他说，‘不过，我知道，您在还清之前不会安心。我呢，决不愿意给您再添麻烦。还有另外一个办法：您可以翻本。’

“‘不，亲爱的伯爵，’祖母答道，‘我跟您说，我可是一点钱也没有了。’圣·日耳曼说：‘这不需要钱，请听我说。’于是，他告诉她一个秘诀。为了得到这个秘诀，我们中间任何一个人都愿意付出高昂的

---

① 圣·日耳曼伯爵实为葡萄牙人，有名的冒险家，1750年进入巴黎上流社会，并出入宫廷。他死于1784年。

② 传说在耶稣基督被押赴刑场时打过他的犹太人，遭受天谴，被罚永世流浪。

③ 卡萨诺伐（1725—1798），意大利冒险家，曾用法文写作《回忆录》十二卷。书中有十八世纪西欧国家上流社会道德堕落、政治腐败的记载。

代价……”

年轻的赌徒们听得更加入神了。托姆斯基点燃了烟斗，吸了一口，又继续讲下去。

“就在那天晚上，祖母到凡尔赛宫中，au jeu de la Reine①。奥尔良公爵作庄。祖母编了一个小小的谎话，作为没有把欠款带来的理由，若无其事地向他表示歉意，然后就打起牌来。她挑出三张牌，一张接一张地押上注，结果三张牌全赢了，祖母就这样把输掉的钱都捞了回来。”

“碰巧罢了！”一个客人说。

“瞎编的！”赫尔曼说。

“也许是牌上作了记号？”第三个人说。

“我不这样想，”托姆斯基认真地说。

“什么！”纳鲁莫夫说，“你的祖母能够一连猜中三张牌，而你居然至今没有跟她学到她的诀窍？”

“哪有这样的好事！”托姆斯基答道，“她有四个儿子，其中之一是我的父亲；四个人都嗜赌如命。她没有对任何一个儿子传授她的秘诀，虽然这对他们，甚至对我都不会有什么坏处。我的叔父伊凡·伊里奇伯爵就是这样对我讲的，他拿荣誉担保，说这事是真的。已故的恰普里茨基，这个人挥霍了几百万卢布以后潦倒而死，他年轻的时候，有一次输了大约三十万卢布——我记得是输给左利奇②。他走投无路。祖母一

① 法语：在皇后那里打牌。

② 斯·格·左利奇是叶卡捷琳娜二世的宠臣，一个狂热的赌徒。

向对年轻人的荒唐行为很严厉，这一次不知怎的，却怜悯起恰普里茨基来了。她教给他三张牌，要他一张接一张地押上注，同时要他发誓：以后决不再摸牌。恰普里茨基就到赢他钱的那人家里去，他们又坐下来打牌。在第一张牌上恰普里茨基下了五万卢布的赌注，马上赢了，然后在第二张牌上加倍下注，第三张牌再加一倍——他不但翻了本，而且还赢了点钱……”

不过也该睡觉了，已经五点三刻了。

真的，已经天亮了，年轻人喝干了杯中的酒，回家去了。

二

——Il paraît que monsieur est décidé mentpour les suivantes。

——Que voulez—vous，madame? Elles sontplus fraîches①。

社交界闲谈

×××老伯爵夫人坐在更衣室的镜台前面。三个年轻女仆在她周围伺候。一个拿着胭脂盒，另一个拿的是发夹匣子，第三个捧了一顶装饰着鲜红缎带的高高的便帽。伯爵夫人的花容月貌早已成为陈迹，在这方面她已经不存一点奢望，不过她还保持着年轻时代的习惯，严格地遵从七十年代的时尚，在衣饰上还像六十年前那样认真仔细。窗口绣花架后面坐着一位小姐，那是老伯爵夫人的养女。

---

① 法语：“先生，看来您非常喜欢女仆。”“太太，您说怎么办？她们漂亮极了。”

“您好，grand'maman①’”一个年轻军官说着走了进来。“Bon jour，mademoiselle Lise.②奶奶，我求您一件事。”

“什么事，保罗？”

“请允许我向您介绍我的一个朋友，带他到星期五的舞会上来见您。”

“直接带他到舞会上去，就在那儿向我介绍吧。昨天晚上你去××家了吗？”

“当然！玩得快活极了；我们跳舞跳到五点钟。叶列茨卡雅真美！”

“啊，我亲爱的！她有什么美？她的祖母达利雅·彼得罗夫娜公爵夫人才美呢！哦，她现在一定很老了吧？”

“什么很老了？”托姆斯基随口答道，“她死了七年了。”

小姐抬起头来，对年轻人做了一个暗号。他这才想起，他们一直没有让她知道她的同庚女友的死讯，便咬着嘴唇不说了。可是伯爵夫人已经听到了这个对她还是新闻的消息，而且反应很冷淡。

“死了！”她说，“我还不知道哩！我们是一块儿入选作宫廷女官③的，我们觐见时，女皇……”

这个故事伯爵夫人对她的孙子讲过上百遍了。

“喂，保罗，”随后她说，“扶我起来。丽桑卡④，我的鼻烟在哪儿？”

---

① 法语：奶奶。

② 法语：您好，丽莎小姐。

③ 侍从女皇、皇后或公主的贵族少女。

④ 丽莎维塔的爱称。

伯爵夫人带着她的三个女仆走到屏风后面去结束她的梳妆。托姆斯基和小姐留下来。

“您要介绍的人是谁?”丽莎维塔·伊凡诺夫娜低声问道。

“纳鲁莫夫。您认识他吗?”

“不认识。他是军官，还是文官?”

“军人。”

“工兵军官?”

“不，他是骑兵。您为什么以为他是工兵军官?”

小姐笑了笑，没有回答。

“保罗!”伯爵夫人在屏风后面喊道，“给我拿本新小说来，可是不要目前流行的。”

“什么意思，奶奶?”

“就是不要让小说的主人公掐死他的父母，也不要有淹死的人。我特别害怕淹死的人!”

“这种小说现在没有了。您要不要俄国小说?”

“真有俄国小说吗？拿来吧，我的少爷，给我拿来!”

“再见，奶奶！我还有事……再见，丽莎维塔·伊凡诺夫娜！您怎么会以为纳鲁莫夫是工兵军官?”

说完托姆斯基就走了。

只剩下丽莎维塔·伊凡诺夫娜一个人；她放下活计，向窗外张望。不多时，一个年轻军官从拐角处一所房子后面走出来，出现在大街那一边。她两颊绯红，头一直埋到绣花布上面，又绣了起来。这时候，伯爵夫人打扮齐整，走出来了。

“丽桑卡，让他们套车，”她说，“我们出去散散步。”

丽桑卡从绣架后面站起来，收拾好她的活计。

“你怎么啦，我的天！你聋了吗？”伯爵夫人大声说。“快去叫他们套车。”

“我就去！”小姐轻声答道，随即跑到前厅去了。

一个仆人进来，呈上几本巴威尔·亚历山德罗维奇①公爵送来的小说。

“好！谢谢他，”伯爵夫人说，“丽桑卡，丽桑卡！你又跑到哪儿去了？”

“我在穿衣服。”

“还来得及，我的天。坐在这儿。打开第一册，念给我听……”

小姐拿起书，念了几行。

“大声点！”伯爵夫人说，“你怎么啦，我的天？你的嗓子哑了，还是怎的？等一等，把踏脚凳挪到我这儿来，再近一点……好！”

丽莎维塔·伊凡诺夫娜又念了两页。伯爵夫人打了个呵欠。

“扔下这本书，”她说，“胡扯！还给巴威尔公爵吧，道声谢……马车呢？”

“马车套好了，”丽莎维塔·伊凡诺夫娜望了望大街说。

“你怎么没换衣服？”伯爵夫人说，“老是得等你！我的天，这真叫人受不了。”

---

① 这是托姆斯基的名字和父称。俄国人的名字“巴威尔”与法国人的名字“保罗”相当，所以有时又叫他“保罗”。

丽莎跑到自己屋里去。还不到两分钟，伯爵夫人就拚命摇铃。三个女仆从一道门跑进来，一个男仆从另一道门跑进来。

“怎么叫你们叫不应?”伯爵夫人对他们说，“去告诉丽莎维塔·伊凡诺夫娜，我在等她。”

丽莎维塔·伊凡诺夫娜戴着帽子，穿好外衣进来了。

“你到底来了，我的天!”伯爵夫人说，“瞧你这身打扮，这是为什么?……想勾引谁?……天气怎么样?好像在刮风。”

“一点风都没有，太太!天气非常好!”男仆答道。

“你们总是胡说八道!打开气窗。可不是刮风了!而且冷得要命!把车上的马卸下吧!丽桑卡，我们不出去了，不必这样打扮了。”

“这就是我的生活!”丽莎维塔·伊凡诺夫娜想道。

丽莎维塔·伊凡诺夫娜实在是个最不幸的女人。但丁说过：别人的面包难吃，别人家的台阶难上①。可是有谁像这位贵妇人的可怜养女那样深切地体会到寄人篱下的痛苦呢?×××伯爵夫人的心肠自然不坏，不过她就像上流社会宠坏了的女人一样，性情乖戾；也像所有老年人一样，既吝啬，又极端自私，他们早已不会对别人倾心，与现实生活又格格不入。她参加上流社会的一切活动，出席舞会，只见她脸搽得红红的，穿着古老的服装，坐在角落里，好像舞厅中一件古怪而又不可少的装饰品；客人们一进来，就要走到她跟前，对她深深鞠躬，犹如履行法定的仪式。这以后就没有人再注意她了。她在家里接

① 引自意大利大诗人但丁（1265—1321）的《神曲》第三部《天堂篇》第十七歌。这里引的只是原诗大意。

待全城的显要，严格遵守礼仪，其实没有一个人是她熟识的。成群的家奴在前厅和仆婢室里发胖、衰老，他们想做什么就做什么，争先恐后地盗窃这个垂死的老太太的财物。丽莎维塔·伊凡诺夫娜却是这一家的受难人。她倒茶时多放一块糖也会受到申斥。她念小说时要为作者的一切过失承担罪责。她陪伯爵夫人坐马车出去散步，天气不好、马路难走也得由她负责。她有月钱，却从来没有拿足数；可是又要她穿戴像所有的人一样，就是说跟极少数的人一样。在社交界，她是一个最可怜的脚色。人人都认识她，却没有一个人注意她。在舞会上，只有缺少舞伴的时候，才有人找她跳舞。太太小姐们需要到更衣室去整理衣饰的时候，总是拉着她同去。她是个有自尊心的姑娘，对自己的处境感触极深。她观察着周围的人，留心并焦急地等待着一位能够拯救她的英雄出现。但是年轻人都在虚名实利上打算盘，不屑于关心她，虽然丽莎维塔·伊凡诺夫娜比他们所追求的趾高气扬、冷若冰霜的未婚小姐们可爱一百倍。有多少次她默然离开郁闷而又豪华的客厅，回到她那间简陋的卧房去哭泣。那儿的陈设只有一架糊花纸的屏风，一只五屉柜，一面小镜子，一张油漆过的床；大铜烛台上的蜡烛发着幽光。

一天，——在这篇小说开头所描写的那个晚上以后两天，也就是在我们刚才谈到的那个场面发生前一个星期，——丽莎维塔·伊凡诺夫娜坐在窗口绣花，无意间朝街上望了一眼，看见一位年轻工兵军官一动不动地站着，两眼盯着她的窗子。她低下头，又绣起来；过了五分钟，她又望了一眼——年轻的军官还站在原地不动。她没有跟过路的军官卖弄风情的习惯，便不再向街上张望，一口气绣了差不多有两个小时，没有抬过一次头。午饭好了。她站起来收拾绣架，无意中望了望街上，又看到那个军官。这使她感到相当奇怪。吃罢午饭，她怀着一种不安的心情走到窗前，可是军官已经走了，——她也就把他忘了……

过了两天，她跟随伯爵夫人出去上马车的时候，又看见了他。他就站在大门口，用海龙皮大衣领子遮住脸，两只黑眼睛在帽子下面射出炯炯的光芒。丽莎维塔·伊凡诺夫娜连自己也不明白为什么缘故吃了一惊。她上了马车，心莫名其妙地乱跳。

她一回到家，就跑到窗口去，——那军官站在老地方，眼睛正盯住她看。她走开了，好奇心和一种对她来说完全是陌生的激动情绪折磨起她来。

从那个时候起，每天，到一定的时刻，这个年轻人总要在她们家的窗子底下出现。他和她之间建立了默契。只要她坐在那儿绣花，就感觉到他在近旁，于是抬起头来看他，看的时间一天比一天长。年轻人似乎为此感激她。她用青春时期的敏锐目光看出：当他们的视线相遇的时候，年轻人苍白的双颊立刻变得绯红。过了一个星期，她便对他微笑了……

当托姆斯基请求伯爵夫人允许他把自己的朋友介绍给她的时候，这位可怜姑娘的心狂跳起来。可是一听说纳鲁莫夫是近卫骑兵团的军官，而不是工兵军官，她又悔不该用这冒失的问话向轻浮的托姆斯基道出自己的秘密。

赫尔曼的父亲是个入俄国籍的德国人，只给儿子留下很少一点财产。赫尔曼坚信他只有自立一条路可走。他连利息都不动用一文，只靠薪饷度日，极力避免染上任何嗜好。不过，他虽然沉默寡言，虚荣心却很重，不肯让朋友们有机会取笑他过分的节俭。他有强烈的情感，丰富的想象，但是坚强的性格使他免去一般年轻人常犯的错误。举个例子来说吧，他尽管爱赌，可是从来不摸牌，因为他估计到他的财产不允许他（如他自己所说的）“为了赢得额外的钱而牺牲生活的必需”。然而他又整夜整夜地守在牌桌边，万分激动地注视着赌局的种种胜负变化。

三张牌的故事强烈地刺激了他的想象力，他一夜都在想这个故事。“要是……”第二天傍晚他一面在彼得堡的大街上踯躅，一面想：“要是老伯爵夫人讲出她的秘诀，或是告诉我三张稳赢的牌！为什么不去试试我的运气呢？向她自荐，讨得她的欢心，或者就做她的情人吧，不过这都需要时间，而她已经八十七岁了，可能过一个星期就会死去，也可能过两天就死……而故事呢？……这故事可信吗？……不！节俭、克制和勤劳才是我的三张稳操胜券的牌，它们会使我的财产增加三倍、七倍，让我过安适独立的生活！”

他这样胡思乱想着，不知不觉走到彼得堡一条主要的大街上一所式样古老的宅子前。街上挤满了轻便马车，一辆接一辆地向着灯火辉煌的大门急驰而来。从马车里一会儿伸出年轻美人的秀足，一会儿伸出吱吱作响的长统皮靴，一会儿伸出有条纹的长袜和外交官的鞋子。皮大衣和斗篷在威风凛凛的守门人身边闪过去。赫尔曼站住了。

“这是谁家的宅子？”他向街角的岗警问道。

“×××伯爵夫人的，”岗警回答。

赫尔曼浑身颤栗起来，那个离奇的故事又在他的想象中展现。他便在宅子附近走来走去，想看宅子的女主人和她的神奇的本领。他很晚才回到自己简陋的屋子里，久久不能入睡。等到进入梦乡以后，他只看见纸牌，绿色的牌桌，一束一束的钞票，一堆一堆的金币。他一张接一张抽出牌来，果断地下注，不断地赢钱，把金币扒到自己面前，又把钞票放进衣袋里。他早晨醒来很迟，因为失去了梦中的财富而叹息。他又到街上去闲逛，不知不觉又走到×××伯爵夫人的宅前。仿佛有一种不可思议的力量把他带到这里来。他站住，望着窗户。在一扇窗户里，他看见一个黑发女人的头低垂着，多半是在看书，或者在做活计。她的头抬起来了。赫尔曼看到一张鲜嫩的脸，一对漆黑的眼睛。他的命运就在这一个时刻决定了。

三

Vous m' écrivez，mon ange，des lettres de quatre pages plus vite que je ne puis les lire①。

书信

丽莎维塔·伊凡诺夫娜刚脱下外衣和帽子，伯爵夫人就差人来叫她，又吩咐套车。她们出去上车。就在两个听差把老夫人搀进车厢的时候，丽莎维塔·伊凡诺夫娜在车旁看见了她那位工兵军官；他一把抓住她的手；她惊恐得还没有定下神来，年轻人已经不见了；在她手里留下了一封信。她把信藏在手套里，一路上，她什么也听不到，看不见。伯爵夫人坐在马车里喜欢不停地发问："对面来的这个人是谁？

① 法语：我的天使，您给我写了四页的信，写得比我看得更快。

这座桥叫什么名字？那块招牌上写的是什么？”这次丽莎维塔·伊凡诺夫娜回答得含含糊糊，牛头不对马嘴。惹得伯爵夫人大为生气。“您怎么啦？我的天！您变痴呆了，还是怎么的？我的话，你是听不见，还是不明白？……我的上帝，我的口齿够清楚的，还没有老糊涂呀！”

丽莎维塔·伊凡诺夫娜没有理会伯爵夫人的话。她一回到家，就跑进自己的房间，从手套里抽出信来。信没有封口。丽莎维塔·伊凡诺夫娜读完了它。这是一封表白爱情的信：柔情蜜意，仰慕之至，是逐字逐句从德国小说里照抄来的。不过丽莎维塔·伊凡诺夫娜没有念过德文，对这封信感到十分满意。

然而，她接下的信也使她非常不安。这是她生平第一次跟青年男子有了秘密的瓜葛。他的大胆使她害怕。她责备自己有失检点，不知道怎么办才好：不再坐到窗口去，给这个年轻军官泼一瓢冷水，免得他再来追求吗？退还他的信，给他一个冷淡而不明确的回答吗？她找不到人商量，她既没有女朋友，也没有女教师。丽莎维塔·伊凡诺夫娜决定回信。

她坐在小小的写字台前，拿起笔和信纸，思索起来。她开了几次头，都撕了——不是觉得语气太软，便是觉得下笔太狠。最后终于写出了自己觉得满意的几行字。她写道：“我相信，您是个心地光明的人，不会用冒失的举动来侮辱我；然而我们的友谊却不应该以这种方式开始。您的信我退还，希望日后不致有理由责怪您无端对我失礼。”

第二天，丽莎维塔·伊凡诺夫娜一看见赫尔曼走过来，就从绣架后面站起来，走到大厅里，打开气窗，把信扔到街上，相信这位年轻军官会赶快拾起它。赫尔曼跑上去，拾起信，然后走进一家糖果铺里去了。他打开信封上的火漆印，看到他自己的信和丽莎维塔·伊凡诺夫娜的回信。这他已经料到。于是他一路上琢磨着自己的手法，心满意足地回家去了。

三天以后，时装店的一个眼睛灵活的年轻姑娘给丽莎维塔·伊凡诺夫娜送来一个字条。丽莎维塔·伊凡诺夫娜不安地打开了它，以为时装店来要账，可是她一下子认出了赫尔曼的笔迹。

“亲爱的，您弄错了，”她说，“这个字条不是写给我的。”

“不，正是给您的!”胆大的姑娘一面回答，一面露出狡黠的微笑。“请您读读看。”

丽莎维塔·伊凡诺夫娜匆匆看了一遍。赫尔曼要求会面。

“不行!”丽莎维塔·伊凡诺夫娜说。他的要求如此急迫，又是使用这样的手段，她简直吓坏了。“肯定不是写给我的!”说着她把信撕成了碎片。

“既然信不是给您的，您为什么把它撕了?”姑娘说，“我可以退还给本人。”

“亲爱的，”丽莎维塔·伊凡诺夫娜听到这话涨红了脸，“以后请您别送字条给我了。还有，请您对托您送信的人说，他应该感到羞愧……”

可是赫尔曼不肯罢休。丽莎维塔·伊凡诺夫娜每天都收到他的信，今天通过这种方式、明天又通过另一种方式送来，内容也不再是德国小说的翻版。赫尔曼写时充满了激情，而且使用他的独特的语言来表达感情：信中一再吐露他的矢志不移的欲求和犹如脱缰野马一般的幻想。丽莎维塔·伊凡诺夫娜不再想把信退还给他了，这些信使她陶醉；她开始回信，而且越写越长，语气也越来越温柔了。后来，她终于从窗户里扔给他这样一封信：

“今天××公使府举行舞会。伯爵夫人将赴会。我们将逗留到两点左右。这样，您便有单独见我的机会。伯爵夫人一出门，仆人们大概都会散去。门厅里虽有守门人，但他照例也会退居自己的小屋。请在十一点半来。您径自上楼。如前厅有人，您可问：伯爵夫人是否在家。如果回答您说：不在，那就别无他法，只能回去。不过，您大概不会遇到什么人。女仆们都在她们自己那间屋子里。从前厅一直往左走，便是伯爵夫人的卧室，卧室的屏风后面有两扇小门，右边的门通书房，伯爵夫人从来不去；左边的门通走廊，那儿有一道窄小的螺旋形楼梯，上了楼便是我的房间。”

赫尔曼像老虎一样浑身搐动，急不可耐地等着约定时间的到来。晚上十点，他已经站在伯爵夫人宅前。天气极坏：狂风怒吼，雨雪大片大片地落下；路灯半明半暗，街上空无一人。偶尔有一个等候深夜归客的车夫赶着一辆瘦马拉的车缓缓驶过。赫尔曼只穿着常礼服，站在街头，却感觉不到风雪严寒。伯爵夫人的马车终于来到。赫尔曼看到两个听差搀着一位裹在貂皮大衣里的驼背老太太出来，她的养女跟在后面，头戴鲜花，身披一件薄薄的斗篷。只听砰的一声，车门关上了。马车在松软的积雪上艰难地跑开了。守门人关了大门。窗内的灯熄灭了。赫尔曼在这所冷冷清清的宅子附近走来走去。最后，他走到路灯跟前，看了看表——十一点二十分。他站在路灯下面，眼睛注视着指针，等待约定时间的到来。十一点半，他登上伯爵夫人家的台阶，走进灯光明亮的门厅。守门人不在。赫尔曼跑上楼，打开前厅的门，看见一个男仆坐在灯下一把不干净的老式扶手椅里睡着了。赫尔曼迈着轻悄而坚定的脚步走过他面前。大厅和客厅都没有灯。从前厅送来微弱的灯光。赫尔曼走进卧室。在挂满古圣像的神龛前面，一盏金质的长明灯发着幽光。墙上糊着中国花纸，靠墙对称地摆着几把褪了色的花缎扶手椅和一张长沙发（上面放着绒毛垫子，镀金已经剥落），看上去阴森森的。墙上挂着两张肖像，是巴黎勒布朗夫人①的作品。其中一张画着一个脸部红润丰满的四十岁开外的男子，他穿一身浅绿色制服，胸前佩着一颗星。另一张画的是一个年轻貌美的女子，鹰钩鼻，鬓角后掠，扑了粉的秀发上戴着一朵玫瑰。四个墙角摆满了细瓷牧羊女、名匠勒鲁阿制造的餐室钟、小匣子、赌具、扇子和各式各样妇女用的玩意儿，那是上个世纪末和蒙戈尔菲的气球②以及梅斯梅尔的磁力学③同时发明的东西。赫尔曼走到屏风后面，那儿有一张小铁床；右边是通书房的门，左边另有一扇门通走廊。赫尔曼打开这扇门，看见那道窄小的螺旋形楼梯，它直通那可怜的养女的房间……可是他转过身来，走进黑暗的书房里去了。

时间过得很慢。四下里悄无声息。客厅里的时钟敲了十二下；所有房间里的时钟一只接一只地敲了十二下——一切又都归于寂静。赫尔曼靠着一只没有生火的炉子站着。他心里很平静，就像一个人决心从事一件既危险但又不得不做的工作时一样。时钟敲了一点，又敲了两点，——接着他听到远处传来马车的声音。他不由得激动起来。马车跑到门口，停了下来。

---

① 勒布朗夫人（1755—1842），法国女画家。
② 蒙戈尔菲兄弟，法国人，载人气球的发明者。
③ 梅斯梅尔（1733—1815），德国医生，磁力学、催眠术的发明者。

他听到放下踏脚板的声音。宅子里有了响动。仆人们奔跑着，大声说话。宅子里的灯亮了。三个年老的女仆跑进卧室里来，半死不活的伯爵夫人一进门，就倒在长靠背扶手椅上。赫尔曼从缝隙里往外看。丽莎维塔·伊凡诺夫娜从他身边走过去了。赫尔曼听到她上楼去的急促的脚步声，心里起了一种类似良心责备的感觉，接着这种感觉就消失了。他已经麻木了。

伯爵夫人开始在镜子前脱衣服。女仆们拔去那顶装饰着玫瑰花的帽子上的别针，从雪白头发剪得极短的头上取下扑了粉的假发。别针像雨点似的撒落在她的身边。绣着银线花的黄色长衫掉到她肿胀的脚下。赫尔曼亲眼看见了她那使人恶心的化妆秘密。最后伯爵夫人换上睡衣，戴上睡帽：这种装束倒更适合她的年龄，她显得不那么可怕，也不那么丑陋了。

伯爵夫人像所有的老年人一样，患失眠症。她换好装，便坐在窗前的长靠背扶手椅上，把女仆都打发走了。她们拿走了蜡烛，屋子里又只剩下一盏长明灯了。伯爵夫人坐在那里，皮肤蜡黄，耷拉着的嘴唇微微颤动，身子左右摇摆着。她的混浊无光的眼睛里现出若有所思的神情；你看着她不禁会想：这个可怕的老太太的身子之所以晃来晃去，不是她的意志，而是一种潜在的电流作用的结果。

突然，这张没有活气的面孔不可思议地改变了。嘴唇不再颤动，眼睛有了生气：一个陌生的男子站在伯爵夫人面前。

“请您别害怕，看在上帝份上，别害怕！”他清清楚楚地低声说道，“我不想伤害您；我是来求您施恩的。”

老妇人默默地看着他，仿佛并没有听见他说的话。赫尔曼以为她是聋子，于是弯下身子，附在她的耳边，把同样的话再说了一遍。老妇人还是像先前一样不作声。

“您能够使我的生活幸福，”赫尔曼接着说，“而这对您却不算什么！我知道，您能接连猜中三张牌……”

赫尔曼停住了。伯爵夫人似乎明白了他的要求；而且似乎在考虑怎样回答。

“这是开玩笑，”她终于说，“我对您发誓！这是开玩笑！”

“有什么玩笑可开！”赫尔曼生气地说，“请您回忆一下恰普里茨基，是您帮助他翻本的。”

看得出来，伯爵夫人很窘。她的脸上反映出她内心的激动，可是她很快又陷入先前的麻木状态之中。

赫尔曼接着说：“您可以告诉我那三张准赢的牌吗？”

伯爵夫人不作声；赫尔曼又说：

“您为谁保守秘密呢？为您的孙子吗？他们不知道这个也够有钱了。而且他们不懂得金钱的可贵。您的三张牌对败家子也没有什么用！如果一个人守不住父亲的遗产，那么不管他怎样挣扎，还是要死于贫困。我不是败家子，我懂得金钱的价值。您那三张牌对我不会是白费的。讲吧！……”

他不说了，浑身颤抖着等待她的回答。伯爵夫人不作声。赫尔曼双膝跪下。

“要是您的心曾经体验过爱情，”他说，“要是您还记得爱的狂热，要是您听到您刚生下来的儿子啼哭时曾经微笑过，要是人的情感也曾在您的心里波动过，那么让我用妻子、情人、母亲的感情，用人生一切最神圣的感情来恳求您，请不要拒绝我的请求！告诉我您的秘诀吧！它对您有什么用处呢？……也许，这涉及到一桩可怕的罪恶、一生幸福的毁灭、同魔鬼订的契约……请您想一想：您老了，日子不长了，我准备拿我的灵魂为您赎罪。告诉我您的秘诀吧。请您想想：您掌握着一个人的幸福；不仅是我，还有我的儿子、孙子、曾孙都会怀着感激之情追念您，把您当作圣物向您致祭……”

老妇人没有回答一个字。

赫尔曼站起身来。

“老妖婆！”他咬牙切齿地说，“好吧，我会叫你回答的……”

说着他便从衣袋里掏出手枪来。

伯爵夫人看到手枪，再次显得十分激动。她摇摇头，举起一只手，好像要挡住射来的子弹……后来她往后一倒……再也不动了。

“别耍赖，”赫尔曼抓住她的手说，“我最后一次问您：愿不愿意告诉我您那三张牌？——愿意，还是不愿意？”

伯爵夫人没有回答。赫尔曼发觉她已经死了。

四

7 Mai 18××

Hommes sans moeurs et sans religion!①

书信

---

① 法语：18××年5月7日。没有道德和宗教信仰的人！

丽莎维塔·伊凡诺夫娜坐在自己房间里，身上还穿着出席舞会的盛装，她在深深地思索。她一回到家，就连忙打发走睡眼惺忪、不大乐意为她做事的女仆，说是自己会脱衣服，然后忐忑不安地走进自己的房间，又盼着在那里看到赫尔曼，又希望看不到他。她一眼就看出他没有来，反而为了他们的会见受到阻碍感谢命运。她没有脱衣服便坐下来，开始回想全部经过，在这么短时间里她就迷恋得这么深的经过。从她第一次在窗口看见这个年轻人到现在还不满三个星期，她已经跟他通信了，而他居然使她答应夜间约会的要求了！她知道他的名字，只是因为有几封信上有他的签名；她从来没有跟他讲过话，从来没有听到过他的声音，在这天晚上以前，也从来没有听到别人谈论过他……多么奇怪啊！就在这天晚上，在舞会上，托姆斯基对年轻的波琳娜·×××公爵小姐生了气，因为她一反常态没有对他卖弄风情。托姆斯基为了报复，故意对她表示冷淡。他请丽莎维塔·伊凡诺夫娜作他的舞伴，同她跳没完没了的玛祖尔卡舞。跳舞的时候，他老嘲笑她对工兵军官有好感，他说他了解的情况比她能想象的多得多，有几句玩笑话说得真是一针见血，几次使丽莎维塔·伊凡诺夫娜觉得他已经知道她的秘密了。

“您从谁那儿知道的？”她含笑问。

“从一个您熟悉的朋友那儿，”托姆斯基答道，“一个非常出色的人。”

“这个出色的人是谁呀？”

“他叫赫尔曼。”

丽莎维塔·伊凡诺夫娜没有说什么，可是她手脚都凉了……

“这个赫尔曼，”托姆斯基接着说，“是一个真正浪漫的人物：他的侧面像拿破仑，而灵魂像靡非斯特①。我想，他的良心上至少压着三桩罪行。啊，您的脸多么苍白！……”

“我头疼……他对您说什么了，这个赫尔曼，呃，他叫什么？……”

“赫尔曼对他的朋友很不满意。他说，他要是处在那个朋友的地位，决不会像他那样……我甚至觉得赫尔曼在打您的主意，至少他很喜欢听他的朋友谈恋爱经。”

“他在哪儿见过我啦？”

“在教堂里，也许在散步的时候！……天知道在哪儿！也许就在您的房间里，在您做梦的时候：他会这么干的……”

三位女士朝他们走过来，问：“Oubli ou reget.”② 他们的谈话被打断了，这番谈话在丽莎维塔·伊凡诺夫娜心中唤起了难耐的好奇心理。

托姆斯基选中的女士就是波琳娜·×××公爵小姐。她跳舞时多转了一圈，就座时又多捱了些时间，终于使他尽释前嫌。托姆斯基回到自己的座位上时，已经不再想赫尔曼，也不再想丽莎维塔·伊凡诺夫娜了。她一心想拾起被打断了的话题，可是玛祖尔卡舞结束了。不久，她就随着老伯爵夫人走了。

托姆斯基不过是在跳玛祖尔卡舞的同时信口闲聊。可是那些话却深深地印在这位想入非非的少女的心上。托姆斯基勾画的肖像同她的想象塑造的形象相似；由于那些流行小说的影响，这个鄙俗的人使她既害怕，又着迷。她抱着裸露的双臂坐着，依然戴着鲜花的头低垂在袒露的

---

① 德国大诗人歌德（1749—1832）的著名诗剧《浮士德》中的恶魔。

② 法语：“是忘了还是懊悔”。这是一种跳舞游戏。女的事先商定谁是“忘记”，谁是“懊悔”。然后男伴挑哪个字，就同代表哪个字的女伴跳舞。

胸前……突然间，门开了，赫尔曼走了进来。她浑身打起颤来……

“您刚才在哪儿?”她惊恐地低声问。

“在老伯爵夫人的卧室里，”赫尔曼回答，“我刚刚从她那儿来。伯爵夫人死了。”

“我的上帝！……你说什么?”

赫尔曼接着说：“看来，我就是她致死的原因。”

丽莎维塔·伊凡诺夫娜看了他一眼，托姆斯基的话在她心中响了起来：“这个人的良心上至少压着三桩罪行!”赫尔曼坐在靠近她的窗台上，把经过情形说了。

丽莎维塔·伊凡诺夫娜听他讲的时候，感到毛骨悚然。原来那些热情的信，那些热切的要求以及大胆而坚决的追求都不是爱情！金钱——这才是他的灵魂所渴望的东西！她是不能满足他的欲望并使他幸福的！可怜的养女只不过为杀死她的老恩人的凶手和强盗充当了一名盲目的帮凶！如今悔之晚矣，她伤心地哭了。赫尔曼默默看着她，心里也十分痛苦。不过，无论是这个可怜的少女的眼泪，还是她由于不幸而显得特别动人的美貌都没有打动他的冷酷的心。老妇人的亡故并没有使他感到良心的责备。只有一件事使他心凉：他已永远失去能使他发财致富的秘诀了。

“您真凶残!”丽莎维塔·伊凡诺夫娜终于说道。

“我并不想叫她死，”赫尔曼说，“我的手枪里没有装子弹。”

他们不说话了。

天亮了。丽莎维塔·伊凡诺夫娜灭了残烛。一抹苍白的晨曦照进她的屋子。她擦干泪眼，注视着赫尔曼，只见他坐在窗台上，双手交叉在胸前，眉头紧皱。这姿态酷似拿破仑的画像，以致使丽莎维塔·伊凡诺夫娜为之一惊。

“怎么走出去呢?”最后，丽莎维塔·伊凡诺夫娜开口了，“我本想带您走秘密楼梯，那样就要经过伯爵夫人的卧室，我害怕。”

“您告诉我，怎么找这道秘密楼梯，我自己出去。”

丽莎维塔·伊凡诺夫娜站起来，从五屉柜里取出钥匙，交给赫尔曼，详细地指点了他。赫尔曼握了握她的冰凉的没有感觉的手，吻了吻她低垂的头，然后走了出去。

他走下螺旋形楼梯，又来到伯爵夫人的卧室里。死去的老妇人坐在那里，身子已经僵硬。她脸上的表情十分平静。赫尔曼站在她面前，看了她许久，仿佛要使自己相信这可怕的现实。最后，他走进书房，摸索到糊壁纸后面的门，顺着一道黑暗的楼梯下楼了，一种奇怪的感觉使他激动。他想，大约六十年前，也是在这个时刻，一个身穿绣花大袍，头发梳成 à l' oiseau royal① 的幸福的年轻人（他早已在坟墓里腐烂了），把三角形帽子紧紧压在胸口上，顺着这道楼梯溜走，而他那上了年纪的情妇的心今天停止了跳动……

赫尔曼在楼梯口找到一扇门，用那把钥匙打开，然后经过一条甬道走到街上去了。

五

这天夜里，已故的冯·维×××男爵夫人来到我面前。她一

① 法语：“皇鸟式”，是十八世纪的一种男人的发式。

身缟素，对我说："您好，顾问先生！"

斯维登包格①

那个不祥的夜晚之后三天，早晨九点钟，赫尔曼动身到××修道院去：已故伯爵夫人的遗体在那里大殓。他并不觉得后悔，不过也压制不了良心的裁判，它反复说：是你杀死了那个老妇人！他没有多少真正的信仰，却很迷信。他相信，伯爵夫人的亡魂会给他的生活带来灾难，所以决定参加她的葬仪，祈求她的宽恕。

教堂里挤满了人。赫尔曼好不容易从人群中挤进去。富丽堂皇的灵台上停放着棺材，上面是天鹅绒的华盖。死者躺在棺材里，两手交叉地搁在胸前，头戴一顶镶花边的帽子，身穿白缎子做的衣服。四周站着她的家奴：男仆穿黑色长袍，肩上有纹章饰带，手举蜡烛。亲属——儿子、孙子和曾孙辈——都着重孝。没有人哭，在这里流眼泪只不过是 une affectation②。伯爵夫人如此高龄，对于她的死谁都不会感到震惊，何况她的亲人早已把她看成活尸。年轻的主教致悼词。他用简短而动人的语言述说了这位有德行的老太太如何无疾善终，如何长年静待一个基督徒的死期的到来。主教说："死神降临的时候，她正在虔诚地作深夜默祷，等待着半夜的新郎③。"祈祷在合乎礼仪的哀伤气氛中结束。亲属先跟遗体告别，接下去是许许多多的来宾（多年来她经常参加他们的穷奢极欲的宴乐）上前来向她行最后一次礼。在他

---

① 爱玛虞亥·斯维登包格（1688—1772），瑞典神秘主义哲学家。

② 法语：做样子。

③ 指耶稣，故事见《圣经·新约·马太福音》第二十五章第一节至第十三节。

们之后便是家奴。最后走上前来的是一位年老的贵妇人，她跟死去的老太太同岁。两个年轻的姑娘搀着她走。她已经跪不下去，然而只有她一个人在吻死者的冰冷的手时，掉下了几滴眼泪。在她之后，赫尔曼决定走到棺前。他双膝跪下拜了一拜，在撒满枞树枝的冰冷的地板上俯伏了好几分钟。最后他站起身来，脸色苍白得跟死者一样，走上灵台的台阶，俯下身去……这时，他仿佛看到死者眯起一只眼嘲弄地瞧了瞧他。赫尔曼连忙后退，一失足仰面倒在地上。人们扶起他来。就在这个时候，丽莎维塔·伊凡诺夫娜昏了过去，被人抬到教堂门前的台阶上去了。这个插曲把庄严的丧仪扰乱了好几分钟。来宾中响起一阵絮语声，一个瘦削的宫廷高级侍从（死者的近亲）对他旁边的一个英国人耳语道：这位年轻军官是死者的私生子。英国人听了只淡淡地说了声："噢?"

一整天，赫尔曼的心绪都极为恶劣。当他在一家僻静的小饭馆里吃中饭时，一反平日的习惯，喝了很多酒，希望以此抑制住内心的不安。不料酒使他的幻觉更加活跃。他一回到家，就和衣倒在床上，沉沉睡去。

等他一觉醒来，已是夜里，月光照着他的屋子。他看看表：两点三刻。他已毫无睡意，坐在床上回想老伯爵夫人的殡仪。

这时候，街上有人隔着窗户朝他望了一眼，即刻又走开了。赫尔曼完全没有注意到。过了一分钟，他听到外屋的门打开了。赫尔曼以为又是他的勤务兵喝醉了酒，在外面逛够了才回来。可是他听到的脚步声很陌生。这人走路时，轻轻拖着便鞋。门开了，一个穿白衣的女人走进屋来。赫尔曼以为是他的老奶妈，正奇怪她深更半夜来做什么。

而白衣女人已经轻飘飘地来到他的面前。赫尔曼这才认出是伯爵夫人！

她毫不犹豫地说："我违背自己的意志到你这儿来，因为上天命我满足你的要求。三点、七点、一点会使你连续赢钱。不过，我有个条件：你一天只许押一张牌，而且以后永世不再赌钱。如果你同我的养女丽莎维塔·伊凡诺夫娜结婚，我就宽恕你吓死我的罪过……"

说完，她悄悄转身出去，仍然沙沙地拖着鞋子，走到门口不见了。赫尔曼听到大门砰的一声合上，又看见有人从窗外看他。

赫尔曼过了好久才清醒过来。他走到隔壁房间去。勤务兵睡在地板上，赫尔曼费了好大力气才叫醒了他。勤务兵照例喝得烂醉如泥，从他嘴里问不出个所以然。大门锁着。赫尔曼回到自己屋里，点起一支蜡烛，把自己看到的幻象记了下来。

六

"别下注了！"

"您怎么敢对我说：别下注了？"

"大人，我说的是：'别下注了，老爷！'"

在精神世界中，不会有两个固执的念头同时并存，正如在物质世界中，两个物体不能占据同一个地方一样。三点、七点、一点很快就把赫尔曼心中那已故老妇人的形象赶走了。三点、七点、一点——他脑子里想的是这个，嘴上念的也是这个。一看到年轻的姑娘，他便说："她多苗条！……简直和红心三点一样。"别人问他："几点钟啦？"他答："差五分七点。"任何一个大肚子男人都使他想到一点。三点、七点、一点以各种各样形状在他的梦里出现：三点在他面前开成一朵艳丽的大花，七点幻作一道哥特式大门，一点变为一只巨大的蜘蛛。他一心想的是如何利用这个以极大代价换来的秘诀。他开始想到退役，想到旅行。他要到巴黎的公开赌场去从迷人的幸运女神手里夺取财宝。一个偶然的机遇免了他这些麻烦。

莫斯科成立一个豪富赌徒会，由出名的契卡林斯基任会长。这个人在牌桌边过了一辈子，曾经赢过几百万卢布。他赢了可以收期票，输了却付现款。朋友们从长期交往中对他产生了信任；他很好客，家有名厨，对人和蔼可亲，又爱说爱笑，这些更使他博得大家的尊敬。现在他到彼得堡来了。年轻人争先恐后到他家去打牌，他们忘记了舞会，说与其谈情说爱，倒不如朝拜“法老”。纳鲁莫夫把赫尔曼也带到他家里来了。

他们走过一排陈设豪华的房间，里面站满了恭顺的侍役。几位将军和三品文官正在玩“惠斯特”①。一些年轻人懒洋洋地斜坐在花缎长沙发上吃冰激凌，或者叼着烟斗。客厅里有二十来个赌客挤在一张长桌子周围，主人坐在那儿作庄。他六十岁左右，外貌令人肃然起敬，银发满头，丰满红润的脸上露出憨厚的神情，眼睛常带笑意，炯炯有神。纳鲁莫夫把赫尔曼介绍给契卡林斯基。契卡林斯基亲切地同赫尔曼握手，请他不要客气，接着又做庄去了。

这一盘打了很久。桌上放着三十多张牌。契卡林斯基每次发完牌总要停下来登记输款，让赌客有时间整理各人的牌，同时彬彬有礼地

---

① 四个人玩的一种牌戏，二人为一组，两组对博。

倾听他们的要求，更加有礼貌地把粗心的赌客多折了的一只角展平①。这一盘终于打完了。契卡林斯基开始洗牌，准备再一次发牌。

“请您给我发牌，”赫尔曼从一个站在那里赌钱、身躯肥胖的绅士背后伸出一只手来说。契卡林斯基面带微笑，默默地鞠了一躬，表示遵命。纳鲁莫夫笑着祝贺赫尔曼开了赌戒，并且希望他首战告捷。

“开始吧！”赫尔曼说，并用粉笔在自己的纸牌背面写上赌注的数目。

“多少，先生？”庄家眯起眼睛问，“请原谅，先生，我看不清。”

“四万七，”赫尔曼答道。

所有的人听到这数目，一下子都掉过头来，所有的眼睛都盯着赫尔曼。

“他发疯了！”纳鲁莫夫想。

“请允许我向您指出，”契卡林斯基仍然微笑着说，“您下的注太大了：这儿还没有人一次下过两百七十五卢布以上的注。”

“那又怎样？”赫尔曼反问，“您跟不跟我赌？”

契卡林斯基仍旧带着谦恭的表情鞠了一躬。

“我只是想告诉您，”他又说，“由于朋友们信任，我作庄只赌现款，从我这方面说，当然，我相信，有您一句话就够了。不过，为了既合规矩，又好算账，请您把钱拿出来放在牌上。”

赫尔曼从衣袋里掏出一叠钞票，递给契卡林斯基。契卡林斯基略略看了一眼，便把它放在赫尔曼的牌上。

---

① 多折一只角是多下一倍赌注的标记。

他开始发牌。右边的牌翻过来是九点，左边的是三点。

“我赢了！”赫尔曼指着自己的牌说。

赌客们中间响起一阵耳语。契卡林斯基皱了皱眉头，笑容又立即回到他的脸上。

“您现在就要钱吗？”他问赫尔曼。

“劳驾！”

契卡林斯基从衣袋里拿出一叠钞票，立刻付清了。赫尔曼接过钱，便离开了桌子。纳鲁莫夫目瞪口呆。赫尔曼喝了一杯柠檬水，回家去了。

第二天晚上，他又来到契卡林斯基家。主人正在发牌。赫尔曼走到桌前，赌客们立刻给他让出一个地方。契卡林斯基亲切地对他鞠了一躬。

赫尔曼等到新的一盘开始，拿过一张牌来，把他的四万七千卢布和昨天赢来的钱一起放在这张牌上。

契卡林斯基开始发牌。右边翻过来是杰克①，左边是七点。

赫尔曼翻开他自己的牌：七点。

所有的人都发出一声惊叹。契卡林斯基显然惶惑不安了。他数了九万四千卢布，付给赫尔曼。赫尔曼冷静地接过钱，立刻走了。

第三天晚上，赫尔曼又在牌桌边出现了。大家都预计他会来。将军和三品文官们丢下“惠斯特”，都过来看这不寻常的赌博。年轻军官们也从沙发上跳起来；所有的侍役都聚集在客厅里。大家把赫尔曼团

① 即纸牌中的十一点。

团围住。别的赌客都不押牌了，急不可耐地等着看结果。赫尔曼站在桌旁，准备单独跟脸色苍白、但是仍然面带笑容的契卡林斯基赌博。他们每人拆开一副牌。契卡林斯基洗好牌。赫尔曼把牌错了一下，抽出一张，用一堆钞票盖住了这张牌。那光景就像是一场决斗。四周鸦雀无声。

契卡林斯基开始发牌，他的手在颤抖。右边的牌翻过来是一张皇后，左边的是一点。

“一点赢了!”赫尔曼说着，翻开了自己的牌。

“您的皇后输了,”契卡林斯基和颜悦色地说。

赫尔曼打了一个寒噤：真的，他翻开的不是一点，而是黑桃皇后。他不相信自己的眼睛，也不明白自己怎么会闹出这个错误。

就在这时候，他觉得黑桃皇后眯起眼睛冷笑了一声。这种不寻常的相似叫他大吃一惊……

“老太婆!”他恐怖地叫了起来。

契卡林斯基收起他赢的钞票。赫尔曼一动不动地站在那里。当他离开牌桌的时候，大家七嘴八舌地嚷了起来。“赌得真漂亮!”赌客们说。契卡林斯基重新洗牌，照常赌下去。

尾　声

赫尔曼疯了。他住在奥布霍夫医院十七号病房里，不回答任何问话，只是连珠炮地喃喃念：

“三点、七点、一点！三点、七点、皇后……”

丽莎维塔·伊凡诺夫娜嫁给了一个十分可爱的年轻人，他是某地的一个职员，有一份相当可观的财产：他是老伯爵夫人从前的总管的儿子。丽莎维塔·伊凡诺夫娜家里还收养了一个穷亲戚的女儿。

托姆斯基晋升为骑兵上尉，他跟波琳娜公爵小姐结婚了。

一八三三年

（本书根据四川人民出版社 1982 年 11 月版《黑桃皇后及其他》排印）

巴金故居
Former Residence of Ba Jin

巴金研究会
Ba Jin Literary Association

萧珊 著

XIAOSHAN WENCUN

萧珊文存 4

巴金故居 巴金研究会 策划

上海人民出版社

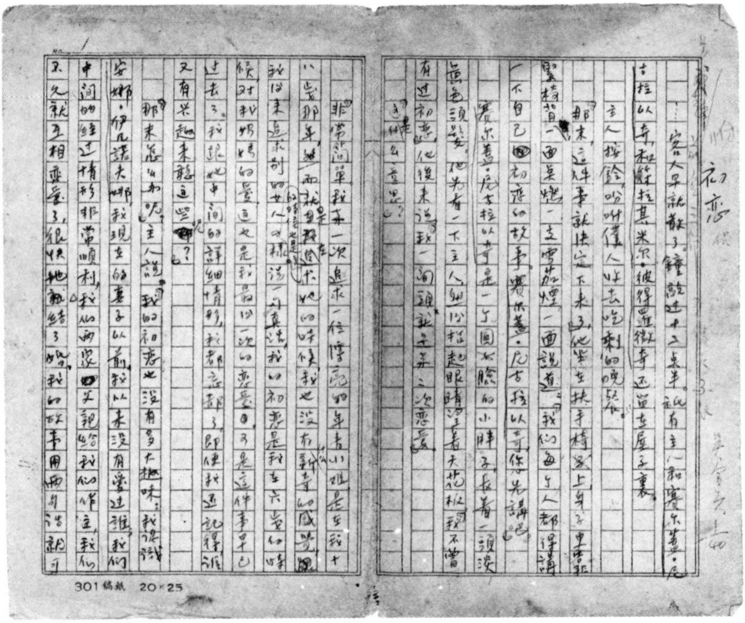

《初恋》译稿

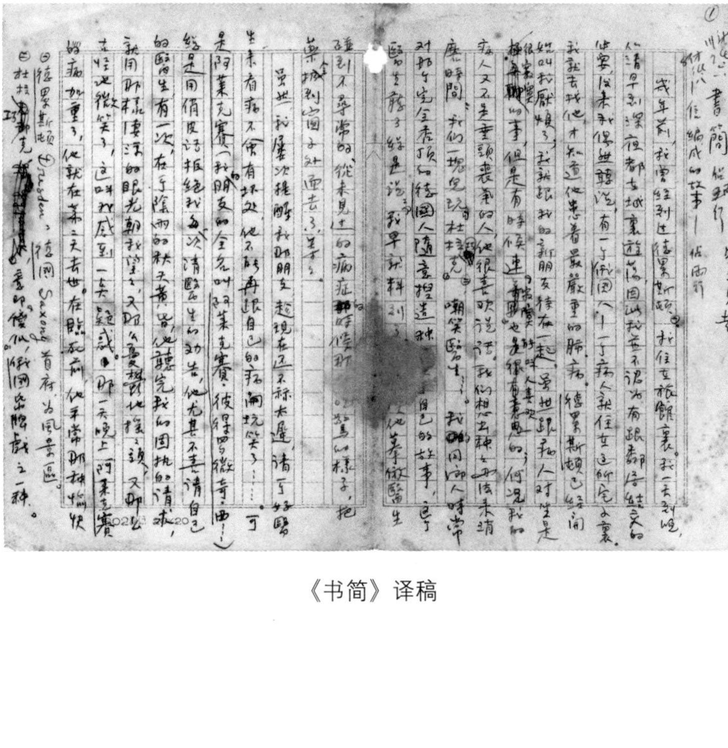

《书简》译稿

阿細亞
屠格涅夫著
新文藝出版社

初戀
屠格涅夫著
平明出版社

初恋
〔俄〕屠格涅夫 著

奇怪的故事
屠格涅夫 著
平明出版社

TU GE NIE FU ZHONG DUAN PIAN XIAO SHUO JI
萧珊 巴金 译
屠格涅夫
中短篇小说集
四川人民出版社

初戀

新譯文叢刊
初戀
屠格涅夫著
蕭珊譯
平明出版社出版
一九五四年·上海

初恋
屠格涅夫中短篇小说精选
华文出版社

俄国女性命运小说 十种
初恋
〔俄〕屠格涅夫 著
E/G/N/X/M/Y/X/S/S/Z

萧珊与女儿小林，1957 年摄于武康路寓所花园

目录

。。。

奇怪的故事

3

十五年前（X先生开始说），我因为公务，不得不在T省城耽搁几天。我住在一家上等旅馆里，这家旅馆是一个发了财的犹太裁缝（在我到这儿的半年以前）开设的。我听见人说，这家旅馆的兴旺情形并不太长久，在我们国家里面这可是常见的事；不过我觉得旅馆还是非常华美：新的家具在夜里发出来枪响般的爆裂声，被单、桌布和饭巾都带着肥皂的气味，漆过的地板还有油漆的气味；然而照那个茶房说来，这都是为了防止小虫滋生的缘故。茶房是一个非常文雅却又并不太干净的人。他原先是G亲王的听差，如今却以态度从容而富于自信心出名了。他老是穿一件旧礼服，趿着一双鞋子，腋下挟着一条饭巾，两边脸颊上有不少的雀斑，他随意挥动他的汗腻腻的手，说些句子简短而意味深长的话。他对我表示了一点好感，好像我这个人能够赏识他的教育和他的关于上流社会的知识似的；可是他对自己的命运却用了一种带点幻灭的眼光去看。"谁都知道，"他有一天对我说，"我现在处的是一种怎样的地位呢？给人提着尾巴，丢出去罢了！"他叫阿尔达利翁。

我应当去拜访城里的几位官员。就是这个阿尔达利翁给我弄来一辆半篷的马车和一个跟丁，车和人都是摇摇晃晃、破破烂烂的；不过跟丁穿了一件号衣，车子上面绘得有纹章①。我拜访完了官员以后，便坐车去看一个地主，他是我父亲的一个老朋友，在T城里住得相当久了。……我有二十年没有见到他；他在这些年中间结了婚，生了一大群孩子，死了太太，又发了财。他干一种专卖的生意，这就是说，他把钱借给专卖人收取高利。“冒险是高贵的行为，”人们这样说，可是实际上这并不是什么大的冒险。我们正在谈话的时候，一个清瘦、文雅的十七岁的少女走进屋子里来，她用一种迟疑不决的脚步轻轻地走来，就像是踮着脚在走路似的。“这是，”我那位熟人对我说，“我的大女儿苏菲，让我给您介绍；她代替我的亡妻管理家务，照料她的弟弟妹妹。”我第二次对那个进来的少女鞠躬行礼（同时她默默地在一把椅子上坐了下来），我心里不禁暗暗想着，她实在不大像一个主妇，也不大像什么管教小孩的人。她的脸完全是一张孩子气的、圆圆的脸，她的小孩似的、愉快的外貌，却又是固定不动的；她有一对高的、参差不齐的、但也是固定不动的眉毛，在这眉毛下面一对小小的蓝眼睛射出来专注的差不多带着惊讶的目光，好像它们刚刚见到了什么意外的东西似的；一张丰满的小嘴，有着微微向上翘的上唇，它不光是不在笑，而且看起来好像根本就不会笑似的；在她的两边脸颊上，柔嫩的皮肤下面现出来优美细长的浅红的血纹，这些血色既不加浓，也不减淡。细软的金发一缕一缕地垂在她的小头的两边。她的胸部微微地起伏着；她的两只手笨拙而严肃地紧紧压在她的细腰上面。她的天蓝色的袍子是一种小孩穿的式样，没有衣折，一直垂到她的一双小脚上。

---

① 贵族的爵徽。

5

这个少女给我的一般印象并不是病态的，而是像谜一样的。我看见我眼前的这个少女并不是一个简单害羞的外县小姐，却是一个“特殊的典型的女人”——这个典型我当时还弄不明白。它没有引动我的兴趣，但也不使我讨厌；我并没有充分地了解它，我只觉得我从来没有遇见过一个比它更真诚的灵魂罢了。怜悯……是的！我看见这个年轻、严肃、小心谨慎的生命，不由得不生出怜悯来——上帝知道是为了什么！“她不是这尘世的人，”我想道，虽然在她的脸部表情上看不出一点“理想的”东西，虽然 Mademoiselle Sophie（法语：苏菲亚小姐）到客厅里来明明是为着尽她父亲所说过的主妇的职责。

他开始谈起 T 城的生活来，谈起这里的一些社交上的快乐和好处。他说：“我们在这儿过的是安静的生活；总督是一个忧郁的人，省贵族代表①是一个单身汉。不过后天在贵族会堂②里有一个舞会。我劝您去。这儿并不是没有美人。您也会见到我们的知识分子。”

我这位朋友过去受过大学教育，所以喜欢用一些新名词③。他讲它们的时候，带了一种嘲讽的意味，可是也含有尊敬的意思。而且，人人都知道，放款的生意，再加上殷实可靠，会给人多多少少养成一种深思多虑的习惯。

“容我问您一句话：您要去参加这个舞会吗？”我掉过脸向着朋友的女儿说。我想听听她讲话的声音。

---

① 也有人译作贵族长。

② 一种供士绅消遣的俱乐部。省城和县里都有。

③ 照原文直译是：学问上的字眼。

“爸爸要去，”她答道，“我陪他去。”

她的声音柔和、缓慢，她把每一个字都念得很清楚，好像她自己也弄不明白似的。

“既是这样，那么我请您跟我跳头一个四组舞，”我说，她埋下头表示答应，然而就在这时候她也不露一个笑脸。

我不久便告辞走了，我还记得，她的眼睛紧紧地望着我，那眼睛的表情在我看来是非常奇怪的，所以我不由自主地回过头去，我想知道她是不是在看我背后的什么人或者什么东西。

我回到了旅馆，吃过了那几样永远不变的午饭菜：菜汤，牛肉饼带豌豆，烧得快焦了的松鸡，随后我就在沙发上坐下，静静地思索起来。我思索的对象便是苏菲亚，我那个老朋友的谜一样的女儿；可是阿尔达利翁（他正在收拾饭桌）却照他的想法来解释我的沉思：他以为这是寂寞无聊。

“我们这个城里头少有给作客的先生们消遣的地方，”他带着他平日那种从容的殷勤态度说，同时他还用一条脏的饭巾在拍那些椅子的椅背——大家都知道这是受过高等训练的听差们的特有的做法。“非常少！”他不作声了，墙上那个大挂钟（白色的钟面上有一朵淡紫色的玫瑰花）好像也在用它的单调、嘶哑的滴嗒声重说着他的话“非——常！非常！”钟这样响着。“没有音乐会，也没有戏园，”阿尔达利翁接着说（他跟着他的主人去过外国，而且差不多全住在巴黎；他很清楚不应当像农人那样把“戏园”说成“嬉园”① ），“举一个例说，没有跳舞会；

① 原文说俄国农人把 Театр 说成 Киятр。

贵族老爷们也不举行晚会，简直就没有这一类的东西。”（他停了一会儿，大约是让我有机会注意到他在措辞用字上花的功夫。）“他们中间连见面往来的事也不常有。各人坐在自己家里，就跟鸽子坐在它的窝里一样。这么一来就弄得那些过路的客人简直没有地方可去了。”

阿尔达利翁偷偷地瞟了我一眼。

“倒有一样，”他慢吞吞地接着说，“倘使您有这种兴趣……”

他又看了我一眼，他还笑了笑，不过，他大概没有看出我是不是有这样一种兴趣。

这个文雅的茶房朝门口走去，想了一想，又走回来了，他心思不定地迟疑了片刻，埋下头来，带着打趣的笑容，在我的耳边说：“您不想看死人吗？”

我吃惊地呆呆望着他。

“是的，”他小声地接下去说：“我们这儿有一个这样的人。这是一个普通的小市民，他连一个字也不认得，可是他做出了不起的惊人事情。譬如说，您跑去找他，对他说您想看见您的亲戚朋友里面某一个已经死去的人，他一定会让您看见他。”

“怎么样做到的？”

“这是他的秘密。因为，他虽然不认识字，老实说：他是个文盲，可是他是个对上帝信心很强的人！一般商人非常尊敬他！”

“城里的人全知道这个吗？”

“那些需要知道的人是知道的，先生；不过，不用说，得提防着警察。因为不管怎么说，这种事情是犯禁的，对普通人这是一种诱惑；

普通人就是说暴民，大家都知道，他们动辄就打起来。”

“他让您看见过死人吗?”我问阿尔达利翁道。我跟他这样一个有见识的家伙讲话，实在不敢用“你”字称呼他。

阿尔达利翁点了点头。“他让我看见过，先生；他把我父亲像活着一样地给弄来了。”

我注意地望着阿尔达利翁。他笑了笑，手里玩弄着饭巾，谦虚地但又是坚定地看着我。

“这的确是非常古怪的，”我后来大声说起来。“我可以跟这个小市民认识吗?”

“要直接去认识他是办不到的，先生；不过可以通过他的妈办到这个。她是一个受人尊敬的老妈妈；她在桥上卖醃苹果①。只要您吩咐，先生，我就去找她。”

“那就麻烦您了。”

阿尔达利翁拿手掩住嘴咳了声嗽。“随您高兴，拿一点赏钱（自然，不要多）给她，给那个老妈妈。而我这方面，先生，我要使她明白，她不用害怕您，因为您是一位来这里作客的先生，一位老爷——不用说您也可以明白这是一个秘密，而且无论如何您也不会给她招来任什么麻烦。”

阿尔达利翁一只手拿着托盘，优雅地把自己的身子连托盘一块儿转动了一下，便向着门走去。

“那么我就可以信任您吗?”我大声唤他说。

① 苹果醃好留在冬天跟鸡鸭一块儿吃。

9

“您可以相信我!”我听见他那带着自信心的声音说。“我要跟老妈妈谈谈，要把她的回答准确地报告给您。”

阿尔达利翁告诉我的这件非常的事情给我引起的思想我不想在这里多说；不过我倒要承认：我等着他那应许的答复已经等得不耐烦了。晚上很迟了，阿尔达利翁才到我的屋子里来，他对我表示他的失望，说是他没有能够找到老妈妈。不管这个，我还是拿了一张三卢布的钞票给他，作为鼓励。第二天早晨，他又到我的屋子里来，脸上带着喜色：老妈妈答应跟我见面了。

“喂，小孩儿!”阿尔达利翁在走廊上大声唤道；“匠人！到我这儿来!”一个六岁光景的小孩走进屋子来，他满身煤烟，活像是一只小猫，头发剪得短短的，头上有些地方完全光秃了，他穿一件破烂的条纹的罩衫，赤脚上穿了一双大得无比的套鞋。“你引老爷到你知道的那个地方去，”阿尔达利翁指着我对“匠人”说。他接着又招呼我：“您先生，您到了那儿，请您打听玛斯特利吉亚·卡尔坡夫娜。”

小孩发出一个嘶哑的声音，我们就动身了。

我们在T城的没有铺石的街上走了好一会儿；后来在其中的一条街上，大约是其中的一条最荒僻最凄凉的街吧，我的向导在一所小而旧的两层的木头房屋前面站住了，他用衣袖揩了揩他的鼻子，对我说：“就在这儿，往右边走。”

我跨过那小小的门阶走进了门厅，敲着右边的门；那扇矮矮的门上的起锈的铰链响了起来，我看见我面前站着一个肥大的老妇人，她穿一件兔皮里子的褐色的敞胸短上衣，头上包一块五颜六色的头布。

“玛斯特利吉亚·卡尔坡夫娜吗?”我问道。

“我就是她，”老妈妈尖声回答我。“请进来。您不要坐吗?”

老妈妈引我进去的那间屋子里堆满了各种各样的废物、破烂衣服、枕头、鸭绒被、口袋，教人几乎没法在屋子里转动身子。太阳光好容易才从两扇盖满尘土的小窗户射了进来；在一个角落里，从一堆重叠地堆起来的箱子后面传出来低声的呻吟和哀泣……我弄不明白是谁的声音：也许是一个生病的小孩，也许是——一条小狗。我在椅子上坐下来，老妈妈就站在我面前。她的脸是黄色的，半透明的，就像蜡一样；她的两片嘴唇完全瘪下去了，所以在一大堆皱纹中间它们倒显得像是一根横线；一丛白发从她的包头布底下露出来，可是在突出的前额骨下面她那一对发红的灰色小眼睛聪明而机警地到处张望；一根尖尖的小鼻子突出来像一根锥子似的，它吸着空气，那神气好像在说：我是个骗子啊！“唔，你这个老太婆，不是个傻瓜!”我心里想道；而且她还有酒气。

我对她说明我的来意，据我观察，这来意她一定已经知道了。她听着我讲话，很快地眨了眨她的眼睛，她只是仰了仰自己的鼻子，使它显得更尖，好像她要用它去啄什么东西似的。

“是的，老爷，是的，老爷，”她后来说；“阿尔达利翁·玛特维奇跟我们讲过了，老爷，的确的，老爷；您需要我儿子瓦新加的技术。……只是我们没有把握，老爷啊……”

“为什么呢?”我插嘴说。“我这方面您可以完全放心。……我不是一个告发人。”

11

“啊哟，您，我的小父亲啊，”老妈妈连忙接下去说。“您怎么说这种话啊？我们敢把您老人家想成那样的吗？人家为什么要告发我们呢？难道我们在干罪恶的事情吗？我儿子不是那种人，什么不干净的事他都不肯干……他也不会干什么邪术……上帝跟他的至圣的圣母明鉴！”老妈妈在胸前划了三次十字记号。“他是全省里头第一个虔诚的守斋期的人和祷告的人；他是第一个，您，我的小父亲，您老人家！真是这样的：他得到了神恩。是的！这不是靠他自己做到的。这是从上面来的，我亲爱的。是的。”

“那么您同意了？”我问道；“我什么时候能够跟您儿子见面呢？”

老妈妈又眨了眨眼睛，把她那方卷起的手绢儿从一只袖口移放到另一只袖口去，这样地移了两回。

“啊，我的老爷，我的老爷，我们决不定……”

“玛斯特利吉亚·卡尔坡夫娜，请允许我给您这个，”我打断了她的话，给她一张十个卢布的钞票。

老妈妈立刻用她的又肥又弯的手指抓住钞票，她的手指教人想起猫头鹰的多肉的爪子来，她连忙把钞票塞进袖口里去，她想了一会儿，仿佛突然打定了主意似的摊开两只手拍自己的屁股。

“今晚上七点到八点之间到这儿来，”她说，不再用她那平时的声调了，却用了另一种更严肃、更低的声音。“只是不到这间屋子，请一直到二楼去，您会看见左边有一道门，您把这道门打开；您就走进一间空屋子，您老人家，在这屋子里头您会看见一把椅子。您就坐在这把椅子上等着；不管您看见了什么，您都不要讲一句话，也不要做任何事；请您也不要跟我的儿子谈话；因为——他还年轻，而且他有癫痫病。他很容易受惊：他抖着抖着，好像什么小鸡似的……真不幸！”

我望着玛斯特利吉亚。“您说他年轻，不过他既然是您的儿子……”

“精神上的，小父亲，精神上的！我养了不少的孤儿！”她解释地添加说，朝着发出哀泣声来的那个角落点点头。“啊，主上帝啊，至圣的圣母啊！还有您，我的小父亲，您老人家，您到这儿来之前，请您好好地想一下在您的那些亡故的亲戚朋友（愿他们进天国）里头您究竟想看见谁。您把您的那些亡人挑选一下，您挑中了谁，就不断地想着他，一直想到我儿子来的时候！”

“我是不是得告诉您的儿子是谁……”

“不，不，小父亲，一句话也不要讲。他自己会在您的思想里头找出他所需要的东西来。您只要把您的熟人牢牢地记在心上就成了；吃中饭的时候您可以喝点葡萄酒——喝两三小杯；葡萄酒绝不会碍事的。”老妈妈说到这里忽然放声大笑，舐舐嘴唇，又拿手抹了抹嘴，叹了一口气。

“那么在七点半钟吗？”我问道，就从椅子上起来。

“在七点半钟，小父亲，您老人家！在七点半钟，”玛斯特利吉亚·卡尔坡夫娜保证地答道。

我跟老妈妈告辞，回到旅馆去了。我并不疑惑他们会作弄我，不过他们究竟用什么方法呢？这就引起了我的好奇心了。我跟阿尔达利翁也只交谈了两三句话。

“她答应了吗？”他皱着眉头问道，他听到了我的肯定的答复便大声嚷着："老妈妈真是一位大臣!"我就遵照"大臣"的劝告，做起挑选亡故亲友的工作来。我经过相当长久的踌躇，最后决定挑选一个死去很久的老人，一个法国人，他做过我的家庭教师。我单单挑上他，并不是因为我跟他感情特别好，只是因为他的整个面貌非常奇特，跟现代人的面貌完全不同，要想摹仿假造，是完全不可能的。他有一个很大的头，绒毛似的朝后梳的白发，浓黑的眉毛，钩形的鼻子，前额正中长着两块浅紫色的大疣；他穿一件绿色大礼服，钉着光滑的铜钮扣，一件条纹背心上面有一条单硬领，一副衬胸和一副袖口。"要是他让我看见我那个老德赛尔的话，"我想道，"我就不得不承认他是一个魔法家了。"

吃中饭的时候，我遵照老妈妈的劝告，喝了一瓶上等的法国红葡萄酒，阿尔达利翁断定这是最好的一种，不过它有一种烧过的软木塞的味道，而且每一杯杯底都有厚厚的檀香木的沉淀。

七点半钟，我准时到了我先前跟那位可尊敬的玛斯特利吉亚·卡尔坡夫娜在里面谈过话的房屋的门前。所有窗户的百叶窗全关上了，可是门却开着。我走进里面去，上了摇摇晃晃的楼梯，到了二楼，打开左边的一道门，正像老妈妈预先告诉我的那样，我看见自己是在一间相当宽大的完全空的屋子里面；窗台上放着的一支牛油蜡烛，把这屋子稍微照亮了一点：正对着门靠墙壁放了一把藤椅。蜡烛已经燃出大段烛心来了，我剪去了烛花，便在椅子上坐下，开始等待着。

头十分钟过得相当快；在这个屋子里简直找不出一样可以引起我

注意的东西；可是我却聚精会神地倾听任何一点小的声音，而且我注意地望着那关上的房门。……我的心跳得厉害。头十分钟以后第二个十分钟又过去了；然后是半点钟，三刻钟——四周连一点响动也没有！我咳了几次嗽，让人知道我在这儿；我开始觉得无聊，我生气了：像这种样子地受人愚弄倒是我完全没有料到的。我已经打定主意要站起来拿了窗台上的蜡烛到楼下去。……我望着蜡烛，烛心又燃成了蕈子的形状；可是我把眼睛从窗台掉向房门的时候，我不禁大吃一惊：就靠着这道门站了一个男人。他进来的时候是那样快，那样地不带一点声音，所以我一点也没有听见。

他穿一件很普通的蓝色的农人短上衣；他是中等身材，而且还可以说是矮胖。他把两只手放在背后，头略略埋下，两只眼睛注视着我。靠着微弱的烛光我不能够看清楚他的脸貌：我只看见乱蓬蓬的鬃毛似的长头发披在前额上面，还有略微弯曲的厚嘴唇和带白色的眼睛。我正要跟他讲话，可是我记起了玛斯特利吉亚的指示就紧紧闭上我的嘴唇。这个进来的人一直在望着我；我也就这样地望着他，真是怪事！就在这个时候我起了一种类似恐惧的感觉，而且，我好像奉到谁的命令似的，立刻就想起我那个老家庭教师来。那个人仍旧站在门口，在大声喘气，好像他正在爬山或者在举重东西似的，可是他的眼睛却好像越来越张大，好像越来越离我近了——我在这对眼睛的固定的、严厉的、威胁的注视下面感到有点不安了；有时候这对眼睛里燃起一种带恶意的内在的火；这样一种火我曾经在一条正在出神“盯着”一只兔子的猎狗眼睛里看见过，那个人就像猎狗一样，在我正要“转身就跑”，这就是说，我正打算把眼睛掉开的时候，他却用他的眼光紧紧地跟住我。

就这样过了连我也不知道有多少时候：也许是一分钟；也许是一刻钟。他一直在望着我；我一直有一种不安和恐惧的感觉，而且一直在想着我那个法国人。总有两次吧，我想对我自己说：“多荒唐！多滑稽！”我想笑，我想耸耸肩膀。……没有用！我所有的决断一下子全冻结了——我找不出一句别的话来。我完全麻木了。突然我注意到那个人已经不站在门口，而站在离开我比刚才近一两步的地方，后来他两只脚一起微微地跳动一下，离开我又近些……然后又一跳……再一跳；那个时候，他的眼睛还是那样威胁地瞪着我整个的脸，他的双手还是放在背后，他的宽阔的胸部还是喘得很厉害。这些跳动使我觉得可笑，可是又使我感到恐怖，同时我自己也说不上来这是什么缘故，我突然瞌睡起来了。我的眼皮合拢……穿蓝色农人短上衣、有淡白色眼睛的、头发乱蓬蓬的人形好像在我的面前变成了两个——突然又完全不见了！……我惊醒过来了：他还是站在房门跟我的中间，可是现在离开我更近了……后来他又不见了——仿佛一阵烟雾笼罩了他的全身；他又出现了……又消失了……又出现了……而且总是离开我愈来愈近，愈来愈近了……现在他的急促的、气喘喘的呼吸已经浮到我面前来了……烟雾又降下来了，突然在烟雾中间先露出朝后梳的白头发，然后清楚地现出老德赛尔的头来！是的，那不就是他的疣，他的黑眉毛，他的钩形的鼻子！这不就是他那件钉着铜钮扣的绿色大礼服，这不就是那件条纹背心，那条硬领……我大叫一声，站了起来……老人不见了！在原先老人站的地方，我看见的又是这个穿蓝色农人短上衣的人了。他摇摇晃晃地走近墙壁，把头和两只膀子①靠在墙上，像一匹负荷过重的马似的在喘息，用嘶哑的声音说："茶!"玛斯特利吉亚——我想不出她是从什么地方钻出来的——急急地跑到他跟前说："瓦新加，瓦新加!"她小心地把他脸上和头发上直淌下来的汗水揩掉。我正要走到她跟前，可是她那样恳切地、带着令人心碎的声调喊道："您老人家，仁慈的小父亲，请离开这儿吧，看基督的份上，可怜，可怜我们!"我服从了她的话，这时她又回转身去向着她儿子。"挣钱养家的，亲爱的，"她低声地安慰他说："你马上就可以喝茶了，马上。就是您，老爷，您回家也要喝杯茶呀!"她在背后大声叫道。

回到旅馆②里，我就听从玛斯特利吉亚的劝告，叫人给我送茶进来，我觉得疲倦——甚至还感到虚弱。"啊，怎么啦？先生。"阿尔达利翁问我道，"您已经去过了吗？您看到了什么没有？"

"的确，他使我看到了某一个死人……我得承认，我绝没有料到这样的事情，"我回答道。

"他是一个有着非常的智力的人，"阿尔达利翁一面说，一面拿走沙莫瓦尔（茶炊），"一般商人对他——都，都很尊敬呢!"

我睡在床上，想起我遇到的这件意外事情，后来我自以为找到解答了。无疑的，这个人是具有一种非凡的、催眠的力量。他用某一种

---

① 梅里美的法译文作"两只手"。

② 原文是"家"。梅里美法译本作旅馆。

方法，当然是我所不能理解的方法，对我的神经起了作用；他那么鲜明地、那么精确地在我的心里唤起我所想的那个老人的形象，使我终于觉得我已经看见他站在我面前……这种“转移”——这种“感觉的转移”是科学所承认的。这非常好；可是那种力量，那种能够产生这种作用的力量依然是一种惊人的、神秘的东西。“不管别人会怎么说，”我心里想着，“我可已经看见，亲眼看见我那个死去的家庭教师了。”

第二天在贵族会堂里举行舞会。苏菲的父亲乘车来拜访我，提醒我邀请他女儿跳舞的事。晚上十点钟在一间点着许多盏铜灯的舞厅中央，我已经跟她站在一起，准备在军乐队的吵闹的乐声伴奏下跳并不太复杂的法兰西四组舞了。那里拥来挤去的全是人，太太，小姐特别多，而且全是美人。但是，倘使我舞伴的眼睛里没有这些古怪的、甚至可说狂野的表情，那么，她在她们中间就可以得到第一位美人的荣誉。我注意到她的眼睛几乎不曾眨一下，显然，她眼里的真诚的表情也掩饰不了它们的特殊的地方，可是她的身材非常优美，她的举动尽管有一点拘束，还是非常优雅。在她跳华尔兹舞的时候，她的身子微微往后仰，她那纤细的颈项向右肩倾斜，好像她要离开她舞伴的样子，人再也想像不出比这个叫人感动的青春和纯洁了。她全身都是白色，只有颈项上挂一条垂一个蓝宝石十字架的黑丝带。

我邀请她跳玛朱尔加舞①，试着跟她谈起话来。虽然她专心在听，脸上依然露出我第一次看到她的时候叫我感动的那种梦幻的、惊讶的

① 当时流行的一种波兰交际舞。

表情，可是她还是很少回答我，而且并不情愿回答我。在她的那种年纪，带着她那样的美貌却没有一丝一毫撒娇作态的影子，她从不露出笑容，还有她那对眼睛不间断地，专注地直视对方的眼睛，——同时这对眼睛又好像在看别的什么东西，而让别的什么东西吸引住……多么奇怪的少女！我不知道说什么话才能引动她的兴趣，就想到把我昨天经历的那件事情讲给她听。

她带着显著的好奇心一直听我讲完这件事情，可是出乎我的意外，我讲的事情并没有使她感到惊讶。她只是问我：他的名字是不是叫瓦西里？我记得那个老妇人在我面前叫过他“瓦新加”。

“是呀，他的名字是瓦西里，”我答道；“难道你认识他吗？”

“这儿有一个圣人，他叫瓦西里，”她说：“我想这就是他吧。”

“这个人可说不上圣人，”我说：“这不过是催眠术的作用，——一件使医生和研究科学的人感到兴趣的事情。”

我继续说明我对于那个所谓“催眠术”的特殊力量的意见，一个人的意志可能受另一个人意志的影响，等等。可是我那个的确多多少少有点叫人迷惑的说法，似乎并不能在我对方的心上产生什么印象。苏菲一面倾听，一面把静静地拿着扇子的手交叉地搁到膝上去，可是她既没有玩弄扇子，也没有挪动一下手指；我觉得我那些话并没有得到她一点反应，就好像我在对一座石像讲话似的。她听懂了我的话，可是我明白，她有她自己的看法，而且这看法是无可动摇、无法推翻的了。

“那么，您不承认有奇迹了！”我大声说。

19

“当然，我承认，”她安静地回答。“而且，怎么能够不承认它们呢？《福音书》里不是说得明明白白吗！一个人只要有一粒芥菜种①那样的信仰，他就能挪动群山②了。一个人只要有信仰——那么奇迹就会出现了。”

“在我们这时代里，好像已经没有多少信仰了，”我说，“至少，我没有听见过有什么奇迹。”

“可是奇迹还是常常出现，您自己就看见过。不，在我们这个时代里信仰并没有消灭，信仰才开始……”

“敬畏上帝是智慧的开始，”我插嘴说。

“自我牺牲……谦卑，”苏菲并没有一点点为难的样子，继续说下去，“是信仰的开始！”

“连谦卑也是吗？”我问道。

“是的。人的骄傲，自高自大，狂妄，这些东西正该彻底消灭了。刚才您提到意志……就是它也该毁灭的。”

我端详着发表这种言论的少女的整个的形态……“可是这个孩子并不是在开玩笑！”我心里想着。我向着跟我们一起跳玛朱尔加舞的舞伴们瞧瞧；他们正在看我，我还觉得我的惊讶的样子叫他们发笑了；他们中间有一个人甚至还同情地对我微笑，他好像在说：“啊，怎么

---

① 见《新约·马可福音》第四章：“耶稣说，上帝的国我们可用什么比较呢，可用什么比喻表明呢，好像一粒芥菜种，种在地里的时候，虽比地上百种都小，但种上以后就长起来比各样都大，又长出大枝来，甚至天上的飞鸟可以宿在它的荫下。”

② 见《马可福音》第十一章：“他若心里不疑惑，只信他所说的必成，就必给他成了。”（录自《新约全书》）

啦？您想我们这位古怪的小姐是个怎样的人物吗？这儿每个人可都知道她这个样子。”

“您想毁灭您自己的意志吗？”我又转过来对苏菲说。

“每个人必须做他认为对的事，”她带了一种独断的语气说。

“请允许我再问一句，”我停了一会，又说，“您相信召唤死人的事，是可能的吗？”

苏菲微微摇摇头。

“并没有死人。”

“怎么没有？”

“灵魂不会死亡；灵魂是不死的，只要它们想出现，它们就可以常常出现……它们经常在我们四周。”

“怎么？譬如说，您以为这个时候就有一个不死的灵魂在那位红鼻子的驻防军少校身边晃来晃去吗？”

“为什么不呢？阳光照着他，也照着他的鼻子——难道阳光，一切的光，不都是从上帝那儿来的吗？外表又算得了什么呢？对于纯洁的人，一切都是纯洁的！只要能找到一个教师，一个领路人就好了！”

“可是原谅我，原谅我，”我插嘴说，说老实话，我并不是没有带一点恶意。“您要一个领路人……那么，您的神父在干什么？”

苏菲冷冷地望我一眼。

“我看得出来，您在取笑我。我的忏悔神父告诉我：应该做什么；可是我需要一个领路人，他会以身作则地给我指出来：怎样去牺牲自己！”

她抬起头来望望天花板。她那个带孩子气的面孔上有一种专注的、沉思的表情，有一种神秘的、经常不变的惊愕的表情，她使我想起了拉斐尔①以前的画家们的圣母像……

“我在哪一本书上读过这样的故事，”她并不向我掉转脸来，她的嘴唇几乎也不动一下，继续说下去，“有一个大人物嘱咐：他死后要葬在教堂的门口，为了使所有进教堂礼拜的人都可以践踏他，踩他……这就是人活着的时候所应该做的事……”

“蓬！蓬！脱拉——拉——拉！”乐队的鼓声响着……老实说一句，我觉得在舞会里谈这一类话实在太古怪了，不由得给我唤起一种跟宗教完全相反的思想。这时有人来邀请我的舞伴跳一回玛朱尔加舞，我就利用这机会中止了“准神学”的讨论。

一刻钟以后，我引着苏菲小姐回到她父亲跟前，过了两天我就离开了T城……，而这个有着孩子面孔、和教人看不透的石头般的心灵的少女的形象，很快地就从我的记忆里消失了。

两年过去了，想不到这个少女的形象又浮到我眼前来了。事情是这样的：我跟一个刚从俄罗斯南部旅行回来的同事聊天，他在T城待了一些时候……他告诉我一些那里社交界的消息。“顺便问一句，”他大声说，“我觉得您跟符·格·勃很熟，是不是?”

“当然，我跟他很熟。”

“那么，您也认识他的女儿苏菲吗?”

“我见过她两次。”

① 拉斐尔为文艺复兴时期意大利著名画家。

“请您想一想：她逃跑了！”

“那怎么可能？”

“可是，事情就是这样。她失踪已经有三个月了，最使人惊奇的是：没有一个人说得出来，她是跟哪一个人逃跑的。您想一想，他们竟连一点影子也猜想不到，又没有丝毫可疑惑的地方。所有求婚的人，都给她拒绝了。她为人又非常质朴，谦虚。这些沉静的、信教的女子原来就是这样！这件丢人的怪事已经传播全省，勃绝望了……可是干什么她要逃跑呢？哪一件事她父亲不依顺她！主要的，使人想不透的是：省城里所有的花花公子①全在那儿，一个也没有少！”

“那么到现在，他们还没有找到她吗？”

“我不是跟您讲过，她好像掉在海底一样。世界上又少了一个有钱的新娘，这是最可惜的一点。”

这个消息使我大吃一惊，无论如何在我的记忆里，我所认识的苏菲·勃可跟这件事情没有一点符合的地方。然而，有什么事情不会发生呢！

就在这一年秋天——还是为了公务——命运使我到C省城去，大家都知道，C省是T省的邻省。这是寒冷的雨天；在泥泞的黑土大路上，驿马疲惫得差不多拖不动我那辆轻巧的旅行马车了。我记得，有一天特别不幸：我们马车的轮轴陷进烂泥里有三次之多，我的车夫好不容易才把车子从一道车路拖出来，一面怒喝，一面乱骂，把车子赶

---

① 原文是Lovelace，英国十八世纪小说家理查生（S.Richardson）的小说*Clarissa*中的男主人公。

到另一道车路上去，然而另一道车路也不见得比前一道车路好一点。总之，黄昏时候，我已经是疲乏不堪的了，所以马车到了驿站，我就决定在驿站小旅馆里过夜。我给人领到一间屋子里去，那里有一把破旧的木沙发，地板高高低低，四壁的糊墙纸破烂不堪，那里还有麦酒、草席、洋葱的气味，甚至有松脂的气味，而且到处都有大堆的苍蝇；可是至少，我可找到了一个能够躲避这种坏天气的地方。据说，这种雨可以下一个整天。我一边叫人给我送茶炊来，一边坐在沙发上，一心一意想起了旅途上种种不愉快的事情，这种思想原是俄国的旅行者非常熟习的。

我的思想给一阵重重的敲门声打断了，这声音是隔壁屋子里来的，其实我们的两间屋子原是一个大间，用一层板壁隔开来的。敲门声中还杂有一种断断续续的、哗啦哗啦的金属声音，就像链子在响，突然一个刺耳的男人声音喊出来：“上帝的福赐给屋内众人。上帝降福了！上帝降福了！阿门，阿门，赶走上帝的敌人！”这声音又重复说了一遍，而且把每个字的最后一个缀音都不自然地、古怪地拖长起来……过后我又听见一声重重的叹息，一个人的粗重的身子（带有先前那种金属声音）倒在长凳上了。

“阿库里娜！上帝的仆人，上这儿来了！”又是这声音在说，“瞧，衣衫褴褛的人有福了！……哈——哈——哈！呸！主啊，我的上帝！主啊，我的上帝！主啊，我的上帝！”像教堂唱诗班的歌人似的单调、低沉的声音又叫起来了：“慈悲的上帝，生命的主人，请看看我的罪过……啊，嘿，嘿！哈……哈……呸！上帝要在六点到七点之间赐福给这所房屋里的人！”

“这是谁?”慷慨的房东太太（她是属于小市民阶级的女人）给我送茶炊进来，我向她问道。

“啊，老爷，”她连忙低声回答道：“是一位神圣的神人。他不久以前才到我们这一区来；他就喜欢来看我们。在这种坏天气！他全身淋得湿透了，好像掉在河里一样，可怜的人！您只要看一看他全身戴的是怎样的链子——真可怕①!”

“上帝降福了，上帝降福了!”我又听到这声音了。“阿库里娜！啊，阿库里娜！阿库里奴希卡——朋友！我们的天堂在哪儿？我们幸福的、完美的天堂在哪儿？荒野里有我们的天堂，……天堂……赐给这屋子里的人，创世以来的最大的幸福，……啊……啊……啊……”这声音喃喃地说。一些发音不清楚的字眼，突然，打一个长长的呵欠，以后又听到嘶哑的大笑声。每一次笑声好像都是不由自主地发出来的，每一次大笑后都可听到那个人生气地在吐口水。

“唉，糟糕！斯及柏潘奇不在这儿！这可真是我们的损失呀!”房东太太站在门口，带着非常注意的样子，就像在自言自语一样地说起来。“他会说出一些拯救人的话，可是像我这样的傻女人哪里懂得了呢?”

她急匆匆地走了出去。

板壁上有一个裂缝。我把眼睛贴到那里去张望。这个疯狂的“神

① 这些半疯狂的“神人”通常在手上、脚上、身上都戴有铁链（约在六十磅以上），作为赎罪的苦行。帝俄时代的俄国人非常尊敬他们，把他们当作神人。

人”背朝着我，坐在长凳上，我只看见一个头发蓬乱、像啤酒桶似的大头，和一个穿着湿漉漉的、缀上补丁的、破旧的粗布衣服的宽阔而弯曲的后背。在他面前，地上跪着一个瘦弱的女人，她的小市民阶级的破旧短上衣也是湿漉漉的，她的黑头巾几乎把眼睛都遮没了。她用力要脱掉这个“神人”的靴子，由于皮靴的皮子滑溜，而且沾满污泥，她的手几次都滑下来了。房东太太站在她旁边，她的两只膀子交叉地搁在胸前，虔诚地望着这个“神人”。他还是像先前那样，喃喃地在说一些发音不清楚的话。

终于，这个穿短上衣的女人把他的皮靴给脱下来了。她差一点要仰身向后倒下去，可是她勉强把自己稳定了，就去解开“神人”的缠在脚上的包脚布。脚背上有伤痕……我转身走开了。

“您要不要我端一杯茶来给您喝？亲人。”我听到房东太太恭顺地在说。

“你这是什么主意！”又是这个“神人”在说，“姑息有罪的身体……啊，哈，哈……要折断他一身的骨头……她却说——茶……啊，啊，可尊敬的老妈妈，在我们身体里魔鬼的力量很强！用饥饿来跟他作斗争，用寒冷来跟他作斗争，天门开了，用刺骨的倾盆大雨来作斗争吧，可是他什么都不在乎，他还活着！记着圣母节日①！你会得到圣恩，很多的圣恩！”

房东太太敬服得轻轻地叹息了。

“只是你要听我讲道！把你所有的一切给别人，把你的头给人，把

① 俄罗斯旧历十一月一日教会的祭日。

你的衬衣给人！即使没有人向你要求，你还是要给！因为上帝什么都看见！难道为了他还不该毁家吗？他，慈悲的上帝赐你以五谷，你就在烤炉里烘面包！他什么都看见的！看……见……的……呀！谁的眼睛在‘三角’里？你说……是谁的眼睛①？”

房东太太偷偷地在头巾下面划十字。

“古代的敌人，——坚硬无比的东西！坚硬……无比……的东西！坚硬……无比……的东西！”这个“神人”咬紧牙齿接连说上好几遍。“老蛇！可是上帝就要升起来了！上帝就要升起来了，赶走他的仇敌！我要召唤一切的死者！我要去跟他的仇敌作战……哈——哈——哈！呸！”

“您那儿有没有橄榄油？”另外一个轻得几乎听不清楚的声音在说：“给我一点，我要来抹受伤的地方……我还有干净的布条呢。”

我又从裂缝里望进去：那个穿短上衣的女人还是忙着在擦“神人”受伤的脚……我就想着：“抹大拉②。”

“马上拿来，马上拿来，我亲爱的，”房东太太说着，走进我的屋子里来，在神像前面长明灯里拿走一调羹油。

“服侍他的人是谁？”我问她。

“老爷，我不知道她是怎样的人；我想，她多半也是在设法拯救自

---

① 教堂的圆屋顶正中，画有“明察一切的眼睛”的壁画。这里这个半疯狂的“神人”不懂得“拱顶”这名称。故说“三角”。

② 指归正的娼妓（Mary Magdalen）。《新约·路加福音》第七章：“城里有一个女人，是个罪人，知道耶稣在法利赛人家里坐席，就拿盛香膏的玉瓶，站在耶稣背后，挨着他的脚哭，眼泪湿了耶稣的脚，就用自己的头发擦干，又用嘴连连亲他的脚，把香膏抹上……”

己，替自己赎罪吧。啊，可是他真是了不起的圣人!”

“阿库里奴希卡，我可爱的孩子，我亲爱的女儿，”这时候“神人”又在说话，而且他突然哭起来。

始终跪在他面前的女人朝着他举起眼睛来……我的上帝啊，我在哪儿看见过这一对眼睛呢?

房东太太带着一调羹油走到她身边。她把“神人”的脚缠好，从地上站起来。她问房东太太，这里能不能找到一间干净的储藏室，和一些干草……“瓦西里·涅克奇契要睡在草上，”她加了一句。

“这怎么会没有呢，请来吧，”房东太太说，“到这儿来，亲人，”她转身朝着“神人”说，“把湿衣服脱下来，去睡吧。”“神人”咳嗽了，慢慢地从长凳上站起来，——他的链子又在哗啦哗啦地响了。——他的脸转到我这边来了，他的眼睛在找寻圣像，动作粗鲁地在身上划十字。

我立刻认出他来了，就是那个小市民瓦西里，就是让我看见我亡故的家庭教师的那个人。

他的面貌改变得很少。只是他的表情比从前更不寻常，更可怕……他的浮肿的面孔下端长满了乱须。他的褴褛，肮脏，粗野的样子给我引起嫌恶远比恐惧多了。他不再在身上划十字，可是他那种无意识的眼光还在屋角，在地上瞧来瞧去，好像他还在等待什么似的……

“瓦西里·涅克奇契，请来吧，”这个穿短上衣的女人说，向他鞠一个躬。突然，他抬起头来，转身走了，可是他的脚滑了一下，身子摇晃了……他的同伴连忙向他奔过去，搀住他的臂膀。以她的声音，她的体态来判断，她好像还是一个年轻的女人：我差不多完全看不到她的脸。

“阿库里奴希卡，朋友!”这个“神人”声音激动地说，他的嘴张得很大，他用拳头打自己的胸部，深深地吐出一声叹息，这声音似乎是从心灵深处透出来的。他们两个人跟着房东太太走出去了。

我躺在那张没有弹性的沙发上，好久都在想我所看到的事情。那位催眠术家终于变成“神人”了。就是那种潜伏在他身上、不能否认的力量使他变成这样的。

第二天早晨，我准备上路了。雨还是落得跟上一天一样大，可是我不能再耽搁下去。我的听差给我端上一盆洗脸水的时候，他脸上露出一种特殊的微笑，一种极力忍住的嘲讽的微笑。我很了解他的那种笑容，每逢：他听到什么跟我们上流社会有关的古怪的或者甚至是丢脸的消息，他脸上就会现出这种笑容。我看得出来，他忍耐不住地要把这个消息告诉我。

“说吧，什么事?”我后来问他。

“老爷，昨天您看见那个‘神人’吗?”我的听差马上说。

“看见的，还有什么没有?”

“那么，您也看见他的同伴啦?”

“唔，我也看见她。”

“老爷，她是一位小姐，贵族家的小姐。”

“什么?”

“我要跟您讲的，就是这件事情，老爷。今天有几个T城的商人到这儿来；他们认识她。他们还把她的名字告诉我呢，只是我把它忘掉了，老爷。”

这句话像电光似的在我心里亮了一下。“‘神人’还在这儿吗？或者他早已走了吧？”我连忙问道。

“我想他还没有走。刚才他还坐在门口，在干那么古怪的、谁也不懂的事情。他做这种傻事在消遣呢；毫无疑问的，他知道这样对他很有利。”

我的听差跟阿尔达利翁一样，是那一类受过教育的仆人。

“那么，小姐跟他在一块儿吗？”

“跟他在一块儿的，老爷，她在服侍他。”

我走出去，走到台阶上，就看见这位疯狂的“神人”。他坐在大门口的长凳上，两只手掌撑着凳面，头埋着不住地朝左右晃动，——恰好跟笼子里的野兽一样。鬃毛似的乱蓬蓬的浓密、鬈曲的长头发荡来荡去，把他的眼睛都遮没了，他的松弛的嘴唇也是这样地颤动……他嘴里吐出来一种古怪的，含糊不清的声音，几乎不像人声的声音。他的同伴刚用挂在竿上的长柄水罐里的水洗了脸，还不曾在头上包上头帕，就顺着那条窄木板（它横架在畜粪满地的院子的污水坑上）走回到大门口去。我望望她的头，现在整个的头可全露出来了，可是这却叫我惊讶得不由自主地拍起手来：苏菲·勃就站在我的面前！

她很快地转过身来，她的蓝眼睛凝视着我，还是跟从前一样的专注的眼光。她瘦了好些，她的皮肤变粗糙了，给太阳晒成了红黄色，她的鼻子更尖了，嘴唇更显露了。可是她并不显得丑一点，只是在她原有的那种沉思的、惊讶的表情以外，还搀杂了另一种坚定的、几乎可说是勇敢的、热烈的、精神高扬的表情。现在，在这张脸上可完全找不到丝毫孩子气的痕迹了。

我走到她跟前。“苏菲·符拉其米罗夫娜，”我大声说，“难道果真是您吗？穿这种衣服……跟这种人待在一块儿……”

她大吃一惊，更加凝神地望着我，仿佛她急于要知道谁在跟她讲话；然后她并不对我说一句话，就连忙奔到她的同伴跟前……

“阿库里奴希卡，”他重重地叹口气，呐呐地说：“我们的罪过，罪过……”

“瓦西里·涅克奇契，我们马上就走！您听见吗，马上就走，马上就走，”她说着，一只手迅速地把包头帕拉到前额，另一只手搀住白痴的臂肘，“我们走吧，瓦西里·涅克奇契。这儿有危险。”

“我来啦，亲爱的小母亲，我来啦，”白痴顺从地说，把他的整个身子向前俯下，从凳上站起来：“现在只要把链子戴上……”

我又向苏菲走近些，说出我自己的名字，我恳求她听我说话，回答我一个字，我对她指着倾盆大雨，我求她注意她自己的健康，她同伴的健康。我提起她的父亲……可是仿佛有一种愤怒，一种残忍的激动抓住了她的心。她对我毫不注意，一边咬紧牙齿，呼吸急促，带着温柔的、坚决的语调低声在催促这个惊惶失措的白痴上路，替他束紧腰带，戴上铁链，又给他戴上一顶帽檐破了的、布的小孩帽压住头发，又急急地塞一根木杖到他的手里，就在自己的肩上扛上背袋，跟他一块儿走出大门口，走到街上去了……我没有权利阻止她上路，而且现在这样做会有什么用处呢？她对我最后的、绝望的呼唤连头也不回过来！她搀住“神人”的手臂，急急忙忙顺着泥泞的街上往前走。隔了几分钟，透过阴暗的、早晨的浓雾，透过密密层层的、滴得滴得的雨点，我最后一次看见这两个人，白痴和苏菲亚的身影闪过去了……他们在一座凸出的茅屋旁边拐了弯，永远地消失了。

我回到自己的屋子。我又沉思起来。我一点也不能理解，这样一个受过好教育的、有钱的、年轻小姐怎么可能抛撇世上的一切，抛撇每个人，她父亲的家，家里的人，朋友；弃绝她所有的习惯，所有生活的舒适，这是为了什么呢？难道就为了追随这样一个半疯狂的流浪人，去做他的仆人吗？难道是强烈的、甚至可说堕落的情欲、恋爱、热情使她决定走上这一步？无论如何，我可连一刻的时间都不能有那样的想法……一个人只要瞧一眼这个“神人”可憎的形态，他就完全不可能有这种想法了！不对，苏菲依旧是纯洁的，而且像她有一天曾经跟我说过的那样，对于她没有什么不纯洁的东西！我并不理解苏菲所做的事，可是我不会责备她，好像后来另外一些少女，她们同样地牺牲世间所有的一切，为着她们心目中的真理，为着她们认为是自己神圣的天职的工作，我就从来没有想到去责备她们一样！可是苏菲所选择的恰恰就是这样一条道路，却叫我不得不感到遗憾了；然而她的行为怎么能够叫我不赞美她，甚至不尊敬她呢！那一天她曾经跟我说过关于自我牺牲，关于谦卑，这话并非毫无原因……在她，话语跟行为并没有脱节。她要找寻导师，领路人，而居然找到他的身上来了……天啊，怎么样的领路人啊！

是的，她已经受到别人的践踏，轻视了……过不多久，我听见人说，她的家里人终于把这只“迷途的羔羊”找到，而且把她带回家去了。可是在家里，她并没有活多久就死了，她像“保守沉默的女尼”[1]那样地死了，没有跟家里任何一个人说过一句话。

可怜的、谜似的女人，愿您的心灵安宁吧。一直到现在，瓦西里·涅克奇契也许还可能疯狂地在流浪呢，这种人的铁一般的健康实在叫人感到惊异，也许真是癫痫病征服了他吧。

一八六九年在巴登-巴登

① 旧俄一个宗派的教徒，用在这里并无别意，不过说明“她到死也不肯开口”。

书简

——信编成的故事

35

几年前，我曾经到过德累斯顿①。我住在旅馆里。我一天到晚，从清早到深夜都在城里游荡，因此我并不认为有跟邻居结交的必要，后来我偶然听说，有一个俄国人——一个病人住在这所宅子里。我就去找他，才知道他患着很厉害的肺病。德累斯顿已经开始叫我厌烦了；我就跟我的新朋友待在一起。虽然跟病人对坐是很寂寞的事，但是有时候连“寂寞”也能叫人喜欢；何况我的病人又不是垂头丧气的人，他很喜欢说话。我们想出种种办法来消磨时间：我们一块儿玩“杜拉巧克”②，嘲笑医生……我的同乡人时常对那个完全秃顶的德国人随意捏造种种关于自己的故事，这个医生听了总是说：“我早就料到了。”有时候他还摹仿医生碰到不寻常的、从未见过的病症的时候那种吃惊的样子，把药全扔到窗子外面去，等等。

虽然，我屡次提醒我那朋友，趁现在还不算太迟，请一个好医生来看病不会有坏处，他不能再跟自己的病开玩笑了……可是阿莱克赛（我的朋友的全名叫阿莱克赛·彼得罗微奇·西……）总是用俏皮话拒绝我每一次请医生的劝告，他尤其不喜欢请那个平常给他看病的医

① 德累斯顿（Dresden）：德国萨克森州（Saxson）的首府，为风景区。

② 杜拉巧克，意即“傻瓜”，俄国纸牌戏之一种。

生，有一次，在一个阴雨的秋天黄昏，他听完我的固执的请求，就用那样凄凉的眼光朝我望望，又那么忧郁地摇摇头，又那么古怪地微笑了，这叫我感到一点疑惑。那一天晚上阿莱克赛的病加重了，他就在第二天去世。在临死前，他平常那种愉快的神情全看不到了；他不安宁地在床上翻来覆去，唉声叹气，烦恼地望望四周……握住我的手，好容易才吐出含糊不清的低声："您要知道，死真叫难受呀!"……他的头就无力地倒在枕上，流出眼泪。我不知道怎样才能安慰他，只是不作一声地坐在他的床前。阿莱克赛终于很快地克服他最后一刻的软弱①……"您听我说，"他对我说，"我那位医生今天会来，发觉我已经死了……我现在就想象得出他脸上的表情，"……于是这个垂死的病人就费力地在装怪相，摹仿医生……他要求我把他所有的东西全寄回俄国他亲属那里去，只留下一个小包，送给我作为纪念物。

那一小包里有一些书信——一个少女写给阿莱克赛的信，和一些他写给她的信稿。信一共有十五封。阿莱克赛·彼得罗微奇·西……很早就认识玛丽亚·阿历克山达洛芙娜·勃……，似乎从小就认识她。阿莱克赛·彼得罗微奇有一个堂房哥哥，玛丽亚·阿历克山达洛芙娜有一个妹妹。从前他们两家住在一个地方，后来搬走了，好久彼此都没有见过面。以后有一个夏天，他们又在乡下见面了，而且发生了爱情——阿莱克赛的堂兄爱上玛丽亚·阿历克山达洛芙娜，阿莱克赛爱上她的妹妹。夏天过去，秋天来了，他们就分手了。阿莱克赛既然是一个敏感的人，他很快就明白他的美人一点也不爱他，他很轻松地跟她分别了。他的堂

① 原文是"最后的、来迟了的悲痛"。

兄继续跟玛丽亚·阿历克山达洛芙娜通了两年的信……可是到后来，他终于也察觉出来，他无意识地在做自欺欺人的事，于是也沉默了。

亲爱的读者，我本来打算对你们谈一点关于玛丽亚·阿历克山达洛芙娜的事，然而你们自己也可以从她的信里认识她。阿莱克赛给她写第一封信，那是她跟他的堂兄感情破裂后不久。那时候，他在彼得堡，后来突然动身到外国去了，在德累斯顿患病，就死在那里。我决定把他跟玛丽亚·阿历克山达洛芙娜往还的书信印出来，可是我希望能得到读者的宽容，因为这不是情书——绝不是情书！情书通常只有两个人读起来有意思（而且能继续读千百遍不厌），可是对于第三个人，倘使它们不使人感到可笑，一定会使人受不了的。

一

阿莱克赛·彼得罗微奇给玛丽亚·阿历克山达洛芙娜的信

一八四〇年三月七日于圣彼得堡

亲爱的玛丽亚·阿历克山达洛芙娜！

我记得，我还不曾给您写过信，可是现在我却在写……我选择一个古怪的时候，是不是？是什么叫我动手给您写信的呢。我的堂兄铁奥多尔今天到我家里来，可是我怎么好说这件事呢……他非常秘密地告诉我一个消息（倘使换一个方式，他什么都不肯说的），他爱上这儿一位绅士家的小姐，这一次他下了决心要结婚了，而且还走了第一步——就是向女家议婚！不用说，我马上庆贺他这件喜事；他早就感到有向我解释的必要……可是，老实说，我心里还是有一点惊讶。尽管我明明知道你们中间什么都完了，可是这件事还是……总而言之，还是叫我感到非常惊讶。本来我今天打算出去看朋友，现在我却待在家，我想跟您稍微谈谈。您如果不乐意看我的信，您尽可以把它扔到火里去。我以为，虽然您有充分权利把我当作一个非常讨厌的人，可是我还是要告诉您，我喜欢讲实话。倘使我并没有知道令妹不在家，那么我也绝不会提起笔来给您写信：铁奥多尔告诉过我，她要到令伯母勃夫人那儿去住一个夏天……但愿上帝赐给她福！

那么，这一切全不过是这么一回事而已……可是我并不想表示我对您的友谊……换一句话，我会避免一切严肃的话语和“亲密的”倾吐。我开始写这封信，只不过出于一时的冲动；倘使我还隐藏着别种的感情，那么现在还是让它埋在心底吧。

我也并不想安慰您，人们安慰别人，往往是希望快些从那一种不由自主的、不愉快的自怜中自拔出来……我了解真诚的、亲切的同情……可是这一种同情并不是从每个人那里都能够得到的……您不妨对我生气……您生气了，您一定会把信看完。

可是我有什么权利给您写信，来谈我的友谊、感情和同情呢？——没有任何权利，绝没有任何权利，我应当承认这一点，那么，我只有感谢您的好心了。

您知道我的信一开头像什么呢？就像：某某先生走进一位贵夫人的客厅，这位夫人一点都不希望他来，或者她正在等待别人……他发觉他来的全不是时候，可是已经没有办法了……他坐下，谈起来……天晓得讲些什么：谈诗，谈自然界的美丽，谈高等教育的利益……总之，全是废话……可是这时候，最初的五分钟过去了，他还坐着；夫人只好听天安命了，后来某某先生叹叹气，恢复了常态，又谈起来，把他全副本领都使出来了。

可是，尽管这一切全是“闲谈”，我还是觉得不大合适。我好像还看到您那副疑讶的、甚至有点发怒的面孔：我觉得，您多半不可能以为我没有什么秘密的企图，因此我只好像干了傻事的古罗马人那样，庄严地裹紧我的罩袍，默默地等待您最后的裁判……

再说：请容许我继续给您写信。

您真诚的忠仆

阿莱克赛·西……

二

玛丽亚·阿历克山达洛芙娜给阿莱克赛·彼得罗微奇的信

一八四〇年三月二十二日在某村

亲爱的先生！

阿莱克赛·彼得罗微奇！

我早就收到您的来信了，真的，我不知道应当跟您说些什么。倘使我没有感到：您那些笑话里面确实含得有非常友善的感情，那么，我连信都不想回了。您的信给我产生了一种不愉快的印象。现在针对着您的“闲谈”（如您自己所说的），请允许我，也向您提出一个问题：您有什么用意？您跟我有什么关系？我跟您又有什么关系？我并不认为您有什么恶意……正相反，我还要感激您的同情……可是我们彼此是陌生的，至少，现在我可一点都不希望任何一个人跟我接近。

真诚地问候您！

玛丽亚·勃……

三

阿莱克赛·彼得罗微奇给玛丽亚·阿历克山达洛芙娜的信

三月三十日于圣彼得堡

谢谢您，玛丽亚·阿历克山达洛芙娜，谢谢您的短信，您那封并非淡漠的信。这些时候，我一直非常不安定，一天我倒有二十次想到您，想到我那封信。您不能想象，我怎样尖刻地在取笑自己；可是现在我愉快极了，我也很满足了。玛丽亚·阿历克山达洛芙娜，我又在跟您写信了！老实说，您在回信以后，怎么也不会想到这个，我的大胆叫我自己都吃惊了……不要介意吧！可是您别惊慌：我要跟您谈的，不是关于您的，而是关于我自己的事。啊，您瞧：我一定要——用旧的说法——在一个人面前倾吐。自然，我没有任何权利选您为我的知己——这个我承认；可是请听我说：我并不要您回我的信，我甚至都不想知道，您究竟看过我的“闲谈”没有，只是看在上帝的份上，别把我的信退回来！

您知道，我在这个世界上完全是一个孤独的人。自小我就过着与人世隔绝的生活，不过，我记得，我决不曾冒充是一个拜伦①式的诗

① 拜伦（Byron）：一七八八——一八二四年，英国著名浪漫主义诗人。

人；可是，第一，由于环境，第二，会做梦，爱幻想，还有生性冷漠，骄傲，懒散，——总之，这许多不同的原因使我离开人群愈来愈远。我从梦幻的世界走到现实的生活里去未免迟了一点……或者，已经太迟了，也许一直到今天我还没有完全离开梦幻的世界呢。因为只要我自己的思想和感觉还能使我高兴的时候，只要无缘无故的、默默的狂喜还能够叫我感到陶醉的时候……我不会抱怨我自己的孤寂。我没有友伴——我有过的，只是一般人所谓的“朋友”。有时候，我也需要朋友在我的跟前，就像发电机需要放电器一样，——就是这么一回事！爱情……关于这个题目，我们暂时还是不谈吧。可是现在，我承认孤寂压得我透不过气来，同时，我还没法改变我的处境。我不责备命运，怨也只有怨我自己，我是罪有应得。在我年轻的时候，叫我感到兴趣的只有一样：我的可爱的“我”。我把忠厚的自爱当作羞耻，我躲避社会，——可是，现在我对自己都厌烦透了。躲到哪儿去呢？我没有爱过一个人，我跟别人的交情不知怎样总显得勉强，虚假；可是我也没有什么值得记忆的东西了，因为我过去整个的生活，除了那个特殊的“我”以外，可什么也找不出来了。我并不向您表白热烈的爱情，我也不会用滔滔不绝的花言巧语来迷惑您；过去我曾经相当冷淡地从您的身边经过，就为了这个，现在我决定又回到您的身边来。（早些时候，我也曾这样想过，可是那时您没有空暇……）在一切我自己制造的感觉、欢乐与悲哀之中，唯一真实的感情就是对您那一点不由自主的爱慕，它好像莠草中间的唯一的一枝谷穗似地枯萎了……允许我（即使一次也好），让我也瞧瞧别人的脸，看看别人的心——我的脸叫我厌恶了，我好比一生就住在一间四壁都是镜子的屋子里的人……我不要求您说什么心音……啊，上帝，我并不要求！我只是求您给我一个姊妹般的默默的同情，至少，也给我一个读者的单纯的好奇心吧，——我会引起您的兴趣，真的，我会引起您的兴趣！

无论如何，让我有这光荣作为您的真诚的朋友。

阿·西·

四

阿莱克赛·彼得罗微奇给玛丽亚·阿历克山达洛芙娜的信

四月三日于圣彼得堡

我又在给您写信了，虽然我预料到，得不到您的回音，我不久就会沉默了。我应该承认，您对我不会没有一点怀疑。究竟为什么？也许，您有道理。原先我还可以严肃地对您说（我也许还可以相信自己的话），我们分别以后，我“发展”了，进步了，我还可以带着使人感动的夸张，把我现在的、实际生活的秘密讲给您听……可是现在，我要使您相信，玛丽亚·阿历克山达洛芙娜，一提到我那丑恶的“自爱”，曾经怎样发作，怎样使我自得其乐的事情，我就感到羞耻，可厌了。请您不要害怕：我不会强迫您接受什么伟大的真理和深奥的见解。我自己就缺乏这些——这些真理，这些见解。我变成了一个善良的年轻人——这是真的！我觉得无聊，玛丽亚·阿历克山达洛芙娜，我无聊得叫我忍受不下去了。这就是为什么缘故我要跟您写信……真的，我仿佛觉得，我们会谈得来的……

可是，在您还没有对我伸出手来之前，在我还没有收到您的短信之前（只要一个字，一个“好”字），我绝不会向您说什么了。——玛丽亚·阿历克山达洛芙娜，您愿意听我的话吗？——问题就在这里。

您真诚的阿·西·

五

玛丽亚·阿历克山达洛芙娜给阿莱克赛·彼得罗微奇的信

四月十四日在某村

您是多么奇怪的人！那么，“好”吧。

玛丽亚·勃·

六

阿莱克赛·彼得罗微奇给玛丽亚·阿历克山达洛芙娜的信

一八四〇年五月二日于圣彼得堡

好呀！谢谢您！玛丽亚·阿历克山达洛芙娜，真谢谢您！您是一个非常仁慈、大量的好人！

现在按照前约，我要来谈谈我自己了，我要带着愉快地、甚至带着食欲地来谈……就是这样地谈。人可以带着热心的、激动的、津津有味的口吻来谈论世界上一切事情，可是只有提起自己的事情，你才会带着食欲地谈个不停。

请您听我说：最近，我发生一件非常古怪的事，就是我第一次回顾到过去的事情了。您懂得我的意思：我们每个人都常常回忆过去——不是带着一种懊悔，或愤恨的心情，就是因为干脆没有事情做、闲着无聊，然而要冷静地、明晰地对自己整个过去的生活迅速看一眼——就像一个旅行者转过身子，从高山上望望他先前所走过的田野——那只有上了一定年纪的人才做得到……一个人第一次遇到这种事的时候，他的心就会神秘地打起冷颤来。无论如何，我的心可压得发痛了。在我们年轻时候，这种回顾过去的方式是不可能的。可是我的青年时期已经过去了——就像走到山上的旅行者一样，一切都可以看得清清楚楚了……

是的，我的青年已经消逝了，不可挽回地消逝了！……现在，它就在这儿，在我的眼前，一切都使我了若指掌……

这不是愉快的景象！玛丽亚·阿历克山达洛芙娜，我对您承认，我多么可怜自己。我的上帝，我的上帝！我竟然把自己的生活糟蹋到这个地步，这样残酷地把自己搞得一团糟，而且折磨自己，这是可能的吗？……现在我醒悟过来了，可是太迟了。您是不是救过蜘蛛网里的苍蝇？救过吗？记不记得，您把苍蝇放在阳光里那回事；它的翼翅、它的腿还黏着，跟网丝黏在一起……它多么不灵活地在抖动，又多么不灵活地极力想把自己弄干净……接连努力许久之后，它好像恢复了原状，又爬起来了，试着展开翼翅……可是它不能够再像从前那样地爬来爬去，也不能够自由自在地在阳光下面嗡嗡叫了，一会儿飞进开着窗的阴凉屋子里去，一会儿又随意地飞到热空气里来……无论如何，它并不是自愿掉在可怕的蜘蛛网里去的……而我呢！

我是我自己的蜘蛛！

其实，我也不能过于责备自己，为了慈悲的缘故，请您告诉我，——谁犯了错误，错就在他一个人身上吗？或者，说得正确一点，我们大家都有错，我们还是不能够负全责！环境决定了我们的一切，它把我们推到这条路来，或者推到那条路去，然后又来惩罚我们。每个人都有他自己的命运……等一等，等一等！关于这个，我想出一个很机巧，可是很正确的比拟了，好比云最初由地面上水蒸气形成，它从地里升上来，然后脱离了，而且远离了大地，最后终于给大地带来好处，或者使它蒙受灾难。我们每个人的情形就是这样，我们就是由我们自己制造成的——我怎么来说明呢？——先造成一种气氛，然后就是它使我们得益，或者受害。这个我叫做命运……换一句话说，或者说得简单一点：每个人制造他自己的命运，而命运又制成每个人……

每个人制造他自己的命运——是的！……不过我的堂兄却把它制造得太过份了！——我们的不幸也就在这里！我们的意识觉醒得太早了，我们开始观察自己也太早了……我们俄国人除了继续培养我们个性外，就没有别的人生目的了，这儿，我们刚成人的孩子，就着手来培养它——这种不幸的个性了！我们既不能从外界获得什么明确的指导，而且我们实际上对什么都不尊敬，对什么都没有坚强的信仰，我们便不受限制，可以随意地制造自己……不可能要求每个人立刻就明白：心灵为着“空虚的活动而激动”不会有结果……而且，在这个世界上还有一种怪物，还有一种无足轻重的人，他们的“自爱”习惯损害了真理的追求，可笑的天真跟可怜的狡猾在他们身上同时存在……他们中间有一种人，他们的贫乏、不安定的思想永远不认识自然活动的满足，也不会懂得真正的痛苦，或真正的信念的胜利……我们身上集中了古今所有的缺点，却单单把好的方面，即是可以弥补的方面取消了……我们像小孩一样的愚蠢，我们却不能像他们那样的天真，我们像老年人一样的冷静，我们却没有老年人的常识……另一方面，我们是心理学家，啊，对呀，我们都是伟大的心理学家！不过我们的心理学走出正轨，跟病理学混在一起了，我们的心理学在巧妙地研究疾病状况，和疾病发展的法则，这跟健康的人可没有什么关系……重要的是，我们不是年轻人，——我们在年轻的时期就不年轻！

然而，——为什么要诽谤自己呢？难道我们从来没有年轻过，难道生命力从来不曾在我们身上闪烁，沸腾，和颤抖过吗？我们也曾在阿尔卡奇①待过，也曾在它的明媚的田野上游过！……您遇到过这样的事情吗？您在灌木林中散步，遇到一群黑色的蚱蜢，那些蚱蜢突然地从您脚底下跳出来，发出嘶嚓声音张开鲜红色翅膀飞走了，没有飞上几步，就倒在草地上。……我们的阴沉的年轻人也是这样，有时候会把自己颜色鲜艳的翅膀张开一会儿，飞一下子……您还记得，黄昏时候我们四个人一块儿在热烈、兴奋地长谈之后，顺着你们花园的木栅默默地散步的情景吗？您还记得幸福的时刻吗？大自然亲切地、庄严地把我们拥在它的怀里。我们便沉静地落在一种幸福的兴奋里去了。在我们的四周晚霞一下子燃起一种柔和的鲜红色，从红光灿烂的天空，

---

① 阿尔卡奇（Аркадия）：这里指无忧无虑，风光明媚的世外乐园。

从明亮的大地，从每个地方，仿佛都有年轻人的新鲜燃烧的气息，和永久幸福的欢乐的胜利在飘荡；晚霞燃得通红，我们的快乐的心，也像它那样温柔而热情地在燃烧了，幼树的小树叶敏感而不安地在我们头上颤抖，仿佛跟我们内心不明确的情感和预感的颤动相呼应。您还记得，那时候的纯洁，善良可靠，崇高抱负的感动，和充实的沉默吗？难道那个时候，我们还不配得到比生活所给我们的更好的东西吗？为什么我们只应该偶然远远地瞧瞧自己憧憬了多年的岸，而永远不能用坚定的步伐踏在岸上，为什么永远到达不了那里呢？

不要像犹太人的祖先
站在天国的门外，让泪水畅流？

费特①的这两行诗又使我想到另外的、也是他的诗……您记得吗，有一天我们站在路上，看见远处有粉红色尘土似的云彩，迎着落日像轻风一样地飘扬起来，那情景，您还记得吗？您就开始念“云浪”那首诗，我们大家马上不作一声了，我们倾听着：

有如云浪滚滚
尘土远远飞扬！
骑马的，还是步行的——
在尘土里，迷离。
我看见了，有人骑着英骏的
马儿，飞奔而来……
我的朋友，我远方的朋友

① 费特（фет）：为性新（А.А.Шеншин 1820—1892）之化名，俄国诗人。

永远别忘记我！

您刚一停顿……我们就浑身打战，好像爱情的呼吸在我们心上掠过了，而且我们每一个人——我这样相信——身不由主地给引到远方，缥缈的远方，在那里出现了最大幸福的幻影，它从雾中向我们招手，然而，您会注意到这件古怪的事情：为什么我们要向往远方（我们会这样想）？我们不是互相恋爱着吗？幸福不就是离我们“这么近”，而且是“这样可能得到”的吗？我立刻再来问您：为什么我们不能达到我们所憧憬的彼岸呢？因为我们互相撒谎，因为这个毒害了我们最好的感情，因为我们的一切都是做作的，勉强的；因为我们并没有互相恋爱，只是勉强去爱，想像自己在恋爱……

可是够了，够了！为什么要刺痛自己的伤痕呢？无论如何，这一切全是无法挽回地过去了。我们往事中好的一部分也曾经使我感动过，现在，即使是好的部分，我还是不想谈它了。现在也该结束这封长信了。我要出去呼吸一下这里五月的空气，在这儿，春天透过冬天的干燥与寒气，带着一种潮润的、而且非常温暖的气息来了。

再见吧。

您的阿·西·

七

玛丽亚·阿历克山达洛芙娜给阿莱克赛·彼得罗微奇的信

一八四〇年五月二十日在某村

阿莱克赛·彼得罗微奇，我收到您的来信，您知道，它在我的心里唤起一种怎么样的感情？——愤慨……是的，是愤慨……现在我就来对您解释，为什么它会在我的心里唤起这种感情。只是多可怜：我很少用笔，不善于写信，不能够用几句话就表达出自己的意思；可是，我盼望您会来帮助我。您自己设法来了解我吧：要是您单单想知道我，我为什么要生您的气呢。

请您告诉我——您是聪明人——您曾经问过自己没有，俄罗斯的女人是怎么样的一种人？我不知道您有没有时间发生过这个疑问，也无法想像您给它一个怎样的答案……在谈话中，我也许能够把我对这个问题的看法讲给你听，可是在纸上，我却几乎没有方法把它说得明白。不过，这没有关系。我们女人，至少，是我们中那些不能以日常的家庭生活的操劳为满足的女人，还是由你们那里，你们男人那里得到最后的教育：你们对我们实在有很大的影响。在这一点上，您大概跟我同意的。现在请您看吧，你们在怎样地对付我们。我就从少女说起吧，我特别要说那些跟我一样住在乡僻地方的少女，在俄罗斯这种女人多极了。不过我不认识别人，我无法对她们下断语。那么，请您想像有这样一个少女吧。现在她的教育已经结束了，她开始生活，消遣，可是单单消遣是不能够使她满足的。她要求生活给她很多的东西，她读的，梦想的……全是爱情。“永远只是爱情！”您会这样说……那末，我们就假定说：对于她，爱情这个字眼可包含了许多意思。我再说一句，我所说的少女，并不是那种不喜欢用思想的人……她左右顾盼，等待着她的意中人的到来……后来他终于出现了；她被他迷惑住了，她好像是他手里的一块捏软的蜡。一下子一切——幸福，爱情，和思想——全跟着他一起出现了。她的一切的不安全平静了，她的一切的疑问全在他那里找到了答案，仿佛真理也借了他的嘴在说话；她崇拜他，她为自己的幸福害羞了，她学着，爱着。在这个时期，他对她的权力非常大。如果他是英雄，他会鼓舞起她的热情，他会教她去牺牲自己，并且任何牺牲在她的眼里都是轻而易举的事了。然而，在我们这个时代是没有英雄了……不过，他究竟还能随意地来指导她；凡是他所从事的工作，她也很感兴趣；他所说的每句话全钻到她灵魂的深处：那个时候，她还不知道，这些话也许是多么没有意义，多么空洞，多么虚伪，她更不会知道，说话的人说这种话多么不费力，这种话又多么不值得相信！这些幸福和希望的最初的时刻过去了以后，通常跟着的就是——因为环境关系（总是归咎于环境）——分别了。据说，这样的事很多，两个亲近的灵魂一旦互相了解，立刻就不可分离地结合在一起了；我也听说过，即使这样，结果他们也并不见得就会快乐！不过我不想谈我自己没有看见过的事情了，——可是，在年轻的心灵里最琐碎的打算，最可悲的谨慎，可能就跟着热情的陶醉同时存在呢，——多可怜，这是我从自己的经验中认识到的事实。于是不得不分别……要是这个少女立刻就明白，一切都完结了，她不再用期望来安慰自己，那么，她算是幸福的了！然而，你们这些勇敢而正直的男人，你们大多数都不敢，也不想把真相告诉我们的！……你们存心在欺骗我们……而且我还敢相信，同时你们也在欺骗自己……分离了！分离，有的使人难受，有的也容易忍受。如果您对所爱的人的信心没有受到损害或侵犯，那么，您的心灵会克服分离的痛苦……我还要说下去：只有在她一个人独处的时候，她才懂得孤寂的好处，它充满了回忆和思想，这个孤寂并不是毫无收获的。只有在那个时候，她会认识她自己，她会醒悟过来，变得强健一点……而在远方朋友的信里，她会给自己找到感情的支持，也许在她自己的信里，她会第一次完全吐露胸怀……还好像有两个人，从河源动身，沿着不同的岸边走着，一开始，彼此还能握握手，以后还能交谈，最后再也看不见了：两个人就是这样地分开了。“就是这个吗?”您会说：“那很分明，他们是注定了不该在一起的!”不过在这儿，又有了男女间的区别了。男人能够一下子把所有过去的事情扔得远远的，毫不在乎地去开始新生活；女人却不能够那样做，不，她们不可能抛却自己的过去，她们不可能拔掉自己的根——不可能，一千个不可能！在这儿就有可悲、可笑的景象发生了……她渐渐地丧失了对自己的希望和信心，——您简直想像不出来，这是多么痛苦！——她独自苦思，憔悴，迷恋着自己的回忆，躲避周围的生活所能给她的一切……可是他呢？……找找他吧，他在哪儿？这值得叫他停一会儿吗？什么时候他会回头来看一眼呢？您知道，对于他，这可全是过去的事情了。这里又发生了一件事情：有时候，他会突然想起再看见他从前爱过的女人，他居然会故意跑到她那里去……可是，我的上帝，这是怎样无聊的虚荣心在使他做出这件事来呢！在他那表示怜悯的礼貌里，在他那仿佛友善的忠告里，在他对“过去”宽大的解释里，你还可以听出来，那种自以为高人一等的感觉！他每一分钟都自以为是一个多么聪明、好心的人，这件事真叫他感到又高兴，又舒服！可是他对自己所做的事情懂得多么少！他绝不会费脑筋去猜想他女友的心事，如果他猜到了这个，他会多么瞧不起地可怜她……

请您告诉我吧，她们究竟从哪儿得到忍受这一切的力量呢？请您也记住这个：大部分少女，在她爱上了人，掉在那个人的权力下面的时候，不幸的是她脑子里动了念头，就不由自主地跟她的家人，她的朋友分开了。在这以前，她虽然对他们生活表示不满意，她还可以跟他们待在一起，还可以在心里隐藏自己一切神圣的秘密……可是“隔膜”很快地就看得出来了……他们不再了解她，因而对她每一个举动都怀疑了……起初她并不注意到这个，可是后来，后来呢……在她背着人的时候；在她一生努力追求的、而且为了它牺牲世界上一切的那个东西从她手里滑掉的时候，在她感到天堂不可即，而人间一切亲近的、存在的东西全远远地离开她的时候——还有什么东西会支持她呢？嘲笑，暗示，庸俗常识的微不足道的胜利；好像她还能忍受……当她内心的声音悄悄地对她说：别人都有道理，只有她做错了，而且现实生活，无论哪一种的生活也比梦想强，犹如健康总比疾病好得多……的时候，在她所喜欢的工作，心爱的书本（那些不能够给人带来幸福的书本）全惹她嫌恶的时候，她怎么办呢？她还可以信赖什么呢？——那么，请您说吧，什么东西能够支持她呢？这种挣扎怎能不叫她感到疲乏呢？她怎能生活，继续生活在这种荒凉的世界上呢？承认自己是个被征服的人，像乞丐似地向冷淡的人们伸出手来求救吗？他们连那一点点同情（骄傲的心灵曾经认为没有它也无所谓）——这个算不得什么的同情，也不会给的！那个时候，你眼里淌下辛酸的眼泪，可是，你还觉得自己可笑，唉，上帝！别让我尝到这个滋味……

我的手颤抖了，我的全身都在发烧了……满脸通红。也该结束这封信了……趁这个时候，我还不曾为自己的软弱感到不好意思，我得赶快寄出这封信了。可是看在上帝份上，在您的回信里别跟我说一句——请听我说，别说一句怜悯的话，要不，我再也不给您写信了。我求您了解，了解我吧：我不希望您把这封信当作一个不明白的人在发牢骚……唉，这对我又有什么不同呢？

好，再见吧。

玛

八

阿莱克赛·彼得罗微奇给玛丽亚·阿历克山达洛芙娜的信

一八四〇年五月二十八日于圣彼得堡

玛丽亚·阿历克山达洛芙娜，您是个好人……您……您的信终于给我打开了真理的门！啊，我的上帝，多么痛苦！人常常以为自己已经够纯朴了，不再装腔作势，扭扭捏捏，不再撒谎了……可是你聚精会神地瞧着他的时候，你会发现他几乎比先前更坏了。这一点也应该注意：人自己，就是说他一个人，无论他怎么样地努力，他还是永远到达不了这种认识；他的眼睛看不到自己的缺点，正如排字工人的迟钝的眼睛看不出排错的字，这儿可需要别人的眼睛，新鲜的眼睛。谢谢您，玛丽亚·阿历克山达洛芙娜……您看，我跟您说的可全是我自己的事，关于您，我可不敢说……啊，现在我发觉我上一封信，不管它写得多么动听，多么惹人感伤，却是非常可笑。现在让我再恳求您，继续谈谈您的自白吧；我觉得您这样做会使自己感到心头轻松，我也会得到益处。俗话说得好：“女人的智慧可比许多思想高明，”女人的心更不必说了——上帝会给我作证！倘使女人知道，她们比起男人实在仁慈得多，宽厚得多，也聪明得多——的确是聪明得多，她们会骄傲起来，会给宠坏了，幸而她们不会懂得这一点，她们不懂得，正因为她们还没有习惯翻来覆去地去想自己的事，不像我们男人那样。她们很少想自己——这是她们的软弱，也是她们的力量，而整个的秘密就在这里了——我不说我们的优越，而来谈谈我们的实力。她们挥霍她们的感情，好比纨袴子弟挥霍了父亲的遗产，我们每一句废话都得到实利了……她们怎么能够跟我们竞争呢？……这全不是恭维话，这只是从经验中获得的简单的真理。我再求您，玛丽亚·阿历克山达洛芙娜，继续给我来信吧。……倘使您知道，现在我心里在想些什么，那有多好！……可是现在我还不愿意说它，我要听听您的……下次再谈了，给我来信，等着您的信！

您真诚的阿·西·

九

玛丽亚·阿历克山达洛芙娜给阿莱克赛·彼得罗微奇的信

一八四〇年六月十二日在某村

阿莱克赛·彼得罗微奇，上一封信刚刚寄出的时候，我已经失悔了，可是那也无能为力了。只有一件事还能叫我感到一点安慰！我相信，您一定会懂得，我写这封信全然出于被压抑了很久的感情的影响，因而您会原谅我。我写上封信的时候，我连自己写的那些字句都不曾看过一遍；我记得那时候，我的心跳得那么厉害，那枝笔又在我的手里战抖。倘使我有时间思索一番的话，我多半会用另外一个方式来表达我的意思，然而我毫无意思否认我曾经向您尽情地吐露过的话语和感情。今天我比较冷静得多，我更能控制自己了……

记得在上封信的末尾，我跟您谈到一个少女的困难的处境，她甚至在自己家里人中间也感到孤独……关于这个，我不再跟您多说了，我要告诉您一些生活的细节，我以为这样做，或者可以使您少厌烦一点。

首先，您要知道，我们这一带地方都叫我做“女哲学家”，太太们尤其喜欢给我加上这个尊称。有一些人肯定说，我睡熟的时候，还戴着眼镜，还捧着拉丁文的书本！另外一些人认为我懂得怎么去求立方根。他们都以为我暗暗地穿着男人的服装，见人不说：“您好！”而粗暴地说声：“乔治·桑①！”他们对于这个女哲学家的不满不断地在增加。我们有位邻居，一个年约四十五岁的绝顶聪明的人……至少他享有绝顶聪明的声誉……他把我这个可怜的人当作无穷尽的笑柄。他常常说起我：月亮刚升上天空，我的眼光就凝视着它，移不开了，他还描写我怎样瞧着它的神情；还有，我喝咖啡不加奶油，却掺着月光，就是说我端起杯子，迎着月光喝下去。他一口咬定，我说话用下面这样的句子：“这容易，因为它很难；可是翻过来说，这很难，因为它容易……，”他还说，我总是在寻找字眼，总是渴望着“那儿”。而且带

① 乔治·桑（George Sand，1804—1876）：法国著名浪漫主义的女作家。

着喜剧性的愤激神情在问："那儿在哪儿？哪儿？"他还散布关于我的谣言：我每晚骑着马在河边跑，嘴里低唱舒白特①的《小夜曲》，不然就只是哼着："贝多芬②，贝多芬!"又说："她是多么急躁的老太婆!"……当然，这一切的谣言很快都传到我耳边来了。也许，这会叫您惊讶，可是您别忘记，现在离开您待在这里时候可有四年了。您还记得，那个时候所有的人都对我们侧目视之……现在可轮到他们来报复了。这还不算什么。有时候我还听到远比这个更叫我心痛的话。我不想说我那可怜的、仁慈的母亲怎么也不能原谅令兄对我漠不关心的态度；我一生给烈火烧尽了，这是我奶妈的话。"自然，"我还常常听到别人说，"我们怎么可以跟你相提并论呢！我们都是平凡的人，只懂得一种常识。可是同时，你也得想想，那一切哲理，书本，跟学者做朋友……能够给你什么好处呢?"您也许还记得我的姊姊吧，不是那个您爱过的人，那是我妹妹——这是我的一个结了婚的姊姊。您还记得她丈夫吧。他是一个非常可笑的人；从前您常常取笑他。然而她却是幸福的：她做了母亲，她爱丈夫，丈夫崇拜她……有时候，她跟我说："我跟一般人一样，可是你呢?"她说得对，我羡慕她……

可是我以为，我并不希望跟她交换位置呢。让他们叫我"女哲学家"，"怪物"都好，随他们的意思吧。——我可要继续忠心到死……忠于什么呢？——忠于理想吗？是的，忠于理想。是的，一直到死的时候，我都要忠于第一次叫我动心的东西——忠于不论过去，现在，

① 舒白特（Franz Peter Schubert，1797—1828）：奥地利著名音乐家。
② 贝多芬（Beethoven，1770—1827）：德国伟大的音乐家。

我都认为是真实的、善良的东西……只要我的力量还能够支持我，只要我的偶像并不是一块没有灵魂的、聋哑的木头……

倘使您真觉得是我的朋友，倘使您还不曾忘记我，那么，您应该帮助我，您应该解除我的疑惑，巩固我的信念……

可是，您能够给我怎么样的帮助呢？“这一切全是空话，好像一只松鼠在轮子上白白地跑来跑去一样，”昨天我叔叔对我这样说，——我知道，您并不认识他，他是一个并不愚蠢的、退休的海军军官——“女人需要的是丈夫，孩子们，和一罐白菜汤；服侍丈夫，孩子们，照料那一罐白菜汤……”请告诉我，他说得对不对？

倘使他的确有道理，那么我还能弥补过去，我还能重新走进人生的常轨。我还有什么可等待的呢？我还有什么可期望的呢？有一封信里，您讲起过年轻人的翅膀。可是这翅膀能捆得多长多久呢！因为时间一到，它们就要掉的，那时候再也不可能从地上飞起来，飞往天空了。

给我来信吧！

您的朋友玛

十

阿莱克赛·彼得罗微奇给玛丽亚·阿历克山达洛芙娜的信

一八四〇年六月十六日于圣彼得堡

亲爱的玛丽亚·阿历克山达洛芙娜，我急忙来回答您这封信。老实跟您说，如果不是……我不跟您说事务，——我什么事务都没有——如果不是我像傻瓜似地住惯了这个地方，那么，我就要动身到您那里来了，我要跟您说个畅快，写在纸上一切全显得冷冰冰，死沉沉的了……

玛丽亚·阿历克山达洛芙娜，我再对您重说一遍：女人比男人好得多，您应该用行为来证明这一点。让我们男人放弃自己的信念，像扔掉一件破旧的衣服一样吧，让他们为了一块面包而改变自己的信念吧！最后，让他们把自己的信念丢在不醒的酣梦里，在它们上面安放一块墓石，就像我们常常放在亲爱的死者墓上那样，偶尔也到那里去祷告一两次——让我们男人去干这些事吧。可是你们女人却忠于自己，不背叛自己的理想……“理想”这个字眼已经变得可笑了……害怕人笑，就是不爱真理。这倒是真的，有时候一阵傻笑会使傻瓜，而且甚至使好人丢弃许多东西……例如，替不在跟前的朋友作辩护……在这方面，我自己就得认罪。然而请允许我再说一遍，你们女人可比我们好得多……虽然在小事情上面，你们很快向我们让步，可是你们比我们有勇气跟魔鬼对面。我不想给您什么帮助或劝告，——我怎么能够给这个呢？而且您也不需要这个；可是，我要向您伸出手来，我要对您说：“忍耐下去，战斗到底，”您知道当作一种情绪来说，纯洁而坚定的战斗意识，未见得不如胜利的喜悦高尚……胜利可不是我们的事了……

当然，令叔的话，在某一种观点上说来也是对的！家庭生活本是女人的一切，对于女人没有另外一种生活。

可是这究竟证明什么呢？耶稣会的会员会肯定说，只要能够达到目的，可以不择任何手段。这是不正确的，这不正确！沾满旅途污泥的脚就不配踏进圣洁的庙宇。对于您来信的结尾有一句话，我很不以为然：您要走到一般人的常规去。您要注意，可别走错路呀！并且请您记着：过去是无法抹掉的，不管您怎么样的努力，不管您怎么样在强迫您自己，您也做不了令姊那样的人。您站得比她高；可是您的心灵已经受了伤，她的心灵却是完整的。您可以降低你自己，弯下身子去俯就她，可是大自然不肯放弃它的权利，伤口不会长合了……

您害怕——请允许我说直话——您害怕当老处女。我知道您已经二十六岁了。的确，老处女的地位实在是无可羡慕的；大家都很喜欢去讥笑她们，大家都带着那么幸灾乐祸的喜悦在注意她们的古怪脾气和弱点。可是，倘使您更细心地去观察任何一个上了年纪的单身汉，——他才应该让人指着嘲笑呢——你会在他身上找到使您笑个不停的原因。怎么办呢？幸福不是从战斗里俘掳来的。而且您也不该忘记：人生主要的目的，并不是幸福，而是人类的尊严。

您非常幽默地描写您的处境。我完全了解个中苦味，您的处境也许可以称为悲剧性的。不过您要知道，并不是只有您一个人处在这种境地里：几乎没有一个现代人，不落在这种境地里面了。您会说，这并不使您感到一点轻松。可是据我想，一千个人一块儿受苦，跟一个人单独受苦相比较，这可完全是另外一回事了。这并不是自高自大的问题，而是普遍需要的感觉的问题了。

您会说：“我们姑且认为，这一切全很好，……可是实际上，并不适用。”究竟为什么不适用呢？直到现在，我还在想，我希望永远会这样想：在上帝的世界里一切纯洁的、善良的、真实的东西全会适用，而且这或早或迟就会实现，不仅将来要实现，而现在已经在实现了，只要每个人能够坚守自己的地位，不要失却耐心，不要想望不可能的东西，却尽自己所能地做去，就成了。可是我觉得这些话说得太抽象了。那么，让我把这议论的后一部分留到下一封信再发吧；可是在我搁下笔以前，让我热烈地，非常热烈地握握您的手，让我全心全意祝您一切如愿！

您的朋友阿·西·

附言：顺便提一句，您在说，您不再等待，您没有什么可期望的了，请允许我问一句：您怎么知道这一点呢？

十一

玛丽亚·阿历克山达洛芙娜给阿莱克赛·彼得罗微奇的信

一八四〇年六月三十日在某村

阿莱克赛·彼得罗微奇，多谢您的信。它给我带来那么多的好处！我相信您真是一个善良、可信赖的人，因此我也不怕在您的面前吐露真情了。我信任您。我知道您绝不会恶意地利用我的坦白，您能够给我亲切而友好的劝告。不过这么一回事罢了。

您提起，您不喜欢我上一封信结尾的那句话。它是指一件事情说的。这儿有位邻居……您待在这里时候，他还不曾搬来，所以您不认识他。他……倘使我愿意嫁给他的话，我就可以跟他结婚。他是一个年纪还轻，有钱，教养很高的人，我亲属方面都不反对这件婚事，刚相反，他们——这个我确实知道——都在盼望这婚姻的成功呢。他是一个好人，而且我觉得他爱上我了……可是他这个人非常懒散，小器，他的胸襟褊狭，所以我无法不认为自己高高地在他的上面了。他也感到这一点，仿佛还喜欢这一点，可是就是这个叫我不高兴跟他接近，尽管他心地善良，我还是无法尊敬他。请您告诉我，我该怎么办？请您帮我想一想吧，把您的意见老实地告诉我吧。

可是我真感谢您的信呀……您知道，有时候我的心突然会感到那么痛苦……您知道，我差不多已经到了那种地步，一切，——我不会说夸张话——一切信任的感情都叫我惭愧了，只要书本上讲到希望和幸福，我会恼恨地合上了它；我躲避无云的天空，清新的绿叶，和一切带笑的，或快乐的东西。这曾经是多么痛苦的情况！我说：曾经……好像它已经过去了！

我不知道，它究竟过去没有？我却知道，倘使这种情形不再回来，那么，这全是您的赐予。您看，阿莱克赛·彼得罗微奇，您做了多少好事！也许，你自己做梦都没有想到这个。顺便提一句，您知道，我多么可怜您吗？现在正是在盛夏，非常好的时节，天空变得更蓝，更明亮了……在意大利也不可能找到比它更好的天气，而您呢，您却待在这个透不过气来的、尘土飞扬的城市里，沿着炙热的大街散步。您何苦这样做呢？至少，您也应该搬到哪儿的避暑别墅里去。据说，在彼得何夫附近，海边上有的是好地方。

我本来还想再跟您谈下去，可是做不到了：花园里吹来一阵醉人的香气，我在屋子里待不下去了。我要戴上帽子，出去散步一会……

下次再谈了，好心的阿莱克赛·彼得罗微奇！

您忠实的玛·勃·

又及：我忘记告诉您了……您自己想像吧，那个聪明人，就是几天前我写信告诉您的那个人，——请您想一想：他竟然对我谈起爱情来了，而且用一种最热烈的方式。我起先还以为他在跟我开玩笑，可是他后来正式向我求婚了，——在他那一切诽谤之后，这算是怎么一回事呢？而且他又实在太老了。昨天晚上，我故意挑逗他，坐在敞开的窗户前面钢琴旁边，在月光下弹着贝多芬的乐曲。我任清凉的月光照在我的脸上，我感到多么喜悦，我让夜晚芬芳的空气里充满了高雅的音乐声，我感到多么安慰，偶尔，还有夜莺的歌声透过音乐声传来了！我多久都没有感到过这样的快活。可是，关于信的开头我向您请求的事，还是要请您给我来信：那是非常重要的。

十二

阿莱克赛·彼得罗微奇给玛丽亚·阿历克山达洛芙娜的信

一八四〇年七月八日于圣彼得堡

亲爱的玛丽亚·阿历克山达洛芙娜，我的意见是：老单身汉，年轻的求婚者——两个人全该丢到海里去！这件事不必再费脑筋了。他们谁都配不上您——这是很明白的事，就像二加二等于四一样明确。也许，您那位年轻的邻居是个好人，可是再见吧！我确实相信您跟他之间没有一点共同的地方。您可以设想，你们待在一块儿生活怎么会快活呢！而且，急急忙忙干什么呢？像您这样的女人——我不想说恭维话，因此就不往下多说了——这种女人会遇不到一个能够鉴赏她的男人，这件事真的可能吗？不，玛丽亚·阿历克山达洛芙娜，如果您真的把我当作您的朋友，真的以为我的劝告对您有好处，那么，请听我的话吧。您看到那个诽谤您的老单身汉现在竟然跪在您的脚底下，您承认不觉得快活吗？倘使我处在您的地位，我一定要叫他望着月光，整夜不停地唱贝多芬的《阿德莱达》呢！

可是，让上帝跟他们，跟您的崇拜者同在吧！今天，我可不预备跟您讲他们的事。今天，我的心情古怪透了，它又像生气，又像兴奋，这是由我昨天收到的一封信所引起的。我把这封信抄一份给您看看。这封信是我一个老朋友，从前的同事写来的，他为人善良，可是器量狭小。他是两年前出国的，在收到这封信以前，他从来没有给我写过信。这儿就是他的信。注意：他长得并不难看。

“亲爱的阿莱克赛①！

“我在拿破里。我正坐在齐恶甲②我屋子的窗前。天气非常好。我起先把海凝望了许久，后来我感到不耐烦了，我忽然想到一个很好的主意，给你写信。亲爱的朋友，我始终对你抱着好感——上帝是我的证人。而现在，我要向你吐露胸怀……正如我们卓越的语言所说得那么恰当的。可是叫我感到不耐烦的原因是：我在等待一个女人。我跟她约好，一块去白意吃蠔和橙子，看深

---

① 原文是法文 Cher Alexis。

② 齐恶甲，地名。——编者注

褐色皮肤的牧童戴着红色睡帽跳‘特兰特拉’舞①，还要像蜥蜴那样地躺着去晒太阳——总之，尽情地去享受生活。亲爱的朋友，我是这么幸福，我甚至不能用文字给你形容出来了。如果，我有你处理文字的能力就好了——啊，我会在你的眼前描出一幅怎样的图画！可是不幸得很，你知道我是一个学识浅薄的人。我所等待的那个女人（她已经使我不停地惊跳起来，不停地望望门外，过了一个多钟点了），她很爱我，至于我怎样地爱她，——我以为就是你那枝生花妙笔也未见得能够描写出来……

“我应当告诉你，我跟她认识了三个月，从我们认识第一天起，我的爱情总在 *crescendo*②，像半音阶的符号，越唱越高，而现在已经达到七重天上了。我在开玩笑，可是实际上，我迷恋于她的程度——这可真有一点不寻常，不可思议的了。请你想一想：我几乎难得跟她说话，我总是像傻瓜似的望着她笑。我坐在她的脚底下，我觉得我傻得可怕，可是又是那么幸福，幸福得太过份了——有时候，她把手搁在我的头上……啊，那么我得告诉你……可是你一定不会了解这个；因为你是一个哲学家，你一辈子都是哲学家。她叫妮娜，妮乃达，随你高兴叫她哪一个名字吧。她是这里一个富商的女儿。她美得像你那一切拉斐尔③的画一样，生气蓬勃，快活，十分聪明，因此你会奇怪，她怎么能爱上我这

① 意大利拿破里地方流行的一种民间舞。

② 意大利文，乐曲上“渐次加强”的记号，这里喻作感情“逐渐增加”之意。

③ 拉斐尔（Raphael Sanzio 1483—1520）：文艺复兴时期意大利最大的画家。

样一个傻瓜呢？她唱起歌来，像一只小鸟，而她的眼睛——

“请原谅我，这个不由自主地划上的顿号……我听见门在响……不对，这坏东西还没有来！你会问我，这一切怎么结束呢，我自己打算怎么办呢！我要在这儿长久待下去吗？亲爱的朋友，关于这个我什么都不知道，而且我也不想知道。要来的事，就让它来吧……因为倘使一个人老是得迟疑不决，想来想去……

“是她！……她唱着歌，跑上楼来了……她来了。那么，好朋友，再会吧……我没有心思跟你谈话了。原谅我——她把这封信全弄湿了！她用一束沾水的鲜花在打这张信纸。她原先以为我写信给女朋友，可是她一发觉它是给男朋友写的，她就叫我问候你，还问你，你们那里的花盛开没有，香不香？那么，再会吧……倘使你能够听见她怎么样在笑……银子哪有这样的声音；她每个声音有多么好！——人真想跪下来亲她的脚……我们要出去了，我们要出去了。不要为这些杂乱无章的废话生气，羡慕我吧！

你的孟”

信真的完全给弄湿了！而且还透露出橙花的气息……信纸上还黏有两片白色花瓣。这封信叫我看了非常激动……我记起在拿破里待的日子……那个时候天气也是非常好，五月才开始；我刚满二十二岁；可是我从没有认识过一个妮乃达。我孤独地流浪，渴望着最大的幸福，那种使人又痛苦、又欢乐的幸福；那样欢乐，甚至使你觉得，它本身就是幸福……青春的意义是什么呢……我还记得有一天晚上，我坐着小船在海湾里游荡。船里就只有我们两个人：船夫和我……可是您想像得出来这是怎样的景色吗？这是怎样的夜晚，怎样的天空，怎样的星星呢！——星星在波浪中怎样地颤动，又怎样地给打碎了呢！海水在桨的激荡下，又怎样地闪出流动的光，整个海面上漂浮着的又是怎样的香气——不管我有一枝什么样的“生花妙笔”，我也没有办法把它描写出来。港口停着一只法国战舰。舰上燃起灯火，使全舰朦胧地发光了。明亮的窗子里射出长条的红光，伸入到黑暗的海面去。舰长在举行跳舞会。不时还有一阵、一阵的欢乐的音乐声传到耳边来，我特别记得在低沉的喇叭声中还可以听到一管小笛的颤音，它像蝴蝶似地绕着我们的小船飞来飞去。我叫船夫划到军舰跟前去；我们的船绕着军舰走了两周。女人的身子从窗口掠过去了，我们清楚地听到华尔兹舞曲急速的旋律……我又叫船夫离开那里，向远处划去，一直划到黑暗里……我还记得音乐声追了我许久都不肯放松我……后来声音终于消失了，我在小船上站起来，带着说不出的哀愁向海面伸出手臂……啊，那个时候，我的心是怎样地在痛！孤寂又怎样沉重地压得我透不过气！那个时候，倘使有谁能叫我动心的话，那么，我会多么喜悦地把我整个心灵都献给她，整个心灵……整个心灵……我带着无限辛酸的心境向船底跪下去，就像烈别其洛夫那样，要船夫把我划到随便哪儿去！

可是我那个朋友就不会有这种心情。但是他为什么要尝到这种苦味呢？……他处理事情比我聪明得太多了。他在享受人生……而我呢？……怪不得他要叫我“哲学家”……真是怪事！他们也叫你“女哲学家”……为什么这种不幸会落到我们的头上来呢！

我不会享受生活……可是这件事又怪谁呢？为什么我要待在这里，待在彼得堡不走呢？我在这里干什么呢？为什么我一天一天地把时间浪费掉？为什么我不到乡下来呢？难道我们俄罗斯的草原还不够美丽吗？难道人不能够在那里自由自在地呼吸吗？难道那里还窄小吗？这时候，也许幸福就近在我的手边，为什么我还要去追求梦想呢？现在事情决定了！我要离开这里，倘使可能，我明天就离开这里；我要回到家里来，这就是说，我要到您那里来——这没有什么不同：因为我们两家的距离不过二十维尔斯特①——真是，我何必在这里抑郁不乐呢！可是，为什么我早一点没有想到这个念头呢？

亲爱的玛丽亚·阿历克山达洛芙娜，我们快要见面了。可是，真叫人奇怪，直到现在，这个念头才钻到我的脑子里来，我早就应该离开这里走了。再见了，玛丽亚·阿历克山达洛芙娜。

七月九日

我故意把这封信耽搁二十四个钟点发出，来考虑这件事，现在我终于相信，我毫无留在这里的理由。满街尘土飞扬，刺得人眼睛发痛。今天我动手收拾行装，后天大概可以离开这儿，再隔十天我会有看见您的快乐了。希望您还像从前那样地接待我。顺便问一句，令妹还在您伯母那里作客吗——是不是？

玛丽亚·阿历克山达洛芙娜，请允许我热烈地握握您的手，诚意地对您说：我们很快就见面了。我已经在做离开这里的准备了，这封信只是增加我的决心而已。假定说，这封信什么都不能证实，我们甚至认为妮乃达不会讨任何别一个人的，譬如说，我的喜欢，那末我还

① 俄里，相等于一·〇六七公里。

是要离开这里；这件事已经没有疑惑的余地了，再见吧。

您的阿·西·

十三

玛丽亚·阿历克山达洛芙娜给阿莱克赛·彼得罗微奇的信

一八四〇年七月十六日在某村

阿莱克赛·彼得罗微奇，您要到这里来，您很快就要到我们这里来——真的吗？我不必对您隐瞒，这消息真是使我又高兴，又有一点惊慌……我们的会晤将是怎么样的情形呢？我们中间已经开始的那一种精神上的联系（我或多或少感到一点）能够维持下去吗？在我们见面以后，它会不会就中断了呢？不知道为什么缘故，现在我倒感觉到害怕了。我想不必对您上封信再作答复了，虽然我心里有那么多的话想倾吐；等到我们见面的时候，我可要尽情地倾吐这些。妈妈非常高兴您到这里来……她早就知道我们在通信。天气真是好极了；我们可以常常出去散步，我要把我所发现的新地方都指点给您看……尤其精彩的是一条又长又狭的山谷，它就在树林丛生的小山岗中间……它仿佛隐藏在山冈弯曲的地方。一条小溪顺着山谷潺潺地流着，它勉强地穿过茂盛的青草，和盛开的花朵中间……您会看到这些。来吧，在这里也许不会使您感到无聊的。

玛·勃·

又及：我知道，您不愿意看到我妹妹，她还在家伯母家作客。我想（可是这只是我们中间的私话），她会跟一个非常可爱的年轻人——一个军官结婚了。为什么您把那封拿破里寄来的信抄给我看呢？自然，这里的生活跟那样豪华、那样光辉灿烂的生活比较起来，便显得黯淡，无光彩了。可是妮乃达小姐说得并不对：在我们这里花也盛开，而且也香得醉人呢。

十四

玛丽亚·阿历克山达洛芙娜给阿莱克赛·彼得罗微奇的信

一八四一年一月在某村

阿莱克赛·彼得罗微奇……我曾经给您寄过好几封信，没有得到您的回信。您身体好吗？难道您已经厌烦跟我写信了；要不然，您已经给自己找到，比跟我这个小城市姑娘通信，更愉快的消遣了吗？您分明只是没有事情做，才想起我。果真是这样，那末，我为您祝福。倘使您这次不给我回信，我也绝不会再来打扰您；我只有怨我自己的不谨慎，我自己白白地振作一番，向别人伸出手来，从自己孤寂的角落里走出来，尽管，只走出一会儿。我应该一辈子留在那里，一辈子锁在那里——这是我的领地，这是所有老姑娘的领地。我早就应该习惯这种想法了。我不必再走到阳光的世界里来，也不必希望呼吸新鲜的空气，我的心胸忍受不了这个。还有，现在我们四周已经铺满了死一样宁静的积雪。以后我会变得更沉默……无聊不会使人致死，我以为忧伤却能叫人憔悴。如果我错了，那么、请您给我一个证明吧。可是我觉得，我并没有错。总之，永别了。

祝福您！

玛·勃·

十五

阿莱克赛·彼得罗徽奇给玛丽亚·阿历克山达洛芙娜的信

一八四二年九月于德累斯顿

亲爱的玛丽亚·阿历克山达洛芙娜，现在我又在给您写信了，我给您写信，只是因为，不跟您告别，不让您记起我来，我不情愿死。现在许多医生都诊断我没有希望了……就是我自己也感觉到，我活着的日子很有限了。我的桌子上放一朵玫瑰花，还不到它凋谢的时候，我早就不在人间了。可是这个比喻并不十分妥切，玫瑰花比我有趣得多。

您知道，我是在外国。我到德累斯顿已经六个月了。我真不好意思承认——您最后几封信，一年多以前都收到了：我遗失了您好几封信，没有给您写回信……现在我来告诉您为什么缘故吧。然而这是很明白的了，您永远是我的亲近的人：除了您以外，我绝不愿意跟谁告别，也许，我也用不着向谁告别了。

我给您写了最后那封信（那时候，我忙着准备到您那里来，而且预先想出了种种的计划）以后，不久我遇到了一件意外的事情。我真的可以说：这件事对我的命运有很大的影响，今天我死在异乡，也未始不是受着它的恩赐！这件事就是：我到戏院里去看芭蕾舞剧。我向来不喜欢芭蕾舞剧，对于各种女演员，歌女，舞女总感到一种内心的厌恶……然而，一个人确实无法改变他的命运，无论谁都不会知道自己的事，甚至也不能预先见到将来。真的，生活里能发生的只是意外的事情，而我们一辈子所作所为也不过在适应这种意外事故罢了……可是，我想：我又谈起哲学来了。老习惯！换一句话说，我爱上了一个舞女。

尤其叫人奇怪的是，她不能称为美人。不错，她有一头很漂亮的、带点灰色的金发，和一对明亮的大眼睛，她的眼光又像忧郁，同时又显得大胆……我不知道这种眼光表示的是什么？可是一整年来，在它的光芒下，我如痴如醉，一天、一天地憔悴了。她的身材很美，在她跳民间舞的时候，观众总是顿着脚、狂声叫好……可是我觉得，除我以外，谁也不会爱上她的——至少，谁也不会像我这样地爱她。我从第一眼看见她的那一分钟开始——（您信不信，就是现在，只要我一闭上眼睛，在我的眼前立刻就现出戏院，几乎全空的舞台上面现出来森林深处的布景，她从右边侧景后面跑出来，头上戴一顶葡萄花冠，肩上披着虎皮）——从命定的那一分钟开始，我全身都属于她了，就像狗属于它的主人一样；如果现在我在等死的时候并不属于她，那只是因为她把我抛弃了。

老实说，她从来没有特别关怀过我。虽然她一直非常大方地在花我的钱！她却并不怎样注意过我。在她看来，我算是什么呢，我只不过像她发音不准确的法国语所说的："Oun Rousso boun enfan"① ——再不会是别的了。可是我呢……没有她的地方，我就活不下去。我立

① 一个俄国的乖孩子。

刻抛弃了一切，我宝贵的、亲切的一切，抛弃了我的祖国，跟随在那个女人的后面。

您也许会想，她很聪明吧？——一点都不！只要你瞧瞧她的低额角，只要你注意她那懒散的、而又淡漠的笑容，即使你只注意一下，你立刻就会相信：她缺乏知识。而且我也从来没有把她当作一个不平凡的女人看待。我没有一个时候不把她的缺点看得清清楚楚，可是这个对事情并没有什么帮助。即使她不在跟前的时候我并不想念她——可是在她的面前，我只有像奴隶似地崇拜她了……在德国童话里，武士们常常会陷入这一类的麻木状态。我不能够把我的视线从她的脸部移开，我听不厌她的话，我看不够她每一个的动作；真的，实际上我只有跟在她的身后才能够呼吸。不过她心地善良，不做作，连一点点做作的影子都看不到，她不像大多数的艺术家那样喜欢装腔作势。她的生命力丰富，这就是说，她是一个非常热情的女人，充满了优秀的南方人的血，南国的太阳一定把它一部分的光辉留在她的血液里面了。她每天睡上九个钟点，爱吃好东西，除了杂志、报纸上批评她的文章以外，她绝不摸一下书本。在她一生中差不多是她的唯一的爱情，就贯注在意大利人 il signore Carlino（加利诺先生）的身上，那个矮小的讲究饮食的人，原先是她的秘书，后来她就跟他结婚了。像我这样的人，我叩过种种知识的门，洞悉了它们的微妙；我已经是一个老人了，我怎么会爱上她那样的女人呢！哪个人能够预料到这件事？无论如何，我事前一点也没有料到。我没有料到，我会来扮演这一类的角色。我也不会料到我会天天去看排戏，会在后台里挨冻，受罪，呼吸着戏院里龌龊的空气，跟形形色色、十分不体面的人们做朋友……我在讲什么？做朋友吗？不，我只是在巴结他们。我怎么能料到，我会替舞女拿着披巾，给她购新手套，用白面包替她把旧手套擦干净，（我的确做过这个，我可以发誓！）挑选花束，送到她的家里去；奔走于新闻记者和戏院经理的门厅，耗费精力，唱《小夜曲》，感冒，生病……我怎么会料到，我终于在德国一个小城里赢得了这个古怪的绰号："打杂的艺术家"……现在这一切全白费劲了，——"白费劲"，这三个字是最恰当的说明了。您看，就是这么一回事情……

您记得吗？我们在口头上，在纸上都辩论过爱情，我们谈得真微妙；可是实际上检查的结果：真正的爱情并不是像我们所想像的那一种感情。它甚至不能够算作一种感情；它只是一种病，一种人人都知道的精神和肉体的状态。它并不是逐渐发展起来的；对于它既不能够怀疑，又无法逃避，虽然它表现的方式并不常常一样；它平常总是不待人邀请，违反人的本意，突然不意地把人抓住——它完全像霍乱和热病一样，来得那么快……它捉住了他，那个亲爱的家伙，就像老鹰捕捉小鸡似的；然后随心所欲地把他带到什么地方去了，不管他怎么样地挣扎、反抗，都没有用……爱情里没有平等，没有那种德国哲学家在没有事做的时候编造出来的所谓"心灵和别的理想东西的自由结合"……没有；在爱情里一个人是奴隶，另一个人却是统治者，诗人喜欢谈"爱情的锁链"，这并不是毫无根据的。是的，爱情是锁链，而且是最重的锁链。至少，这句话我是深信不疑的。这个信念是从经验中获得来的，是用整个生命的代价换来的，因为我到死还是一个奴隶。

唉，请您想一想，我的命运怎么样。我年轻的时候，坚决地想战胜天……后来，我又在梦想全人类的幸福，和祖国的富强。最后这些全过去了：我只是想怎样安排自己的家庭生活……但是却不料在“蚂蚁山”上绊倒了——噗咚一声，跌倒在地上，而且竟然跌到坟墓里来了……我们俄罗斯人多么擅长用这种方式结束自己的一生！

可是，现在已经到了回头的时候了——很早就到时候了！但愿那个负担跟我的生命一块儿从我的心灵上卸掉吧。我最后一次希望（哪怕是仅仅一会儿也好）能够享受那种善良的、短暂的温情，我一想到您，那种感情就在我的内心发出宁静的光来。现在您的形象对我加倍地亲切可贵了……祖国的形象也跟着您的形象一块儿在我面前出现了。我向它，向您永远告别了。但愿您继续地生活下去，长久地，幸福地生活下去吧，可是，请您记住一件事：不管您是否还住在草原上一个偏僻的角落（在那里有时候您会感到非常痛苦，可是我却多么希望能在那里捱过我生命的最后一刻），不管您是否会开始另一种生活——您都记住：一个人只有不思索人生，不向人生要求什么，却安静地接受它微少的礼物，安静地享受那些东西，人生才不会欺骗他。您还可以走动的时候，请向前走吧；不过在您走不动的时候，您不妨坐在路旁，瞧瞧过路人，您不用灰心，也不用羡慕别人：因为他们也走不了多远！从前我没有跟您说过这些话，然而“死”却把任何一个人教得聪明了；而且哪一个人敢说：人生是什么，真理是什么呢？请您不要忘记那个没有回答这问题的人……永别了，玛丽亚·阿历克山达洛芙娜，让我最后一次向您告别吧，希望您不要记住这个可怜的人的坏处！

阿莱克赛

一八五五年写成

僻静的角落*

---

* 这篇小说写于一八五四年，发表在《现代人》杂志一八五四年第九期上。——译者注

1

在特——省××县萨索沃村地主庄子的侧屋内，一间新近粉刷过的、相当宽大的屋子里，一个穿大衣的年轻人坐在一张高低不平的老式小桌子旁边一把窄小的木椅子上在查看账簿。他面前有一只旅行用的银烛台，上面燃着两支硬脂蜡烛；屋角长凳上放了一只敞开的旅行食物箱；仆人在另一个角落安放铁床。矮板壁后面，茶炊发出咕噜、咕噜和嗞嗞的响声；一只狗在刚刚送来的干草堆上打滚……一个农人站在门口，穿一件新的厚绒布外衣，束一根红腰带，脸上带着聪明相，还留了一脸的大胡子（从这一切征象看来，他就是村长），他专心地望着那个坐着的年轻人。靠一面墙，放着一架非常破旧的小钢琴，钢琴旁边搁着一口同样古老的、有锁孔、没有锁的抽屉柜；两堵窗的中间隐隐地看得见有一面不清楚的镜子；板壁上挂着一幅古老的、颜色几乎完全脱落的女人画像，这是一个搽粉、穿宽大裙子①的女人，纤细的脖子上挂了一条黑饰带。我们介绍读者看的这所侧屋，按照它天花板显著的弯曲不平和它那到处有裂缝的地板的倾斜程度看来，它已经

① 指十八世纪女人服装，裙子非常宽大，用鲸鱼骨箍圈撑大的。——译者注

存在了很多、很多年了；这所侧屋并不经常住人，它只是为了地主来的时候使用的。坐在桌子旁边的年轻人就是萨索沃村的主人。他还是前一天才从离这儿一百维尔斯特光景的主要田庄上来的，他打算第二天视察了产业，听过了农人们的一些要求，审核了一切文件之后离开这儿。

“唔，不过，够了，”他抬起头来说，“我累了。现在你可以走了，”他接着又对村长说，“你明天早一点来，而且一大早去通知农人，叫他们全体到这儿来，听明白没有？”

“明白了。”

“你还叫本村的司书把上个月的报告带到我这儿来。不过，这件事你搞得倒不坏，”老爷看看四周，又说下去，“把墙壁刷白了。看起来什么都干净多了。”

村长也看了看墙壁，并不作声。

“好，现在去吧。”

村长鞠一个躬，走出去了。

老爷伸了伸懒腰。

“喂！”他喊道。“给我倒茶……该睡觉的时候了。”

仆人转到板壁后面去了，很快地端着一个铁茶盘回来，茶盘上放着一杯茶，一串城里做的小面包圈，一小罐凝乳。老爷开始喝茶，可是他还没有喝上两口，就听见有人走进了隔壁屋子，接着一个尖嗓子的人在问：

“符拉季米尔·谢尔盖伊奇·阿斯塔霍夫在家吗？可以见他吗？”

符拉季米尔·谢尔盖伊奇（就是这个穿大衣的年轻人的名字）惊

疑地看一眼他的仆人，小声地说：

“去看看是谁?”

仆人出去了，砰的一声把门带上，可是门并没有关好。

“请通报符拉季米尔·谢尔盖伊奇，”仍然是这个尖锐的声音在说，“要是不打扰他的话，他的邻居伊巴托夫想见见他，还有一位邻居包德略科夫，伊凡·伊利伊奇，跟我同来，他也想来拜望他。”

符拉季米尔不自觉地做了一个烦恼的动作。但是，他的仆人进屋的时候，他却对他仆人说：

“请他们进来。”

于是，他站起来，迎接客人。

门打开，客人进来了。走在前面的是一个结实的小老头儿，他有着灰白的头发、圆圆的小脑袋和一对发亮的小眼睛；后面跟着一个三十五岁光景、又瘦又长的男人，他有一张黝黑的长脸和一头乱发，走起路来，一摇一晃。小老头儿穿了一件整洁的、钉着大螺钿钮扣的灰色常礼服；他的脖子上松松地系了一条粉红色的领带，却让白衬衫的翻领遮去了一半；他脚上的皮靴闪闪地发光；他的苏格兰呢裤子现出好看的格子纹，大体上说来，他的全身给人产生一个愉快的印象。相反的，他的同伴却不大能引起旁人的好感：他穿了一件钮子完全扣上的旧的黑色燕尾服，冬季的厚呢裤子跟燕尾服的颜色一样；不论他的脖子上，或者他的手腕上都看不到内衣的影子。小老头儿先走到符拉季米尔·谢尔盖伊奇的跟前，客气地鞠了躬，就用同样的尖嗓子说话了：

“我很荣幸能够作自我介绍——我是您最近的邻居，还是您的亲戚，伊巴托夫，米哈伊尔·尼可拉伊奇。我早就想认识您了。希望不至于打扰您。”

符拉季米尔·谢尔盖伊奇回答说，他很高兴，而且他自己也有这个愿望……一点也不算打扰，他问客人愿不愿意坐下来……喝杯茶。

“还有这位贵族，”小老头儿带着亲切的微笑听完了符拉季米尔·谢尔盖伊奇半吞半吐的话，就指着穿燕尾服的绅士说下去，“他也是您的邻居……而且是我的好朋友，包德略科夫，伊凡·伊利伊奇，他也极其想认识您。”

那个穿燕尾服的绅士，从他的面貌看来，没有人会想到他一生居然能够“极其想”做什么事情的，——他脸上的表情是那么心不在焉，同时又是那么瞌睡昏昏的——那个燕尾服的绅士局促不安，又无精打采地行一个礼。符拉季米尔·谢尔盖伊奇对他还了礼，第二次请客人们坐下。

客人们坐下了。

“高兴极了，”小老头儿愉快地摊开双手，开始说，这个时候他的朋友却微微张开嘴，注意地望着天花板，“高兴极了，我终于有幸亲自看到您了。虽然您经常住在离这儿相当远的县城里，可是不知道这样说法对不对：我们也把您算作本地的绅士呢。”

“对我过奖了，”符拉季米尔·谢尔盖伊奇回答说。

“过奖吗，不过奖，这可是实话。您，符拉季米尔·谢尔盖伊奇，请您原谅，我们这儿××县里的人都是直性子，生活简单：想到什么，说什么，不会转弯抹角。我可以告诉您，我们这儿就是在命名日，互相往还也只是穿常礼服①。真的！这已经成了我们的习惯了。邻县因为这个管我们叫‘穿常礼服的’，好像甚至还责备我们没有教养，可是我们并不在乎这个！请问，住在乡下，干吗还要拘泥礼节呢？”

“不用说，待人随便自然……在乡下……也许比什么都好，”符拉季米尔·谢尔盖伊奇说。

“其实，”小老头儿说，“我们县里也有可以说是非常聪明的人，受过欧洲教育的人，虽然他们并不穿上大礼服。只要随便举一个例子，我们历史学家耶夫秀科夫，斯杰潘·斯杰潘内奇；他研究俄罗斯上古时期的历史，在彼得堡也有名，是一个非常有学问的人！您知道，我们城里有一个古代的瑞典炮弹……它就放在那儿广场的中央……这就是他发现的。这是真的！曾杰列尔，安东·卡尔雷奇……这个人研究博物学，据说，所有的德国人都精通这门科学。大约在十年前我们这儿打死一条离群的鬣狗，就是这位安东·卡尔雷奇认出来它是真正的鬣狗，因为它尾巴的构造特别。我们这儿还有一位地主，卡布尔津：他主要写一些轻松的文章；他有一支快笔……他的文章登在《加拉杰亚》② 上面。包德略科夫……不是伊凡·伊利伊奇，不是他，伊凡·伊利伊奇不关心这种事情，是另一位包德略科夫，谢尔盖……可是，他的父名叫什么呀，伊凡·伊利伊奇……他叫什么呀？”

“谢尔盖伊奇，”伊凡·伊利伊奇提醒他。

“对啊，谢尔盖·谢尔盖伊奇，——这个人写诗。嗯，自然，他不

① 就是说，不穿大礼服——燕尾服。——译者注

② 旧俄的文学杂志，一八二九至一八三〇，一八三九至一八四〇年在莫斯科出版。——译者注

是一位普希金，不过有时候，他开起玩笑来跟京里的人不相上下。您知道，他写了一首关于阿盖·福米奇的讽刺诗吗？”

“哪一个阿盖·福米奇？”

“啊，请您原谅，我老是忘记，您究竟不是本地人。他是我们的警察局长。这首讽刺诗有趣极了。伊凡·伊利伊奇，好像你记得那首诗？”

“阿盖·福米奇，”包德略科夫不感兴趣地说。

……决不是徒然的

贵族们光荣地选举了他……

“我得告诉您，”伊巴托夫插嘴说，“我们差不多全体一致地选举了他，因为他是一个最值得尊敬的人。”

“阿盖·福米奇，”包德略科夫又说了一遍。

……决不是徒然的

贵族们光荣地选举了他：

他吃、喝得有规则……

他怎么会不是县警察局长①？

小老头儿放声大笑。

“哈—哈—哈！这首诗不坏吧，是不是？您会相信吧，从此以后，譬如我们每个人招呼阿盖·福米奇：‘您好’，于是接下去一定说：‘他怎么会不是县警察局长？’您以为，阿盖·福米奇就会生气吗？一点都

① 这是双关话，“有规则”，原文是 исправно，而“县警察局长”的原文是 исправник（定规则的人）。——译者注

不。不，我们这儿不作兴这样做。不信，您尽可以问伊凡·伊利伊奇。”

伊凡·伊利伊奇只是用眼睛扫了一下。

“为了开玩笑生气，这怎么可能呢？就拿伊凡·伊利伊奇来说吧：他在我们这儿有个‘滥好人’的外号，因为他对什么事都会马上同意的。怎么啦？难道伊凡·伊利伊奇会为这个冒火吗？从来没有！”

“滥好人”的外号，对伊凡·伊利伊奇的确非常合适。在他的身上，你找不到所谓意志，或者性格的痕迹。无论哪一个人，要是他想带他一起走，那么他就可以把他带到任何地方去，只要对他说：“伊凡·伊利伊奇，我们走吧，”他拿起帽子就走。然而要是在这儿遇到另外一个人，对他说：“伊凡·伊利伊奇，不要走，”他就放下帽子，留下来了。他的性情温和而沉静，一辈子过着单身汉的生活。他不打牌，却喜欢坐在打牌的人的旁边，轮流地注视他们的脸。他没有社交生活，就活不下去，他受不了孤独；只有一个人的时候，他就郁郁不乐；不过，他很少有这种情况。他还有一个特征：清早起来，总要小声地哼一首古老的短歌：

村子里从前有一个男爵
他过着朴素的田园生活……

由于这个特征，伊凡·伊利伊奇又有“蜡嘴鸟”① 的外号；人人都知道，关在笼子里的蜡嘴鸟一天只有大清早唱一次。伊凡·伊利伊奇正是这样。

---

① 一种善歌的鸟。——译者注

伊巴托夫和符拉季米尔·谢尔盖伊奇两个人谈话谈了很久，但是不再谈先前的那个话题，就是说，不再空谈大道理了。小老头儿问起符拉季米尔·谢尔盖伊奇的产业，问起他的树林区和别的土地的情况，和他已经实施、或者正打算实施的田庄上的改革；他还提出一些他自己的看法，譬如说，为了消灭牧场上的草墩，他建议在草墩周围撒上燕麦，这就会引起猪用鼻子来拱掉它们等等。可是后来，他看出符拉季米尔·谢尔盖伊奇的眼睛睁不开了，他的话也有些迟钝、不连贯了，小老头儿马上站起来，彬彬有礼地鞠一个躬，说他不想再打扰了，可是希望就在明天，他有请他亲爱的朋友到他家去用午餐的荣幸。

“至于到我村子里来，”他补充地说，“不要说是小孩子，即使您遇到的是一只母鸡或者是一个乡下女人，您只要问起伊巴托夫村，她也会给您指路的。连马自己都跑得到的。”

符拉季米尔·谢尔盖伊奇微微带一点他平日有的那种踌躇口气答道，他会极力设法来……要是没有什么事妨碍他的话……

“不，我们一定要等待您，”小老头儿亲切地打断了他的话，紧握一下他的手，很快地就走出去了，在门口他转过半边脸来喊道，“不要客气!”

“滥好人”包德略科夫不作声地鞠一个躬，在门槛上绊了一下，就跟在他朋友的后面消失了。

符拉季米尔·谢尔盖伊奇送走不速之客以后，马上脱去衣服，躺在床上，睡着了。

符拉季米尔·谢尔盖伊奇·阿斯塔霍夫是属于这一类人：他们慎重地从事了两三种不同的事业之后，便宣扬他们下决心从实际的观点来看人生了，他们一有空闲便设法增加收入。他不是一个傻瓜，相当吝啬，非常谨慎；他欢喜读书，社交和音乐，但都不过分……他的举止非常得体。他才二十七岁。像他这一类的年轻人近来多起来了。他是一个中等身材、体格匀称的人，小巧的脸总是和颜悦色的，脸上的表情几乎永远不变，他老是用同样冷淡而明净的眼光看人；只有偶尔不知道是忧郁，还是无聊的淡淡的影子使他的眼光显得和善一些，他的嘴边老挂着客套的微笑。他的柔丝似的金黄长鬈发漂亮极了。符拉季米尔·谢尔盖伊奇的田地很不错，他还有六百左右的农奴；他也想到结婚，结婚要情投意合，但是同时也要使他得到好处。他特别想找一个有显贵亲戚的妻子。他认为他自己的社会关系不多。总之，他的确配得上新近流行的所谓“绅士”的称号。

第二天早晨，我们的绅士照常很早就起来处理事务，而且我们得替他说句公道话，他处理事务可真出色，在这方面，我们俄罗斯一般注重实际的年轻人未必都有像他这样的才干。他耐心地听着农人们七嘴八舌讲些不得要领的要求和诉苦，尽可能地使他们满意。他调解亲戚中间的争吵和纠纷，劝告一些人，责备另一些人，审查本村司书的账目，揭发村长的两三件欺诈的行为——总之，他把事情处理得连他本人也很满意。农人回家的时候，都在说他的好话。虽然前一天符拉季米尔·谢尔盖伊奇接受了伊巴托夫的邀请，他还是决定在家里吃午饭，甚至叫他带来的厨子准备他爱吃的带米的杂碎汤，但是突然间，也许是因为他从早晨起就感到心满意足的缘故，他站在屋子中央，伸起手在额上拍了一下，毫无顾虑地大声嚷起来：“我得到那个健谈的老头儿那儿去!”他说了就做，半小时以后，他已经坐上他自己那辆新的旅行马车，由四匹农人的好马拉着，往伊巴托夫村去了，顺着大路去伊巴托夫村至多不过十二维尔斯特的光景！

2

米哈伊尔·尼可拉伊奇·伊巴托夫的庄上有两所独立的小宅，对立在一个活水大池塘的两边。一条种植银白色白杨树的长堤封住了这个水塘，看得见一所小水磨坊的红色屋顶，差不多跟堰堤一样平。两所小宅盖得完全一样，而且刷成了同样的淡紫色，它们仿佛用它们明净小窗的亮玻璃，隔着一片汪汪的池水互相窥视。两所小宅前面正中都有一个圆形的平台突出在外面，平台上面高高地耸起一座用四根靠得很紧的白色柱子撑着三角形的门楼。池塘的四周是一个古老的花园：园中有几条茂密成林的菩提树的林荫路；浅黄色树干的老松树，黑色的橡树，雄伟的梣树，到处都看得见它们高耸的孤寂的树梢；盛开的紫丁香和金合欢的茂密的枝叶遮住了两所小宅的三面墙，只留出每所宅子敞开的正面，砖砌的小路就从宅子的正面蜿蜒地通到斜坡下。毛色鲜艳的鸭子，白色和灰色的鹅一群一群地在池子的发亮的水面上游着：池子里没有一片浮萍，一根水草，因为从陡峭的岩石狭谷底里冒出许多股泉水，一齐涌到池子里头。庄园地势好极了：使人心旷神怡，静僻而优美。

这两所小宅中一所是米哈伊尔·尼可拉伊奇的住宅；另外一所住的是他的母亲，一个七十岁光景的衰老妇人。符拉季米尔·谢尔盖伊奇到了堤前的时候，他不知道该往哪一所宅子走去。他四面望望，一个家奴的男孩，赤着脚站在半腐烂的树桩上钓鱼。符拉季米尔·谢尔盖伊奇招呼了他。

“您找哪一位呢，找老太太，还是找少爷?”男孩问道，他的眼睛并没有离开鱼浮子。

“找哪一位太太?”符拉季米尔·谢尔盖伊奇说，“我是到米哈伊尔·尼可拉伊奇那儿去的呀。”

“噢！找少爷吗？那么，请您往右边走吧。”

于是小孩拉起渔竿，从平静的水里拖出了一条银色的小鲤鱼。符拉季米尔·谢尔盖伊奇往右边去了。

米哈伊尔·尼可拉伊奇正在跟“滥好人”下跳棋，听见说符拉季米尔·谢尔盖伊奇到了。他高兴极了，从椅子上一跃而起，跑到前厅，抱吻了他的客人三次。

“符拉季米尔·谢尔盖伊奇，您碰见我跟我忠诚的朋友伊凡·伊利伊奇在一块儿，”健谈的小老头儿说，“我顺便跟您提一句，他对您和蔼可亲的态度倾倒极了。（伊凡·伊利伊奇不作声地望着屋角。）他真好，肯陪我下跳棋，我一家人全到花园里散步去了，不过我马上打发人去叫她们……”

“可是干什么要麻烦呢？……”符拉季米尔·谢尔盖伊奇说。

“麻烦什么，您说到哪儿去啦。喂，万卡，赶快跑去找小姐们……你告诉她们，就说，来了客人啦。那么，您觉得我们这个地方怎么样?不坏吧，是不是？卡布尔津为它写过一首诗。开头这样写：‘伊巴托夫村，可爱的隐居之地，’——以后也写得很好，只是我记不全了。这儿的缺点是花园太大了：我负担不了。也许您已经看出来了吧，这两所宅子多么相像，它们是我父亲尼可拉和我叔父谢尔盖两弟兄盖的，花园也是他们培植起来的；他们是一对模范的好朋友。……达蒙和……啊哟！我忘记另外一个人叫什么名字……”

“皮菲昂①，”伊凡·伊利伊奇说。

“得了，是这样的吗？那没有关系。（在家里，老头儿说话的态度比作客时随便多了。）符拉季米尔·谢尔盖伊奇，您大概已经知道，我是个鳏夫，妻子去世了，大的孩子们在公立学校里住宿，只有两个最小的孩子跟我待在一块儿，还有一位小姨，我妻子的妹妹也住在这儿，您马上就会看见她。可是我为什么不弄点饮食来款待您呢？伊凡·伊利伊奇，亲爱的朋友，请你叫人送点小吃来……您愿意喝哪一种伏特卡呢？”

“我在午饭前，从来不喝酒。”

“哎呀！那怎么能够！但是，随便您吧。对客人恭敬，不如从命。您看，我们这儿生活很简单。我不揣冒昧地说，我们这儿不算是偏僻地方，倒是僻静的角落，真是僻静的角落，远离人世的一角——真是这样的！可是，您干吗不请坐呢？”

符拉季米尔·谢尔盖伊奇坐下，并不放下手里拿的帽子。

“请让我给您放好，”伊巴托夫一面说，一面很有礼貌地从客人的

---

① 达蒙和皮菲昂，指纪元前四世纪（前430—前367）西西里岛东部西拉库兹的两个居民达蒙和菲季阿斯（菲季阿斯这名字比皮菲昂正确）的生死不渝的友谊。菲季阿斯因为反对西拉库兹暴君迪奥尼西斯的阴谋判了死罪，他想在死前料理一下私事，达蒙投到迪奥尼西斯跟前，作为他朋友的人质，要是菲季阿斯不回来，他情愿替死。菲季阿斯如期赶回。迪奥尼西斯为他们的友谊所感动，赦免了菲季阿斯的死罪。许多古代作家写过他们的故事。后来德国大诗人席勒又把他们友谊的故事写了叙事诗《担保》。——译者注

手里拿走他的帽子，把它放在屋角，然后回转来，带着亲切的笑容注意地望客人的眼睛，不知道应该对他说些什么好听的话，便用最殷勤的态度问他喜不喜欢下跳棋。

“任何赌博，我都玩不来，”符拉季米尔·谢尔盖伊奇说。

“在您这方面说来，这是很好的事，”伊巴托夫答道；“可是，跳棋并不是赌博，倒不如说它是一种娱乐，一种消遣；伊凡·伊利伊奇，是不是这样？”

伊凡·伊利伊奇用冷淡的眼光望着伊巴托夫，仿佛他心里在想：“鬼才知道，——它究竟是赌博，还是娱乐”；可是过了一会儿，他说道：

“是啊；跳棋是不要紧的。”

“现在有人说，象棋是另外一回事，”伊巴托夫接着说，“他们说，这是最不容易下的棋。可是据我看来……啊，瞧那儿，我一家人全来了，”他望望那扇通向花园的半开的玻璃门，中断了自己的话头。

符拉季米尔·谢尔盖伊奇站起来，回过身去，首先看见两个穿粉红色棉布衣服，戴大帽子的、十岁光景的小姑娘敏捷地跑上平台的台阶；在她们后面很快地就出现了一个穿深色衣服的体格匀称、身材高高的二十岁左右的丰满的少女。她们都走进了屋子，小姑娘们认真地对客人行了一个屈膝礼。

“先生，这儿，先生，我要给您介绍我的小女儿们，”主人说，“先生，这儿的一个叫卡嘉；那一个叫纳斯嘉；这一个是我的姨妹，玛利雅·巴夫洛夫娜，我刚才已经向您讲过她了。希望你们会成为好朋友。”

符拉季米尔·谢尔盖伊奇向玛利雅·巴夫洛夫娜鞠了一个躬，她回答他一下几乎看不出的点头。

玛利雅·巴夫洛夫娜手里拿着一把打开的刀，她的浓密的淡黄色头发有点蓬乱，上面还挂着一片小树叶，还有一缕头发从梳子上披下来。黝黑的脸上泛起了红色，鲜红的嘴唇张得大大的；衣服上满是皱纹。她呼吸急促，眼睛发亮；看得出，她是在花园里劳动过的。她马上就走出屋子去了，小姑娘们也跟在她后面跑开了。

“先生，她们要去打扮一下，”老头儿朝着符拉季米尔·谢尔盖伊奇说，“先生，当然应该去打扮一下。”

符拉季米尔·谢尔盖伊奇咧开嘴笑了笑，算是回答了他，然后便想起心事来了。玛利雅·巴夫洛夫娜打动了他的心了。他好多年没有见到这样一位真正俄罗斯草原上的美人了。不到一会儿功夫，她回来了，坐在躺椅上，动也不动一下，她梳过了头发，却不曾换衣服，连套袖也没有套上。她脸部的表情并不怎么骄傲，倒是严峻到了差不多粗鲁的程度。她的前额宽而低，她的鼻子短而直；她时时撇着嘴露出没有精神的、迟缓的冷笑；她那直直的眉毛瞧不起人似地皱着。她几乎老是垂下她那对黑黑的大眼睛。“我知道，”她那张冷冰冰的、年轻的脸好像在说：“我知道，你们都瞧着我；好，瞧吧，你们全叫我厌烦!”她抬起眼睛的时候，那里面有一种野的、美丽而又呆板的神情，使你联想到牝鹿的眼睛。她的身材非常优美。古代的诗人会把她跟茜莱斯和丘诺①相提并论的。

---

① 在罗马神话中，茜莱斯为地之女神，司农业。丘诺为大神丘比德之妻，天之女神，司婚姻和生产。——译者注

“你们在花园里搞什么来的?”伊巴托夫想引起她说话,便问她道。

“我砍掉了枯枝,还挖了花坛的土,”她答道,声音不高,然而清亮、悦耳。

“那么,你们累了吧?”

“孩子们累了,我不累。”

“我知道,”老头儿含笑地接着说,“你在我这儿是一个道地的包别丽娜①!你们到老太太那儿去过吗?”

“去过,她在睡觉。”

“您喜欢花吗?”符拉季米尔·谢尔盖伊奇问她。

“喜欢。”

“为什么你出去的时候,不戴帽子呢?”伊巴托夫对她说,“你看,你晒得多红,多黑呀。”

她一声不响,用手摸摸脸。她的手并不大,然而宽了些,而且很红。她没有戴手套。

“您也喜欢园艺吗?”符拉季米尔·谢尔盖伊奇又问她。

“是的。”

于是符拉季米尔·谢尔盖伊奇讲起他邻近某一位有钱的地主有一个多么美丽的花园。

“园丁头儿是个德国人,他一个人就挣两千银卢布②的工钱,”他

---

① 一八二〇年,英勇的俄罗斯人民,为反抗土耳其的压迫而进行民族独立的斗争。包别丽娜参加对敌人的斗争,在斗争中,她以过人的精力和大胆著称。——译者注

② 在那个时候,银卢布比钞票卢布值钱。——译者注

顺便提了一下。

“那么，这个园丁叫什么名字?”伊凡·伊利伊奇突然问道。

“记不得了，好像是麦依尔，或者米勒尔。可是您问这干什么呢?”

“先生,”伊凡·伊利伊奇回答道。“我不过想知道他的姓罢了。”

符拉季米尔·谢尔盖伊奇继续讲下去。小姑娘们——米哈伊尔·尼可拉伊奇的女儿们走进屋子来了。她们安静地坐下来，安静地注意听着……

仆人在门口出现，他报告叶戈尔·卡皮托内奇来了。

“啊，请！请!”伊巴托夫嚷道。

一个非常矮、相当胖的小老头儿进来了，他是所谓矮子或者矮胖子那一类的人，他有一张胖胖的、又布满了皱纹、好像烤苹果似的小脸。他穿一件高领、黑丝边的灰色匈牙利式的上衣，和一条咖啡色天鹅绒的、紧裤脚的肥大裤子，裤脚高高地吊在脚踝骨上面。

“您好，最可尊敬的叶戈尔·卡皮托内奇,”伊巴托夫一面大声说，一面就走上前去迎接他，“我们好久不见了。”

叶戈尔·卡皮托内奇先跟所有在场的人打过了招呼，然后用发音不清楚的悲声说：“不过，米哈伊尔·尼可拉伊奇，您一定知道，我不是一个自由自在的人!”

“叶戈尔·卡皮托内奇，您怎么不是一个自由自在的人呢?”

“米哈伊尔·尼可拉伊奇，我当然不是，我有家务呀，事务呀……而且还有玛特列娜·玛尔科夫娜。”

于是他摆了摆手。

“玛特列娜·玛尔科夫娜怎样呢?”

伊巴托夫微微对符拉季米尔·谢尔盖伊奇使一个眼色，仿佛事先要唤起他的注意似的。

“人人都知道的，”叶戈尔·卡皮托内奇坐下后回答道，“她总是不满意我，难道您不知道吗？不管我说什么话，总是不对，不文雅，不得体。可是为什么不得体，只有天晓得。于是小姐们，就是说我的女儿们，也在那儿学她们母亲的榜样。我用不着说：玛特列娜·玛尔科夫娜是一个多么出色的女人，可是她太严厉了。”

“可是，请问，您的举止究竟有哪些不好呢，叶戈尔·卡皮托内奇？”

“这正是我自己想知道的，可是，要使她满意显然很不容易。譬如说，昨天吧，我在饭桌上说：‘玛特列娜·玛尔科夫娜’（叶戈尔·卡皮托内奇在他的声音中添了一种最奉承人的调子），我说，‘玛特列娜·玛尔科夫娜，阿尔陀希卡多不爱惜马，’我说，他连马都不会赶；把那匹黑毛种马弄得完全瘸了。’咦，咦呀，玛特列娜·玛尔科夫娜发了多大的脾气，她骂起我来了，她说：‘你简直不懂当着太太、小姐的面应当讲些什么话！’小姐们也就马上离开饭桌跑了，第二天，比留列夫家的小姐们，我太太的侄女们全知道这件事了。可是我说了什么不对的话呢？请您判断一下吧。无论我说了什么话，有时候我的确疏忽了——特别是在家里，无论跟谁说了这句话，——第二天，比留列夫家的小姐们全知道了。你简直不知道要怎样才好。有时候我这样坐着在想什么（这是我的习惯），也许，您知道，——我呼吸很重，——玛特列娜·玛尔科夫娜又来骂我了，她说：‘你不要哼哼唧唧，现在没有人用鼻子喘气了！’我就说，‘你骂人干什么？玛特列娜·玛尔科夫娜，请你开开恩吧，人应该有同情心呀，可是你就是骂人。’现在，我就是在家里也不再思索了。我整天就是这个样子坐着，眼睛望着地下。真的。又有一天，我们已经躺下睡觉了，我说：‘玛特列娜·玛尔科夫娜，你为什么这样宠爱你的小听差？好太太，’我说，‘他不是一口小猪呀，至少也得叫他星期天洗洗脸。’又怎么样呢？我觉得，我不是说得很委婉，很温和吗？可是这也不能使她满意，玛特列娜·玛尔科夫娜又开始骂我了，她说：‘你连应当怎么样对待太太、小姐都不懂；’于是第二天比留列夫家小姐们又全知道了。米哈伊尔·尼可拉伊奇，这样我怎么还会想到出来看朋友呢？”

“您说的话，叫我非常惊讶，”伊巴托夫答道，“我没有料到玛特列娜·玛尔科夫娜是这样的；我觉得她……”

“一个非常出色的女人，”叶戈尔·卡皮托内奇接口说，“可以说，是一个模范的妻子和母亲，只是态度太严厉了。他们说，万物都需要ensemble①，我好像就缺少这个。您知道，我不会说法文，我只是听得懂罢了。可是我缺少的 ensemble 到底是什么呢？”

伊巴托夫本人也不精通法文，他只是耸耸肩膀。

“那么，您的男孩子们，就是说儿子们，好吗？”停了一会儿，他又问叶戈尔·卡皮托内奇道。

叶戈尔·卡皮托内奇瞟了他一眼。

“儿子们，倒没有什么。我对他们很满意。姑娘们不听话，可是儿

① 法文：整体，总效果，大合奏之意。叶戈尔·卡皮托内奇在这儿说这个字，并不了解它的正确的意义。——译者注

子们却使我满意。辽略工作很好，他的上司称赞他；我的辽略是一个灵活的孩子。说到米赫茨，——他可不是这样的了：他变成一种慈善家①了。”

“为什么是一个慈善家？”

“天晓得，他躲开人，跟谁都不讲话。玛特列娜·玛尔科夫娜常常使他受窘。她说，‘你干吗学你父亲的样子？你要尊敬他，可是你应该学你母亲的态度。’等到他长成人，也就好了。”

符拉季米尔·谢尔盖伊奇请求伊巴托夫把他介绍给叶戈尔·卡皮托内奇。他们开始谈起话来。玛利雅·巴夫洛夫娜并不加入他们中间谈话。伊凡·伊利伊奇坐在她的旁边，可是他一共跟她说了两句；小姑娘们走到他跟前，悄悄地对他讲话……女管家（一个头上包着深色头巾的瘦削的老妇人）进来报告，午饭准备好了。大家都到饭厅去。

午饭吃得相当久。伊巴托夫有一个好厨子，他的酒也不坏，虽然它并不是从莫斯科运来，是从省城里买来的。据说，他的日子过得很舒适。他至多不过有三百个农奴，但是他不欠任何人的债，田产也管得很好。吃饭的时候，主人自己说话最多。其次就是叶戈尔·卡皮托内奇，但是他就在说话的时候，也没有忘记照顾自己：他大吃，大喝。玛利雅·巴夫洛夫娜始终不作声，只是偶尔半带微笑地回答坐在她左右两边两个小姑娘抢着说的话；看得出来，小姑娘们非常喜欢她。符拉季米尔·谢尔盖伊奇几次想跟她谈话，可是都不大成功。“滥好人”

① 慈善家是指爱人，对人行善，施恩的人。叶戈尔·卡皮托内奇不了解这个字眼，又用得不对。——译者注

包德略科夫连吃东西都不起劲，总是无精打采的。午饭后，大家都到平台上去喝咖啡。天气是出奇的好：从花园里吹来一阵菩提花甜甜的香气，这是菩提花盛开的时候；树木的浓荫和附近池塘的湿气使得夏天的空气稍微凉爽些了，空气里有一种使人陶醉的温暖。突然从堤上白杨树后面传来了急驰的马蹄声，过了一会儿，出现了一个穿长骑马服、戴灰色圆帽、骑在栗色马上的女子，她骑着马飞快地跑过来；一个听差骑着德国种的小白马，跟在她后面。

"啊，"伊巴托夫大声叫起来。"娜杰日达·阿莱克山耶夫娜来了——这真是喜出望外的事情啊！"

"她一个人吗？"玛利雅·巴夫洛夫娜问道，一直到那个时候，她都是一动也不动地站在门口。

"一个人……显然是彼得·阿莱克山伊奇①叫什么事情给拖住了。"

玛利雅·巴夫洛夫娜皱着眉头看了一眼，她的脸红了，便掉过脸去。

就在这个时候，骑马的女人从小门进了花园，一直骑到平台前面，她不等听差或者走过来迎接她的伊巴托夫来搀扶她，就轻捷地跳下来了。她迅速地提起长骑马服的衣裾，跑上了台阶，跳到平台上，高兴地大声说：

"我来了！"

"非常欢迎！"伊巴托夫说。"这真是想不到的事情，这真是太好了。请允许我吻吻您的手……"

① 彼得之父称为阿莱克山耶维奇，口语时简称为阿莱克山伊奇。——译者注

“请吧，”客人答道，“只是请您自己取下手套。我脱不下。”她一面向他伸出手去，一面向玛利雅·巴夫洛夫娜点点头。“玛莎，你瞧，哥哥今天不会来了，”她微微叹口气。

“我也知道，他不会来了，”玛利雅·巴夫洛夫娜低声回答。

“他要我告诉你，他有事情。你不要生气吧。您好，叶戈尔·卡皮托内奇；您好，伊凡·伊利伊奇；你们好，孩子们……”她转过头去，接着对她的听差说：“瓦夏，叫人带‘小美人’① 好好地去蹓蹓，你听见吗？玛莎，请给我一只别针，别衣服的后襟……米哈伊尔·尼可拉伊奇，请到这儿来。”

伊巴托夫向她走近了些。

“这个陌生人是谁?”她声音相当高地问他。

“这是我们的邻居，阿斯塔霍夫先生，符拉季米尔·谢尔盖伊奇，您知道，他是萨索沃村的主人。您要我给您介绍他吗?”

“好……待会儿吧。啊，多好的天气啊，”她接着说。“叶戈尔·卡皮托内奇，告诉我，难道在这样好的天气，玛特列娜·玛尔科夫娜还骂人吗?”

“玛特列娜·玛尔科夫娜不管什么样的天气都不骂人，小姐，她只是态度严厉罢了……”

“那么，比留列夫家的小姐们干些什么呢？第二天她们全知道了，对不对……”

于是她发出响亮的、清越的笑声来了。

---

① 那匹栗色马的名字。——译者注

“您总爱笑，”叶戈尔·卡皮托内奇答道。“不过，要是一个人在您这种年纪不爱笑，那么到什么时候笑呢！”

“叶戈尔·卡皮托内奇，亲爱的，不要生气！呀，我累了，让我坐下来……”

娜杰日达·阿莱克山耶夫娜坐到椅子上去，顽皮地把帽子拉到眼睛上面。

伊巴托夫引着符拉季米尔·谢尔盖伊奇走到她跟前。

“娜杰日达·阿莱克山耶夫娜，让我给您介绍我们的邻居，阿斯塔霍夫先生，他的事情，您想必已经听见人谈得很多了。”

符拉季米尔·谢尔盖伊奇鞠一个躬，可是娜杰日达·阿莱克山耶夫娜却抬起眼光，从她那顶圆帽子的帽檐下望了望他。

“娜杰日达·阿莱克山耶夫娜·威列季叶娃，我们的邻居，”伊巴托夫朝着符拉季米尔·谢尔盖伊奇接下去说。“她跟她哥哥，退伍的近卫军中尉彼得·阿莱克山伊奇一块儿住在这儿。她是我姨妹的好朋友，对我们全家人都很好。”

“一张完全的正式清单，”娜杰日达·阿莱克山耶夫娜笑着说，她又像先前那样从帽子底下抬起眼光来，望着符拉季米尔·谢尔盖伊奇了。

这个时候，符拉季米尔·谢尔盖伊奇心里暗想：“啊，这个女人也很漂亮呢！”真的，娜杰日达·阿莱克山耶夫娜是一个非常可爱的少女。身材苗条，体格匀称，看起来，她比实际的年龄年轻得多。她已经过了二十七岁了。她有一张圆圆的脸，一个小小的头，一头极柔软的金丝发，一根尖尖的、差不多翘得过分的小鼻子和一对快活而微带狡猾的小眼睛。她那非常生动、灵活的面貌，有时候几乎带有一种好笑的表情；它显出幽默的味道。有时候常常是突然的，沉思的阴影掠过她的脸上，——那个时候，这张脸又变得温柔而和善了，但是她并不能够沉思多久。她很容易抓住人们的可笑的一面，绘出并不坏的漫画来。她一出世，人人都娇宠她，这是一眼就看得出来的：小时候娇生惯养的人们，一辈子都保留一种特殊的痕迹。她的哥哥很爱她，不过他却说，她螫人不像蜜蜂，倒像黄蜂，因为蜜蜂螫了人，自己就要死掉，而黄蜂螫了人却没有什么。这个比拟使她生气。

“您在这儿待得久吗?”她一面问符拉季米尔·谢尔盖伊奇，一面埋下眼睛扭转手里的小马鞭子。

“不，我打算明天就离开这儿。”

“到哪儿去?”

“回家。”

“回家吗？请问，为什么要回家?”

“怎么为什么？啊，我家里有不能耽误的事情。”

娜杰日达·阿莱克山耶夫娜望着他。

“难道您是一个这样……遵守时间的人?”

“我极力想做一个遵守时间的人，”符拉季米尔·谢尔盖伊奇答道，“在我们这个着重实际的时代，每一个规矩的人都应该着重实际、遵守时间。”

“这是完全对的，”伊巴托夫说，“伊凡·伊利伊奇，你说对不对?”

伊凡·伊利伊奇只是望着伊巴托夫，叶戈尔·卡皮托内奇倒说了：

“是的，是这样对的。”

“多可惜，”娜杰日达·阿莱克山耶夫娜说，“我们还少了一个jeune premier①。您不是会演喜剧吗？”

“我从来没有上过舞台。”

“我相信，您会演得很好。您有这种庄严的……气派，这是今天的jeune premier需要的条件。我跟我哥哥准备在这儿成立一个剧院。可是我们不止是上演喜剧，我们什么戏都上演——话剧啊，芭蕾舞剧啊，甚至悲剧啊。玛莎为什么不能演克丽奥佩特拉②，或者菲达拉③呢？请您瞧瞧她！”

符拉季米尔·谢尔盖伊奇回过头去……玛利雅·巴夫洛夫娜头靠着门，抄着双手，沉思地望着远方……在这个时候，她那匀整的面貌真叫人想起古代雕像的脸。她并没有听到娜杰日达·阿莱克山耶夫娜最后一句话，但是，她看到一下子众人的视线全集中在她的身上，她马上猜到说的是什么话了。她满脸通红，正要走进客厅去……娜杰日达·阿莱克山耶夫娜敏捷地抓住她的手，而且带一种风流女子那种卖弄风情的温存把她拉到自己的身边，吻着这只差不多跟男人一样的手。玛利雅·巴夫洛夫娜的脸更红了。

“你总是淘气，娜佳④，”她说道。

---

① 法文：年轻的男主角，风流小生。

② 克丽奥佩特拉，埃及最后一个女王（公元前69—前30年），美丽而有野心，世界文学作品中累次出现她的形象，特别是莎士比亚的戏剧《克丽奥佩特拉与安东尼》，和法国十七世纪古典主义时期的悲剧。——译者注

③ 菲达拉，希腊神话，雅典王齐节斯之继室，爱雅典王前妻之子。一六七七年法国剧作家拉辛以她为悲剧《菲达拉》的女主人公。——译者注

④ 娜杰日达的爱称。——译者注

“难道我说你说得不对吗？我准备引证一切……好，够啦，够啦，我不再说了。可是我还是要说，”娜杰日达·阿莱克山耶夫娜朝着符拉季米尔·谢尔盖伊奇说下去，“多可惜，您要走了。说真话，我们这儿有一个 jeune premier，他自己赖着要演戏，可是实在太糟了。”

“请问那个人是谁？”

“诗人包德略科夫。诗人怎么能做 jeune premier？第一，他衣服穿得太糟了；第二，他虽然写讽刺诗，可是，请您想一想吧，他在所有女人面前，甚至在我的面前都害羞。他咬着舌尖说话，他的一只手举在头上面，我真不知道这是干什么。请您告诉我，麦歇①阿斯塔霍夫，诗人全是这样的吗？”

符拉季米尔·谢尔盖伊奇稍微挺了挺身子。

“我连一个诗人都不认识，而且，我得承认，我从来就没有想到要认识他们。”

“是的，您当然是一个着重实际的人。现在没有办法，只好用包德略科夫了。别的 jeune premier 还要坏。至少这个人会用死记的办法演他的角色。我们的玛莎，除了悲剧角色外，她还能够担任首席歌星……麦歇阿斯塔霍夫，您没有听见过她唱歌吗？”

“没有，”符拉季米尔·谢尔盖伊奇咧开嘴笑笑，回答道：“我还不知道……”

“今天你怎么啦，娜佳？”玛利雅·巴夫洛夫娜不大高兴地说。

娜杰日达·阿莱克山耶夫娜跳起来。

---

① 法语：先生。

“看上帝的份上，玛莎，你得给我们唱点什么，请吧……玛莎，宝贝儿，你不给我们唱歌，我不会让你安静的。我倒肯唱歌，招待客人，可是你知道，我的声音多难听。你瞧，我要是做你的伴奏，那多出色!”

玛利雅·巴夫洛夫娜不作声。

“我实在拿你没有办法,”她终于说了。“你像个宠坏了的孩子一样，习惯了只要有什么古怪念头，就要做到。好吧，我唱。”

“好啊，好啊,”娜杰日达·阿莱克山耶夫娜大声说道，就拍起手来。“先生们，请到客厅去吧。至于说到古怪念头,”她笑着加了一句,“我将来要跟你算账的。你怎么可以当着生人揭我的短处呢？叶戈尔·卡皮托内奇，玛特列娜·玛尔科夫娜也当着人这样使您难堪吗?”

“玛特列娜·玛尔科夫娜是一位最可尊敬的太太，只是态度……”叶戈尔·卡皮托内奇喃喃地说。

“好，来吧，来吧,”娜杰日达·阿莱克山耶夫娜打断了他的话，走进客厅去了。

大家跟在她后面。她甩掉帽子，坐在钢琴前面。玛利雅·巴夫洛夫娜站在墙边，离开娜杰日达·阿莱克山耶夫娜相当远的地方。

“玛莎,”她想了一会儿，说,“给我们唱《年轻农人在播种》① 吧。”

玛利雅·巴夫洛夫娜开始唱起来。她的声音清亮而有力，她唱得好极了——朴素，不做作。众人都聚精会神地听她唱歌，符拉季米

① 小俄罗斯民歌。小俄罗斯就是乌克兰。——译者注

尔·谢尔盖伊奇却无法掩饰他的惊奇。玛莉雅·巴夫洛夫娜刚刚唱完，他马上走到她面前，对她说：他怎么也没有想到……

“等一等，还要唱呢！”娜杰日达·阿莱克山耶夫娜打断了他的话。“玛莎，我会使你这个小俄人①的心灵欢乐的，现在给我们唱：《橡树林中的哗啦、哗啦声……》吧。”

“你真是小俄罗斯人吗？”符拉季米尔·谢尔盖伊奇问她。

“我生在小俄罗斯，”她回答，就唱起：“哗啦，哗啦……”来了。

一开始她只是淡漠地吐出歌词，可是她那故乡的凄切、热情的曲调渐渐地打动了她自己，她的脸颊发红，她的眼睛发光，她的声音越来越热烈。她唱完了。

“我的天！这支歌你唱得多么好，”娜杰日达·阿莱克山耶夫娜头俯在键盘上说。“多可惜，哥哥不在这儿！”

玛利雅·巴夫洛夫娜马上埋下了眼睛，脸上露出她平日那种苦笑。

“可是，你还得给我们再唱一首歌，”伊巴托夫说。

“是啊，要是您肯的话，”符拉季米尔·谢尔盖伊奇搭腔说。

“请原谅，我今天再不唱了，”玛利雅·巴夫洛夫娜说，便走出屋子去了。

娜杰日达·阿莱克山耶夫娜用眼光送她出去，自己沉思了一下，然后笑了一笑，用一根手指弹着《年轻农人在播种》，以后突然又弹起出色的波兰舞曲来了，不等到弹完，敲了一下高的和音，就砰的一声

---

① 原文在这里用了 хохлацкий，革命前俄罗斯人对乌克兰人的蔑称。——译者注

关上了钢琴盖，站起来了。

“可惜没有人跳舞，”她大声说，“这倒是跳舞的时候！”

符拉季米尔·谢尔盖伊奇走近她。

“玛利雅·巴夫洛夫娜的声音太好了，”他说，“她唱得多么有感情！”

“您喜欢音乐吗？”

“是啊……非常喜欢。”

“像您这样一个有学问的人，还喜欢音乐！”

“可是你怎么会当我是一个有学问的人呢？”

“哦，是啊，对不起，我完全忘记您是一个着重实际的人了，玛莎，这个人究竟到哪儿去了？请等一等，我去找她。”

娜杰日达·阿莱克山耶夫娜脚步轻快地跑出客厅去了。

“您已经看到，她是个轻浮的女子，”伊巴托夫走到符拉季米尔跟前说，“可是她的心地好极了。你简直想象不到她受过什么教育：她精通各国语言。唔，那当然啰，他们是有钱人。”

“是啊，”符拉季米尔·谢尔盖伊奇漫不经心地说，“一个很可爱的姑娘，但是，请问，您夫人也是小俄罗斯人吗？”

“先生，正是这样。我的亡妻跟她妹妹，玛利雅·巴夫洛夫娜一样，是小俄罗斯人，老实说，我妻子连发音都没有完全搞清楚；虽然她精通俄文，可是她还不能很好地表达她的意思；在她们那儿 и 读成了 ы，还有 хa 啊，还有 же 啊，都是特别的；就拿玛利雅·巴夫洛夫娜来说吧，她是在小时候就离开家乡的。可是她那小俄罗斯的血统还是完全看得出来的，我这句话对不对？”

“玛利雅·巴夫洛夫娜可真唱得好啊，”符拉季米尔·谢尔盖伊奇说。

“的确不坏。但是，为什么不给我们端茶来呢？小姐们到哪儿去了呢？该喝茶的时候了。”

小姐们并没有很快回来。就在这个时候，茶炊端上来了，喝茶的桌子也铺好了。伊巴托夫叫人去找她们。她们两个人一块儿来了。玛利雅·巴夫洛夫娜在桌子旁边坐下来倒茶，娜杰日达·阿莱克山耶夫娜却走到通平台的门口，望外面的花园。在光辉的夏日白昼之后，明朗而静穆的黄昏来了：晚霞在燃烧；广阔池塘的一半给霞光照得通红，它成了一面静止不动的镜子，在它暗银色的幽深的池心里，庄严地反映出整个深邃莫测的天空和变成黑色的树木、房屋的倒影。四周非常清静，到处都听不到一点声音。

“您瞧，多美啊，”符拉季米尔·谢尔盖伊奇走到娜杰日达·阿莱克山耶夫娜跟前，她便对他说，“在那边，池子底下，屋子里的灯光旁边，一颗星亮起来了；灯光是红的，星光是金的。奶奶从那儿来了。”她大声地接着说了这一句。

紫丁香花丛后面露出一辆有篷的小小四轮推车。两个人推着车子走。车子里坐着一个老妇人，她全身裹得紧紧的，驼背，弯腰，头垂到了胸前。她那白色小帽的帽檐把她憔悴、干瘪的小脸完全遮没了。推车在平台前面停住了。伊巴托夫走出了客厅，他的两个小女儿跟在他后面跑出去了。整个黄昏，他们就像小耗子似的，不断地在几间屋子里窜进窜出。

“祝您晚安，亲爱的妈妈，”伊巴托夫走到老妇人跟前，提高声音说。“您现在觉得怎么样?”

“我来瞧你们,”老妇人用含糊不清楚的声音费力地说。“你瞧,黄昏多么好。我睡了一整天,现在我的腿又痛起来了。啊,我的腿!不中用了,就是痛。”

“亲爱的妈妈,让我给您介绍我们的邻居,阿斯塔霍夫先生,符拉季米尔·谢尔盖伊奇。”

“我高兴极了,”老妇人一面说,一面用她那双又大又黑、但早已失去光泽的眼睛打量他。“希望您会喜欢我的儿子。他是一个好人;我尽可能使他多受教育;当然,我不过尽一个女人的本分罢了。他还有一点软弱,上帝保佑,他以后会变得坚强的,现在正是时候了;现在正是我把产业交给他的时候了。是您吗,娜佳?”老妇人看了娜杰日达·阿莱克山耶夫娜一眼,又接着说一句。

“是我,奶奶。”

“那么,玛莎在倒茶吗?”

“是啊,奶奶,她在倒茶。”

“那么,还有谁在这儿?”

“伊凡·伊利伊奇和叶戈尔·卡皮托内奇。”

“玛特列娜·玛尔科夫娜的丈夫吗?”

“是他,奶奶。”

老妇人嚼动着嘴唇。

“唔,好啦。但是,米夏①,我怎么也找不到村长;叫他明天一早

① 米哈伊尔的爱称。——译者注

到我那儿来，我有很多事情要找他办。我看，你们没有我真不成，什么事都搞不了。好吧，就这样吧，我累了，推我回去吧，您……再见啦，先生，我记不得您的名字和父名了，”她接着对符拉季米尔·谢尔盖伊奇说，“请原谅我这个老妇人。你们，小孙女们，不要送我走。用不着。你们就知道整天到处跑来跑去。坐下来，坐下来，温温功课，听见吗？玛莎宠坏了你们。走吧。”

老妇人费力地抬起来的头，又垂到胸前了……

推车动起来，慢慢地走开了。

“您母亲多大年纪?”符拉季米尔·谢尔盖伊奇问道。

“只有七十三岁，可是在二十六年前，她的腿就瘫了；这是先父死后不久的事情。她从前还是个美人呢。”

大家都不作声了。

娜杰日达·阿莱克山耶夫娜忽然打了一个哆嗦。

“这是什么，好像是一只蝙蝠飞过去了？啊，多可怕!”

她连忙走回客厅里去。

“我应该回家了，米哈伊尔·尼可拉伊奇，叫人给我备马吧。”

“我也该回家了，”符拉季米尔·谢尔盖伊奇说。

“您干吗要走呢?”伊巴托夫说。“您就在这儿过夜吧。娜杰日达·阿莱克山耶夫娜只有两维尔斯特的路程，您却要走整整十二维尔斯特。可是娜杰日达·阿莱克山耶夫娜，您也为什么忙着要走呢？等月亮吧，月亮马上要出来了。在月下骑马还可以亮些。”

“也好，”娜杰日达·阿莱克山耶夫娜说，“我好久没有在月光下骑马了。”

“那么，您愿意在这儿过夜吗?”伊巴托夫问符拉季米尔·谢尔盖伊奇。

“真的，我不知道，……不过，要是我不妨碍……”

“啊哟，怎么会呢，我马上叫人给您准备屋子。”

“不过在月光下面骑马，那才叫有意思呢，”蜡烛送来，茶一端上，伊巴托夫和叶戈尔·卡皮托内奇坐在一块儿玩“普列费伦斯”①，“滥好人”又默默地坐在他们的旁边，那个时候娜杰日达·阿莱克山耶夫娜说起话来了，“特别是经过树林，穿过榛树丛中的时候。真叫人感到又害怕，又愉快，还有光和影又是怎样奇异地变幻着——这一切会使你觉得，有人悄悄地在你前后走路似的……”

符拉季米尔·谢尔盖伊奇殷勤地张开嘴笑了笑。

“还有一件事，”她继续说，“您有没有在温暖、宁静的黑夜里，在树林附近坐过呢？那个时候，我觉得，我老是听到有两个人在我后面，在我附近，而且就在我耳跟前，声音很小、热烈地在辩论。”

“这是血液在跳动，”伊巴托夫说。

“您讲得真有诗意，”符拉季米尔·谢尔盖伊奇说。

娜杰日达·阿莱克山耶夫娜看了他一眼。

“您这样想吗？……要是照您所说那样，我的描写就不会讨玛莎喜欢了。”

“为什么？难道玛利雅·巴夫洛夫娜不喜欢诗吗?”

“不喜欢，她认为诗全是编出来的，全是不真实的，所以她不喜

① 纸牌游戏之一种。——译者注

欢它。”

“好古怪的挑剔!”符拉季米尔·谢尔盖伊奇大声说。“编出来的!怎么能够不是这样的呢?著作家除了创造,还干什么呢?”

“啊,真是的,你说得对;不过,您不是不喜欢诗吗?”

“正相反,我喜欢好诗,要是它们真是好诗,韵律优美的诗,可是我怎么说好呢,它们就会把意境、思想表达出来……”

玛利雅·巴夫洛夫娜站起来了。

娜杰日达·阿莱克山耶夫娜连忙掉转身向着她。

“玛莎,你到哪儿去?”

“带孩子们睡觉去。快九点了。”

“难道你不在,她们就不能睡?”

可是玛利雅·巴夫洛夫娜拉着孩子们的手,跟她们一块儿走了。

“她今天心情不好,”娜杰日达·阿莱克山耶夫娜说,“我知道为什么缘故,”她小声地加了一句。“不过,这会过去的。”

“请问,”符拉季米尔·谢尔盖伊奇说,“您打算到哪儿去过冬天?”

“也许在这儿,也许到彼得堡去,我觉得,在彼得堡我会感到寂寞的。”

“哎呀!在彼得堡会感到寂寞!这怎么可能呢?”

于是符拉季米尔·谢尔盖伊奇开始讲起首都生活的种种舒适,好处和可爱的地方。娜杰日达·阿莱克山耶夫娜聚精会神地听他说话,她的眼睛一直望住他。她似乎在研究他的面貌,有时候暗自笑了笑。

“我看,您很会说话呢,”她后来说,“我不得不在彼得堡过冬了。”

“您不会后悔吧,”符拉季米尔·谢尔盖伊奇说。

“我对任何事情从来不后悔：这是不值得费精神的。要是你做了傻事情，最好是赶快把它忘掉——这就完了。”

符拉季米尔·谢尔盖伊奇稍微沉默了一会儿，又用法文问道：“请问您认识玛利雅·巴夫洛夫娜很久了吗？”

“请问，”娜杰日达·阿莱克山耶夫娜马上含笑地反问道，“为什么您问我这句话要讲法文呢？”

“这个……没有什么特别理由……”

娜杰日达·阿莱克山耶夫娜又微微地笑了笑。

“不，我认识她没有多久。她是一个出色的姑娘，不是吗？”

“她很有个性，”符拉季米尔·谢尔盖伊奇低声说。

“啊——在您的嘴里，在一个着重实际的人嘴里这就是夸奖吧？我不这样想。也许，您会以为我也很有个性吧？”她从座位上站起来，望了望开着的窗，接着说：“不过月亮应该出来了。月光已经照在白杨树梢了。我该走了……我去叫人给我把‘小美人’备好。”

“小姐，马早已备好了，”娜杰日达·阿莱克山耶夫娜的听差说，他从花园的阴影里出来，走到平台上一段光亮的地方。

“哦！唔，那太好了！玛莎，你在哪儿呀？来跟我说再见吧。”

玛利雅·巴夫洛夫娜从隔壁屋子里走了出来，玩牌的先生们都站起来了。

“那么，您就要走了吗？”伊巴托夫说。

“要走了，到时候了。”

她走到通花园的门口。

“多好的夜晚啊！”她大声说。“走近一点，把您的脸伸给它；您感觉到它好像在呼吸吗？真是好香啊！一切的花朵现在全醒过来了。它们醒过来了——可是我们却要去睡觉了……啊，玛莎，顺便提一句，”她接着又说，“啊，我已经告诉了符拉季米尔·谢尔盖伊奇，说你不喜欢诗。现在，再见吧……他们把我的马牵到这儿来了……”

她很快地就跑下平台的台阶，敏捷地登上马鞍，说一句：“明儿见!”于是用马鞭子打一下马的颈项，向堤岸跑去了……听差骑着马跟在她后面跑。

所有的人都望着她的背影。

“明儿见!”白杨树后面又一次传来她的声音。

在宁静的夏夜里，好一阵都听得见马蹄声。后来伊巴托夫提议大家回到屋子里去。

“外面真是太好了，”他说，“不过，我们还得打完牌。”

大家都同意他的话。符拉季米尔·谢尔盖伊奇问起玛利雅·巴夫洛夫娜，为什么她不喜欢诗。

“我不喜欢诗，”她勉强地答道。

“但是您，也许没有念过多少诗吧。”

“我自己没有念过诗，可是别人念给我听过。”

“难道您连一首喜欢的诗也没有?”

“一首也没有。”

“连普希金的诗吗?”

“连普希金的诗。”

“为什么?”

玛利雅·巴夫洛夫娜没有回答，可是坐在椅子上的伊巴托夫转过头来，带着温和的笑容说，她不但不喜欢诗，连糖也不喜欢，总之，凡是甜的东西她都受不了。

“可是您要知道，有的诗也并不是甜蜜的啊，”符拉季米尔·谢尔盖伊奇反驳道。

“有例子吗?”玛利雅·巴夫洛夫娜问他道。

符拉季米尔·谢尔盖伊奇搔了搔他的耳朵背后……他自己记得的诗也很少，尤其是不算甜蜜的诗。

“啊，有了，”他后来大声说，“您知道普希金的《安楂树》① 吗?不知道吧？这首诗可不能算是甜蜜的吧。”

“请您念一遍，”玛利雅·巴夫洛夫娜说，就埋下头去。

符拉季米尔·谢尔盖伊奇先望望天花板，皱皱眉头，自己哼了两声，然后就念起《安楂树》来了。

听了最初四行诗以后，玛利雅·巴夫洛夫娜慢慢地抬起眼睛来，在符拉季米尔·谢尔盖伊奇念完这首诗的时候，她又那样慢慢地说话了：

“请再念一遍吧。”

“那么，这首诗真的叫您喜欢吧?”符拉季米尔·谢尔盖伊奇问。

“请再念一遍。”

符拉季米尔·谢尔盖伊奇又念了一遍《安楂树》。玛利雅·巴夫洛

---

① 安楂树是一种马来亚群岛的热带植物，它有极毒的白脂，用作毒箭。普希金在一八二八年写这首诗。诗的内容：一个国王命令他的一个奴隶去取安楂树上的树脂和枝叶，奴隶知道有生命危险，但终于把树枝折了回来，接着就倒在地上死了。——译者注

夫娜站起来，走到隔壁屋子里去，拿了一张纸，一瓶墨水，一支笔回来。

“请您给我把这首诗抄下来吧，”她对符拉季米尔·谢尔盖伊奇说。

“好，高兴极了，”他回答道，就开始抄起来，“不过，我得承认，我奇怪，为什么这首诗能够使您这样喜欢。我念这首诗，也只是向您证明，并非所有的诗都是甜蜜的。”

“我也承认！”伊巴托夫嚷道。“伊凡·伊利伊奇，你觉得这首诗怎么样？”

伊凡·伊利伊奇照他平常那样，只是看看伊巴托夫，并不作声。

“这儿，小姐，——写完啦，”符拉季米尔·谢尔盖伊奇一面说，一面在诗的最后一行末尾标上一个惊叹号。

玛利雅·巴夫洛夫娜谢了他，拿着这张写了诗的纸回到自己的屋子去了。

过了半点钟，开晚饭了。再隔一小时，各人都回到自己的屋子去了。符拉季米尔·谢尔盖伊奇一再找玛利雅·巴夫洛夫娜讲话，可是很难跟她谈下去，他讲的那些故事仿佛都不太引起她的兴趣似的。他躺在床上以后，好久都在想她和娜杰日达·阿莱克山耶夫娜。不过，要是他的邻居，叶戈尔·卡皮托内奇不妨碍他的话，那么，他多半很快就睡着了。玛特列娜·玛尔科夫娜的丈夫脱光了衣服，躺在床上，还跟他的仆人谈了很久的话，句句都在教训仆人。他每一句话都清清楚楚地传到符拉季米尔·谢尔盖伊奇的耳朵里来：他们的屋子就只隔了一层薄薄的板壁。

“你把蜡烛举到胸前，”叶戈尔·卡皮托内奇抱怨地说，“你这样举着，我才可以看到你的脸。你把我磨老了，磨老了，你这个没有良心的人，你把我磨得完全老了。”

“哎呀，可是我怎么会把您磨老呢，叶戈尔·卡皮托内奇?”仆人的含糊不清、带瞌睡的声音在说。

“怎么? 我告诉你怎么吧。我跟你说过多少次了，我跟你说：‘米特加，你跟我到哪儿去作客的时候，每种衣服都要带两套，特别……’把蜡烛举到胸前呀……‘特别是内衣。’可是今天你给我办了些什么呢?”

“什么，老爷?”

“‘什么，老爷?’明天我穿什么呀?”

“就穿今天那一身呀，老爷。”

“坏蛋，你把我磨老了，磨老了。我今天已经热得不知道怎么办了。把蜡烛举到你胸前。我跟你说，老爷跟你说话的时候，可不能打瞌睡呀。”

“可是，老爷，玛特列娜·玛尔科夫娜也说带够东西了，她说，您老是带这一大堆东西干什么。只是白白把衣服磨坏罢了。”

“玛特列娜·玛尔科夫娜……难道这是女人管的事吗? 你们把我磨老了。啊，你们把我磨老了!”

“可是雅希姆也是这样说的，老爷。”

“你说什么?”

“我说雅希姆也是这样说的，老爷。”

“雅希姆! 雅希姆!”叶戈尔·卡皮托内奇带着责备的口气说了两遍。“你们这些该死的东西，真把我磨老了，连俄国话也讲不好。雅希姆，雅希姆是哪一个人呀？叶菲姆，那么，不管怎么样，还能说得过去呀；因为真正的希腊名字是叫叶夫菲米依，你明白我的话吗？把蜡烛举到胸前……要是缩短的话，也还可以叫叶菲姆，可是怎么也不会是雅希姆的呀。”叶戈尔·卡皮托内奇又念一遍：“雅希姆！”而且把“雅”字念得很重。“你们把我磨老了，你们这些坏蛋。把蜡烛举到胸前呀！”

不管符拉季米尔·谢尔盖伊奇怎样叹气，咳嗽，或者做出别的受不了的表示，可是叶戈尔·卡皮托内奇还是继续把他的仆人教训了很久。

他终于打发走了米特加，睡着了；可是对符拉季米尔·谢尔盖伊奇说来，这并没有使他好受一点：叶戈尔·卡皮托内奇的鼾声是那么响亮，又那么沉厚；它带着一种从最高音转到最低音、那么好玩的变化，又带着一种口哨声，甚至是一种咔嚓似的声音，仿佛连板壁也颤动着给它在伴奏了；可怜的符拉季米尔·谢尔盖伊奇几乎要哭出来了。他住的那间屋子非常闷热，床上的鸭绒褥子把他的整个身子包裹在越来越厉害的热气里面。

后来，符拉季米尔·谢尔盖伊奇没有办法，只好起来，打开窗，贪婪地呼吸着夜晚芬香的清凉空气。窗下便是花园；天空明亮；满月圆圆的脸庞一会儿很清楚地反映在池塘上，一会儿又伸展成长长一道慢慢地在变幻的、灿烂的金光。符拉季米尔·谢尔盖伊奇看到花园里一条小径上有一个穿女人衣服的身形；他注意地看：这是玛利雅·巴夫洛夫娜；在月光下，她的脸色显得很苍白。她一动也不动地站在那儿，突然间讲起话来了……符拉季米尔·谢尔盖伊奇小心地伸出头去……

然而，人却能以威严的眼光

把另一个人差到安楂树那里……

传到他耳朵来了……

“怎么的，”他想，“可以看出这首诗发生效力了……”

他加倍注意地听下去……可是玛利雅·巴夫洛夫娜马上闭了嘴，回过脸来，正好对着他；他认得出来她那对黑黑的大眼睛和严肃的眉毛同嘴唇……

突然间，她打了一个哆嗦，转过身去，走进茂密的高高的金合欢树投下的阴影里不见了。符拉季米尔·谢尔盖伊奇还在窗前站了好久，可是后来也上床睡了，不过他没有很快睡着。

“一个多么古怪的女人，”他一面想，一面在床上翻来覆去，“别人说，外省没有什么特殊的……那也不全是这样！多么古怪的女人！明天我去问她，她在花园里干什么来着。”

叶戈尔·卡皮托内奇还是像先前那样地打鼾。

3

第二天早晨符拉季米尔·谢尔盖伊奇起来很迟，他在饭厅里喝过茶，用过早点以后，不管伊巴托夫老头儿怎样地挽留他，他还是坐马车回家结束田庄上的事情去了。喝茶的时候，玛利雅·巴夫洛夫娜也在；可是符拉季米尔·谢尔盖伊奇认为没有必要去问她昨晚深夜散步的事情；他是属于那种人，任何不寻常的思想或者推测都很难叫他接连花两天的功夫。他勉强地谈论了诗，可是那种所谓“诗意”的心情很快就叫他厌倦了。在午餐①前那一大段时间他都在田里度过，吃饭的时候，他的胃口好极了。他又小睡了一会儿，醒来以后，他勉强拿起村司书的账本来查账。但是他还不曾看完第一页，就叫人弄好他的四轮马车，跑到伊巴托夫村去了。显而易见，就是注重实际的人，也并未长得有铁石心肠，他们跟其余的寻常人一样，不喜欢寂寞、沉闷。

车子到堤上的时候，他听到了人声和音乐声。伊巴托夫家里，大家正在合唱俄罗斯歌曲。他早晨分别的那些人现在他又在平台上全看到了；他们，连娜杰日达·阿莱克山耶夫娜也在内，坐成一个圆圈，一个三十二岁光景的皮肤黝黑、黑头发、黑眼睛的男人坐在当中，这个人穿一件天鹅绒短上衣，脖子上松松地围上一条红色领巾，两手抱着一只吉他。他就是彼得·阿莱克山耶维奇·威列季叶夫，娜杰日达·阿莱克山耶夫娜的哥哥。伊巴托夫老头儿看见符拉季米尔·谢尔盖伊奇，就发出快乐的叫声，走过去迎接他，把他引到威列季叶夫跟前，给他们介绍。阿斯塔霍夫跟他的新朋友交谈了几句通常的客套话，然后向威列季叶夫的妹妹恭敬地鞠了一个躬。

“符拉季米尔·谢尔盖伊奇，我们正按照乡下的规矩唱歌，”伊巴托夫说。他又指着威列季叶夫说：“彼得·阿莱克山伊奇是我们合唱队的领唱者——他是怎么样的领唱者啊！您请听吧。”

“这太高兴了，”符拉季米尔·谢尔盖伊奇回答道。

---

① 俄国人普遍在下午两三点钟用午餐，这是一天里最丰盛的一餐，也可以译作正餐，和我国午餐时间不同。——译者注

“您不愿意加入合唱队吗?”娜杰日达·阿莱克山耶夫娜问他。

“我倒是万分愿意的，只是我没有嗓子。”

“这不成问题，您瞧，叶戈尔·卡皮托内奇也在唱，我也在唱。这只要跟着唱就成了。请坐下吧。哥哥，那么你开始吧。”

“现在我们唱哪一支歌呢?”威列季叶夫一面说，一面拨弄着琴弦；他突然停止了，望了望坐在他旁边的玛利雅·巴夫洛夫娜。“我觉得，现在轮到您了。”他对她说。

“不，您唱吧，”玛利雅·巴夫洛夫娜回答。

“这儿有一支歌：《向亲爱的母亲伏尔加河的下游》，”符拉季米尔·谢尔盖伊奇郑重其事地说。

“不，这支歌我们留着最后唱，”威列季叶夫一面回答，一面拨动琴弦，开始缓缓地唱起了《太阳落下去》①。

他唱得真好，又生动，又快乐。在他唱歌的时候，他那本来就善于表情的带英雄气概的脸变得更加生气勃勃了；他不时耸一耸肩膀，忽然又用手掌心按住琴弦，举起一只胳膊，甩了甩鬈发，用鹰似的骄傲的眼睛望望四周。他在莫斯科见过那个出名的伊利雅②不止一次，他在摹仿他。合唱的歌声协调地跟随着他。玛利雅·巴夫洛夫娜的声音在所有其他的声音中间响亮地突出来；它似乎在领着其他的声音跟它唱；可是她不肯一个人独唱，一直到末了，还是由威列季叶夫领唱。

---

① 这支歌在当时流传很广，十八世纪末叶歌词诗人斯·米特罗法诺夫作。——译者注

② 出名的伊利雅，茨冈人伊利雅·索科洛夫，茨冈“索科洛夫合唱队”的领队者。一八二〇至一八四〇年之间，这个合唱队在莫斯科负盛名。——译者注

他们还唱了不少别的歌……

这个时候，黄昏已近，一场大雷雨就要跟着来了。从中午起，天气就热得人透不过气来，远处隆隆的雷声不绝；大片浓密的黑云早先就横在远远的天边，像铅色的幕布一样，现在它开始扩大了，而且在树梢上出现了，闷热的空气受到快要到来的大雷雨愈来愈强烈的震动，开始更加显著地颤抖起来了；刮起了风，一下子吹得树叶发出沙沙的声音，后来又停息了，然后又接连地响着，吼着。幽暗降临大地了，迅速地赶走了落日最后的霞辉；浓密的云仿佛得到了自由似的，突然浮动起来，飘过了天空；雨点落下来了，闪电突然间亮起一道红光，雷声沉重地、愤怒地滚滚而来了。

“我们进去吧，”伊巴托夫老头儿说，“要不然，一身都会湿透的。”

大家都站起来。

“马上就进去，”威列季叶夫大声说；“还有最后的一支歌。请听：

“啊，你，我的门厅
我的新门厅……”

他高声唱起来，一面用他整个的手迅速地拨弄琴弦。“枫木的新门厅啊，”合唱队跟着唱起来，他们仿佛不由自主地给它迷住了。差不多就在这个时候，倾盆大雨落下来；然而，威列季叶夫还是把歌唱完了。豪迈的歌声时时给雷声压下去，但是它在喧响的、淅沥的雨声下面好像反而显得更加豪迈了。合唱队终于唱出了最后一个高音——所有的人哈哈笑着跑进了客厅。小姑娘们，伊巴托夫的女儿们抖掉衣服上雨点的时候，特别笑得厉害。不过，伊巴托夫为了谨慎小心，关上了门和窗，叶戈尔·卡皮托内奇一面夸奖他，一面就说，玛特列娜·玛尔科夫娜遇到大雷雨的时候，总是也叫人关上所有的门和窗的，因为在空隙的地方电更能发生作用。包德略科夫望着他的脸，退到一边，碰翻了一把椅子。他常常要闹出这样的小乱子。

大雷雨很快地过去了。门和窗又都打开来，于是屋子里充满了潮湿的香味。茶端进来了。用过了茶，老年人又坐下来打纸牌。伊凡·伊利伊奇又照常坐在他们的旁边看牌。玛利雅·巴夫洛夫娜同威列季叶夫一起坐在窗前，符拉季米尔·谢尔盖伊奇正要走到她面前去，娜杰日达·阿莱克山耶夫娜却把他叫去了，马上跟他热烈地谈起彼得堡和彼得堡的生活来。她很不满意彼得堡的生活，符拉季米尔·谢尔盖伊奇却替这种生活辩护。娜杰日达·阿莱克山耶夫娜好像极力要把他留在她的身边似的。

“你们在争论什么呢?”威列季叶夫问道，就站起来朝他们走过去。

他懒散地摇摇摆摆走着；在他所有的动作中，露出一种不知道是冷漠，还是疲乏的样子。

“还是在谈彼得堡，”娜杰日达·阿莱克山耶夫娜答道。“符拉季米尔·谢尔盖伊奇对它赞不绝口。”

“很好的城市，”威列季叶夫说；“不过在我看来，到处都是好地方，真是这样。只要那儿有两三个女人，还有请原谅我的直爽——酒，真的，人还需要别的什么呢!”

“这叫我吃惊了，”符拉季米尔·谢尔盖伊奇答道；“难道您真的有这样的意见，认为一个有教养的人就不需要别的什么吗？……”

“也许，——真的……我同意您的说法，”威列季叶夫打断了他的话，虽然威列季叶夫很有礼貌，但是有一种不听完别人的反对意见的习惯，“不过，这不是我的本分，我不是哲学家。”

“可是我也不是哲学家，”符拉季米尔·谢尔盖伊奇答道；“而且我一点也不想做哲学家；不过现在谈的完全是另外一回事……”

威列季叶夫心不在焉地望着他的妹妹，可是她却微微含笑地向他俯过去，小声对他说：

“彼得鲁莎，亲爱的……请你给我们学学叶戈尔·卡皮托内奇的样子。”

威列季叶夫的脸马上改变了，天晓得，真古怪，这张脸变得跟叶戈尔·卡皮托内奇的脸很相像了，尽管他们两个人的容貌没有一点相似的地方，而且威列季叶夫自己也只是皱皱鼻子，垂下嘴角。

“当然，”他用完全像叶戈尔·卡皮托内奇的声音，小声地说，“玛特列娜·玛尔科夫娜是一个态度严厉的太太；然而她是一个模范的妻子。真的，不管我说了什么话……”

“比留列夫家小姐们全知道了，”娜杰日达·阿莱克山耶夫娜插嘴说，她几乎忍不住大笑了。

“第二天，她们全知道了，”威列季叶夫答道，他做出一副那么可笑的、不自在的面孔，又带着一种那么惶惑不安的神情瞟人，连符拉季米尔·谢尔盖伊奇也大笑起来了。

“我看，您很有摹仿的才能，”他说。

威列季叶夫用手摸了摸脸，他的面容恢复了本来的样子，娜杰日达·阿莱克山耶夫娜却大声说：

“哦，是啊！他要学哪一个人就准能学像……他很有摹仿的才能呀。”

“那么譬如说，您能够摹仿我吗?”符拉季米尔·谢尔盖伊奇问道。

“那还用说!”娜杰日达·阿莱克山耶夫娜答道。“他当然能够。”

“啊，劳驾，请您摹仿我吧，”阿斯塔霍夫转过去对威列季叶夫说。“您不要拘礼呀。”

“您真的就相信她?”他微微眯缝起一只眼睛，回答道；他的声音里已经有阿斯塔霍夫的腔调，但是它是那么隐约，又那么细致，这只有娜杰日达·阿莱克山耶夫娜一个人听得出来，她连忙咬紧嘴唇。“请您不要信她的话，要不，她还要跟您说许多我的事呢。”

“要是您知道，他是一个多么了不起的演员就好了，”娜杰日达·阿莱克山耶夫娜继续说下去，“他能够演各式各样的角色。演得好极了！他是我们的导演，我们的提词人，而且我们需要他做什么，他就会做什么。可惜您就要走了。”

“妹妹，你的偏爱把你的眼睛迷住了，”威列季叶夫声音严肃地说，但是他仍然带得有阿斯塔霍夫的腔调。“阿斯塔霍夫先生会把你当成什么人呢？他要把你看成小城市的女人了。”

“怎么会呢……”符拉季米尔·谢尔盖伊奇刚开始说。

“彼得鲁莎，听我说，”娜杰日达·阿莱克山耶夫娜打岔道，“请你给我们表演一个醉汉怎么也不能够从口袋里掏出手绢来，不，还是学一个男孩在玻璃窗上抓苍蝇，苍蝇又怎样在他的手指底下嗡嗡地叫。”

“你简直是一个孩子!”威列季叶夫答道。

然而他还是站起身来，走到窗前（玛利雅·巴夫洛夫娜正坐在这面窗旁边），伸手到玻璃窗上去，做出小孩捉苍蝇的动作。他学苍蝇悲惨的嗡嗡声，学得真像。仿佛在他的手指底下真有一只活苍蝇似的。

娜杰日达·阿莱克山耶夫娜大笑起来，渐渐地屋子里所有的人都笑了。只有玛利雅·巴夫洛夫娜一个人的脸色不变，连她的嘴唇都没有动一下。她垂下眼睛坐在那儿。后来，她抬起了眼睛，庄重地望着威列季叶夫，低声说：

“你倒甘愿做丑角。”

威列季叶夫马上转过身离开窗前，在屋子中央稍微站了一下，就走到平台上去，从那里又走到已经完全黑暗的花园里去了。

“这个彼得·阿莱克山伊奇真是个有趣的人！”叶戈尔·卡皮托内奇一面大声说，一面打出一张王牌“七”，去打别人的“A”了。“的确是一个有趣的人。”

娜杰日达·阿莱克山耶夫娜站起来，赶快走到玛利雅·巴夫洛夫娜的身边，轻轻地问她：

“你对哥哥说了什么？”

“没有什么，”她回答。

“怎么会没有什么，不可能。”

稍稍待了一回，娜杰日达·阿莱克山耶夫娜说：“我们走吧，”她拿起玛利雅·巴夫洛夫娜的手，强拉她站起来，跟她一起走到花园里去了。

符拉季米尔·谢尔盖伊奇带了点迷惑不解的神情，望着那两个年轻女子走到花园里去。不过，她们也没有出去多久；过了一刻钟，她们就回来了，彼得·阿莱克山耶维奇也跟她们一块儿回来。

“多么美好的夜晚！”娜杰日达·阿莱克山耶夫娜一进来，就嚷道。“园子里真好！”

“哦，是的，顺便提一句，”符拉季米尔·谢尔盖伊奇说，“玛利雅·巴夫洛夫娜，我想问您一句话，我昨天晚上看见在花园里的人，是不是您?”

玛利雅·巴夫洛夫娜迅速地望了一下他的眼睛。

“还有，我听到，您是在朗诵普希金的《安楂树》吧。”

威列季叶夫微微皱了皱眉头，也在望着阿斯塔霍夫。

“的确是我，”玛利雅·巴夫洛夫娜说，“只是我并没有朗诵什么诗，我从来不朗诵诗的。”

“也许是我的错觉，”符拉季米尔·谢尔盖伊奇说，“但是……”

“是您的错觉，”玛利雅·巴夫洛夫娜冷冷地说。

“这《安楂树》是什么呢?”娜杰日达·阿莱克山耶夫娜问道。

“您还不知道吗?”阿斯塔霍夫反问，“普希金的诗：‘在贫瘠、不毛的土壤上’①，您不记得了吗?”

“我不记得了……这安楂树是毒树吧。”

“是的。”

“像曼陀罗华②一样……玛莎，你记得吗，我们露台上的曼陀罗华，在月光下，开着长长的白花，它多美啊。你记得吗，它发出多么甜，多么讨人喜欢，又多么狡猾的香味?”

“狡猾的香味!”符拉季米尔·谢尔盖伊奇嚷了起来。

“是的，狡猾的。您为什么惊讶呢？人们说，它是危险的，又能诱

---

① 指《安楂树》诗的第一行，但普希金的原诗是“在贫瘠、不毛的荒野上”，而不是“在贫瘠、不毛的土壤上”。——译者注

② 有毒的草本植物，学名 датура．——译者注

惑人。为什么有毒的东西能够诱惑人呢？有毒的东西就不应当好看。”

“真是妙论啊！”彼得·阿莱克山耶维奇说。“我们扯得离诗有多远了！”

“昨天晚上，我对玛利雅·巴夫洛夫娜背过这首诗，”符拉季米尔·谢尔盖伊奇接口说，“她非常喜欢它！”

“啊，请您念一遍吧，”娜杰日达·阿莱克山耶夫娜说。

“可以，小姐。”

阿斯塔霍夫就开始背起《安楂树》来。

“太夸张了，”符拉季米尔·谢尔盖伊奇一念完，威列季叶夫马上好像不满意地说。

“这首诗太夸张了吗？”

“不，不是指诗……请您原谅我，我觉得您念得不够自然。事情是很明白的。不过，我可能错了。”

“不，你并不错，”娜杰日达·阿莱克山耶夫娜故意慢吞吞地说。

“哦，是的，这是人人都知道的，在你的眼睛里，我是一个天才，是一个很有才能的人，无所不知，无所不能，不过可惜他太懒了。不对吗？”

娜杰日达·阿莱克山耶夫娜只是摇摇头。

“我不跟您争论，您应该比我更懂得诗，”符拉季米尔·谢尔盖伊奇说，他有些不乐意了。“我是门外汉。”

“我错了，原谅我，”威列季叶夫连忙说。

这个时候，牌局结束了。

“哦，我顺便说，”伊巴托夫站起来说；“符拉季米尔·谢尔盖伊奇，一个本地的绅士，一个很好、很可尊敬的先生——我们邻居，阿基林先生，加夫利拉·斯捷巴内奇·阿基林托我来邀请您，参加他的舞会，您肯不肯赏光呢？我这样说，也只是为了好听罢了。我说舞会，其实不过是普通晚会带跳舞，并没有什么礼节。他本来要亲自来看您，可是他又害怕会打扰您。”

“我非常感谢那位绅士先生，”符拉季米尔·谢尔盖伊奇答道，“不过，我一定得回家去了……”

“可是，您以为这个舞会在哪天呢？舞会就在明天。明天是加夫利拉·斯捷巴内奇的命名日。多耽搁一天不算什么，可是您会使他多么高兴啊！而且离这儿也不过十个维尔斯特的路。要是您愿意，我们就陪您一块儿到那儿去。”

“真的，我不知道，”符拉季米尔·谢尔盖伊奇说，“您去吗？”

“我们全家都去！还有娜杰日达·阿莱克山耶夫娜，还有彼得·阿莱克山伊奇，大家都去！”

“要是您愿意，您现在就可以请我跳第五次的四组舞，”娜杰日达·阿莱克山耶夫娜说。“前四次已经有人约好了。”

“您太好了，不知道有没有人邀请您跳玛茹尔加舞①？”

“我？让我回想一下……不，好像还没有人邀请我。”

“那么，要是您肯的话，我希望有这个荣幸……”

“这意思说，您是肯去啦？好极了。可以的。”

“太好啦！”伊巴托夫嚷道。“唔，符拉季米尔·谢尔盖伊奇，领您

① 波兰舞曲。——译者注

的情了。加夫利拉·斯捷巴内奇简直要高兴极了。伊凡·伊利伊奇，是不是这样?”

伊凡·伊利伊奇本来想照他平日的习惯不说话，但是他以为还是发个赞同的声音好些。

“你何苦呢，”一个钟头以后，彼得·阿莱克山耶维奇跟他妹妹一起坐在他亲自驾驶的双轮轻马车上，对他妹妹说，“你何苦跟这个板面孔的人跳玛茹尔加舞呢?”

“我有我自己的打算，”娜杰日达·阿莱克山耶夫娜答道。

“请问什么打算?”

“这是我的秘密。”

“嘿!”

马开始竖耳朵，打响鼻，不听指使了。他用鞭子轻轻地抽它。高大的柳树丛映在大路上的影子，使马受了惊。

“那么，你要跟玛莎跳这个舞吗?”轮到娜杰日达·阿莱克山耶夫娜来问她哥哥了。

“是的，”他不感兴趣地说。

“是的!是的!”娜杰日达·阿莱克山耶夫娜责备地念着他的话。“你们这种男人呀，”她停顿了一下，又接着说，“实在不配得到正派女子的爱情。”

“你这样想吗?好吧，那么这个人，这个板面孔的彼得堡人，他就配吗?”

“比你配些。”

“原来这样!”

彼得·阿莱克山耶维奇叹一口气，念起来：

多叫人操心呀，天老爷，

做……一个成年妹妹的哥哥①!

娜杰日达·阿莱克山耶夫娜笑起来了。

“我的确给你添了好多麻烦。不过你倒真叫我操心。”

“真的吗？——这个我连猜也没有猜到。”

“我不是说玛莎……”

“究竟指什么呢?”

娜杰日达·阿莱克山耶夫娜的脸上露了一点痛苦的表情。

“你自己知道，”她轻轻地说。

“哦，我明白了。怎么办呢，小姐，娜杰日达·阿莱克山耶夫娜？我就爱跟好朋友喝酒，小姐，我是个堕落的人；小姐，我就是爱喝酒呀。”

“够了，哥哥，请不要这样说……这不是在开玩笑啊。”

“脱南、脱南、搭、砰，”彼得·阿莱克山耶维奇含糊不清地哼着。

“这会毁掉你的，可是你却在开玩笑……”

“年轻农人种麦子，他的老婆脸飞红……”彼得·阿莱克山耶维奇大声唱道。他用缰绳打了一下马，马就跨着大步跑起来了。

---

① 威列季叶夫戏谑地改变了格利包耶陀夫（1795—1829）著名喜剧《聪明误》第一幕末尾，法穆索夫的感叹。原文是：“多叫人操心呀，天老爷，做一个成年女儿的父亲!”——译者注

4

威列季叶夫回到家，没有脱衣服就睡了，过了两个钟头的光景，天刚刚发白，他已经离开家了。

从他的庄园去伊巴托夫村的半路上，在一个宽阔峡谷的悬崖边上，有一片未经砍伐过的小白桦树林①。小树长得很密，它们整齐的树干还没有挨过斧头，它们新绿的嫩叶投射下一片并不浓密、却几乎是连着的阴影，落在软软的柔草上，那里到处点缀着金凤花的金头，野风轮子的小白点，和野石竹深红色十字形小花。初升的太阳发出了强烈而不耀眼的光辉，渲染了整个树林，露珠在四处闪光，到处都看得见大颗的露珠突然变得又亮又红；万物都在发散清新的、生命的气息和清晨最初一刻的纯洁的庄严，那个时候一切都已经那么明亮，然而还是那么沉静。只听得见远处田野上云雀清脆的叫声，这个林子里还有两三只小鸟安闲地在试着唱出短短的歌，然后仿佛又在倾听它们歌声的效果似的。潮润的大地上发出来一种健康而浓郁的香气，清澄的空气里吹起了一阵一阵的凉风。万物都在发散早晨——光辉的夏日早晨的气息，万物都露出了早晨的笑靥，就好像刚刚睡醒小孩的洗过的玫瑰色小脸。

离峡谷不远，在林间小草地的当中，威列季叶夫坐在一件铺在地上的斗篷上面，玛利雅·巴夫洛夫娜站在他旁边，两只手抄在背后，

---

① 原文是 Заказ，指禁止砍伐的、未长大的树林。——译者注

身子靠在一棵白桦树上。

他们两个都不作声。玛利雅·巴夫洛夫娜凝神地望着远方；她的白头巾从头上滑到肩膀上来了；微风轻轻地吹起她匆匆梳好的发梢。威列季叶夫俯着身子坐在那儿，用一根嫩树枝敲着青草。

“那么，”他终于开口说了，“您是跟我生气吗?”

玛利雅·巴夫洛夫娜不作声。

威列季叶夫看了看她。

“玛莎，您生气了吗?”他又说了一遍。

玛利雅·巴夫洛夫娜很快地瞥了他一眼，微微转过头去，说：

“是的。”

“为什么?”威列季叶夫问道，就把树枝丢开了。

玛利雅·巴夫洛夫娜又不作声了。

“不用说，您的确有权利跟我生气，”威列季叶夫沉默了一下，又说。“您一定要把我看做不单是轻浮，而且还是……”

“您不了解我，”玛利雅·巴夫洛夫娜打岔道。“我一点都不是为着我自己跟您生气的。”

“那么为谁呢?”

“为着您本人。”

威列季叶夫抬起头来，笑了。

“啊！我明白了!”他说。“又来了！又是这个思想在折磨您了：为什么我不让自己搞出一番事业来呢？您知道什么吗，玛莎，您真是一个了不起的人；老实说，您是这样的。您替别人想得那么多，替自己又想得那么少。您没有一点自私自利的思想，真的，完全没有。在这个世界上，找不出第二个像您这样的姑娘了。只是可惜我完全不值得您爱，我并不是说着好玩的。”

“这样说来您倒更糟了。您自己也感觉到，却什么也不做。”

威列季叶夫又笑起来了。

“玛莎，请您把您背后的手伸过来，给我，”他轻言细语、讨好地说。

玛利雅·巴夫洛夫娜只是耸耸肩膀。

“请把您美丽而纯洁的手伸给我，我要又尊敬、又温柔地吻吻它，就像一个浮躁的学生吻他宽大教师的手那样。”

威列季叶夫就向着玛利雅·巴夫洛夫娜伸过上半身去。

“够了，”她说：“您总是嘻嘻哈哈，成天胡闹，就这样会闹完您一辈子的。”

“哼！闹完一辈子！多新鲜的说法！玛利雅·巴夫洛夫娜，我想，您用‘胡闹’这个动词是当作主动的意义来用的吧①？”

玛利雅·巴夫洛夫娜皱着眉头。

“够了，威列季叶夫，”她又说了一遍。

“闹完了一生，”威列季叶夫微微地抬起身来，继续说：“可是您比我更糟：您会严肃地过完一辈子的。您知道吗，玛莎，您叫我想起了普希金的《唐·缓》② 中一个场面。您没有读过普希金的《唐·缓》吗？”

“没有。”

---

① 这就是说，玛利雅把“胡闹”（шччтить）这个自动动词当作及物动词来用了，后面跟着宾词“一辈子”。——译者注

② 指普希金的诗剧《石客》。——译者注

“是呀，我原来忘记了，您是不念诗的。它叙述：客人们来拜访一个名叫萝拉的贵妇人，她把他们全赶走了，只留下卡洛斯一个人。他们两个人走到露台上去，夜很美，萝拉赞美着夜，可是卡洛斯突然向她证明，她会逐渐、逐渐变老的。萝拉却回答道：‘有什么呢，巴黎现在也许很冷，或者还在下雨，可是在我们这儿，“夜还在发散柠檬和月桂的香气。”为什么要去想将来的事呢？’玛莎，您看看四周吧，难道这儿一切不很美吗？您看看吧，一切都在那样地享受生命的乐趣，一切都是那样年轻呀！难道我们自己就不是年轻人吗？”

威列季叶夫靠近玛利雅·巴夫洛夫娜的身边；她并没有躲开他，可是也不向他回过头来。

“玛莎，您笑一下，”他继续说：“只要笑您那种和善的微笑，不要您平常那种冷笑。我喜欢您那种和善的微笑。请您抬起您那骄傲、严肃的眼睛来。您怎么啦？您转过脸去吗？至少您也得把手伸给我呀。”

“唉，威列季叶夫，”玛莎说。“您知道的，我不会说话。您给我讲到这个萝拉的事情。可是您要知道，她是一个女人……女人不去想将来，这倒是可以原谅的。”

“玛莎，您讲话的时候，”威列季叶夫答道，“自尊心和羞耻心使您不住地脸红；血就像红潮似地涌到您脸颊上来了，我多么喜欢您这个样子。”

玛利雅·巴夫洛夫娜对直望着威列季叶夫的眼睛。

“再见吧，”她说，就把头巾搭到头上。

威列季叶夫拦住她。

“得啦，得啦，等一会儿走吧！”他大声说。“嗯，您为什么要走呢？请您吩咐吧！您要我到机关工作，做一个农学家吗？您要我出版用吉他伴奏的短歌曲子；刊行诗集，画集，搞绘画，雕塑，或者走绳子吗？任何事情，任何事情，我都乐意去做，只要我能够使您感到满意！嗯，这是真话，玛莎，请相信我吧。”

玛利雅·巴夫洛夫娜又看了他一眼。

“您说这些全是空话，您不会实行的。您要保证听我的话……”

“当然，我听您的话。”

“您听我的话，那么您说，我请求过您多少次……”

“做什么呢？”

玛利雅·巴夫洛夫娜迟疑了一下。

“不要喝酒，”她终于说出来了。

威列季叶夫哈哈笑起来。

“唉，玛莎，玛莎！您也谈到这上面来了！我妹妹也为这件事情烦恼。可是第一，我决不是酗酒的人；说到第二呢，您知道我为什么喝酒吗？请您看看那边的那只小燕子……您看，它是多么勇敢地使用自己小小的身子，它爱往哪儿去，就扑到哪儿去！它一会儿冲上去，一会儿又飞下来，它甚至高兴得啾啾地叫着。您听见吗？这就是我为什么要喝酒的缘故，玛莎，我要尝尝这只小燕子尝到的那种味道……你爱往哪儿闯，就往哪儿闯吧，你想到哪儿去，你就飞到哪儿去吧……”

“可是，这又为了什么呢？”玛莎插嘴说。

“您这样问是什么意思？——那么人活着又是为了什么？”

“难道不喝酒就活不下去吗？”

“活不下去的……我们全完了，全弄糟了。热情……它也会产生这样的效果。所以我爱上了您。”

“像您爱酒那样……那就很感谢了。”

“不是，玛莎；我爱您并不像爱酒那样。等着吧，有一天，我们结了婚，到外国去的时候，我会向您证明的。您知道吗，我现在已经预先在想，我怎样把您引到米罗岛的维纳斯女神①的石像跟前……那个时候，我要朗诵这样的诗：

要是她露出严肃的眼神
站在米罗岛的爱后之前——
她们好像双生姊妹，但美丽的石像
对着她仿佛也感到了羞惭……②

为什么今天我总是在念诗呢？想必是这个早晨影响了我。多么好的空气！真是像喝了酒一样。”

“又是酒，”玛利雅·巴夫洛夫娜说。

“这又有什么呢！这样的早晨，还有您跟我，这怎么能不叫人沉醉呢！‘严肃的眼神’……是呀，”他一面注意地望着玛利雅·巴夫洛夫娜，一面继续说下去，“是这样的……可是我还记得，我曾经见过——自然是很偶然的，不过，我曾经见过这对出色的黑黑的眼睛，我看见过它们流露着柔情！那个时候它们真美啊！喂，不要扭过脸去，玛莎，好吧，至少得笑笑吧……要是您不肯含着柔情看我一眼，至少也得给

① 维纳斯是罗马神话中司爱和美的女神。米罗岛的维纳斯雕像现在保存在巴黎鲁佛尔博物院中。——译者注

② 普希金抒情诗：《谁熟悉那地方，那儿的天空闪耀……》（一八二八年作）。爱后是指维纳斯。——译者注

我看到您快乐的眼色。”

“不要说了，威列季叶夫，”玛利雅·巴夫洛夫娜说。“放我走吧，我得回家去了。”

“可是，我要把您逗笑的，”威列季叶夫接口说，“我敢说，我会把您逗笑的。嗳，巧极了，您看，那儿有一只兔子在跑……”

“哪儿?”玛利雅·巴夫洛夫娜问道。

“在那边峡谷后面，燕麦田上。一定有人惊起了它；早晨兔子都不会跑的。您要不要我马上叫它停住?”

于是威列季叶夫大声吹起口哨来。兔子马上蹲下去了，抖抖耳朵，蜷起前脚爪，挺直身子，嚼嚼嘴，嚼嚼嘴，嗅嗅空气，又嚼嚼嘴。威列季叶夫像兔子一样敏捷地蹲下去了，而且像兔子那样动动鼻子，嗅嗅，嚼嚼嘴。兔子用脚爪摸一两次嘴脸，浑身抖了一下——想必是脚爪给露珠打湿的缘故——竖起耳朵，跑开了。威列季叶夫用手擦擦自己的面颊，身子也抖了一下……玛利雅·巴夫洛夫娜忍不住，失声笑起来了。

“太好了!”威列季叶夫嚷着，跳起来了。“太好了！这就说明，您不是一个卖弄风情的女子。您要知道，要是任何一个社交界的小姐有您这样好看的牙齿，她会老是笑的！可是，玛莎，我爱您就因为您不是一个社交界的小姐，您不会无缘无故地笑，您的手也不戴手套，吻您的手是多么快乐，因为它们晒得黑黑的，叫人感觉到它们多么有力……我爱您，因为您不自作聪明，因为您骄傲，不爱讲话，不念书，不喜欢诗……”

“可是您要不要我给您背一首诗呢?”玛利雅·巴夫洛夫娜脸上带了一种不寻常的表情，打断了他的话。

“诗?”威列季叶夫吃惊地问。

“是的，诗，就是昨天晚上那位彼得堡的先生念的那首诗。”

“又是那首《安楂树》吗？……那么，那天晚上您真的在花园里朗诵过它了？它倒合您的口味……然而您真是那样喜欢这首诗吗?”

“是的，喜欢。”

“请背给我听听。”

玛利雅·巴夫洛夫娜感到不好意思了……

“念吧，念吧，”威列季叶夫重复说。

玛利雅·巴夫洛夫娜念起来了。威列季叶夫站在她面前，两只手抄在胸口上，静静地听着。玛利雅·巴夫洛夫娜刚念第一行诗就慢慢地抬起眼睛，望着天空：她不愿意碰到威列季叶夫的眼光。她用平静、柔和的声音念诗，叫人联想到大提琴的声音；可是，她念到下面两行诗的时候：

可怜的奴隶于是死在
他的无敌君王的脚前……

她的声音颤抖了，她的傲慢、凝定的眉毛像小女孩那样天真地舒展开了，她的眼睛含着不由自主的钟情望着威列季叶夫……

他突然跪倒在她的脚跟前，抱住她的双膝。

“我就是你的奴隶，”他大声说，“我跪在你的脚下，你是我的君王，我的女神，我的大眼睛的赫拉①，我的美狄亚②……”

---

① 在希腊神话中，天后赫拉为天之大神宙斯之妻。希腊古诗人荷马的《伊利亚特》里，她的名字前总是有一个形容词“大眼睛”的。——译者注

② 在希腊神话中，美狄亚是一个美丽而可怕的巫女，科尔希斯王的女儿。她爱上了耶松，帮助他取得她父王的金羊毛，成为耶松的妻子。——译者注

玛利雅·巴夫洛夫娜想要推开他；可是她的手却搁在他浓密的卷发上不动了，于是她带着困惑的笑容，把头埋在胸前。

5

举行舞会的加夫利拉·斯捷巴内奇·阿基林是属于那一类地主：靠一份不算丰厚的产业，过着舒适而好客的生活，他的这种本领引起邻居们的惊讶。他的农奴不过四百人，可是他却在他亲自造起来的那所石头大宅里开宴招待过全省人士，这所住宅有圆柱，有尖塔，塔上还插了旗子。他的田庄是他父亲传给他的，而这个田庄向来就不是管理得很好的。加夫利拉·斯捷巴内奇离开家乡多年，在彼得堡做官；后来，十五年之前，他荣任了八级文官①，带着妻子和三个女儿回到家乡来了，同时他着手改革，修建房屋，马上成立乐队，设宴款待宾客。起初大家都预言：他不久一定会倾家荡产；不止一次地谣传加夫利拉·斯捷巴内奇产业拍卖的消息，但是一年一年地过去，宴会，舞会，小宴，音乐会依旧照常轮流地举行，新的建筑物却像蘑菇似地在地面上建立起来，加夫利拉·斯捷巴内奇的产业仍然没有给拍卖，他本人还是像从前那样地活着，而且近来甚至长胖了。这个时候邻居们的闲话又转了一个方向：他们暗地里说他有一大笔好像是隐藏起来的款子，又说到埋藏的财宝……在贵族的圈子里发生了这样的议论：“他要是一个很好的经营家，那还说得过去，可是他并不是这种人！他绝

① 照彼得大帝的官级表，文官共有十四级。——译者注

不是！这倒是值得人惊讶和想不通的了。”不管怎么样，大家都乐意到加夫利拉·斯捷巴内奇的家里去：他待客人很客气，打牌又不论大小。他是一个橄榄头、黄脸、黄眼睛、白头发的矮个子，他的脸总是刮得光光的，而且洒了花露水；他不论在平日，或者在节日都穿一件宽大的蓝色燕尾服，纽子扣到脖子上，打一个大领结，他还有把下巴藏在领结里面的习惯，他爱炫耀他的衬衫；他嗅鼻烟的时候喜欢眯眼睛，翘嘴唇；可是他说起话来却很有礼貌，很温和，而且不断地加上“请坐……女士……”的称呼。从外表上看来，加夫利拉·斯捷巴内奇并不显出机灵的样子，一般地说，他的仪表并不讨人喜欢，他也不像一个聪明人，虽然有时候他的眼睛里闪出狡猾的眼光。他把两个大女儿的婚姻安排得很好，小女儿在家里待嫁。加夫利拉·斯捷巴内奇还有妻子，她是一个无足轻重、沉默寡言的女人。

晚上七点钟符拉季米尔·谢尔盖伊奇穿着燕尾服，戴上白手套到了伊巴托夫的家里。他看见他们都穿好了衣服；小姑娘们规规矩矩坐着，生怕揉皱她们身上浆得很挺的白色衣服；伊巴托夫老头儿一看见符拉季米尔·谢尔盖伊奇穿上燕尾服，便指着自己的常礼服，温和地责备他几句；玛利雅·巴夫洛夫娜穿了一件非常合身的粉红色细纱衣服。符拉季米尔·谢尔盖伊奇恭维她几句。虽然，看得出来，玛利雅·巴夫洛夫娜在躲避他，可是她的美貌仍然引诱着他；他也喜欢娜杰日达·阿莱克山耶夫娜，可是她那种随随便便的态度使他有点窘。而且她的谈吐、她的眼神、甚至她的微笑都常常带着嘲讽的味道。这不免叫他这位从京城来的、有教养的先生难堪。他并不反对跟她一块儿挖苦别人，但是一想到她也可能在嘲笑他，就使他不怎么愉快了。

舞会已经开始，宾客云集；伊巴托夫一家人和符拉季米尔·谢尔盖伊奇走进阿基林家大厅的时候，他们家里的乐队已经轰隆地、嗡嗡地、刺耳地奏起来了。主人在门口迎接他们，他谢谢符拉季米尔·谢尔盖伊奇的好意，给了他意想不到的快乐的好意——他是这样地说的——然后，挽住伊巴托夫的胳膊，带他到客厅里牌桌那儿去了。加夫利拉·斯捷巴内奇没有受过很好的教育，所以他家里的一切，连音乐，家具，食物和酒在内，不但不能算作第一流的东西，而且连第二流都够不上。但是样样东西预备得很充足，而且他本人也不会装模作样，自高自大……贵族们对他也不再多要求什么了，他的款待已经叫他们感到很满意了。譬如说，晚餐的时候，端上切成碎片的、腌得很咸的鱼子酱；但是谁也不会阻止你用手去拿它们，而且有许多酒把它们送下肚去：说真的，酒是廉价酒，然而它却是纯葡萄酒，不是别种饮料。加夫利拉·斯捷巴内奇家里，家具的弹簧因为太硬，太紧，坐起来不大舒服；更不用说，还有许多躺椅和圈手椅都没有装弹簧，然而，谁都可以拿一个绒线垫子来放在座位上，加夫利拉·斯捷巴内奇夫人亲手绣的这种垫子，到处都搁得有很多——那么，还有什么可以想望的呢？

总之，加夫利拉·斯捷巴内奇的家和××县居民好交际而不拘礼节的想法非常相合，阿基林先生之所以没有当选为贵族代表，只是因为他过分谦虚，他让退伍少校包达别金当选了。这位少校虽然把左耳后面的头发梳到右边额角上，把胡髭染成淡紫色，而且吃过午饭以后，因为气喘病发作得了忧郁症，但是他也是一个非常值得尊敬的人物。

这样，舞会已经开始了。十对人的方舞正在进行。跳方舞的先生中有驻扎在附近的团里的军官们，有几位年轻的和不太年轻的地主，还有两三个从城里来的官员。样样事情都按照规矩做，样样事情都进行得很顺利。贵族代表在跟一位退职的国家顾问官①，和一位拥有三千农奴的阔绅士一块儿玩牌。国家顾问官食指上戴着一只钻戒，说话的声音非常低柔，脚跟并得拢拢的，保持着旧日舞蹈家的姿势，他那个给华贵丝绒衣领遮去了一半的头始终不动一下。那位阔绅士恰恰相反，他总是哈哈笑着，扬起眉毛，翻着白眼。诗人包特略科夫是一个相貌笨拙而腼腆的人，他正在一个角落里跟那位博学的历史学家耶夫秀科夫聊天，他们彼此拉住不放，谈得起劲。在他们旁边，一个腰身特别长的绅士对着另一位胆小地望着他额角的绅士，在发表大胆的见解。靠墙壁坐了一排戴五颜六色帽子的妈妈们。一些普通的先生，局促不安的年轻人，和面容安详的老年人拥挤在门口；可是，这儿不再一一地描写了。让我们再说一遍：样样事情都按照规矩做。

娜杰日达·阿莱克山耶夫娜比伊巴托夫一家人到得更早；符拉季米尔·谢尔盖伊奇看见她在跟一个长得漂亮的年轻人跳舞，这个年轻人穿了一件很考究的燕尾服、有一对很灵活的眼睛、又黑又细的短须和发亮的白牙齿；一条金链子在他的胸前挂成了半圆形。娜杰日达·阿莱克山耶夫娜穿了一件浅蓝色带白花的衣服；她的鬈发上戴了一顶同样的白花编成的小花冠；她微微笑着，玩弄着扇子，快乐地朝四周望；她觉得她自己是舞会的女皇。符拉季米尔·谢尔盖伊奇走到她跟前，鞠一个躬，和颜悦色地望着她的脸，问她，她还记不记得昨天答

① 四级文官。——译者注

应他的事。

“我答应的什么事?”

“您不是要跟我跳玛茹尔加舞吗?”

“是啊，当然跟您跳。”

那个跟娜杰日达·阿莱克山耶夫娜站在一排的年轻人，突然脸涨得通红。

“Mademoiselle①，您大概忘记了，”他说，“您早已答应过我，今天跟我跳玛茹尔加舞的。”

娜杰日达·阿莱克山耶夫娜感到左右为难了。

“呀，我的上帝，叫我怎么办呢?”她说。“麦歇斯杰里钦斯基，请您原谅，我太粗心了：我真不好意思……”

麦歇斯杰里钦斯基一句话也不说，只是埋下头去。符拉季米尔·谢尔盖伊奇觉得自己脸上有点光彩了。

“麦歇斯杰里钦斯基，请您不要见怪，”娜杰日达·阿莱克山耶夫娜继续往下说，“我们是老朋友，麦歇阿斯塔霍夫在我们这儿还是生客；不要使我为难了，让我跟他跳这个舞吧。”

“随便您吧，”年轻人回答道，“不过，现在该您跳舞了。”

“谢谢您，”娜杰日达·阿莱克山耶夫娜说，便迎接她的舞伴去了。

斯杰里钦斯基望着她过去，然后看了符拉季米尔·谢尔盖伊奇一眼。符拉季米尔·谢尔盖伊奇也回看他一眼，便走开了。

方舞很快地就跳完了。符拉季米尔·谢尔盖伊奇在大厅里来回走

---

① 法语：小姐。

了一阵，然后走进客厅，在一张牌桌旁边站住了。他突然觉得背后有人在碰他的胳膊；他转过身去——斯杰里钦斯基站在他的面前。

“要是您肯赏脸的话，我要跟您到隔壁屋子去谈两句话，”他非常客气地用法国话说，他的法国话没有一点俄国口音。

符拉季米尔·谢尔盖伊奇跟着他走了。

斯杰里钦斯基在窗前站住了。

“在小姐面前我只有那么说，”他还是用法文说，“我不能有另外一种说法。可是，我希望，您不要以为我当真要把跟威列季叶娃小姐一起跳玛茹尔加舞的权利让给您。”

符拉季米尔·谢尔盖伊奇吃了一惊。

“怎么一回事？”

“就是这么一回事，先生，”斯杰里钦斯基平静地说，他把一只手插到怀里，鼻孔鼓起来了。

符拉季米尔·谢尔盖伊奇也把一只手插在怀里，可是鼻孔并没有鼓起来。

“让我提醒您，亲爱的先生，”他说，“您这样做会使威列季叶娃小姐不痛快，而且我以为……”

“那样会使我自己非常不痛快的；可是并没有人会不让您放弃权利，您可以说自己生病，或者就走开……”

“我不想这样做。您把我当作什么人看待呢？”

“那么，我就不得不要求您赔偿。”

“赔偿……这是什么意思？”

“谁都明白，这是什么意思。”

“您要挑我决斗吗?”

“恰恰是这样，先生，要是您不肯放弃玛茹尔加舞的话。”

斯杰里钦斯基极力做出冷淡的口气，说出这些话。符拉季米尔·谢尔盖伊奇的心紧了一下。他看了看他那个做梦都想不到的敌人的面孔。“呸，上帝，多愚蠢啊。”他心里想着。

“您不是在开玩笑吗?”他大声说。

“我并没有开玩笑的习惯，”斯杰里钦斯基傲慢地回答道，“尤其是对于我不认识的人。您不放弃跳玛茹尔加舞吗?”他停了一下，又说一句。

“我不放弃，”符拉季米尔·谢尔盖伊奇好像在沉思地说。

“好极了！我们明天决斗吧。”

“很好。”

“明天早晨，我的公证人会到您那儿去。”

于是，斯杰里钦斯基很有礼貌地鞠一个躬，就走了，显然，他很满意自己的这个举动。

符拉季米尔·谢尔盖伊奇又在窗前停留了一会儿。

“瞧，怎么搞的!”他想道，“这可就是你交新朋友的结果！干什么要到这儿来呢？好啊！妙极了!”

终于他打起精神，走进大厅去了。

大厅里已经在跳波尔加舞。玛利雅·巴夫洛夫娜和彼得·阿莱克山伊奇在符拉季米尔·谢尔盖伊奇面前掠过去了，他在这个时候以前，还没有看见过彼得·阿莱克山伊奇；玛利雅脸色苍白，甚至现出郁郁不乐的神情。接着那个容光焕发、兴高采烈的娜杰日达·阿莱克山耶夫娜跟一个矮小弯腿的、然而热情的炮兵军官旋转过去了；第二轮，她是跟斯杰里钦斯基一起跳的。斯杰里钦斯基跳舞的时候总是用力甩他的头发。

“亲爱的朋友，”伊巴托夫的声音突然在符拉季米尔·谢尔盖伊奇的背后响了起来，“您为什么只是在旁边看，自己不跳舞呢？可是，说老实话，我们虽然可以说是住在僻静的角落里，可我们在这儿也过得并不坏啊，是不是？”

“好啊！僻静的角落，活见鬼，”符拉季米尔·谢尔盖伊奇心里想道，他咕哝地回答了伊巴托夫几句话，就走到大厅的另一个角落去了。

“我应该找一个公证人，”他继续在思索；“可是活见鬼，叫我到哪儿去找这个人呢？威列季叶夫是不行的，我又不认识别人；鬼知道，这是多么荒唐的事情！”

符拉季米尔·谢尔盖伊奇生气的时候，老是喜欢提到魔鬼。

这个时候，符拉季米尔·谢尔盖伊奇的眼睛落到了“滥好人”伊凡·伊利伊奇的身上，他正闲散地站在窗前。

“去找他行不行？”他想道，就耸了耸肩膀，几乎大声地说出来了：“我得去找他。”

符拉季米尔·谢尔盖伊奇走到他面前。

“我刚才遇到一件古怪的事情，”我们的主人公勉强做出笑容说，“请您想一想，一个我并不认识的年轻人挑我决斗，这是绝不可能拒绝的；我一定要找一个公证人，您肯不肯做呢？”

虽然，大家都知道，伊凡·伊利伊奇是以不动声色的冷漠出名的，可是这个不寻常的请求却叫他大大地吃惊。他完全莫名其妙地望着符拉季米尔·谢尔盖伊奇。

“是的，”符拉季米尔·谢尔盖伊奇又说；“我会非常感谢您，我在这儿一个人也不认识。只有您……”

“我不能够，”伊凡·伊利伊奇好像从梦中醒过来似地说；“我绝对不能够。”

“为什么？您害怕不愉快的事情吧；可是我以为这件事情是要完全守秘密的……”

符拉季米尔·谢尔盖伊奇说完这些话，觉得自己脸红了，而且感到很窘。同时他在心里反复地说：

“真愚蠢！这一切真是愚蠢之至！”

“请原谅我，我办不到，”伊凡·伊利伊奇又说，他摇摇头，便向后退去，这一次他又把椅子撞翻了。

这是他一生第一次拒绝别人的请求，可是要知道这是哪一类的请求啊！

“至少，”符拉季米尔·谢尔盖伊奇抓住他的手，不放心地接着说，“请您答应我，我跟您讲的话，请您对任何一个人都不要说，我恳求您。”

“这件事我办得到，这件事我办得到，”伊凡·伊利伊奇连忙答道，“不管您怎么想，那件事我却办不到，我实在干不了。”

“好吧，好吧，”符拉季米尔·谢尔盖伊奇说；“可是请您不要忘记，我信任您的谨慎。……”他懊恼地自言自语：“明天我跟那位先生解释，我找不到公证人，让他自己去安排吧，他知道我在这儿是一个陌生人。真是鬼在支使我去找这位先生的！可是我还有什么办法呢？”

符拉季米尔·谢尔盖伊奇感到非常、非常的别扭。

这个时候，舞会仍在继续进行。符拉季米尔·谢尔盖伊奇真想马上走开，可是在玛茹尔加舞结束之前，他不要想离开这个地方。怎么能够让“对手”胜利呢？对于符拉季米尔·谢尔盖伊奇，不幸的是：布置舞会的是一个自由散漫的年轻人。他头发很长，胸膛凹了进去。他打了一条黑缎子领带，用一只大的金别针别着，像一股小瀑布似地在他的胸前飘荡。这位年轻先生在全省是以熟悉上流社会的习惯和规矩出名的，其实他在彼得堡一共只住了六个月，而且从没有到过比六级文官山达拉基和他姐夫顾问官柯斯坦达拉基两家更高贵的家庭。在所有的舞会里跳舞的事情都由他管，他拍着手给乐队的演奏者做记号，在喇叭狂鸣和小提琴刺耳声中他喊着：“En avant deux!”① 或“Grande chaine!”② 或：“A vous，mademois elle!”③ 而且脸色苍白，浑身是汗，一直不停地在舞厅里急急滑着，擦响着地板飞快地转来转去。他从来不到夜半不开始玛茹尔加舞的。他常说：“这还算客气呢。在彼得堡，我会叫你们捱到两点半钟。”在符拉季米尔·谢尔盖伊奇看来，舞会拖得太久了。他好像影子似地从舞厅到客厅荡来荡去，不时跟他的“对手”互相交换冷酷的眼光，那位先生不肯放过每一次的跳舞；符拉季米尔·谢尔盖伊奇也曾邀请过玛利雅·巴夫洛夫娜跳方舞，可是她早已跟人约定了——他也跟殷勤的主人交谈了一两次话，主人好像因为这位新交脸上烦恼的表情感到不安。最后他等了好久的玛茹尔加舞曲

---

① 法文：向前两步。

② 法文：大连环。(这是跳舞的名称。——译者注)

③ 法文：小姐，该您啦。

终于奏起来了。符拉季米尔·谢尔盖伊奇找到了他的舞伴，搬了两把椅子来，跟她一起坐在最后几对人之间，几乎就在斯杰里钦斯基的对面。

果然不出所料，那个管跳舞事情的年轻人就在第一对起舞的人里面。他带着怎样的脸色开始跳玛茹尔加舞，他怎样地引着他背后的舞伴，怎样地用脚敲地板，又怎样地扬起头来——这一切几乎都不是人间的笔墨所能形容出来的。

“麦歇阿斯塔霍夫，我看您有点厌烦了吧?”娜杰日达·阿莱克山耶夫娜突然向符拉季米尔·谢尔盖伊奇转过身来说。

“我？一点也不。为什么您会这样想呢?”

“是这样吧，我是从您脸上的表情看出来的。……您来了以后，一次也没有笑过。我没有料到您会这样。您，这位着重实际的先生不应该像拜伦①那样不爱交际，愁眉苦脸的。把这个让给著作家吧。”

“娜杰日达·阿莱克山耶夫娜，我看出来您常常像在嘲笑我，叫我做着重实际的人。您大概认为我是一个冷静的、而且最有理性的人，决不可能做那样的事……可是您知道我要告诉您什么吗：一个讲究实际的人也常常会郁郁不乐的，可是他认为不必在别人面前把内心的情绪表露出来；他宁肯沉默。”

“您这些话是什么意思?”娜杰日达·阿莱克山耶夫娜扫了他一眼，问道。

“没有什么意思，小姐，”符拉季米尔·谢尔盖伊奇装出冷淡的口

① 拜伦（1788—1824），英国杰出的浪漫主义诗人。——译者注

气答道，他做出了神秘的样子。

“真的吗?”

“真的，没有什么……以后您总有一天会知道的。”

娜杰日达·阿莱克山耶夫娜正要问下去，可是这个时候，一位年轻的小姐，主人的女儿领着斯杰里钦斯基和另外一个戴蓝眼镜的先生到她面前来了。

“要活，要死?”她用法国话问她。

“要活!”娜杰日达·阿莱克山耶夫娜大声说。“我还不愿意死呢。”

斯杰里钦斯基鞠一个躬；她跟他一块儿走了。

称为“死”的蓝眼镜的先生跟主人的女儿一块儿走了。这两个名字是斯杰里钦斯基想出来的。

“请您告诉我，这位斯杰里钦斯基先生是什么样的人?”等到娜杰日达·阿莱克山耶夫娜回到她的座位上，符拉季米尔·谢尔盖伊奇马上问道。

“他在省长那儿办事，是一个很和气的年轻人。他不是本地人。有一点公子哥儿气，可是他们这班人全是生就这样的。我希望，您跟他不会因为玛茹尔加舞的事情起什么纠纷吧?”

“真是，决没有，”符拉季米尔·谢尔盖伊奇略略踌躇一下，回答道。

“我记性那么坏！您真想象不到!”

“我应该对您的健忘感到高兴，它使我今天有幸跟您在一块儿跳舞。”

娜杰日达·阿莱克山耶夫娜微微眯缝起眼睛，看了看他。

“真的？您喜欢跟我跳舞？”

符拉季米尔·谢尔盖伊奇回答她一句恭维的话。他渐渐地谈笑自如了。娜杰日达·阿莱克山耶夫娜始终是很动人的，特别在这个晚上。符拉季米尔·谢尔盖伊奇觉得她可爱极了。明天决斗的念头刺激着他的神经，使他的谈话生动而有光彩；他在这个念头的影响下，居然敢说一些过火的话来表达他的感情……“管它的！”他想道。在他所有的言语里，在他压抑住的叹息里，在他突然变成阴暗的眼光里，都流露出一种神秘的、不自觉的忧郁，一种高雅的绝望。后来他就高谈阔论起来，他竟然谈到爱情，女人，他的前途，他对幸福的看法，以及他对命运的要求……他用暗示比喻地说出他的意见。符拉季米尔·谢尔盖伊奇在自己可能死亡的前夕，对娜杰日达·阿莱克山耶夫娜大献殷勤。

她聚精会神地听着他，笑着，摇着头，一会儿跟他争辩，一会儿假装不信……他们的谈话常常被跳舞过来的先生、太太、小姐们打断，快到最后，话题有了一个古怪的转变……符拉季米尔·谢尔盖伊奇开始问起娜杰日达·阿莱克山耶夫娜本人的事情，她的性格，她的爱好……开头她用开玩笑的话岔过去，后来她出于符拉季米尔·谢尔盖伊奇的意外，突然问他什么时候走。

“到哪儿去？”他惊讶地说。

“回家去。”

“去萨索沃村吗？”

“不，回家去，回到离这儿一百维尔斯特的您的村子去。”

符拉季米尔·谢尔盖伊奇埋下了眼睛。

“我倒想尽可能地早回去，”他面带忧色地说。“我想明天走……要是明天我还活着。因为我还有事情！可是为什么您忽然想到问我这句话呢?”

“我想问!”她答道。

“不过，有什么原因吗?”

“我想问!”她再说一遍。“一个明天要走的人，今天却要来打听我的性格……这叫我感到惊奇。”

“但是，请允许我……”符拉季米尔·谢尔盖伊奇说。

“啊，这个我顺便提一下……请您念吧，”娜杰日达·阿莱克山耶夫娜带着笑声打断他的话，递给他一张刚从邻桌拿过来的包糖果的纸，然后自己站起来迎接在她面前停住的玛利雅·巴夫洛夫娜和另外一位小姐去了。

玛利雅·巴夫洛夫娜在跟彼得·阿莱克山耶维奇跳舞。她脸上现出红晕，她很兴奋，可是并没有欢乐的表情。

符拉季米尔·谢尔盖伊奇看着包糖果纸——上面印了一句字体难看的法文。

Qui me nèglige，me perd①.

他抬起头来，看到斯杰里钦斯基的眼睛牢牢地盯住他。符拉季米尔·谢尔盖伊奇不自然地冷笑一声，把肘子靠在椅子背上，翘起腿来，似乎在说，“该你受的!”

热情的炮兵军官飞也似地旋转着娜杰日达·阿莱克山耶夫娜回到

① 法文：谁忽视我，就会失去我。

她的座位前，还跟她在椅子前稍微旋转了两下，鞠一个躬，靴子上踢马刺响了一下，便走开了。她坐了下来。

“请问，”符拉季米尔·谢尔盖伊奇慢吞吞地说，“叫我应当怎样理解这张纸上面的字呢……”

“那上面究竟是些什么字呢?”娜杰日达·阿莱克山耶夫娜说。“哦，是的！Qui me nèglige，me perd。真是！这是一条很好的日常生活的规则，到处都适用的。因为要使无论哪一件事情成功，一定不能忽视它……人应当努力去取得一切；也许会得到一点点东西。不过我觉得好笑。我……我在对您，这样一个着重实际的人谈日常生活的规则……”

娜杰日达·阿莱克山耶夫娜笑了起来，而且一直至玛茹尔加舞结束的时候，符拉季米尔·谢尔盖伊奇虽然极力想恢复先前的谈话，也没有用。娜杰日达·阿莱克山耶夫娜使着调皮孩子的小性子躲避他的话。符拉季米尔·谢尔盖伊奇对她讲起他的感情，她不是完全不理他，就是叫他注意太太小姐们的衣服，或者某一些男人的滑稽面孔，或者她哥哥跳得多灵活，或者玛利雅·巴夫洛夫娜长得多美；她谈起音乐，谈起昨天，谈起叶戈尔·卡皮托内奇，和他的妻子玛特列娜·玛尔科夫娜……只有在玛茹尔加舞刚刚结束，符拉季米尔·谢尔盖伊奇向她行礼告辞的时候，她的嘴唇上和眼光里露出讥讽的微笑，说道：

“那么，您决定明天走了?”

“是的；可是，也许走得很远，”符拉季米尔·谢尔盖伊奇含着深意地说。

“祝您一路平安。”

于是娜杰日达·阿莱克山耶夫娜很快地走到她哥哥跟前，快乐地在他耳边低声说了几句话，然后高声问道：

“你感谢我？不对吗？要不，他会请她跳玛茹尔加舞的。”

他耸了耸肩膀，说：

“然而，这还是不会有什么结果的。”

她拉他到客厅去了。

“风流的女子!”符拉季米尔·谢尔盖伊奇想道，他把帽子拿在手里，悄悄地从舞厅溜了出来，找到了他的听差，他先前曾经吩咐过他准备好马车的，他已经穿上了大衣，突然大吃一惊，听见听差说，走不成了，不知怎么的，马车夫喝得大醉，无论怎样也叫不醒他来。他简短而严厉地责骂了马车夫（这事情是在前厅里发生的，当时还有不相干的人在场）。之后，他便对听差说，要是明早天一亮，马车夫还没有完全清醒，那么世界上就没有人想得到这件事会有什么样的后果。符拉季米尔·谢尔盖伊奇回到舞厅，也不等客厅准备好的晚餐开始，便要求管事把他带到客房去。突然间，主人仿佛从地底下冒出来似的，站在符拉季米尔·谢尔盖伊奇的面前（加夫利拉·斯捷巴内奇穿着没有后跟的靴子，所以他走动没有声音），开始挽留他，认真地说，晚餐有头等的鱼子酱，然而符拉季米尔·谢尔盖伊奇借口说头痛，道谢走了。半个钟头以后，他已经躺在一张小床上，盖着一条薄被，拼命想睡觉。

不过他始终睡不着。不管他怎样翻来覆去，不管他怎样努力想另外的事情，可是斯杰里钦斯基的形象总是纠缠不清地高高站在他的面前，一会儿他在瞄准……一会儿他又在开枪……“阿斯塔霍夫打死了”，有人在说；符拉季米尔·谢尔盖伊奇虽然不能称为勇士，可是他并不算是懦夫；然而，他的脑子里从来没有起过决斗的念头，不管是跟什么人决斗。决斗！凭着他的慎重，他的安静的习性，他对礼仪的尊敬，他那些鹏程万里和美满婚姻的梦想，他会想到决斗！倘使他自己不是当事人，他一定会哈哈大笑，他觉得这件事完全荒谬，可笑之至。决斗！跟谁决斗，又为了什么决斗?!

“呸，活见鬼！多么荒唐!”他不自觉地高声嚷起来。“好吧，要是他当真把我打死了呢，”他继续思索；“可是，我得想个办法料理一下……有人来哭我吗?”

他懊恼地闭上了睁得大大的眼睛，把被子拉到脖子下面……然而他还是睡不着……

天空已经露出曙光，符拉季米尔·谢尔盖伊奇因为失眠发烧，弄得疲乏不堪，刚刚闭眼睡去，忽然觉得有什么重的东西压在他的脚上。他张开了眼睛。……威列季叶夫正坐在他的床上。

符拉季米尔·谢尔盖伊奇非常惊讶，尤其是他看到威列季叶夫没有穿大礼服，衬衫的纽扣并没有扣上，露出赤裸裸的胸膛，他的头发披散到前额，他的脸仿佛也变了样子。符拉季米尔·谢尔盖伊奇就在床上坐起来……

“请许我问一句……”他摊开双手说。

“我来找您，”威列季叶夫用嘶哑的嗓子说道，“请原谅我到您这儿来……我们在那边喝了一点酒……我想让您安心。我对自己说：有一位绅士躺在那儿，多半睡不着觉。我们给他帮点忙吧。请注意！您明天不必决斗了，可以睡觉了。”

符拉季米尔·谢尔盖伊奇更加吃惊了。

“您说的是什么意思?”他含糊不清地说。

“是的；这一切都弄妥了，”威列季叶夫继续说，“这位从维斯拉河岸来的先生……斯杰里钦斯基……向您道歉……明天您会收到一封信……我再跟您说一次：事情完全结束了，您好好地睡吧!”

威列季叶夫说完话，便站起来，用摇摇晃晃的脚步向门口走去。

“但是，对不起，对不起，”符拉季米尔·谢尔盖伊奇开口说。“您怎么会知道的呢，我又怎么能够相信呢……”

威列季叶夫望着他。

“啊！您以为我……那样……（他的身子微微朝前倾了一下）。……跟您说……他明天会给您送一封信来……我并非对您特别有感情，但是宽宏大量是我最大的弱点。可是说这个干什么……这全是些不足道的小事……可是您得承认，”他霎霎眼睛，加了一句，“您吓坏了吧，嗯?”

符拉季米尔·谢尔盖伊奇生气了。

“到底，对不起，阁下……”他说。

“好啦，好啦，”威列季叶夫带着和善的微笑打断了他的话，“不要生气呀。您大概不知道，我们这儿每一次舞会都有这种事情发生……一向都是这样。这算不了什么一回事。谁愿意伸出额角当枪靶子呢?唔，可是为什么不故意吓一下，譬如说，来吓一下新来的客人呢？ln vino veritas①。可是，不论您或者我，我们都不懂拉丁文。不过看您的

① 拉丁文：酒后见真言。

脸色，我知道您瞌睡了。祝您晚安，着重实际的先生，好心眼的人，请接受另一个不值一个铜板的人的祝福吧。Addio，mio caro！①”

于是威列季叶夫走出去了。

“鬼知道这是什么意思！”过了片刻，符拉季米尔·谢尔盖伊奇用拳头打着枕头，嚷起来。“从来没有听说这样的事情！这得弄明白才行！我受不了这个！”

话虽如此说，可是五分钟以后，他已经安安稳稳睡着了。他的心轻松了些……危险过去，人的心灵也感到畅快而平静了。

原来这天晚上，威列季叶夫突然跑去找符拉季米尔·谢尔盖伊奇之前，发生了这样的事情：

加夫利拉·斯捷巴内奇家中住得有他一个从堂侄子，住在下面一层的单身人房间里。每逢举行舞会，在跳舞中间休息的时候，年轻人都跑到他的屋子里急急地抽一袋茹加夫牌的名烟②。晚餐以后，他们都聚在他那里来一个友谊的酒会。那天晚上，他的屋子里已经来了好多客人。其中有斯杰里钦斯基和威列季叶夫；“滥好人”伊凡·伊利伊奇也跟着别人走到那儿来了。他们在调五味酒。虽然伊凡·伊利伊奇答应过阿斯塔霍夫不向任何人谈起关于就要进行的决斗的事，可是威列季叶夫偶然问他，跟那个板面孔的人（威列季叶夫一直这样称呼阿斯塔霍夫的）在谈些什么的时候，“滥好人”忍不住了，便把他跟符拉季米尔·谢尔盖伊奇的谈话完完全全地重说了一遍。

---

① 意大利文：别了，我亲爱的！

② 莫斯科商人茹加夫工厂所出产的烟丝，在十九世纪最初十年间享有盛名。——译者注

威列季叶夫笑了起来，然后思索了一阵。

“那么，他跟谁决斗呢?”他问道。

“这个，我可没法说了，”伊凡·伊利伊奇答道。

“至少，您得告诉我，他跟谁谈过话?”

“跟各种各样的人——跟叶戈尔·卡皮托内奇。总不会跟他决斗吧?”

威列季叶夫离开了伊凡·伊利伊奇。

于是，他们调好了五味酒，开始喝起来了。威列季叶夫坐在最显著的地方；他快乐而放浪，在年轻人的集会中，他占首要的地位。他脱掉夜礼服，甩下领结。他们请他唱歌，他拿起吉他，唱了几首歌。酒渐渐地上了年轻人的头，他们干起杯来了。斯杰里钦斯基满脸通红，突然跳上了桌子，把酒杯高高地举在头上，大声嚷道：

“为那个人的健康干杯!”他连忙接下去说：“我知道为谁……的健康，”一口喝光了酒，把杯子摔到地板上，又加了一句：“但愿我的敌人明天就像这个杯子似地砸得粉碎!”

威列季叶夫老早就在注意他了，很快地抬起头来……

“斯杰里钦斯基，”他说，“首先，你跳下桌子来，这不像话；而且你的靴子也太难看；第二，到这儿来，我有话跟你说。”

他拉着他走到一边去了。

“请你听着，朋友，我知道明天你要跟那位彼得堡来的先生决斗。”

斯杰里钦斯基吃了一惊。

“怎么……谁告诉你的?”

“我告诉你吧。我也知道你为了谁决斗。”

“是吗？我也很想知道这个呢。”

“啊，你呀，好一个达勒兰①！啊，不用说，是为了我妹妹。行啦，行啦，不要装作吃惊的样子。这使你像个傻瓜了。我真想不到，你们怎么会做出这种事情，然而这是事实。够了，朋友，”威列季叶夫继续说，“装假有什么用？我不是不知道你好久就在追求她了。”

“但是这还不能证明……”

“请你不要说。你听我跟你说话。我无论如何不准有这次决斗。你明白吗？这件傻事整个儿得怪妹妹。对不起：只要我还活着……决不让它发生。你，我，我们要完蛋——活该，可是她还应该活得很久，而且活得很幸福。是的，我起誓，”他突然热情地再说，“我宁肯出卖任何人，甚至准备为我牺牲一切的那些人，可是，我不让谁碰她一根头发。”

斯杰里钦斯基勉强笑起来。

“亲爱的朋友，你喝醉了，你在说醉话……再没有了。”

“难道你没有醉吗？不管我醉也好，不醉也好，事情总是一样。我是在跟你谈事情。我要保证你不会跟那位先生决斗。你何苦跟他纠缠不清呢！你妒忌？人们说得真对：人在恋爱的时候，都变成了傻瓜！她跟他跳跳舞，也不过为了免得他邀请……啊，我的话扯得太远了。然而我不能让决斗发生。”

“哼！我倒要看看，你怎么来阻止我？”

---

① 达勒兰（1754—1838），法国外交家。此人以智谋多端，善耍手腕出名。——译者注

“那么，就是这样办，要是你不肯马上答应我放弃决斗的话，我自己就跟你决斗。”

“真的吗?”

“好朋友，不要不相信这句话。老朋友，我马上会用最荒唐的办法，当着所有的人面前侮辱你，然后，只要你愿意，我们可以隔着一条手帕来射击。可是我想，照许多理由看来，你不会高兴这种事情，嗯?”

斯杰里钦斯基很生气，便说，这是интимидация①，他不准任何人干涉他的私事，他什么也不顾了……但是，结果他终于让步，放弃了伤害符拉季米尔·谢尔盖伊奇生命的一切企图。威列季叶夫拥抱了他。不到半点钟，他们两个人已经喝了十次的“订交酒”，这就是说，他们互相挽着胳膊喝酒……那个安排跳舞会的年轻人也跟他们一块儿喝“订交酒”，起先他还跟得上他们，可是后来他终于带着最天真的样子睡着了，而且完全昏迷地仰着躺了很久……他那张苍白的、小小的脸上的表情又可笑又可怜……天啊！要是他所认识的社交界的太太小姐们看到他这副可怜的样子，她们会说些什么呢?然而，幸好他连一个也不认识。

那天晚上，伊凡·伊利伊奇也很出风头。他首先叫客人们大吃一惊，突然唱起：《村子里从前有一个男爵》来了。

“蜡嘴鸟！蜡嘴鸟唱歌了！”大家嚷了起来。“什么时候有过蜡嘴鸟晚上唱歌的事情?”

---

① 威胁，他把法文 intimidation 念成俄国腔。——译者注

“好像我只会唱一首歌似的，”伊凡·伊利伊奇带着酒意反驳道，“我还会唱别的歌呢。”

“好吧，好吧，好吧，给我们显显本领吧。”

伊凡·伊利伊奇沉默了，突然，他又用低音唱起：《克拉姆巴姆布里，我们祖先的遗产》①，可是他的歌声那样不合调，那样古怪，使得众人哄堂大笑，笑声淹没了歌声，他便停嘴不唱了。

众人都散去的时候，威列季叶夫便到符拉季米尔·谢尔盖伊奇的屋子里去，于是发生了上文我们已经叙述过的那一段简短的谈话。

第二天大清早，符拉季米尔·谢尔盖伊奇便回到他的萨索沃村去了。整个早晨他过得心神不安，他差一点把来访的商人当作决斗的公证人，只有在仆人给他送上斯杰里钦斯基来信的时候，他才放下心来。符拉季米尔·谢尔盖伊奇把这封信读了好几遍——这封信写得非常巧妙……斯杰里钦斯基的信是从这句话开始的：la nuit porte conseil, monsieur②，——信里并没有道歉，因为据他看来，他并没有侮辱过对方，不过，他承认，前一个晚上他火气太大了，他最后说，这件事全凭阿斯塔霍夫先生的裁夺；而他自己呢，却不想决斗了。符拉季米尔·谢尔盖伊奇写好一封回信，它既客气得近乎开玩笑，同时又显出一种不露出一点夸耀的尊严来。信送出去之后，他便搓搓手坐下来吃午饭；这顿饭吃得津津有味，而且吃完饭，马上便动身回家，甚至没有预先打发人去准备替换的马匹。他的马车经过一条路，离开伊巴托

① 古大学生之歌，歌颂人生疯狂的欢乐，和无忧无虑的享受。克拉姆巴姆布里是一种混合的酒。——译者注

② 法文：先生，早晨比夜晚聪明些。

夫的庄园有四维尔斯特的光景……符拉季米尔·谢尔盖伊奇望着它……

“再会吧，僻静的角落！”他微笑地说。

娜杰日达·阿莱克山耶夫娜和玛利雅·巴夫洛夫娜的面影在他的想象里出现了一下；他挥挥手，赶走了它们，转过脸，便打起瞌睡来了。

6

三个多月过去了。秋天早已来到；枯黄的树林变成光秃秃的了，山雀飞来了，风开始怒号，悲鸣，这是冬天将到的确实的征候。但是还不曾下过大雨，路上也还没有积起污泥。符拉季米尔·谢尔盖伊奇为了办理一些未了的事务，利用这个时机动身到省城去。早晨他坐着马车到处走走，晚上就到俱乐部去了。他在俱乐部那间阴暗的大屋子里，遇见了好几个熟人，其中有退伍的骑兵上尉老弗里奇，人人都知道他是一个爱管闲事、好说俏皮话的赌鬼，还爱议论别人。符拉季米尔·谢尔盖伊奇跟他谈起话来了。

“哝，顺便提一句，”退伍的骑兵上尉忽然嚷起来，“您所认识的一位太太前几天经过这儿，向您问好。”

“这位太太是谁？”

“斯杰里钦斯卡雅。”

“我并不认识什么斯杰里钦斯卡雅。”

“您认识她的时候，她还没有结婚……她没有出嫁时姓威列季叶娃……娜杰日达·阿莱克山耶夫娜。她的丈夫在我们省长手下工作。您大概也看见过他……一个很活泼的年轻人，留得有小胡子……他钓到一个可爱的女人，她还很有钱呢。”

“原来是这样，”符拉季米尔·谢尔盖伊奇说。“她跟他结婚了……哼！那么他们到哪儿去了呢？”

“到彼得堡去了。她还叫我提醒您一张包糖果纸上的话……这张小纸上有什么话？请告诉我！”

于是，爱议论别人的老头子就这样伸出自己的尖鼻子来了。

“真的，不记得了，一句玩笑话罢了，”符拉季米尔·谢尔盖伊奇答道。“那么，请问她哥哥现在在哪儿？”

“彼得吗？唔，他很糟。”

弗里奇先生朝上翻了翻他那狐狸般的小眼睛，叹了一口气。

“怎么呢？”符拉季米尔·谢尔盖伊奇问道。

“他酗酒放荡！他堕落了。”

“但是他现在在哪儿呢？”

“没有一个人知道他在哪儿。他跟着几个茨冈女子到什么地方去了，这是最可靠的消息。他不在省里了，这个我倒敢保证。”

“那么，伊巴托夫老头儿还住在那儿吗？”

“您是说米哈伊尔·尼可拉伊奇？那个古怪人吗？他还住在那儿。”

“那么他家里的一切……都跟从前一样吗？”

“当然，当然，喂，您为什么不跟他的小姨结婚呢？您知道她不是一个女人，她简直是一座雕像，真的呢。哈，哈。我们这儿大家都在说……他们说……”

“原是这样的，先生，”符拉季米尔·谢尔盖伊奇眯缝起眼睛说。

这个时候，有人请弗里奇去打牌，谈话便中断了。

符拉季米尔·谢尔盖伊奇打算马上回家去；可是他突然收到村长的一个特别报告，萨索沃村失火，烧了六家农户，他便决定亲自到那儿去看看。从省城到萨索沃村估计有六十维尔斯特。当天黄昏时分符拉季米尔·谢尔盖伊奇就已经到达读者们熟悉的小宅子，他马上差人把村长和本村的司书叫来，照规矩申斥了他们一顿。第二天早晨他视察了失火的地方，采取了妥当的处置；他吃过午饭，稍微迟疑了一下，便动身去拜访伊巴托夫。要是符拉季米尔·谢尔盖伊奇没有听见弗里奇说起娜杰日达·阿莱克山耶夫娜离开的消息，他倒愿意待在家里，因为他不想跟她见面。但是他并不反对再看见玛利雅·巴夫洛夫娜。

正如第一次拜访那样，符拉季米尔·谢尔盖伊奇又碰到伊巴托夫同“滥好人”在下棋。老头儿看见他很高兴；可是符拉季米尔·谢尔盖伊奇却觉得他面带忧色，而且他也不像上一次那样滔滔不绝地健谈了。

符拉季米尔·谢尔盖伊奇和伊凡·伊利伊奇默默地互相看了看。两个人都有一种不愉快的感觉；但是他们很快地就恢复常态了。

“你们大家都好吗?”符拉季米尔·谢尔盖伊奇一坐下，就问道。

“多谢您，托上帝的福，大家都好，”伊巴托夫答道。“只是玛利雅·巴夫洛夫娜不十分好……她老是待在自己的屋子里。”

“她感冒了吗?”

“不……不是感冒。喝茶时她会出来的。”

“那么叶戈尔·卡皮托内奇呢？他近来干什么呢?”

“唉！叶戈尔·卡皮托内奇是一个伤心人。他的妻子死了。”

“怎么会呢?”

“她得了霍乱，一天一夜就死了。现在您会认不出他了，他简直变得不像了。他说，‘玛特列娜·玛尔科夫娜一死，生命对我就是一个累赘了。’他说，‘我要死，’他说，‘谢谢上帝，’他说，‘我不想活了。’是啊，这个可怜的人完了。”

“啊，我的上帝，这多不愉快!”符拉季米尔·谢尔盖伊奇大声说。“可怜的叶戈尔·卡皮托内奇!”

大家都不作声了。

“我听说，您的女邻居结婚了,”符拉季米尔·谢尔盖伊奇说，他的脸有点红了。

“娜杰日达·阿莱克山耶夫娜吗？是的，她出嫁了。”

伊巴托夫瞟了符拉季米尔·谢尔盖伊奇一眼。

“当然……当然，她结了婚，就离开这儿走了。”

“到彼得堡去?”

“到圣·彼得堡去。”

“我想，玛利雅·巴夫洛夫娜一定很想念她的。好像她跟她很要好。”

“她当然想念。那也是免不了的。可是，说到友谊，我告诉您，姑娘们的友谊比男人的友谊更不如。她们在一块儿的时候很好，可是一分手就忘得干干净净了。”

“您这样想吗?”

“是的，真是的。就拿娜杰日达·阿莱克山耶夫娜来说吧。她走后，就没有给我们写过一封信；您要知道，她是怎样答应过的，她还起过誓呢！的确，她现在没有心思写信了。”

“那么，她离开很久了吧？”

“已经走了六个礼拜了。婚礼的第二天，她就照外国规矩骑着马跑开了。”

“听说，她哥哥也不住在这儿了？”符拉季米尔·谢尔盖伊奇稍微等待了一下，说。

“是啊，也走了。要知道他们都是大城市的人，他们不会在乡下住多久的！”

“那么没有人知道他到哪儿去了吗？”

“没有人知道。”

“他到处流浪，”伊凡·伊利伊奇说。

“他到处流浪。”伊巴托夫重说了一遍。“唔，那么您呢，符拉季米尔·谢尔盖伊奇，近来您有什么好消息吗？”他一面在椅子上转动，一面接下去说。

符拉季米尔·谢尔盖伊奇讲起了他自己的事情。伊巴托夫听着，最后大声嚷起来：

“玛莎为什么还不出来？伊凡·伊利伊奇，还是您去请她来吧。”

伊凡·伊利伊奇走出了屋子，回来说，玛利雅·巴夫洛夫娜马上就来。

“什么事，她头痛吗？”伊巴托夫小声地问。

“头痛，”伊凡·伊利伊奇答道。

门打开，玛利雅·巴夫洛夫娜进来了。符拉季米尔·谢尔盖伊奇站起来，鞠一个躬，他惊讶得说不出一句话：自从上次他看见玛利雅·巴夫洛夫娜以后，她完全变了样子了！她消瘦的脸颊失去了红晕，眼睛周围各有一个宽的黑眼圈，嘴唇痛苦地紧紧闭着，她整个的面孔呆板而阴沉，好像石像一样。

她举起眼来，她的眼里没有一点光芒。

“你觉得怎么样？”伊巴托夫问她。

“我很好，”她答道，就挨着桌子坐下，桌子上茶炊中水已经烧开了。

符拉季米尔·谢尔盖伊奇那天晚上感到非常愁闷。其实大家的心绪都不好。谈话老是转到不愉快的话题上。

“你听，”谈话之间，伊巴托夫听到风的怒吼，便说，“它在唱什么样的调子！夏天早已过去了，现在秋天又要完了，冬天就在眼前了。雪又要在我们四周堆起来了。我倒盼望赶快下雪！要不然，到花园里去，你会感到忧郁……仿佛它是一座废墟了。树枝发出响声。是的，好日子过去了。”

“过去了，”伊凡·伊利伊奇重复地说。

玛利雅·巴夫洛夫娜不作声地望了望窗外。

“上帝保佑，他们会回来的，”伊巴托夫说。

没有人附和他的话。

“您记得吗，那个时候在这儿唱歌唱得多好啊？”符拉季米尔·谢尔盖伊奇说。

“还能不记得！”老头儿叹口气，答道。

“可是您还可以唱啊，”符拉季米尔·谢尔盖伊奇接着向玛利雅·

巴夫洛夫娜说，“您有这么好的嗓子。”

她没有理他。

“您母亲好吗?”符拉季米尔·谢尔盖伊奇不知道应该说什么话才好，就问伊巴托夫道。

“谢谢上帝，她虽然生着病，也还能够勉强过下去。她今天还坐了她的小车出去玩了一趟。我告诉您，她好像一棵折断的老树，发出吱呀、吱呀的声音，可是您瞧，别的年轻结实的小树都倒下去了，它还始终站着，站着。哎，哈，哈!”

玛利雅·巴夫洛夫娜两只手无力地垂到膝盖上面，她埋下了头。

“她活着等于受罪，”伊巴托夫又说起来；“俗话说得好：年老不是喜。”

“可是年轻也并不叫人欢喜，”玛利雅·巴夫洛夫娜好像自言自语地说。

符拉季米尔·谢尔盖伊奇本来想晚上回家，可是屋子外面是那样地黑，他下不了走的决心。他还是睡在楼上那间屋子里，就是三个月以前，因为叶戈尔·卡皮托内奇的缘故，他在那里一夜没有睡好觉的屋子。

“不知道，现在他还打鼾不打鼾?”符拉季米尔·谢尔盖伊奇想道，于是想起他怎样教训仆人，想起玛利雅·巴夫洛夫娜突然在花园里出现……

符拉季米尔·谢尔盖伊奇走到窗前，把前额贴在冷冰冰的玻璃上。他自己的脸模糊地从外面望着他，他的眼睛似乎蒙上了一层黑幕。可是过了一会儿，他就能够辨别出在没有星星的天空中，树枝在黑暗里一阵一阵地急急转动。风不停地吹打着它们。

突然符拉季米尔·谢尔盖伊奇觉得什么白色的东西在地面上一晃就过去了。……他仔细地看看，微微一笑，于是耸了耸肩膀，稍微提高一点声音说：“这是幻想在作怪!”就上床去了。

他很快就睡着了；但是他命中注定这一次也不能安静地睡一夜。宅子里人们来回奔跑的声音把他吵醒了。……他从枕上抬起头来……听到惊惶的声音，呼喊声，匆忙的脚步声，门砰砰地在响，女人哭起来了，花园里有人大声叫喊，远处别人的叫声在回答……宅子里越来越惊慌，人声越来越嘈杂……“失火了!”这个念头在符拉季米尔·谢尔盖伊奇的脑子里闪了一下。他害怕起来，马上从床上跳下，冲到窗前，但是并不见火光，只有花园里林间小路上有红色的小火点很快地在移动——这是人们提着灯笼在跑。符拉季米尔·谢尔盖伊奇很快地走到门口，打开了门。他一直撞到伊凡·伊利伊奇的跟前。伊凡·伊利伊奇脸色惨白，头发蓬乱，衣服还没有穿好就冲过来，他也不知道往哪儿走了。

“这是怎么一回事？发生了什么事情?”符拉季米尔·谢尔盖伊奇用力抓住他的胳膊，激动地问。

“她完了，她淹死了，她投水了，”伊凡·伊利伊奇喘着气回答。

“谁投水了？谁完了?”

“玛利雅·巴夫洛夫娜呀！除了玛利雅·巴夫洛夫娜还有谁呢！他把她毁了，把这个可爱的女子毁了！救命啊！老大爷们，赶快跑吧！小伙们，赶快跑呀!”

于是伊凡·伊利伊奇冲下楼去了。

符拉季米尔·谢尔盖伊奇胡乱地穿上皮靴，把大衣搭在肩膀上，跟着他跑了下去。

他在宅子里找不到一个人，他们全赶到花园里去了。只有伊巴托夫的女儿，小姑娘们在前厅旁边过道中遇到他：她们吓得脸色惨白，穿着白色裙子，紧紧捏住手，光着脚站在那盏安在地上的夜间暗灯的旁边。符拉季米尔·谢尔盖伊奇穿过客厅，绕过一张翻倒的桌子跑到平台上去。在堤堰那个方向，林子中间闪着火光，还有人影晃动……

“拿钓竿！赶快拿钓竿来！”听得见伊巴托夫的声音。

“渔网，渔网，划只小船来！”别人的声音在喊。

符拉季米尔·谢尔盖伊奇朝着喊声的方向跑去。他看见伊巴托夫站在池塘边上；挂在树枝上的灯笼把老人的白发苍苍的头照得很清楚。他绞着两只手，像一个醉汉似地摆摆晃晃；他旁边一个女人躺在草地上一面打滚，一面哭；人们在四周忙忙慌慌地跑来跑去。伊凡·伊利伊奇已经走进了没膝的水里，用一根竿子在探水的深浅；马车夫脱去了衣服，浑身发抖；两个人沿着岸拖着小船过来；从村子的街上传来急驰的马蹄声……风带着啸声吹过，仿佛要把灯笼吹灭似的；变成黑色的、可怕的池水飞溅起来，大声咆哮。

“我听到的事情，”符拉季米尔·谢尔盖伊奇跑到伊巴托夫跟前嚷道；“是可能的吗?”

“拿钩竿来，拿钩竿来！”老头儿呻吟地说，作为对他的回答。

“可是，也许您弄错了，米哈伊尔·尼可拉伊奇……”

“不！怎么会弄错呢?”躺在地上的女人带哭声地说，她是玛利雅·巴夫洛夫娜的女仆。“我这个该死的人，我亲耳听见她，我亲爱的小姐，投到水里去，怎样在水里挣扎，怎样喊着：‘救命啊，’然后又喊一次：‘救命啊！’”

“天啊，你怎么不阻挡她呢！”

“老爷，我的主人，我怎么能阻挡她呢？我觉察到的时候，她早已不在屋子里了。不过您知道，我心里已经有了预感：最近几天来她老是那样忧愁，一句话也不说；我已经明白了，一直就往花园里跑，好像有人提醒了我似的；突然，我听见扑通一声，什么东西掉在水里去的声音，我听见她喊，救命啊！……救命啊！……啊，亲爱的人，啊，好心的人啊……”

“不过，这也许是幻觉呢？”

“怎么是幻觉呢？那么她又在哪儿呢？她到什么地方去了呢？”

“原来我在黑暗中看到的白东西是这么一回事啊，”符拉季米尔·谢尔盖伊奇想道……

这个时候，人们带着钩竿跑来了，他们拖来一张渔网，把网铺在草地上。人聚集了很多，无谓地忙乱起来，拥来挤去。……马车夫抓住一根钩竿，村长抓住另一根，他们两个人跳上小船，把船撑开，就用钩竿在水里打捞；岸上的人拿灯笼给他们照亮。在摇曳不定、暗淡的灯笼光下，在搅动了的池面上，在阴暗中，他们的动作和他们的影子显得古怪而可怕。

“啊……这儿钩住了，”马车夫突然叫起来。

所有的人都屏住气息不动了。

马车夫把钩竿向上拉，弯下了身子……有一样角形的、黑色小东西慢慢地浮到水面上来了……

“树桩，”马车夫说，又把钩竿放回去。

“还是回来吧，回来吧，”岸上有人喊道；“钩竿不中用，应当用渔网……”

“是啊，是啊，用渔网，”另外一些人附和道。

“且慢，”村长说，“我也钩住了……好像是什么软东西！”他停了一下，又加了这一句。

船边上出现了白色的东西……

“小姐！”村长突然叫了起来。“是她！”

他没有错……钩竿钩住了玛利雅·巴夫洛夫娜的衣服的袖子。马车夫立刻抓住她，把她从水里拖出来……用力撑了两下船，船就到了岸边。……伊巴托夫，伊凡·伊利伊奇，符拉季米尔·谢尔盖伊奇全跑到玛利雅·巴夫洛夫娜那儿，抬起她的身子，托住她回家，马上给她脱去衣服，开始压出她肚内的水，使她暖和……可是他们费尽力气，他们的努力还是落了空……玛利雅·巴夫洛夫娜不会恢复知觉了……生命早已离开她了。

第二天一早，符拉季米尔·谢尔盖伊奇离开伊巴托夫村走了。他临走前还去跟死去的少女告别。她躺在客厅里的桌子上，穿着白色衣服……她的浓密的头发还没有完全干，她那惨白的、还未曾改变的面容上有一种哀痛的、惶惑的表情；她张开嘴唇仿佛竭力要说什么，要问什么……她交叉地紧握着的手似乎悲哀地压在胸前……但是不管她有什么愁思，这个可怜的姑娘已经淹死了，死已经在她的身上盖上了永恒的沉默和顺从的烙印。……在死者永远消逝、而且在坟墓中毁灭之前，死者的脸庞最后一次迎着活人的眼睛的时候，谁能够了解那个时候，那个短短的时候死者脸上的表情呢？

符拉季米尔·谢尔盖伊奇带着适度的沉思的表情站在玛利雅·巴夫洛夫娜遗体之前，画了三次十字以后才出去，他没有注意到伊凡·伊利伊奇躲在角落里低声哭泣。……而且那天哭的不止他一个人，宅子里的仆人全伤心地哭了……人们都想到玛利雅·巴夫洛夫娜的好处。

过了一个星期，娜杰日达·阿莱克山耶夫娜终于来信了，下面是老伊巴托夫的回信：

“亲爱的太太，娜杰日达·阿莱克山耶夫娜，我不幸的姨妹，您的朋友，玛利雅·巴夫洛夫娜在一个星期前的夜晚，任性地结束了自己的生命，投水自尽了。我们已经把她的遗体埋葬了。她下决心采取这个悲痛而可怕的行动，不跟我们诀别，甚至不留下一封信，一张字条，说明她最后的愿望。……但是娜杰日达·阿莱克山耶夫娜，您比什么人都明白，这个大罪该由谁的灵魂来负责！愿主审判您的哥哥吧，我的姨妹既不能够失去他的爱情，又受不了跟他分开的痛苦……”

娜杰日达·阿莱克山耶夫娜在意大利收到了这封信，她是跟她丈夫斯杰里钦斯基伯爵一块儿去的，在所有的旅馆里，人人都称他为伯爵。但是他不仅在旅馆里出入，人们还在赌场，在温泉的大厅①里经常看见他。……起初他输了很多钱，后来却不输了，他脸上带着一种特殊的表情，不知道是猜疑，还是傲慢，只有那个意外地被卷入丢脸

① 公共大厅，准备给到温泉来疗养的人们开音乐会、晚会和舞会用的。——译者注

事情里的人脸上才有这样的表情。……他很少跟他妻子见面。但是他不在场，娜杰日达·阿莱克山耶夫娜并不感到寂寞。她显出了对艺术、美术的热情。她的朋友大半是艺术家，她还喜欢跟年轻人谈论美。伊巴托夫的来信虽然使她非常伤心，但是并不能阻止她去“狗洞”①看那些可怜的动物给投进硫磺气里面怎么地闷死。

她不是一个人去的。有几个崇拜她的人陪着她去。其中，最殷勤的是一位姓波彼林的先生——一个留着小胡子、穿方格子短外衣的不出名的法国画家，他用细微的男高音唱最新的爱情歌，说起俏皮话来非常放肆，他虽然瘦，却吃得很多。

7

在一个晴朗、寒冷的正月里的日子；许多人在涅瓦河畔散步。议会大楼塔上的钟正指着三点。我们的老朋友，符拉季米尔·谢尔盖伊奇·阿斯塔霍夫也在人丛中，在铺了黄沙的宽阔的石板路上散步。我们跟他分别以后，他已经长得很有男人的气概，脸上长出来络腮胡子，身体也长得很粗壮，但是并没有变老。他不慌不忙地跟在人们后面走着，时时朝四周望望。他在等候他的妻子；她要跟她母亲一块儿坐马车来。符拉季米尔·谢尔盖伊奇已经结婚五年多了，正如他往常所希望那样：他的妻子很有钱，又有显贵的亲戚。符拉季米尔·谢尔盖伊

① 狗洞，意大利拿波里附近一个著名的山洞，旅客常到该地参观。这个洞底裂口处流出大量的碳酸气，所以落在洞里的小动物会死亡。这里指的是为了娱乐旅客，把狗投入洞里作试验。——俄文本编者注

奇在遇见许多熟人的时候，一面很有礼貌地抬一抬他那顶刷得十分干净的礼帽，一面以幸运人的优闲步伐继续往前走。突然间，就在商场附近，一个披西班牙式斗篷、戴无檐帽的先生差一点撞在他身上。这位先生脸色十分憔悴，唇须染了颜色，眼睛大而有些浮肿。符拉季米尔·谢尔盖伊奇尊严地让到一边去，可是这位戴无檐帽的先生却望着他，突然嚷起来：

“哦！阿斯塔霍夫先生，您好！”

符拉季米尔·谢尔盖伊奇没有回答。他惊讶地呆住了，这个戴无檐帽、在涅瓦大街上走路的先生，居然知道他的姓。

“您不认识我吗？”戴无檐帽的先生又说。“八年前，在特省乡下，伊巴托夫家里，我看见过您。我叫威列季叶夫。”

“啊哈！我的天！请原谅！”符拉季米尔·谢尔盖伊奇大声说。“可是这些年来，您变得多了……”

“是啊，我老了，”彼得·阿莱克山耶维奇用没有戴手套的手摸摸脸孔，回答道。“可是您并没有变啊。”

要说威列季叶夫老了，还不如说他消瘦而衰颓的好。他脸上全是密密细细的皱纹；他说话的时候，嘴唇和脸颊都在微微地搐动。由这一切看来，这个人一向生活得太放荡了。

“这些时候全没有看见您，您躲在哪儿去了？”符拉季米尔·谢尔盖伊奇问他道。

“我到处流浪。您一直住在彼得堡吗？”

“大部分时间在彼得堡。”

“结婚了吗？”

“结婚了。”

符拉季米尔·谢尔盖伊奇做出一副相当严肃的神气，好像要对威列季叶夫说：“亲爱的朋友，你不要想叫我给你介绍我的妻子。”

威列季叶夫仿佛懂得他的意思。他的嘴角闪出了冷淡的微笑

“您妹妹怎么样?”符拉季米尔·谢尔盖伊奇问道。“她在哪儿呢?”

“我不能确定地回答您。她也许在莫斯科。我很久没有收到她的信了。”

“她丈夫还活着吗?”

“活着。”

“那么伊巴托夫先生本人呢?”

“我不知道，他大概活着。但也可能死了。”

“还有那位先生——他到底叫什么呢？包德略科夫吗？他怎么啦?”

“就是您请过他做您的公证人的那位吗？那个时候您真胆小呀，您还记得吗？天晓得他怎么啦!”

符拉季米尔·谢尔盖伊奇尊严地板起面孔，不作声。

“我常常带着快乐地回想起那些夜晚，”他往下说，“那个时候我有跟您妹妹和您认识的机会（他差一点说出‘荣幸’来了）。她是一个很可爱的女人。那么，您还是唱得那么好吗?”

“不，嗓子坏了……是啊，那些日子多好啊!”

“后来，我又到伊巴托夫村去过一次，”符拉季米尔·谢尔盖伊奇伤感地扬起眉毛，接着说，“那个村子大概叫这个名字吧——就是在发生可怕事故的那一天，……”

“是啊，是啊，可怕啊，可怕啊，”威列季叶夫连忙打断了他的话。

"是啊，是啊。您还记得吗，您差一点就跟我现在的妹夫决斗了?"

"嘿！我记得!"符拉季米尔·谢尔盖伊奇慢吞吞地回答。"但是，我得承认，已经过了多少年，有时候我觉得这一切像是一场梦……"

"像一场梦，"威列季叶夫跟着说了一遍，他的苍白的脸颊上现出了红色，"像一场梦……不是，这不是梦，至少对我说来这不是梦。这是年轻、快乐、幸福的日子，无限希望和制服不了的力量的日子；这要是梦，那么这是多美的梦啊。可是现在您和我，我们都老了，都变蠢了，胡子染了颜色，在涅瓦大街上散步，我们毫不中用了；就像一匹精疲力竭的老马一样，我们毫无生趣，奄奄待毙了；我们不知道是妄自尊大，装腔作势，还是游手好闲，然而说不定我们都会借酒浇愁——现在这倒更像梦了，倒更像一场最可怕的噩梦了。我一生完了，而且白白地、荒唐地过完了——可悲的就在这儿！要是人能够像摆脱梦似地摆脱这个多好，要是人还能够醒过来多好……然而随处随地都有一个可怕的记忆，一个痕迹……不过，再见!"

威列季叶夫急匆匆地走开了；可是他走到涅瓦大街一家最著名的点心铺门前就站住，走进去了。他在柜台前干了一杯橙汁烧酒，穿过一间给烟草熏得烟雾腾腾、光线暗淡的弹子房走到后面屋子去了。他在那儿找到几个熟人，老朋友：彼佳·拉祖陵，柯斯佳·柯夫洛夫斯基，谢尔久科夫公爵，还有简单称为瓦秀科和菲拉科的两位先生。虽然这些人全是单身汉，他们可都不年轻了；他们有的已经秃顶，有的头发灰白，他们满脸都是皱纹，长了双下巴——总之，这些先生们像俗话所说的："早已过完了他们一生最好的时光了。"但是他们一直把威列季叶夫看作命中注定要轰动全世界的不平凡的人；他比他们都聪明，就只因为他知道自己完全无用，而且根本无用。然而在他的圈子以外也有人认为要是他不自暴自弃，天晓得他会有多大的出息呢。……这些人全错了，威列季叶夫家从来没有出过一个有出息的人。

彼得·阿莱克山耶维奇的朋友们遇到他，说着老一套的问好的话。起初他阴沉的脸色和激怒的话把他们窘住了；可是他很快地就安静下来，又快活起来了，于是一切事情又照常地进行了。

符拉季米尔·谢尔盖伊奇等威列季叶夫走开，他就皱起眉头，挺起胸来了。彼得·阿莱克山耶伊奇的冒昧的举动使他很窘，而且还惹他生气。

“变蠢了，喝酒了，胡子染了颜色了……parlez pour vous，mon cher,①”最后他几乎高声地说，一面不知不觉地气得鼻子里接连嗤了两次，正要继续往前走。

“跟您说话的那个人是谁?”他背后传来响亮而带自信的声音。

符拉季米尔·谢尔盖伊奇回过头去，看到他一个好朋友，波姆朋斯基先生。这位波姆朋斯基先生是一个身材又高大又肥胖的人，担任着相当重要的职务，他从年纪很轻的时候起，就从没有怀疑过自己。

“啊，一个非常古怪的人，”符拉季米尔·谢尔盖伊奇一面说，一面挽起波姆朋斯基先生的胳膊。

“我说，符拉季米尔·谢尔盖伊奇，一个上流社会的绅士怎么可以跟一个戴无缘帽的人在街上聊天呢?这是不体面的！我惊讶之至！您在哪儿会认识这样的一个人呢?”

① 法文：朋友，这是讲您自己。

“在乡下。”

“在乡下？……在城里就不跟乡下的邻居打招呼……Cen’est pas comme il faut①。一个绅士总得有绅士的气派，要是他想……”

“我妻子来了，”符拉季米尔·谢尔盖伊奇连忙打断了他的话。“我们到她那儿去吧。”

两位绅士便向一辆豪华的矮马车走去，一个女人的苍白、疲乏而且傲慢易怒的脸庞从车窗里望了出来，她还年轻，但是已经憔悴了。

在她的后面，还有一位仿佛也在生气的太太，那是她的母亲。符拉季米尔·谢尔盖伊奇打开车门，去搀扶他的妻子。波姆朋斯基跟岳母走在一起，于是两对人顺着涅瓦大街走去，一个穿豆绿色皮靴、帽子上有大帽徽的、黑头发、个子不高的跟丁跟在他们的后面。

---

① 法文：这是不体面的。

雅科夫·巴生科夫*

* 这篇小说写于一八五五年初，发表在《祖国纪事》一八五五年第四期上。——译者注

1

事情发生在彼得堡，时在冬天，还是谢肉节的第一天。我的一位从前在寄宿学校的同学请我吃饭，他在年轻时候有“腼腆少女”的外号，可是到后来却成了一个一点也不拘谨、怕羞的人。现在，他跟我大部分的同学一样，早已去世了。被邀请来吃饭的客人除了我以外，还有一位康斯坦青·阿列克山德罗维奇·阿沙诺夫，和一位当时文学界的名流。这位文学界的名流让我们等了好久，后来才叫人送来一张“无法赴约”的字条，于是一位身材矮小、淡黄色头发的先生占了他的座位。这位先生是固定的不速之客，彼得堡多的是这种人。

这顿午餐吃得很久，主人并不吝惜酒，我们的脑子都渐渐地受到了影响。我们每个人埋在心底的一切——哪一个人心里没有一点秘密呢——都泄露出来了。突然间，主人脸上那种拘束、谨慎的神情消失了，他的眼睛傲慢地闪动着，一种粗俗的冷笑使他的嘴唇歪成怪相；淡黄色头发的先生发出愚蠢的尖叫声，说不出庸俗地笑着；可是，最叫我感到惊讶的却是阿沙诺夫。这个人向来以讲究礼貌出名，这时却突然用手摸前额，装模作样，吹嘘阔亲戚，不断地提到他的某一位叔父，一个非常显要的人物。……我完全认不出他来了；他明明在嘲笑我们……他差不多在表示瞧不起我们这伙人。阿沙诺夫的傲慢惹我发火。

“请听吧，”我对他说，“要是您看来，我们是那样不入眼的话，那么就请您到您阔叔父那儿去吧。可是，他倒未见得肯接见您呢?”

阿沙诺夫不回答我一句话，他的手还继续在摸前额。

“这是一群什么样的人啊!”他又说了。“他们不但没有接触过上流社会，连一个高尚的女人也不认识，我这里（他大声说，连忙从他的边袋里摸出一只皮夹子，用手拍了一下。）却有整束这一类小姐写来的信，你就是踏遍全世界也找不到第二个来!”

主人和淡黄色头发的先生并没有注意阿沙诺夫后面的话，他们两个人互相拉着钮扣，在讲什么事，可是我却注意地听着。

“大人物的侄少爷，这可就是您在吹牛了!”我一面说，一面靠近阿沙诺夫。“您连一封信也没有。”

“您这样想吗?”他傲慢地看了我一眼，反驳道：“那么，这是什么?”他打开皮夹子，拿出十封左右写上他名字的信给我看……“好熟的笔迹！……”我想道。

现在我还感觉到，羞耻使我的脸颊烧得通红……我的自尊心大受损伤。……谁又愿意承认这种下贱的行为呢？……可是没有别的办法：我开始讲故事的时候，我就知道，我会羞得面红耳赤的。那么，我还是鼓起勇气来承认……

这件事情是这样的：阿沙诺夫喝得酩酊大醉，他不小心地把信丢到给香槟酒浸湿了的桌布上（我也喝得头脑昏昏了），我趁这个机会很快地看了其中的一封信……

我的心紧了……啊！给阿沙诺夫写信的就是我自己爱着的姑娘，现在毫无疑问她爱上他了。信是用法文写的，信里流露出柔情和忠诚……

“Mon cher ami Constantin①！”信是这样开头的……而且用这些话结束：“但愿您像从前那样地谨慎，除了您以外，我决不属于别的人。”

好像是一声响雷把我震昏了，我一动也不动地坐了好一会儿，后来我终于清醒过来了，跳起来，从屋子里跑出去……

过了一刻钟，我已经在自己的寓所里了。

兹洛特尼茨基一家是我从彼得堡搬到莫斯科以后最先认识的。这一家人有父亲、母亲、两个女儿和一个儿子。父亲的头发虽然已经花白，可是精力还很充沛，从前在军队里服务，现在还有一个很重要的职位，他早晨去机关办公，午饭后睡觉，晚上到俱乐部打牌。……他在家的时间不多，很少讲话，而且不喜欢讲话，不知道是郁郁不乐，还是冷漠无情，他看起人来，总是皱着眉头。他除了游记和地理书外，从来不读其它的书。他生病的时候，却锁在自己的屋子里，在画片上面着色，或者调逗灰色的老鹦鹉波普卡消遣。他的妻子有一对陷进去的黑眼睛，一根尖尖的鼻子，是一个身体弱、患肺病的女人，整天不离开躺椅，而且总是在绣帆布的座垫。根据我的观察，她害怕她的丈夫，好像从前做过什么对不起他的事情似的。大女儿瓦尔瓦拉，十八岁，长得丰满，脸色绯红，头发亚麻色，她总是坐在窗前，看过

① 法文：康斯坦青，我亲爱的朋友！

路的人。儿子在公立学校读书，只有礼拜天在家，他也不喜欢讲废话。连小女儿索菲雅（就是我所爱的那个姑娘）也是沉默寡言的。在兹洛特尼茨基家里经常总是静寂无声；打破这片静寂的只有波普卡的尖锐的叫声；可是客人们很快地就听惯了它的声音，于是又感觉到这种永久的静寂多么沉重，多么压迫人。但是，到兹洛特尼茨基家里来的客人并不多；他们家里是寂寞乏味的。连那些家具，客厅里红底黄花的糊墙纸，饭厅里的许多藤椅，躺椅上放的几个褪了色的绣着女孩和小狗的羊毛座垫，一些角形的灯，和壁上挂的几幅阴沉沉的画像——这一切都使人不由自主地感到忧郁，因为什么东西都有一种冷冰冰的、没有生气的意味。我到了彼得堡，认为应当拜访兹洛特尼茨基一家人：他们是我母亲的远亲。我好不容易在他们家里坐上了一个钟点，好久我都不想再去看他们；可是渐渐地我到他们家越来越勤了。索菲雅引起了我的注意，起初我并不喜欢她，后来我却爱上了她。

这个姑娘长得中等身材，体格匀称，稍微有点瘦弱；她脸色苍白，有一头浓密的黑发，一对褐色的大眼睛总是半睁半闭。她那端庄的、眉目分明的面貌，特别是她的紧闭的嘴唇，都显出意志的坚决和力量。家里的人都知道她是一个性格倔强的姑娘。……“她很像她的大姐卡捷利娜，”有一天，只有兹洛特尼茨基太太跟我两个人在一起的时候，她对我说（在她丈夫面前，她不敢提起卡捷利娜的名字）。“您不认识她：她在高加索，结婚了。请您想一想吧，她才十三岁的时候，就爱上了她现在的丈夫，当时就跟我们说，她决不跟另外一个人结婚。我们用尽方法劝阻，都没有用！她等到二十三岁的时候，不怕她父亲生气，还是跟她崇拜的男人结婚了。在索涅契卡①身上，难保不发生这种可怕的事情！但愿上帝保佑她，使她不要这样固执！可是，我真替她担心，要知道她只有十六岁，就已经不肯听话了。……”

兹洛特尼茨基先生走进屋子来，他的妻子马上就不作声了。

其实，我爱索菲雅倒不是因为她的意志力——不是，虽然她多么冷漠无情，不够活泼，缺乏想象力，可是她却有独特动人的地方：光明磊落，诚实正直，心地纯洁。我尊敬她的程度正如我爱她一样。……我仿佛觉得，她对我也有好感；现在我的幻想破灭，知道她爱的是别人，这件事真叫我痛苦。

这意外的发现叫我尤其惊奇的是：阿沙诺夫先生并不常到兹洛特尼茨基家去，他去得比我少多了，而且一点也没有对索涅契卡表示过特别的好感。他是一个皮肤带黑色的美男子，脸色略带阴沉，却善于表情，明亮凸出的眼睛，宽大洁白的前额，修剪得精致的髭须下现出丰满鲜红的嘴唇。他的态度非常谦逊，可是很严肃，说话或判断时现出了自信，不说话时也露出了尊严。虽然，他是一个自命不凡的人。阿沙诺夫很少笑，而且笑声也是细声细气的。他决不跳舞。他的身体十分笨重。他曾经在某一个团里服务，得到了干练军官的名声。

“真是怪事！”我躺在长沙发上想道。“怎么我以前一点也没有看出来呢？……”“但愿您像以前那样地谨慎，”我忽然想起索菲雅信中的

---

① 索菲雅的爱称。——译者注

这句话。“啊!”我想。“原来是这么一回事！瞧，这个狡猾的丫头！我还以为她是坦白的、真诚的。……好吧，您就等着吧，我要叫您知道……”

要是我没有记错，那天我想到这儿，就痛哭起来了，一直到天亮都没有闭过眼睛。

第二天，下午两点钟，我到兹洛特尼茨基家去。老头儿不在家，他的妻子也没有坐在她平日坐惯的地方；她昨天吃过薄饼①以后，感到头痛，就在自己的卧房里躺下来了。瓦尔瓦拉肩膀靠着窗站在那里看街。索菲雅两只手抄在胸前，在屋子里走来走去。波普卡尖声叫着。

“啊！您好!”我一走进屋子，瓦尔瓦拉就懒洋洋地说，马上又压低声音加了一句：“那边来了一个农民，头上顶着托盘……”她看到过路的人常常有一种好像在向自己报告的习惯。

“您好,”我答道，“您好，索菲雅・尼可拉夫娜。塔季雅娜・瓦西里叶夫娜在哪儿?”

“她睡觉去了,”索菲雅说，她继续在屋子里走来走去。

“我们吃了薄饼,”瓦尔瓦拉并不回过头来说。“您为什么不来？……那个缮写员到哪儿去呢?”

“我没有空，”我答道。（鹦鹉尖声叫起来：“敬—敬礼!”）“今天你们的波普卡叫得多厉害!”

---

① 谢肉节的主要食品。——译者注

“它老是这样乱叫的，”索菲雅说。

我们大家都不作声了。

“他走进大门了，”瓦尔瓦拉说，她突然爬上窗台去，打开了小通风窗。

“你干什么?”索菲雅问道。

“一个要饭的，”瓦尔瓦拉答道，她弯下腰，在窗上拿了一个五戈比的铜板（铜板上还留着一小堆灰色的熏香灰①），掷到街上去，砰地一声关上了通风窗，不灵活地跳到地板上。

“昨天晚上我真高兴，”我在圈手椅上坐下，便说：“一个朋友请我吃饭，康斯坦青·阿列克山德罗维奇也在那儿……（我看了索菲雅一眼，她连眉头都没有皱一下。）我得承认，我们喝得真痛快：四个人喝了八瓶酒!”

“原来是这回事!”索菲雅安静地说，她摇摇头。

“是的，”我继续说下去，她的漠不关心的态度使我有点生气了。“可是索菲雅，您知道吗？俗话说得好：‘酒醉说真话，’这原是千真万确的。”

“为什么?”

“康斯坦青·阿列克山德罗维奇把我们逗笑了。请您想象看：他突然这样地用手摸前额，一面说：‘我是多么了不起的小伙子，我的叔父是个名人！……’”

---

① 这种熏香是指一种特造的、用芳香的焦油浸透的蜡烛，它烧尽时，发散出好闻的香味。——译者注

“哈，哈!”瓦尔瓦拉发出短促的笑声。……“波普卡，波普卡，波普卡!”鹦鹉接连地响应她。

索菲雅站在我面前，望着我的脸。

“那么您说什么呢?”她问道，“不记得吗?”

我不由自主地红了脸。

“我不记得了！我一定也很不错吧。”我意味深长地停顿了一下，又接下去说：“喝酒的确很危险，人一喝酒，马上就把秘密泄露了，连别人不应该知道的事全说出来了。他后来懊悔，也来不及了。”

“难道您泄露了秘密吗?”索菲雅问。

“我不是在讲自己。”

索菲雅掉转身子，又在屋子里走来走去。我望着她，心里就生气。我想着，“瞧她还是一个毛丫头，一个小女孩，可是她却多么能控制自己！简直是石头做的一样！可是等着瞧吧……”

“索菲雅·尼可拉夫娜……”我大声说。

索菲雅站住了。

“什么事?”

“您肯不肯弹点什么呢？再说，我还有话跟您讲，”我压低声音，接下去说。

索菲雅一句话也不说，就走到厅子里去；我跟在她后面。她在钢琴旁边站住了。

“您要我弹什么曲子?”她问。

“随便弹什么都好……就弹萧邦的夜曲吧。”

索菲雅开始弹夜曲了。她弹得并不高明，可是有感情。她姐姐只会弹波兰舞曲和华尔兹舞曲，而且也不常弹。有时候，她懒洋洋地走到钢琴跟前，坐下去，披巾从肩膀滑落到肘臂上（我从没有看见她不围披巾的时候），响亮地弹着波兰舞曲，一曲未终，又弹另一个曲子，后来她突然叹一口气，站起来，又走到窗前去了。瓦尔瓦拉真是一个古怪的女人！

我在索菲雅旁边坐下。

“索菲雅·尼可拉夫娜，”我聚精会神地从侧面注视着她，一面说，“我应当告诉您一个使我不痛快的消息。”

“消息？怎么样的消息？”

“就是这样的消息……一直到现在，我都把您认错了，完全认错了。”

“您这是什么意思？”她一面说，一面弹琴，她的眼睛注意地望着手指。

“我一直以为您是坦白的；我一直以为您不会玩花样，隐藏自己的感情，捉弄人……”

索菲雅俯下脸，靠近琴谱。

“我不明白您的话。”

“主要的是，”我说下去，“我万万想象不到，像您这种年纪居然能够做戏做得这么好……”

索菲雅的手在琴键上微微地颤抖起来。

“您为什么讲这个？”她说，仍然不望我一眼。“我做戏？”

“是的，您。（她笑了笑……我气得不得了……）您假装对某一个人漠不关心，您却……却给他写信，”我小声地加了一句。

索菲雅的脸色变得雪白，可是她并不回过头来看我。她把夜曲弹完，站起来，关上了钢琴盖子。

“您到哪儿去?”我有点困窘地问她。“您不回答我吗?”

“我能回答您什么呢? 我不知道您讲些什么。……我不会作假。”

她便动手检琴谱……

我气得不得了。

“不，您知道我指的是什么事，”我也站起来说。“您想听吗，我马上提醒您一封信里的句子：要是您像从前那样地谨慎……”

索菲雅微微地抖了一下。

“我决没有料到您会这样，”她后来说。

“我也决没有料到，”我接过来说，“索菲雅·尼可拉夫娜，您看中的人是……”

索菲雅很快地向我转过身来，我不由自主地朝后退：她的眼睛——平常总是半闭的眼睛大大地张开来，显得那么大，在她的眉毛底下愤怒地发亮了。

“啊，如果就是这回事，”她说，“那么您应当明白，我爱这个人，至于您对他的看法怎么样，您对我爱他的看法又怎么样，跟我完全不相干。而且您凭哪一点来下结论呢? ……您有什么权利说这种话呢? 如果我决定了做什么事情……”

她闭了嘴，马上走出去了。

我留在厅子里。我突然感到很狼狈，很不好意思，我用手蒙住了脸。我知道我的行为是下流的、卑鄙的，我给羞耻和悔恨压得透不过气来了，我呆呆地站在那里，就像一个出了丑的人一样。我心里想：

“我的天！我干出了这种好事！”

“安东·尼基季奇，”我听见了女仆在前厅说话的声音，“请您赶快拿一杯水给索菲雅·尼可拉夫娜。”

“什么事？”听差问道。

“小姐好像在哭……”

我打了一个颤，走到客厅里去拿了帽子。

“您跟索菲雅讲了些什么？”瓦尔瓦拉不在意地问我，停了一下，她压低声音接着说：“那个缮写员又走过去了。”

我向她告辞。

“您要到哪儿去？等一下吧，妈妈马上就出来了。”

“不，我等不及了，”我说，“我还是下次再来吧。”

就在这个时候，使我大吃一惊——的确使我大吃一惊，索菲雅坚定地一步一步走进客厅来了。她的脸比平日更苍白，她的眼睑微微发红，她也不看我一眼。

“您瞧，索尼雅①，”瓦尔瓦拉说，“一个缮写员老在我们家附近走来走去。”

“一个侦探吧……”索菲雅冷冷地、轻蔑地说。

这太过份了！我走了，说老实话，我不知道自己是怎样走回家的。

我心里非常难受，这种难受和痛苦实在是无法形容出来的。在整整一天一夜中间，我受到了两次这种无情的打击，我知道索菲雅爱上

① 也是索菲雅的爱称。——译者注

了别人，而且她永远看不起我了。我是那么绝望，那么羞惭，所以我连对自己发脾气也没有办法。我躺在长沙发上，脸朝着墙，开始陷在绝望的痛苦中的时候，突然听到屋子里响起了脚步声，我抬起头来，就看见了我最好的朋友，雅科夫·巴生科夫。

那一天无论哪一个人到我的屋子里来，我都会故意地对他大发脾气，可是对巴生科夫我始终没法生气；正相反，不管我多么悲痛，我看见他来，心里却很高兴。我向他点点头。他按照老规矩，在屋子里来回踱了两次，清清嗓子，伸一伸他那长长的四肢，然后默默地在我面前站了一会儿，又默默地在角落里坐下了。

我认识巴生科夫很早，差不多自小就认识他。他就在那个德国人文特尔凯列尔办的私立寄宿学校里受教育，我也在那个学校里念过三年。雅科夫的父亲，一个贫穷的、退伍的少校，非常诚实，可是神经不大正常，他把他的七岁的男孩送到这个德国人办的学校里住读，预付了一年的费用，就离开了莫斯科，从此杳无音讯地失踪了。……偶尔传来关于他的可疑、而古怪的谣言。大约过了八年以后，才知道他的确实的消息，他过伊尔狄希河给大水淹死了。他为什么要到西伯利亚去——那只有天晓得。雅科夫没有别的亲属：他的母亲老早死了。他就这样地归文特尔凯列尔照顾了。不错，雅科夫还有一个远亲，表姨，可是她穷得不敢去探望她的外甥，害怕有人把抚养他的责任套在她的脖子上来。她的恐惧其实是没有根据的：好心的德国人仍然让雅科夫住在他那里，允许他照旧跟同学们一起念书，照旧供给饮食（但是，除了星期天，他饭后并没有点心，水果吃），还用他自己母亲穿旧的羽缎晨衣（大半都变成黄褐色了）给他改衣服，德国人的母亲是里弗良基①的女人，虽说年纪已经很大，可是动作敏捷，而且能干。因为这一切的情况，还因为雅科夫在寄宿学校地位很低，同学们对待他都很随便，看不起他。有时叫他“老妈妈的晨衣”，有时叫他“女帽子的外甥”（他的表姨老是戴一顶形状非常古怪的帽子，帽顶上竖着一小束像朝鲜蓟一样的黄缎带），有时候又叫他“伊尔马克②的儿子”（因为伊尔马克也是在伊尔狄希河中淹死的）。可是不管这些绰号，不管他那身可笑的衣服，不管他极端的贫穷，大家还是很爱他，而且你怎么能不爱这个人呢：我以为，世界上决没有一个人的灵魂比他的更善良、更高贵的了。他的功课也是非常的好。

我第一次看见雅科夫的时候，他十六岁，我只有十三岁。我是一个极端自高自大、娇生惯养的男孩，生长在一个相当富裕的家庭，因此我一进寄宿学校，马上就和一位小公爵（他受到文特尔凯列尔的特别照料），还有两三位贵族子弟交了朋友，对其他的同学却摆起架子来。至于巴生科夫，我根本不放在眼里。这个个子高高、笨里笨气的小伙子穿着样子难看的上衣和短裤，下面露出一双粗线长袜，在我看来似乎就是一个家奴出身的侍僮，要不就是一个小市民的儿子。巴生科夫对每一个人都温文有礼，虽然他并不奉承任何一个人；要是有人不理睬他，他并不自卑，也不生气，只是仿佛带着惋惜而期待的神情走开。他对待我就是这样。过了两个月光景，在一个晴朗的夏天，我

① 波罗的海区域旧称，现在它一部分属拉脱维亚苏维埃社会主义共和国，一部分属爱沙尼亚苏维埃社会主义共和国。——译者注

② 伊尔马克，伊凡雷帝时代西伯利亚的征服者。一五八四年他试图游过伊尔狄希河，淹死在河里。——译者注

玩过喧闹的棒球游戏以后，经过院子走到花园里去，我看见巴生科夫坐在一棵高大的紫丁香树下，一张长凳上，正在读书。我走过的时候，顺便看一下封面，在书脊上看到了席勒的名字："Schiller's Werke①"，我站住了。

"难道您懂德文吗？"我问巴生科夫。

一直到现在，我回想起那天我的声音是多么傲慢，我就感到惭愧。……巴生科夫安静地抬起他那对并不大、然而很灵活的眼睛望着我，回答道：

"是啊，我懂，您呢？"

"还用说！"我答道，他的话已经惹我生气了；我正打算走开，可是好像有什么东西拉住了我。

"您正在念席勒的什么呢？"我带着先前那种傲慢的神气问他。

"现在吗？我在念'Resignation②'一首美极了的诗。要不要我朗诵给您听？您坐到这儿来，坐在我旁边长凳上。"

我稍微迟疑一下，还是坐下去了。巴生科夫便朗诵起诗来。他的德文程度比我好多了；他不得不给我解释几行诗的意义；可是我也不再因为自己无知，或者他比我高明而感到羞愧了。从那一天起，从我们两个人一块儿在花园里紫丁香树的浓阴下读诗的时候起，我就一心一意地爱上了巴生科夫，跟他亲近，而且完全受他指导了。

他那个时候的相貌我至今还记得很清楚，而且他后来也改变很少。

① 德文：席勒著作集。（席勒，1759—1805，德国诗人和剧作家。——译者注）
② 德文：对命运的顺从。

他身材瘦长，体格不很匀称。窄肩，凹胸使他显得病弱，虽然他的身体不能说不健康。他那个拱顶似的大脑袋稍微有一点偏。他那亚麻色的柔软、稀疏的鬈发披在细长的脖子旁边。他的脸不算漂亮，有人甚至因为他那根又厚又长的浅红色鼻子低垂在没有线条的阔嘴唇上，觉得他的相貌滑稽、可笑。然而他那宽阔的额角却非常优美。在他微笑的时候，他那对灰色的小眼睛流露出那样温和、亲切、善良的光辉，任何人看到它都会感到衷心的温暖和愉快。我还记得他的声音，柔和而平稳带着一种特别好听的沙声。他照例很少讲话，而且看得出来他不善于讲话；然而在他兴奋的时候，他却口若悬河，滔滔不绝了，而且——真奇怪——他的声音也变得更加柔和，他的目光显得更加深沉了，光芒收敛了，可是他整个的脸孔却微微地红了起来。在他嘴里，“善良”、“真理”、“生命”、“科学”、“爱情”等等字眼，无论他讲得怎么热烈，它们决没有一点虚伪的调子。他毫不牵强，也不费力地走到理想的领域；他纯洁的灵魂随时都会去到“美的神龛”面前；只等待一声招呼，就与另一个灵魂接触……巴生科夫是一个浪漫主义者，是我偶尔遇到的最后的浪漫主义者中间的一个。谁都知道，浪漫主义者早已绝迹了，无论如何，今天的年轻人中间再找不到这种人了。今天的年轻人远不及他们！

我跟巴生科夫在一起过了三年光景，我们真如俗话所说：“情投意合”。他信任我，把他的初恋告诉了我。我怀着多么感谢的关怀和同情倾听了他的自白！他恋爱的对象就是文特尔凯列尔的外甥女，一个美丽的金发小姑娘，她有一张胖胖的几乎还带着孩子气的圆脸孔和一对容易信任人的温柔的蓝眼睛。她非常普良、多感，喜欢马季松①、乌兰德②、席勒的诗，时常用她那胆小的、音乐般的声音非常动听地朗诵他们的诗。巴生科夫的爱情完全是精神方面的。他只有在星期天才能看到他的爱人（星期天她常来跟文特尔凯列尔家的孩子们玩“摸彩”的游戏），而且很少跟她讲话；有一次，她对他说：“mein lieber，lieber Herr Jacob③！”整个晚上，他幸福得不能合上眼睛。那个时候，他连想都没有想到，她对他所有的同学都说“mein lieber④”呢。我还记得，那个时候突然传来佛利德利卡小姐（这是她的名字）跟克尼夫屠斯先生结婚的消息，他那种悲痛和垂头丧气的样子。克尼夫屠斯先生是一个生意很发达的肉铺的老板，他非常漂亮，还受过很好的教育。但是她同他结婚不单是顺从父母的意思，而且也还是因为爱他的缘故。那个时候，巴生科夫非常难过，特别是在年轻夫妇第一次来探亲的日子，他尤其感到痛苦。从前的佛利德利卡小姐（现在已经是佛利德利卡太太）又用“lieber Herr Jacob”（亲爱的雅科夫先生）的称呼，把巴生科夫介绍给她那位全身发亮的丈夫：从他的眼睛，高耸的黑鬈发，前额，牙齿，常礼服上的钮扣，背心上挂的表链，直到那双穿在相当大的八字脚上的皮靴，都在闪闪地发光。巴生科夫握着克尼夫屠斯先生的手，祝他（我相信这是真诚的祝贺）幸福无量。这件事是在我面前发生的。我记得，那个时候我多么惊叹而同情地望着雅科夫。我觉得他真是英雄！……后来，我们两个又谈了多

---

① 马季松（1761—1831），德国诗人，写了许多多愁善感的诗。——译者注

② 乌兰德（1787—1862），德国著名浪漫主义的诗人，他的许多诗由俄国名诗人茹科夫斯基译成俄文。——译者注

③ 德文：我亲爱的，亲爱的雅科夫先生！

④ 德文：我亲爱的。

少忧郁的话！我对他说：“在艺术里去找安慰吧！”他答道：“是啊，也还要在诗里找安慰。”我又加一句：“在友谊里，”“也在友谊里，”他重复了一句。啊，从前那些幸福的日子！……

我跟巴生科夫分别真是痛苦的事！在我离开学校以前，他经过长时间的奔走，努力，而且经过相当滑稽可笑的信札往还之后，终于得到了他的出生证明文件，进大学念书去了。他的费用仍旧由文特尔凯列尔供给，可是他不再穿羽纱上衣和裤子了，他有了普通的衣服，这是他教小学生各种功课得来的报酬。在我离开寄宿学校之前，巴生科夫对待我的态度一点都没有改变，虽然我们中间年龄的差别已经开始显著，我还记得，我开始嫉妒他新交的几个大学同学。他对我的影响是极有益的。可惜，这种影响不能继续下去。我只举一个例子来说。小时候我有撒谎的习惯。……在雅科夫面前，我却不能说一句谎话。可是我特别喜欢跟他一块儿出去散步，或者在屋子里跟他一起踱来踱去，听他（那个时候他的眼睛并不望着我）用低微而带感情的声音朗诵诗篇。真的，我仿佛觉得，那个时候我和他一起慢慢地、渐渐地离开了大地，飘到某一个光辉灿烂、神秘优美的地方去了……我还记得某一个夜晚，我跟他坐在那一棵紫丁香树下面：我们喜欢这个地方。我们所有的同学都已经睡了；我们轻轻地起来，在黑暗中摸索着穿好衣服，偷偷地走出去“做梦”。院子里很暖和，可是偶尔吹来一阵凉风，使我们彼此靠得更紧。我们谈着，我们谈了许多话，而且谈得很热烈，我们虽然并没有争论，我们却互相抢着说话。天上闪耀着无数的星星。雅科夫抬起头来，紧紧地捏住我的手，轻轻地呼唤：

在我们的头上

天空闪耀着永恒的星星……

星星之上还有它们创造者……

我敬畏地战抖起来；我浑身发冷，伏在他的肩膀上……心里充满着……

这样的狂喜现在到哪里去了？唉！那个地方还有我的青春啊。

大约过了八年，我在彼得堡，遇见了雅科夫。我刚进政府机关办事，有人替他在某个部里找到一个小位置。我们的会见真是快活极了。我决不会忘记那天，我坐在家里突然听见前厅里他的声音的时候……我怎样又惊又喜，跳了起来，心跳得多厉害，不等他脱掉皮大衣，解去围巾就抱住他的脖子！我又怎样带着不由自主掉下来的晶莹的感动的眼泪，贪婪地凝望着他！七年来，他老了些，他额角上好些地方都起了像针痕似的、细细的皱纹，两颊微微凹进，头发更少了些，可是胡须却并没有增加，他的笑容还是像从前那样；而他的笑声，那种和蔼可亲、内涵的、仿佛不呵气似的笑声也还是没有改变……

啊！在那一天，我们还有什么话，什么话没有谈呢？……我们彼此朗诵了多少心爱的诗篇！我开始恳求他搬到我的住处来同住，可是他不同意；不过，他答应每天来看我，而且他并没有失过信。

巴生科夫在精神方面也没有改变。我看到他还是我从前认识的那个浪漫主义者。不管他受尽了世态人情的冷酷，人世的辛酸冷酷，——可是早年在我的朋友心里开放的那朵柔嫩的花，还保存着它完整的美。他从来没有露出过郁郁不乐、垂头丧气的样子：他还是像从前那样地安静、而且心里老是高兴。

他住在彼得堡，就像住在荒野一样，不计较前程，几乎也不认识一个人。我介绍他同兹洛特尼茨基一家人相识。他常常去他们那里。他并不自高自大，也不羞怯怕人；不过他在他们家里，也像在别处那样很少说话，但是大家都很喜欢他。连那个严厉的老人，塔季雅娜·瓦西里叶夫娜的丈夫待他也很亲切，那两个沉静的少女很快地就跟他熟了。

他去的时候，有时随身带一本新出版的诗集（放在常礼服的内口袋里），他往往好久都决定不了读它还是不读它，总是像小鸟似的，把脖子偏到一边，像在观察：可以读吗？最后他在角落里坐下（他总喜欢坐在角落里），拿出书本，开始读起来，先是小声地读，以后声音越来越响亮，有时还加一两句简短的批评，或者赞叹。我看出来瓦尔瓦拉比她妹妹更乐意坐在他旁边，听他朗诵，虽然，她其实懂得很少，因为她对文学并不感兴趣。她喜欢坐在巴生科夫的对面，双手托着下巴，凝望着他——不是望着他的眼睛，而是望着他的整个脸，她一声也不响，不过有时也突然重重地叹口气。——晚上，特别是星期日和假日的晚上，我们玩“摸彩”的游戏。那个时候还有两位小姐参加，她们是两姊妹，兹洛特尼茨基家的远亲，一对矮胖的非常爱笑的少女，此外还有几个军校学生、士官生，（都是些善良、沉静的少年）参加我们的游戏。巴生科夫老是坐在塔季雅娜·瓦西里叶夫娜的旁边，帮助她想出：那个摸到“彩”的人应当受什么样的处罚。

索菲雅不喜欢常用的那种将拥抱和接吻作为处罚的办法；而瓦尔瓦拉每逢轮到自己找东西、或者猜什么的时候，她却苦得要命。两位小姐不停地傻笑，——她们这种笑声从何而起呢？——有时候，我望着她们真生气，可是巴生科夫只是笑笑，摇摇头罢了。兹洛特尼茨基老头儿从不参加我们的游戏，连他在自己书房门口看我们的眼光也是不很和善的。只有一次，完全出乎我们的意外，他走到我们跟前来。向我们提议，谁摸到彩，就得跟他跳华尔兹舞；我们自然同意。塔季雅娜·瓦西里叶夫娜摸到彩了：她满脸涨得通红，又窘，又害羞，好像十五岁的小姑娘一样，可是她丈夫马上叫索菲雅坐下弹钢琴，自己走到妻子面前，跟她跳了两圈老式三拍子的华尔兹舞。我现在还记得，他慢慢地转动身子的时候，那张血色不好的、阴沉的脸（脸上带着一对从不透露笑意的眼睛）一会儿在我的眼前出现，一会儿又隐起来，可是他严厉的表情始终没有松弛。他用大步跳华尔兹舞，旋转着，而他的妻子却快速地迈着小步子，脸贴在他的胸口，仿佛感到恐惧似的。他把她送回她的座位，向她鞠一个躬，然后回到自己的书房里，把门锁上。索菲雅正要站起来。可是瓦尔瓦拉却请她继续弹华尔兹舞曲，自己走到巴生科夫面前，一面伸出手，一面不大好意思地笑着问道："您要不要跳舞？"巴生科夫吃了一惊，但是很快地站起来——他是以很讲究礼貌出名的，——搂住瓦尔瓦拉的腰，可是刚迈第一步，就滑了一跤，马上放开舞伴，一直滚到放鹦鹉笼的架子下面。……鸟笼落下来了，鹦鹉受了惊，大声嚷着："敬——敬礼！"大家都哈哈地笑起来。……兹洛特尼茨基在他的书房门口出现了，严厉地看了看我们，然后砰的一声关上了门。以后，只要有人在瓦尔瓦拉面前提起这件事，她马上放声大笑，还带了那种表情望着巴生科夫，仿佛她再也想不出比他那一次的行为更聪明的事情了。

巴生科夫非常爱好音乐。他常常请索菲雅给他弹些曲子，他坐在一边静听，有时候也用细小的声音跟着伤感的曲调哼几句。他特别喜欢弗朗茨·舒伯特的《星座》[1]。他说，他听见弹《星座》的时候，他老是觉得跟着琴声有好些长长的天蓝色光线从天上倾射下来，一直落到他的胸口。一直到现在，每当我看到夜晚无云的天空带着无数微微闪动的星星的时候，我就会想起舒伯特的旋律和巴生科夫来。……我又想起有一次的郊外旅行。我们一共坐两部租来的四轮马车，到巴尔果洛沃[2]去。我记得马车是从符拉季米尔街租来的，是老式车子，车身淡蓝色，有圆形的弹簧，驾驶台宽阔，下面垫着干草；疲乏不堪的棕色马拖着我们艰难地用小步前进，每匹马都有一只不同的脚是瘸的。我们在巴尔果洛沃四周的松林里逛了很久，喝瓦瓶里的牛奶，吃加糖的草莓。天气是出奇的好。瓦尔瓦拉平日不喜欢多走路：一下子就累了，可是这一次她没有落在我们的后面。她脱下帽子，她的头发散开，她阴沉的面貌也显得容光焕发，两颊通红。她在林子里遇到两个乡下姑娘，一下子就坐在地上，招呼她们走过来，这可不是对她们表示关切，而且叫她们坐到她的身边来。索菲雅脸上露出冷淡的微笑远远地望着她们，可是并不走到她们那里去。她跟阿沙诺夫一块儿散步；兹洛特尼茨基在说，瓦尔瓦拉真是一只孵蛋的母鸡。瓦尔瓦拉站起来，走开了。在路上，她好几次走近巴生科夫的身边，对他说："雅科夫·伊凡内奇，我有话想跟您说，"——可是，她想跟他说什么话，却始终没有人知道。

---

① 弗朗茨·舒伯特（1797—1828），著名奥地利作曲家，浪漫主义音乐最伟大的代表人物。《星座》是他根据德国诗人克洛普希托克的原诗作曲的。——译者注

② 巴尔果洛沃，离彼得堡北面七十英里的芬兰乡村，那里有许多避暑别墅，和从前许多芬兰人住屋改成的文艺界人士度夏场所。——译者注

然而，现在我得回转来讲我的故事了。

我看见来的是雅科夫，很高兴；可是我回想到昨天自己的行为，又羞愧得无法形容，连忙把脸掉回去望着墙壁。过了一会儿，雅科夫问我，是不是不舒服。

“很好，”我小声回答道，“只是有点头痛。”

雅科夫不说一句话，就拿起一本书来。一个多钟点过去了；我正要把所有的事情告诉雅科夫……前厅的门铃突然响了。

楼梯口的门打开了。……我一听……阿沙诺夫在问我的仆人，我在不在家。

巴生科夫站起来；他不喜欢阿沙诺夫。他小声对我说，他要到我的床上去躺一下，就到我的卧房去了。

过了一分钟，阿沙诺夫进来了。

根据他那张通红的脸，根据他随便而冷淡的行礼，我猜出他到我这里来是有用意的。“要发生什么事吧？”我想。

“阁下，”他说，连忙在安乐椅上坐下。“我到您这儿来，要请您给我解答一个疑问。”

“您的意思是？”

“就是：我要知道您是不是一个诚实的人！”

我气得脸色变红了。

“这是什么意思？”我问。

“就这个意思……”他答道，每个字都讲得很清楚。“昨天傍晚我拿了一个皮夹子给您看，皮夹子里有一位小姐写来的信……今天您就带责备地（请注意，是带责备地）向那位小姐念了信里的话，您完全没有这样做的权利。我很想知道，您怎样来解释这件事情？”

“我倒很想知道，您有什么权利来盘问我？”我答道，因为愤怒和内心的羞惭浑身颤抖起来。“您信口夸您的叔父，夸您的情书，跟我有什么相干？您的情书不是全在吗？”

“信是一封都不少；可是在我昨天的那种情况下，您很可以……”

“总之，阁下，”我故意把声音提得尽量地高，说道，“我请您不要打扰我，您听见没有？我不想知道什么，我也不打算跟您解释什么。请您去找那位小姐解释吧！”我觉得我的头发晕了。

阿沙诺夫注意地望了我一眼，看得出来，他极力想在他的眼光中透露出一种刺透我的心的轻视的表情。他捻捻胡髭，不慌不忙地站起来。

“我现在明白，我应当怎样想了，”他说，“您的脸色就是控诉您的证据。可是我得告诉您，这不是体面人的行为。……偷看别人的信……然后去麻烦一位体面的小姐……”

“滚开！”我顿着脚，大声嚷道，“派一个公证人①到我这里来吧；我不要跟您说话。”

“请不要忙着教我，”阿沙诺夫冷冷地反驳道；“我自己也正打算派公证人来呢。”

他走了，我倒在长沙发上，双手蒙住脸。有人在拍我的肩膀；我拿开手——巴生科夫站在我的面前。

---

① 指决斗时的公证人。主人公打算跟阿沙诺夫决斗。——译者注

“这是怎么一回事？真的吗？……”他问我。“你看了别人的信？”

我没有力气回答他，只是点头承认。

巴生科夫走到窗前，背朝着我，慢慢地说：

“你看了一个姑娘写给阿沙诺夫的信。那位姑娘到底是谁呢？”

“索菲雅·兹洛特尼茨卡雅，”我好像犯人回答审判官似地说。

巴生科夫好久都没有说话。

“只有出于爱情，你才可以得到一点原谅，”他终于开口说。“难道你爱上了兹洛特尼茨卡雅？”

“是……”

巴生科夫又沉默了一会儿。

“我早就想到了。你今天就到她那里去责备她……”

“是，是，是啊……”我绝望地说。“现在你要看不起我了……”

巴生科夫在屋子里踱了两转。

“那么，她爱他吗？”他问。

“爱……”

巴夫科夫埋下头，动也不动地把地板望了好久。

“好吧，得想个挽回的办法，”他说着，就抬起头来；“这件事不能够就这样下去。”

他拿起了帽子。

“你到哪儿去？”

“找阿沙诺夫去。”

我从长沙发上跳起来。

“我可不让你去。天哪！怎么可以呢！他会怎么想呢？”

巴生科夫看了我一眼。

“那么照你看来，还是让这种傻事一直错下去，把你自己毁掉，使小姐丢脸好些吗?”

“可是你要跟阿沙诺夫讲些什么呢?”

“我极力开导他；我说，你要求他原谅……”

“可是我不愿意要求他原谅!”

“你不愿意？难道你没有错吗?”

我望着巴生科夫：他脸上安静、严肃、然而忧郁的表情使我感动；我从来没有见过他的这种表情。我一句话也没有回答，又在长沙发上坐下了。

巴生科夫出去了。

我等着他回来，等得多么难受！时间过得可怕地慢，最后他回来了——已经很迟了。

“唔，怎么样?”我胆怯地问。

“谢谢上帝!”他答道。“事情完全办妥了。”

“你到阿沙诺夫家去了吗?”

“去了。”

“他怎么样？他大概会装腔作势吧?”我费力地说。

“不，我不这样说。我原先以为会有更多的事情。……他……他不是我所想的那种庸俗的人。”

“那么，除了他那里，你还到过哪儿呢?”我停了一会儿又问道。

“我到过兹洛特尼茨基家。”

“啊!”(我的心跳得厉害了。我不敢看巴生科夫的眼睛。)“那么她又怎么说?”

“索菲雅·尼可拉夫娜是个明白道理的好心肠的姑娘。……是的,她是一个好心肠的姑娘。开始她有点窘,可是后来也就很自在了。不过,我们一共谈不上五分钟的话。”

“你……把关于我的……一切……一切全告诉她了吗?”

“应该说的话,我都说了。”

“以后我不能再去看他们了! ……”我垂头丧气地说。

“为什么不去呢? 不,可以偶尔去走走。正相反,你一定得到他们家去,使他们不会以为有什么……”

“啊,雅科夫,你现在会看不起我了!”我勉强忍住了眼泪,大声说。

“我? 看不起你?”(他的温和的眼睛里发出了爱的光辉。)“看不起你……傻瓜! 难道这对你是容易忍受的吗? 难道你不痛苦吗?”

他向我伸出手,我扑过去搂住他的脖子,哭起来了。

过了几天,我看得出来雅科夫这些天心情不好,我终于下了决心到兹洛特尼茨基家去。我一走进他们家的客厅,就有一种言语无法形容的感觉,我记得,我几乎分不清人们的脸,我讲话的声音也不清楚了。索菲雅也不比我好受些:看得出来,她是在勉强跟我讲话,可是她的眼睛避开我的眼睛,跟我的眼睛避开她的眼睛一样,而且她的每一个动作,她的全身都表示出一种抑制……(为什么还要隐瞒真相呢?)……和内心的厌恶来。我尽力使她、也使我自己早些免除这种痛苦的感觉。幸而,这次会面是她结婚以前的最后一次。……我命运中的突然的变化,使我到了俄罗斯的另一端,我跟彼得堡,跟兹洛特尼茨基一家人长期分别了，最使我感到痛苦的，是跟善良的雅科夫·巴生科夫的长期的分别。

2

七年过去了。我想，这些年来的生活经历不必一一在这里叙述了。我在俄罗斯到处奔走，疲乏不堪；我还到过荒野和遥远的地方。谢谢上帝！荒野和遥远的地方并不像有些人所想象的那样可怕，而且在密林的最隐蔽的地方，败枝和断树底下开着芬芳的花朵。

有一个春天，我因公经过东俄罗斯边远省份的一个小县城，我从旅行马车灰暗无光的小窗里看到广场上一家店铺前面站着一个人，我觉得这个人非常面熟。我又仔细地看了他一眼，我认出来他就是巴生科夫的仆人耶里塞依，我当时真是高兴极了。

我立刻叫车夫停了车，跳下车来，走到耶里塞依跟前。

“你好，朋友！”我带着不容易掩饰的兴奋说。“你跟你老爷一块儿在这儿吗？”

“是跟老爷一块儿，”他慢吞吞地答道，突然又嚷了起来，“啊哟，先生，是您？我都认不出您了！”

“你跟雅科夫·伊凡内奇一块儿在这儿吗？”

“跟他一块儿，先生，跟他一块儿……要不，我还跟着别的什么人呢？”

“赶快带我到他那儿去。”

“是，是，请从这儿走，从这儿走……我们住在这儿小旅馆里面。”

耶里塞依一面引我穿过广场，一面不停嘴地说："好啦，雅科夫·伊凡内奇会多高兴啊！"

耶里塞依是卡尔梅克①人，这个人外貌奇丑，甚至有一点野蛮样子。可是他心地非常善良，而且不是一个傻瓜。他对巴生科夫非常忠心，伺候他有十年光景了。

"雅科夫·伊凡内奇身体怎么样？"我问他。

耶里塞依把他那张深黄色的小脸向我掉过来。

"唉，先生，很坏……很坏，先生！您不会认出他来的。我耽心他活不了多久了。所以我们就留在这儿。您知道，要不，我们到熬德萨去医疗了②。"

"你们从哪儿来的？"

"从西伯利亚来的，先生。"

"从西伯利亚来的？"

"正是这样，先生。雅科夫·伊凡内奇在那儿工作。先生，他就在那儿受伤的。"

"难道他在军队里工作吗？"

"没有，先生。他在政府机关工作，先生。"

"多么古怪！"我想道。这个时候我们已经走近了小旅店，耶里塞依抢先跑去，报告我来的消息。我们别后最初几年中间，我跟巴生科夫时常通信，可是四年前我收到他的最后一封信以后，就不曾得到他

---

① 西伯利亚境内蒙古牧民。——译者注

② 熬德萨附近的海水浴和泥浴很出名。——译者注

任何的音讯了。

“请上来，先生，请上来，先生!”耶里塞依在楼梯口对我大声说：“雅科夫·伊凡内奇急于想看到您，先生。”

我连忙跑上那个摇摇晃晃的楼梯，走进一间阴暗的小屋子——我的心就沉下去了。……巴生科夫脸色惨白得好像死人一样，躺在一张窄小的床上，身上盖着一件大衣，他把一只露在外面的很瘦的手向我伸过来。我朝着他奔去，激动地拥抱了他。

“雅沙!”我终于嚷了起来，“你怎么啦?”

“没有什么，”他声音微弱地回答：“有些小病。你怎么会到这儿来的?”

我在他床前的椅子上坐下，并不放开他的手。我注意地望他的脸。我认出了他那对我非常亲切的面容：他眼睛的表情，他的微笑都没有改变，可是病把他折磨成了这个样子!

他看出他给我的印象了。

“我三天没有刮脸了，”他说，“唔，而且也没有梳过头发，要不，我……还没有病容。”

“请你告诉我，雅沙，”我说， “耶里塞依对我说过……你受伤了吗?”

“哦！是的，这件事说来话长，”他回答道。“我以后再告诉你。我的确受了伤，你想想，我受的是什么伤？是箭伤。”

“箭伤?”

“是的，是箭伤，不过并不是神话里爱神的箭，而是一支非常柔软的木头做的、真正的箭射伤的，这种箭箭头很尖。它射中你，特别是射中你肺部的时候，那真是不好受。”

“怎么会有这种事情呢？真的……”

“事情是这样发生的。你知道，我这一生本来有很多可笑的事情。你还记得，我那次为了要求证明文件写的那些可笑的信吗？我这次受伤也是很滑稽的。事实上，在我们这个文明时代，哪个受过教育的人会受到箭伤呢？而且还不是偶然的——请你注意，不是在竞技的时候，而是在战斗的时候。”

“然而你还没有告诉我……”

“好，等一下说，”他打岔道。“你知道，你离开彼得堡不久，我也就到了诺弗戈罗德。我在诺弗戈罗德住了相当长的时间，而且老实说，我很寂寞，虽然我在那儿也遇到了一个人（他叹一口气）……但是现在不必谈这件事了；大约两年前，我得到一个很好的小差使，虽说地点远了些，在伊尔库茨克省，但是，这有什么关系呢！显然我父亲和我都是命中注定要到西伯利亚去的。西伯利亚真是个好地方！富足，自由自在——任何人都会这样告诉你的。我很喜欢那个地方。那里的土人①归我管，他们是些温顺的人；可是叫我倒霉的是，他们中间大约有十个人（不会再多了），忽然干起偷运违禁品的事情来。我奉命去捉他们。我倒的确把他们捉到了，可是他们中间有一个人，可能一时糊涂、出于自卫射了我一箭。……我差不多要死了，然而又复原了。现在我是去作最后的治疗，路过这儿……医疗费是长官们负担的，上帝保佑他们健康。”

---

① Инородец——帝俄时代对俄罗斯人以外的少数民族的蔑称。——译者注

巴生科夫精疲力竭，头倒在枕上，不作声了。他的脸颊上现出了淡淡的红晕，他闭上了眼睛。

“他不能多讲话，”耶里塞依并未离开屋子，这时低声对我说。

屋子里没有别的声音；只听见病人沉重的呼吸。

“现在，”他睁开眼睛，接下去说，“我在这个小城里住了两个星期。……我大概是感冒了，本地方的医生在给我治病——你就会看到他的。我觉得他还懂得医理。不过，我很高兴有这个机会，要不我怎么会遇到你呢？（他捏住我的手。他的手不久前还是像冰一样地冷，现在却滚烫了。）你跟我谈谈你的事情，”他把盖在他胸上的大衣掀开，又往下说：“天晓得我们还是哪年哪月见过面的。”

我为了使他不再讲下去，马上就满足他的要求，开始讲起我的经历来。一开头他非常注意地听我讲话，后来又要喝水，然后闭上了眼睛，头在枕上翻来覆去地转动。我劝他睡一会儿，等他身体好一点，我再来继续讲下去，我要住在他隔壁的房间里。

“这儿糟透了……”巴生科夫说；可是我止住了他，轻轻地走出来了。

耶里塞依跟着我出来。

“这是怎么一回事，耶里塞依？他快要死了，是不是？”我问那个忠诚的仆人。

耶里塞依只是摇摇手，便把身子转过去了。

我把马车夫打发走了，连忙搬进了隔壁房间，就去看巴生科夫是不是已经睡着了。在他的房门口，我遇见一个身材高大而笨重的胖子，他那浮肿的麻脸上除了懒散的表情外，再看不到别的了；他好像刚刚睡醒一样，他的眼睛还没有全睁开，嘴唇还在发亮。

“请问，您是不是医生？”我问道。

胖子望着我，竭力竖起眉毛，想把他下垂前额提起来。

“我是，先生，”他终于说。

“劳驾，医生先生，您肯不肯请到这儿，我房间里来坐坐？雅科夫·伊凡内奇现在好像还在睡觉。我是他的朋友，很想跟您谈谈他的病情，他的病使我很不放心。”

“好极了，先生，”医生答道，他的神情似乎想说：“你何必多说废话呢？我很愿意来。”他就跟着我走了。

“请您告诉我，”他刚刚在椅子上坐下，我就开始说，“我这位朋友的病危险吗？您认为怎样？”

“是的，”胖子不慌不忙地答道。

“那么……病很严重吗？”

“是的，很严重。”

“这样说来，他甚至……可能死吗？”

“可能的。”

老实说，我差不多带着憎恨地望着对方。

“啊，”我说，“我们得想个办法，请医生来会诊，还是想别的办法。……您知道不能再这样拖下去。……天啊！”

“会诊？可以的。为什么不呢？可以的。请伊凡·叶弗列梅奇……”

医生吃力地说话，不停地叹气。他说话的时候，他的肚皮鼓起来了，好像每个字都是用力压出来的一样。

“这个伊凡·叶弗列梅奇是谁？”

“城里的医生。”

“派人到省城里去请医生不更好——您认为怎么样？那儿一定有名医。”

“为什么不呢？可以去请。”

“您看，那儿最好的医生是哪一位？”

“最好的医生吗？那儿有过一位科里拉布斯医生……不过，也许他已经调到别处去了。而且，老实说，这个病也不用再请医生了。”

“为什么不呢？”

“就是省城里的医生对您的朋友也无能为力了。”

“难道他病得这样严重吗？”

“是这样，他快完了。”

“他主要究竟害什么病？”

“他受了伤。就是说，肺部受到损害了。……到这儿又感冒了，发热了……如此等等。而且他的活力已经消耗光了，您自己知道，一个人身体内没有一点活力是活不了的。”

我们两个人都不作声了。

“或者试试同种医疗法①……”胖子瞟了我一眼说。

“怎么用同种医疗法？您不是对症下药的医生吗？”

“我是对症下药的医生，那又有什么关系呢？您以为我不懂同种医疗法吗？我不会比别人差。我们这儿的药剂师还用同种医疗法治病，

① 这是一种用使健康人吃了会生某一种病症的药，来医治同样病症的理论。——译者注

可是他连什么学位都没有得过。”

我心里想，“啊，情况很不好!”我便对他说：“不必了，医生先生，您还是照您平常的办法医治他吧。”

“随您的便，先生。”

胖子站起来，叹了一口气。

“您到他那儿去吗?”我问道。

“是啊，我得去看看他。”

他出去了。

我没有跟他去：看见他站在我那个可怜的朋友病床跟前，我实在受不了。我把我的仆人叫来，吩咐他马上到省城去，打听到那里最好的医生，一定要请来。走廊上响起了脚步声，我连忙打开房门。

医生已经从巴生科夫的房里出来了。

“怎么样?”我小声问他。

“没有什么，我开了混合剂。”

“医生先生，我决定派人到省城去请医生了。我并不怀疑您的医术；可是您自己也知道，两个人总比一个人强得多。”

“有什么关系，这很对!”胖子说着就下楼去了。

显然，他已经听腻我的话了。

我走到巴生科夫的房去。

“你看到这儿的艾斯库拉普①吗?”他问我。

“看到了，”我答道。

---

① 医生的戏称。希腊神话中医神之名。——译者注

“我倒喜欢他那种惊人的镇静，”巴生科夫说；“医生应该冷静，不是吗？这对病人很有鼓励的作用。”

我当然不想使他失去信心。

出乎我的意外，到了傍晚，巴生科夫倒显得好些了。他叫耶里塞依准备好茶炊，说请我喝茶，他自己也要喝一小杯，显然他很高兴。可是我还是竭力不让他多说话；我看见他怎么也不肯闭嘴，我就问他：是不是愿意让我读点什么给他听。

“就像在文特尔凯列尔那儿一样——你还记得吗？”他答道。“好，请吧，我很高兴听。我们来读点什么呢？你看，我的书就在那儿窗台上。”

我走到窗前，随手拿起上面的第一本书……

“什么书？”他问道。

“莱蒙托夫①的诗集。”

“啊，莱蒙托夫，好极了。普希金当然更伟大……你记得：‘在宁静中，乌云又聚在我的头上’……还有‘最后一次了，在我的想象里，我大胆地爱抚你可爱的形象。’啊，真好，真好啊！可是莱蒙托夫也很好。好吧，亲爱的朋友，你知道吧：拿起书，随便翻开一页，就读吧！”

我打开书本，感到窘极了：我翻到了《遗嘱》这首诗。我想再翻一页，可是巴生科夫看到我的动作，连忙说：“不，不，不，就读你翻到的这一首。”

---

① 莱蒙托夫（1814—1841），俄国诗人，小说家。——译者注

我没有办法，就读起《遗嘱》来。

“很好的诗！”我刚刚把最后一行诗读完，巴生科夫就说道。

“很好的诗！可是奇怪，”他停了一下，又说，“奇怪，你正好翻到《遗嘱》这一首……奇怪！”

我开始读另外一首诗，可是巴生科夫不要听我读了，他望着另一边接连说了两次：“奇怪！”

我把书放在膝上。

“他们邻家有一个姑娘①，”他轻轻地说，突然转过身来，朝着我问道：“怎么，你记得索菲雅·兹洛特尼茨卡雅吗？”

我脸红了。

“我怎么会不记得！”

“她结了婚，是不是？”

“她很早就跟阿沙诺夫结婚了。我写信告诉过你。”

“是的，是的，你写信告诉过我。她父亲后来原谅她吗？”

“原谅她了，可是他不承认阿沙诺夫。”

“顽固的老头子！那么你听说，他们过得幸福吗？”

“不知道，真的。……我想他们是幸福的。他们住在某省乡下；我没有看见过他们；不过，我打他们那里经过。”

“他们有小孩吗？”

“好像有。……巴生科夫，我顺便问一句？”我问道。

他望着我。

---

① 引自莱蒙托夫的诗《遗嘱》。——译者注

“老实说吧，我还记得，你当时不肯回答我的问题：你是不是告诉了她，我爱她呢?”

“我什么都告诉她了，整个的真实情形。……我总是跟她讲真话的。在她面前撒谎——就是罪过!”

巴生科夫不作声了。

“那么，你告诉我吧，”他又开口了，“你很快就不再爱她了，是不是?”

“不是很快，不过后来就不再爱她了。白白的叹息有什么用呢?”

巴生科夫向我掉过脸来。

“可是我，亲爱的朋友，”他说，他的嘴唇在发抖，“我比不上你：一直到现在，我还爱她。”

“怎么!”我带着无法形容的惊讶大声说。“你真的爱她吗?”

“爱她，”巴生科夫慢慢地说，举起两只手放在头下面。“只有上帝才知道：我多么爱她。我没有对一个人，对世界上任何一个人说过这件事，我也不想对哪一个人说……但是事情是这样的！‘他们说，我就要离开人世……’① 说出来也不要紧了!”

巴生科夫的意外的自白，使我惊讶得连一句话也讲不出来，我只是想：“这是可能的吗？我怎么会一点也没有猜想到这件事呢?”

“是的，”他继续说下去，仿佛是在跟他自己说话似的，“我爱她。甚至到了那个时候，我知道她的心已经属于阿沙诺夫的时候，我仍然爱她。可是我知道这件事情，我多么痛苦。要是她爱上了你，至少，

① 引自莱蒙托夫的诗《遗嘱》。——译者注

我还会替你高兴；可是阿沙诺夫……他怎么会给她爱上了呢？这是他的运气。她不会改变她的感情，不爱他的。纯真的心是不变的……”

我想起那次倒霉的酒宴以后，阿沙诺夫的拜访，巴生科夫的调解，我惊讶得拍起手来了。

“你是从我这儿知道这一切的，可怜的人！”我大声说。“那时候，你还去找了她！”

“是啊，”巴生科夫又说起来了，“这次跟她的解释……我永远忘不了。那个时候我才认清楚，那个时候我才了解，我老早所选定的‘Resignation’① 那个字的意义。然而她仍旧是我永远不变的梦想，我的理想……一个人要是没有理想活着，那多可怜！”

我望着巴生科夫，他那对眼睛仿佛聚精会神地望着远处，而且射出了热烈的光芒。

“我爱她，”他继续说下去，“我爱她，她是个安静、纯洁、高不可攀、意志坚定的女人；她走的时候，我痛苦得差不多发疯了。……从那个时候起，我没有爱过任何一个人……”

他突然掉过头去，把脸紧紧贴在枕头上，轻轻地哭了起来。

我跳起来，向他弯下身去，安慰他……

“没有什么，”他抬起头，把头发摇到后面去，对我说，“就是这么一回事，就是说，我替我自己……觉得难过，觉得可怜。……不过完全没有什么。全是那些诗的过失。给我另外读一首比较快乐的诗吧。”

我拿起莱蒙托夫的诗集，迅速地翻着书页。可是我觉得仿佛故意

① 德文：“对命运的顺从”（这是席勒一首诗的题目。——译者注）

跟我为难似的，我翻来翻去总是遇到一些会刺激巴生科夫的诗。最后，我读《捷烈克的礼物》这首诗给他听。

“不过是铿锵的辞藻罢了，”我可怜的朋友用教师的口吻说，“可是也有好的句子。亲爱的朋友，你走了以后，我自己也练习写诗，我写过一首《生命之杯》，——可是没有写成！亲爱的朋友，我只能欣赏，不能创作……不过，我觉得有点累了；我要睡一会儿——你以为怎么样？你不妨想一想，梦是多美丽的事情！我们的一生就是梦，我们一生最好的东西也还是梦。”

“诗呢？”我问。

“诗也是梦，不过它是天国的梦罢了。”

巴生科夫闭上了眼睛。

我在他床前站了一会儿。我没有想到他很快就睡着；可是他的呼吸越来越平稳，越来越缓慢了。我踮着脚走出来，回到自己的房间里，躺在长沙发上面。我把巴生科夫告诉我的事情想了很久，我记起了许多事情，非常惊讶，后来我也睡着了……

有人在推我。我醒过来，耶里塞依站在我面前。

“请您到老爷那儿去，”他说。

我马上站起来。

“他怎么啦？”

“他在说胡话。”

“说胡话！从前他有没有发生过这种事情？”

“有过，昨晚上就讲过胡话，不过，今天有点可怕。”

我走进巴生科夫的屋子。他并不躺下，而是坐在床上，身子向前俯着，慢慢地摊开双手，脸上露出笑容在说话，他老是用一种轻微的、听不清楚的声音在说话，好像是芦苇飒飒的声音。他的眼光飘忽不定，放在地板上用书本遮住的、卧房里用的暗灯的惨淡灯光，照在天花板上，成了一团固定的光点，巴生科夫的脸在半昏暗中显得更加苍白了。

我走到他跟前招呼他——他不回答。我倾听他含糊不清的呓语：他在谈西伯利亚，在谈那里的森林。有时，他的呓语是有意义的。

“怎么样的树呀!”他低声说，“它们一直耸到天空。树上有多大的霜。银色……雪堆。……这儿有一些小小的脚印……一只小兔子跳了过去，还有一只白貂。……不是，这是我父亲带着我的证明文件跑来了。他在那儿！……他在那儿！我一定得去；月亮照着。我一定得去找我的证明文件。……啊！一朵花，一朵红花——索菲雅在那儿……铃子在响了，是霜冻发出的声音。……哦，不是，这是愚蠢的鸴鸟在灌木丛中跳着，尖声在叫。……看，鹬鸟！冷呵。……啊！这是阿沙诺夫。……啊，是的，你要知道他是大炮，——铜的大炮，他的炮架是绿色的。所以有人爱他。一颗星落下来了吗？不是，这是箭射来了。……啊，真快，一直射进了我的心！这是谁射的箭？你吗，索涅契卡?”

他垂下头去，又低声说了一些不连贯的字。我望一眼耶里塞依：他站在那里，两只手抄在背后，悲痛地望着他的老爷。

“啊，亲爱的朋友，你为什么会成了一个讲究实际的人?”突然，他用非常泰然而且很清醒的眼光望了我一眼，问道，这使我不由自主地打了一个哆嗦，我正要回答，可是他又马上接下去了：“可是我，亲爱的朋友，却做不了一个讲究实际的人，我做不了的，你会做到的！我生成是一个梦想家，一个梦想家啊！梦想，梦想。……这是什么样的梦想？梭巴开维支的农人①——就是这个梦想！唉！……”

巴生科夫的呓语差不多一直说到早晨，后来他渐渐地安静了，倒在枕头上昏睡了。我回到自己的房间里。这残酷的一夜把我弄得精疲力尽，倒下去马上就睡着了。

耶里塞依又把我叫醒了。

“喂，先生！”他声音发抖地说。“我看雅科夫·伊凡内奇要死了……”

我跑到巴生科夫那里。他一动也不动地躺着。在晨光里，看起来已经像是一具死尸了。他还认得我。

“永别了，”他低声说。“请代我向她致意，我要死了……”

“雅沙！”我大声说，“不要说了！你会活的……”

“不，怎么会呢？我要死了……这儿，拿这个去作纪念吧……”他用手指着胸口。“这是什么？”突然他说起来。“你看：海……全是金黄色，海上有蓝色的小岛，大理石的庙宇，棕榈树，薰香……”

他不作声了……四肢伸直了……

过了半小时，他就死了。耶里塞依伏在他的脚跟前哭着。我把他的眼睛合上了。

在他的脖子上，用一条黑绳子系了一只丝质小护身袋。我取下它来，收藏着。

---

① 果戈理的著名长篇小说《死魂灵》里主人公乞乞科夫，买空卖空，收购地主家死去的农奴。梭巴开维支把他死去的农奴卖给乞乞科夫时，讲他那些农奴手艺怎样高明，乞乞科夫回答道：“……你说的那些，究竟只是一个幻影。”这里小说主人公所说“梭巴开维支的农人”，是指他的梦想也只是一个幻影而已。——译者注

第三天，他给埋葬了。……一个最高贵的心灵永远埋在坟墓里面了！我在他的棺木上抛下了第一把土。

3

又过了一年半。我因公到莫斯科去。我住在莫斯科一家最讲究的旅馆里。有一天，我经过走廊，看到黑板上的旅客名单，几乎吃惊地叫了起来：十二号房间号码的后面用粉笔清清楚楚地写上索菲雅·尼可拉叶夫娜·阿沙诺夫娜的名字。最近我听到不少关于她丈夫的坏话：我知道他酗酒，好赌，弄得倾家荡产，总之，行为很不好。人们对他妻子倒很尊敬。……我激动地回到自己的房间去。久已冷却的热情似乎又在我的心里活动起来了，我的心又跳得厉害了。我决定去看索菲雅·尼可拉叶夫娜[①]。我想："我们分别很久了，我们中间从前发生过的事情，她多半完全忘记了。"

我叫耶里塞依拿了我的名片到她那里去，问她在不在家，我能不能去看她。（巴生科夫死后，我就把耶里塞依留下来做我的听差了。）耶里塞依很快地回来，说索菲雅·尼可拉叶夫娜在家，愿意见我。

我去看索菲雅·尼可拉叶夫娜。我一进门，她正站在屋子中间，跟一位身材高大、结实的绅士告别。他用深沉而响亮的声音说："随便您吧，他不是一个没有害处的人，他是一个无用的人，在秩序很好的

---

① 尼可拉叶夫娜是索菲雅的父称。上文用的尼可拉夫娜为尼可拉叶夫娜口语时的简称。——译者注

社会里每一个无用的人都是有害的，有害的，有害的！”

这位身材高大的绅士说完这些话便走出去了。索菲雅·尼可拉叶夫娜向我转过身来。

“我们真是好久不见了，”她说。“您请坐，请……”

我们坐下了。我望着她……在久别之后，看到对我很亲切、而且我可能爱过的面貌，我有些认得，又有些不认得，仿佛从那张我还不能完全忘记的原先的容貌上出现了另外一个虽然跟原先的丰采十分相似、却又是完全陌生的样子；我差不多马上不自觉地看出了时间的烙印，——这一切全叫人感到忧郁。“我也一定改变了，”各人都在心里想着……

但是，索菲雅·尼可拉叶夫娜并没有老多少；虽然我最后一次看到她的时候，她才满十六岁，而且已经过去九年了。她的容貌更加端庄，严肃了；它们跟从前一样表现着真诚和坚决；只是在原先那张安静的脸上看得出来一种隐痛和忧虑。她的眼睛更深了，更黑了。她变得像她的母亲……

索菲雅·尼可拉叶夫娜先讲话。

“我们两个人都变了，”她说。“这些时候您在哪儿呢？”

“我到处飘流，”我答道。“您一直住在乡下吗？”

“我大部分时间住在乡下。现在我也只是路过这儿。”

“您的父母都好吗？”

“妈妈去世了，可是爸爸还住在彼得堡；兄弟在那儿做事；瓦利雅①

① 瓦尔瓦拉的爱称。——译者注

跟他们住在一起。”

“那么您的丈夫呢?”

“我丈夫吗?”她稍微急促地说。“现在，他在南俄罗斯赶集。您知道，他一直喜欢马，而且自己开办马行……就是这样，所以……现在他买马去了。”

这个时候，一个八岁光景的小姑娘走进屋子里来，她梳着辫子，有一张非常机敏、灵活的小脸和一对深灰色的大眼睛。她看见我，马上挪开一只脚，敏捷地对我行一个屈膝礼，就走到索菲雅·尼可拉叶夫娜身旁去了。

“我给您介绍，这是我的女儿,”索菲雅用手指头摸着小姑娘圆圆的下巴说。“她怎么也不肯待在家里，一定要我带她一块儿出来。”

小姑娘很快地看了我一眼，而且微微眯缝起眼睛。

“她是我的能干的孩子,”索菲雅·尼可拉叶夫娜接着往下说，“什么都不怕。可是功课也很好。为了这个我得称赞她。”

“Comment se nomme monsieur①?”小姑娘弯着身子向她母亲低声问道。

索菲雅·尼可拉叶夫娜说了我的姓名。小姑娘又看了我一眼。

“您叫什么名字?”我问她。

“我叫丽季雅,”小姑娘大胆地望着我的眼睛答道。

“他们大概把您宠坏了,”我说道。

“谁宠坏了我?”

① 法文：这位先生叫什么名字?

“怎么谁呢？啊，我想，人人都宠您，首先是您的父母。（小姑娘不作一声望望她的母亲。）我想，康斯坦青·阿列克山德罗维奇……”我接着说。

“是啊，是啊，”索菲雅·尼可拉叶夫娜插嘴说，她的女儿一直用注意的眼光望着她，“我丈夫，当然……他非常爱孩子……”

丽季雅聪明的小脸上隐约地露出了奇怪的表情。她微微噘起嘴唇，埋下头去。

“请告诉我，”索菲雅·尼可拉叶夫娜连忙接上来说，“您是有事情到这儿来的吗？”

“有事情……您也有事情吗？”

“我……您知道，我丈夫不在家，我不得不照管一些事情。”

“Mamman！①”丽季雅说。

“Quoi，mon enfant？②”

“Non——rien……je te dirai aprés.③”

索菲雅·尼可拉叶夫娜笑笑，耸耸肩膀。

我们两个人都不作声，丽季雅却郑重地把两只手抄在胸前。

“请告诉我，”又是索菲雅·尼可拉叶夫娜先开口，“我记得，您有一位朋友……可是，他叫什么名字呢？他的面貌是那么和善……他老是爱读诗，他是那样热心的人……”

“不是巴生科夫吗？”

---

① 法文：妈妈！
② 法文：什么事，我的孩子？
③ 法文：没有——没有什么事。我待一会儿告诉你。

“是啊，是啊，是巴生科夫……现在他在哪儿?”

“他死了。”

“死了?”索菲雅·尼可拉叶夫娜重说了一遍。“多可惜！……”

“我见过他吗?”小姑娘连忙低声问道。

“没有，丽季雅，你没有见过他。多可惜!”索菲雅·尼可拉叶夫娜又说一遍。

“您怜惜他……”我说，“要是您知道他像我知道他那样，那么您又会怎么呢？可是，请允许我问您，为什么您特别提起他呢?”

“这个我不知道，真的……”索菲雅·尼可拉叶夫娜埋下了眼睛。她又说：“丽季雅，到你保姆那儿去吧。”

“我可以回来的时候，你叫我吗?”小姑娘问道。

“叫你的。”

小姑娘走出去了。索菲雅·尼可拉叶夫娜向我转过身来。

“请您把您所知道的关于巴生科夫的一切，都告诉我。”

我便讲了起来。我用简短的话扼要地叙述了我的朋友的一生，我尽力描述他的心灵，叙述他最后一次跟我的见面，他临终的情形。

“这样的一个人，”我讲到最后，便提高声音说，“离开我们死了，默默无闻，几乎没有一个人赏识他！不过，这也是无关紧要的。人们赏识又有什么意思呢？只是像他这样一个有一颗这么多情、忠诚的心的人，却从没有尝过一次两心相爱的至上幸福，也没有引起一个配得上他的女人的关心，这真叫我感到痛苦，使我悲痛极了！……我们这种人很可以不尝这种幸福：我们也不配有这种幸福；可是巴生科夫呢？……再说，我这一生不是见过成千上万在任何方面都不能跟他相比的人都被人爱着吗？难道我们应当认为一个人的某些缺点——例如：自负或者轻浮——是博得女人欢心所必需的东西吗？难道爱情真的害怕完美，人世间可能有的完美，难道在女人的心目中，完美真是一种古怪、可怕的东西吗？”

索菲雅·尼可拉叶夫娜一直听我讲完，她那双严肃而敏锐的眼睛盯住我不放松，她的嘴唇也没有动一下；只是她偶尔皱皱眉头。

“为什么您以为没有一个女人爱过您的朋友呢？”她沉默了一会儿才说。

“因为我知道这个，我知道这是事实。”

索菲雅·尼可拉叶夫娜正要说什么话，可是又忽然不说了，好像她在跟自己斗争似的。

“您错了，”她终于说了；“我知道有一个女人热烈地爱着您死去的朋友，一直到现在，她还爱他，想念他……他的死讯会使她很伤心的。”

“请问这位女人是谁呢？”

“我姐姐，瓦利雅。”

“怎么？瓦尔瓦拉·尼可拉夫娜？”我吃惊地大声说。

“是的。”

“怎么？瓦尔瓦拉·尼可拉夫娜？”我又说了一遍。“她……”

“我替您把话说完吧，”索菲雅·尼可拉叶夫娜接下去说，“照您看来，她是一个冷淡、不动情、懒散的姑娘，她却爱上了您的朋友：这就是她至今不曾结婚、也不会结婚的缘故。一直到今天，我是唯一知道这件事情的人：瓦利雅宁死也不肯泄露她的秘密。我们家里的人都懂得沉默和忍受的痛苦。”

我注意地望着索菲雅·尼可拉叶夫娜，望了好久，不由自主地想着她最后一句话的痛苦的意义。

“您使我吃惊，”我终于说。“可是您知道，索菲雅·尼可拉夫娜，要是我不怕引起您不愉快的记忆，那么，我会同样地使您吃惊的……”

“我不懂您的意思，”她慢慢地、而且带了点窘相说。

“您的确不会懂我的意思，”我连忙站起来，说，“所以请允许我回去拿一样东西给您看，它可以代替口头说明……”

“不过，这是什么东西?”她问道。

“不要担心，索菲雅·尼可拉夫娜，这件事跟我毫不相干。”

我鞠了一个躬，便回到自己的房间，拿出从巴生科夫的脖子上取下来的丝质小护身袋，叫人给索菲雅·尼可拉叶夫娜送去，还附了下面这张字条：

> 这个小护身袋是我的亡友一直挂在胸前的，他死前还挂着它。这里面有一张您写给他的内容全不相干的便条；请您看看。他挂它，因为他热情地爱着您，他去世前一个晚上，才对我承认这件事情。现在，他已经死了，为什么不该让您知道，他的心是属于您的呢?

耶里塞依很快地回来了，把小护身袋也给我带了回来。

“怎么?”我问道。“她没有吩咐你对我说什么吗?”

“没有，老爷。”

我不作声了。

“她看过我的字条吗?”

“我想，她是看过的，老爷。她的女仆拿给她看的。”

“高不可攀的女人，”我想道，我记起了巴生科夫最后的话。

“好，你去吧，”高声说。

耶里塞依奇怪地笑了笑，并不走出去。

“老爷，有一个年轻姑娘……到这儿来看你，”他说。

“什么样的姑娘?”

耶里塞依沉默了一会儿。

“我那位死去的主人没有对您讲过什么吗？老爷。”

“没有……这是怎么一回事?”

“我旧主人在诺弗戈罗德的时候，认识了，譬如说，一个姑娘。老爷，就是这个姑娘现在要来见您。我前两天在街上遇见她。我对她说：‘来吧；要是老爷吩咐的话，我会放你进去的。’”

“请她进来，当然，请她进来。不过……她是什么样的人?”

“一个普通的姑娘，老爷……小市民家的姑娘，老爷……俄罗斯女人。”

“亡故的雅科夫·伊凡内奇爱她吗?”

“还可以说是……爱她的，老爷。她呢……她知道主人死了，非常伤心。她还可以说是个好姑娘呢，老爷。”

“请她进来，请她进来。”

耶里塞依走了出去，可是马上就回来了。一个穿印花布衣服的姑娘跟在他后面，她头上那块黑头巾把脸遮了一半。她看见我，不好意思，把头掉开了。

“你怎么啦?”耶里塞依对她说。“进来，不要怕呀。”

我走到她跟前，握她的手。

“您叫什么名字?”我问她。

“玛莎,”她偷偷地看我一眼，低声回答。

她看起来大约有二十二、三岁；她有一张寻常的圆圆脸，然而长得可爱，两边脸颊显得柔嫩，还有一对温和的蓝眼睛，和两只非常漂亮、白净的小手。她的衣服也很整洁。

“您认识雅科夫·伊凡内奇吗?”我又说。

“认识，先生,”她一面说，一面拉着头巾的末端，眼睛里充满了泪水。

我请她坐下。

她马上坐在一把椅子边上，并不讲究礼节，也不装腔作势。耶里塞依走出去了。

“您跟他是在诺弗戈罗德认识的吗?”

“在诺弗戈罗德，先生,”她一面说，一面把两只手搁到头巾下面去了。“我前天才从耶里塞依·季莫费伊奇口里知道他去世的消息，先生。雅科夫·伊凡内奇到西伯利亚去的时候，答应写信给我，他写了两封信，就不再来信了，先生。我本来要跟他去西伯利亚的，可是他不肯带我去，先生。”

“您在诺弗戈罗德有亲人吗?”

“有的。”

“您跟他们住在一块儿吗?”

“我原先跟妈妈和出嫁了的姐姐住在一块儿；可是后来妈妈对我生气了；姐姐家人又多，她们家有许多孩子；所以我也就搬了出来。我总是信任雅科夫·伊凡内奇的，我并不希望什么，只是想看看他，他总是对我很亲切的——您尽管问耶里塞依·季莫费伊奇好了。”

玛莎稍微停了一下。

“我还有他的信，”她接着说。“先生，您看这就是。”

她从衣袋里拿出了几封信，交给我。

“请看吧，”她接着又说。

我打开了一封信，认出来这是雅科夫的笔迹，他用端端正正的大字写着：

> 亲爱的玛莎，昨天你把你的小头靠着我的头，我问你：“你这样干什么？”你对我说：“我想听听您在想什么？”现在我告诉你，我想的是什么：我想，要是玛莎学会了读书、写字那多好！她就能看懂我这封信了。……

玛莎望着这封信，对我说：

“这封信还是他在诺弗戈罗德的时候写给我的，先生。那个时候，他正在打算教我读书，写字。您再看另外几封信吧，先生。有一封从西伯利亚寄来的信，先生。就是那封，请看吧，先生。”

我读了那些信。这些信全写得非常亲切，甚至可说是很有感情。其中有一封信，就是他从西伯利亚寄来的第一封信，巴生科夫在信里称玛莎为他最好的朋友，答应寄钱给她，让她到西伯利亚去。他用下面的话结束这封信：

> 我吻你美丽的小手；这儿的姑娘都没有你这样美丽的小手，就是她们的脑子和心也比不上你。……读我送给你的那些书，想着我，我也不会忘记你的。你是唯一、唯一爱过我的人：所以我

也愿意只属于你一个人……

“我看，他很喜欢您，”我把信还给她，一面说。

“他很爱我，”玛莎小心地把信放进衣袋里，回答道，眼泪慢慢地顺着她的脸颊流了下来。“我总是信任他的；要是上帝赐给他寿命，他决不会抛弃我的。愿上帝让他进天国！……”

她用头巾的一角揩了揩眼睛。

“您现在住在哪儿呢？”我问。

“现在我就住在这儿，莫斯科；我跟一位太太一块儿来的；可是现在却没有工作了。我去找过雅科夫·伊凡内奇的表姨，但是她也很穷。雅科夫·伊凡内奇常常对我谈起您，先生，”她站起来，向我鞠一个躬，一面接下去说，“他很喜欢您，老是想着您。前天我在这儿遇到耶里塞依·季莫费伊奇，我就想：您肯不肯给我帮忙，因为现在我没有工作了……”

“我很愿意，玛利雅……请问您的父名？”

“彼得罗夫娜，”玛莎答道，埋下了眼睛。

“我愿意尽力帮助您，玛利雅·彼得罗夫娜，”我继续说；“只是我很抱歉，我是路过这儿，认识上等人家不多。”

玛莎叹了一口气。

“要是我能够找到工作就好了，先生。……我虽然不会剪裁，但是我会缝衣服，因为我总是在缝的……而且，我也能够照料孩子。”

“送她一点钱吧，”我心里想；“可是怎么给法呢？”

“玛利雅·彼得罗夫娜，您听我说，”我感到有点为难地说，“请您原谅我，可是您从巴生科夫的话里知道，我跟他多么要好。……您不会拒绝我……为了您目前的用度，送给您一点钱吧?”

玛莎望着我。

“为什么，先生?”她问。

“您不需要钱吗?”我说。

玛莎满脸通红，埋下了头。

“我要钱干什么呢?”她轻轻地说。“还不如给我找到一个工作，先生。”

“我会设法给您找工作，可是我还不能够给您肯定的答复。真的，您不要感到不安啊。……要知道，对您说来，我也不是一个陌生人。……收下我这点钱吧，为了纪念我们的朋友……”

我转过身去，连忙从皮夹子里拿出几张钞票，交给她。

玛莎一动不动地站着，她的头埋得更低了……

“请您收下吧，”我又说。

她慢慢地抬起眼睛来望着我的眼睛，悲伤地注视着我的脸，她的苍白色的手慢慢地从头巾下面向我伸了过来。

我把钞票放在她的冰冷的手指上。她默默无言地又把手藏到头巾底下去，而且又埋下了眼睛。

“以后，玛利雅·彼得罗夫娜，”我往下说，“要是您需要什么的时候，请您直接告诉我。我把我的地址留给您。”

“谢谢您的好意，先生，”她说；停了一会儿她又接着说：

“他没有对您讲过我吗，先生?”

“我是在他去世前一天才遇见他的，玛利雅·彼得罗夫娜。不过，我记不起了……他好像讲过您。”

玛莎用手摸了摸头发，轻托着脸颊，想了一下，然后说：“再见了，先生，”便走出了房间。

我坐在桌子旁边，痛苦地沉思起来。这个玛莎，她跟巴生科夫的关系，巴生科夫的信，索菲雅·尼可拉叶夫娜的姐姐对他的秘密的爱情……“可怜的人！可怜的人！”我一面轻轻地说，一面沉痛地叹气。我回想起巴生科夫的一生，他的童年，他的青年时代，佛利德利卡小姐……我想道：“你看，命运也给了你不少的东西！它也给过你不少的快乐呢！”

第二天，我又去看索菲雅·尼可拉叶夫娜。他们要我在前厅等待，而且我进去的时候，丽季雅已经坐在她母亲的身边了。我明白，索菲雅·尼可拉叶夫娜不想再继续昨天的谈话了。

我们谈着闲天——真的，我记不起谈了些什么话。我们谈到城里的新闻，谈到公事……丽季雅时常插嘴说一句话，狡猾地看着我。她那个善于表情的小脸上忽然露出了一种有趣的庄重的表情。……这个聪明的女孩可能早已猜想到，是她母亲故意让她坐在旁边的。

我站起来告辞。索菲雅·尼可拉叶夫娜送我到门口。

“我昨天没有答复您，”她站在门口说：“可是，我有什么可以回答的呢？我们的生活不是由我们自己决定的；而且我们的一切都有一个锚，要是你自己不愿意，你永远也离不了这个锚：那就是义务的观念。”

我不说一句话，俯下头表示同意，就跟这位年轻的清教徒①告

① 用在这里指：一丝不苟地遵守严峻道德观念、过着严肃生活的人——译者注

别了。

这个晚上，我一整夜待在屋子里；可是我并没有想她；我在想着，我不停地想着我那亲爱的、永远忘不了的巴生科夫——这个最后的浪漫主义者；于是那种时而悲痛、时而温柔的感情，带着甜美的苦味钻进了我的心胸，在我还没有完全衰老的心弦上发出响声。……你这个不务实际的人，善良的浪漫主义者，愿你安息！至于那一切讲究实际的人——那些永远不会了解你的人，那些到现在也许还在嘲笑你的亡魂的人，希望上帝至少赐给他们百分之一的这种纯洁的欢乐，不管命运和人们对你怎样，却有不少这种纯洁的欢乐点缀了你可怜而顺从的一生！

阿霞*

* 这篇小说写于一八五七年，发表在《现代人》杂志一八五八年第一期上。——译者注

1

我那时候大概有二十五岁（恩·恩开始说）。你们看，这已经是很久以前的事了。我刚刚取得了我的自主权，动身到外国去，并不是像那时候一般人常常说的，“去完成我的学业，”却只是因为我想去看一看外面的世界。我那时年轻，健康，快乐，我的钱花不完，我还不曾遇到过任何困难，我无忧无虑地活着，我想做什么，就做什么——一句话说完，我精力旺盛。我那时从没有想到：人不是植物，不能长久地繁荣。年轻人吃着金色的蜜饼，就以为是他每日的粮食；然而乞讨一片面包的时候会来的。可是说这种话有什么用处呢。

我没有任何目的、没有任何计划地到各处游历。我喜欢一个地方，就住下来，只要我一想到要看新的人脸（的确就是人脸）时，我立刻又上路了。我只有对人才感到兴趣；我受不了那些著名的古迹和珍贵的收藏；我看到向导，立刻就厌烦，不高兴起来。——我在德累斯顿①的绿色拱廊②里简直要发疯了。大自然对我有一种强有力的感应，

① 德累斯顿，德国萨克森之首府，为风景区。——译者注

② 德国著名建筑。德累斯顿有名的博物馆，馆内保存了一套十六——十七世纪主要式样的精美艺术品。——译者注

可是我不喜欢它那种所谓的美：奇特的名山，岩石，瀑布，我不喜欢它那种盛气凌人的样子，我不愿意它来扰乱我。但是人脸啊，活人的脸——人的谈吐，他们的动作，他们的笑声——都是我生活里所不可少的。在人群中我常常感到特别的愉快和舒适。我喜欢到别人去的地方，我喜欢跟着别人一块儿叫喊，而同时我也喜欢注意别人叫喊时的神态。观察人类使我发生兴趣……我不止是观察他们，我还带着欢乐的、不知足的好奇心在研究他们。但是我又离题太远了。

话说回来，大约在二十多年以前，我住在德国莱茵河左岸一个叫做兹的小城里。我正需要孤独。一个我在温泉遇到的年轻寡妇最近才伤了我的心。她非常漂亮，绝顶聪明，她对每个人都卖弄风情，对我这个可怜的罪人也是这样。开始她鼓励了我，末了她很残忍地伤害了我，就为着一个年轻的、有玫瑰色面颊的巴伐里亚的军官把我丢开了。我应该承认我心里的创伤并不很深，但是我需要暂时沉浸在哀愁和孤寂里面，——年轻人有什么不可以消愁遣闷的呢！——所以，我在兹城住下来了。

这个小城使我喜欢的是：它位置在两座高山的脚底下，它那倾颓的城墙和荒凉的古塔，它那古老的菩提树，它那跨在一条清彻的小河——莱茵河的支流上的高桥①，但是最使我喜欢的是它那种上等的好酒。太阳刚落山的傍晚（那是在六月间），那些漂亮的淡黄色头发的德国少女在这座古城的小街上散步，她们遇见外国旅客，就用悦耳

---

① 原文是陡桥或崄桥。——译者注

的低声说："Guten Abend"，① 她们里面有一些甚至在月亮升上古老房屋的尖顶、街道上的小石子在宁静的月光下显得很清楚的时候，还不愿意回家。我喜欢那种时候在这个小城里游荡；月亮好像从明净的天空里凝视着这个小城；这个小城感觉到它那种凝视，敏感而平静地立在那儿，全身沐浴在月光里，那种宁静的、同时又微微地激动着灵魂的月光里。峨特式的高钟楼顶上的定风针闪着淡淡的金光，同样的金光也在黑亮的河面上荡漾。细细的蜡烛（德国人是节省的），在斜屋顶下的狭小窗户里朦胧地燃着。葡萄树不可思议地从石墙里伸展出它的盘绕的蔓藤；在三角的广场上，古井旁边的阴影里有什么东西跑过去了；突然间那个带睡意的守夜人的口哨传到你的耳里来了，一条温顺的狗低声叫着；而温暖的空气那样抚摸着你的脸颊，菩提树的香味又是那么浓，使得你的心胸不由自主越来越深地呼吸着，"葛莱卿"② 这个名字又似赞叹、又似疑问地浮到嘴唇上来了。

兹小城离开莱茵河约有两维尔斯特。我常常去望那条庄严的河流，坐在那棵孤零零的大榛树底下石凳上，或多或少带了些做作的样子老是去想那位忍心的寡妇。一座带着孩子般的面容、胸上有一颗宝剑刺穿的红心的圣母小雕像从树枝中间忧郁地望出来。河对面是个叫做勒的小城，比我住的这个小城稍稍大一点。有一个傍晚我正坐在我所喜欢的长凳上，一会儿望着河流，一会儿望着天空，一会儿又望着葡萄

① 德文：晚安。
② 德国大诗人歌德的巨著《浮士德》中的女主人公。——译者注

园。在我的面前，一群金黄色头发的男孩爬上一只已经拖到岸上的船，船翻搁着，涂了柏油的船底朝着天空。几只松松地张着帆的小船驶过去了，绿色的水波往前流去，微微有一点浪，也有一点涟漪。突然我听到了音乐的声音，我倾听着。在勒城正奏着华尔兹舞曲，大提琴断断续续地发出单调的低音，提琴发出含糊不清的颤音，笛子大胆地吹起来。

“这是什么?”我问一个穿棉天鹅绒背心、蓝袜子、鞋子上带扣的老人，他正朝着我走来。

“这个吗?”他先把他的烟斗从这一边嘴角移到另一边嘴角，然后回答道：“学生们从勃地来——举行一个 Kommers①。”

“我去看看这种大学生的‘宴会’怎样，”我想道，“而且我还没有到过勒城呢。”我找到一个摆渡的人，渡过河去了。

2

不一定每个人都知道什么叫做“大学生的宴会”。这是一种特殊的庆祝的宴会，在这宴会上一个地方的大学生，或者同乡会（Landsmannschaft②）里的大学生都聚在一块儿。差不多参加这个宴会的人都穿着旧时传下来的德国大学生的服装：匈牙利短上衣，长统靴和飘着特种颜色丝带的小帽。这种大学生的宴会通常由一位高年级的同学主

① 德文：德国大学生的宴会。
② 德文：大学里的同乡会。

持。这快活的宴会一直继续到天亮：喝酒，唱歌（唱 Landesvater① 和 Gaudeamus②），抽烟，咒骂那班没有受过大学教育的俗人，有时候还请了乐队来。

在勒城举行的正是这样的一个宴会——它在一家临街的、挂着“太阳”招牌的小旅馆的花园里举行。旗帜飘扬在旅馆和花园上面，大学生们坐在修剪得很整齐的菩提树下那些桌子旁边，有一张桌子底下躺着一只大喇叭狗③，旁边一个常春藤的凉亭里面乐师们起劲地一直在奏乐，时时喝啤酒来提他们的精神。在花园矮墙的外面街上围了一大群的人。勒城善良的市民——不肯错过这种观看新来的客人的机会。我也混在这一群观众中间，看大学生的面容，看他们拥抱，注意年轻人这种天真的撒娇作态，注意他们的热情的眼光，听着他们的叫喊，他们的无缘无故的笑声——世界上最好的笑声——所有这些年轻生命的快乐的骚动，这种充满生气的往前直冲的劲儿，不论它冲向哪里，只要它是往前冲呀，——这种无忧无虑的放任感动了我，而且使我兴奋。“我要不要去参加呢?”我问我自己……

“你还没有看够吗，阿霞?”就在我的背后，有一个男人的声音用俄国话说。

“让我们再待一会儿罢，”一个女人用同样的语言答道。

我很快地回过头去。……我看到一个漂亮的年轻人，戴了一顶便帽，穿着一件松松的短上衣。他的手臂上挽着一个年轻的、身材不很

---

① 德文：德国大学生在庆祝宴会时所唱的歌，一支古老的德国歌。
② 德文：旧时大学生喜欢唱的拉丁文的歌。
③ 指一种大嘴巴、宽胸、短腿的猛犬，又叫虎头狗。——译者注

高的少女，她戴了一顶草帽，整个脸的上半部都让帽子遮住了。

“你们是俄国人吗?”我不由自主地顺口说出来。

年轻人带笑回答道：

“是，我们是俄国人。”

“我绝没有料到……在这种偏僻地方，”我开始说。

“我们也绝没有料到，”他打断了我的话，“可是有什么关系呢？这不更好！让我来介绍我自己。我叫加京，这是我的……”他踌躇了一下，“我的妹妹。我可以知道您的名字吗?”

我告诉他我的姓名，于是我们交谈起来了。我才知道加京跟我自己一样借着旅行消遣，大约在一个星期以前来到勒城，就在这儿住了下来。老实说，我不喜欢在国外跟俄国人做朋友。我远远地就能认出他们，从他们走路的样子，从他们衣服的剪裁，主要的还是从他们脸部的表情。他们的那种自满的、瞧不起人的、有时还是很傲慢的神气，突然间会变成了谨慎和害怕的表情。……他们立刻警觉起来，眼睛不安地闪动着。……“天老爷！我说了些什么傻话吗？他们在笑我吗?”这种匆促的眼光好像在说。……这一会儿过去之后——脸上的表情又恢复原先的庄严了，但偶尔又出现了一阵呆滞的惊惶失措。是的，我躲避俄国人，但是加京打第一眼起，就让我喜欢了。世界上的确有这样一种幸福的面容，让人人都乐意望它，就像它在给你温暖，给你安慰似的。加京就有这样的脸，温和的、讨人喜欢的脸。大而温柔的眼睛，柔软的鬈曲的头发。他讲起话来有这种调子，即使你还没有看到他的脸，你只听见他的声调，也会感觉到他在微笑呢。

那个被他叫做妹妹的少女，第一眼看起来非常漂亮。她那张略带褐色的圆脸上有着美丽的细小的鼻子，差不多带孩子气的脸颊和明亮的黑眼睛：这个脸型里有一种独特的、特殊的东西。她的身材优美，但似乎尚未发育完全。她一点儿也不像她的哥哥。

“你愿不愿意跟我们一块儿到家里去?”加京问我道。“我想我们已经看够这些德国人了。真的，要是我们的年轻人①的话，早就该打碎玻璃摔坏椅子了，然而这些年轻人过于拘谨。你看怎么样，阿霞，我们可以回家吗?”

少女同意地点了点头。

“我们住在城外，”加京接下去说，“在葡萄园那儿高地上一所单独的小宅子里。那边风景好极了，去看看吧。房东太太答应给我们准备一些酸牛奶。现在天快黑了，您不如等着在月光下渡莱茵河。”

我们动身了。穿过低矮的城门（城的四周围着圆石砌成的古墙，连墙上的望楼都还没有完全崩塌），我们走入田野，顺着石墙走了大约一百步光景，就在一扇窄小的门前停下来。加京开了门，引我们从一条很陡的小路上山。路的两边的平台上种满了葡萄树；太阳刚落下去，一抹淡淡的红光依旧照在绿色葡萄藤的高茎上，照在铺满了大小砂石的干燥的地上，还照在一所有着斜倾的黑梁和四扇明窗的小宅子的白墙上。这所宅子就直立在我们正在攀登的山顶上。

“这就是我们的住处!”我们走近那所宅子的时候，加京大声地说。

---

① 指俄国大学生。——译者注

“看，房东太太带着酸牛奶来了。Guten Abend，Madame①……我们马上就坐下来吃晚饭；但是首先，”他接着又说，“先看看四周。您对这一片景致有什么说的?”

风景的确美极了。绿色的两岸中间银白的莱茵河躺在我们的脚底下。有一个地方的河水在落日的金辉下闪耀着红光。你能看到聚集在岸边的小城的所有的街道和房屋，那边过去一点，展开一片广阔的田野和群山。下面的风景的确很美，但更美的还是在天上：给我印象最深的是天空的明净和深邃，空气清朗透明。新鲜的、轻盈的空气静静地像波浪似地摇荡着，滚动着，似乎在高处它也感到更加自由了。

“您找到一所很好的住宅，”我说。

“阿霞找到的，”加京回答道。“喂，阿霞，”他接着说下去，“你去吩咐吧。把东西全拿到这儿来，我们要在露天吃晚饭。这儿我们可以听到那边飘来的音乐。您注意到没有，”他转过来对我说下去，“华尔兹舞曲近处听起来一点儿意思也没有——不过是粗俗无聊的声音；可是远远地听起来，它就好得不得了，它能够唤起您所有的浪漫的情绪。”

阿霞（她的真名是安娜，然而加京叫她阿霞，所以你们也得让我这样叫她）这时候已经到宅子里去了，不久就跟房东太太一块儿出来。她们两个人捧着一个大茶盘，盘里盛着一罐酸牛奶，还有碟子，调羹，糖，草莓和面包。我们坐下来，开始晚餐。阿霞取掉帽子，她的一头黑发剪得短短的，像男孩子似地梳着，浓浓的鬈发披在颈项上和耳边。

① 德文：晚安，太太。

起初她对我非常害羞，但是加京跟她说：

“阿霞，你怕什么呢？他又不会咬人！”

她微微地笑了笑，过了一会儿她跟我谈起话来。我从没有见过比她更好动的人。她从来也没有安静地坐过一阵；她一会儿站起来，跑进宅子里去，又跑出来，低声唱歌，一会儿她笑起来，而且笑得非常古怪：她好像并不是在笑她所听到的，只是为了跑进她脑子里面的种种思想笑着。她的大眼睛发亮地、大胆地直望着你，但有时她的眼睑微微地低垂，于是她的眼光立刻变成深刻而温柔的了。

我们闲谈了两个多钟头。白天早已过去，而黄昏（起初完全像火一样，然后明亮而通红，再后变成暗淡而朦胧，）也渐渐地消失、溶化在黑夜里了。可是我们一直像我们周围的空气那样和平地、安静地谈下去。加京叫人拿了一瓶莱茵葡萄酒来，我们安闲地喝酒。音乐仍然飘到我们这儿来，音调似乎比先前更悦耳，更柔和了。城里燃起了灯光，河面上也有了灯光。阿霞忽然埋下了头，她的鬈发遮住了她的眼睛；她不作声，只顾叹息。后来她跟我们说，她瞌睡，就回到宅子里面去了。可是我看见她并不点燃蜡烛，却在关着的窗前站了好久。最后月亮升起来了，照在莱茵河上。这四周的一切有的发光，有的变暗，全变化了；连我们的刻花玻璃杯里的酒也发出神秘的光彩。风停了，好像它也收了翅膀静息了。散发浓香的夜间的暖气轻柔地从地面上升起来了。

“该走的时候了！”我大声说道，“不然，我可能找不到摆渡的船夫。”

“该走的时候了，”加京也说了一遍。

我们从小路下山。突然间有几个小石子跟在我们的身后滚了下来。原来是阿霞赶上来了。

“你还没有睡?”她哥哥问道，可是她并不理他，她跑过我们前面去了。

小旅馆花园里大学生们点的最后几盏灯的将灭的灯光，从山下照着树叶，给树叶添了一种欢乐的、奇幻的样子。我们在河边找到了阿霞，她正在跟摆渡的船夫谈话。我跳上了渡船，便跟我的两位新朋友告辞了。加京答应明天来看我；我握过他的手，也向阿霞伸出手去，她却只是望着我，摇摇头。船离开了岸，向急流的江心飘去。强健的老船夫把桨浸入黑暗的河水里，用力划着。

“您走进月光里面，您把它打碎了，”阿霞在我身后喊着。

我埋下眼睛，黑色的波浪在渡船的四周跳荡。

“再见!”我又一次听到阿霞的声音。

“明儿见，”加京也跟着她说。

渡船靠拢岸。我跳出船来，隔岸望去。对岸看不见一个人了。月光像一道金桥似地伸到河对面。有一曲兰纳①的华尔兹的老舞曲飘了过来。加京说得对，我感觉到我的心弦应和着那诱人的旋律在颤抖了。我慢慢地呼吸着夜晚的芬芳的空气，穿过黑暗的田野，走回家去；我回到自己的小屋子以后，仍然感到这种无对象、无目的的期望的带甜味的烦闷。我觉得我是幸福的，但为什么我是幸福的呢？我什么都不需要。我什么都不想。……我是幸福的。

---

① 兰纳（1801—1843），奥国作曲家，作舞曲甚多。——译者注

我几乎要从快活和轻松的感情的满溢里笑出声来，我睡在床上，早已闭上了眼睛，我忽然记起了整个夜晚我连一次也没有想到我那位残酷的美人。“这是什么意思呢?”我问我自己，“我是不是又在恋爱了?”可是我就在问过自己这个问题之后，立刻像孩子在他的摇篮里似的睡着了。

3

第二天早晨（我早已醒来，但是还没有起床），我听到窗下有手杖轻敲的声音，有人在唱歌，我立刻认出那是加京的声音：

“你还在睡吗？我要用七弦琴唤你醒来…………”①

我赶快去给他开了门。

“您好，”加京一进门就说。“大清早我就来打扰您了，可是您看看，多好的早晨。新鲜，露水又多，云雀在唱歌。”

鬈曲、发亮的头发，露出来的颈项，玫瑰色的面颊，他本人就像早晨一样的新鲜。

我穿好衣服，我们就到花园里去，坐在一张长凳上，叫人送来咖啡。我们开始闲聊起来。加京把他未来的计划告诉我：他有一笔相当大的遗产，不需要依赖任何人，他有意专心从事绘画，只是懊悔他想到这件事太晚了，他毫无目的地浪费了这许多时间。我也告诉他我的计划，并且顺便还告诉他我的“失意的爱情”的秘密，他谦虚地听着

① 见普希金的诗《我在这儿，伊涅齐里雅……》。——译者注

我讲话，但是据我看来，我的热情并没有引起他多大的同情。他只是由于礼貌的缘故，才勉强跟着我叹息两三声，随后加京提议要我陪他回家，去看看他的画稿。我立刻同意了。

阿霞不在家，房东太太告诉我们：她已经到“古迹”那边去了。(这是一所封建时代古堡的遗迹，离开勒城约有二维尔斯特光景。)加京拿出他所有的画给我看。画稿上充满生气和真实，也有一种豪放和壮阔的成分，但没有一张画是完工的，而且照我看来这些画都是草率的，不妥贴的。我很坦白地把我的意见告诉他。

“是呀，是呀，”他叹口气接着说，“您是对的，整个儿都是很坏的、不成熟的东西，但是有什么办法呢？我没有好好地学过，而且我们这种该死的斯拉夫人的懒散总是占上风。当你梦想工作的时候，你像鹰似地飞翔：你好像有移动天地的力量——可是一旦动手做起来，你立刻就变得软弱，疲乏了。”

我开始鼓励他，他只是摇摇手，捧起他所有的画稿，把它们丢在长沙发上。

“如果我有一点点耐心的话，我或者会有一点儿成就，”他低声说。“如果我没有耐心，那么，我永远只是一个不成熟的、贵族式的外行艺术家罢了。——我们还是去找阿霞吧。”

我们就走了。

4

去古迹的路上顺着斜坡到了一个狭窄的、树木茂盛的山谷。谷底一条小溪喧哗地在石子中间流过去，它好像要赶快地流入大河，那条河就在陡峭的山顶的阴影面后边静静地闪光。加京叫我注意几处光彩悦目的地方。听他讲话，他即使不是一个画家，至少也是一个艺术家。不久古迹看得见了。在一个光秃山岩的顶上矗立着一座四角塔，这座塔虽然因年代久远成了黑色，但还是很坚固，不过看得出塔身已经让一条纵的裂痕分为两半了。塔连接着长满青苔的围墙，在塔的周围爬满了常青藤。弯曲的小树从灰色的城垛和开始崩坍的拱顶中垂下来。一条铺石子的小路通到那个还不曾毁坏的大门。我们快要走到大门，突然看到，就在我们的前面，一个女人的身影，用快步子跳过一堆废墟，爬到一个突出的墙头，恰恰在悬崖上面。

“那可不是阿霞!”加京叫起来。“真是一个疯女孩子!”

我们穿过大门，进了一个小院子，那里一半的地方长满了野苹果树和荨麻。阿霞当真坐在悬崖的边上，她转过脸来对我们笑着，但是并没有移动一下。加京向她伸出一根手指警告她，我大声责备她的不谨慎的举动。

“不要说啦，”加京低声说，“不要刺激她；您不了解她：她能够爬到塔顶上去。喂，您倒不如赞美这个地方人的聪明。”

我朝我的周围看。在小木棚里货摊旁，一个老妇人坐在角落里编结袜子，她斜着眼睛从眼镜后面看我们。她卖啤酒、姜饼和矿泉水给游客。我们坐在长凳上，喝着盛在笨重的锡杯里的相当冷的啤酒。阿霞还是坐在原来的地方一动也不动，她的腿盘在她的身子底下，头上包着薄棉纱围巾，她的秀美的身姿映在明净清彻的天空里显得很分明，很动人。我带着反感地望着她。昨天夜里我就注意到她的一些做作的不自然的样子。……“她要使我们吃惊，”我想道。“她的目的是什么呢？多么孩子气的恶作剧！”她好像猜中了我的思想似的，用急速而锐利的眼光看了我一眼，又笑了起来，她只跳了两跳就离开了墙，跑到老妇人跟前，向她讨了一杯水。

“你想我要喝水吗？”她转身对她哥哥说，“不是，在那边墙上有几朵花得浇水呢！”

加京没有理她。她捧着杯子，又爬上废墟，时而停下来弯着身子，带着最淘气的郑重的神情，在枯萎的植物上面倒几点水。水点在明亮的阳光下发亮。她的动作很可爱，可是我还像先前那样地生她的气。不过我也忍不住要赞美她的轻快，敏捷。在一处危险的地方，她尖声叫喊来吓唬我们，然后又大笑起来。我更加恼怒了。

“她跳来跳去就像一头山羊，”老妇人把眼睛从她的袜子上抬起来，望上一会儿，含糊地说。

最后阿霞倒空了她的杯子，她顽皮地摇摇晃晃回到我们跟前。她的眉间、鼻上、唇边都带一种奇怪的微笑，她的黑眼睛半像大胆、半像欢乐地闪动着。

“你以为我的举动失常，”她的表情好像在说，“我不在乎，我还是知道你喜欢我。”

“敏捷呀，阿霞，真敏捷，”加京小声地含糊不清地说。

突然间她好像害起羞来，垂下她的长睫毛，羞怯地坐在我们旁边，就像一个罪人一样。现在我才第一次好好地看清楚了她的脸。我从没有见过像这样多变化的脸。过了一会儿她的脸渐渐变得苍白，显出一种专注的、差不多是忧郁的神情，她的面貌在我的眼里显得大人气些，严肃些，简单些。她完全安静下来了。我们绕着古迹走了一转，欣赏风景，阿霞也跟在我们后面。午饭的时候快到了。加京跟老妇人算了账，又要了一杯啤酒来，他把酒杯举到嘴唇边，转身向我做一个狡猾的鬼脸，大声说：

“祝您的心上人健康！”

“难道他有——难道您有这样的一位小姐吗?”阿霞问道。

“谁又没有呢?”加京回答。

阿霞沉思起来，她的脸又变化了，又现出一种挑战的、差不多是傲慢的微笑。

在回家的路上，她比先前笑得、玩得更厉害了。她从树上折下一根长树枝，像枪一样地放在肩上，用围巾包住她的头。我记得我们遇到一家人数很多的英国人，而且态度很拘谨，都是淡黄色头发，他们好像听到命令似地一下子都转过他们的玻璃似的眼睛，带了冷静、惊讶的样子望着阿霞。她好像故意要激怒他们，就高声唱起歌来。我们到家以后，她立刻回到她自己的房间去了，一直到午饭的时候才出来，穿着很漂亮的、腰束得紧紧的衣服，细致地梳着她的头发，手上戴着手套。在桌上，她的举止非常有礼貌，甚至可以说是做作的。她差不多不吃一点东西，只偶尔在玻璃杯里喝点水。她明明要在我的面前扮演一个新的角色，一个非常文雅的、教养很高的年轻小姐的角色。加京并不干涉她，看得出来他在任何方面对她纵容惯了。他只是时时好意地望着我，轻轻地耸耸他的肩膀，就像在说：“她是一个孩子，请您宽容吧!”刚吃完午饭，阿霞站起来，对我们行个屈膝礼，戴上帽子，问加京，她可不可以到路易斯太太那边去。

“你从什么时候起要求我的允许来的呢?”他带着他那种始终不变的、但这时却露一点窘相的微笑问道。“你觉得跟我们在一块儿没有趣味吗?”

“不，我昨天答应过路易斯太太，我要去看她。而且，我想你们两个人单独在一块儿会更好一点。恩先生——”她指着我，“会再告诉你一些秘密。”

她走了。

“路易斯太太，是这个地方从前的市长的寡妇，”加京极力避开我的眼睛，说起话来，“她是一位很善良、而且很单纯的老太太。她很喜欢阿霞。阿霞高兴跟境况不好的人做朋友。我已经看出来那原因始终是骄傲。您瞧，她是给我宠坏了。不过，”他沉默了一会儿，又接着说下去，“您叫我怎么办呢?我对任何人都不会苛求，对她当然更不会了，我不得不宽待她。”

我仍然不做声。加京换了话题，谈起别的来。以后我认识他愈久，我就愈喜欢他。不多时候我就开始了解他了。他有真正的俄罗斯人的性格，忠实，正直，质朴，但不幸有点懒散，缺乏坚持力或者内在的火。青春不像一道喷泉水似地在他的心里涌流，而以宁静的光照耀。他很可爱，很聪明，可是我不能想象，他年纪大些的时候会变成什么样的一个人。他会成为一个艺术家吗?没有持久的、艰苦的工作是不可能成为一个艺术家的。“至于工作，”我望着他的柔和、温顺的面貌，或者倾听他那从容不迫的言论的时候，我不禁想着：“不，您绝不会努力工作的，您不能够集中您的力量。”但是你不可能不喜欢他：你的心让他吸引去了。我们在一块儿大约消磨了四个钟头，有时候坐在沙发上，有时候在宅子前面慢慢地走来走去，我们就在这四个钟点里面成为非常亲密的朋友了。

太阳落下去了，我应该回家去，可是阿霞还不曾回来。

“她多任性呀!”加京含糊地小声说，“要是你愿意，我可以送你回去，我们顺路可以弯到路易斯太太家里。我要问一下她在不在那里。这不会绕太多的路。”

我们下了坡，走到城里，弯进一条窄小的曲巷，我们就在一所房屋前站住了，这是一所只有两扇窗宽、四层楼高的宅子。二层楼比第一层更凸向街面，而三层楼、四层楼更比二层楼凸出。整所的房屋雕刻着古老的花纹，它那下面的两根大柱子，它那尖尖的瓦屋顶，和顶楼的像鸟嘴似的突出部分，这一切使这所宅子看起来像一只蜷曲着的大鸟。

“阿霞!”加京喊道，“你在这儿吗?”

三层楼灯光明亮的窗户打开了，我们看到阿霞的小小的黑黑的头，在她的背后出现了一个没有牙齿、眼睛半瞎的德国老妇人的脸。

“我在这儿，”阿霞卖弄风情地把肘臂斜靠在窗台上说；“我在这儿很好。这给你的，接住它，”她丢给他一枝天竺花，接着又说下去：“你设想我是你的心上人。”

路易斯太太大声笑了。

“恩——要回家去了，”加京高声说，“他来跟你告别。”

“真的吗?”阿霞轻轻地说道。“那么，把我这枝花给他吧，我马上就回家了。”

她砰的一声关上了窗户，我想她是在亲吻路易斯太太了。加京默默地拿给我这枝花。我也默默地把它放在衣袋里，走到了渡口，摆渡过了河。

我还记得在回家的路上，我什么也不想，可是我的心上搁着一样古怪的、沉重的东西。突然间我闻到一阵闻惯了的浓浓的、可是在德国却很少有的香气，这香气使我惊讶。我站住，看见路旁有一小块地上长着大麻。它这种草原上的香气使我立刻想起我的祖国，在我的灵魂里面唤起一种强烈的乡愁。我真想呼吸俄罗斯的空气，我真想在俄罗斯的土地上走路。“我在这儿干什么呢？为什么我要在陌生的国土里流浪，为什么我要生活在陌生人中间？”我嚷起来。压在我的心上那种非常沉重的重量突然变成了一种痛苦的、燃烧似的激动。我带着跟上一天完全不同的心境回到了家里。我觉得心里不高兴，很久都不能安静下来。一种连我自己也不了解的烦闷折磨着我。末了我坐下来，想起我那位狡猾的寡妇（我照例在每天临睡前想着那位太太），拿出她的一封信来，但是我连信都没有打开，我的思想就转到另一个方向去了。我开始想着……想着阿霞。我想起加京曾经暗示过的某些障碍阻止他回到俄国去。“当真，她是他的妹妹吗？”我高声说了出来。

我脱了衣服，躺下去，竭力想睡着，可是一个钟点以后我又在床上坐起来，肘子斜靠在枕上，想着那位“笑得不自然的、喜怒无常的少女”。“她像佛尼斯拿宫①中拉斐尔②画的小加纳替阿③。”我含糊地

---

① 佛尼斯拿，又叫做法纳塞别墅，在罗马，拉斐尔的壁画《加纳替阿》就在那里。——译者注

② 拉斐尔（1483—1520），文艺复兴时期意大利著名画家。——译者注

③ 加纳替阿，希腊神话中海的女神。——译者注

说道："是的，她不是他的妹妹。……"

那位寡妇的信静静地躺在地板上，在月光里显得很白。

5

第二天早晨我又到勒城去了。我极力使自己相信，我是去看加京的，但是我暗中却实在想去看看阿霞在干什么，她的举动是不是还像昨天那样地"古怪"。我看到他们都在客厅里，唉，真奇怪！——这是不是因为我在昨天晚上，和今天早晨苦苦地想念俄罗斯的缘故呢？——我觉得阿霞完全是一个真正的、俄罗斯的少女，还是一个普通的少女，几乎就像一个女仆。她穿着一件窄小的旧长袍，头发梳在耳朵后面，静静地坐在窗前，带着一种朴实的、温顺的神情在绣架上刺绣，就像她一辈子从来没有做过别样事情一样。她几乎什么也不说，只是凝神地望着她的绣品，她的脸上笼罩着一种平凡的、日常的表情，使我不由自主地想起我们家乡的卡佳、玛霞们①来。就像故意来完成这种相似一样：她开始小声地唱起《亲爱的小妈妈》② 了。我望着她的带黄色的、没有生气的脸，想起我昨天晚上的那种思想，我也不由得忧愁起来。天气是出奇的好，加京告诉我们，他要去野外写生，我问他愿不愿意让我跟他一块儿去，我去了会不会妨碍他。

"正相反，"他答道，"你可以给我贡献好的意见。"

---

① 卡佳和玛霞是俄国一般少女的名字。——译者注

② 《亲爱的小妈妈》，俄罗斯民歌，一八三〇年俄国诗人莫克陵斯基作词，音乐家阿·古利列夫作曲。——译者注

他戴上一顶望·代克式①的大帽子，穿着一件工作服，胳膊底下挟着速写本动身走了，我跟在他的后面。阿霞留在家里。临走的时候，加京关照她去看看汤不要烧得太清了，阿霞答应照料厨房的事。加京走到一个我早已熟悉的小山谷，在石头上坐下来，开始画一棵树枝向四面伸出来的空心老橡树。我躺在草地上，拿出一本书来。我还不曾读上两页，他也不过涂污了画纸，我们就越来越起劲地谈起来了。我们讨论着，而且非常聪明、非常细致（至少我是这样看法）地讨论着：人应当怎样工作，什么是应该避免的，哪些规律是可以遵守的，还有我们这时代艺术家的真正的重要性在什么地方等等问题。后来加京说他今天“没有兴致”，在我的旁边躺下来，于是我们这种年轻人的谈话就没有任何阻碍、自由地倾泻出来，一会儿热烈，一会儿沉思，一会儿高兴得不得了。但是我们的谈话总离不开俄国人爱用的晦涩的、不明确的言辞。我们畅谈了一番之后，我们的心里充满了一种好像我们做了什么事情、或者做成功了什么事情以后的满足的感情，我们就回家去了。我看到阿霞的神情，还是跟我们离开她的时候一个模样，无论我如何仔细地留意她，在她的身上我也找不出一丝卖弄风情的影子，或者故意做作的痕迹。这一次绝不能再说她是装模作样的了。

“啊，啊！”加京说道，“她在断食②忏悔呢。”

晚上，她毫不掩饰地打了好几次呵欠，很早就回到她自己的房间去睡了。我也很快地向加京告辞回家去，我并不特别想什么，那一天

① 望·代克（1599—1641），弗兰德斯善绘肖像画的画家。这里指他的肖像画中的帽子样式。——译者注

② 宗教上的斋戒。——译者注

就在平静的心情中过去了。现在我唯一能够记起来的事情，就是在我躺下去睡觉的时候，我不由自主地高声说出来：

“那个少女是怎样一个多变的蜥蜴呀！”我想象了一会儿，又接着说下去：“但是不管怎样，她不是他的妹妹。”

6

两个星期就这样地过去了。我每天去看加京他们。阿霞好像在躲避我，不过像我们刚认识的头两天里面那样叫我吃惊的顽皮举动，她一次也没有做过。她仿佛暗中有着隐秘的痛苦，或者惶惑不安；她也笑得少了些，我带了好奇心在观察她。

她的法国话、德国话都讲得非常流利，但处处都显出来她从小就没有得到女性的照应，她受着一种非常奇特的、不寻常的教育，跟加京所受的教育并没有一点相同的地方。虽然加京戴一顶望・代克式帽子，穿一件工作衣，可是在他的身上仍旧发散着大俄罗斯贵族的温柔的、几乎是纤弱的气息。然而她却不像一位贵族小姐，在她的所有的举动里有一种不安——就像一棵刚接枝的野生的果树，一种还在发酵的酒。天生怕羞，胆怯，她多么恨她自己的羞怯，因此她极力使自己动作大方，勇敢，但是这也并不是常常成功的。好几次我想跟她谈谈她在俄罗斯的生活，她的过去，她总是不情愿回答我的问题。然而我也知道，她出国以前曾在乡下住了很久。有一次我碰见她正在看书。两只手捧着头，手指直伸到头发里面，目不斜视地专心在看书。

“好啊，”我走到她的身边，说，“您真用功！”

她很快地抬起头来，庄重地、严厉地望着我。

“您以为我只会笑吗?”她低声说，就打算走开。

我看她的书名：这是一本法国小说。

“无论如何，我不能够赞成您选的书。”我说。

“那么念什么呢?”她嚷起来，把书丢在桌子上，接着又说下去：“我还不如出去瞎玩去。”就跑到花园里去了。

就在这天晚上，我高声朗诵《赫尔曼与多洛塔》① 给加京听。刚开始的时候，阿霞只是在我们旁边走来走去，后来就突然地站住，侧耳倾听，静静地挨着我坐下，一直听到我读完。第二天我又不认识她了，那个时候我并没有想到她会起这样的念头：学多洛塔似的温驯、沉静。一句话说完，我觉得她是一个谜似的人，不管她自负、自傲到了极点，然而甚至在我恼恨她的时候，她还是引动了我。只有一件事是我越来越相信的：她不是加京的妹妹。他不像一个哥哥似地对待她，他太宠爱她了，太体贴她了，同时还有点勉强的样子。

一个奇怪的机会显然证实了我的猜疑。

有一天晚上，我到加京他们住的葡萄园里去，我发现那扇小门已经上锁了。我不加考虑就跑到我早已注意到的围墙塌了的地方，跳了过去。离开那里不远，在小路的旁边，有一个金合欢编的小凉亭。我刚到了那边，正要往前走的时候，我听到阿霞的声音，她一边抽泣，一边激动地说：

“不，除了你以外，我任何一个人都不要爱，不，不，我只要爱你

① 《赫尔曼与多洛塔》，德国大诗人歌德的长篇叙事诗。——译者注

一个人，——而且永远地爱你一个人。”

“好啦，阿霞，安静一点!”加京说。“你知道我相信你的。”

他们谈话的声音从凉亭里飘出来，我能够在稀疏的树枝编成的亭栅中间看到他们两个人，但是他们看不到我。

“你，就是你一个人!”她重复着说，两只手臂抱着他的颈项，带着痉挛性的呜咽声开始吻他，紧紧地贴在他的怀里。

“好啦，好啦!”他又说了一次，伸出手来轻轻地抚摸她的头发。

我不动地站了好一会儿。……我突然惊醒过来了。“我应该到他们那里去吗？绝不去!”这念头在我的脑子里闪过。我用快步子回到墙边，跳过墙，到了大路上。我差不多跑着似地奔回家去。我笑笑，擦擦自己的手，这一个突然证实了我的猜疑的机会（我从来也没有怀疑过我的猜疑是错误的）使我很吃惊，同时我的心里也很痛苦。“他们真会做假啊，”我想着。“但是为什么呢？他们欺骗我的目的是什么呢？我绝没有料到他会来这一手。……多么动人的解释呀!”

7

我睡得不好，第二天早晨我起得很早。我把旅行背袋缚在背上，告诉我的房东太太，晚上她不用等我回去。我就徒步往小山那边走去，顺了流过兹小城的那条河的上游走着。那些小山是一个叫做狗背的山脉的支脉，从地质学的观点上看来是很有趣味的。它们特别以玄武岩地层的整齐和纯粹而著名，但是我对那些地质学上的岩层并不感兴趣。我不能够对我自己解释明白，我心里正在想些什么。但是有一个感觉我是非常清楚的——不愿意跟加京他们见面。我使自己相信，我突然讨厌他们的唯一的理由只是对于他们的“口是心非”的怨恨。是谁使他们不得不冒充兄妹呢？但是，我竭力不去想到他们，悠闲地在群山和幽谷中间游荡，在乡村的小旅馆里久坐，跟旅馆主人和旅客们安闲地谈天，或者躺在平坦的、太阳晒热的石头上仰望云片的飘浮：很幸运的是，天气非常好。我就这样地过了三天。但是在这三天里面我也并不是毫无乐趣的，虽然有时候我的心沉郁。恰好我的心境跟这个地方大自然的宁静十分和谐。

我完全沉醉在这些偶然得来的印象的平静活动里：印象不断地变化，它们从容地一个接一个在我的心灵中飘了过去，末了只留下一个总的感觉。凡是我在这三天里面所看到的，所感觉到的，所听到的一切，全糅和在这个感觉里，我所说的一切包含着：树林中树脂的清香，啄木鸟的叫声和轻啄声，清彻的小溪的不倦的饶舌，溪流的沙底上游着的带斑点的鲟鱼，群山的朦胧的外形，幽暗的岩石，干净的小乡村和年代久远的古教堂和老树，草地上的鹳鸟，轮子转动得很快的舒适的磨坊，穿着蓝色衬衣、灰色长袜的乡下人的亲切的面容，肥马或者母牛拖着轧轧作声的缓慢的货车，在两旁种植苹果树和梨树的清洁大路上走着的长头发的年轻过路人……

就是在现在，回想着那些日子的印象，在我还是一件愉快的事，我问候你，德国土地上一个朴素的角落，和你真诚的喜悦，你无处不有勤劳的手的痕迹，坚忍而从容的工作的痕迹……我问候你，愿你平安！

在第三天的夜晚，我回到了家里，我忘记说了，由于对加京他们的怨恨，我曾想把那位忍心的寡妇的形象唤回到我的心里来，然而我的努力是白费的。我记得有一次，我试着去想念她的时候，我看见在我的面前站着一个五岁左右的乡下小女孩，她有一张圆圆的脸和一对天真地瞪着的眼睛，她带着稚气的单纯的表情望着我，我不好意思看她那纯洁的眼睛。我不愿意在她的面前撒谎，就在这时候，我马上跟我过去的恋爱的对象告别了，永远地告别了。

我回到家里就看到加京留给我的一张便条。我突然的决定叫他吃惊，他责备我没有跟他一块儿旅行，他要我回到家马上就到他们那里去。我不高兴地读了这封信，但是第二天我又到勒城去了。

8

加京很友善地接待我，对我加以种种友爱的责备。但是阿霞好像故意地，一看见我就无缘无故地狂笑起来了，而且跟往常一样又跑开了。加京显得有点窘，在她的背后低声地说她发疯了，请求我原谅她。我得承认，阿霞叫我非常生气。我本来已经有点反常了，而现在又听到这种不自然的笑声，看到这些装腔作势的动作。无论如何，我得做出什么都没有注意到的样子，跟加京聊起这次短期旅行的一些细节。加京也告诉我在我离开的那些时间里他做了些什么。但是我们的谈话显得非常勉强。阿霞走进屋里来，但又跑出去了。末了我说我有些急迫的工作要做，必须回家去。加京起先劝我留在那儿，后来他注意地望了我一下，便提议送我回家。阿霞突然从前厅里跑过来，向我伸出她的手，我轻轻地握一下她的手指，毫不明显地跟她行了礼。加京和我渡过莱茵河，走过我所喜欢的大榛树底下有着圣母小雕像的地方，我们坐在长凳上欣赏这一片景色。就在那儿，我们开始了一番很有意思的谈话。

我们起先交谈了几句话，后来望着莱茵河发亮的河水，不作声了。

“告诉我，”加京突然带着他平日那种微笑说起来，“您对阿霞的意见怎样？您是不是觉得她有些古怪？”

“是的，”我说，并不是没有一点惊讶的样子，我的确没有料到他会讲起她来。

“您要把她了解清楚以后才可以批评她，”他说道。“她有一颗非常善良的心，和一个难于驾驭的头脑。要跟她处得好并不是一件容易的事。如果您知道她的身世，您就不会责备她了。……”

“她的身世？”我打断他的话，“她不是您的……”

加京向我看了一眼。

“您想她不是我的妹妹吗？……不对！”他接着又说下去，并没有注意到我的狼狈：“她实在是我的妹妹，她是我父亲的女儿。听我说罢。我信任您，我要把整个故事都告诉您。

“我父亲是一个非常善良、聪明、受过很好教育的人——但是并不幸福。命运对待他并不比对待别的任何人坏；可是他连它的第一次的打击都忍受不了。他年轻时候由于爱情结了婚。他的妻子，我的母亲死得很早——她死的时候，我还只有六个月。我父亲带着我到乡下去，整整有十二年，他没有到任何地方去过。他亲自教育我，如果不是他的哥哥，我的伯父到乡下来看我们，他就永远不会跟我分开。这一位伯父长年住在彼得堡，他在那里担任一个非常显要的职务。他劝我父亲把我交托给他，因为父亲无论如何不愿意离开乡下，我伯父跟他反复说：一个像我这样年龄的男孩子与世隔离、完全孤独地生活下去，是一件很不好的事，而且跟着我父亲那样的一个非常忧郁、沉默的教师，我一定会落在别的跟我年龄相仿、地位相同的男孩们的后面，甚至我的性格也可能给弄坏的。父亲一直不肯听从我伯父的劝告，可是最后他终于让了步。我跟父亲分别的时候，我哭起来了，我爱他，虽然我从来没有看见他脸上有一丝微笑。……但是我一到彼得堡，我立刻就忘记了我那阴暗的、没有欢乐的家了。我进了一个陆军士官学校，然后编在一个近卫军联队里面。每年我回到我的乡下过几个星期，我看见我的父亲一年比一年更忧郁，更深沉，而且多思善虑到了懦怯的地步。他每天去教堂，几乎连怎样说话都忘记了。有一次我回家的时候（那时我大概已经过了二十岁），我在我家里第一次看到一个瘦瘦的、黑眼睛的十岁光景的小女孩——阿霞。我父亲说她是他领来抚养的一个孤儿，——他是这样说的。我并没有对她特别注意。她怕羞，机警，沉默，好像一只小野兽一样，只要我走进我父亲喜欢的那个房间（一间阴暗的大房间，我母亲就死在那里面，在那个房间里即使在白天也得点蜡烛），她就会立刻躲到他的服尔泰①式的扶手椅后面，或者书橱的背后去。以后三四年，我因为职务上的关系没有回到乡下去。每个月我从我父亲那里收到一封短信。他很少提到阿霞，即使提到，也只是匆匆的一笔。他虽然已经过了五十岁，可是看起来他还是像一

① 服尔泰（1694—1778），法国哲学家，创立资产阶级的自由主义学说。这里所说的扶手椅，创始于服尔泰时代。——译者注

个年轻人。所以你可以想象出来我那时的惊惶：有一天我突然地、从来没有料到地接到我们总管写来的一封信，报告我父亲病危的消息，而且说如果我想送我父亲的终，就得马上回家去。我火速地赶到家里。我父亲还活着，可是差不多只剩下最后的一口气了。他见了我非常喜欢，用他的瘦弱的手臂拥抱我，他的又像是探问、又像是恳求的眼光久久地凝视着我的眼睛。在我确实答应了满足他的最后的愿望之后，他吩咐他的老佣人去叫阿霞进来。老佣人带着她进来了，她浑身打颤，几乎站都站不住了。

"'这儿，'父亲很费力地对我说：'我留给你我的女儿，——你的妹妹。你可以向雅各夫问个明白，'他指着那个老佣人，又添了一句。

"阿霞哭了起来，伏倒在床上。……半小时以后我父亲去世了。

"我打听到的就是这些：阿霞是我父亲跟我母亲从前的女佣人达吉亚娜生的女儿。我还很清楚地记得达吉亚娜。我记得她那高高的、优美的身材，她那美丽的、庄重的面容，她那黑黑的大眼睛。大家都以为她是一个骄傲的、不可亲近的姑娘。我从雅各夫的充满了尊敬的、含蓄的话中了解到，我父亲跟她的关系是在母亲去世以后不多几年里开始的。那时候达吉亚娜已经不住在主人的宅子里了，她跟她的结过婚的姐姐，我们的看家畜的女佣人一块儿住在一个小乡村里。我父亲非常爱她。我离开家以后，他甚至要跟她结婚，但是不管他一切的恳求，她还是不愿意做他的妻子。

"雅各夫站在门口，双手抄在身后，接着说下去：'亡故的达吉亚娜·芙拉西叶夫娜是一个谨慎的女人，绝不愿意做任何对你父亲不利的事。"对于您，我是一个什么样的妻子呢？我又是一个什么样的太太

呢?”她当着我的面就这样地说的，少爷。’

“达吉亚娜甚至不肯搬回到我们家里来住，她带着阿霞一直住在她的姐姐家里。我还记得，在我小的时候，只有逢节日在教堂里看得见达吉亚娜。她头上包着一块黑头帕，肩上披了一条黄色披巾，在人群中她总站在靠窗户的地方。她的端庄的侧影清晰地在明亮的玻璃窗上现出来。她带着温顺而严肃的神情祈祷，按照古老的仪式深深地躬着身子。我伯父带走我的时候，阿霞只有两岁。她母亲去世的时候，她不过九岁的光景。

“达吉亚娜死后，父亲马上把阿霞领回家来。以前他也表示过要领她回家的意思，可是达吉亚娜连这个要求也拒绝了。您不难想象阿霞给带到主人宅子里来的时候的心情。就是现在，她还不能忘记她第一次穿上绸衣服，她的手第一次给人吻着的那个时候。她母亲活着的时候，她母亲管教很严，而在我父亲的宅子里她却享受完全的自由。我父亲是她的教师，除他之外，她从来没有看见过别的男人。他并不纵容她，这就是说，他并不溺爱她，可是他热情地爱着她，从不拒绝她的任何要求：在他的心灵里，他感觉到自己对她有罪。阿霞不久就了解到，她是家里最重要的人，她明白主人就是她的父亲；但是不久她也了解到她那种私生女的地位。自尊心在她的心里过分地发展，怀疑也一样地生长起来了。坏习惯生了根，纯朴消失了。有一次她向我承认，她要使全世界的人都忘记她的出身，她因为她的母亲而感觉羞惭，同时她也因为她自己会有这种念头而感到羞惭，于是她骄傲自己有这样的一位母亲了。你看，她不论在过去，现在，都知道这么多在她那种年龄所不应该知道的事！难道这是她的错吗？青春的活力在她的内心里骚动，她的血在沸腾，而近旁又没有人可以指导她。她在任何方面都是绝对的自主！这也不是容易受得了的事！她要跟别的贵族小姐们一样。她热心地钻到书本里去。但这些有什么用处呢？她的生命错误地开始，继续地错误下去。但是她的心并不曾变坏，她的智慧也未受到损伤。

“这样，我一个二十岁左右①的年轻人，突然间就要负责照管一个十三岁的小姑娘了。在我父亲去世后的最初几天，她只要听到我讲话的声音就要打颤，我的抚爱反而使她难过。她还是慢慢地逐渐跟我熟起来的。说真话，后来她相信我真把她当作妹妹看待，而且像爱一个妹妹似地爱着她的时候，她便非常热情地爱着我了：她的任何感情都毫无隐瞒地向我倾吐了。

“我带着她到彼得堡去。虽然跟她分别很使我痛苦——我却不能永远带着她在我的身边；我就把她送到一所最好的学校去。阿霞也知道我们必须分开，可是她却害起病来，而且病得几乎死去。后来她也能够忍耐了，在寄宿学校里住了四年，可是跟我的期望完全相反，她差不多还是跟从前一个模样。校长为着她常常跑来向我诉苦。她说道，‘责罚她是不可能的；可是她连好话也不肯听。’阿霞特别聪敏，功课非常好，比任何别的女孩子都好。但是她从来不肯服从纪律，性子固执，带一种傲慢的神气……我不能责备她，处在她那种境地，她如果不是顺从的，一定会是孤僻的。在她所有的同学里，她单单跟一个同

① 原文是二十岁的年轻人。但上面说过：三四年以前他第一次看到阿霞的时候，他已经过了二十岁。显然他不止二十岁。“左右”二字是译者加上去的。——译者注

学亲热，跟一个贫穷、难看、受人虐待的女孩子亲热。那些跟她一块儿念书的，大多数都是生长在上流家庭的年轻小姐们，她们不喜欢她，她们嘲笑她，她们尽可能地欺负她。阿霞也丝毫不肯让她们。有一次，在上《圣经》课的时候，教师讲到罪恶，阿霞高声地说出来，‘谄媚和懦弱是最坏的罪恶。’一句话说完，她还是走她本来的路。只有她的态度稍微改变了一点，可是就在这方面我觉得她也没有多大的进步。

“后来，她到了十七岁，她不能够再待在寄宿学校里面了。我才发觉自己的处境很困难。我突然想到了一个好主意：辞职，带着阿霞到外国去旅行一两年。我刚想起这个主意，我立刻就做——所以我们就在这儿，在莱茵河岸上了。在这儿我想从事绘画，而她呢……还是玩她的花样，举动还是跟从前一样的古怪。现在我希望您不要太严格地批评她了。虽然她装作什么都不在乎的样子，实际上她重视每个人的意见，特别是您的意见。”

加京又露出他那种安静的微笑了，而我却热烈地、紧紧地握着他的手。

“事情就是这样的，”加京又说下去，“但是我对她会有一个不容易应付的时候。她像火药一样，虽然到今天还没有一个人中她的意，可是倘使有一天她爱上了谁，这才叫麻烦呢！有时候我真不知道对她怎样才好！前几天你想她做了什么？——她忽然跟我说，我待她比从前冷淡了，她说她只爱我，而且除我以外绝不会爱任何别的人……后来她就那样伤心地哭起来……”

“原来是这样……”我刚刚说，就咬住舌头不讲下去了。

“那么，请告诉我，”我问加京道（我们彼此已经很信任了），“难道她从来没有遇到一个叫她中意的人吗？在彼得堡她一定见过不少的年轻人。”

“那班人她全不喜欢。不，阿霞需要一个英雄，一个不寻常的人物——不然便是一个画上有的那种山谷里的牧羊人。可是我跟您聊得太久了，我耽误您了，”接着又添了一句，站起身来。

“一点也没有，”我说道，“我们还是到你们那儿去罢，我不想回家了。”

“那么您的工作呢？”

我没有作声，加京高兴地笑了，于是我们就回到勒城去。远远地我望到熟悉的葡萄园和山顶上的白色小宅子的时候，我感到一种甜味——是的，一种甜味，——蜜偷偷地流进我的心里来了。加京的故事使我的心头轻松。

9

阿霞在宅子的门口迎接我们。我以为她又要大笑了，但是她脸色苍白，不作声地埋着眼睛朝我们走来。

“他又回到这儿来了，”加京说道，“可是你要注意，是他自己要回来的。”

阿霞探问地望着我。我便向她伸出我的手，这一次我亲热地、紧紧地握着她的冰冷的、细小的手指。我觉得非常同情她。现在我能够了解很多从前只使我迷惑的事，她内心的不安，她没有能力控制自己，她那种炫耀的欲望——现在这一切我都非常明白了。我能够一直看到她的灵魂——一种隐秘的负担时时刻刻紧紧地压着她，她那没有经验的虚荣心不停地、混乱地在挣扎，但是她整个的身心努力向着真实。我了解，为什么这个奇怪的少女引动了我，这不仅是那种流露在她整个娇弱的身体里面的几乎是野性的美引动了我，我也喜欢她的灵魂。

加京开始翻弄他的画稿。我要求阿霞到葡萄园里散步一会儿。她立刻带着一种快乐的、几乎是顺从的神气同意了。我们走下到半山，坐在一块宽石板上。

“您不跟我们在一块儿，不感到寂寞吗?”阿霞说。

“那么，我没有在的时候你们感到寂寞吗?”我问道。

阿霞瞟了我一眼。

“是的，”她答道。“山上好吗?”她立刻又说下去。“山高不高？山比云还要高吗？把您看到的讲给我听。您告诉过我哥哥，可是我什么都没有听到。”

“谁叫您要走开呢?”我提出来说。

“我走开……因为……现在我不会走开了，”她以一种信任的、温柔的声音接着说下去。“今天您生气了。”

“我生气吗?”

“是的，您生气了。”

“为什么您要这样想呢?”

“我不晓得，不过您是生气啦，而且气着走了。我看见您那样地走了，非常懊恼。现在看见您回来了，我真高兴。”

“我也高兴，我又回来了，”我低声地说。

阿霞微微地耸了耸肩，好像孩子们高兴的时候常常做的那个样子。

“啊，我很会猜呢！”她接着说下去，“我只要听到爸爸在隔壁房间里咳嗽的声音，就知道他是不是喜欢我。”

在这天以前，阿霞从来没有一次跟我提到她的父亲，这使我惊奇了。

“您爱您的爸爸吗？”我突然问道，我觉得我脸红了，这叫我非常苦恼。

她没有回答，可是她的脸也红了。我们两个人都不作声。远远的，在我们下面莱茵河上，一只轮船很快地驶过去了，留下一道烟。我们望着它。

“您为什么不跟我讲点什么呢？”阿霞小声地说。

“为什么今天您一看到我就笑起来了？”我问道。

“我不晓得。有时候我想哭，可是我反而笑了。您不该根据我的举动来批评我。啊，随便说说吧，关于绿列莱①的那个传说是怎么一个故事？我们可以看到的那个，就是她的岩石吗？据说，她曾经使所有见到她的人淹死，可是有一天她爱上了一个人，她自己跳到河里去了。我喜欢这个传说。路易斯太太给我讲各式各样的故事。路易斯太太有一只黄眼睛的黑猫……”

阿霞举起头来，摇着她的鬈发。

“啊，我多快活！”她说。

就在这个时候，无数单调的、断断续续的声音传到我们的耳边，

---

① 传说莱茵河右岸岩石上有女妖绿列莱，以歌声引诱船夫，使船触礁沉没。有许多作品是根据这个传说写成的，其中以海涅的叙事诗《绿列莱》为最出名，这首诗已成德国的民歌了。——俄文本编者注

千百个声音带着抑扬的节奏合唱一节赞美诗：一群拿着十字架和旗子的香客在我们下面的那条路上过去了。

“啊，要是我能够跟他们一块儿去多好！”阿霞听着歌声逐渐消失，说了。

“您是这样信神的吗？”

“我喜欢一个人跑到很远的地方去祷告，去做些艰苦的事情，”她继续往下说：“可是日子过去了，生命溜走了，我们做了些什么呢？”

“您真有志气，”我说。“您不愿意白白地活着，您要在您的身后留下痕迹……”

“难道那是不可能的吗？”

“不可能！”我几乎要说了出来……可是我望着她的明亮的眼睛，我只有轻轻地说：

“试试罢！”

“告诉我，”阿霞短短地停了一下，又说，在她不说话的时候，一个阴影掠过她的脸，她的脸显得非常苍白了，“您很喜欢那位太太吗？……您还记得吗，就在我们认识的第二天，在古迹上我哥哥还为她的健康喝过酒呢！”

我笑起来了。

“您哥哥在开玩笑。我从来没有喜欢过一位太太；无论如何，现在没有一个人叫我喜欢的了。”

“在女人身上您喜欢的是什么呢？”阿霞带着孩子气的好奇心问道，她的头朝后一仰。

“多奇怪的问题！”我大声地说。

阿霞有点不好意思。

“我不该向您问这种问题，是不是？原谅我，我习惯了，想到什么就说什么。也就是因为这个缘故，我怕讲话。”

“讲吧，看在上帝的面上，不要害怕，”我说下去。“我很高兴，您终于不再对我害羞了。”

阿霞埋下眼睛，发出一声轻轻的、温柔的笑声，我从来没有听到她那样地笑过。

“那么，跟我讲点什么吧，”她说了，整理一下她的长衫的折纹，使衣裾垂在她的脚边，好像她预备在那里久坐似的：“跟我讲点什么吧，或者念点什么给我听，就像那回您给我们朗诵一节《奥涅金》①那样，您记得吗？”

她忽然沉思起来……

如今那里有一个十字架、一片树荫
覆盖在我可怜的母亲的墓上！

她轻轻地念着。

“在普希金原诗里不是这样。”② 我说。

“我多愿意我就是达吉亚娜③，”她带着同样的沉思的神情说。“跟我讲点什么吧，”她突然活泼地、大声地说了。

我没有讲故事的心情。我望着她坐在那儿，全身沐浴在阳光里面，显得那么安静，那么温柔。在我们四周，在我们下面，在我们头上，

① 《奥涅金》是普希金的诗体小说。——译者注
② 在普希金的原诗里是乳母，不是母亲。——译者注
③ 达吉亚娜，《奥涅金》的女主人公。——译者注

一切都欢乐地闪着光，——天，地，水，连空气看起来也充满了光辉。

“看，这多美!”我不由自主地压低声音说。

“是，真美!”她同样轻柔地说了，并不望我一眼。“倘使我同您只是小鸟，我们会怎样地高飞，会怎样地飞翔……我们会怎样地淹没在这一片蓝空里！……可是我们不是鸟。”

“可是我们会长出翅膀来的。”

“怎么会呢?”

“您活下去，就会懂得的。有一些感情会使我们从大地上升起来飞翔的。不要着急，您将来也会有翅膀的。”

“那么您已经有了翅膀吗?”

“我怎么来回答您呢？我觉得一直到现在我还没有飞过。”

阿霞又落在沉思里去了，我微微斜着身子靠近她。

“您会跳华尔兹舞吗?”她突然地问我道。

“我会跳，”我答道，我有点惊讶了。

“那么，我们走吧，我们回去吧……我请求我哥哥给我们奏一支华尔兹曲子……我们可以想象我们是在飞，我们已经长出翅膀了。”

她跑进宅子里去了，我跟在她的身后跑。几分钟以后，我们跟着兰纳华尔兹舞曲的美好的声音，在那间窄小屋子里旋转着。阿霞跳华尔兹舞跳得非常好，而且跳得非常高兴。某种温柔的女性的神态突然地在她的处女的矜持的脸上显露出来了，过了好久，我的手臂还感觉到她那娇柔的身子的接触；过了好久，我好像还听得到她那急促的呼吸近在我的耳边；过了好久，她那披着浓密鬈发的苍白而兴奋的脸上一对差不多闭着的、不转动的黑眼睛还仿佛在梦里那样地在我的眼前出现。

10

这一天过得非常好。我们像孩子似地玩着：阿霞很可爱，但也很单纯，加京望着她非常高兴。我离开他们的时候已经很晚了。船摇到莱茵河的中流，我请求渡船老人让船自在地顺流而下。那个老人从水里举起桨来——于是这庄严的河流载着我们往前走了。我环望四周，倾听着，回想着，突然地在我的心里我感觉到有一种隐隐约约的骚动。……我抬起头来望天空，——可是在天上我也找不到安静：天空密布着星星，它还是在摇晃，它还是在旋转，它还是在颤动；我低头看河水——在那里也是一样的，在它那又暗又冷的深处，星星也在摇晃，也在颤动。我觉得处处都有一种不安的兴奋——那种兴奋在我的心里也越来越强了。我靠在船边上。我耳边的微风的絮语，船尾下面河水的轻柔的潺潺声使我感到烦躁，波浪的清凉的气息并不能使我冷静下来。一只夜莺突然地在岸上唱起来了，我感染到它那歌调的甜蜜的毒素。眼泪涌到我的眼眶里来了，但是这并不是空泛的、快乐的眼泪。现在我所感到的已经不是那种模糊的、不久以前当我心灵舒展、歌唱、而且觉得它什么都了解、什么都爱着的时候，我所体会到的那种无所不包的渴望的感觉……不，幸福的渴望在我心里燃烧着。我还不能够叫出它的名字——但这已经是幸福，这已经是完全的幸福了——这正是我所企求，我所渴望的幸福。……小船继续顺流漂浮，那个摆渡的老人坐在船上倚着他的桨在打瞌睡了。

11

第二天我去加京他们那里的时候，我并没有自省：我是不是爱上了阿霞，但是我非常想念她。我关心她的命运，我高兴我们这次料想不到的接近。我觉得只是从昨天开始我才认识她；在那个时候以前她总是躲着我。而现在她终于向我显露出来她的真面目，她整个的形态让一种多么令人沉醉的光辉照亮着，她这个形态对我是多么新奇。多么神秘的魅力在她这个形态上躲躲闪闪地显露出来了……

我脚步轻快地顺着那条熟悉的路走去，时时刻刻望着远处可以看到的白色的小宅子。我没有想将来——我甚至连明天都不想，我非常快乐。

我走进屋子的时候，阿霞的脸微微发红。我注意到她又打扮得很漂亮了，不过她那脸上的表情跟她的服装不调和：她带着忧愁的样子。我却是非常高兴地来了！我甚至觉得她好像又要像平常那样地跑开，不过勉强地留在这里。加京完全沉溺在艺术家的那种兴奋和狂热的特殊心情里面；那班初学艺术的人，每逢他们自以为真如他们自己所说似地“捉住了大自然的尾巴”的时候，就会突然地发生一阵这样的兴奋，这样的狂想。他站在一块画布前面，头发散乱着，身上沾满了油彩，把画笔在画布上大笔地挥着。他粗暴地向我点点头，往后退了一步，眯着他的眼睛，又专心去搞他的画了。我不愿意打扰他，就在阿霞旁边坐下来。她那双黑眼睛慢慢地转向着我。

“今天您不像昨天那个样子了，”我几次想引起她唇上的一丝微笑，都没有成功，就这样说了。

“不，我不是昨天那个样子了，”她慢慢地用一种低沉的声音回答我。“但是没有什么事。我没有睡好；我整整想了一个晚上。”

“想些什么？”

“啊，许多事情。我小时候就有这么一个习惯：还是从我跟妈妈住在一块儿的时候开始的……”

她很费力地说出“妈妈”这个字眼，以后她又说了一遍：

“我跟妈妈住在一块儿的时候开始的……我想着：为什么就没有一个人能够知道在他的身上要发生些什么事情？为什么有时候你明明看到不幸来了，你却没法躲开它呢？为什么你就永远不能够完全讲出真话呢？……后来我又想：我什么都不知道，我一定要学习。我应该再受教育，过去我受的教育太差。我不会弹钢琴，又不会绘画，我连刺绣都很差。我什么长处都没有，您跟我在一块儿一定会感到很无聊了。”

“您对您自己太不公平了，”我答道，“您读过很多书，您很有教养，再加上您的聪明……”

“我聪明吗？”她问道，带着那种天真的好奇心，这使我不由自主地笑出声来，但是她丝毫没有笑意。“哥哥，我聪明吗？”她向加京问道。

他没有回答，继续在工作，膀子举得高高的，常常在换他的画笔。

“有时候我自己也莫名其妙我的脑子在想些什么，”阿霞带着同样的沉思的神情说下去。“真是天晓得，有时候我连我自己也害怕起来了。啊，我多么希望……这是真的吗？女人不应该读书太多？”

“不必读得太多，但是……”

“告诉我，我应该读点什么书？告诉我，我应该做些什么事？我愿意照您告诉我的做，”她带着天真的信赖的神情望着我，添上了最后的一句话。

我一下子找不出话来对她说。

“您跟我在一块儿不觉得无聊吗？”

“哪儿的话！”我说。

“啊，谢谢您！”阿霞说。“我以为您会感到无聊的。”

于是她的滚热的小手紧紧地握着我的手。

“恩！”这时候加京叫起来，“这个背景是不是太暗？”

我走到他跟前去。阿霞站起来，走出去了。

12

一个钟头以后，她又回来了，站在门口，向我招手。

“听我说，”她说，“倘使我死了，您会为我伤心吗？”

“您今天的思想多怪！”我大声地说。

“我觉得我不久就要死了；有时候我想象这周围的一切都在跟我告别。死倒比这样地活着好得太多。啊，不要这样地望着我，我真的不是在做假。不然我又要怕您了。”

“难道以前您怕过我吗？”

“倘使我真是那么古怪，错也不在我，”她说。“您看，我连笑都笑不出来了……”

一直到晚上她都是忧愁的，心不在焉的。她心里有一些我不了解的事情。她的眼光常常停留在我的身上，我的心在她的谜似的注视下面微微地颤动了。她好像平静了，可是无论什么时候，我望着她，我总想跟她说，不要再激动了。我暗中在欣赏她，我发现在她那苍白的脸上，在她那踌躇的、审慎的举动上有一种动人的美。不知道为什么缘故，她以为我不高兴了。

“听我说，”在我快要告别的时候，她说，“我怕您会把我当作一个轻浮的人，这个念头使我痛苦。以后我告诉您的话都请您相信，但是您也要坦白地对我。我给您保证，我会永远对您说真话!”

“保证”这个字眼又使我笑出来了。

“啊，不要笑，”她急急地说，“不然我今天就要拿您昨天跟我说过的话对您说了：‘您为什么笑?’”她停了一下，又接着说下去：“您可记得，昨天您讲的关于翅膀的话?……我的翅膀已经长出来了，只是无处可飞。”

“哪儿的话，”我说，“所有的路都在您的面前展开了……”

阿霞恳切地直望着我的眼睛。

“您今天瞧不起我，”她皱着眉头说了。

“我?我瞧不起您?……”

“怎么一回事?你们两个人好像掉在水里一样!”加京插进来说，“要不要我再像昨天那样给你们奏一支华尔兹曲子?”

“不要，不要，”阿霞扭着她的手说，“今天什么都不要!”

“我不会勉强你，安静一点……”

“什么都不要!”她又说了一遍，她的脸色变得苍白了。

“她会爱上我吗?”我想着,我走近浅黑波浪在那里急速滚流的莱茵河了。

13

“她会爱上我吗?”第二天早晨我一醒来就这样地问自己。我不愿意观察我的内心。我觉得她的形象,“这个笑得不自然的少女”的形象已经深印在我的心灵里面了,我短时间内没法摆脱它。我到勒城去,我在那里待了一整天,可是只有一会儿功夫看到阿霞。她不舒服,她有一点头痛,她只下楼来一会儿。她的前额包了起来,她显得消瘦,苍白,她的眼睛差不多闭上了。她无力地笑了笑,说:

“这就会过去,没有什么关系;一切都会过去,不是吗?”她就走开了。我觉得无聊,一切似乎都显得愁闷,空虚了。然而过了好些时候,我都下不了离开那儿的决心,一直到夜深,我才回家,也并没有再见到她一面。

第二天早晨就在半梦半醒的状态中过去了。我想动手做一些工作,但是做不了,我什么都不要做,什么都不要想……可是连这一点也还是不成。我在城里逛了一阵,回到家里,我又出去了。

“您是恩先生吗?”一个孩子的声音在我的背后说。我回过头去,看到一个小男孩站在我的面前。“这是安奈特小姐给您的,”他说着,交给我一张字条。

我打开来一看,认出这是阿霞的不规则的、潦草的笔迹。“我一定要见您,”她写着。“今天四点钟请您到古迹附近路上的石头小教堂里来。今天我做了一件非常不谨慎的事。……来吧，看在上帝的面上！您就会什么都知道的。……对送信的人您只消说一个‘是’字就成了。”

“有回信吗？”那个男孩问道。

“你就说‘是’吧，”我答道。

男孩跑开了。

14

我回到屋子里，坐下来，开始想着。我的心跳动得很快。我把阿霞的信读了好几遍。我看看表，还没有到十二点。

门开了，加京走进来。

他满脸愁容。他抓住我的手紧紧地握着。他显出非常激动的样子。

“什么事？”我问道。

加京搬过来一把椅子，就在我的对面坐下。

“三天以前我的故事叫您吃惊过，”他勉强地笑了笑，迟疑一下说，“今天我更要使您吃惊了。跟任何另一个人，我大概不会有决心说得这么坦白！……但您是一个好人——您是我的朋友，是不是？听我说吧：我的妹妹阿霞爱上了您！”

我吃了一惊，站起来……

“您的妹妹，您说……”

“是啊，是啊，”加京打断我的话。“我跟您说，她疯了，她还要逼着我发疯。可是幸而她不知道撒谎——她信任我。啊，这个女孩子有怎么样的一个灵魂！……她会毁掉她自己，她一定会毁掉她自己！”

“您弄错了，”我说。

“不，我没有弄错。昨天，您知道，她差不多在床上躺了一整天，她什么都不吃，但是她并不诉苦……她从来不诉苦。——虽然傍晚她有一点儿发热，我也不担心。可是晚上两点钟光景，房东太太叫醒了我：‘到您妹妹那儿去，’她说，‘她好像，病了。’——我就跑到阿霞那儿，看到她还穿着衣服，发着高烧，满脸泪痕，她的前额烫极了，她的牙齿格格地打颤。‘你怎么样?’我问道，‘你病了吗?’她扑到我身上搂住我的颈项，恳求我，如果我愿意她活下去，就尽快地带着她离开这里。……我一点都不了解这是怎么一回事，但我设法让她安静下去。……她抽噎地哭得更厉害了……突然在她的呜咽声中我听出来……啊，总之，我听出来她爱上了您。我实在告诉您，您我都是有理性的人，我们不能够想象，她的感受是怎样深沉，这种感情挟着叫人不能相信的力量在她的身上表现出来，这种感情像一场大雷雨似地来得出人意外，而且不可避免。您是个很可爱的人，”加京继续说下去，“但是我应当向您承认，我实在不能够了解，为什么她会爱上您爱到这种地步。她告诉我，她一看到您就爱上您了。这就是为什么那一天她哭着，要我相信她，除了我以外她绝不会爱上另外一个人。她以为您看轻她——她以为您也许已经知道她是怎样的一个人了。她问我究竟有没有告诉过您她的身世。当然，我说没有跟您讲过，然而她是非常敏感的。现在她只有一个希望：她要离开这里，而且马上离开这里。我陪她坐到早晨。她要我允许她：明天我们就不再留在这里，一直到我允许她的时候，她才睡着了。我考虑又考虑，最后，我决定来跟您谈谈。照我看来，阿霞是对的：我们兄妹两人最好离开这里。要不是我的脑子起了这么一个思想来阻止我，我今天就已经带了她走了。也许……谁知道呢？——您会喜欢我的妹妹。如果真是那样，那么为什么我要带她走呢？后来我决定不管那一切虚伪的羞耻。……而且我自己也注意到一两件事情，……我决定来问您……”可怜的加京显得非常狼狈。“请您原谅我，”他又加了一句，“我是不习惯这种激动的。”

我握着他的手。

“您希望知道我是不是喜欢您的妹妹吗?”我用一个坚定的声音说。“是的，我的确喜欢您的妹妹。”

加京望着我。“可是——”他又迟疑了一下，“您不会跟她结婚吧?”

“您要我怎样来回答这一个问题呢！您自己想想吧，现在我怎么能够知道呢?”

“我知道，我知道，”加京打断了我的话，“我没有一点权利要求您作一个答复，我的问题已经是非常不礼貌的了。……但是叫我怎么办呢？人不应该玩火的。您不了解阿霞。她会生病，她会逃走，她会约你私下去会她。……别一个女人或者能够什么都不表露，等待着，但是她不能够。这在她是第一次，——这就麻烦了！要是您看得到今天早晨她跪在我的面前抽噎地哭着的情形，您就会了解我的害怕了。”

我思索起来。加京的那句话：“她会约您私下去会她，”这句话刺痛我的心。倘使我不拿同样的真诚去回答他的真诚，我就太可耻了。

“是的，”后来我说了，“您说得对，一个钟头以前，我收到您妹妹的一封短信，就在这里。”

加京拿着这张字条，他匆匆地看了一遍，把手垂在膝上。他脸上的惊讶的表情显得非常可笑，但是我丝毫没有笑的意思。

“我再说一次，您是一个可尊敬的人，”他说道，“但是现在我们怎么办呢——怎么办呢？她自己要离开这里，她还写信给您，同时又责备她自己做了一件不谨慎的事。……但是她什么时候有功夫写这封信呢？她要您干些什么呢？”

我使他平静下去，我们力求冷静地商量我们应该采取的步骤。

后来我们就这样地决定下来：为了避免一件不幸的事发生起见，我决定到指定地点去赴约，跟阿霞详细地、诚实地解释一下；加京允许留在家里，绝不显出他已经知道那封短信的事。我们决定晚上再见面。

“我完全信任您，”加京说，握着我的手。“可怜我们兄妹两个吧，可怜她，也可怜我。无论如何，明天我们还是要走的，”他站起来，又说了一句，“因为您绝不会跟阿霞结婚。”

“给我一点时间，到今天晚上再说吧，”我说。

“随您的意思，不过您不会跟她结婚的。”

他走了。我倒在长沙发上，闭上我的眼睛。我的头发昏。许多、许多的印象一下子全涌到我的脑子里。我恼着加京的坦白，我也恼着阿霞，她的爱使我快乐，也使我苦恼。我不能够明白是什么理由使她全盘都告诉了她的哥哥。我必须很快地、几乎即刻就决定这件事，这使我痛苦了……

“跟一个十七岁的她那种性格的少女结婚，那怎么可能呢？”我说着，站了起来。

15

在约定的时间，我渡过莱茵河，我在对岸第一个遇到的人，就是今天早晨到我那里来过的小男孩，他显然在等待我。

“安奈特小姐给您的，”他低声说，又交给我另一张字条。

阿霞通知我变更我们的约会地点。我在一个半钟点以后，不是去小教堂那里，却要到路易斯太太的家里去，要我敲底层的门，直上三楼。

“又是‘是’吗?”男孩问道。

“是，”我再说了一遍，便顺着莱茵河岸走着。

已经没有时间回家了，我也不愿意在街上闲荡。城墙外面有一座附设了撞柱戏①场子的小花园，还为着爱喝啤酒的人预备了几张桌子。我走了进去。几个上了年纪的德国人正在玩撞柱戏。木球大声地滚着，时时可以听到叫好的声音。一个眼泪汪汪的漂亮的女侍拿给我一杯啤酒。我望望她的脸，她很快地回转身就走了。

“是啊，是啊，”一个隔壁座位上红脸颊的胖先生说，“我们的汉卿今天非常伤心，——她的未婚夫去当兵啦。”

我望了望她，她站在一个角落里，一只手托着脸颊，眼泪连串地顺着她的手指掉下来。有人要喝啤酒，她拿了一杯给他，又回到她原

---

① 又称为滚球戏——立九根柱子于地上，滚球过去，撞倒柱子多寡决定胜负。——译者注

来的地方站着。她的悲哀使我感动，我开始想到那个就在眼前的约会，但我的思想不是欢乐的，而是烦恼的。我并没有带着一颗轻快的心去赴这个约会，等待我的不是互相恋爱的欢乐的陶醉，却只是履行一个已经说出的诺言，执行一个困难的任务。加京的话："她不是可以开玩笑的，"这句话好像箭一般地刺到我的心里。仅仅在三天以前，在那只让波浪载着顺流而下的小船里面，我不是感到我所渴望的幸福的折磨吗？现在幸福是可能的了——而我却踌躇起来，我推开它，我不得不推开它……它突然地来到使我感到不安。阿霞本人，她的火一般的性格，她的身世，她的教育，这个动人而古怪的少女——我必须承认，她使我害怕了。这些感情在我心里斗争了好久。约定的时间近了。"我不能够跟她结婚，"最后我决定下来。"她绝不会知道我也爱上了她。"

我站起来，放了一个泰勒①在可怜的汉卿的手里（她连谢都没有谢我），我就向路易斯太太家里走去。空中已经布满了傍晚的阴影，在暗黑的街道的上面，那一段狭窄的天因落日的反光变成了玫瑰红。我轻轻地敲门，门马上打开了。我跨进门槛，发觉自己在完全的黑暗里。

"这边走，"一个老妇人的声音说，"等着您啦。"

我在暗中摸索着走了两步，一只全是骨头的手牵住我的手。

"您就是路易斯太太吗？"我问她。

"是我，"就是那个声音在回答我，"是我，我的漂亮的年轻人。"

那个老妇人带着我走上一条很陡的楼梯，在三楼上一个门口停下来，借着从一扇小窗射进来的微光，我看到市长的寡妇的满是皱纹的

① 泰勒，德国银币，等于三马克。——译者注

脸。她那陷进去的嘴唇上露出一个叫人讨厌的狡猾的微笑，她的无光的眼睛眯起来，她指着一扇小门。我的手痉挛地一动，就把门打开了，我走进去以后，砰的一声，门又让我关上了。

16

我走进去的那间小屋子相当暗，所以起初我没有看到阿霞。她正坐在靠近窗口的椅子上，一条长披巾裹住她的身子，她的头掉转在一边，差一点藏了起来，好像一只受惊的小鸟似的。她呼吸急促，全身打颤。我说不出地可怜她。我走近她的身边，她却把头掉得更远些……

"安娜·尼可拉也夫娜，"我说道。

她一下子完全挺直了，她想看我——可是她不能够。我握住她的手，手是冷的，在我的手掌里它好像是死的一样。

"我希望……"阿霞开口说，极力想笑一下，但是她的没有血色的嘴唇不肯听她的话："我希望……不，我不能够，"她又说了一句，沉默了。她说的每个字都是不连贯的。

我在她的身边坐下来。

"安娜·尼可拉也夫娜，"我又说了一遍，可是我也不能够再往下说了。

我们两个人都不做声。我还是握着她的手，望着她。她跟先前一样缩成一团地坐着，呼吸困难，轻轻地咬住下嘴唇，不让自己哭出声来，同时又不让涌起来了的眼泪流下来。……我望着她：在她的胆怯的静坐不动中，有一种动人的可怜无靠的样子；好像她非常疲倦，刚好走到椅子跟前，就倒在那上面了。我的心软了。

“阿霞，”我用了一种几乎听不到的声音说……

她慢慢地举起她的眼睛向着我。……啊，一个恋爱的女人的眼光，——谁能够描写呢？这对眼睛，它们在恳求，它们表示信任，它们又在追问，它们又表示服从……我不能抵抗它们的魔力。我觉得有一股微火像许多烧红的针似地跑遍我的全身。我弯下身去，吻着她的手。……

我听到一个断断续续的、叹息似的颤抖的声音，我觉得有一只颤抖得如一片树叶的手在我的头发上轻轻地抚摩。我抬起我的头来，看到了她的脸。啊，它改变得多么快！害怕的表情完全消失了，她的眼光好像已经到遥远的地方去了，而且把我也引了去；她的嘴唇微微地张开，她的前额白得像大理石一样，她的鬈发飘散在后面，就像让风在吹着似的。我什么都忘了，我把她拉近我的身边，——她的手柔顺地服从我，她的整个的身体也跟着拉过来了，她的披巾从肩上滑了下去，她的头轻轻地靠在我的胸上，放在我的灼热的嘴唇下面……

“我是您的……”她用几乎听不到的低低的声音，喃喃地说着。

我的手臂已经搂住她的身体了。……可是突然间，加京的面影①像一道电光似地射到我的脑子里来。

“我们在干什么？”我嚷起来，激动地向后退去。“您哥哥……他完

---

① 原文是“关于加京的回忆”，就是说在这时候想起了加京和他讲过的那些话。——译者注

全知道……他知道我跟您在一块儿。”

阿霞倒在一把椅子上。

“是的，”我继续说道，走到屋子的那一头去了。“您哥哥什么都知道……我不得不告诉他了……”

“不得不吗?”她含糊地说，她显然还没有完全清醒过来，她不大明白我的话。

“是啊，是啊!”我多少有一些残忍地重复说。“这件事全怪您——怪您一个人。为什么您把您的秘密告诉了他呢？谁在强迫您把所有的事都告诉您哥哥呢？他今天来找过我，您跟他讲过的话全讲给我听了。”我极力不去看阿霞，大步在屋子里走来走去，“现在一切都完了，一切，一切!”

阿霞想从椅子上站起来。

“坐着，”我大声说，“请您坐着，我求您，在您面前跟您讲话的是一个正直的人——是的，一个正直的人！可是看在上帝的面上，告诉我，是什么使您激动的呢？难道您看出了我有什么变化吗？可是，您哥哥今天到我那儿来的时候，我不能够在他面前撒谎。”

“我在讲些什么话?”我心里想道，我成了一个没有道德的欺骗者，加京知道我们的约会，全误解了，全泄露了——这些念头就在我的脑子里响着。

“我并没有叫我哥哥去。”阿霞吃惊地小声说，“是他自己到我那儿去的。”

“您看看，您做了些什么，”我继续说下去。“现在您却要走了……”

“是的，我应当走了，”她用同样的低声说道。“我请您到这儿来，只是为了跟您告别！”

“您以为，跟您分别，在我是一件容易的事吗？”我大声说。

“那么，您为什么要跟我哥哥说呢？”阿霞带着十分迷惑的样子说了这句话。

“我早已告诉过您，我再没有别的办法了，要是您自己不先泄露……”

“我把我自己锁在屋子里，”她直率地回答，“我不知道我们房东太太还有一把钥匙……”

在那种时候，出自她的嘴里的这样天真的解释，当时差不多叫我生气了……可是现在，我想到它就不能不动感情。这个可怜的、诚实的、赤心的孩子！

“现在一切都完了！”我又说。“一切都完了！现在我们应当分别了。”我偷偷地望望阿霞……她的脸立刻涨得通红。我觉得她又羞又怕。我在屋子里走来走去，像一个发高烧的病人似地说着：“您不让刚开始成熟的感情有成长的时间，您，您自己先破坏了我们的友谊，您不信任我，您怀疑我……”

在我说话的时候，阿霞的身子越来越往前倾——然后，她突然跪下来，用她的手捧住了脸，抽噎地哭起来了。我跑到她的身边，要拉她起来，但是她不肯依我。我不能忍受女人的眼泪，我一看到它们，马上就没有主张了。

“安娜·尼可拉也夫娜！阿霞！”我不断地重复说，“请——我求您——看在上帝的面上——不要哭了！”我又拿起她的手来。……

但是出我意外地①，她突然跳起来，而且快得像闪电似地冲到门口，不见了……

几分钟以后，路易斯太太进来的时候，她看见我还站在屋子中央，好像受了雷打一样。我不了解为什么我们的约会会这么快地、而且这样愚蠢地结束了，——在我还没有时间说出百分之一我所想说的，和我应当说的话之前，在我自己还不明白应该怎样解决这件事的时候就结束了。

“小姐已经走了吗?”路易斯太太问我，拧起她的黄眉毛，一直拧到她的假头发那边。

我像一个傻瓜似地望着她——就走了出来。

17

我匆匆地出了城，一直走到田野里去。烦恼，疯狂似的烦恼折磨着我。我不断地责备我自己。我怎么会没有想到阿霞改变我们会面的地点的理由呢？我怎么会没有理解她到这个老妇人家里来付了多么高的代价呢？我怎么会不留住她呢？跟她单独地在那间幽暗的、差不多没有亮光的屋子里面，我居然有力量，我居然有勇气把她从我的身边推开，甚至责备她。……现在，她的面影一直跟着我。我向她请求宽恕。她的苍白的脸，她的潮润的、羞怯的眼睛，她那低垂的颈项上的散发，她的头轻轻地靠在我的胸上，这些记忆烧着我。“我是您

① 原文是“使我非常惊讶”。——译者注

的……”我又听到她那轻柔的低语。“我凭着我的良心做事，”我不断地对我自己说。……这不是真的！难道我希望这样一个结局吗？难道我能够跟她分开吗？难道我能够失掉她吗？“疯子！疯子！”我怨恨地说了又说……

这时候夜来了，我迈着大步向阿霞住的宅子走去。

18

加京走出来接我。

“您看到了我妹妹吗？”他远远地就对我嚷起来。

“难道她不在家吗？”我问。

“不在。”

“她没有回来过吗？”

“没有。这是我的不是，”加京说下去，“我不能忍耐了：我没有遵守我们的约言，我跑到小教堂里去了。她不在那里。我想她没有到吧。”

“她没有到小教堂去。”

“您也没有见到她吗？”

我不得不承认我已经看到她了。

“在哪儿呢？”

“在路易斯太太家里，一个钟头以前我跟她分别的，”我又说。“我倒以为她早已回家了。”

“我们等着吧，”加京说。

我们走进屋子，坐在一块儿。我们谁也不说话。我们两个人都觉得非常不舒服。我们时时刻刻回过头去望着门口，倾听着。后来加京站起来了。

“这太不像话，”他喊着，“我的心跳得不对，上帝呀，她要把我折磨死了！我们出去找她吧。”

我们出去。外面已经很暗了。

“您跟她说了一些什么呢?”加京问道，把他的帽子拉下来遮住眼睛。

“我们在一块儿只有五分钟，”我回答了。“我照我们商量了的话跟她说了。”

“我想，”他接着说，“我们还是分开两路去找她的好；这样我们会快一点找到她，无论如何，您在一个钟头以内回到这里来。”

19

我很快地穿过葡萄园走下山径，到城里去。我急急地穿过所有的街道，到处张望，连路易斯太太的窗户也望过了，我又回到莱茵河边，顺了岸跑着，我间或看到一个女人的影子，可是我始终看不见阿霞的影子。现在不再是烦恼折磨着我，——却是一种隐秘的恐惧使我痛苦，我不仅感到恐惧，……不，我还感到悔恨，我还感到极大的同情，我还感到爱，——是的！——那种最温柔的爱情！我绞着我的双手，在越来越浓的夜色里唤着阿霞，起先轻轻地唤，可是后来唤声一次比一次更高了。我反复地说了几百遍我爱她，我发誓永远不离开她，我宁愿放弃世界上的一切，只为了再握到她那冰冷的手，再听到她那轻柔的声音，再看到她在我的面前。……她曾经近在我的身边，她曾经抱着极大的决心，怀着万分天真无邪的心灵与感情来到我的面前，她带给我她那完全纯洁的青春。……可是，我并没有把它紧紧地拥在我的怀里，我把我自己本可以得到的那种至上的幸福，那种看到她那亲爱的小脸上闪耀着欢乐和宁静的狂喜的至上幸福弄掉了。……这些思想使我快发狂了。

“她会到哪儿去呢？她对她自己有了什么举动吗？”我带着那种无能为力的绝望的苦恼唤着。……有一件白色的东西突然在河岸上闪现了。我知道那个地方——那边，就是在那个七十多年前淹死的男人的墓上，立着一个一半埋在地里、刻着古老墓铭的石头十字架。我的心停止了跳动。我跑到十字架跟前，那个白色的东西不见了。我喊着：“阿霞！”我的狂叫声让我自己也害怕了——然而没有人回答我……

我决定去问加京，究竟找到她没有。

20

我匆匆地走上葡萄园的小径，我看到阿霞屋子里的灯光，这使我稍微安心一点。

我走近那所宅子，底下的门早已关上了。我敲门。楼下那间没有亮光的屋子的窗门很小心地打开了，露出加京的头来。

“您已经找到她吗？”我问加京。

“她回来了，”加京低声回答道，“她在她自己的屋子里，正在脱衣服，一切都好，没有意外。”

“谢谢上帝!”我在一种不能用言语形容的狂喜中叫出声来，“谢谢上帝，现在一切都好啦，可是您知道我们还应该再谈一次话。”

“下次谈吧，”他答道，一面把暖窗轻轻地拉过去。“下次谈吧，现在再会了。”

“明天见，”我喃喃地说。“明天什么都可以决定了。”

“再会罢!”加京又说了一遍。窗门关上了。

我几乎要敲窗门了。我想立刻就告诉加京，我要向他妹妹求婚。但是在这样的一个时间，用这种方式去求婚……“等到明天罢，”我想，“明天我会幸福了。”

明天我会幸福了！可是幸福没有明天——它甚至也没有昨天；它既不记忆过去，也不去想将来，它只有现在——而且这并不是一天——只是短短的一刻。

我记不清楚我怎样回到了兹城，既不是我的脚在走路，也不是那只小船在渡我过河，却是宽阔有力的翅膀载起我在飞。我经过一丛灌木，有一只夜莺在里面唱歌，我站住，听了许久。我觉得它正在唱我的爱情，我的幸福。

21

第二天早晨，我走近那所熟悉的宅子的时候，有一种情况使我吃惊了：那里所有的窗都大开着，门也打开了，一些纸片凌乱地散在门槛前面，一个拿着扫帚的女仆在门口出现了。

我走到她跟前。

“他们已经走了!”我还来不及问她：“加京在家吗?”她就大声说了出来。

“走了? ……”我重说了一遍，“怎么会走了呢? 他们到哪儿去了呢?”

“他们今天早晨六点钟就走了，并没有说到哪儿去。我想您就是恩先生，是吗?”

“是的，我就是恩先生。”

“女主人那里有一封留给您的信。”女仆上楼去了，给我拿来一封信：“就是这个，先生。”

“但是这不可能……怎么会这样呢? ……”我说道。

女仆呆呆地望了我一眼，又继续去扫地了。

我拆开信。这是加京写给我的；阿霞连一个字都没有写。他一开始就求我不要因为他们突然地离开而生气；他以为经过一再考虑之后，我会同意他的决定。他在这种可能变成困难和危险的处境里找不到第二条路了。“昨天晚上，”他写着，“我们两个人缄默地在等待着阿霞的时候，我完全肯定这一次分别是必要的。某一些成见是我尊重的；我了解到您不会跟阿霞结婚。她已经把经过的一切告诉我了，为了她心境的平静，我不得不允许她再三的恳切的要求……”在信的末尾，他对我们的友谊这么快地结束的事情，表示遗憾，他祝福我，友谊地握着我的手，还要求我不要去找他们。

“什么成见?”我嚷起来，就像他还能够听到我的声音似的。“多荒谬! 谁有权利把她从我的身边拉走呢? ……”我紧紧地捧住我的头……

女仆高声地唤起房东太太来了；她的惊恐使我恢复了理性。在我的心里只有一个思想——去找寻他们，不惜任何代价去找寻他们。接受这个打击，忍受这个结局，在我是不可能的事！我从房东太太那里打听到，他们是搭早晨六点钟的轮船，到莱茵河下游去了。我赶到轮船公司售票处，那边的职员告诉我，他们买了哥隆的船票。我抱着马上收拾行李去追赶他们的决心，回到家去。我走过路易斯太太的家。……忽然我听到有人在喊我。我抬头一望，看到市长寡妇就在昨天我会见阿霞的那个房间的窗口上。她带了她那种令人厌恶的微笑招呼我。我转过头，正要朝前走去，她却喊住我，说她有东西要交给我。这些话使我站住了，使我跑进她的家去。我再看到这个小小的房间的时候，我怎么能够说明我的感情呢？

“老实说，”市长寡妇一边说，一边给我看一张字条。“我本来只能在您自动地到我这儿来的时候才交给您的，不过您是这样一位可爱的年轻人，那么您就拿去罢！”

我接过来这张字条。

在一张小纸片上有着用铅笔匆匆地写下来的这样的字句：

别了！我们永远不会再见面了。我不是为了骄傲才离开这儿；——不，我没有别的路走了！昨天我在您面前哭着的时候，只要您对我说出一个字，仅仅一个字——我就会留下来了。您什么都没有说。可见还是这样的好……别了，永别了！

“一个字……”哦，我真是疯子！那一个字……昨天我曾含着眼泪重复地说了又说，我曾对着风白白地不知道说了多少遍，我又在荒野里说了又说……可是我却没有对她说出它来。我没有告诉她，我爱她。……那时候我连念那个字都念不出来。那时候，我在那间命定的屋子里遇见她的时候，我并没有明白地意识到我的爱情。甚至那时候，我跟她的哥哥在那种荒谬的、痛苦的沉默里坐在一块儿的时候，爱情还没有在我的身上觉醒……只有在几分钟以后，我害怕一种灾祸可能发生，我开始去找她，唤她的时候，爱情突然带着它那不可抑制的力量爆发起来了……然而那个时候已经太迟了。“然而这是不可能的!”别人会对我说；我不知道究竟这是可能还是不可能，我只知道这是真的事实！倘使阿霞的天性里有一丝卖弄风情的影子，倘使她的地位不是私生女，她就不会走了。她忍受不了所有别的少女所能够忍受的：我并没有了解到这一点。昨天晚上[①]我在暗黑的窗前最后一次看到加京的时候，附在我身上的魔鬼阻住了我吐出已经到了我的嘴唇上的自白，因此我还能够捏住的最后的一根线索也从我的手里滑走了。

就在这一天，我收拾好行李，带着它们回到勒城，搭船到哥隆去。我记得，轮船已经离开码头，我在心里默默地向那些我永远不能忘记的街道，那些我永远不能忘记的地方告别的时候，——我看到汉卿。她坐在岸边的长凳上。她脸色苍白，然而并不显得忧愁。一个漂亮的年轻人站在她的身边，笑着在跟她讲话。莱茵河对岸，我那座小小的圣母像还是那样忧愁地从老榛树的深绿色的树叶中间望出来。

---

① 这四个字是译者加上的，原文没有。——译者注

22

在哥隆我找不到加京他们的踪迹，我知道他们到伦敦去了。我追踪他们到伦敦。但是在伦敦任凭我怎样找寻都没有用。我好久都不愿意放弃我的追寻，我好久都坚持着要找到他们，可是后来，我不得不完全断念了。

我再也没有看到他们了——我再也没有看到阿霞了。虽然我偶尔还听到关于阿霞的不确实的传闻，可是对于我她永远消灭了。我连她是不是还活着都不知道。过了几年，有一次我在外国，在一列开行的火车车窗里看到一个女人的脸，使我鲜明地想起那个我永远忘不了的面容。……但是我可能被一个偶然的相似欺骗了。在我的记忆里，阿霞始终是我一生中最好的时期里所认识的那个少女，始终是我最后一次看到的靠在一把矮矮的木椅子背上的那个样子。

不过我应该承认，我并没有为她悲伤太久：我甚至觉得命运阻止我跟阿霞结婚，这是一个很好的安排。我还用这种思想来安慰我自己：有着这样的一个妻子，我可能不会幸福。那时候我年轻，我还把短促、易逝的将来认为是无限的。我想着，“难道发生过的事情就不可能再来，就不可能比从前更好，更美吗？……”我认识了别的一些女人，但是在我的心里被阿霞所唤起的那些感情，那些热烈的，那些温柔的，那些深沉的感情，我再也不能感到了。不！没有别的眼睛可以代替那一对有一次曾经充满了爱情望着我的眼睛，没有别一颗心曾经偎在我的胸前，使我的心感受那么欢乐，那么甜蜜的陶醉！我被处罚在无家可归的流浪者的孤独生活里度着沉闷的岁月，然而我像保存神圣的纪念品似地保存着她那些短简，那枝枯了的天竺花——就是她有一次从窗口丢给我的那枝花。那枝花至今还留着淡淡的芬芳，可是那只掷花给我的手，那只我只有一次能够紧紧地按在我嘴唇上的手也许早已在坟墓里腐烂了……

而我自己呢——我的结果怎么样呢？那些幸福的日子，那些悲愁的日子，那些海阔天空的[1]希望和抱负留给我一些什么呢？一枝无足轻重的小植物所透露出来的淡淡的气息却比人所有的欢乐，所有的哀愁存在得更长久——甚至比人本身还要存在得更长久呢。

译后记[2]

《阿细亚》是在一八五七年写成的，在《现代人》一八五八年第一期上发表。

屠格涅夫带着最大的爱和同情描写小说中的女主人阿细亚。俄国年轻的、天才的文学批评家皮沙列夫认为当时俄国贵族知识分子中间的年轻人，没有一个比得上阿细亚。他曾经这样写到她：

“这个尚未发育完全，半野性的少女，以她自己感情的独特的力量，使自己超过那些有教养、聪明的、有现代知识的年轻人很多……阿细亚是这样一个人，她具有完美的，幸福生活的素质，不管我们生

① 原文是“长着翅膀的”。——译者注

② 此为平明出版社 1953 年 6 月版《阿细亚》一书的《后记》。《阿细亚》后改名为《阿霞》。

活条件的限制，她仍然发展起来了，她那些古怪的举动并不让她受到任何影响。倘使她遇见了一个生气勃勃的、新的年轻人，她就会让我们看到：‘什么是幸福的意义’，她好像给了我们最有益、最丰富的教训，一直到现在我们还没有从什么人那里得到过这样的教训呢。但是在什么地方有着这样的年轻人？我们这里没有。”

皮沙列夫以为只有屠格涅夫的另一本小说的主人公巴扎洛夫①，才可以跟阿细亚相比。但巴扎洛夫却是另一个社会阶层里出来的人。

俄国大思想家车尔尼雪夫斯基在《约会中的俄国人》论文里极力攻击俄国贵族知识分子的懒散、不彻底的性格，但给予阿细亚以极高的评价。

译者　一九五三年二月

---

① 巴扎洛夫是屠格涅夫的名著父与子的男主人公。

初恋*

* 这篇小说写于一八六〇年，发表在《读者文库》一八六〇年第三期上。——译者注

献给安宁科夫[①]

……客人早就散了。钟敲过十二点半。只有主人和谢尔盖·尼古拉伊奇，和符拉季米尔·彼得罗微奇还留在屋子里。

主人按铃，吩咐仆人收去吃剩的晚餐。

“那么，这件事就决定下来了，”他坐在圈手椅上，身子更靠紧椅背，一面点燃一支雪茄烟，一面说道。“我们每个人都得讲一下自己初恋的故事。谢尔盖·尼古拉伊奇，您先讲吧。”

谢尔盖·尼古拉伊奇是一个圆脸的小胖子，长着一头淡黄色的头发，他先看一下主人，然后抬起眼睛望着天花板。

“我不曾有过初恋，”他后来说，“我一开头就是第二次恋爱。”

“这是什么意思?”

“非常简单。我第一次追求一位漂亮的年轻小姐，是在我十八岁那年；然而就是在追求她的时候，我也没有什么新奇的感觉，我后来追

---

① 安宁科夫（1813—1887 年），俄罗斯文学批评家，屠格涅夫的好友。——译者注

求别的女人的时候也是这样。说一句真话，我的初恋是在我六岁的时候，对我奶妈的爱，这也是我最后一次的恋爱。可是这件事早已过去了。我跟她中间的详细情形，我都忘记了，即使我还记得，谁又有兴趣来听这些呢?”

“那么怎么办呢?”主人说。“我的初恋也没有多大趣味；我认识安娜·伊凡诺夫娜，我现在的妻子以前，我从来没有爱过谁：——我们中间的经过情形也非常顺利，我们两家父亲给我们作主，我们不久就互相恋爱了，很快地就结了婚，我的故事用两句话就可以讲完。我老实说一句，先生们，我提出‘初恋’这个题目，就是指望着你们，你们不算年纪大，可也不是年轻的单身汉。符拉季米尔·彼得罗微奇，您可以给我们讲点有趣的吗?”

“我的‘初恋’，的确不算十分平凡，”符拉季米尔·彼得罗微奇稍微有点迟疑地回答，他是一个四十岁左右的男人，他的黑头发中间已经现出灰白色了。

“哦!”主人和谢尔盖·尼古拉伊奇齐声说，“那太好了。……讲给我们听!”

“好吧……不成，我不想讲故事，我不是讲故事的能手。我会把故事讲得枯燥，简短，不然就是冗长，不自然。倘使你们允许的话，我可以把我记得的事情都写在笔记本里，念给你们听!”

朋友们起初都不同意，然而符拉季米尔·彼得罗微奇坚持自己的意见。两个星期以后他们又聚在一块儿，符拉季米尔·彼得罗微奇履行了他的诺言。

下面的故事就是他写在笔记本里的：

1

事情发生在一八三三年夏天。那时候我刚十六岁。

我住在莫斯科我父母那里。他们在涅斯库奇尼公园①对面加路日卡门附近租了一所别墅。我在准备大学的入学考试，不过并不用功，也不着急。

没有人妨碍我的自由。我想做什么，就做什么——尤其是在我的最后一个法国家庭教师离开以后。这个法国人想到自己 comme une bombe② 掉到俄国来，实在忍受不了，所以他整天带着怨恨的神情，躺在床上。我父亲对我亲切，却并不关心，我母亲差不多不理我，虽然她就只有我这一个孩子，她的心让另一些忧虑占据了。我父亲当时还算年轻，而且非常漂亮，他因为财产的缘故，才跟母亲结了婚，母亲比父亲大十岁。我母亲过着悲惨的生活，她老是激动，嫉妒，生气，可是不敢在我父亲面前露出来；她非常怕他，他总显得那么严肃，冷静，疏远……我从没有见过比他更镇静、更自信、更有威风的人。

我永远忘不了我在别墅里过的最初几个星期。天气好极了，五月九日，就是圣·尼可拉③节日那一天，我们搬到城外去。我有时在别墅的花园里散步，有时到涅斯库奇尼公园，有时就溜到郊外；我随身总带一

---

① 涅斯库奇尼公园，意译是“无愁园”，在麻雀山附近，是帝俄时代莫斯科最美的公园。——译者注

② 法文：像炮弹似地。

③ 圣·尼可拉，早期基督教圣人，俄国学生的守护神。——译者注

本书——例如盖达诺夫的教科书①，可是我很少去翻它；我倒常常高声朗诵诗篇，我背得出很多诗句；那时候我的血在沸腾，我的心在发痛，有一种极舒服、而又莫名其妙的感觉。我总是在期待着，又好像有什么东西叫我害怕似的，而且我对什么都感到惊奇，我整个的身心都准备好去接受什么。我的幻想在活动，一直绕着那一些同样的形象急急地转来转去，就像燕子在晨光中绕着钟楼飞翔一样；我沉思，我悲哀，我甚至掉下了眼泪；然而即使在有音乐旋律的诗歌，或者黄昏的惊人的美所引起的眼泪和悲哀中间，青春和蓬勃生命的欢乐感情也还像春草似地生长起来。

我有一匹骏马，我常常亲自给它上鞍，骑着它独自远行，我纵马疾驰，想象自己是一个古代比武场中的骑士（风在我的耳边叫得那么高兴!），或者仰望天空，把它那明媚的阳光和蔚蓝吸引到我的开放的心灵里来!

我记得那个时候，女人的形象，女性的爱的幻影在我的脑子里差不多还没有成形，然而我所想到的，我所感觉到的一切中间，已经有一种新鲜的、说不出甜蜜的女性形象的预感——一种半意识的、羞涩的预感偷偷地在那儿隐藏着了。

我整个身体充满了这种预感，这种期待；我呼吸它，它跟着我每一滴血流遍我全身的血管……它是注定了很快就要实现的。

我们的别墅是一所有圆柱的、木头造的宅子，两边各有一所侧屋。左边的侧屋是制造廉价糊墙纸的小工场，我不止一次溜到那里去，观察那十多个身体瘦弱、头发蓬乱、穿着油腻长衫、面容憔悴的小孩，他们不

① 指皇家村中学教师伊·柯·盖达诺夫所著的古代通史教科书，十九世纪初期在俄国非常流行。——译者注

停地在压着印刷机矩形版的木杠杆上跳动，靠他们瘦弱身体的重量，印出糊墙纸的各色花纹。右边侧屋还空着，是预备出租的。有一天——五月九日以后三个星期的光景，那所侧屋的百叶窗打开了，露出来女人的脸；——有一家人搬进来住了。我记得就是这一天午饭的时候，母亲问起仆人，我们的新邻居是什么人，她听到扎谢基娜公爵夫人的名字，起先倒带点敬意地说："啊，公爵夫人……"后来又添上一句："一定是一位穷的。"

"他们雇了三部出租马车来的，太太，"仆人恭敬地端上菜盆，一边说，"他们自己没有马车，太太，他们的家具也很简单。"

"可是，"母亲说，"那倒好些。"

父亲冷冷地望她一眼，母亲不作声了。

的确，扎谢基娜公爵夫人不能算有钱的女人，她所租的那所侧屋是那么破旧，窄小，而且又是那么低，稍微有点钱的人都不乐意住在那里。不过当时我听过就忘了。公爵的头衔对我没有什么作用：我刚念过席勒的《强盗》①。

2

我有一种习惯：每天黄昏带着枪在花园里踱来踱去，守候乌鸦。我一向就痛恨这种小心眼的、狡猾的、贪心的乌鸦。就是我所讲到的那一天，我也像平常那样走到花园里去——但是，我白白地走遍了园

① 席勒（1759—1805），德国大诗人，他的诗剧《强盗》中充满了对专制政治与封建社会成见的强硬抗议。——译者注

中的小径（乌鸦已经认识我了，只是远远地断断续续地叫了几声），我无意中走近那道把我们花园跟右边侧屋后面的狭长园子（属于那所小宅的）隔开的矮木栅。我埋下头走着。我突然听到人声，朝着木栅那面望过去——于是，我发愣了……我看到一个奇异的景象。

离开我不多几步——在草地上，绿色覆盆子丛中站着一个身材苗条的少女，她穿一件有条纹的粉红衫子，头上包一块白头帕；四个年轻人围在她的四周，她拿着一些我叫不出名目、但是孩子们都熟悉的灰色小花轮流地敲他们的前额。这种花的形状像小袋子，它们打在硬东西上面就会发出声音，大张开来。年轻人非常高兴地向她伸出前额，而且少女的动作里（我只看见她的侧面），有一些令人神往的、专横的、亲密的、嘲弄的、动人的地方，我差一点惊喜交集地叫出声来了，我想只要这些秀美的手指敲一下我的前额，我愿意马上抛弃人世间的一切。我的枪掉到草地上去了，我忘记了一切，我不转眼地凝望她那优美的体态，颈项，美丽的手，白头帕下面微微蓬松的淡黄色鬈发，半闭的敏慧的眼睛，和这样的睫毛，和睫毛下面的娇柔的脸颊……

“年轻人，喂，年轻人，”突然有人在我旁边大声说。“难道可以这样地望着陌生的小姐吗?”

我吓了一跳，我发呆了。……我旁边，在木栅的那一面，有一个黑头发剪得短短的男人站在那里，用讥笑的眼光望着我。就在那个时候，少女也朝着我掉过脸来。……我在那张灵活的、生动的脸上看到一对灰色的大眼睛，她整个脸忽然微微动了一下，她笑起来了，露出洁白的牙齿，眉毛好玩地往上一挺。……我的脸发红，我从地上抓起枪就跑。一阵响亮的、但并非恶意的笑声跟在我后面。我逃回自己的屋子，倒在床上，两只手蒙着脸。心跳得那么厉害，我感到很不好意思，但又很高兴，我从来没有像这样地激动过。

我休息了一会儿，梳好头发，洗好脸，下楼去喝茶。那个少女的面影又浮到我的眼前，我的心已经不再狂跳了，心紧得真叫人感到舒服。

“你怎么啦?”父亲突然问我，“打着了乌鸦吗?”

我正要把所有的事都告诉他，然而我又忍住了，我只是独自微笑。我上床的时候，连我也不知道为什么缘故，我用一只脚站在地板上旋转了三次，又在头发上擦了油，躺下去，整夜睡得像死人一样。天快亮的时候，我醒了一会儿，抬起头来，万分快乐地朝四周望望，又睡着了。

3

早晨我睁开眼睛，第一个思想就是：“怎么能跟他们认识呢?”喝早茶以前，我就跑到花园里去了，可是我并没有十分走近那道木栅，而且也没有看见一个人。喝过早茶以后，我在别墅前面街上来来去去，不知道走了多少次，远远地望着小宅的窗户。……我仿佛看见她的脸在窗帷后面，我立刻惊慌地跑开了。

“我一定要认识她，”我一边在涅斯库奇尼公园前面那片砂地上，神情恍惚地走来走去，一边想道。“可是用什么方法呢?问题就在这儿。”我回想我们昨天遇见的种种细节，不知道为什么缘故，她对我一笑的情景，我记得特别清楚。……然而在我费尽心思想出种种办法的时候，命运早就替我安排好了。

我不在家的时候，母亲从我们新邻居那里收到一封用灰色纸写的、褐色火漆封口的信，这种火漆只有在邮局通知书上，或者在廉价葡萄酒瓶塞上才可以看到。那封文句不通、字迹潦草的信里，公爵夫人请求母亲竭力帮助她。据公爵夫人说，我母亲跟一班显要人物很熟，而她和她的孩子们的命运都操在那班人的手里，因为她现在有一些重大的诉讼事件①。她写着：“我以一个贵妇人的身份向另一个贵妇人求援，我很欣喜能利用此机会。”她在信的结尾，要求母亲允许她来拜访。我回到家，看到母亲心里很不高兴：父亲不在家，她没有一个可以商量的人，不答复“贵妇人”，并且对方还是一位公爵夫人，这实在不礼貌，可是怎么写回信，就叫母亲感到困难了。她觉得写法文信不合适，而写俄文信呢，俄文拼法又非她所长，——她知道这一点，不愿意让自己丢脸。所以她看见我回来非常高兴，吩咐我立刻到公爵夫人家里去，口头告诉她：母亲乐意随时为公爵夫人效劳，邀请她下午一点钟到我们家来。我的秘密的心愿实现得出乎意外地快，倒叫我惊喜交集了。可是我一点也没有表露出我心里的骚动——就先跑回自己的屋子，系上一条崭新领结，穿起新的常礼服：我在家还穿短上衣和翻领衬衫，其实我已经很讨厌这种服装了。

4

我走进这所侧屋的又窄又脏的前厅时，浑身不由自主地打起颤来，我遇见一个灰白头发的老仆人，他有一张青铜色的黑脸孔，和一对不

① 指法律上的诉讼案件。——译者注

愉快的猪眼睛，额上、鬓角边刻着我从来没有看见过的那么深的皱纹。他捧着一盆肉啃光了的鲱鱼背脊骨，用脚关上通另一间屋子的门，一边没有礼貌地说：

“您有什么事?”

“扎谢基娜公爵夫人在家吗?”我问道。

“沃尼法奇!”门内传来刺耳的女声。

仆人默默地把背掉向我，露出他那件号衣的破旧的后背（号衣上只有孤零零一颗带纹章①的红钮扣），他把盆子放在地上，走进去了。

“你到警察局去过吗?”又是那个女人的声音在讲话，仆人含糊不清地在说些什么。“啊？……来了客人吗?”又听到她的声音。“隔壁人家的少爷！好，请他进来。”

“少爷，请您到客厅里去，”仆人又走出来对我说，一边从地板上拿起盆子。

我整理一下衣服，走进了“客厅”。

我走进去的那间屋子不大，也不很干净，有几件简陋的家具好像是匆匆忙忙随便地摆在那里似的。靠近窗口，一个不好看的五十岁光景的老太太正坐在一把断掉一只扶手的圈手椅上，她不戴帽子，身上穿一件绿色的旧衣服，颈项上围一条粗绒线的花围巾。她那双不怎么大的黑眼睛那样牢牢地瞪着我。

我走到她跟前，向她行礼。

“我可以跟扎谢基娜公爵夫人讲几句话吗?”

① 纹章，表示家谱的图案。当时贵族人家均有此种世袭的纹章。——译者注

“我就是公爵夫人，那么您是维先生的少爷?”

“是，太太，我母亲叫我来传话的。”

“请坐。沃尼法奇，我的钥匙在哪儿，你看到吗?”

我把母亲对她来信的回答告诉扎谢基娜公爵夫人。她一边听我讲话，一边用她发红的肥手指敲着窗框，我说完了，她又把我打量了一番。

“好极了；我一定来，”她后来说。“您真年轻呀！请问您有多大岁数?”

“十六岁，”我不由自主地口吃起来。

公爵夫人从口袋里摸出几张写满了字的油腻的纸，拿到鼻子跟前，翻来覆去地仔细在看。

“多么好的年纪，”她突然说，她坐立不安地在椅子上转动。“啊，请您不要客气，我这里很随便。”

“太随便了，”我想道，我望着她那难看的形状，不由得感到厌恶。

这时候客厅的另一道门一下子打开了，门槛上站着昨天傍晚我在花园里见到的那个少女，她举起一只手，脸上露出嘲讽的微笑。

“这是我的女儿，”公爵夫人用肘拐指着她说；“齐诺奇卡①，他是我们邻居维先生的少爷，请问您的大名?”

“符拉季米尔，”我站起来回答，紧张得说不清楚了。

“那么您的父名呢?”

“彼得罗微奇。”

“噢，我认识一位警察局长，也叫符拉季米尔·彼得罗微奇。沃尼

① 齐诺奇卡和下文的齐娜都是公爵小姐齐娜伊达的爱称。——译者注

法奇，不用找钥匙了！钥匙在我的衣袋里。”

少女带着先前那样的笑容，微微眯起眼睛，略微歪下头去，一直在望我。

“我已经认识麦歇沃尔德马尔①，”她说，她那清脆、响亮的声音，使我的全身起了一种愉快的战栗。“您允许我这样称呼您吗？”

“小姐，您说到哪儿去啦！”我结结巴巴地说。

“在什么地方认识的？”公爵夫人问道。

公爵小姐不理她的母亲。

“您现在有事吗？”她说，她的眼睛一直在看我。

“没有什么事，小姐。”

“您愿意帮我绕绒线吗？来，到这里来，到我屋子里来。”

她朝我点点头，走出了客厅，我跟在她的后面。

我们走进去的那间屋子里，家具讲究一点，布置得雅致一点。可是那个时候，我差不多什么都不能注意了；我好像在梦中行动一样，我觉得全身充满了一种近乎愚蠢的、紧张的幸福感。

公爵小姐坐下，取出一绞红绒线，叫我坐在她对面；她仔细地解开那绞红绒线，套到我的手上。她默默地做这些，始终带一种滑稽的郑重神气，同时在微微张开的嘴唇上露出那种快乐的、狡猾的微笑。她把绒线绕在一张折起来的纸牌上，忽然她的眼光那么明亮，那么快速地向我一闪，使我不由自主地埋下了眼睛。她平常总是眯着的眼睛张大了，她的面容完全变了：她脸上好像充满了光辉似的。

---

① 沃尔德马尔是符拉季米尔带法国音的念法。——译者注

“您昨天对我什么看法，麦歇沃尔德马尔?”她停了一会儿，问道。“您大概骂我吧?”

“我……公爵小姐……我什么也没有想过……我怎么能够……”我狼狈地说。

“请听我说，”她反驳我。“您还没有了解我：我是一个很古怪的人；我希望别人永远对我讲真话。我刚才听说您才十六岁，可是我二十一岁了；您看，我比您大得多，所以您应当永远对我讲真话……而且听我的话，”她又说了一句。“看着我，——为什么，您不看我呢?”

我更加发慌了，不过，我还是抬起头来望着她。——她微微笑了笑，但已经不再是先前的那种笑了，而是另外一种赞许的微笑。

“看着我，”她温柔地放低声音说：“我不讨厌别人看我。我喜欢您的脸，我预料得到，我们会成为朋友的。可是您喜欢我吗?”她狡猾地又加了这一句。

“公爵小姐……”我刚开始说。

“第一，应该叫我齐娜伊达·阿历克山大洛夫娜；第二，小孩子，”(她自己马上改正了。)“——年轻人不把心里想的坦白地说出来，这是哪一种习惯呢?大人才可以这样。您喜欢我吗?”

她这样自由地跟我讲话，虽然使我非常喜欢，可是我感到有一点难堪。我想让她知道，她并不是跟小孩子在说话，所以尽可能地装出很自如的、很严肃的神情说道：

“当然，我非常喜欢您，齐娜伊达·阿历克山大洛夫娜，我不想隐瞒。”

她摇摇头，歇了歇，又摇摇。

“您有家庭教师吗?”她突然问道。

“不，我很早就没有家庭教师了。”

我撒了谎，我离开我那个法国教师还不到一个月。

“哦！我明白了——您完全是大人了。”

她轻轻地敲了一下我的手指。“手伸直!”于是她勤快地绕起绒线来。

我趁她埋下头的时候，端详她，起先偷偷地看，后来越来越大胆了。我觉得她的脸比昨天傍晚我刚看到她的时候更动人：在她脸上一切都显得那么文雅，那么聪明，那么可爱。她背了那扇挂着白色窗帷的窗坐着，阳光透过窗帷射进来，一抹柔和的光照在她那蓬松的金黄色头发上，她那洁白的颈项上，她那微斜的肩膀上，她那娇柔、平稳的胸脯上。——我望着她，现在，她对我已经是多么亲密，多么接近了！我觉得我早已认识她了，——在认识她以前，我什么都不懂，甚至可以说根本就没有生活过。……她身上穿一件深色的旧长袍和一条围裙；我多么想抚摩这长袍和围裙的每一道褶纹。她的鞋尖从长袍下端露了出来：我多么想拜倒在这双鞋子跟前。……“现在，我坐在她的对面，”我想道，“我已经认识她了。……多幸福呀，上帝啊!”我高兴得几乎要从椅子上跳了起来，但是我只不过微微摆动一下我两只脚，就像一个得到糖果的小孩似的。

我快活得像水中的鱼，我愿意永远不走出这间屋子，不离开这个地方。

她慢慢地睁大眼睛，她那双亮眼睛又温和地望着我了，又微笑了。

“您那样子看我，”她慢慢地说道，伸出一只手指点着我。

我脸红了。……“她什么都知道，什么都看到了，”这念头在我的脑子里闪过。“可是，她怎么会不知道呢，怎么会不看到呢!”

突然隔壁房间里有什么东西在响——马刀的响声。

“齐娜!”公爵夫人在客厅里高声喊道。“别罗夫佐洛夫给你带来一只小猫。”

“小猫!”齐娜伊达大声说，连忙从椅子上起来，把绒线球丢在我的膝上，就走出去了。

我也站起来，把绒线绞和绒线球放到窗台上面，走进客厅，我迟疑不决地站住了：在屋子中间躺着一只伸着脚爪的小花猫，齐娜伊达跪在它的前面，小心地托起它的小脸。公爵夫人身边有一个金色鬈发的年轻骠骑兵，他一个人几乎把两堵窗中间的空隙填满了，他有玫瑰色的脸颊，和一对凸出的眼睛。

“多好玩!”齐娜伊达接连说了好几次，“它的眼睛不是灰的，而是绿的。好大的耳朵啊！谢谢您，维克托尔·叶戈雷奇，您真好!”

我认出那个骠骑兵，就是昨天傍晚我看见的年轻人中间的一个，他笑了一笑，鞠一个躬，靴子上的踢马刺“拍的”响了一下，马刀链子也发出了响声。

“您昨天说起要一只大耳朵的小花猫……我办到了，小姐。您的话就是法律。”他又鞠了一个躬。

小猫轻轻地叫着，在地板上闻起来。

“它饿了!”齐娜伊达大声说。“沃尼法奇，索尼雅！拿一点牛奶来。”

一个女仆穿一件黄色旧衣服，颈项上围一条褪了色的项巾，捧着一小盆牛奶走了进来，把盆子放在小猫面前。小猫吃惊地抖了一下，眯眯眼睛，就在舔牛奶了。

“它的粉红色小舌头多好看!”齐娜伊达的头几乎贴在地板上，她从小猫侧面鼻子下边望过去，说。

小猫吃饱了，装腔作势地动动脚爪，喵喵地叫起来。齐娜伊达伸直身子，随随便便地对女仆说：“拿开。”

“为了这只小猫，——请您给我手，”骠骑兵含笑地说，动一下他那紧紧裹在新制服里面的强壮的身子。

“给您两只手，”齐娜伊达答道，就向他伸出双手来。在他吻她一双手的时候，她从他肩头上望着我。

我还是呆呆地站在原来的地方，我不知道我应该笑，还是应该说一两句话，还是沉默。忽然我从前厅开着的门口看到我们家的仆人费多尔的身影，他向我做做手势，我机械地走到他跟前。

“你来干什么?”我问他。

“您母亲叫我来找您，”他低声说，“她在生气：您还没有带口信回去。”

“难道我在这儿待了很久吗?”

“一个多钟点了。”

“一个多钟点了!”我不自觉地跟着说了一遍，就回到客厅，向主人恭敬地行礼告辞。

“您到哪儿去?”公爵小姐从骠骑兵身后望我一眼，问道。

“我得回家了，小姐。”我说，又向着公爵夫人加了一句：“我就告诉家母。您下午两点钟到我们家里去。”

“您就这样说吧，少爷。”

公爵夫人连忙拿出鼻烟壶，大声地吸一下鼻烟，使得我吃了一惊。

“就这样说吧，”她又说了一遍，一面含着眼泪地眨眨眼睛，又打喷嚏了。

我又鞠了一个躬，掉转身子，走出去了。我暗地里感到一般年轻人知道有人在背后望他的时候，所常有的那种局促不安的感觉。

“请您不要忘记，——再来看我们，麦歇沃尔德马尔。”齐娜伊达大声说，又笑起来了。

“她为什么总爱笑呢?”我在路上想。费多尔陪我回家，他一句话也不说，带着一种不满意的神情，跟在我背后。母亲责备我，而且奇怪：我在公爵夫人家里待了这么久，究竟干些什么呢？我一句话也没有回答，就到自己的屋子里去了。我突然觉得非常悲哀。……我竭力忍住不要哭……我嫉妒那个骠骑兵！

5

公爵夫人如约来拜访我母亲——可是留给母亲一个不好的印象。她们会见的时候，我不在家。不过在餐桌上，我听见母亲对父亲说，她觉得这位扎谢基娜公爵夫人是 une femme très vulgaire①，她不断地恳求母亲在谢尔盖公爵面前替她讲情，叫母亲感到头痛。再说她总是

① 法文：一个非常庸俗的女人。

在搞一些诉讼的事情——des vilaines affaires d'argent①，——因此她一定是一个非常喜欢打官司的人。然而母亲又说，她已经请她同她女儿明天中午来吃饭（我听见说“同她女儿”，便做出埋头吃东西的样子），——因为她总算是我们的邻居，何况又是贵族。父亲听见这些话，就告诉母亲，他现在记起了公爵夫人是谁了；他年轻时候，认识已故的扎谢金公爵。公爵受过很好的教育，却是一个头脑简单、荒唐无聊的人，交际社会因为他在巴黎待得很久，就给他起个绰号：le parisien②。他本来很有钱，可是他把财产全输光了。——后来不知道为了什么缘故，也许是为了金钱的关系吧，他跟一个小职员的女儿结了婚。“不过，即使是为了金钱的关系，他也可以选个好一点的，”父亲冷冷地笑了笑，又接着说：“结婚后，他又去做投机事业，这一次完全破产了。”

“只望她不要来借钱，”母亲说。

“这很可能，”父亲安静地说。“她会讲法文吗？”

“讲得很不好。”

“嘿，那倒无所谓。你好像说你也请了她女儿，有人对我说她的女儿倒是一个很可爱、很有教养的小姐。”

“哦，那么说，就不像她母亲了。”

“也不像她父亲，”父亲接着说。“他虽然受过很好的教育，可是他仍然是一个傻瓜。”

---

① 法文：讨厌的金钱上的事情。

② 法文：巴黎人。

母亲叹了一口气，沉思起来，父亲也不再说什么了。我在旁边听见他们谈这段话，一直感到很不舒服。

饭后，我又到花园里去了，不过没有带枪。我自己发誓不再走近扎谢基娜家的园子，可是一种不可抗拒的力量把我吸引到那里去，——而且也不是空走一趟。我刚走近那道木栅，就看到齐娜伊达。这一次就只有她一个人。她手里捧着一本书，慢慢地顺着小径走来。她没有注意到我。

我差一点要让她过去了，可是我立刻又改变主张，我咳嗽了一声。

她回过头来，可是并不停步，只用一只手把圆草帽上天青色宽丝带掠开望着我，静静地笑了笑，又埋下眼睛去看书了。

我揭下便帽，迟疑一下，带着沉郁的心走开了。“Que suis-je pour elle?①”我用法国话（天晓得是为什么缘故）这样想。

我背后响起一阵熟悉的脚步声，我回头一看，父亲踏着轻快的步子朝我走来。

“她就是公爵小姐?”他问我。

“公爵小姐。”

“你难道认识她?”

“今天早晨我在公爵夫人那儿见过她。”

父亲止了步，脚后跟很快地掉转，往回走去。他走到跟齐娜伊达并肩的时候，恭敬地向她鞠了一个躬，她也向父亲还了礼，脸上露一点惊讶的样子，把书放低。我看见她的眼睛一直在送他。父亲的服装

---

① 法文：在她的眼里我算什么呢?

素来很讲究，——有他独特的风度，可又是非常朴素。然而我从来没有看到父亲的风采像今天这么地优美；我从来没有看到他那顶灰色呢帽像今天这样恰好地戴在他已经有点稀疏的鬈发上。

我刚向齐娜伊达走去，可是她连看都不看我一眼，重新把书举起来，走开了。

6

这一天整夜和第二天早晨，我都在一种郁郁不乐的麻木状态中度过去。我记得我想用功，拿起盖达诺夫的书，可是这本著名教科书的大字印刷的每行、每页都白白地从我的眼前溜过去了。我把“求理厄斯·凯撒①以作战勇敢而著名”的这一句，接连读了十遍，——却并不知道是什么意思，终于丢开了书。午饭前，我又在头发上撒了香油，又换上常礼服，系上领结了。

“这是为什么?”母亲问我道。“你还不是大学生，天晓得，你能不能通过大学考试? 而且你的短上衣做了还不久呢! 你不能就把它丢掉。”

“要来客人，”我轻轻地、几乎绝望地说。

“别胡说! 这算什么客!”

我只好服从，我脱去常礼服，换上短上衣，不过没有取掉领结。

---

① 求理厄斯·凯撒（公元前100—前44），罗马的军事家，政治家，同时又是历史学家。——译者注

午餐前半小时，公爵夫人同她女儿来了，公爵夫人在她那件我见过的绿色衣服外面加了一条黄披巾，戴一顶饰着火红色缎带的老式帽子。她一开头就说她的“期票”，叹气，诉穷，“不断地恳求”帮助，可是她一点都不讲礼貌：还是那样大声地吸鼻烟，还是那样自由地在椅子上扭来转去，坐立不安。她好像完全没有想到，她是一位公爵夫人。齐娜伊达的态度恰恰跟她相反，非常庄重，差点儿显得高傲了，是真正公爵小姐的气派。她脸上有一种冷冰冰的端庄和尊严，我简直不认识她了，我也认不出她那种笑，她那种眼光，虽然我觉得她在这种新姿态中，也还是很美。她穿一件浅蓝色花轻纱长袍，头发照英国式梳的，梳成长长的一条一条的发鬈垂在颊上。这种式样跟她脸上冷冰冰的表情非常相称。午餐的时候，父亲坐在她旁边。他用他特有的那种优雅而大方的殷勤在招待他的邻座。他时常望她——她也时常望他，而且带着这么奇怪的、几乎是敌意的眼光。他们用法国话交谈，我记得，齐娜伊达发音的正确叫我吃惊。公爵夫人在席上还是像先前那样地一点也不讲礼貌，她吃得很多，而且夸奖菜做得好。母亲显然给她烦透了，用一种厌烦的、冷淡的态度在应付她。父亲时而微微地皱皱眉头。母亲也不喜欢齐娜伊达。

“一个多骄傲的女人，”第二天母亲这样说。“你想她凭什么骄傲——avec sa mine de grisette！①”

“大概，你还没有看到过‘葛利热特’，”父亲对她说。

---

① 法文：凭她那副“葛利热特”的面貌。（“葛利热特”是当时的法国小说中一般轻佻的女子的总称。——译者注）

“所以谢天谢地了!”

“自然，谢天谢地……只是你怎么就可以给她们下断语呢?”

齐娜伊达一直没有理过我，吃过饭以后，公爵夫人就站起来告辞了。

“我就指望着你们的照顾了，玛丽亚·尼可拉也夫娜，彼得·瓦西里也微奇!”她像唱歌似地对父亲和母亲说。“我有什么办法呢！过去有过好日子，可是早已过去了。现在我虽是一个有爵位的夫人,”她带着不愉快的笑声加了一句,“但要是没有吃的，虚名又有什么用!”

父亲对她恭敬地鞠了一个躬，送她到前厅门口。我就穿着短上衣站在那里，埋着头望地板，仿佛是一个判了死罪的犯人。齐娜伊达对我的态度把我完全毁了。却不料她走过我身边的时候，她眼睛里又带着先前那种温柔的表情，很快地、低声对我说：

“八点钟到我们家里来，听到吗？一定来……”

这使我多么惊奇！我刚伸出手去，可是她已经把白披巾搭到头上，走了。

7

刚八点钟，我穿上了常礼服，头发梳得高高的，走进公爵夫人住的小宅子的前厅。老仆人不高兴地望了我一眼，不情愿地勉强从凳子上站起来。客厅里有欢笑声。我推开门，不由得吃惊地往后退了一步。公爵小姐站在屋子当中一把椅子上，把一顶男人帽子朝前拿着，椅子四周站了五个男子。他们争着把手放进帽子里去，可是公爵小姐却把帽子举得高高的，用力摇动它。她看到我进来，就大声说：

“等一等，等一等！有新客人啦，也应当给他一张票子，”她就轻盈地从椅子上跳下来，拉住我的常礼服的袖口。“跟我来！”她说，“您站着干什么？麦歇们，你们认识认识吧，这位是麦歇沃尔德马尔，我们邻家的少爷。这位是，”她挨着次序，介绍我认识她的客人。“马烈夫斯基伯爵，这位是鲁欣医生，这位是马依达诺夫诗人，这位是退职的上尉尼尔马茨基，这位是别罗夫佐洛夫，骠骑兵，您已经看到过了。希望你们大家都成为好朋友。”

我非常不好意思，我甚至忘记对他们行礼了。我认得鲁欣医生，就是在花园里丝毫不留情地羞辱过我的那位浅黑色皮肤的先生，其余的人我都不认识。

“伯爵！”齐娜伊达继续说，“请您写一张票子给麦歇沃尔德马尔。”

“那不公平，”伯爵带一点波兰口音答道。这是一个穿得很时髦的、棕色头发的美男子，有一对很灵活的褐色眼睛，和一根窄小的白鼻子，小嘴上有一撮修剪得很精致的唇髭。“他还没有跟我们一块儿玩过‘摸彩’游戏呢。”

“不公平！”别罗夫佐洛夫和那位被称为退职上尉的人也说了一遍。上尉大约有四十岁，脸上的麻子多得可怕，头发鬈曲得像黑人一样，驼背、弯腿，身上穿一件没有肩章、纽扣松开的军服。

“我的意思：要给他写一张票子，”公爵小姐又说。“为什么要反抗呢？麦歇沃尔德马尔第一次跟我们一块儿玩，他今天用不着遵守规则。不要埋怨了，写吧！我要这样做的。”

伯爵耸了耸肩膀，可是恭顺地埋下头去，用戴满戒指的白手拿起笔，撕下一小张纸，就在纸上写了。

“至少，您得允许我们，把我们玩的游戏对沃尔德马尔先生说明一下，”鲁欣带着讥讽的口气说，“不然他就完全莫名其妙了。年轻人，您懂吗，我们正在玩‘摸彩’；公爵小姐是给奖人——谁拿到‘幸运’的票子，那个人就有吻她的手的特权。我跟您说的话，您明白吗？”

我只是望着他，还是莫名其妙地站在原来的地方；公爵小姐又跳上那把椅子，又把帽子摇动起来。大家都拥到她跟前，——我就跟在他们后面。

“马依达诺夫，”公爵小姐对一个身材高高、脸孔瘦瘦、眼睛小而无光、头发黑而长的年轻人说。“您是诗人，您应该大量一点，把您的票子让给麦歇沃尔德马尔，让他有两个机会。”

但是马依达诺夫表示不同意地摇摇头，连头发都飘动起来了。别人都试过运气以后，我也把手伸进帽子里，拿出一张票子打开来看。……天啊，我看到写在那张纸上的“接吻”两个字，我不知道如何是好了！

“接吻！”我不由自主地大声喊起来。

“好啊，他中彩了，”公爵小姐连忙说。“我真高兴！”她从椅子上下来，两眼发亮，柔媚地望了我一眼，我的心跳起来。“您高兴吗？”她问我。

“我？……”我呐呐地说不出话了。

“把您的票子卖给我，”别罗夫佐洛夫突然在我的耳边信口胡说，“我给您一百卢布。”

我用那样愤怒的眼光把骠骑兵看了一眼，拒绝了，这使得齐娜伊达拍手叫好，鲁欣也喊着：“好极了，年轻人!”

“不过，”他说下去，“我是司仪人，我的职务便是督促遵守一切规章。麦歇沃尔德马尔，跪下一条腿。这是我们的规矩。”

齐娜伊达站在我面前，头微微斜着，好像为了要把我看得更清楚些，她就郑重其事地向我伸出手来。我的眼睛花了；我本想跪下一条腿，可是两条腿一齐跪下去了，非常不自然地吻她的手指，甚至让她的指甲在我的鼻尖上轻轻抓了一下。

“干得好!”鲁欣叫道，他扶着我站起来。

“摸彩”的游戏继续下去。齐娜伊达叫我坐在她身边。她想出种种奇特的“中彩”① 的办法！就说其中有一次，她扮演“雕像”，选丑男子尼尔马茨基做雕像的台座，叫他弯下身子，而且要把脸贴在自己的胸前。笑声一直没有停止过。对于我，一个生长在讲规矩的贵族家庭里、受着严格而孤寂的教育长大起来的孩子，这种叫嚣，这种喧嚷，这种无拘无束近乎发疯的欢乐，这种从来没有过的跟陌生人的交际，全使我兴奋万分。我简直像喝醉酒似地头发晕了。我竟然笑得、吵得比别人更厉害，连在隔壁屋子里，正在跟从伊威尔斯基门②请来的录事商量事情的老公爵夫人也出来望我了。可是我觉得我太幸福了，别人的嘲笑和轻蔑的眼光，我真如俗话所说“一点也不在乎”了。齐娜伊达对我一直表示优待，不让我离开她身边。有一次“中彩”的办法是：我得跟她并排坐在一起，让一幅丝巾盖住我们：我应该把我的秘

---

① 原文是“处罚”。——译者注

② 当时莫斯科从“白城”入“中国城”的有名的门。在红场附近。一般诉讼代理人和退休的文官都住在这一带，专门替人写状子或办理诉讼事件。——译者注

密告诉她。我还记得那个时候，我们两人的头忽然在一种闷热的、半透明的、芬芳的黑暗里面，在这黑暗里她的眼睛亲切地、温柔地发着光，她张开的嘴唇吐出热气，她的牙齿露出来，她的发尖轻轻挨着我，使我发痒，使我发烧。我不作声。她狡猾地、神秘地微笑着，后来轻轻地问我："唔，究竟是什么呢?"然而我只是红着脸，笑着，把脸掉开去，几乎透不过气来了。我们玩腻了摸彩游戏，——我们开始玩一种绳子游戏。我的天，我忽然出了神给她在我的手指上猛打了一下，我感到多么大的快乐！后来我又故意装作出神的样子，她就跟我开玩笑，却再也不肯碰一下我伸给她的手了！

那个晚上我们还玩了好多的把戏！我们弹钢琴，唱歌，跳舞，表演茨冈人宿营①——我们把尼尔马茨基扮成一头熊，叫他喝盐水。马烈夫斯基伯爵表演各种纸牌戏法，最后一次纸牌戏法是"威斯特"，他把牌洗乱以后，自己把王牌全拿出来，为了这个，鲁欣"便有庆贺他的光荣"。马依达诺夫给我们朗诵他的长诗《杀人者》的几节（这是在浪漫主义全盛的时期），这首长诗他想用黑色封面印上血红色书名出版。我们又从伊威尔斯基门请来的录事的膝上偷走他的帽子，逼着他跳哥萨克舞来把它赎回。又叫老沃尼法奇戴上女帽，公爵小姐戴起男人帽子。……我们做过的事情真说不尽。只有别罗夫佐洛夫越来越往角落里躲，皱着眉头在生气。……他时时眼睛充血，满脸通红，好像他马上就要向我们冲过来，把我们当作木屑一样往四处踢开；可是公

---

① 茨冈人为一种流浪民族，散居于土耳其、苏联、西班牙等国。这里指他们结伴流浪的队伍。——译者注

爵小姐看看他，伸出一根手指威胁地向他指指，他又退回原来的角落里去了。

我们终于玩得疲乏了。老公爵夫人虽然说她什么都不在乎，而且不怕吵闹，可是后来她也感到疲乏，想休息了。十二点开出晚饭来：一块不新鲜的干酪，几个碎火腿馅的冷包子，我觉得这些包子比我吃过的任何点心都可口。酒只有一瓶，样子有点古怪：大口黑瓶，盛着玫瑰色的酒，可是谁也没有喝它。我走出小宅子，疲乏、快乐到没有一点力气；告别的时候，齐娜伊达紧紧握着我的手，又神秘地微笑了。

夜气郁闷而潮湿地扑到我火热的脸上，看来大雷雨就要来了；乌云逐渐增多，飘过天空，它那如烟似雾的外形，看得出在改变。微风不停地吹过黑暗的树林，远处，不知道什么地方的地平线上轻轻地响着愤怒的、不清楚的雷声。

我从后面台阶走到我屋子里去。我那个老仆人躺在地板上睡着了，我必须从他身上跨过去。他醒了，看到我就说，母亲又为我发脾气，她又要派人去找我，可是让父亲阻止了。我平日睡觉前总要去向母亲请“晚安”，让她祝福我。现在没有办法了！

我对老仆人说，我自己脱衣服睡觉，——我吹熄了蜡烛。……可是我没有脱衣服，也没有上床睡觉。

我在椅子上坐下，而且坐得很久，仿佛中了魔一样。……我感觉到非常新鲜，非常甜蜜，——我几乎什么都不看，静静地坐着，轻轻地呼吸，只是有时候我回想到什么事情，我就禁不住默默地微笑，有时候我想起我是在恋爱了，爱的就是她，这就是爱，这思想叫我心里发冷。在黑暗里齐娜伊达的脸静悄悄地在我眼前浮现——浮来浮去却不再浮走了，她的嘴边依旧挂着那种神秘的微笑，她那追问似的、梦幻的、温柔的眼光还偷偷地瞟着我……完全跟我向她告别的时候一样。最后我站起来，踮起脚走到床前，连衣服也不脱，小心地把头靠在枕上，我好像害怕剧烈的动作会惊扰了那个充满在我心里的东西……

我躺着，可是并不闭上眼睛。不久我注意到一道微光不断地射进我屋子里来。……我坐起来，望望窗。窗架和神秘地、朦胧地发白的玻璃已经可以很清楚地分辨出来了。"雷雨，"我想道。雷雨果真来过，可是它已经到很远的地方去了，所以并没有听到什么雷声；只有不很亮的、长长的电光，仿佛分得一股一股的在天空里继续不断地闪烁：但与其说它在闪烁，还不如说它像将死小鸟的翅膀那样地颤抖，那样地抽动。我起来，走到窗前，站在那里，一直站到天亮！……电光并没有停止过一会儿，这是民间称为"雀夜"① 的晚上。我望着那片寂然无声的砂地，我望着涅斯库奇尼公园黑黝黝的一片地方，我望着远处房屋的黄色的门面，仿佛它们也跟着每一道微弱的闪光在颤动。……我望着这些——我不能够离开那里：这些没有声音的电光，这些短促的闪烁，好像正跟我心里燃烧的神秘无声的情火呼应着。天亮了，黎明的天空现出许多鲜红的云块。太阳渐渐往上升，电光也渐渐淡起来，它们的闪烁也愈来愈稀少，终于淹没在这一片已经到来的白天的明朗的阳光里消失了……

我内心的电光也消灭了。我觉得非常疲乏，非常平静……可是齐娜伊达的面影依然胜利地在我心里荡漾。只是这个面影本身也显得安

---

① 夏天夜短的日子，约在七月十日。——译者注

静了：好像一只从沼地野草中间飞出来的天鹅，它在它四周的丑恶的形象中间显出特殊的美。我快要睡着的时候，我怀着充满信赖的、崇拜的、告别的心情，最后一次拜倒在它面前……

啊，温柔的感觉，柔和的声音，深受感动的心灵的善良和宁静，第一次爱的觉醒的令人陶醉的欢乐——如今，你们在哪里，你们在哪里？

8

第二天早晨，我下楼用早茶的时候，母亲就责备我——可是远不如我所想象的那么严厉——而且要我说出昨夜经过的情形。我用几句话应付了她，却瞒过许多细节，极力把事情说得没有一点毛病。

“无论如何，她们不是 comme il faut①，”母亲说，“你不必到她们那儿去浪费时间，你应该准备大学入学考试，用用功啦。”

我知道母亲所谓关心我功课的就只限于这几句话，因此我觉得没有辩驳的必要。可是我们喝过早茶以后，父亲却挽着我的胳膊到花园里去，逼着我把我在扎谢基娜家看到的一切全说出来。

父亲对我有一种古怪的左右我的能力——而且我们的关系也非常古怪。他几乎不过问我的教育，但是决不使我伤心；他尊重我的自由——我也许可以这样说，他甚至对我有礼貌……只是他不让我接近他。我爱他，我崇拜他，我认为他是个模范的男人——唉，我的上帝，倘使我不是一直感到他在推开我，我会多么热情地爱他！然而只

① 法文：规矩人。

要他愿意，他几乎只消用一句话，一个动作，就能够唤起我对他无限的信心。我打开心灵——像对聪明的朋友，或者亲切的教师似地跟他谈心。……可是他又突然地离开我了——他的手又把我推开——虽然亲切地，温和地，但他还是把我推开了。

有时候他高兴起来——那时就会像小孩似地跟我一块儿游戏，淘气（他喜欢种种剧烈的体力活动）；有一次——就只有那么一次！——他对我非常亲切，使我感动得几乎淌下眼泪。……可是他的愉快，他的亲切一下子全消灭得干干净净——而且我们两人中间发生过的事情，并不能使我对将来有什么指望——好像这只是一场梦似的。有时候我仔细地望着他那张聪明、漂亮、愉快的脸……我的心颤动，我整个身心都倾向他……他好像也觉察到我心里在想些什么，顺手在我脸颊上轻轻拍了一下，就走开了，不然就动手做什么工作，再不然他就突然变成冷冰冰的了，这是他一个人有的一种独特的态度；我立刻也就退缩了，我也冷了下来。他那种难得表示的对我的慈爱，决不是我的不言而喻的恳求唤起的；它们总是突然地发作。许多年以后，我仔细想一下我父亲的性格，我得到这样的一个结论，他对我，对家庭生活都不感兴趣，他的心倾向别的事情，而在那些事情上完全得到了满足。"你能够拿到手的，你就去拿，千万不要让别人控制你，做自己的主人——人生的全部'滋味'就在这儿了。"有一次他这样对我说。还有一次，我以年轻的民主主义者的姿态对他发表关于自由的言论（他那一天的态度正是我所谓"亲切"的，在那一天我可以跟他随意谈话）。

"自由，"他重说了一遍，"可是你知道，什么东西能够给人自由呢？"

“什么东西呢?”

“意志，自己的意志，它能够给人比自由更好的权力。你有意志——你就会自由，就能够指挥别人。”

父亲首先超乎一切地热爱生活……而且他已经活过了；也许他已经预感到他不能长久享受人生的“滋味”：他活到四十二岁就死了。

我仔细地把我在扎谢基娜家里经过的情形告诉父亲。他坐在花园的长凳上，用手杖在砂土上划来划去，似注意非注意地听着。他偶尔笑一笑，举起微微发亮的、逗人发笑的眼光望着我，——而且用简短的问话和反驳来鼓励我说下去。我起先连齐娜伊达的名字都说不出口，可是后来再也忍不住了，我就开始赞美她。父亲一直在微笑。后来他沉思起来，伸伸腰，站起来了。

我记得我们走出宅子的时候，父亲吩咐过仆人给他预备马，他是一个很出色的骑手，能够驯服最野的马，本领远超过莱勒先生。

“爸爸，我跟你一块儿去骑马，好吗?”我问他。

“不，”他答道，他的脸上又现出平常那种冷淡而和气的表情。“要是你想去，你一个人去吧；你告诉马夫，说我不去了。”

他掉转身子，急匆匆地走了。我注意地望着他——他一走出门外就看不见了，只是他的帽子顺着木栅在动，他到扎谢基娜家去了。

他在那里待了不到一个钟头，出来就动身到城里去，一直到晚上才回家。

午饭以后，我也到扎谢基娜家里去。客厅里只有老公爵夫人一个人。她看到我，就用一根编结针在帽子底下搔头发，突然问我愿不愿意替她抄一张呈文。

“很愿意，”我说着就在椅子边上坐下。

“只是请您注意：字写得大一点，”公爵夫人说，递给我一张油腻的纸，“今天就抄，行不行？少爷。”

“当然，我今天就抄，老太太。”

隔壁屋子的门微微打开了一点——门缝里露出来齐娜伊达的脸——苍白而带愁思的神情，她的头发蓬松地飘在脑后，她的大眼睛冷冰冰地望了我一眼，就轻轻地关上了门。

“齐娜，齐娜！”老夫人喊道。齐娜伊达没有答应。

我带了老夫人的呈文回家，整个晚上都在抄写。

9

我的“热情”是从那一天开始的。我记得那个时候我有一种初上班的新职员的感觉；我已经不再是年轻的孩子了，我在恋爱。我说过，我的热情从那一天开始，我还可以加一句，我的“痛苦”也是从那一天开始的。离开齐娜伊达，我就抑郁不乐：什么都不能想了，什么事也不能做了。我一整天、一整天地专心想她……我抑郁不乐……但是在她的面前，我也并不感觉到轻松。我嫉妒，我承认自己一无可取，我像傻瓜似地生气，像傻瓜似地卑屈，然而却有一种不可抗拒的力量把我拖到她身边去，每一次我跨进她的房门，不由得感到幸福而浑身颤抖起来。齐娜伊达立刻就猜到我爱上她了，然而我也并不想隐瞒。她玩弄我的热情，她拿我开玩笑，溺爱我，可是又折磨我。能够作为别人最大欢乐和最深痛苦的唯一源泉与专制而默默顺从的原因，这是一件愉快的事，可是我好像已经是齐娜伊达手中的一块捏软的蜡了。不过爱上她的并不止是我一个人，所有到公爵夫人家里走动的男人都为她神魂颠倒，她把他们都缚在她的脚跟前。她一会儿挑起他们的希望，一会儿又引起他们的忧虑，她喜欢任性翻来覆去地作弄他们（她把这个叫做：让他们撞头），可是他们连想都没有想到要违背她的意旨，人人都情愿顺从她。她的充满了活力与美丽的整个身上，狡猾与随便，做作与单纯，沉静与活泼特别迷人地混合在一起。在她所做的、所说的一切里，在她的每一个举动里，都带有一种微妙的、轻快的娇美，处处都显露出她那特殊的、生气蓬勃的力量。她的脸不断地在变化，时时射出光芒：它几乎就在同一个时候表现出嘲讽，沉思，甚至热情。各种不同的感情像刮风的晴天里的云彩那样，又轻又快在她的眼里、唇际不断地掠过。

每一个崇拜她的人都是她所少不了的。她有时候把别罗夫佐洛夫叫做“我的野兽”，有时候就单叫“我的”，为了她，他即使赴汤蹈火也情愿；他对自己的智力和其他长处缺乏信心，因而不断地向她求婚，并且向她暗示：别人不过是说废话。马依达诺夫适合她心灵中的诗意：他是一个相当冷静的人，跟大多数的作家一样，他极力使她相信，或许也使他自己相信，他崇拜她。他不断地写诗歌颂她，带一种又似做作、又似真诚的喜悦朗诵给她听。她同情他，可是同时又有点嘲笑他。她不信任他，她听完他的真情的吐露后，就要他朗诵普希金的诗，她说这是为着“把空气弄干净”。鲁欣，那位爱挖苦人的、说话尖刻的医生，比别人更了解她——也比别人更爱她，虽然他当面、背后都常常骂她。她尊敬他，但也并不放松他——有时候她带一种特别幸灾乐祸的快乐神情，使他感到他也是捏在她手掌里的人物。“我是一个卖弄风情的女人，我没有心肝，我生成是一个女演员，”有一次她当着我的面对他说，“哦，好极了，把您的手伸出来，我要把针刺进去，这个年轻人在场会使您感到不好意思，您会觉得痛，可是您还得笑笑，您这位好好先生。”鲁欣红了脸，转过头去，咬着嘴唇，但终于把手伸给她。她用针刺它，他果真就笑……她也笑了，她把针刺得很深，她望着他那双徒然地想躲开去的眼睛……

我最不了解齐娜伊达跟马烈夫斯基伯爵中间的关系。他是一个很漂亮、灵活、聪明的人，可是在他的身上有一些令人怀疑的，有一些虚伪的东西，连我，一个十六岁的孩子也觉察到了，而齐娜伊达居然没有看出，这叫我觉得奇怪。或者她早已看出他那些虚伪的地方，只是并不讨厌它而已。她那种不正常的教育、古怪的交际和习惯、母亲经常在她身边、家境不好、家里又很乱——从这位少女享受自由的时候开始，从她认为自己比她周围的男人高一等的时候开始，这一切在她的心中发展成一种半瞧不起人的随便，和不苛求的习气。不管发生了什么事情——或者沃尼法奇来说糖用光了，或者什么难听的闲话传开去了，或者客人们争吵起来——她也不过摇摇她的鬈发，说：“这都是些小事！”她一点也不在意。

但是每次马烈夫斯基伯爵走到她跟前，以一种狐狸似的狡猾的动作，优雅地靠在她的椅背上，带一种自满而又谄媚的微笑在她耳边低声说话，而她两只膀子交叉在胸前，专心地望着他，她自己也微笑了，而且还摇摇头，那个时候，我就气得全身的血都沸腾起来了。

“您为什么要接待马烈夫斯基伯爵呢？”我有一次问她道。

“他有那么漂亮的小胡子，”她说，“您不懂得这个。”

“您是不是以为我爱他?”还有一次她对我说，“不会，我不会爱上一个我瞧不起的人。我要爱一个能够支配我的人。……但是我希望不要遇到那样的人，谢谢上帝，我不要落到任何人的手里，不，绝不!”

“那么，您永远不会恋爱了?”

“可是您呢? 难道我不爱您吗?”她说着，用戴着手套的指尖在我的鼻子上敲了一下。

不错，齐娜伊达简直是在拿我开心。一连三个星期里，我天天去看她——她什么把戏都跟我玩过了! 她很少到我家里来，我也不希望她来；她在我们家里就变成一位端庄的小姐，一位公爵小姐了，——所以我害怕看到她。我生怕在母亲面前泄露出我的秘密；母亲很不喜欢齐娜伊达，她常常用不高兴的眼光监视我们。我倒并不怎样害怕父亲：他好像并没有注意我，他也很少跟她谈话，可是谈起来却谈得非常聪明，而且意味深长。我不再做功课，读书了，我连到附近地方去散步或者骑马的事情都停止了。我好像是一只给人缚住脚的甲虫，不断地绕着这所心爱的小宅子转来转去；我好像真想永远留在那里似的……然而这是不可能的。母亲责备我，甚至有时候齐娜伊达也在赶我回家。那个时候我就锁在自己的屋子里，或者走到花园的尽头，爬到高高的石头造的温室的废址上，把两只腿挂在临街的墙头，接连地在那里坐上好几个钟头，虽然我望着，望着，可是什么也没有看见。白色的蝴蝶懒洋洋地在我身边盖满尘土的荨麻上面飞翔；离我不远的半毁坏的红砖上有一只不避人的麻雀，在那里生气似地噪叫，不停地扭转它的全身，展开它的尾巴；那些始终不相信我的乌鸦，高高地、高高地躲在光秃的桦树顶上，断断续续地叫几声，——阳光静静地照在桦树的稀疏的树枝上，风轻轻地吹动它们，——顿河修道院的安静而又凄凉的钟声不时飘送过来，可是我只是默坐，凝视，倾听——全身充满了一种莫名的感觉，这种感觉里包含着一切：悲哀，欢乐，未来的预感，欲望和生的恐惧。可是那个时候，我对于这个一点也不懂，我也不能把这一切在我心里沸腾的东西叫出一个名目，我倒不如用一个名字——齐娜伊达的名字来叫它们。

齐娜伊达一直在玩弄我，就像猫作弄老鼠似的。她一会儿对我卖弄风情，——使我心神荡漾，——一会儿她又忽然把我推得远远的了，——我再不敢走近她，我连看都不敢看她一眼。

我记得，接连有好几天她对我非常冷淡，我完全胆怯了，我畏缩地走到她们那所小宅，不管那个时候老公爵夫人正在骂人，叫嚷，我总设法去接近她；她的“期票”的事情弄得很糟，她已经跟警察分局长解释过两次了。

有一次我顺着我熟悉的木栅散步——我就看到齐娜伊达：她撑着两只膀子，坐在草地上一动也不动。我正想悄悄地走开，可是她突然抬起头来，命令似地招呼我过去。我呆了一会儿：我并没有立刻懂得她的意思。她又招呼我。我赶快跳过木栅，高兴地朝她跑过去；可是她用眼光命令我不要走到她身边，指点我站在离开她两步远的小径上。我窘透了，不知道怎么办才好，我就在路边上跪下去。她的脸色非常苍白，整个脸上都露出那样沉痛的悲哀，那样不堪的疲劳，这使我的心十分难过，我就不由自主地小声说：

“您有什么事情?”

齐娜伊达伸出手，摘了一片草，放在嘴里咬了一下，又把它远远地抛开了。

“您非常爱我吗?”她后来问道，“是吗?”

我没有说什么，——而且，我为什么要回答呢?

“是，”她像先前一样地望着我，又说了一遍，“是这样的。一样的眼睛，”她添上一句，她又沉思了，用两只手捧着脸。“一切都惹起我心烦，”她低声说。“我倒不如早到世界的尽头去，我受不了，我对付不了。……我还有什么前途?……啊，我痛苦……我的上帝，我多痛苦啊!”

“为什么呢?”我胆怯地问道。

齐娜伊达并不回答我，只是耸耸肩膀。我还是跪着，忧郁地望着她。她说的每句话都像刀子似地在割我的心。在这一刻，只要能够消除她的痛苦，就是牺牲我的生命，我也甘愿。我望着她——唉，虽然我还是不知道为什么她会感到痛苦，可是我也明明白白地想象得出:她忽然感到一阵难堪的苦恼，走到花园——就像给镰刀割去似地倒在地上了。四周明亮，而且一片翠绿;风在树叶间发出沙沙声;有时候风还吹动覆盆子树的长枒枝，在齐娜伊达的头上摇来荡去。不知道从什么地方传来鸽子的咕咕叫声，蜜蜂嗡嗡地在稀疏的青草上低飞。在我们头上，天空蓝得可爱——可是我却是这么悲伤……

“念点诗给我听吧，”齐娜伊达低声说，身子支在肘子上。“我喜欢听您念诗。您念起来像唱歌似的，但没有关系，这是因为年轻。给我念《格鲁吉亚的山上》①。不过，请您先坐下来。”

---

① 普希金的诗（1829 年）。——译者注

我坐下，就朗诵起《格鲁吉亚的山上》来。

"'它要不爱也不可能'，" 齐娜伊达跟着我念了一遍。"这就是诗的妙处：它告诉我们生活里没有的事，可是它不仅比现在有的事更美，还更近于真实。……'它要不爱也不可能'，——它想不爱，并不可能！"她又不作声了，突然她全身一动，马上站起来。"我们走罢，马依达诺夫还待在妈妈那儿，他给我送来他自己的诗，可是我把他丢在那儿走了。他现在一定很伤心……可是有什么办法！您总有一天会了解的……只是请您不要跟我生气！"

齐娜伊达匆匆地握一下我的手，就向前跑去了。我们回到小宅子里。马依达诺夫开始对我们朗诵他刚出版的诗集——《杀人者》，可是我并不在听他朗诵。他做作地高声朗诵他那个四韵脚长短格的诗句——韵律好像嘈杂的、无意义的小铃声似地变换响着。我一直望着齐娜伊达，竭力想弄明白她最后几句话的意思。

也许有一个秘密的情敌
已经意外地征服了你？

马依达诺夫忽然哼出这样的诗句——我的视线便同齐娜伊达的视线碰在一起了。她低下头，脸微微发红。我看见她脸红，浑身冷得发抖。我早就在嫉妒了，可是到了这一刻，"她爱上了什么人"的念头才在我的脑子里闪过。"天啊，她爱上什么人了！"

10

我的真正的痛苦也就是从这一刻开始的。我耗尽脑汁，思索，反复地思索——而且不停地、但尽可能地不露心迹，暗中观察齐娜伊达。她已经改变了，——这个变化是非常明显的。她常常一个人出去散步，而且散步得很久。有时候她连客人都不接见；在自己的屋子里一连坐上好几个钟头。她以前从没有这样的习惯。我突然变得——或者我自以为变得——感觉非常锐敏了。“不是他？或者就是他？”我问着自己。我焦灼不安地把她的崇拜者一个一个都猜到了。马烈夫斯基伯爵（虽然就是为了齐娜伊达的缘故，我也羞于承认这一个看法）在我心里显得比别人更危险。

我的注意力连我鼻尖以外的事都看不清楚，我那个秘密恐怕也瞒不过别人；至少鲁欣医生很快就看穿我了。可是他最近也变了：他瘦了，还是那样常常地笑，只是他的笑声仿佛更沉闷了，更带恶意了，更短促了，——他从前那种轻松的讽刺和做作的尖刻消失了，代替那些的是一种不由自主的、神经质的急躁。

“您为什么老是上这儿来呢，年轻人？”有一天扎谢基娜家客厅里只有我们两个人的时候，他对我说。（这时候公爵小姐出去散步，还没有回家，从顶楼传出来老公爵夫人的刺耳的叫嚷：她正在跟女仆人争吵。）“在您这年纪，您正应该念书，用功，可是现在您在这儿干什么呢？”

“您怎么知道，我在家里不用功呢？”我带了一点傲慢，但也有一点狼狈的样子分辩道。

“您很用功！这可并不是您的真心话！好，我也不跟您争论……在您这个年纪，这原是很自然的事。只是您完全挑错了人。您难道没有看出来这是什么样的人家？”

“我不懂您的意思，”我说道。

“不懂吗？那更糟了。我认为我有责任来警告您。像我们这些人——老光棍——不妨到这里来：这对于我们还有什么坏处呢？我们已经受够磨练了，没有什么可以伤害我们；可是您还是一个孩子，您的皮肉还娇嫩。这儿的空气对您有害，——相信我，您会受到传染的。”

“怎么会这样呢？”

“就是这样的。难道您现在健康吗？难道您还是一个正常状态的人吗？难道您现在感觉到的东西，对您有用，有好处吗？”

“我感觉到的是什么呢？”我说，可是在心里我承认医生说的话都是对的。

“啊，年轻人，年轻人，”医生继续说，看他那种表情，好像这两句话对我含得有一种很大的侮辱似的。“您强辩有什么用？谢谢上帝，您心里想到的事，在您的脸上都显得非常明白。可是，我说的都是废话！倘使……”（医生咬紧牙齿）“……倘使我不是这样的怪人，我自己就不会到这儿来。只是我觉得奇怪：像您这样聪明的人，您难道还看不出来，您周围发生了些什么事情？”

“可是，发生了些什么事情？”我全身紧张地插嘴说。

医生用一种嘲笑的、怜悯的眼光望着我。

“我毕竟是好人，”他说，好像在自言自语似的，“我得对他说明白。总之，”他提高声音又说，“我再跟您说一次：这儿的空气对您不合适。您觉得这儿舒服，不过这没有什么关系！花房里虽然芬芳扑鼻，可是人不能够住在那儿。唉，听我的话，还是回去念您的盖达诺夫教科书罢。”

公爵夫人一进来就向医生抱怨牙齿痛。后来齐娜伊达也回来了。

“喂，”公爵夫人说，“医生先生，请您骂骂她。她整天都在喝冰水，——她的胸部很弱，这样对她的健康不好。”

“您为什么要这样?”鲁欣问道。

“这会出什么事情?”

“什么事情？您会受凉，也许会死掉。”

“就是这么一回事吗？真的？那多好——再好不过的事!”

“原来是这样!”医生喃喃地说。

老公爵夫人出去了。

“原来是这样，”齐娜伊达也说了一遍。“难道活着就是这么愉快的事吗？请您朝您四周看看。……怎么——您以为好吗？或者您以为我完全不懂得，完全感觉不到吗？我喝冰水，——我感到快乐，难道您真能使我相信，拿我这样的生命来换取一时的快乐是一件太不值得的冒险吗？——至于幸福，我早就把它丢在脑后了。”

“啊，是，”鲁欣说道，“‘喜怒无常’，和‘自我中心’——这两句话说尽了您：您的性格完全包括在这两句话里面。”

齐娜伊达神经质地笑起来。

“您过时了，亲爱的医生。您观察错误，您已经落后了。您还是戴上眼镜吧。我现在哪有‘喜怒无常’的心情，我玩弄了你们，也玩弄了我自己……这有什么趣味！——至于‘自我中心’呢……麦歇沃尔德马尔，”齐娜伊达突然顿起脚来，对我叫道，“不要装出一副忧郁的面孔。我受不了别人的怜悯。”她很快地走出去了。

“这种气氛对您有害处，有害处，年轻人!”鲁欣又对我说了一遍。

11

就在这天晚上，常来的几个客人又聚在扎谢基娜的家里了，我也是其中的一个。

话题转到马依达诺夫的诗，齐娜伊达真心地称赞它。

“可是您以为怎么样?”齐娜伊达对他说，“倘使我是一个诗人，我要选择别的题材。也许，这都是毫无意思的，只是有时候一些古怪的念头会钻进我的脑子里来，尤其是天快亮，我睡不着的时候，天空变成浅红色和灰色的时候，我会，譬如说……你们不会笑我吗?”

“不会，不会!”我们大家异口同声地大声说。

“我会描写，”她继续说下去，她的手交叉地放在胸前，眼睛望到一边去了。“晚上，静静的河上，一条宽敞的大船里坐着一大群少女。——月光照在河面上，那些少女都穿着白色衣服，都戴着白色花冠，全都在唱歌，你们知道，就是唱赞美歌一类的歌曲。”

“我明白，我明白，请您说下去，”马依达诺夫意味深长地、梦幻地说。

“突然——岸上响起一阵喧哗，笑声，鼓声，还有火把……原来是酒神的女祭司①带着歌声和欢呼跳舞过来了。诗人先生，描写景色可就是您的工作了……只是我想把火把描写得很红，而且冒出很多烟，而且女祭司的眼睛在花冠下面发亮，她们的花冠应当是深颜色的。可是也不

---

① 酒神的女祭司即希腊神话中酒神巴克科斯的女祭司。——译者注

要忘记描写那些虎皮，那些长脚酒杯，——还有黄金，许多的黄金。”

“这黄金应该放到什么地方呢?”马依达诺夫把自己直直的长头发甩到后面去，还张一张鼻孔，向她问道。

“放到什么地方？她们的肩上，手上，脚上，哪儿都可以。听说，古时候的女人脚踝上都戴着黄金脚环呢。女祭司们招呼船中少女到她们跟前去。少女们不再唱赞美歌了——她们不能够再唱下去——可是她们一动也不动：河水把她们送到了岸边。突然间一个少女从她们中间悄悄地站起来。……这一点您可要好好地描写：她怎样在月光里悄悄地站起来，她的女伴又怎样地吃惊。……她跨过船舷，女祭司们就围住她，拉着她飞快地跑进夜里，跑进黑暗里去了。……这儿您得描写一缕一缕的烟，和整个混乱的情形。只听见她们的尖锐的呼声，只有少女的花冠还留在岸上。”

齐娜伊达说到这里就不作声了。“啊，她爱上什么人了，”我又想道。

“就这么一点吗?”马依达诺夫问道。

“就这么一点，”她答道。

“这可不能作为一首长诗的题材，”他郑重其事地说，“不过我可以借用您的意思写一首抒情诗。”

“浪漫主义的吗?”马烈夫斯基问道。

“当然，浪漫主义的，用拜伦的诗体写。”

“照我看来，雨果①比拜伦好，”年轻的伯爵随口说道，“雨果写得更有趣些。”

---

① 雨果（1802—1885），法国浪漫主义诗人兼小说家。——译者注

“雨果是第一流的作家，”马依达诺夫答道，“而且我的朋友统科谢叶夫在他的西班牙小说《哀尔·特洛瓦多尔》① 里……”

“哦，就是那一本凡是问号都倒过来写的小说吗？”齐娜伊达打断他的话。

“是的，这是西班牙人的习惯。我要说统科谢叶夫……”

“唔，你们又要议论什么文学上的古典主义和浪漫主义了，”齐娜伊达第二次打断他的话。“还不如让我们来玩……”

“玩‘摸彩’吗？”鲁欣接着说。

“不，‘摸彩’玩腻了。还不如玩‘比喻’吧。”这是齐娜伊达自己想出来的游戏。她说出一样东西，每个人竭力用别一样东西跟它比拟，谁的比喻最恰当，就得奖。

她走到窗前，太阳正在往下落，大块的红云高挂在天空。

“这些云像什么？”齐娜伊达问道，她不等我回答就说：“我以为它像克丽奥佩特拉去迎接安东尼②时候坐的黄金船上的紫帆。马依达诺夫，您记得不记得，不久以前您还把这个故事讲给我听过？”

我们大家都跟《哈姆雷特》里面的帕拉尼阿斯③一样，认为把这

---

① 在一八三〇到一八四〇年间，俄国有一部分浪漫主义作家，以西班牙、意大利异国情调作他们作品的题材。西班牙文“哀尔·特洛瓦多尔”，意即吟游诗人。——译者注

② 安东尼（公元前82—前30）为罗马三大执政者之一，伟大的军事家。克丽奥佩特拉为埃及女皇，当时埃及已受罗马管辖。这里齐娜伊达所提的是他们第一次的会见，她马上就征服了安东尼的心，而对他有绝对的权力。——译者注

③ 《哈姆雷特》为英国伟大的戏剧家莎士比亚四大悲剧之一。在这个戏的第三幕，第二场里哈姆雷特与帕拉尼阿斯对话中，哈姆雷特先把云比成骆驼，然后比成鼬鼠，再后又比成鲸鱼，帕拉尼阿斯三次都认为他的比喻非常恰当。——译者注

些云比成紫帆是再恰当不过的了，我们谁也想不出比这更好的比喻来。

“那时候安东尼有多大年纪了？”齐娜伊达问道。

“一定是一个年轻人，”马烈夫斯基答道。

“对，是一个年轻人，”马依达诺夫肯定地说。

“对不起，”鲁欣大声说，“他已经四十多岁了。”

“四十多岁了，”齐娜伊达很快地望他一眼，重说了一遍。

我不久就回家了。“她爱上什么人了，”我的嘴唇不由自主地小声说了出来。……“但是爱上了谁呢？”

12

好些天过去了。齐娜伊达变得愈来愈古怪，愈来愈不可理解。有一次我到她那里去，看见她坐在藤椅上，头紧紧地挨到桌边。她站起来……满脸都是眼泪。

“啊，是您……”她带一种残忍的微笑说。“过来。”

我走到她的身边，她把手放在我的头上，出其不意地拉住我的头发，揪起来。

“痛啊，”我终于说了。

“啊，痛！难道我不痛？我不痛？”她反复地说。

“啊哟！”她看到她已经把我的一小缕头发拔掉了，便突然叫起来。“我做了什么呢？可怜的麦歇沃尔德马尔。”

她把拔下来的头发理直，绕着她的手指缠成一个戒指。

“我要把您的头发藏到项链上小圆盒子里，挂在我颈项上，”她说，泪水又在她的眼睛里闪闪发光。“这样也许可以给您一点安慰……不过现在我们再见吧。”

我回到家里，就看到一件不愉快的事情。母亲跟父亲在吵架：她为了某一件事情责备他，可是他呢，还是保持他原来的习惯，冷淡地、有礼貌地默默不作声，不久就走开了。我听不出母亲说的是怎么一回事，我也没有心思去听。只是我还记得，这场风波过去以后，她叫我到她的屋子里去，很不高兴地责备我常常到公爵夫人家里去玩，母亲说公爵夫人是一个 une femme capable de tout①。我上前去吻了她的手（每逢我想打断她的话题的时候，总是这样做的），就回到自己的屋子里去了。齐娜伊达的眼泪把我的心境完全搅乱了；我简直不知道要打什么主意，我真想大哭一场，我究竟还是一个孩子，虽然我也有十六岁了。我已经不再注意马烈夫斯基，尽管别罗夫佐洛夫的样子一天比一天地来得凶恶可怕，他好像狼对羊似地瞅着狡猾的伯爵；可是我没有心思想到任何事情，我也没有心思想到任何人了。我沉浸在种种想象中的图画里，我总是找僻静的地方去躲避。我特别喜欢温室的废址。我常常爬到高墙上坐下来，我坐在那里觉得自己是一个很不幸、很孤独、很忧郁的年轻人，这叫我可怜起自己来了，可是这种感伤对我又是多么大的安慰，又多么地使我陶醉！……

有一天，我正坐在墙上，望着远处，倾听钟声。……忽然有什么东西在我身边掠过——不像是风，也不是颤栗，仿佛是一阵人的气息，仿佛有人走近的感觉。我朝下一看。下面路上——齐娜伊达穿一件浅

---

① 法语：一个什么事都干得出的女人。

灰色衣服，肩上撑一把粉红色阳伞，匆匆忙忙地走来。她看见我，就站住了，把草帽边往上推一下，举起她那天鹅绒似的眼睛望着我。

“您在那么高的地方做什么？”她带一种古怪的笑容问我。“啊，”她接着说下去，“您总是在说您爱我，——倘使您真爱我的话，那么就跳到路上我这儿来。”

齐娜伊达的话还不曾说完，我纵身凌空地跳了下去，就像有人在背后猛然地推了我一下似的。这堵墙大约有两沙绳高。我跳下来的时候，脚先落地，不过震动得太厉害了，我竟然站不住：我倒在地上，一下子就失去了知觉。我醒过来，还没有张开眼睛，就感觉到齐娜伊达在我的身边。

“我亲爱的孩子，”她向我弯下身子——她的声音里透露出一种惊惶不安的温柔；“你①怎么可以这样做呢，你怎么可以听我的话呢……你知道我爱你……起来吧！”

她的胸部就在我的胸旁一起一伏，她的手抚摸我的头，突然——我怎么来说明我那时候的感觉呢？——她那柔软的、清凉的嘴唇吻了我的整个脸……她的嘴唇吻到我的嘴唇了。……虽然我的眼睛还没有睁开，可是齐娜伊达从我脸上的表情就可以猜到我已经恢复知觉了，她很快地就站起来，说：

“唔，顽皮的孩子，起来吧！傻孩子，干什么您还躺在尘土里呢？”

我站起来。

“把我的阳伞找来，”齐娜伊达说；“瞧，我把它丢到哪儿去了。不

① 齐娜伊达在这里用“你”叫他，以示亲密。——译者注

要这样对我看。……这多无聊，您没有受伤吗？大概让荨麻刺伤了罢？我跟您说，不要望我。……可是他一点也不明白，他不回答我，”她仿佛自言自语地说起来。“回家去吧，麦歇沃尔德马尔，回去刷掉灰尘，可不要跟我，那我要生气了，我再也不……”

她还没有说完话，就急急地走开了，可是我却在路边坐下去……我的腿再也没有劲站起来了。我的手给荨麻刺伤了，背脊痛，头发昏，——可是这一次我所经验到的那种至上的幸福感，在我的生命里决不会再有第二次了。它成为一种甜蜜的痛苦渗透我的全身，最后它爆发为大欢大乐的狂跳和狂叫。的确，我还是一个孩子。

13

这一天整天我都是那么快乐，那么骄傲；我脸上还那么鲜明地保留着齐娜伊达吻我的感觉；我想起她说过的每一句话，就要起一阵欢喜的颤栗。我非常珍爱我这意想不到的幸福：我甚至害怕起来，我甚至不愿意再看到她——这样一个给我新感觉的人。我觉得我对命运已经无所要求了！现在我应当“好好地呼吸最后一口气，闭上眼睛死掉了”。但是第二天我走进小宅的时候，我却觉得局促不安，我白费劲地竭力想把它掩藏在从容、自如的外表下面，这种态度正合于一个想叫人一看便知道他能够保守秘密的人。但是齐娜伊达接待我非常自然，没有一丝一毫的激动，她只是伸出手指来指点我一下，就问我，身上有没有伤痕，这一下子我所有的从容，我所有的神秘的感觉全消失了，连我的局促不安也跟着一块儿消失了。本来我并不曾有过什么特别的指望，可是齐娜伊达安静的态度仿佛迎头泼我一身冷水。我明白了，在齐娜伊达的眼睛里我不过是一个小孩，——这叫我感到多么痛心啊！齐娜伊达在屋子里走来走去，每逢她的眼睛碰到了我的眼睛的时候，她就很快地望我笑笑，可是她的思想却在远处，这一点我也看得很清楚。……“我要不要向她提昨天的事情?”我想道，“问她昨天那么匆忙地到哪儿去？才好打听出来。……”然而我只是摇摇手，在角落里坐下来了。

别罗夫佐洛夫进来了；我看见他很高兴。

“我还没有给您找到一匹驯马，”他用一种不高兴的口气说，“弗列依塔克①担保给我找一匹，可是我不敢相信他，我害怕。”

“您怕什么?”齐娜伊达问道，“请问。”

“怕什么？啊，您还不会骑马呢。天晓得，难保不出事情，您怎么忽然起了什么怪念头!”

“唔，这是我的事情，‘我的野兽’先生。那么我还不如去找彼得·瓦西里伊奇……”（彼得·瓦西里伊奇就是我的父亲。她那么平易、那么自然地提到他的名字，好像她相信他乐意给她效劳似的，这叫我惊奇。）

“哦，原来是这样，”别罗夫佐洛夫答道。“那么，您是跟他一块儿去骑马了?”

“跟他，或者跟别人一块儿，——这跟您完全不相干。反正我不跟您一块儿去。”

---

① 一八三〇年代莫斯科著名的坐骑的饲养者。——译者注

“不跟我一块儿去，”别罗夫佐洛夫顺着她说了一遍。“随您的便。好吧！我给您找一匹马来。”

“可是，您得注意我可不要母牛。我预先告诉您，我要去跑马。”

“您要去跑马，我不反对。可是跟谁一块儿去呢，您要跟马烈夫斯基一块儿去骑马吗？”

“为什么我就不能够跟他一块儿骑马呢，武士？唔，安静一点吧，”她又说。“不要朝我瞪眼。我也带您一块儿去。您该知道，现在马烈夫斯基在我的心上是怎么一回事，——呸！”她摇摇头。

“您这种话，不过说来安慰我罢了，”别罗夫佐洛夫发牢骚地说。

齐娜伊达眯起了眼睛。

“这给了您安慰吗？……噢……噢……噢……武士！”她说，仿佛她再找不出别的话了。“那么您呢，麦歇沃尔德马尔，您也跟我们一块儿去吗？”

“我不爱……跟大伙一块儿……”我埋下眼睛含含糊糊地说。

“您要 tête-e-tête① 吗？……好吧，要自由的人得到自由，圣人进天堂②，”她叹一口气说。“去吧，别罗夫佐洛夫，您出点力吧！我明天一定要一匹马。”

“哦，可是从哪儿来这笔钱？”公爵夫人插嘴说。

齐娜伊达皱皱眉头。

“我不会向您要钱的，别罗夫佐洛夫信得过我。”

---

① 法文：密谈。

② 即“各得其所”之意。——译者注

“他信得过你，他信得过？……”公爵夫人唠唠叨叨地说，突然她提高嗓子大喊：“杜尼霞希卡！”

“妈妈，我送过您一个叫人铃，”齐娜伊达说。

“杜尼霞希卡！”老夫人又喊了一次。

别罗夫佐洛夫告辞了，我跟他一块儿出去。……齐娜伊达并没有留我。

14

第二天早晨，我起得很早。我自己削好一根手杖，就动身到郊外去。我自己说是出去散步遣愁。天气非常的好，晴朗，可又不太热：爽快、清凉的微风吹拂着大地，而且恰到好处地呼啸着，舞动着，把一切都吹动了，却又连什么都没有扰乱。我在山上、林中盘桓了很久，我并没有感到幸福——我从家里出来的时候，就有意让忧郁支配我的心灵，可是青春，美好的天气，清凉的空气，畅游的欢乐，静静地躺在茂密的青草地上的舒适倒在我心里占了上风；我记起了那些我永远忘不了的话，那些接吻的回忆。我想起齐娜伊达无论如何对我的决心和我的英雄气概总不能不重视，这又使我感到愉快。……“在她眼里看来，别人也许都比我好，”我想，“让他们去罢！他们只是空说愿意做什么，可是我真的做过了。……而且还有什么事情我不愿意为她做呢！……”我的想象开始在活动了。我想象：我怎样从敌人手里救出她来，我怎样满身鲜血地从监牢里把她抢救出来，又怎样倒在她的脚下死去。我想起了挂在我们客厅里的那幅图：麦莱克·阿及尔带走麦其尔达①。……可是这个时候，我的注意力让一只带斑纹的大啄木鸟夺去了，它正顺着桦树的细树干匆忙地往上爬，并且带点担心的样子从细树干后面探出头来瞧瞧——一会儿向右望，一会儿向左望，好像一个音乐家从大提琴②后面向外张望似的。

于是我唱起《不是白雪》③ 来，我还唱当时流行的短歌：《西风吹起的时候，我等着你》；然后我又大声地朗诵霍姆雅科夫④的悲剧里叶尔麦克对着星星呼吁的一段；我还在想一首感伤的诗，我甚至想好了全诗的最后一行，都用："啊，齐娜伊达！齐娜伊达！"可是毫无结果。而且快到午餐的时候了。我走下山谷里去，山谷里有一条窄狭的砂泥小路，弯弯曲曲地直通到城里。我顺着这条小路走去。……我的背后响起了缓慢的、得得的马蹄声，我回头一看，不由自主地站住了，脱下帽子：我看见父亲和齐娜伊达。他们并排地骑着马过来。父亲整个身子弯向她那边，一只手撑着马的脖子，他微微笑着，正在跟她讲话；齐娜伊达默默地听着，严肃地埋下她的眼睛，她的嘴唇紧紧地闭着。起先我只看见他们两个人，但是没有多久，别罗夫佐洛夫也从山谷转弯的地方出现了，他穿了一身带披肩⑤的骠骑兵的制服，骑一匹直冒

---

① 麦莱克·阿及尔是十八世纪末法国女作家戈顿的冒险小说《麦其尔达或十字军战役》的主人公。十九世纪初期俄国贵族都非常喜爱这部小说和小说的主人公。——译者注

② 指提琴中最大而音最低的一种。——译者注

③ 俄国著名的民歌。——译者注

④ 霍姆雅科夫（1804—1860），俄国浪漫主义作家。叶尔麦克是霍姆雅科夫所著悲剧《叶尔麦克》中的主人公。悲剧中把叶尔麦克写成一个高度的梦想家，对星星呼吁时，他说了一段极感伤的独白。别林斯基累次嘲讽这个悲剧。——译者注

⑤ 披肩，指骠骑兵的一种镶皮的无袖短外套。——译者注

热汗的黑马。这匹雄伟的马摇摇头，鼻子喷气，慢慢地跳起来；骑马的人连忙拉住它，用踢马刺踢它往前走。我躲在一边。父亲勒一把缰绳，离开了齐娜伊达，她慢慢地抬起眼睛望他，两个人都跑过去了。……别罗夫佐洛夫跟在他们后面飞奔过去。他的军刀铿锵地响着。……“他脸红得像龙虾，”我心里想道，“她呢——为什么脸色那么苍白？她骑了一早晨的马——脸色倒苍白了？”

我加快脚步走回家去，刚好赶上午餐的时候。父亲早已换好衣服，梳洗好，高高兴兴地坐在母亲的圈手椅旁边，用流畅的、响亮的声音给她念一篇《评论报》（Journal des Débats）① 上的连载小说。可是母亲并不专心在听，她看到我，就问，我一整天在哪里，又说她不喜欢我常常跑到莫名其妙的地方去，跟莫名其妙的人待在一块儿。“我一个人在散步，”我正想这样回答母亲，可是我看看父亲，不知道为了什么缘故，就不作声了。

15

以后五、六天中间，我几乎没有看见齐娜伊达，她说她不舒服，可是这并不妨碍那些常客来——用他们自己的话——上班，大家都在，只少了马依达诺夫，他要是没有高兴的机会，就意气消沉了，感到无聊了。别罗夫佐洛夫阴沉沉地坐在屋角，衣服的钮扣全扣上了，脸涨

---

① 《评论报》（法文的日报），一七八九年创刊。十九世纪初期大多数俄国贵族都订阅这份报纸。——译者注

得通红；马烈夫斯基伯爵文雅的脸上现出一种恶毒的微笑，他的确受到齐娜伊达的白眼了，因此特别殷勤地伺候老公爵夫人，陪她坐从驿站雇来的马车到总督那里去；可是，这次旅行并没有得到好处，马烈夫斯基甚至碰到一件不愉快的事：总督向他问起他跟某几位工兵队军官闹过的什么不名誉的事情。他为了替自己辩护，不得不承认那个时候年轻，荒唐。鲁欣每天来两次，可是待得不久；自从我们上次谈过话以后，我有点怕他，同时我又真心地喜欢他。有一天我跟他一块儿在涅斯库奇尼公园散步，我觉得他非常和善，亲切，他告诉我各种花草的名称和性质，突然，像俗话所说“牛头不对马嘴”似地敲着前额叫起来：“啊，我真傻，我一直以为她是一个卖弄风情的女人！显然，对于某一些人，牺牲自己是一件快乐的事！”

“您这话是什么意思?”我问道。

“我并不是在跟您讲话，”鲁欣猝然答道。

齐娜伊达躲避我，有我在场——我也没法不注意到这一点——就会叫她不痛快。她不由自主地避开我……不由自主地。这是多么痛苦的事，这叫我伤心。可是有什么办法呢，我竭力避开她，只是偷偷地躲在一边望着她，就是这一点我也并不是常常成功的。她又像从前那样发生了不可理解的变化：她的脸改变了，她完全变成了另外一个人。有一天，在暖和而清静的黄昏里，她那种变化真叫我感动。我坐在接骨木的浓密的树枝下面，一张矮矮的长凳上，我喜欢那个地方：从那里可以看到齐娜伊达屋子的窗户。我坐在那里，在我的头上，一只小鸟忙碌地在开始变黑的树叶中间跳来跳去，一只灰猫伸伸背，偷偷溜到花园里来，初出现的甲虫在虽然已经不亮、但是还看得清楚的空中嗡嗡地飞鸣。我坐在那里，望着齐娜伊达的窗口，等待着，看窗户会不会打开。窗户果然打开了，齐娜伊达站在窗口。她穿一身白衣服——她本人，她的脸，她的肩，她的手臂都惨白得像她衣服一样的颜色了。她一动也不动地在那里站了好久，从她微蹙的眉毛下，她目不转睛地向前凝望。我从没有见过她这样的神情。然后她紧紧地、紧紧地合拢两只手，把它们举到唇边，额上，忽然她伸开手指，把头发掠到耳后，又摇摇头发，带一种坚决的神情埋下头去，砰的一声关上了窗。

三天以后，她在花园里遇见我。我正想躲开，但她唤住了我。

“把手伸给我，”她像从前那样亲切地说，“我们好久没有在一块儿聊天了。”

我看看她，她的眼睛里射出柔和的光，脸上带着微笑，这微笑好像是从雾里透出来似的。

“您的身体还没有完全复原吗？”我问她。

“不，现在好了，”她说着，就摘了一朵并不大的红玫瑰花。“我有点累，但这也会好的。”

“那么，您又会像从前那样了吗？”我问道。

齐娜伊达拿起玫瑰花，挨到脸上，我觉得好像是鲜艳的花瓣的反影照在她的脸颊上一样。

“难道我变了吗？”她问我。

“是，您变了，”我低声回答。

“我知道，我对您冷淡过，”齐娜伊达开始说，“但是您不应该介意……我也没有别的办法。……唔，讲这些话有什么意思！”

“您不愿意我爱您，就是这回事!”我不自觉地激动起来，伤心地大声说。

“不，您可以爱我，——但是不要像从前那个样子。”

“那么，怎么样呢?”

“让我们做朋友吧——就是这样!”齐娜伊达给我闻玫瑰花。“听我说，您知道我的年纪比您的大得多，我真的可以做您的姑姑。不是姑姑，至少也应该是大姐姐了。可是您……”

“您把我看做小孩子，”我打断她的话。

“唔，是的，一个小孩子，而且是一个可爱的、聪明的好孩子，一个我非常喜欢的小孩子。您知道什么呢? 从今天开始我封您做我的‘侍僮’，只是您可不要忘记，‘侍僮’不应该离开他的女主人。这就是您的新头衔的标记，”她说着，就把玫瑰花插在我上衣的纽孔里。“我宠爱您的标记。”

“从前我还得过您别的宠爱，”我吞吞吐吐地说。

“哦!”齐娜伊达瞟我一眼，说道，“他的记性真好! 好吧，我现在就准备给您……”

于是，她向我弯着身子，在我前额上，印下了一个纯洁而平静的吻。

我只是望着她，她马上就转过身去，说：“跟我来，我的侍僮，”她走进小宅去了。我跟在她后面，可是我始终莫名其妙，我想道：“难道这个温柔的、通达人情的少女就是我所认识的齐娜伊达吗?”我觉得就是她的脚步仿佛也比从前稳重些，她的整个形态仿佛也显得更高贵，更美丽了……

唉，我的上帝！爱情带了怎样的新的力量在我的心里燃烧起来了。

16

午饭后，客人又聚在小宅子的客厅里面——公爵小姐出来见他们。客人全到齐了，跟我永远忘不了的第一天晚上一样；连尼尔马茨基也拐着脚走来了；那天马依达诺夫到得最早——他带来几首新诗。我们又玩起“摸彩”的游戏来，可是再没有从前那种古怪的恶作剧，再没有那种愚蠢的举动，那种喧闹，——那种茨冈人的气氛再也看不到了。齐娜伊达给我们的聚会添上一种新的情调。我以“侍僮”的身份坐在她身边。在各种游戏中有一次，她提议，摸到彩的人讲自己的梦。然而这个办法并没有成功。这些梦不是没有趣味（别罗夫佐洛夫梦见：他用鲫鱼喂马，而他的马的头是木头），就是不自然，像硬编出来的。……马依达诺夫跟我们讲起整篇的小说来了：那里面有墓穴，有弹七弦琴的天使，还有会说话的花……还有从远方飘来的声音……齐娜伊达不让他讲完，就说：

“倘使我们是在编故事，那么还不如让我们每个人都讲一个完全虚构的故事。”

别罗夫佐洛夫第一个轮着，讲这种故事。年轻的骠骑兵发慌了。

“我一点也编不出来！”他嚷道。

“少废话！”齐娜伊达说。“唔，譬如说您想象自己已经结婚，那么您可以对我们谈谈，您怎样跟您的太太一块儿过日子。您要把她关在家里吗？”

“我要把她关在家里。”

“您自己是不是跟她待在一块儿?”

“我一定跟她待在一块儿。”

“很好。唔，不过要是这种生活叫她厌烦了，她欺骗了您，又怎样呢?”

“我就杀死她。”

“倘使她逃走了呢?”

“我要追她回来，还是要杀死她。”

“的确是这样。啊，假定我是您的太太，那么您又怎么办呢?”

别罗夫佐洛夫沉默了一会儿。“我就自杀。”

齐娜伊达笑起来。

“我看得出，您讲不来长故事。”

第二个轮到齐娜伊达讲故事。她举起眼睛，望着天花板，想了一会儿。

“啊，你们听我编的，”她终于开始说了。“你们想象有一座壮丽的皇宫，在一个夏天的晚上，举行一个富丽堂皇的舞会。舞会是年轻的女皇召开的。处处都是黄金，大理石，水晶，绸缎，灯光，金刚钻，鲜花，熏香，说不尽千万种的豪华。”

“您喜欢豪华吗?”鲁欣问道。

“豪华是美呀，”她说道，“我喜欢一切美的东西。”

“您爱豪华，比爱美更多些吗?”鲁欣又问道。

“问得好——可是我不懂。不要打岔我。所以这是一个豪华的舞会。数不尽的贵宾，他们都年轻，漂亮，勇敢。他们都疯狂地爱上了这位女皇。”

“贵宾中间没有女客吗?”马烈夫斯基问道。

“没有……等一会儿——有的。”

“都不漂亮吗?”

“不，也很动人，可是所有的男人只爱女皇，她生得高高的，体格匀称的……一头黑发上戴一顶小小的金皇冠。”

我望了齐娜伊达一眼，在这一刻，我觉得她比我们所有的人高贵多了。在她洁白的额上，在她宁静的眉宇间，就流露着那样的明哲的智慧，那样的尊严，使我不禁想道:“您自己就是那位女皇。”

“所有的人全挤到她身边,”齐娜伊达说下去,“所有的人都用最谄媚的话在奉承她。”

“她喜欢奉承吗?”鲁欣问道。

“您这个人多讨厌呀，总是在打岔。……谁不喜欢奉承呢?”

“还有一个最后的问题,”马烈夫斯基问道,“女皇有丈夫吗?”

“我倒没有想到这个。没有，为什么要有丈夫?”

“当然,”马烈夫斯基接着说,“为什么要有丈夫呢?”

“Silence①!”马依达诺夫用发音很坏的法国话嚷起来。

“Merci②!”齐娜伊达对他说。“这样，女皇听着他们的奉承话，听着音乐，可是她对任何一位客人都不望一眼。六扇窗子，由上开到下，从天花板开到地板，窗外黑暗的天空里有许多大的星星，黑暗的

---

① 法文：静一点。
② 法文：谢谢。

花园里有许多大树。女皇望着外面的花园。园子里大树旁边有一个喷水池，它在黑暗中发着白光，长长的、就像一个长长的鬼影。在谈话声和音乐声中间，女皇听见了泉水的轻轻飞溅声。她一边望着，一边在想：你们大家都是绅士，贵族，聪明人，阔人，你们围绕在我的身边，你们尊重我说的每一句话，你们大家都准备死在我跟前，你们都是受我支配的……可是在那边，在喷水池旁边，在飞溅的泉水旁边，有一个我心爱的人，有一个支配我的人站在那里等着我。他不穿华丽的衣服，不戴珍贵的宝石，谁也不认识他，然而他在等着我，而且相信我一定会去。——我会去的，我要到他那里去，我要跟他待在一块儿，我要在花园的黑暗中，在树木的沙沙声里，在泉水的溅泼声里，跟他一块儿消逝，那个时候任何力量都阻止不了我……”

齐娜伊达说到这里就打住了。

“这……是编出来的故事吗?”马烈夫斯基狡猾地问道。

齐娜伊达连看都不看他一眼。

“先生们，”鲁欣忽然说，“倘使我们也在那些贵宾中间，我们认识喷水池旁边那位幸福的人，那么，我们怎么办呢?”

“等一等，等一等，”齐娜伊达插进来说，“我来对你们说，你们每个人该怎么办。您，别罗夫佐洛夫，可以挑他决斗；您，马依达诺夫，可以写一首讽刺诗给他——不过您不会写讽刺诗，您可以为他写一首巴尔比耶①体的长诗，在《电信》② 上发表。您呢，尼尔马茨基，您可

① 巴尔比耶（1805—1882），法国革命诗人，他的诗集《长短格》在十九世纪三十年代很出名。——译者注

② 《莫斯科电信》，一八二五到一八三〇年间俄国著名的文艺杂志。——译者注

以向他借，……不，您还是借钱给他，收高利息；至于您呢，医生……”她停了一下……“您可以做什么，这我可替您想不出来。”

“我就以御医的身份，”鲁欣说，“劝告女皇，她不想招待客人的时候，就不要开舞会。”

“您也许是对的。啊，您呢，伯爵……”

“啊，我？”马烈夫斯基带了恶意的微笑顺着她说了一遍。

“哦，您可以拿有毒的糖给他吃。”

马烈夫斯基的脸稍微变了相，一下子显出犹太人的表情，但是马上哈哈地笑起来。

“至于您呢，沃尔德马尔……”齐娜伊达继续说下去。“不过，够了，我们玩别的罢。”

“麦歇沃尔德马尔作为女皇的侍僮，在她跑到花园里去的时候，应当提着她衣服的长裾，”马烈夫斯基恶毒地挖苦道。

我冒火了，可是齐娜伊达连忙用手按住我的肩头，她站起来，声音微带颤抖地说：

“我从没有给阁下这种无礼放肆的权利，那么，请您离开这里。”她向他指着门。

“请原谅我，公爵小姐，”马烈夫斯基的脸色完全苍白了，他结结巴巴地说。

“公爵小姐的话很对，”别罗夫佐洛夫也站起来，大声说。

“我发誓绝没有想到这一点，”马烈夫斯基继续说；“我的话里面一点也没有那种意思……我绝没有想冒犯您的心思……请您原谅。”

齐娜伊达冷冷地望他一眼，又冷笑一声。

“也好，您待着吧，”齐娜伊达随随便便地挥了挥手，说，“我跟麦歇沃尔德马尔不应当这样容易生气的。您高兴刺痛我们来取乐……您就请罢!”

“原谅我，”马烈夫斯基又说了一遍。我回想起齐娜伊达的举动，禁不住又想道，就是真正的女皇恐怕也不能够比齐娜伊达更尊严地指着门，要失礼的臣下出去。

这件不太严重的事发生以后，我们又玩了很短的一会儿“摸彩”的游戏；所有的人都感到有点局促不安，这种不安与其说是刚才那件事情造成的，还不如说是从另外一种不十分明确的、可是沉重的感觉产生的。我们谁也没有提起过这种感觉，可是我们每一个人都有这种感觉，也知道别人都有这种感觉。马依达诺夫给我们朗诵他的诗，马烈夫斯基带着过分的热心称赞这些诗。“他现在要表示他是一个多么好的人!”鲁欣低声对我说。我们大家很快就散了。齐娜伊达突然又沉思起来，老公爵夫人差人来说她头痛，尼尔马茨基也在抱怨他的风湿病。

我好久都睡不着，我让齐娜伊达的故事感动了。

“难道这个故事里面含得有什么暗示吗?”我问自己道，“那么她指谁呢，又指什么呢？倘使真的有所指的话——我又怎么打定主意呢？……不，不，这是不可能的，”我低声说，一面翻一个身，从一边发烫的脸颊翻到另一边来。……然而，我回想起齐娜伊达讲故事时候脸上的表情……我又记起鲁欣在涅斯库奇尼公园里无意中感叹地说出来的话，还有她突然对我改变了态度——这使我捉摸不定了。“他是谁呢?”这几个字好像在黑暗中描绘出来挂在我的眼前。仿佛有一片险恶的云低低压在我的头上，我感觉到它的压迫，我等待着大雷雨的到来。我近来对许多事情都习惯了，我在扎谢基娜家里见到了许多的事情：她们家里的混乱，牛油蜡烛头，断了的刀叉，整天板起脸孔的沃尼法奇，穿得破破烂烂的女仆，老公爵夫人本人的态度——她们整个古怪的生活方式已经不再使我感到惊奇了。……可是对于现在我在齐娜伊达身上模糊地感觉到的东西，我却不能不起疑心。……有一天母亲谈起她，说她是“女冒险家”！她，我的偶像，我的神，会是一个女冒险家吗？这个称呼使我痛苦，我竭力不要去想它，我把头埋在枕上，我愤慨万分……同时我又想：倘使我能够做喷水池旁边那个幸福的人，我什么都可以同意，什么都愿意牺牲！

血在我身体里燃烧，沸腾了。“花园……喷水池……”我想道。“我要到花园里去。”我很快地穿好衣服，从家里溜出来。夜很黑，树木几乎没有发出一点声音，天上降下来一股轻微的寒气，从菜园里送过来一阵茴香的气味。我走遍了园中的小径，我自己轻轻的脚步声也使我惊慌，同时又给了我勇气；我站住，等一下，我听见自己的心跳，它跳得那么急，那么响。最后我又走近那道木栅，靠在细木条上。突然——或者这只是我的幻觉？——离开我几步远，一个女人的影子闪了过去……我集中视线向黑暗注视，屏住了呼吸……这是什么？是我听到了脚步声，还是我的心又在狂跳？“谁在这儿？”我用了几乎听不见的声音含糊地说。这又是什么？一种忍住的笑声……还是树叶的沙沙声，还是有人在我耳边叹息？我害怕起来。……“谁在这儿？”我用更轻的声音又说了一遍。

一下子刮起风来了，天空闪过一道火光，一颗星落了下来。“齐娜伊达吗？”我想问，可是我的嘴唇发不出这声音。忽然间，四周显得非常静，正像午夜万籁俱寂的光景。……连树上的螽斯也不再叫了，只有在什么地方窗户响了一下。我站了一会儿，又站了一会儿，只得回到自己的屋子里，躺在自己的冷冰冰的床上。我感到一阵古怪的激动，好像我出去跟情人幽会——我一个人在那里空等了一阵，而且在别人的幸福旁边走了过去！

17

第二天我只看到齐娜伊达一眼，她同公爵夫人坐出租马车到什么地方去了。我看到鲁欣（他勉强跟我打一个招呼）和马烈夫斯基。年轻的伯爵嘻开嘴笑，还亲密地跟我谈起来。小宅子的客人中只有他一个人有办法到我们家里来，而且得到了我母亲的欢心。父亲不跟他讲话，用一种近乎侮辱的礼貌对待他。

“啊，monsieur le page①，”马烈夫斯基说道。“看到您真高兴。您那位非常漂亮的女皇怎么样？”

这会儿，他那气色很好的、漂亮的脸孔，使我非常厌恶，他还带着那么瞧不起人的戏谑的神态望着我，所以我连一句话也不想回答他。

“您还在生气？”他又说下去。“冤枉。您知道并不是我叫您侍僮，可是女皇倒多半都有侍僮的。请允许我提醒您：您没有好好地尽职。”

“怎么见得？”

“侍僮不应该离开他们的女主，女主做的任何事，侍僮都应该知

① 法文：侍僮先生。

道，侍僮还应该守着他们的女主，”他压低声音，又说；“不论白天，黑夜。”

“您这话是什么意思?”

“什么意思? 我觉得我说得够明白了。不论白天，黑夜。白天还没有多大关系；白天很亮，到处都有人；可是黑夜——正好是出事情的时候。我劝您晚上不要睡觉，好好地看守，用全力来看守。您要记得——晚上，花园里，喷水池旁边。……那个地方正是要您去看守的。您应当谢谢我呢!”

马烈夫斯基笑起来，转过身去，背向着我。他对我说的话，大概没有什么特别的用意，他有“诈术大家”① 的名声，并且有在化装舞会里戏弄别人的本领，他全身充满的那种差不多无意识的虚伪，使他这个本领更加出名了。……他不过在跟我开玩笑，但是他说的每一句话都像毒药似地流到我全身的血管里去了，我的血一直涌到我的头上来。……“啊，原来是这样!”我对自己说，“好，我并不是无缘无故给引到花园里去的，这样可不行!”我大声叫起来，用拳头打自己的胸口，然而，老实说，就是我自己也说不出什么事不行。“会不会就是马烈夫斯基自己跑到花园里去呢，”我想道（也许是他泄露了自己的秘密：他有干这种事的厚脸皮），“或者是别人吧”（我们园子的围墙很低，跳过它一点也不费力），“不论谁，他落到我手里，活该倒楣——谁也不要碰到我……我要让全世界的人和她这个负心的女人”（我居然叫她做负心的女人）“知道，我是要报仇的!”

---

① 欺骗别人、迷惑别人的人。——译者注

我回到自己的屋子里，从写字台的抽屉里拿出一把刚买来的英国裁纸刀，试一试它锐利的刀锋，皱着眉头带着冷静而坚决的决心，把小刀放在衣服口袋里，好像做这种事在我已经不足为怪，而且更不是第一次了。我的心里充满了怨恨，心肠变硬了。这一天一直到晚上，我都皱起眉头，紧闭嘴唇，老是不停地在屋子里踱来踱去，捏紧口袋里那把我捏得发热的小刀，一面筹划着做一件可怕的事情。这种新的、从来没有过的感觉完全占据了我的心，它甚至使我高兴，因此我现在连齐娜伊达也很少想到了。我脑子里一直在想——阿乐哥，和那个年轻的茨冈人①：“到哪儿去？漂亮的年轻人，躺下来……”然后：“你全身是血……啊，你干了什么啦？……没有什么！”我带着一种多么残忍的微笑，重复了一句：“没有什么！”父亲不在家，近来差不多总是不出声地在生气的母亲，注意到我这种悲惨的样子，晚饭的时候，就对我说：“你为什么板起脸孔，像掉在麦片桶里的耗子一样？”我勉强对她笑笑，我想道：“要是给他们知道了呢！”钟敲过十一点，我回到自己的屋子里，可是并不脱衣服：我等着午夜到来；最后钟敲了十二点。“时候到了！”我低声说了这一句，把上衣钮扣一直扣到领口，甚至还挽起袖口，到花园里去了。

我早就拣好了守夜的地点：在花园的尽头，就在那道把我们家园子跟扎谢基娜家园子隔开的木栅和两家公墙连接的地方，有一棵孤零零的松树。我站在它那低垂的、繁茂的树枝底下，我还可以清清楚楚

① 都是普希金的长诗《茨冈》里的人物。阿乐哥为诗中女主人公真妃儿的丈夫，因嫉妒杀死她的情人，那个年轻的茨冈人。——译者注

地看到四周发生的事情（自然，这是就黑暗的夜色所许可的范围来说的）。附近有一条我始终觉得神秘的弯曲的小路，它像一条蛇似地顺着木栅底下蜿蜒向前，这一段木栅上有人爬过的痕迹，小路还通到一座密密层层的金合欢编成的圆形凉亭里。我走到松树跟前，靠在树干上，开始守望了。

这一夜还是像上一夜那样清静，不过，天空的云少了些——所以灌木的外形，甚至于长梗的花朵的外形都看得很清楚。刚开始站着在等待的那一会儿，我很不好受，我几乎害怕起来了。我对什么都已经打定主意了！我只是在考虑：怎样动手呢？我要大吼一声："到哪儿去？站住！招出来——否则要你的命！"或者就一刀刺过去。……每一个声音，每一下瑟瑟声，沙沙声，在我听起来好像都是有意义的，不寻常的。……我准备好了。……我把身子向前靠。……可是半点钟过去了，又一个钟头过去了；我的血静了下来，冷了下来；我有点觉得，我所做的一切全没有道理，甚至还有一点可笑，马烈夫斯基拿我开了玩笑。我离开那个埋伏的地方，在园子里各处乱跑。仿佛故意气我似的，四周静得连最轻微的声音都听不到了，一切都安息了，连我们家里的狗也蜷做一团在便门那里睡着了。我爬上温室的废址，望着眼前一大片田野，我想起那次遇到齐娜伊达的事，不觉沉思起来……

我突然吓了一跳。……我仿佛听见开门的声音，我后来又听见树枝折断的轻微的声音，我两步就跳下废址，立在那个地方发愣。花园里清楚地响起一阵急遽的、轻轻的、然而谨慎的脚步声。……声音离我愈来愈近了。

"他来了……他终于来了！"我这样一想。我的手发抖地从口袋里拿出小刀，还发抖地扳开刀子，只见红色的火星在我眼前旋转，我又怕又恨，连头发都竖起来了。……那脚步一直朝着我走来，——我弯下身去，伸出头去迎接他。……人出现了……天啊！这是我的父亲！

虽然他全身裹在黑斗篷里，帽子拉得很低，遮住了脸。我还是立刻就认出他来了。他踮起脚走了过去。他并没有看见我，虽然没有什么东西掩护我，但是我拚命缩成一团贴在地上，我觉得快要跟地面一样平了。那个嫉妒的、准备杀人的奥赛罗①，忽然一下子变成了小学生。……父亲出乎意外的出现，使我非常吃惊，因此我起初竟然没有注意到他来去的方向。只有在四周又静下来的时候，我才爬起来，一面在想："父亲为什么晚上到花园里来？"我在恐怖中，把小刀掉在草地上了，我连找也不想去找它，我觉得很不好意思。我立刻完全清醒过来了。然而在我回家的时候，我还走到接骨木树下我那条长凳跟前，望望齐娜伊达卧房的窗口。在夜晚天空投射的微光下，那些不大的、微微拱起的窗玻璃现出了阴暗的蓝色。突然间——它们的颜色改变了……窗子后面——我看到这个，我看得清清楚楚——白色的窗帷谨慎地、悄悄地拉下来了，一直拉到窗台口，而且就垂在那里不动了。

"这是怎么一回事呢？"我回到屋子里的时候，几乎不自觉地高声说。"做梦吗？偶然的遇合？还是……"突然来到我脑子里的种种的推测，都是非常新奇，非常古怪，我连想都不敢多想了。

---

① 奥赛罗，莎士比亚四大悲剧之一《奥赛罗》中的男主人公，因嫉妒而杀妻。——译者注

18

我早晨起来感到头痛。昨天的激动已经过去了。我感到痛苦的疑惑，和一种从不曾有过的悲哀，就好像在我身体里面某一部分正在死去一样。

“为什么您看起来就像一只割掉半个脑子的兔子呢?”鲁欣遇到我的时候对我说。

早餐的时候，我偷偷地先望一下父亲，然后望望母亲：父亲还是像平常那样地镇静，母亲也像平常那样暗暗地在生气。我等着看父亲是不是会像从前有些时候那样跟我亲密地谈一阵话。……可是他连平时那种冷冰冰的抚爱都不对我表示一下。“我要不要把这一切讲给齐娜伊达听呢?”我想道。……“这还不是一样——我们中间什么都完了。”我到了她那里，可是我不但没有跟她说起什么，即使我真要跟她说什么，我也没有机会。公爵夫人的十二岁的儿子，少年军校的学生，从彼得堡到她这里来度暑假；齐娜伊达立刻把她的弟弟交给我照顾。

“现在，”她说，“亲爱的沃罗佳①（她第一次这样地称呼我），我给您介绍一个朋友。他也叫沃罗佳。希望您会喜欢他，他还没有见过世面，不过他是一个好孩子。带他去看看涅斯库奇尼公园，跟他一块儿散散步，请您照料照料他。您肯这样做的，不是吗?您也是个很好的孩子!”

---

① 沃尔德马尔的爱称。——译者注

她亲切地把她两只手搭上我的肩头，我完全昏了。这个小孩一来，我也变成小孩了。我默默地望着这个少年军校的学生，他也默默地瞪着眼望我。齐娜伊达笑了起来，把我们推在一块儿。

“啊，你们拥抱呀，孩子们!”

我们拥抱了。

“您要不要我带您到花园里去玩?”我向这个少年军校学生问道。

“请您带我去吧，先生，”他用一种嘶哑的、真正的少年军校学生的声音回答我。

齐娜伊达又笑起来……这个时候，我才看到她脸上有一种我从来没有看见过的那样美的红润。我跟少年军校学生一块儿出去了。我们家的花园里有一个老式秋千架，我让他坐在狭小的薄板上，我给他摇起来。他穿一身镶有金线、宽边的厚布新制服，端端正正地坐着，两只手紧紧地捏住绳子。

“您还是解开钮扣吧，”我对他说。

“没有关系，先生，我们习惯了，先生，”他说着，轻轻地咳了几声。

他像他的姐姐，眼睛尤其像她。我倒高兴向他献殷勤，然而同时那种使我心痛的悲哀还在悄悄地折磨我的心。“现在我的确是一个小孩子了，”我想道，“可是昨天呢!”我记起了昨天晚上丢掉小刀的地方，就去找到它了。少年军校学生向我把小刀借去，他摘下一根独活草的粗茎，把它削成一管笛子，开始吹起来。奥赛罗也在吹笛子。

可是傍晚齐娜伊达在花园角上找到了他，问他为什么这样不快活的时候，他，这位奥赛罗就靠在齐娜伊达的身上哭了起来。我的眼泪流得太厉害了，使她大吃一惊。

“您怎么啦，您怎么啦，沃罗佳?”她再三问我，她看见我不回答，又不止哭，就想起来吻我的眼泪打湿了的脸颊。

我却掉过脸去，呜咽地小声说：“我全知道。为什么您还要玩弄我呢？……您要我的爱情来做什么?”

“我对不起您……沃罗佳……”齐娜伊达说。“啊，真对不住……”她便绞着双手说。“我身上有好多脏的、坏的、罪恶的东西。……可是现在我并不是在玩弄您。我爱您——您也不要再猜疑：为什么，怎么样……可是……您知道的是什么呢?”

我怎么能够告诉她呢？她站在我面前，望着我。只要她看我一眼，我全身，从头到脚马上完全属于她了。……过了一刻钟，我跟少年军校学生，和齐娜伊达在一块儿赛跑了。我不哭了，我在笑，虽然笑的时候，我红肿的眼皮还掉下眼泪来。我把齐娜伊达的帽带，当作领结系在我的颈项上。而且只要我能够抱住她的腰，我就高兴得大声叫起来。她随心所欲地跟我一块儿玩着。

19

倘使有人来强迫我详细地描写我那次“午夜远征”失败后一个星期中间我内心发生的变化，我会觉得非常困难。这是一个古怪的、不安定的时期，这是一种混乱；在这个混乱里面极端相反的感情和思想，疑惑和期望，欢乐和痛苦像旋风似地在转动。倘使一个十六岁的孩子能够检查自己内心的话，我就害怕去检查自己的内心，我不敢认真去思索任何事情——我只想白天快快地过去；到晚上我就睡觉……少年人的那种无忧无虑救了我。我不想知道，是不是有人爱我；我更不愿意承认，并没有人爱我。我躲开父亲——可是我不能够躲避齐娜伊达。……在她的面前，我觉得好像火在烧我一样……我何必要知道使我在其中燃烧、而且熔化的是哪一种火，——既然我觉得烧得舒服，熔得舒服。我完全任凭我自己的种种印象来支配我，我欺骗我自己，我避开过去的回忆，又对于自己预料到会发生的事情故意不去想它。……这种苦恼大概也不会继续多久……突然一声霹雳，一下子结束了这一切，把我丢在一条新的路上去。

有一天，我在长时间的散步以后，回家吃午饭，听说只有我一个人吃饭，父亲出去了，母亲不舒服，不想吃饭，关在自己的卧房里；我非常惊奇。我从仆人们的脸上看出来发生了什么不寻常的事情。……我不敢详细地问他们，可是饭厅里伺候吃饭的年轻仆人菲里普是我的朋友，他非常喜欢诗，又是一个弹吉他的能手。我就问他。从他那里我打听到父亲跟母亲很厉害地吵过一回（他们的每一句话在女仆的屋子里听得清清楚楚，他们讲的大半是法国话，可是侍女马霞在一个巴黎来的女裁缝家里住过五年，她完全听得懂）；母亲责备父亲不忠实，跟隔壁小姐要好，父亲起先还替他自己辩护，后来他发火了，他也说了些“好像是关于他们年龄”的狠毒话，母亲一听到就哭起来了，母亲也提到期票的事（这好像是给了公爵夫人的），把公爵夫人和她的小姐狠狠地批评了一番，父亲就威胁她。

“这种种不幸的根源，”菲里普继续说，“是从一封匿名信来的；可是谁写来的信——没有人知道，否则，这件事绝不会泄露出来。”

“难道真的有这么一回事吗?”我费力地说出了这句话，我的手、脚都发冷了，在我的心底起了一阵颤栗。

菲里普含着深意地霎了霎眼睛。

“的确有这么一回事。这种事是瞒不过人的；这一次您父亲虽然做得很谨慎，可是您看，他总需要……譬如说，雇马车，或者别的事情……没有别人就不行。”

我把菲里普打发走了，就倒在床上。我没有哭，我也不觉得绝望；我也不去追想这件事在什么时候发生，又是怎样发生的；我也不奇怪：怎么我以前，怎么我早就没有料到，——我连父亲也不恨。……单凭我听到的事情来说我已经受不了：这件事突然的泄露把我毁掉了。……一切都完了。我心灵里所有的花朵一下子全给摘下来，丢在我身边，散在各处，让人践踏了。

20

第二天母亲就宣布：要搬回城里去。早晨父亲到她的卧房去，跟她单独在一块儿谈了好久。没有人听到他跟她谈些什么，可是母亲不再哭了；她安静下来了，她叫人送饮食进去——但是她不露面，也不改变主张。我记得，这一天我整天到处乱跑，就是没有到花园里去，也没有向那个小宅望一眼。到了晚上，我亲眼看到一件很奇怪的事情：父亲拉着马烈夫斯基伯爵的手臂，从大厅走到前厅，当着一个仆人的面，冷冷地对他说：“不多几天以前，某一家人家曾经对您阁下下过逐客令，现在我并不预备跟您作任何解释，可是我警告您，倘使您再到这儿来，我要把您从窗口里丢出去。我不喜欢您的笔迹。”伯爵埋下头去，咬紧牙齿，缩着身子，溜走了。

我们开始作搬回城去的准备，我们的宅子在阿尔巴特广场。父亲自己大约也不想再住在别墅里了；可是看得出来，他已经说服了母亲：叫她不要声张出去。一切事情都是不慌不忙地、安安静静地安排好的，母亲甚至派人过去问候公爵夫人，并且向公爵夫人表示歉意，说她身体不舒服，不能亲自过去辞行。我像狂人一样地到处乱跑，我只希望一件事情，希望这一切尽快地结束。我脑子里始终有这样一个念头：她，一位年轻的小姐，——而且，还是一位公爵家的小姐，——明知道我父亲是一个结过婚的人，她自己又有跟别人结婚的机会，譬如说，跟别罗夫佐洛夫结婚。为什么会走到这个地步，她在指望什么呢？她怎么不怕毁掉她整个的前程呢？我想：是啊，这就是爱情，这就是激情，这就是情之所钟吧。……这时我又想起了鲁欣的话：对于某一些人，牺牲自己是一件快乐的事！有一天我偶然在小宅的一个窗口看到白色的东西。……“这会是齐娜伊达的脸吗?”我想道……这的确是齐娜伊达的脸。我控制不住自己了。我不能没有跟她告别，就走开。我找到了一个适当的时机，到小宅去。

公爵夫人在客厅里，用平素那种懒散的态度接待我。

“怎么啦，少爷，你们这么早就忙着搬回去?”她一边说，一边把鼻烟塞到鼻孔里去。

我望着她，我心里的石头掉了。菲里普说的“期票”这个字眼还使我痛苦。她倒没有起疑心，至少那个时候我是这样觉得。齐娜伊达从隔壁屋子里出来，她穿了一身黑衣服，脸色苍白，头发松散，她默默地拿起我的手，拉着我一块儿出去。

“我听到您的声音，”她说，“马上就出来了。可是，您居然这么轻易就离开我们了，坏孩子?”

“我是来向您辞行的，公爵小姐，”我说；“多半是永别。您也许已经听说过，——我们要搬走了。”

齐娜伊达注意地望着我。

“是的，我听说了。谢谢您到这儿来。我已经在想，我不会再看见您了。请您不要把我当作坏人。有时候我对您很不好，然而我绝不是您所想象的那种人。”

她转过身去，靠在窗口上。

“真的，我不是那种人，我知道，您瞧不起我。”

“我?”

“是的，您……您。”

“我?”我悲痛地再说了一声，我的心又像从前那样在她的不可抗拒、无法形容的魅力的影响下颤抖了。“我？请您相信我，齐娜伊达·阿历克山大洛夫娜，不管您做过什么，不管您怎样对我不好，我总是爱您，崇拜您，一直到我死的那一天。”

她很快地朝着我转过身子来，把两只手臂大大地张开，抱住我的头，热烈地、动情地吻我。天才晓得，这个诀别的长吻究竟是为了谁，但是我却饱尝了它的甜味，——我也知道，这样的热吻，在我的一生中不会再有第二次了。

“再见了，再见了，”我接连地说……

她挣脱身子走出去了。我也离开那所小宅。我不能够表达出我临去时的心情，我不希望将来我再有这样的感情；然而要是我一生不曾有过这样的感情，我就会觉得自己是多么不幸了。

我们搬到城里。我不能够很快地把往事忘掉，我也不能够很快地就埋头用功。我的伤口是慢慢地长合了的。可是，说老实话，我对父亲不曾有过丝毫的恶感，相反地，他在我眼里倒显得更伟大了：这个矛盾还是让心理学家就他们所知道的来作解释吧。有一天我在林荫路上散步，遇见了鲁欣，我感到说不出的高兴。我喜欢他那种坦白、真诚的性格，而且由于他给我唤起了许多的回忆，我更觉得他格外亲切，我跑到他跟前去。

“啊哟!”他皱着眉头说。“是您，年轻人，让我看看您，您还是那么憔悴，可是眼睛里已经没有从前那种傻相了。您看起来像大人，不再像一条巴儿狗了。这很好。唔，您在干什么？用功吗?”

我叹一口气。我不愿意撒谎，可是我又不好意思说真话。

“唔，没有关系，”鲁欣说下去，“不要害怕。最重要的事，要过正常的生活，不要做激情的奴隶。不然，有什么好处呢？不论浪头把您卷到哪儿，还不是一样的糟。一个人即使站在一块石头上，他也站得稳的。啊，现在让我咳嗽一声，至于别罗夫佐洛夫——您听到他的消息吗?”

“他怎么样？没有听到。”

“他失踪了，杳无音讯。据说，到高加索去了。年轻人，这对您倒是个好教训。这全是由于不懂得及时抽身，不懂得突破罗网的缘故。您似乎脱身得很好。您当心，不要再掉进罗网里去。再见吧。”

“我不会再掉进去了……”我想道，“我不会再看见她了。”但是我命中注定还要再看见齐娜伊达一次。

21

父亲每天出去骑马；他有一匹火红色带斑纹的英国好马，这匹马脖子细长，腿子也长，从来不知道疲劳，而且非常凶猛，它的名字叫“电”。除了父亲以外，就没有人敢骑它。有一天，父亲带着好久以来不曾有过的好兴致，高兴地走到我面前；他正要出去骑马，连踢马刺都戴上了。我就请求他带我一块儿去。

“那么我们不如去玩跳背戏，”父亲回答我；“你骑那匹短腿马①，可绝对跟不上我。”

“跟得上的，我也戴踢马刺。”

“好，那么去吧。”

我们动身了。我骑上一匹脚劲很健、而且相当猛的粗毛黑马。的确“电”飞奔的时候，我的马就得用全力奔跑，可是我并没有落后。我从没有见过像父亲那样的善骑的人，他骑在马上显得那么漂亮，那么潇洒，而且那么娴熟，连他身下的马好像也感到这一点，也以他为荣了。我们跑过所有的林荫路，到了少女地②，跳过好几堵矮墙（起先，我不敢跳过去，可是父亲最瞧不起胆小的人，后来我也就不怕了），我们还跳过莫斯科河两次。我以为我们要回家了，况且父亲还说

① 德国种的跑马。——译者注
② 莫斯科郊外的大平原。——译者注

过我的马已经累了，可是他忽然离开我，拐到克里米亚浅滩那边，顺着河岸奔跑。我跟在他后面跑。他跑到一堆叠得高高的旧木料旁边，他很敏捷地从“电”的身上跳下来，叫我也下马，他把他那匹马的缰绳交给我，要我在木料堆旁边等他，他就弯进一条小巷去，看不见了。我拉着两匹马在河边溜来溜去，一面吆喝着“电”，它走动的时候不断地摇头晃脑，全身抖动，鼻子喷气，嘶叫，可是等到我一站住，它就轮流用蹄子搔地，而且带着尖锐的嘶声咬我那匹小马的脖子。总之，它处处表示它是一匹宠坏了的 pur sang①。父亲还没有回来。河面上升起一股难闻的潮气，细雨静静地落下来，它在我已经看厌了的、难看的灰木料（我在它们旁边来来去去，溜了好多次了）上面弄出许多小黑点。我实在烦透了，可是父亲还没有回来。一个全身也是灰色的芬兰族的巡警，头上戴一顶罐子形的大军帽，手里拿一把长戟（我奇怪，为什么在莫斯科河岸上有这种巡警！）走到我跟前，把他那张老太婆似的全是皱纹的脸朝着我说：

“少爷，您牵着两匹马在这儿干什么？让我给您牵着吧。”

我不理睬他。他又向我讨香烟抽。我想摆脱他的纠缠（再说，我等得实在不耐烦了），就朝着父亲去的方向走了几步，后来我走到那条小巷的尽头，转一个弯，我站住了。在街上，离开我四十步的光景，一所木头小宅子的敞开的窗口前面，父亲背朝着我，站在那里。他的胸口靠在窗台上，宅子里面，坐着一个穿黑衣服的女人，半个身子给窗帷遮住了，她正在跟父亲讲话。这个女人就是齐娜伊达。

① 法文：纯种。

我发愣了。老实说，这是我绝没有料到的事情。我的第一个念头是逃开。“父亲回过头来，”我想道，“我就完了，……”但是有一种古怪的感觉，一种比好奇心强、比嫉妒强、甚至比恐惧还要强的感觉，把我留在那里。我就注意地望着，并且侧耳偷听。好像父亲坚持着什么主张，可是齐娜伊达不同意。我现在好像还看见她的脸一样——凄凉、严肃、美丽，还露出一种言语不能形容的钟情，忧郁，爱慕，和一种绝望的表情——我简直找不出别的字眼了。她说的都是些单音节的字，她并不举起眼来，只是在微笑，恭顺而又固执地微笑着。单凭这种微笑我就认出我从前的齐娜伊达来。父亲耸耸肩头，戴正帽子，这是他不耐烦的时候常有的动作。……后来我听到这句话：Vous devez sèparer de cette……①齐娜伊达挺起身子，伸出她的手臂。忽然，在我眼前发生了一件叫人不能相信的事：父亲突然举起他那根正在拍常礼服边上尘土的马鞭——我听到打在她那只露着肘拐的手臂上的刺耳的鞭声。我差一点忍不住要喊出声来了，可是齐娜伊达打了一个颤，默默地看了父亲一眼，慢慢地把手臂举到唇边，吻着手臂上发红的鞭痕。父亲把马鞭扔在一边，急急地踏上门口的台阶，跑进宅子里去了。……齐娜伊达转过身去，张开两只手臂，埋着头，也离开了窗口……

我吓得连气都透不过来了，心里怀着一种不能理解的恐怖往回跑——跑出了巷子，回到岸边，差一点让“电”跑掉了。我一点也不能够了解。我只知道我那位冷静而沉着的父亲有时候也会大发脾气，

---

① 法文：您得离开这个……

可是我所看到的情形，我无论如何都弄不明白。……然而就是在这个时候我还感觉到，不管我活多久，我永远不能忘记齐娜伊达的这种姿态，这种眼光，这种微笑，而且她的形象，这个突然在我眼前出现的新的形象永远深深地印在我的记忆里了。我茫然望着河水，不觉得眼泪一直在流。“她挨打，”我想道……“挨打啦……挨打啦……”

“喂，你在干什么，把马给我牵过来!”背后响起了父亲的声音。

我机械地把缰绳交给他，他跳上“电”。……这匹受了寒气的马用后脚站起来，向前跳了一个半沙绳。……可是父亲不久就驯服了它，父亲用踢马刺踢它的肚皮，又用拳头打它的脖子。……“啊，鞭子没有了，”他自言自语地说。

我想到不多时候以前听见这根鞭子的挥动和打击的声音，不觉颤栗起来。

“您放到哪儿去了?”隔了一会儿，我问父亲道。

父亲不回答我，打着马向前跑。我赶上去。我一定要看看他的脸色。

“你等得不耐烦了吗?”父亲低声说。

“有一点儿。您的鞭子究竟掉在哪儿?”我又问他一次。

父亲很快地望我一眼。

“我并没有失掉，”他说道，“我把它扔了。”

他沉思起来，头埋得很低……在这一刻，我第一次，也许就是最后一次看见他那严肃的脸上能够流露出多少的温柔和多少的怜悯。

他又打起马往前跑，可是这一次我赶不上他了，我比他迟了十五分钟到家。

“这就是爱情，”晚上我坐在新近放上了笔记本和书籍的写字台前面，又自言自语地说，“这是热情。怎么能够忍受任何人的鞭打……甚至是从最亲爱的手打下来的，怎么会不气愤！啊，不过看起来，只要你在恋爱……你就能够……而我呢……我想象……”

过去这一个月来，我老练得多了，可是我那种带着种种兴奋和痛苦的爱情，跟另外一种我不知道的、几乎没法猜想到的、而且像一张我竭力想在朦胧中看出来、却又看不明白的美丽而严厉的陌生脸孔那样使我害怕的东西比起来，我发现我的爱情竟是多么渺小，多么幼稚，多么可怜！

就在这天夜里，我做了一个古怪的、可怕的梦。我梦见我走进一间黑黝黝的矮屋子。……父亲拿着一根马鞭站在那里，生气地顿着脚，齐娜伊达紧紧靠在角落里，前额上（并不是在手臂上）有一条红色的伤痕。……在他们两个人的后面，满身鲜血的别罗夫佐洛夫从地上站起来，张开苍白的嘴唇，凶恶地在威胁父亲。

两个月以后，我进了大学，过了六个月父亲死在彼得堡（由于中风），他跟母亲和我刚搬到那里不久。他逝世前几天收到一封从莫斯科寄来的信，这封信使他非常激动。……他到母亲的屋子里去向她要求过什么，据说，他，我的父亲居然哭了！在他中风的那天早晨，他开始给我写一封法文信。“我的孩子，”他这样写着，“当心女人的爱情，——当心这种幸福，这种毒素……”母亲在他死后寄了一大笔钱到莫斯科去。

22

四年过去了。我刚离开大学，我还不大明白，我应当做什么事，从事哪一种工作，暂时闲着无事可做。有一天晚上，我在戏院里遇见马依达诺夫。他居然结了婚，而且已经在政府机关里工作了；可是我看不出他身上有什么变化。他还是像从前那样莫名其妙地高兴一阵，又莫名其妙地发起愁来。

“您知道，”他顺便对我提道，“多里斯基太太在这儿。”

“哪一位多里斯基太太？”

“难道您已经忘记了？扎谢基娜公爵小姐，我们全爱过她，您也一样。您记得在涅斯库奇尼公园附近的别墅吗？”

“她跟多里斯基结婚了？”

“对啦！”

“她在这儿，在戏院里吗？”

“不，她在彼得堡，她前几天才来的；打算出国去。”

“她的丈夫是怎样的人？”我问道。

“非常好的人，而且有钱。我在莫斯科时候的同事。您明白，那件事情发生之后……您一定知道得很清楚了……”（马依达诺夫意味深长地微微一笑）“她要找一个对她合适的丈夫可不大容易；凡事总有后果。……不过靠了她的聪明，一切全不成问题。到她那儿去走走吧。她看到您一定高兴。她长得比从前更漂亮了。”

马依达诺夫告诉我齐娜伊达的地址。她住在杰木特旅馆。旧日的记忆又涌到我的心头。……我决定第二天就去拜访我从前的“恋人”。可是碰巧发生了一些事情，过了一个星期，又过了一个星期，最后我到杰木特旅馆去，在问起多里斯基夫人的时候，我才知道，四天以前她几乎是突然地因为难产死了。

仿佛有什么东西在心里刺了我一下。我想起我本来可以看见她——却没有看到她——而且永远不会看到她了——这个痛苦的思想用它那无可辩解的谴责，猛烈地刺痛了我的心。“她死了!”我茫然地望着看门人，重说了一遍，慢慢地走到街上，可是我并不知道自己要往哪里去。过去的一切，一下子全涌到我的眼前。难道这就是所谓解决，就是这个年轻的、热烈的、光芒四射的生命所努力追求奔赴的终极的目标吗?我想着这个，我在想象这个可爱的面颜，这一对眼睛，这些鬈发——如今都在窄小的匣子里面，都在潮湿的、地底下的黑暗中——就在这里，离开现在还活着的我不远，也许离开父亲只有几步路。……我想着这一切，我集中我的想象力——而同时

从漠不相干的嘴里我得到她死的消息，

我也漠不相干地听着这音信①……

在我心灵里响着。啊，青春，青春，你什么都不在乎，你仿佛拥有宇宙间一切的宝藏，连忧愁也给你安慰，连悲哀也对你有帮助，你自信而大胆，你说：“瞧吧，只有我才活着。”可是你的日子也在时时刻刻地飞走了，不留一点痕迹、白白地消失了，而且你身上的一切也都像太阳下面的蜡一样，雪一样地消灭了。……也许你的魅力的整个秘密，并不在乎你能够做任何事情，而在于你能够想你做得到任何事情——正在于你浪费尽了你自己不知道怎样用到别处去的力量；正在于我们中间每个人都认真地以为自己是个浪子，认真地认为他有权利说：“啊，倘使我不白白耗费时间，我什么都办得到!”

① 见普希金的诗《在她的祖国》(一八二六年)。——译者注

我也是这样……那个时候，我用一声叹息，一种凄凉的感情送走了我那昙花一现的初恋的幻影的时候，我希望过什么，我期待过什么，我预见了什么光明灿烂的前途呢？

然而我希望过的一切，有什么实现了呢？现在黄昏的阴影已经开始笼罩到我的生命上来了，在这个时候，我还有什么比一瞬间消逝的春潮雷雨的回忆更新鲜，更可宝贵的呢？

可是我白白地诬蔑我自己了。虽然那个时候，在那个轻浮、不认真的青年时期，对于向我呼吁的悲惨的声音，对于从坟墓里传到我耳朵里来的庄严的声音，我也并非无动于衷。我记得我听到齐娜伊达死讯后不多几天，由于内心的一种不可抗拒的冲动，我曾去看过一个跟我们同住在一所宅子里的贫苦老妇人的死。她身上盖着破破烂烂的衣服，头枕着布袋，躺在硬板上，死得很困难，而且很痛苦。她一辈子都是为着日常生活的需要，苦苦地挣扎过来的；她既不知道欢乐，也没有尝过幸福的甜味，——别人会想，她对死亡，对她的解脱，对她的安息不会不感到高兴吧？可是那个时候，在她那衰老的身体还能够支撑的时候，在她那搁着冰冷的手的胸口上还能够痛苦地吐气的时候，在她那最后一点力量还不曾离开她身体的时候，这个老妇人一直在划十字，一直在低声说："上帝，饶恕我的罪过……"而且她眼睛里临死的恐怖与畏惧的表情，只有在生命意识的最后火花消灭的时候，才跟着一块儿消失。……我还记得，在那里，在那个贫穷的老妇人的死床前，我替齐娜伊达感到恐怖，我很想为她，为我的父亲，——也为我自己祷告。

草原上的李耳王*

* 这篇小说写于一八六九年，一八七〇年完成，在《欧洲导报》一八七〇年第十期上发表。——译者注

一个冬天的晚上，我们六个人聚在一个大学时期的老同学的家里。话题转到了莎士比亚身上，我们谈到他的人物典型，谈到他怎么又深刻、又忠实地从人类“天性”的最深处描绘出那些典型来。我们特别赞赏他们那种活生生的真实性，他们那种平易习见的性格；我们每个人都举得出来我们一生遇见过的那些“哈姆雷特”，那些“奥赛罗”，那些“福斯达夫”，甚至还举得出一些“理查三世”和“麦克佩斯”来（自然，后两种性格只是说，有可能而已）。

“先生们，”我们的主人大声说，他是一个上了年纪的人，“我认识一位‘李耳王’① 呢！”

“怎么一回事？”我们问他。

“真有这回事。我可以讲给你们听，你们想听吗？”

“请讲吧。”

我们的朋友马上就讲起来了。

---

① 这里列举的人物典型都是莎士比亚的戏剧中的人物。“哈姆雷特”，“奥赛罗”，“理查三世”，“麦克佩斯”，“李耳王”都是他的同名戏剧中的主人公。“福斯达夫”是他的历史剧《亨利四世》和喜剧《温莎的风流娘们》中的一个有趣的人物。——译者注

1

“我全部的童年,”他开始说,“连我青年时代的初期,一直到十五岁,我都是在乡下,在我母亲的领地上度过的。我母亲是某省一个有钱的地主。那个离现在已经很遥远的时期,在我的记忆里所留下的最鲜明的印象,也许就是我们的近邻,一个名叫马尔丁·彼得罗维奇·哈尔洛夫的人物。那个印象的确是很难磨灭的:以后我就再也没有遇到一个像哈尔洛夫这样的人了。你们自己不妨想象一个身材高大的人。在他那巨大的身体上安了一个形状古怪的头,这个头显得有些歪斜,完全看不出一点颈项的痕迹。头上像一堆枯草似的黄白色的乱发几乎长到了浓眉旁边。那张仿佛给人剥去了皮似的宽阔的紫脸上隆起一根笔挺的酒糟鼻子,天蓝色的小眼睛高傲地圆睁着,——那张也是很小的、弯曲而有裂纹的嘴也张得大大的,嘴的颜色跟脸上其他部分完全一样。从这嘴里发出来的声音,虽然沙哑,却是十分有力,十分响亮。……这声音叫人联想到装了铁条的运货马车经过崎岖不平的道路时,铁条发出的叮当声;哈尔洛夫说起话来,就像在狂风中隔着一条宽阔的山谷对什么人在大声呼喊。要正确地说出哈尔洛夫脸上的表情很不容易,他的脸是那样宽……你觉得它不是一眼可以看得尽的。可是它又不使人感到讨厌。——你甚至从那里还可以看出一种威严,——不过,它很使人惊异,而且很不寻常。他有的是一双怎样的手啊!那真可说是蒲团大手了,他有的是怎样的手指,怎样的脚啊!我记得每逢我注视马尔丁·彼得罗维奇两阿尔申①宽的后背

① 阿尔申,旧俄尺度单位等于〇·七一一公尺。——译者注

和磨石一般的肩膀的时候，我不能不有一种肃然起敬的感觉。然而特别叫我感到惊奇的还是他的耳朵！它们完全像花卷形的面包，带皱折的、弯弯的面包；他的脸颊从两边托起它们。马尔丁·彼得罗维奇不论是在冬天或者夏天，老是穿一身绿呢的哥萨克服装，束一条契尔克斯人的皮带，脚上还有一双擦过油的皮靴；我从没有看见他打过领带，真的，他要系领带干什么呢？他呼吸缓慢，而且十分沉重，就像一头公牛一样，可是他走路却没有一点声音！也许有人会想，他走进屋子来的时候，老是害怕会弄坏或者推倒什么东西。所以他总是很小心地从一个地方走到另一个地方，他多半侧着身子走，好像悄悄地溜过去似的。他真正有希腊神话中大力士赫克里斯的力气，所以四邻对他都非常尊敬，因为我们的老百姓到现在还崇拜民间英雄诗歌中的大力士。关于他的传说也一个接一个地给编造出来了。他们常常说：有一天，他在树林里遇见了一头熊，差不多把熊都制服了；又有一天，他在他的养蜂场里捉到一个陌生的无赖汉，他把这个人连车带马一起掷到篱笆外面去了，以及诸如此类的故事。哈尔洛夫本人从不夸耀他的力气。他老是说："如果我右手真有腕力，那也是上帝的意思！"他是一个傲慢的人：只是他并不夸耀自己的力气，他夸耀的是他的身份，他的血统，和他的脑子。

"我们的家族是从胡瑞典（他把瑞典这一个字说成了这样的）来的，是从胡瑞典人哈尔路斯传下来的，"他肯定地说；"在失明的伊凡·瓦西里叶维奇①统治公国的时代（这是什么时候呀！），他到了俄

① 即瓦西里二世，失明的大公瓦西里叶维奇（1415—1462），一四二五年起为莫斯科大公。一四四六年，在封建战争中，他的眼睛被仇敌弄瞎，但是他受到城市居民的支援，终于战胜了敌人，统一了莫斯科公国。伊凡三世是他的儿子。——译者注

罗斯，这位胡瑞典人哈尔路斯不愿做芬兰的伯爵——宁肯当俄国的贵族，他的名字录在金册上。这就是我们哈尔洛夫族的来源！……也因为这个缘故，我们全哈尔洛夫族的人都有金黄色头发，明亮的眼睛，白净的皮肤，因为我们是冰雪的子孙！”

“但是，马尔丁·彼得罗维奇，”我反驳他道，“历史上从来没有失明的伊凡·瓦西里叶维奇这个人，只有恐怖的伊凡·瓦西里叶维奇。‘失明的’是伟大的大公瓦西里·瓦西里叶维奇的外号。”

“让你去胡说！”哈尔洛夫从容地对我说，“要是我这样说，事情就是这样！”

有一天，我母亲忽然想起当面称赞他是一个出色的大公无私的人。

“啊哟，娜塔利雅·尼可拉叶夫娜！”他几乎发火地说，“您忽然来称赞我是什么意思！我们，贵族们怎么能有另外一种样子呢；种田的，养蜂的，农奴等等连想都不敢想我们会有缺点！我——一个姓哈尔洛夫的人，我的家族从哪儿来的……”这个时候，他把手举得高高的，指着头顶上的天花板，“要我不做正派人！那怎么可能呢？”

又有一天，一位从外地来、到我母亲家作客的贵人忽然想拿马尔丁·彼得罗维奇开玩笑。马尔丁·彼得罗维奇又讲到了那个到俄罗斯来的胡瑞典人哈尔路斯……

“在豌豆王的时代①，”贵人插嘴说。

“不，不是豌豆王的时代，而是伟大的大公、失明的伊凡·瓦西里叶维奇的时代。”

① 这是开玩笑的话，意思是：极古的时代。——译者注

“不过，我这样想，”贵人继续往下说，“您的家族还要更古老些，甚至要回溯到太古时代，那个时候还可以看到第三纪的乳齿象和大惰兽呢。”

这些科学上的名词对马尔丁·彼得罗维奇完全没有意义，不过他明白这位贵人在嘲笑他。

“也许吧，”他直截了当地说，“我们的家族当然是非常古老的；在我们祖先到莫斯科来的时候，他的确说过，那儿有一个并不比您阁下坏的傻瓜，那种傻瓜一千年才生一个呢。”

这位贵人气极了，可是哈尔洛夫昂起头，翘起下巴，哼哼鼻子，扬长而去。两天以后，他又来了。我母亲责备他。

“太太，我给他上一堂课，”哈尔洛夫忿忿地说，“他不先问问明白，在跟谁打交道，就敢放肆。他还年轻呢，应当教训他。”

那位贵人的年龄几乎跟哈尔洛夫的不相上下，可是这个巨人向来不把任何人当作成年人看待。他有极大的自信，决不怕人。“难道他们能把我怎么样？世界上哪有这种人？”他喜欢这样问道，于是他突然发出短促而震耳的笑声来了。

2

我母亲对朋友很喜欢挑剔，可是她非常亲切地接待哈尔洛夫，对他宽容极了。二十五年以前，他在悬崖的边沿拉住了她的马车，救了她的性命，那个时候马已经落下去了。牵曳的皮条和马具上的皮带已经断了，可是马尔丁·彼得罗维奇还是紧紧地抓住车轮不放手——虽然，他的指甲下面已经迸出了鲜血。我母亲还帮助他成了家：她把一个在她家里养大的十七岁的孤女嫁给他，他当时已经过了四十了。马尔丁·彼得罗维奇的妻子是一个非常娇弱的女人，有人说，他是把她托在手掌心上带回家去的。可是她跟他在一起并没有生活多久。她给他生了两个女儿。在她死后，我母亲还是继续照顾马尔丁·彼得罗维奇；她把他的大女儿送进省城寄宿学校念书，后来又替她找到了丈夫，而且她暗中也替小女儿选好了丈夫。哈尔洛夫管理田产很有本领，他有三百俄亩[①]的田地，还慢慢地建筑起房屋来了；说到农人们对他怎样服从——那真是无法形容出来的！哈尔洛夫因为身体肥胖的缘故，几乎从不走路！大地也受不了他的体重。他不论到哪儿去，总是坐一辆矮矮的四轮无篷马车，亲自驾马，这匹骨瘦嶙嶙、三十岁的老母马肩上还带一块伤疤：这还是在波洛丁诺战役[②]中，给近卫骑兵团上士坐骑时受的伤。这匹老马总是有点瘸，而且不知怎么的，四条腿一齐瘸；它不能一步一步走，只能跑一阵，跳一阵；它吃田坎上长的艾和苦艾，我从没有看见别的马吃过这种植物。我记得我老是想不通这匹半死半活的瘦马怎么载得起这个可怕的重荷。我不敢再说一次，我那位邻居到底有多少普特重。在那辆赛跑用的马车上，坐在马尔丁·彼得罗维奇背后的是他那个浅黑色皮肤的小听差，马克西姆卡。他的整个身子和脸紧紧贴住主人，他赤脚站在马车的后车轴上，他跟这个巨大的胖子在一块儿，他好像是一片偶尔附在他身上的小树叶，或者一

---

① 一俄亩合一·〇九二公顷。——译者注

② 指一八一二年拿破仑一世侵略俄国时，俄法军队在该地展开的一次血战。——译者注

条蛆虫似的。也就是这个小听差，每星期替马尔丁·彼得罗维奇刮一次胡子。有人说，他是站在桌子上替主人刮胡子的；又有些爱开玩笑的人说，他不得不绕着主人的下巴跑来跑去来做这项工作。哈尔洛夫不喜欢老待在家里，因此人们经常看到他驾着那辆轻便马车①，在路上跑，他一只手拉住缰绳（另一只手神气活现地支在膝盖上，臂肘向上弯出），头上戴一顶很小的老式无檐帽。他那对熊似的小眼睛矍铄地望着四周，他用响亮的声音跟遇见的一切农人、小市民、商人打招呼。他非常不喜欢教士，见到他们，他总要大声地奚落一番；有一天，他驾车赶上了我（我带着猎枪出来散步的），看见一只躺在路旁的兔子，就大吼一声，这吼声和它的尾音一直到晚上还在我的耳边响个不停。

3

我已经说过，我母亲接待马尔丁·彼得罗维奇非常亲切；她知道，他对她本人怀着多么深的敬意。“太太，贵夫人！她是我们一流人。”他老是这样地批评她。他称她为恩人，她也把他当作一个忠心的巨人，为了保护她，他会毫不迟疑地挺身出来，一个人对付一大群农人；虽然这一类乱子，连想都没有人想到会有发生的可能性，但是，根据我母亲的看法，没有丈夫的女人（她早年孀居）对像马尔丁·彼得罗维奇这样的保护人是不应该轻视的。并且，他是一个性子直爽的人，从不逢迎人，不借钱，又不喝酒；再说，他也不是一个傻瓜，虽然，他

① 赛跑用的马车，不装弹簧，在乡下常用来载粗重东西。——译者注

并没有受过什么教育。母亲信任马尔丁·彼得罗维奇。有一天，她忽然想到要立遗嘱，就请他当见证人，他特地赶车回家去拿铁边圆眼镜，不戴眼镜，他无法写字；他在鼻梁上架着眼镜，一面喘气，一面喷气，花了一刻钟的时间，好不容易地勉强描成他的官级、教名、父称和姓，并且还给这些四四方方的很大的字母绘上花边和字尾；可是他一完成这件工作，就说，他已经精疲力尽，在他看来写字也好，捉跳蚤也好，都是一样困难的事情。是的，我母亲尊敬他……然而，在我们家里，并不让他走到比饭厅更远一点的地方去。他身上有一种很浓的气味：土地味，树林腐烂味，沼地烂泥味。我那个老奶妈常常肯定地说："真是一个树精呀！"吃饭的时候，马尔丁·彼得罗维奇老是坐在角落里一张特别的桌子跟前。对于这件事，他并不见怪，他知道别人坐在他旁边会感到不舒服的，而且他也可以吃得自在些。我猜想，自从波里菲姆①的时候以来，没有人吃得像他这么多的。为了小心起见，在开饭的时候，总是先给他端上一罐六磅重的粥："你知道，要不然，你会把我的饭菜都吃光的！"我母亲说。"是这样的，太太，我能够吃光它！"马尔丁·彼得罗维奇边笑，边说。

母亲喜欢听他讲他对于田产管理的各种意见；然而她不能够多忍受他的声音。

"亲爱的先生，这是怎么一回事！"她大声说。"你至少得找人医治你这声音，怎么哪！把我耳朵完全震聋了。这种大喇叭的声音！"

"娜塔利雅·尼可拉叶夫娜！恩人！"马尔丁·彼得罗维奇照例地

---

① 荷马史诗《奥德赛》中的独眼巨人。——译者注

回答道。“我管不了自己的喉咙啊。可是请您想想，又有哪一种药对我有效呢？我还不如少说话好。”

真的，我想也没有一种药对马尔丁·彼得罗维奇有用处。他从来不生病。

他不善于讲故事，也不喜欢讲故事。“话讲多要喘气的！”他用责备的口吻说。只是有人向他提到一八一二年战争的时候（那时候他在民团服务，得到一枚青铜勋章，每逢节日，他就把它挂在圣符拉季米尔绶带上），向他问到法国人的时候，他才讲一两个故事，然而同时，他总是肯定地说，俄国从没有遇到过什么真正的法国人，只有一些因为饥饿而拥进来的抢劫者，而且他还在树林里把这些败类揍过好多次。

4

其实，连这个坚强而自信的巨人也有忧郁和沉思的时候。有时并没有任何明确的原因，他会突然愁闷起来；一个人锁在自己的屋子里，嗡嗡地哼着，就像一整窝蜜蜂似的嗡嗡地哼着；要不然便把他的小听差马克西姆卡叫来，吩咐他大声朗读偶然流传到他家里来的独一无二的书，诺维科夫主编的《勤劳者娱闲录》① 的零本，或者叫他唱歌。马克西姆卡由于一个奇怪得想不到的机会学会了照音节读书，他读起

① 尼可拉·伊凡诺维奇·诺维科夫（1744—1818），十八世纪俄罗斯著名的启蒙学者，讽刺作家，社会活动家。他的各种活动在俄罗斯民主主义文化史上起了显著的作用。《勤劳者娱闲录》出版于一七八四——一七八五年，是一种以宗教的德行为内容的杂志。——译者注

来，照例把字眼读得断断续续，重音颠倒，大声念出下面的句子：“但是热—情的人从他在生物中发见的那种空白里，得出完全相反的结论。他说，任何个别的生物不能使我幸—福！”如此等等。或者他尖着细嗓子唱起一首悲歌，只能让人听出这样的调子：“伊……伊……嗳……伊……嗳……伊……啊啊……斯卡！……噢……呜……呜……皮……伊……伊……伊……拉！”于是马尔丁·彼得罗维奇摇摇头，提到人生无常，提到万物都要化为尘埃，都要像草一样枯萎，会死去，不再存在世上。有一幅画不知怎样落到了他的手里，这幅画上绘着一支燃烧着的蜡烛，风鼓着脸颊从四面八方吹着它，下面题着：“人生如斯！”他非常喜欢这张画；他把它挂在自己的书房里，但是在平日，忧郁病不发作的时候，他总是把画面朝里挂在墙上，免得叫他惶惑不安。哈尔洛夫，这个巨人，他害怕死亡！然而在他忧郁病发作的时候，他还是很少求助于宗教，或者祷告；他倒是更信赖他自己的智慧。他对宗教并没有特别的信仰，他也不常去教堂；真的，他说过，他不常去教堂，因为他害怕自己的巨大身子会把别人全挤到教堂外面去。平常马尔丁·彼得罗维奇总是吹口哨来结束他的忧郁病——于是他突然高声叫人把他的轻便马车驾好，他马上打起马跑到附近什么地方去了，他猛然把那只闲着的手在小帽的帽舌上挥了一下，仿佛想说：现在我什么也不在乎了！他是一个道地的俄罗斯人。

5

像马尔丁·彼得洛维奇那样的大力士大多数都属于性格冷静的类

型；相反地，他却非常容易激怒。特别是一个叫维奇科夫的人（他亡故妻子的兄弟）叫他忍受不了——这个人不知道是以丑角的身份，还是以食客的资格经常住在我们家里；维奇科夫从小就让人起了一个“苏威尼尔”① 的外号，于是“苏威尼尔”就让大家叫开了，连仆人们都叫他苏威尼尔·季摩费伊奇。他真正的名字，连他本人都搞不清楚了。他是一个可怜的人，大家都瞧不起他！换句话说，一个寄生虫。他嘴里有一边牙齿全落了，所以他的起皱纹的瘦脸现出了一边歪的样子。他永远慌慌张张，坐立不安；他常常偷偷地溜到女仆的屋子里，或者到账房间去，或者到神父的住宅去，再不然就到村长的小屋去；他到处都给人家赶了出来，他也只是耸耸肩膀，眯起自己的斜眼睛，发出一声难听的碎笑，声音轻得像涮酒瓶的声音一样。我总觉得，苏威尼尔要是有了钱他会变成一个怎样荒淫、恶毒、甚至残暴的坏人。贫穷强制地“管束”了他。只有在节日，才允许他喝酒。遵照我母亲的命令，给他衣服穿得十分体面，因为他晚上要陪她玩“皮凯特”，或者“波士顿”②。苏威尼尔常常反复地说：“我出这个，对不起，麻上（马上）出，麻上出。”母亲烦恼地问他道：“什么麻上呀？”他立刻缩回了手，胆怯地、结结巴巴地说：“请您吩咐吧，太太！”他最感兴趣的事就是在门口偷听，挑拨是非，尤其是“嘲笑”，愚弄人；他就那样地“嘲笑”人，好像他有这样做的权利似的，好像他为什么事情在报仇似的。他称呼马尔丁·彼得罗维奇做老兄，而且把马尔丁·彼得罗

① 即法文 Souvenir（纪念品）的译音。——译者注
② “皮凯特”和“波士顿”是两种老的纸牌打法。——译者注

维奇磨得受不了。“您为什么要害死我姐姐玛尔加丽泰·季摩费也夫娜?”他老是纠缠着马尔丁·彼得罗维奇，一面在他面前旋转，一面吃吃地笑着。有一天马尔丁·彼得罗维奇坐在弹子房里面，那间阴凉的屋子里从没有人看见过一只苍蝇，我们的邻居向来不喜欢温暖和太阳，因此很满意这间屋子。他坐在墙壁和弹子台的中间。苏威尼尔在他的“大肚皮”跟前来回跑着，戏弄他，对他做鬼脸。……马尔丁·彼得罗维奇要赶他出去，就伸出了两只手。幸好苏威尼尔躲得快，他姐夫的手掌劈到弹子台的边沿——笨重的木台面马上离开那六根螺旋钉飞下来了。……要是苏威尼尔落在这双有力的掌心底下，他会变成什么样的肉饼啊!

6

好久以来，我就想去看看马尔丁·彼得罗维奇怎样处理他的家务，他有一所什么样的宅子？有一天，我自告奋勇地骑马送他到耶西科夫（他的领地的名称）去。“说实话！你想来看看我的王国吧，”马尔丁·彼得罗维奇说。“好！我就带你去看看花园，住宅，打谷场——和一切。我的好东西多着呢!”我们往前走了。我们的村子离耶西科夫不过三个维尔斯特的光景。“看，这就是我的王国!”突然马尔丁·彼得罗维奇大声叫起来，一边极力想回过他那个扭不动的脑袋，一边用手左右指点着。“全是我的!”哈尔洛夫的住宅在一座山坡的顶上；山脚下，有几所贫穷农人的小茅屋，紧紧靠在小池子旁边。小池边，木台上，一个农家老婆婆穿着自己织的方格子裙子，正在用洗衣棒敲打绞起来的湿衣服。

“阿克西妮亚!”马尔丁·彼得罗维奇喊道，他的声音使得邻近燕麦田上的白嘴鸦成群地飞走了。“你在洗你丈夫的裤子吗?”

老农妇马上回过头来，深深地鞠一个躬。

“老爷，是洗裤子，”她小声应道。

“怎么样！你看这儿，”马尔丁·彼得罗维奇一边带着马顺着半朽的篱笆缓缓地跑着，一边说下去，“这是我的大麻；——那边是农人的；你看出差别来吗？这儿就是我的花园了；苹果树是我种的，柳树——也是我种的。要不然，这儿连一棵树也没有。你看那个——你可以学到一点东西!”

我们弯进围着篱笆的院子里去；正对着院子的大门，有一所年久失修的侧屋，稻草铺的屋顶，门阶上支着柱子；大门旁边另外有一所较新的有小阁楼的侧屋——就是这一所也是歪歪倒倒的。“这儿你又可以学到一点东西，”哈尔洛夫说，“你看，我们祖先住的是怎样的小房子；现在你看，我自己在那边建筑了一所怎样的大宅子。”这所“大宅子”好像是纸牌搭成的屋子。五六只狗，一只比一只更显得毛茸茸，更显得难看，汪汪地狂吠着欢迎我们。“牧羊狗!”马尔丁·彼得罗维奇说，“真正的克里米亚的纯种！嘘嘘，你这个疯子！瞧我不把你们一只一只捉来吊死!”在新宅子的门阶上出现了一个穿粗布长袍的年轻人，他是马尔丁·彼得罗维奇的大女儿的丈夫。他轻快地跳到马车跟前，恭敬地搀扶他那位正在下车的岳父的臂肘——另一只手甚至朝前动了一下，好像想接住他岳父那只巨人的脚一样，这时他岳父正向前弯着身子，提起脚跨过了座位；然后，他又扶我下马。

“安娜!”哈尔洛夫大声喊道。“娜塔利雅·尼可拉叶夫娜的儿子光临我们家来了；我们得好好地款待他啊。可是叶芙兰姆皮优希卡①在哪儿?”他的大女儿叫安娜，小女儿叫叶芙兰姆皮雅。

“她不在家，她到田上采矢车菊去了，”安娜从门边一扇小窗里探出头来，答道。

“有凝乳块吗?”哈尔洛夫问道。

“有。”

“也有奶油吗?”

“有。”

“好，把它们端上桌子吧，我现在要带他去看看我的书房。请您往这儿走，这儿走，”他朝我转过身来，用食指邀请地对我说。在他自己家里，他不用“你”来称呼我了：他觉得做主人应该有礼貌。他带我沿着一条走廊走。“这是我住的地方，”他一边侧着身子跨进一道宽门的门槛，一边说。“这儿就是我的书房。请进来吧!”

这间书房原来是一间没有粉刷过、几乎空洞洞的大屋子。两根马鞭子挂在随便钉在墙上的钉子上面，一顶变了色的三角帽，一支单筒枪，一把马刀，一副样子古怪、挂着许多金属片的马头套和那幅绘着“风中残烛”的画；一个角落里放着一张木制的长躺椅，铺上一条花毯子。上百只苍蝇密密地聚在天花板上嗡嗡地哼着；然而这间屋子很阴凉，只是它有马尔丁·彼得罗维奇身上永远有的那种特别的树林气味，而且非常强烈。

① 叶芙兰姆皮雅的爱称。——译者注

“怎么样，我的书房不坏吧，”哈尔洛夫问我道。

“好极了。”

“你看，那儿挂着我的荷兰马头套，”哈尔洛夫接着说，他对我又恢复了“你”的称呼，“很出色的马头套！我跟犹太人换来的。你来好好地看看吧！”

“马头套很好。”

“很实用！你来闻闻……多好的皮子！”

我闻了闻马头套，除了腐臭的鱼油味外——再也闻不出什么了。

“好，请坐吧——坐在那边那把小椅子上，做我的客人吧，”哈尔洛夫说，他自己就靠在长躺椅上，仿佛要打瞌睡的样子，闭上眼睛，甚至喘起气来了。

我默默地望着他，我不能不感到十分惊奇：他是一座小山——再没有别的话可说了。他突然惊醒过来。

“安娜！”他大声喊道，他说话的时候，他那个大肚皮一起一伏，好像海洋的波浪似的。“你在干什么？赶快啊！难道你没有听见我的话？”

“什么都准备好了，亲爱的爸爸，请过来吧，”他女儿的声音应道。

我看见马尔丁·彼得罗维奇的命令执行得这么快，不禁暗暗地感到惊奇；我跟着他走进客厅，在铺上红底白花的桌布的餐桌上，已经摆满了点心：乳饼，奶油，小麦面包，还有捣碎的砂糖和生姜。我在对付乳饼的时候，马尔丁·彼得罗维奇亲切地嘀咕着：“小朋友，吃吧，小家伙，吃吧，不要嫌我们乡下的食品啊。”他又在角落里坐下来，仿佛又在打瞌睡了。安娜·马尔丁诺夫娜低垂着眼睛，一动也不动地站在我面前，我从窗户可以看见她丈夫牵着我那匹德国种的跑马在院子里来回走着，两只手一边在搓轻勒①的链子。

7

我母亲不喜欢哈尔洛夫的大女儿，她管她叫骄傲的小东西。安娜·马尔丁诺夫娜几乎从不来拜访我们，她在我母亲面前，举止庄重而冷淡，虽然由于母亲的恩惠，她才能够进寄宿学校受到教育，才能够结婚，才能够在举行婚礼的时候收到一千卢布和一条稍微用旧了的黄色的土耳其披巾。她是一个中等身材、瘦弱的女人；她的举动非常灵活，轻快；她有一头浓密的亚麻色头发；在她那浅黑色美丽的脸上突出来一对虽然有些古怪、却也动人的淡蓝色的细长眼睛；她有一根挺直的、瘦削的鼻子；她的嘴唇也是薄薄的，下巴像“发针”的样子。无论谁看见她，一定会想：“唔，你是一个多聪明的女人——可是没有好心眼!”但是，她身上却有一种动人的力量，连她满脸荞麦似的黑痣也跟她十分相称，而且更增加她给人唤起的那种感情。她的双手插在头巾里，偷偷地——由上到下地（我坐着，她站着）——看我；一种恶意的微笑在她的嘴唇上、她的脸颊上、她的长睫毛的阴影里出现了。这微笑好像在说：“哼，你是个娇生惯养的阔少爷!”她每一呼吸的时候，她的鼻孔总要微微地胀大，这也有点古怪；可是我依然觉得，要是安娜·马尔丁诺夫娜居然爱上了我，或者只是想用她那冷酷无情的

① 轻勒，一种专为骑马旅行用的、特制的马衔。——译者注

薄嘴唇来吻我，——我就会高兴得直跳到天花板那样高。我知道，她非常严厉，而且很刻薄，乡下女人和姑娘们看见她，害怕得像见了火一样。可是这有什么关系呢！安娜·马尔丁诺夫娜暗暗地激动了我的幻想……然而，那个时候我只有十五岁，——就在那样的年纪！……

马尔丁·彼得罗维奇又醒过来了。

“安娜！”他喊道，“你还是弹弹钢琴吧……年轻的先生爱听这个。”

我朝四面看：屋子里有一架类似钢琴的可怜的东西。

“好吧，亲爱的爸爸，”安娜·马尔丁诺夫娜回答道，“只是我给他弹些什么呢？他对这个不会发生兴趣的。”

“那么，在寄宿学堂里人家教你弹什么呢？”

“我全忘光了……而且琴键也走音了。”

安娜·马尔丁诺夫娜的嗓子很好听：响亮而又带凄凉……好像鸷鸟①的叫声。

“好吧，”马尔丁·彼得罗维奇说，他又沉思起来了。“好吧，”他又说，“那么您去不去打谷场看看，有兴趣吗？佛洛其卡会给您引路。喂，佛洛其卡！”他大声唤他的女婿，那个人还牵着我的马在院子里遛来遛去。“你就带他上打谷场去……把我的农场……大概地……指点给他看看。可是我得睡一会儿了！好吧！祝您好运气！”

他走出屋子，我跟着他出去。安娜·马尔丁诺夫娜马上敏捷地动手收拾桌子，仿佛还带了一种怨恨的神情。我走到门口，还转过身子向她行礼；然而她好像没有看见我在鞠躬，只是又笑了，而且比上一

① 鸷鸟，一种恶狠的食肉的鸟。——译者注

次笑得更带恶意!

我从哈尔洛夫的女婿手里牵过马来，拉住它的缰绳。我们一块儿走到打谷场去，可是因为那里没有什么特别有趣的东西，同时他也不能想象：像我这样一个年轻的孩子对农业会发生特殊的爱好，所以我们便穿过花园回到大路上了。

8

我跟哈尔洛夫的女婿很熟。他姓斯略金，符拉季米尔·瓦西里叶维奇·斯略金；他是一个孤儿，一个给我母亲办事的小职员的儿子，而且是由她抚养大的。起先他给安置在县立学校里，以后他进了“世袭领地办事处”，后来又给安插在国家商店里做事，最后他跟马尔丁·彼得罗维奇的女儿结了婚。我母亲老叫他“小犹太”，事实上，他的鬈发，他的永远潮润的、像煮熟了的李子般的黑眼睛，他的鹰钩鼻子，他的鲜红的大嘴都使人想到犹太人的样子，只是他的肤色白皙，而且从整个来说，他倒是个非常漂亮的男人。只要跟他个人的利益没有冲突的时候，他倒乐于给人效劳。要是牵涉到他个人的利益，他因贪欲马上会失去自制的力量，甚至会到痛哭流涕的地步。为了求得一块破布，他会纠缠你一整天；要是你许他的事情没有立刻做到，他会上百次地提醒你，会抱怨，会唠叨不止。他喜欢提着枪在田野里游荡；他偶然猎到一只兔子或者野鸭的时候，他会带着特别的感情，把他猎到的东西扔到猎袋里去，一面说：“喂，现在你没有办法了，逃不掉啦!现在可要让我享受了!”

“您这匹马很好，”他一面扶我上马鞍，一面用不大清楚的声音说，“我多么希望有一匹这样的马！但是我哪儿会有呢？我没有这样好福气。要是您肯替我问问您母亲……提醒她。”

“可是她允许过您吗？”

“要是她允许过，那多好！没有；可是我猜想，照她莫大的宽宏大量……”

“您最好向马尔丁·彼得罗维奇要吧。”

“向马尔丁·彼得罗维奇要！”斯略金拖长声音重说了一遍。“在他看来，我跟那个不中用的小听差马克西姆卡没有两样。他多么虐待我们，从他手里你就不要想看到什么劳动的报酬。”

“真的吗？”

“真是凭天老爷说的话。那时候他会说：‘我的话是神圣的！’就这样斩钉截铁地回答你了。问与不问——有什么两样！而且我的老婆，安娜·马尔丁诺夫娜不像叶芙兰姆皮雅·马尔丁诺夫娜那样得到他的宠爱。”

“啊，我的老天爷，我的老爷子啊！”突然他自己改变了话题，绝望地拍起手来了。“请您看吧：哪个坏蛋把整整半‘阿西明尼克’① 的燕麦，我们的燕麦割走了。怎么样呢？这是什么世道啊！强盗，强盗！真的，别人说得太好了，不要相信叶西加沃，别西加沃，也烈诺，别里诺。”（这是四个邻近村子的名称。）“啊，啊！这是怎么啦！足足损

① 旧俄民间量土地的单位，相当于八分之一俄亩。（比八分之一公顷稍多。一俄亩等于一·〇九二公顷。）——译者注

失一个半卢布，也许还要损失两个卢布呢!”

斯略金的声音里差不多有了哭声了。我用腿挟一下马肚皮，便从他身边跑开了。

斯略金的叫声还传到我的耳朵里来，突然，在路的拐角，我遇见了哈尔洛夫第二个女儿，叶芙兰姆皮雅，正如安娜·马尔丁诺夫娜所说，她是到田里去采矢车菊的。她头上戴一顶用矢车菊编得密密的花冠。我们互相默默地行了礼。叶芙兰姆皮雅也是一个非常漂亮的女人，并不比她姐姐差一点儿，不过完全是另外一种类型的美人。她的身材高大，身体结实；她身上的一切全是大的，不论她的头，她的手，她的脚，她的雪白的牙齿，特别是那对懒洋洋的眼睛，像玻璃珠子似的、深蓝色的鼓出来的眼睛。她身上的一切，甚至可以说是壮丽的（她才不愧为马尔丁·彼得罗维奇的女儿)，然而她很美。显然，她不知道怎么来处理她那厚厚的金色大辫子，就把它在头顶上盘了三圈。她那玫瑰一样鲜艳的嘴唇非常可爱，她说话的时候，她的上唇的正中部分非常动人地微微朝上翘起来。然而她的大眼睛的眼神却有一种野的，几乎可说是严峻的东西。马尔丁·彼得罗维奇总是这样说她：“任性的孩子，哥萨克的血统!”我有些怕她。……这个威严的美人叫我想起她的父亲来。

我的马还不曾走了多远，我就听见她唱起歌来，她的嗓子平而有力，但又有点尖，是道地的农人嗓子；后来她的歌声突然中止了。我朝四面望，看见她站在小山顶上，哈尔洛夫的女婿的身边，脸朝着那片被人割去了“半阿西明尼克”燕麦的麦田。斯略金伸着手臂指来划去，她却一动也不动。太阳照亮了她高大的身影，她头上的矢车菊花冠发出蓝色的光。

9

先生们，我记得我已经跟你们说过，我母亲已经替哈尔洛夫的小女儿物色了一个丈夫。他是我们的一个最穷的邻人，退伍的陆军少校徐特科夫，加夫利拉·费杜雷奇；他已经不年轻了，可是像他自己所说的那样，他不免有点自满，而且他好像还介绍自己是一个“受过打击，经过风霜的人”。他不过略通文墨，为人十分愚蠢，可是暗地里却想当我母亲的总管，因为他自己觉得是一个“搞实际工作的人”。他常常几乎咬牙切齿地说，“至于另一方面呢，先生，就是农民的牙齿我都要算算呢——这类事我太清楚了，”他总是这样解释“因为我习惯了，我是指我从前的职务”。要是徐特科夫稍微聪明一点，他就会明白，他绝没有机会做我母亲的总管，因为要他做总管，先得把现任总管克维青斯基辞退，那是一个个性很强、非常能干的波兰人，我母亲对他完全信任。徐特科夫有一张长长的马脸，他满头土白色的浓发、甚至长到眼睛下面、脸颊上来了；就是在严寒的天气，他也是满头流下像露珠似的大汗。他见到我母亲，立刻站得笔挺，头也热心地晃起来，一双大手轻轻地拍着大腿，于是他的整个身子仿佛都在高声叫喊：“请吩咐吧！……我马上效劳!”我母亲对他的才能并不存幻想，然而，这并不妨碍她安排他跟叶芙兰姆皮雅的婚事。

“我亲爱的先生，只是你对付得了她吗?”有一天，我母亲问他道。

徐特科夫自满地微笑了。

“啊，娜塔利雅·尼可拉叶夫娜！我把一整连的兵都管得很有秩序；他们在我手里可服贴呢；那么，这算是哪回事呢，太太？不费力的小事情！”

“一连兵是一回事，我亲爱的先生，而受过良好教育的女孩子，一个妻子又是一回事，”我母亲不高兴地说。

“啊，太太！娜塔利雅·尼可拉叶夫娜！”徐特科夫又大声说。“这个我们大家都很明白。一句话：年轻小姐，娇弱的女人！”

“看吧！”我母亲后来决定了。“叶芙兰姆皮雅是不会让人欺负她的。”

10

有一天——事情发生在六月，将近黄昏的时候——仆人进来通报马尔丁·彼得罗维奇来拜访。我母亲大吃一惊：我们有一个多星期没有看见他了，而且他从来没有在这样迟的时候来拜访过我们。“出了什么事情吧！”她小声地嚷道。马尔丁·彼得罗维奇一进屋子，马上就坐到门口一把椅子上，他脸上带着那样不寻常的表情，显得那么心神不定，又那么苍白，连我母亲都不自觉地高声把刚才那句话又说出来了。马尔丁·彼得罗维奇的小眼睛望着母亲，他不说一句话，重重地叹了一口气，便又沉默了；后来他终于解释地说，他为了一件事情来的……那……这种事……因为……

他含糊不清地说了这些断断续续的句子，突然站起来，走出去了。

母亲按铃，吩咐进来的仆人立刻去追赶马尔丁·彼得罗维奇，务必把他带回来，可是马尔丁·彼得罗维奇早已坐上四轮马车走了。

马尔丁·彼得罗维奇的古怪的举动和他那异乎寻常的脸色不但使母亲惊讶，甚至叫她不安了，第二天早晨她正要差人到他那里去的时候，他自己又在她面前出现了。这一次他显得安静多了。

“说吧，亲爱的朋友，你说吧，”我母亲看见他，便嚷起来，“你遇到了什么事情呢？我昨天真的想过：老天爷！——我这样想，——我的老朋友会不会发神经病呢？”

“太太，我没有发神经病，”马尔丁·彼得罗维奇回答道，“我不是那种人。但是我要跟您商量。”

“商量什么？”

“只是我怀疑，这件事会不会叫您不高兴呢……”

“讲吧，讲吧，我的朋友，可是讲得简单一点。不要叫我激动啊！那么这是什么事呢？讲得简单一点吧。或者，你又发了忧郁病吧？”

哈尔洛夫皱皱眉头。

“不，不是忧郁病——它总是上半月发作的；但是，太太，请允许我向您请教，您对死是怎样看法？”

母亲大吃一惊。

“什么？”

“关于死。死会不会放过这个世界上的哪一个人？”

“我的朋友，这个你胡思乱想它干什么？我们中间谁会不死呢？虽然你生来是一个巨人，——可是你也有一个最后的归宿。”

“有！啊，有！”哈尔洛夫应声道，他垂头丧气了。“我做了一个梦……”后来他慢吞吞地说。

“你在说什么?”母亲打断了他的话。

“一个梦啊,”他又说了一遍。“要知道我是一个爱做梦的人!”

“你?”

“是啊，我！您还不知道吗?”哈尔洛夫叹息道。“好吧，这就是说……太太，一个多星期以前，圣·彼得斋日前最后一个食肉日里，我躺着；吃过午饭，我躺着稍为休息一下，唔，我睡着了，我看见好像是一匹黑色小马跑进我屋子来了。于是这匹小马便开始玩，咧开嘴笑起来。这匹小马黑得活像一只甲虫。”

哈尔洛夫闭上了嘴。

“以后呢?”母亲说。

“这匹小马突然一转身，朝着我左边肘臂踢了一脚，正好就踢在关节上！我醒过来了：可是我那只手臂，还有我的左腿全不会动了。唔，我想，这是麻痹症吧。可是我把手脚上下地伸展，于是又能够动了；只是好久以来，小关节上有一种蚂蚁爬行的感觉，现在还有这种感觉呢。我一张开手掌，就起了这种蚂蚁爬行的感觉。”

“那么，马尔丁·彼得罗维奇，你一定不知怎么样把手臂压坏了。”

“不，太太；请您不要这样说！这是在对我警告……就是说，来报告我的死讯。”

“唔，你又来了!”母亲正要说下去。

“警告！它在说，人啊，你准备着吧。太太，就是这件事，因此我毫不耽搁地跑来告诉您。我不希望,”哈尔洛夫突然大声叫起来，“死会突然把我这个上帝的仆人带走，所以我打定了主意：趁我现在还活着的时候，按照万能上帝所指示我的那样，把我的田产分给我的两个女儿：安娜和叶芙兰姆皮雅。”马尔丁·彼得罗维奇停顿了一下，大声叹气，又接下去说：“不能延迟了。”

“什么？这是好事情呀，”我母亲说，“只是我以为，你不必这样急。”

“我希望这件事情，”哈尔洛夫继续说，他的嗓子提得更高了，“遵照应有的手续和法律办理，所以恭请令郎德米特里·塞密诺维奇——太太，我不敢来麻烦您，——就请令郎德米特里·塞密诺维奇光临，我还要舍亲维奇科夫履行亲属的职务——在签订正式文约，授予我两个女儿，已嫁的安娜，和未婚的叶芙兰姆皮雅以全部产业所有权的时候出席；该文约将于后天正午十二时，在我本人领地耶西科夫，又名科左里金诺，在邀请来的地方当局、官吏参与下签字生效。”

马尔丁·彼得罗维奇勉强说完了这一段显然是硬记在心里的话，而且时时被叹声打断。……他仿佛透不过气来了；他苍白的脸色又变成了紫红色，他擦脸上的汗，擦了好几次。

“那么，你已经拟好了分产文约吗？”我母亲问道。“你什么时候把它写成的？”

“写成了……啊！不喝……不吃……”

“自己写的吗？”

“佛洛其卡……啊！他帮我写的。”

“申请书送上去了没有？”

“送上去了，法院也批准了，也通知了县法庭，地方法庭的临时分庭……啊！届时也要派人来参加。”

母亲微笑了。

"我懂了，马尔丁·彼得罗维奇，你把一切都办理妥当了，——真是太快了！这就是说，你没有给自己留一笔钱吗？"

"太太，没有留！"

"原来如此！你还说要跟我商量。……好吧，密琴卡①一定来；我也让苏威尼尔跟他一块儿来，我会跟克维青斯基说的。……你还没有请加夫利拉·费杜雷奇？"

"加夫利拉·费杜雷奇……徐特科夫先生……他也从我这儿……得到通知了。当作一个未来的女婿，我应该通知他！"

看来，马尔丁·彼得罗维奇已经用尽他所有的口才了。而且我老是觉得，他仿佛不十分满意我母亲为他女儿找的未婚夫；也许，他希望给他的爱女叶芙兰姆皮优希卡找一个更好的丈夫吧。

他离开椅子站起来，双脚靠拢地行了礼。

"谢谢您的同意！"

"你到哪儿去？"母亲问道。"请坐吧；我叫人送点心来！"

"多谢！"哈尔洛夫答道。"可是我吃不下。……啊！我要回家去了。"

他朝后退，而且照他平常那样地踮着脚，侧着身子走到门口去了。

"等一下，等一下，"母亲继续说。"难道你就把你全部产业送给你两个女儿，自己一点儿也不留下吗？"

"那还用说，一点儿也不留。"

"唔，那么你自己呢？……你住到哪儿去？"

---

① 德米特里的爱称。——译者注

哈尔洛夫甚至挥起手来了。

“什么到哪儿去住？住在我自己家里，我一直住到现在，以后也这样住啊。有什么改变呢？”

“你就对你的两个女儿，你的女婿这样信任吗？”

“您提这个佛洛其卡干什么呢？关于这个废物吗？我要对他怎么样，便怎么样……他有什么权力呢？至于她们，就是说我的女儿们，她们会供养我，给我吃喝啊，穿着啊，一直到我进坟墓的那一天。……老天爷怜悯！这是她们最重要的天职啊！我不会做她们眼中钉多少日子了。死离开我还不如那边山远了——死到我跟前来了。”

“死掌握在万能的上帝的手里，”母亲说；“不错，这是她们的天职。只是马尔丁·彼得罗维奇，请你原谅我：你的大女儿安娜，一个出名骄傲的女人，唔，而你的第二个女儿，老是用狼一样的眼光看人……”

“娜塔利雅·尼可拉叶夫娜！”哈尔洛夫打断了她的话说。“您这话是什么意思？……您说她们……我的女儿们……还是说我……她们不再服从我吗？她们就是做梦也没有想到这个。……反抗吗？对谁？对她们的父亲吗？敢吗？难道用得着长久咒骂她们吗？她们一辈子怕我，服从我——而突然！……天啊！”

哈尔洛夫咳嗽起来，他的声音哑了。

“唔，很好，很好，”我母亲连忙安慰他道；“可是我还是不明白，为什么你现在突然想把财产分给她们呢？难道你去世以后，她们还得不到手吗？所以我想，这全是忧郁病的关系。”

“唉，我亲爱的太太！”哈尔洛夫带了点烦恼的口吻说道。“您老是反复地说我的忧郁病！也许，这儿有更大的力量在指使我呢，而您只是说：忧郁病！太太，我突然想到这件事，是因为我要亲自在我还活着的时候，亲自来办妥这件事，谁该有什么，我便赏她什么，她便成为那个东西的主人，她知道感激，感到满足，把父亲，恩人所作的事情认为是莫大的恩惠……”

哈尔洛夫的声音又中断了。

“唔，不要说了，不要说了，我的好朋友，”母亲打岔地说，“要不然，那匹黑色的小马又要出现了。”

“啊，娜塔利雅·尼可拉叶夫娜，不要跟我说到它！”哈尔洛夫呻吟地说。“那是我的死期到了。再见吧。我的少爷，后天我可要等待您大驾光临啊。”

马尔丁·彼得罗维奇走出去了；母亲望着他出去，意味深长地摇了摇头。

“这不会有好事情，”她小声说，“不会有好事情。”她转过身来对我说：“你注意到没有？他说话的时候，总是眯起眼睛，好像在避开太阳光一样；你要知道，这是凶兆。这种人每逢心里不愉快的时候，灾难就会趁机来威胁他。后天你跟维肯其·奥西波维奇和苏威尼尔一块儿去吧。”

11

到了约定的那一天，我们那辆六匹深褐色马拉的、四个座位的家用大马车平稳地驶到我们宅子的台阶前，车夫台上坐着那个当过“御车夫”的领班，灰白胡子的胖子阿列克赛伊奇。哈尔洛夫着手办的事情的重要性，和他邀请我们的庄重态度影响了我的母亲。她亲自吩咐套上这辆特别的轻便马车，还叫我和苏威尼尔穿上节日的衣服：很明显，她要尊敬她的 protégé①。至于克维青斯基，他一向总是穿燕尾服，打白领带的。一路上苏威尼尔像喜鹊似地叫个不停，吃吃笑着，谈论他的姐夫会给他什么，接着又骂他姐夫傻瓜，妖怪。克维青斯基是一个阴沉的、容易激怒的人，他终于忍耐不住了。“您尽瞎扯这种没有意思的废话，”他带了很重的波兰口音说起来，“何苦呢？难道您不说这些‘对什么人都毫无益处’〔这是他的口头禅〕的废话，就不能安安静静地坐着吗?”“好，麻上（马上）不说，”苏威尼尔不高兴地、含糊不清地说，便把他的斜眼移向小窗了。不到一刻钟，在新马具的细皮带下面稳步跑着的马刚才冒出热气的时候，哈尔洛夫的田庄已经看得见了。我们的马车穿过大开的门，驶进了院子。骑在前排左马身上的小马夫（他的腿垂下来还不到马身体的一半）发出一声孩子气的尖叫声，最后一次在柔软的马鞍上跳起来，同时老阿列克赛伊奇的双臂便张开，微微地举起，一声轻轻的吆喝声，我们的马车便停住了。不见一只狗带着狂吠出来迎接我们，那些敞开长衬衣、微微露出大肚皮的家仆的男孩们也不知道躲到哪儿去了。哈尔洛夫的女婿在大门口等着我们。我记得，最引起我注意的，就是仿佛像在“三一节”② 似的，插在台阶两边的小白桦枝子。“锦上添花，”苏威尼尔哼着鼻音说，他最先跳

① 法文：被保护人。

② 三一节，指圣灵降临节后的第一个礼拜日。——译者注

下了马车。自然，一切都现出庄严的意味来。哈尔洛夫的女婿系上一条结着缎子蝴蝶结的长毛绒领带，穿一件非常窄小的黑色燕尾服，他背后出现了马克西姆卡，他的洒上克瓦斯①的头发湿得直在淌水。我们走进客厅，便看见马尔丁·彼得罗维奇一动也不动地屹立——真是屹立——在屋子当中。我不知道苏威尼尔和克维青斯基看见他巨大的身体有什么样的感觉，我却有一种类似肃然起敬的感情。马尔丁·彼得罗维奇穿一件黑色高领的、灰色哥萨克宽大上衣，这也许是一八一二年他在民团服务时的制服吧，胸前佩着一枚铜勋章，身边挂了一把马刀，左手按着刀柄，右手撑在铺红布的桌子上。这张桌子上放了两张写满字的纸。哈尔洛夫动也不动，连气都不透一口；他的态度显得多么尊严，他对他自己，对他那种无限的、而且无可置疑的权力又是多么相信啊！他只是点点头来欢迎我们，一边声音嘶哑地说："请坐！"——用左手的食指指着一排椅子。客厅里右面墙边，站着哈尔洛夫的两个穿礼拜天服装的女儿：安娜穿了一件丁香色——绿色的表里一样的衣服②，束了一根黄色绸带；叶芙兰姆皮雅穿一件镶深红色边的粉红色衣服。徐特科夫站在她们旁边，他穿了一身新制服，他的眼睛里流露出平常那种迟钝而又贪婪的期待神情，他那多毛的脸上冒出了比平常更多的汗珠。客厅里左面墙边坐的是神父，这个老人长着一头褐色硬发，身上穿了一件鼻烟色的旧法衣。这种头发，和无精打采的、没有光泽的眼睛，生茧的大手（这双手似乎是他自己的重负，像

① 克瓦斯，一种用燕麦粉及麦芽酿制的清凉饮料。——译者注

② 这种料子的经纬是由不同颜色交织成的，给人以色彩变幻的印象。——译者注

一堆石头似地压在膝盖上），和法衣下露出来的一双擦过油的皮靴——这一切好像在诉说他那没有欢乐的、辛苦的生活：他的教区是很穷的。坐在他旁边是县警察局局长，一个肥胖而带苍白色、不大爱干净的绅士，有着肥软而短小的手和脚，黑眼睛，修剪得整齐的黑色唇须，脸上经常带着虽然快乐、却毫无意义的微笑：照当时的说法，他是出名的大受贿家，甚至是个暴君；但是不单是地主，就是农人也跟他很熟，而且都喜欢他。他用了非常随便，而且略带嘲讽的眼光朝四周望望：看得出来，他觉得这整个“手续”都很可笑。他感到兴趣的，事实上只有就要端上来的冷菜和烧酒。可是坐在他旁边的那个书记官（这是一个干瘦的人，有一张长脸，从耳边到鼻端的中间留了一片窄窄的亚历山大一世时代流行的连鬓须），却全神贯注地参加马尔丁·彼得罗维奇主持的仪式，他那双严肃的大眼睛不放松地盯住马尔丁·彼得罗维奇；由于聚精会神和同情的缘故，他一直在动、在扭他的嘴唇，却并不把嘴张开。苏威尼尔先告诉我，他是本省共济会①的领袖，然后便挨着他坐下，低声跟他谈起话来。人人都知道，县法庭临时分庭是由县警察局局长、书记官、警长三个人组成的，可是警长也许并没有出席，不然他就躲在我看不到的地方；然而，在我们县里他有一个“不存在的人”的绰号，好像总是“无法查明此人”似的。我坐在苏威尼尔的旁边，克维青斯基坐在我的旁边。在这个讲究实际的波兰人的脸上明显地流露出对这次“对什么人都毫无益处”的旅行，和徒然浪费

① 共济会，十八世纪出现于西欧的一种秘密的宗教神秘组织，号召人们自动地修养品德，号召人们在兄弟般友爱的基础上团结起来。这种运动十八世纪末至十九世纪初在俄国贵族中间很流行。——译者注

时间的懊恼来。……他仿佛在小声地自言自语："贵族太太！俄罗斯贵族的幻想！这些俄罗斯人实在叫我受不了！"

12

我们大家坐下之后，马尔丁·彼得罗维奇抬起肩膀，清了清喉咙，用他那对小小的、熊似的眼睛把我们全体一一地打量过，重重地叹口气，就开始说话了：

"亲爱的先生们！由于下面的事情，我邀请你们到这儿来。先生们，我老了，疾病开始来折磨我。……我已经得到一个警告，死期就像小偷那样正在偷偷地走近。……是不是这样说，神父？"他朝神父回过头去。

神父吃了一惊。

"是这样，是这样，"他含糊不清地说，他的须子抖了起来。

"所以，"马尔丁·彼得罗维奇突然提高了声音，说下去，"我不希望，死会突然把我带走，我决心要……"马尔丁·彼得罗维奇一个字、一个字地把两天前对我母亲说过的话重说了一遍。"按照我的决定，"他的声音愈来愈响了，"我拟了这张文约，"（他的手拍拍搁在桌子上的文件）"邀请地方当局出席作证，在这张文约上我的意思在于下列几点。我让位了，我当家的时间将跟我一块儿过去了！"

马尔丁·彼得罗维奇把他那副铁边圆眼镜架在鼻梁上，从桌子上拿起一张写了字的纸，读起来：

"退伍军官，炮兵上士和世袭贵族马尔丁·哈尔洛夫，在他头脑十分清楚时，根据他本人健全的判断，亲自写下分产的文约，在本文约内明确地规定哪项利益归两个女儿，安娜和叶芙兰姆皮雅——鞠躬!”(她们鞠躬了)“——承受，以及如何将奴仆，其它产业，家畜等交给上述两个女儿均分！特此立约为凭。”

“这是他们的字据，”县警察局局长带着他那种永远不变的微笑对克维青斯基小声说，“他们把它写得辞藻美丽读起来好听，可是法律上的文约要照格式写，并没有这一切的辞藻。”

苏威尼尔偷偷地笑了……

“照我的意思办吧，”哈尔洛夫插嘴说，他听见了县警察局局长的批评。

“一切都照您的意思!”县警察局局长连忙高兴地回答道。“马尔丁·彼得罗维奇，您知道，只有格式是免不了的。多余的细节可以省略。因为法庭不可能管有斑纹的乳牛和土耳其鸭子的事情。”

“你到这儿来!”哈尔洛夫对他的女婿大喝一声，他的女婿还是跟着我们进屋里来的，却始终带着谄媚的神情站在门口。

他马上跑到他的岳父跟前。

“你拿去，念！因为我念起来吃力。只是要当心，不要含糊啊！要使所有在场的先生们都能够听得明白。”

斯略金双手接住了那张纸，开始胆小地，然而发音清晰，还带着一种津津有味、而且有感情的调子念起这张分产文约来。文约上非常明确地指出，属于安娜的是什么，属于叶芙兰姆皮雅的又是什么，以及应该如何分配。哈尔洛夫时时插嘴进来，打断了他的朗读：“听着，安娜，这是给你的，为了你的勤劳!”或者说，“叶芙兰姆皮优希卡，这是我赏给你的!”于是姊妹两人都向他鞠躬，安娜深深地鞠躬，叶芙兰姆皮雅只是点点头。哈尔洛夫带着一种阴沉的威严望着她们。“庄园”(指新的小宅)他送给叶芙兰姆皮雅了——“按照向来习惯，属于幼女。”朗读者读到这些对他不愉快的字眼，他的声音响亮，而且发抖了；而徐特科夫却在舐嘴唇。叶芙兰姆皮雅瞟了他一眼；要是我处在徐特科夫的地位，这种眼光会使我不高兴的。叶芙兰姆皮雅像所有俄罗斯真正的美人那样，脸上常有一种瞧不起人的表情，这次并且带了特殊的意味。马尔丁·彼得罗维奇保留了他本人继续居住在他现在所住的房间的权利，而且在“口粮”名义下，给自己留了一份用“粮食实物”计算的充足赡养费，——和十个卢布一月的鞋袜、衣着费。哈尔洛夫要亲自来念分产文约的最后的一节。文约上这样写着：“所以遵照我做家长的意思，对我的女儿们来说，乃是神圣、不可违背的，犹如我的训诫一样。因为我，仅次于上帝，是她们的父亲，家长，故我没有对哪一个人解释的义务，也不必解释。她们要遵照我的意思，而我，父亲的祝福将跟随她们；她们要不遵照我的意思(上帝不许这种事)，则她们将永生遭受我做父亲的永不变更的诅咒，阿门!”哈尔洛夫把纸高高地举在头上，安娜马上敏捷地跪下去，叩头了；她的丈夫也跟着她弯身跪下。“那么，你怎么样?”哈尔洛夫对叶芙兰姆皮雅说。她满脸涨得通红，也跪在地上叩头了；徐特科夫全身朝前弯下去。

“签字!”哈尔洛夫大声嚷起来，他的手指指着纸的下端。

“这儿，安娜，‘我感恩，接受!’叶芙兰姆皮雅，‘我感恩，接受!’”

两个女儿站起来，一个接一个地签了字。斯略金也站起来，要伸手去拿钢笔，可是哈尔洛夫把中指插进他的领带中间，把他推开，吓得他透不过气来。沉默了片刻。突然，马尔丁·彼得罗维奇仿佛呜咽了，喃喃地小声说："唔，现在……一切都是你们的了！"他走到一边去了。两个女儿和一个女婿互相看了看，便走到他跟前，吻他臂肘的上端①。他们够不到他的肩膀。

13

县警察局局长读着真正的正式文约，马尔丁·彼得罗维奇起草的分产证书。然后他跟书记官一块儿走到台阶上，对聚在门口的邻居，见证人，哈尔洛夫家的农人们，和几个家仆说明事情的经过。然后举行两个新地主接管产业的仪式。她们也在台阶上出现了，县警察局局长用手指着她们，他的一根眉毛微微皱着，他的无忧无虑的面孔一下子露出威严的神情，他告诫农人"服从"。其实他大可以免去这番告诫，我以为天底下决找不到比哈尔洛夫家农人的面貌更温顺的了。他们都穿着平常遇到隆重典礼时才穿的衣服：旧的厚绒布外衣和破烂的长襟皮袄，不过腰带都束得很紧，像石像似的，动也不动地站着，只要县警察局局长发出类似惊叹词的叫声："鬼东西，你们听见了没有！魔鬼，你们明白了没有！"他们好像奉到一声命令一样，一下子全体鞠躬。这些"鬼东西和魔鬼"中的每个人，都用双手紧紧抓住帽子，眼

① 这是下对上，幼对长的古俄罗斯的礼节。——译者注

睛一直盯住那扇窗户，在那里看得见马尔丁·彼得罗维奇的身形。就连那些见证人也都有点胆怯。

“你们知道，”县警察局局长向他们嚷道，“马尔丁·彼得罗维奇的女儿和法定承继人承受产业有什么障碍吗？”

全体见证人一下子好像都把身子蜷缩起来了。

“鬼东西，知道吗？”县警察局局长又嚷道。

“没有，大人，我们不知道，”一个胡子和唇须都修得短短的、麻脸的小老头子勇敢地答道，他是一个退伍的士兵。

“好呀，叶列美伊奇真有种啊！”见证人这样地讲他，一面朝四方散去。

哈尔洛夫不管县警察局局长的请求，不肯跟他的女儿们一起走出，到台阶上来。“我不出来，我的百姓们也会服从我的意旨的！”他回答说。在办完分产手续以后，他感到了一种类似悲哀的感觉。他的脸色又变得苍白了。这种新的、以前不曾有过的悲哀的表情跟马尔丁·彼得罗维奇宽阔而肥胖的面貌多么不相称，我简直不知道应该怎么想才好。不会是忧郁病发作了吧？农人们也显然感到莫名其妙了。而事实上：“老爷活得好好的。——他站在那儿，还是那个老爷：马尔丁·彼得罗维奇！可是突然间，他不再是他们的主人了。……真古怪！”不知道哈尔洛夫是不是已经猜到他的“百姓们”脑子里的念头，还是想最后一次显显他的威风，他一下子打开小气窗，露出头来，就用响雷似的声音大吼：“服从！”然后，砰的一声，关上了小气窗。农人们的迷惑当然不会因此消除，或者减轻。他们显得更僵硬，而且好像连人也不看了。家仆们（他们中间有两个是健壮的女仆，穿印花布短衣，长着这样的小腿，好像只能够在米开朗基罗的著名的壁画《最后的审判》① 中才看得到，还有一个非常衰弱、半盲的老头子，老得须发雪白，穿一身表面有绒毛的、非常粗硬的呢外套，——据说，他还是波将金②时代的喇叭手，——和哈尔洛夫留给自己使唤的小听差马克西姆卡)，——这一群人显得比农人们活跃得多了，至少他们还站在原地上摇摆着身子。那两位新的女地主本身也非常尊严，尤其是安娜。她的薄嘴唇紧紧地闭着，她的眼睛老是朝下望……她的严厉的面貌对家仆们并不是什么好兆头。叶芙兰姆皮雅也不抬起眼睛，她只是回过头来一次，仿佛还带着惊讶的神情，把她的未婚夫徐特科夫从头到脚地看了一眼，他认为自己也应该跟着斯略金站到台阶上来的。"你有什么权利站在这儿呢?"这对鼓起的美丽的眼睛仿佛这样地说。斯略金这个人比什么人变化都大。他好像给贪欲浸透了一样，全身都露出一种忙忙慌慌的得意来；虽然他的头和脚还是像先前那样卑躬屈节地动着，可是他多么快活地伸开他的手臂，又多么起劲地扭动他的肩胛骨啊！他好像在说："终于，弄到手了!"接受产业的手续完毕以后，县警察局局长因为快要吃冷盆，喝烧酒，已经在咽口水了，便做出平常干第一杯酒之前那种特殊样子——搓他的手，可是马尔丁·彼得罗维奇仿佛要先举行一次洒圣水的祷告。神父披上破破烂烂的旧法衣，一个半死不活的执事从厨房里出来，费力地吹燃一个古老的、教堂用的铜香

① 米开朗基罗（1475—1564），文艺复兴时代意大利最伟大的画家，雕刻家。《最后的审判》是画在梵蒂冈西什庭教堂的壁上。——译者注

② 格·亚·波将金（1739—1791），俄女皇叶卡德林娜二世的宠臣，俄国国务活动家、外交家。在第二次俄土战争中任俄军总司令。——译者注

炉里的神香。祷告开始了。哈尔洛夫不断地叹息；由于他身体肥胖，不能在地上跪倒，可是他一面用右手画十字，一面埋下头，用左手指着地上。斯略金红光满面，甚至淌下眼泪来了；徐特科夫按照军队礼节，尊严地用手指头拨弄他的制服第三、第四颗钮扣；克维青斯基因为是罗马天主教徒就待在隔壁房间里；书记官却那么虔诚地祷告，又那么同情地跟着马尔丁·彼得罗维奇叹息，而且那么激动地嚼着嘴唇在喃喃地念着什么，同时又抬起眼睛望着高处。我看见他这个样子，我也感动了，也热诚地祷告起来。祷告完毕，就开始洒圣水，所有在场的人，连半盲的波将金时代的“喇叭手”，连克维青斯基都用圣水打湿了眼睛，安娜和叶芙兰姆皮雅还遵照马尔丁·彼得罗维奇的吩咐，再一次跪在地上向他感恩；最后，早餐的时刻终于到了！食物很丰富，而且都是非常好吃的；我们大家都吃得非常多。一瓶不可少的顿河的酒拿上来了。县警察局局长比我们大家更熟悉交际的习惯，而且他是政府的代表，所以他先举杯为“美丽的女主人们”的健康干杯！然后他向我们提议为最高贵、最慷慨的马尔丁·彼得罗维奇的健康饮酒！他说到“最慷慨”这个字眼的时候，斯略金发出一声尖锐的叫声，跑过去吻他的恩人。……“好，够了，够了，用不着了，”哈尔洛夫仿佛带了一点懊恼的神情含糊地说，一面用臂肘推开了他。……就在这个时候，一般人所谓的一件并不太愉快的意外事情发生了。

14

事情是这样的：苏威尼尔在早餐开始以后，就一直不停地喝酒，他突然站了起来，整个脸红得像甜菜头一样，发出了一阵零零落落的、恶劣的笑声。

“慷慨！慷慨！”他叽叽呱呱地说。“等到他，这个上帝的奴仆给人剥得精光……推到雪地里去，那个时候，我们倒要看看，慷慨是不是还配他的胃口！”

“傻瓜，你胡说八道干什么？”哈尔洛夫轻蔑地说。

“傻瓜！傻瓜！”苏威尼尔跟着他念了一遍。“只有至高无上的上帝明白，我们两个人中间哪一个是真正的傻瓜。可是您看，老兄，您弄死了我的姐姐，你的老婆——现在却来弄掉您自己了……哈！哈！哈！”

“您怎么敢来侮辱我们尊敬的恩人？”斯略金放下原来抱住马尔丁·彼得罗维奇肩膀的手，冲到苏威尼尔跟前，尖声嚷起来。“不过您要知道，只要我们的恩人愿意的话，我们马上就可以把这张文约当场作废！”

“反正您会把他剥得精光——推到雪地里去的……”苏威尼尔躲在克维青斯基的背后，答道。

“闭嘴！”哈尔洛夫大声吼道。“我一巴掌就可以打得你只剩下一摊血水。”他掉转身对斯略金说：“狗崽子，你也给我闭嘴！你不用插嘴，这儿可没有你说话的份！要是我，马尔丁·彼得罗维奇决心立下分产文约，谁能够把它作废？谁敢违反我的意志？世界上并没有这样的权力……”

“马尔丁·彼得罗维奇！”书记官突然用响亮的男低音说道；他也喝了很多酒，可是酒意只给他增加了威严。“唔，万一这位地主先生说的是真话又怎样呢？您做了一桩高贵的事情，万一——但愿没有这种事——真的……将来发生的并不是应该有的感恩举动，而是这种忘恩的行为又怎样呢？”

我偷偷地望着马尔丁·彼得罗维奇的两个女儿。安娜的眼睛只是盯住说话的人，不用说，我从没有见过比这更恶毒、更阴险，而且甚至在这种恶毒的表情中显得更美丽的面孔！叶芙兰姆皮雅掉过身去，抄着双手；一种轻蔑的微笑使她那丰满、红艳的嘴唇比任何时候都显得更弯曲了。

哈尔洛夫离开椅子站起来，张开嘴，可是，看得出，舌头不听他使唤了。……他突然用拳头在桌子上重重地敲了一下，使得屋子里所有的东西都颤抖起来，发出了响声。

“亲爱的爸爸，”安娜连忙说，“他们不了解我们，所以他们对我们会有这样的看法；可是请您不要气坏您自己。您犯不着生气；真的，您的脸都气得变了相了。”

哈尔洛夫望着叶芙兰姆皮雅；她动也不动一下，虽然坐在她身边的徐特科夫就近推了她一下。

“谢谢你，安娜，我的女儿，”哈尔洛夫闷声地说，“你是我的懂事的女儿，我指望着你，也指望着你的丈夫。”斯略金又发出尖锐的声音；徐特科夫挺起胸膛，微微顿了顿脚；可是哈尔洛夫并没有看到他的这种努力。“这个无赖，”他指着苏威尼尔的下巴，继续说，“他很喜欢挖苦我；”他转过身去对书记官说：“可是您，我亲爱的先生，您用不着管马尔丁·彼得罗维奇的事情，您还不了解呢。您虽然是一位官员，可是您的话很荒谬！而且事情已经办好，我的决心是无法变更的了。……好吧，祝你们幸福！我走了。我不再是这儿的主人，我是客人。安娜，你尽责招待客人吧，我可要回我自己的书房去了。我够啦！”

马尔丁·彼得罗维奇掉转身，背朝着我们，不再多说一句话，慢慢地踱出屋子去了。

主人突然退席，我们这伙人不能不感到狼狈了，尤其是两个女主人接着也不见了。斯略金想挽留我们也没有用。县警察局局长当然不会忘记责备书记官这种不合时宜的直率。

“没有办法！”书记官回答道。“良心逼着我说话。”

“这儿就看出他是个共济会会员，”苏威尼尔悄悄地对我说。

“良心！”县警察局局长反驳道。“我们很了解您的良心！我看它在您的口袋里就跟在我们这些罪孽深重的人的口袋里一样吧！”

这个时候，神父已经站起来了，可是看到宴会马上就要结束，他还在不停嘴地大口吃东西。

“我看，您的胃口倒不错，”斯略金尖刻地对他说。

“积蓄啊，”神父带着一种温顺的不自然的态度答道，从这句答话里可以听出来他很久没有吃饱过了。

轻便马车的声音响了起来……我们分别坐车走了。

在回家的途中，没有人阻止苏威尼尔的装腔作势同喋喋不休，因为克维青斯基早说过：这一切“对什么人都毫无益处”的胡闹叫他腻透了，他在我们动身之前，走路回家去了。徐特科夫搭我们的马车，坐在他的位子上；这个退伍少校脸上现出十分不满意的表情，他像蟑螂一样不断地拉他的唇须。

“喂，您阁下，”苏威尼尔声音不清楚地说，“从属关系①毁了，知道吗？等着看吧，看将来的发展吧！他们会狠狠地收拾您的！啊，您这位新郎，新郎，可怜的新郎啊！”

苏威尼尔醉得厉害，可怜的徐特科夫只是摸着他的唇须。

我回到家里，就把看到的事情原原本本地对我母亲讲了。她静静地听我讲完，把头摇了好几次。

“不是好事情，”她说，“我不喜欢所有这些新办法！”

15

第二天，马尔丁·彼得罗维奇来吃午饭。我母亲祝贺他顺利完成了他的心愿。

“你现在是一个自由自在的人了，”她说，“那么你应该感到轻松些了。”

“当然轻松些了，太太，轻松些了，”马尔丁·彼得罗维奇说，但是，从他脸上的表情一点儿也看不出他真正感到轻松。“现在我倒可以来替我的灵魂打算了，我也该为我的末日来临作准备了。”

“可是怎样呢？”我母亲问道，“你的手掌心还有那种蚂蚁爬行的感觉吗？”

哈尔洛夫把他的左手手掌捏紧又放松了两次。

“还感觉到，太太；而且我还要告诉您：我刚要睡着的时候，就有

---

① 指年轻人对长者的职位、身份严格服从的制度。——译者注

人在我的头脑里大叫：‘当心啊！当心啊！’”

“这……是神经，”我母亲说，她便谈起昨天签订分产文约的时候所发生的某些情况来了。

“唔，是的，是的，”哈尔洛夫打断了她的话说。“发生了一件……不重要的事。只是现在我有话告诉您，”他拖长声音补充地说。“昨天苏威尼尔的废话并没有使我不安——就是书记官先生，其实他是个慎重的人，——就是他的话也不会使我不安；使我不安的倒是……”说到这里哈尔洛夫支吾起来。

“谁呀？”母亲问。

哈尔洛夫抬起眼睛，望着我母亲：

“叶芙兰姆皮雅！”

“叶芙兰姆皮雅？你的女儿？这是怎么一回事？”

“老天爷怜悯我，太太——她就像石头一样，简直是一尊塑像！她真没有感觉吗？她的姐姐，安娜，——哦，一切应当做的事安娜全做了。她真机灵！叶芙兰姆皮雅——要知道我对她——我坦白地承认！我是特别偏爱她的！她真的对我没有一点感情吗？既然我把一切都送给她们，那就是我身体不好，那就是我感觉到我不久于人世了；她真像一块石头啊！她至少得哼一声嘛！鞠躬——她是在鞠躬，可是看不出一点感谢的样子！”

“那么，随她去吧，”母亲说，“我们把她嫁给加夫利拉·费杜雷奇……在他手里，她会变得柔顺的。”

马尔丁·彼得罗维奇又抬起眼光望母亲。

“怎么，就是这个加夫利拉·费杜雷奇吗？请问，太太，您也指望他吗?”

“我指望他。”

“好吧，太太。嗯，您比我了解得多。至于叶芙兰姆皮雅，让我告诉您——我有什么，她也有什么：我们的性情完全一样。我们都有哥萨克的血，我们的心就像燃烧的炭一样!”

“我的朋友，难道你真有一颗这样的心吗?”

哈尔洛夫不回答这句问话。他沉默了一会儿。

“你究竟要怎么样，马尔丁·彼得罗维奇，”母亲又说，“你现在打算怎样来拯救你的灵魂?你到米特罗法涅去，还是到基辅去呢?也许，还是到奥普季纳沙漠去吧，因为它就在这附近!我听见人说，那儿出现了一位这样的圣僧……他叫玛卡利神父，再也找不到一个像他这样的人了!不管什么样的罪过，他都看得很清楚。”

“如果她真是一个忘恩负义的女儿，”哈尔洛夫声音沙哑地说，“那么我还不如亲手把她杀死!”

“你说什么!你说什么!上帝跟你同在!你清醒吧!”母亲大声说。“你说的是什么话呀!我看麻烦就在这里了!前几天你来找我商量的时候，你就应当听我的话!而现在，你不替你的灵魂打算，却来折磨你自己!你折磨你自己——可是犯不着后悔啊!是啊!现在你在诉苦，你害怕了……”

这种责备仿佛刺痛了哈尔洛夫的心。他以前全部的骄傲又像潮水似地在他的心里涌起来了。他打起精神，他的下巴又朝前翘出来了。

“娜塔利雅·尼可拉叶夫娜太太，我不是这种好诉苦的、胆小的人，”他闷闷不乐地说。“我只是想对您，对我的恩人，我所尊敬的人说出我的感觉罢了。可是老天爷知道，”（他说到这里，把手举到头上去了。）“如果我违背诺言，或者……”（他说到这句话甚至都嗤笑了。）“或者感到害怕，或者后悔我做过的事，那比地球毁灭还难得多呢！这就是所谓原因了！我的女儿永生永世都要服从我的，阿门！”

母亲掩住了耳朵。

“亲爱的朋友，你为什么要像大喇叭似地大声嚷呢！要是在这件事上，你对你的家属真是这样信任的话，那真该谢天谢地了！你把我的头都震破了！”

马尔丁·彼得罗维奇道了歉，叹了两口气，又不作声了。母亲又提起基辅，奥普季纳沙漠，和玛卡利神父来。……哈尔洛夫唯唯诺诺，随声附和道：“这是必需的……必需的……应该的……替灵魂打算……”就只是这一类的话。一直到他离开的时候，他还是提不起兴致；他时时把他的手掌捏紧又放松，望着手掌心说，他感觉到最可怕的事情就是没有忏悔，突然中风死去，因此他下了决心：不再生气了，因为心境变坏，会犯脑充血的。……而且，他现在已经不管事了，为什么还要生气呢？现在让别人来操劳，来呕心血吧！

他向母亲告辞的时候，带一种奇怪的神气，忧郁而疑问地望着她……他突然动作迅速地从衣袋里抽出了一本《勤劳者娱闲录》，塞到母亲的手里。

“这是什么？”她问。

“读吧……这儿，”他连忙说，“书角打折的地方，讲到了死。我以为它说得太好了，可是我怎么也不明白。恩人，您能不能给我解释清楚呢？我下次来的时候，您可要给我解释啊。”

马尔丁·彼得罗维奇说完这句话，就离开了。

“这个人有毛病了！喉，有毛病了！”他走出门望不见了的时候，母亲这样说，她读起《勤劳者娱闲录》来。在哈尔洛夫打折的那一页上有下面这些话：

“死是自然界的伟大而庄严的工作。死也不过是这么一回事：精神因为比那些支配着它的原素，甚至比电的力量更灵巧，更细致，而且更深透得多，所以它会靠化学作用来净化自己，而且努力要达到一种跟它一样的精神世界……”等等①。

母亲把这一节念了两遍，叫了一声：“呸!”就把书本扔到一边去了。

两三天以后，母亲得到她姐夫病故的消息，带着我动身到她姐姐的乡下去了。母亲原先打算在她那里住一个月，可是一直住到秋末，我们九月底才回到自己的村子里。

16

我的听差普罗柯菲（他自以为是地主家的猎人②）出来迎接我，他报告的第一个消息就是：有很多的山鹬飞来了，特别是在耶西科夫（那是哈尔洛夫的产业）的白桦林里，它们更是大群、大群地飞着。这时离午餐的时间还有三个钟头光景，我马上拿起枪和猎袋，带着普罗

① 见一七八五年莫斯科出版的《勤劳者娱闲录》第二期。——作者原注

② 猎人农奴，地主家吃的野味由他供给。——译者注

柯菲和一条有波形长毛的猎狗一块儿奔到耶西科夫林子去了。在那里，我们的确发现了许多山鹬——而且放了三十多枪，打死了五只山鹬。我带着猎物赶回家去的时候，我看见路旁有一个正在耕田的农人。他的马站住不动了，他一边带怨声凶狠地骂着，一边用缰绳毫不留情地抽它那个偏在一边的脑袋。我仔细地看看这匹可怜的瘦马，它的肋骨差不多全露出来了，而且它那热汗淋淋的腹部两边就像铁匠铺的坏风箱那样做出痉挛性的、不规则的一起一伏的动作，——我马上认出它来，就是给马尔丁·彼得罗维奇拉过多少年车子的那匹肩上带伤的、又瘦又老的母马。

“哈尔洛夫老爷还活着吗?”我问普罗柯菲道。我们两个人那样“全神贯注地”热心打猎，一直到这个时候，我们还没有说过一句别的话。

“活着，少爷。可是，少爷，您为什么问这句话?”

“这不是他的马吗？难道他把它卖掉了?”

“少爷，这正是他的马；说到卖，他才不会卖掉它呢；是他们从他手里弄走它的——而且把它给了这个农人。”

“他们怎么弄走它的？他会同意吗?”

“少爷，他们不会征求他同意的。您不在家的时候，那儿的一切事情全改变了，”普罗柯菲脸上露出微微的冷笑说，作为对我的惊讶的眼光的回答。“灾难啊！我的老天爷！现在他们那儿是斯略金老爷在管理一切了。”

“那么马尔丁·彼得罗维奇呢?”

“马尔丁·彼得罗维奇可以说已经成了一个最下等的人了。他只是啃干面包过日子了——还有什么别的呢？他们把他完全毁了。说不定哪天他们会把他赶出来的。"

这样一个巨人会给人赶出来，这个念头我怎么也想不到。

"那么徐特科夫为什么不照顾他呢?"我后来问道。"他跟哈尔洛夫的第二个女儿结了婚吗?"

"结了婚?"普罗柯菲跟着我说了一遍，这一次他很明显地冷笑了。"人家根本就不让他走近那所宅子。他们说，我们不需要你；他们说，往后不要来碰壁吧。我说过：斯略金在主持一切事务了。"

"那么未婚妻又怎样呢?"

"您是说叶芙兰姆皮雅・马尔丁诺夫娜吗? 唉，少爷，我怎么能对您讲呢……可是您太年轻了——就是这么一回事。这些事情还在那儿照样进行，咦……咦……咦！喂！季安卡①好像站住了!"

我的猎狗趴在路旁一个幽谷的尽头，一片茂密的橡树林前面，真的好像生根一样地站住不动了。我和普罗柯菲奔到狗跟前去，从林子里飞出了一只山鹬。我们两个人对它开枪，没有打中；山鹬飞到别处去了；我们跟着它追过去。

我回家的时候，汤已经放在餐桌上了。母亲责备我。"这是怎么一回事?"她带着不满意的神情说。"回家第一天，——你就要叫我等候你吃饭啦!"我把死山鹬提起来给她看：她连看都不看它们一眼。餐厅里除了她，还有苏威尼尔，克维青斯基和徐特科夫。这位退伍的少校躲在角落里——简直像一个犯了过失的小学生，脸上现出惶惑和懊恼的表情，眼睛通红。……你甚至会这么想：他不久以前还哭了一会儿

① 猎狗名。——译者注

呢。母亲的心情一直不好；我毫不费力地猜出来，我回家迟跟这件事毫无关系。吃午饭的时候，她差不多没有说过一句话；少校偶尔抬起头来，用他那可怜的眼光看看她，然而，他的胃口倒不错；苏威尼尔战战兢兢；克维青斯基保持他平日那种沉着的态度。

“维肯其·奥西培奇，”母亲转身对他说，“明天请您派一辆马车去接马尔丁·彼得罗维奇，因为我得到消息，他已经没有自己的马车了；还叫人告诉他，他一定要来，我很想看见他。”

克维青斯基想说什么反驳的话，可是他忍住了。

“还让斯略金知道，”母亲继续说，“我命令他到我这儿来。……您听到没有？我……命……令！”

“原本是这样，正是……这种坏蛋该……”徐特科夫悄悄地说，可是母亲那样轻蔑地瞅了他一眼，他马上掉过头去，不作一声了。

“您听到没有？我命令！”母亲又说了一遍。

“听到了，太太！”克维青斯基恭顺而带尊严地回答。

“马尔丁·彼得罗维奇不会来的！”午饭后，苏威尼尔跟我一块儿从餐厅里出来的时候，他小声对我说。“您看吧，他变成什么样子了！简直想象不到！我以为——不管别人对他讲什么——他一句话也不会懂了。是的！毒蛇给叉子压住了！”

苏威尼尔那种发颤的笑声又响起来了。

17

苏威尼尔的预言居然是正确的了。马尔丁·彼得罗维奇不肯来看我的母亲。她对这件事很不高兴，派人送信给他；他叫来人带回一张四开纸的字条，上面用大字写着这些话："的确我不能来。我会羞死的。让我自食其果吧。谢谢您。请不要苦恼！哈尔洛夫·马尔丁柯。"斯略金来了，不过，并不是母亲"命令"他来的那一天来的，而是过了整整一昼夜之后。母亲吩咐人把他带到她的书房里去。……天晓得，他们谈了些什么，可是谈话的时间并不长：不会超过一刻钟。斯略金从母亲的书房走出来的时候，他那涨得通红的脸上现出那么狠毒、凶恶、又无礼的表情，我在客厅里看到他，也给他吓呆了，连那时在客厅里荡来荡去的苏威尼尔也突然打住了笑声。母亲也是满脸通红地从屋里走出来。她大声说，从今以后，无论怎么也不让斯略金先生进门；要是马尔丁·彼得罗维奇的两个女儿胆敢前来的话，——她说，她们会无耻到这样的程度——她也不让她们进门。在吃午饭的时候，她突然叫了起来："多么可恶的小犹太！是我拧着他的耳朵，把他从污泥里救出来的；是我提拔了他；他的一切，一切都是我给他的，——他居然敢对我说，我没有权干涉他们的事情！马尔丁·彼得罗维奇多么糊涂！怎么能够放纵他呢！放纵！怎么成？啊哈！他是一个忘恩负义的臭小子呀！卑鄙的小犹太呀！"徐特科夫少校也在餐桌上吃饭，他以为现在上帝吩咐他利用这个好机会，便插嘴进来……可是母亲马上用申斥阻止了他。"得啦，你倒是一个好人，我的先生！"母亲说。"你对付不了一个小姑娘，还算是一个军官！你还指挥过一连士兵呢！我想象得出那一连士兵是怎样服从你的！还希望当总管呢！你会是一个多么出色的总管啊！"

坐在餐桌那一头的克维青斯基，带着幸灾乐祸的神情，独自微笑，然而可怜的徐特科夫只是摸着胡髭，竖起眉毛，把他那张长满胡须的脸藏到餐巾下面去了。

午饭后，他照着平常习惯，到台阶上去抽烟斗，——我觉得他是那么可怜，又那么凄凉，我平时虽然不喜欢他，可是我马上就走到他跟前去了。

“这怎么一回事，加夫利拉·费杜雷奇，您跟叶芙兰姆皮雅·马尔丁诺夫娜的婚事吹了?”我一点也不委婉地说，“我还以为你们早已结婚了呢。”

退伍少校无精打采地看了我一眼。

“阴险恶毒的蛇，”他痛苦地用力把每个字、每个音节吐了出来，“用他的毒舌刺伤了我，我一生的希望完全化成灰了！德米特里·塞密诺维奇，我真愿意把他所有恶毒的行为全告诉您，可是我又怕惹您母亲生气!”（“您太年轻了，”普罗柯菲脸上的表情在我的脑子里一闪。）“已经闹到这样……”

徐特科夫呻吟起来。

“忍耐……忍耐……现在还留下什么呢!”（他捏紧拳头打自己的胸口。）“忍耐吧，老兵，忍耐吧！我忠诚、老实地……无可指责地……为沙皇服务过了！是的！不惜流血淌汗，可是现在我弄到了什么样的地步！要是这是在军队里，事情就全凭我作主了，”他带痉挛性地抽着樱桃木的长烟斗，沉默了一会儿，他又接着说下去，“我要把他……我要用我的马刀背打他三次……就是说，叫他痛得打滚……”

徐特科夫从嘴里拿下烟斗，他的眼睛凝视着空间，好像他正在欣赏他所想象出来的那幅图画一样。

苏威尼尔跑过来，又在挖苦少校了。我离开他们走到一边去，我打定主意，无论如何要亲自去看看马尔丁·彼得罗维奇。……我孩子气的好奇心给强烈地唤起来了。

18

第二天，我又拿着枪，带着猎狗，到耶西科夫林子去了。这一次我没有叫普罗柯菲一块儿去。这一天天气非常好：我以为除了在俄罗斯外，哪儿也找不到这样美好的九月的日子！四周是那么宁静：你能够听见一百步以外松鼠在枯叶上跳来跳去，断枝掉下来，先微微钩住另外的枝子，后来落到了柔草上面——永远掉在那儿：静静地等着腐烂。不冷不热的、刚刚发香的、仿佛还略带酸味的空气令人舒适地向你的眼睛和脸扑来；一个像丝一样细的、中间还有一个小白球的、长长的蜘蛛网平稳地在空中浮动，刚刚挨到我的枪身，便一直往上伸到空中去了——这是温暖气候的真正象征。太阳照耀着，可是阳光却像月光那样的柔和。山鹬倒常常出现；不过我现在并不特别注意它们；我知道这个林子差不多直通到哈尔洛夫的住宅，和他的花园的篱笆，我便偷偷地朝那边走去，虽然连我自己也不能够想象，我怎么会溜到那所宅子去，我甚至怀疑，我极力想溜到那里是不是应该的，因为我母亲很不高兴那所宅子的新主人。

我好像觉得不远的地方有人声。我倾听着……。有人在林子里走着……一直朝我的方向走来。

“你应当这样讲的，”一个女人的声音说。

“你倒会讲!”另外一个人打岔说，这是男人的声音。“难道一下子全讲明白吗?”

我熟悉这些声音。在稀疏的胡桃树丛中隐约地现出来一个女人的天蓝色的衣服；在她的旁边的是一个穿深色农民外衣的男人。过了一会儿，斯略金和叶芙兰姆皮雅走出来了，走到离我五步光景的林间空地来了。

他们突然窘透了。叶芙兰姆皮雅马上退到林子里去了。斯略金想了一想，就朝着我走过来。在他的脸上已经看不到四个月以前他在哈尔洛夫院子里走来走去、手里搓着我那匹马的轻勒时那种卑躬屈节的表情了；可是在这张脸上我也找不到前一天我在母亲书房门口遇见他时，叫我感到多么惊愕的那种无礼、挑战的表情。这张脸还是像从前那样白皙、漂亮；可是这张脸却仿佛庄严多了，也宽多了。

“喂，您打了多少只山鹬?”他举起帽子，得意地微笑着，他的手摸着他那黑色的鬈发，问我道。“您在我们林子里打猎……欢迎之至!我们不会妨碍您……完全相反!”

“今天我一只都没有打到，”我回答他第一个问题说，“而且我马上就离开你们的林子了。”

斯略金马上戴上了帽子。

“哎呀，这是为什么呢？我们并没有赶走您，我们甚至还很高兴呢。……就是叶芙兰姆皮雅·马尔丁诺芙娜也会这样说的。叶芙兰姆皮雅·马尔丁诺芙娜，请到这儿来！您躲到哪儿去了?”

叶芙兰姆皮雅的头从灌木后面露出来了；可是她并不走到我们这里来。她近来长得更好看了，她好像高了些，也胖了些。

“老实说，”斯略金继续说下去，“我甚至非常高兴‘遇到’您呢。虽说您还年轻，可是您已经很明白道理了。昨天您母亲对我很生气——不肯听我说出任何的理由，我却要在您面前，好像将来在上帝面前那样说话：我没有一点可责备的地方。我们不可能用另一种方法对待马尔丁·彼得罗维奇：他完全变得像小孩子一样了。哎呀，我们真没法满足他那反复无常的古怪脾气！可是我们也对他表示了应有的尊敬。您尽可以问叶芙兰姆皮雅·马尔丁诺夫娜。”

叶芙兰姆皮雅动也不动一下；她寻常的那种轻蔑的微笑浮上了她的嘴唇，她那双美丽的眼睛里有一种不怀好意的表情。

“可是符拉季米尔·瓦西里叶维奇，您为什么要把马尔丁·彼得罗维奇的马卖掉呢？”已经落到农人手里的那匹马使我特别感到不安。

“少爷，为什么我们要卖掉他的马？愿上帝怜悯吧，能够拿它派什么用处呢？只是白白地嚼干草罢了。可是在农人那里，它倒还能够耕田。至于马尔丁·彼得罗维奇——要是他忽然想到哪儿去的话——只要对我们说一声就行了。我们不会不给他坐马车的。在没有工作的日子里，我们倒很乐意呢！”

“符拉季米尔·瓦西里叶维奇！”叶芙兰姆皮雅闷声地唤着，她仿佛要叫他过去，她自己还是站在原来的地方。她的手指在拨弄车前子的草茎，拿它们互相击来击去，把它们的头都敲掉了。

“说到小听差马克西姆卡，那又是另外一回事了，”斯略金继续说，“马尔丁·彼得罗维奇抱怨说，我们把他身边的马克西姆卡弄走，送去当学徒了。可是请您想想吧：好吧，要是他待在马尔丁·彼得罗维奇的身边会干些什么呢？游手好闲罢了；不会再有别的了。而且他不会好好地伺候人的，因为他愚蠢而年纪又小。现在我们送他到马具匠那儿去当学徒。他会成为一个很好的手艺匠人，他自己会得到好处，而且也可以向我们缴免役税。少爷，在我们小小的产业里，这可是很重要的事情！我们小小的产业里任何事情都是不应当忽略的！”

“这就是马尔丁·彼得罗维奇称为‘废物’的人啊！”我心里想道。

“可是现在谁念书给马尔丁·彼得罗维奇听呢?”我问道。

“只是念什么呢? 他有过一本书——可是，幸而，不知掉到哪儿去了。……在他那样的年纪，读书又有什么用呢!”

“那么谁替他刮胡子呢?”我又问。

斯略金好像在回答一个有趣的笑话似地赞同地微笑了。

“的确没有人。起初他用蜡烛来烧胡子，——现在，他却完全不管了。妙极了!”

“符拉季米尔·瓦西里叶维奇!”叶芙兰姆皮雅固执地又叫了一次，“喂，符拉季米尔·瓦西里叶维奇!”

斯略金对她做了一个手势。

“马尔丁·彼得罗维奇的鞋袜，衣着，食物跟我们用的完全一样；他还要什么呢? 他自己也说过，在这个世界上他不再希望什么了，他只专心照顾自己的灵魂。他应该明白，现在一切——无论如何——都全是我们的了，他也说过，我们不付给他津贴；可是我们自己也不常有钱啊；他有吃有住的时候，还要钱干什么呢? 可是我们倒一直把他当作亲人看待。我对您不说假话。举一个例子说，他住的那几间屋子，——我们可真需要呢！没有这些屋子，我们简直连转弯的地方都没有；可是我们什么话都没有说！——我们都忍下去了。我们甚至还在想怎样让他消遣。所以，在圣·彼得节日那一天，我还到城里去给他买一些很好的鱼钩——真正的英国货呢——贵重的鱼钩！好让他去钓鱼。我们的池子里有鲫鱼。他可以坐着钓鱼！他坐上一两个钟头，我们的鱼汤也有了。对于老年人，这种工作是最合适的了。"

"符拉季米尔·瓦西里叶维奇！"叶芙兰姆皮雅用坚决的语调第三次唤道，这一次她把手指间拨弄的草茎远远地抛开了。"我走了！"她的视线跟我的视线遇在一块儿了。"我走开了，符拉季米尔·瓦西里叶维奇！"她又说了一遍，消失在灌木丛中了。

"我马上就来，叶芙兰姆皮雅·马尔丁诺夫娜，马上就来！"斯略金大声说。他转过头来对我说下去："马尔丁·彼得罗维奇本人现在也赞成我们的意见了。一开始他很不高兴，仿佛还大发过牢骚，您知道，那个时候，他还没有明白过来；您应该记得，他过去是一个火暴性子、严峻的人——这多糟！嗯，现在他可变得非常沉静了。因为——他看出来，这对他有利。您的妈妈——啊，我的上帝呀！她多么狠地攻击我。……当然：一位贵族夫人看重她的权势，并不比马尔丁·彼得罗维奇过去那种情形差多少；好吧，您过来亲自看看吧，您抓住机会替我说一句好话吧。我深深地感谢娜塔利雅·尼可拉叶夫娜的恩惠；然而我们也得活下去啊。"

"为什么拒绝徐特科夫呢？"我问道。

"是说费杜雷奇吗？是说那个懒汉吗？"斯略金耸了耸肩膀。"愿上天怜悯我们，他有什么用场呢？他这一辈子当兵混过去了——他忽然想到这儿来经营田产了。他说，我会镇压农民。因为我打惯了人的脸。他什么事都不会干，少爷。连打人脸也得有方法啊！况且叶芙兰姆皮雅·马尔丁诺夫娜本人不要他。他完全是不中用的人。我们所有的产业都会毁在他手里的!”

“嗨!”叶芙兰姆皮雅的响亮的声音响起来了。

“马上来，马上来!”斯略金随声应道。他向我伸出手来，我虽然不愿意，还是跟他握了手。

“再会，德米特里·塞密内奇,”斯略金说，露出了他满口雪白的牙齿。“请您随便开枪打山鹬吧；鸟是飞来的，不属于任何人的。不过，唔，您要是遇到兔子的话，您就饶了它吧；这是属于我们的。还有一件事情！你们的母狗没有生小狗吧？我倒很高兴有一只小狗!”

“嗨!”叶芙兰姆皮雅的声音又响了起来。

“嗨！嗨!”斯略金随声应着，跑进灌木丛里去了。

19

我记得，只剩下我一个人的时候，我满脑子想着这个问题：为什么哈尔洛夫不给斯略金一个巴掌，“打得他只剩下一摊血水”呢？斯略金又怎么会不怕这种命运呢？看来，马尔丁·彼得罗维奇真变得“沉静”了，——我这样想着，我更加强烈地想溜到耶西科夫去，至少我可以偷偷地看一眼这个巨人，我怎么也想象不出他会给折磨得温顺了。我已经走到林子跟前——突然，就在我的脚底下，一只很大的山鹬，猛拍着翅膀飞起来，很快地飞进树林深处去了。我端起枪瞄准；我的枪开不响。我懊恼极了：这只鸟长得很好，我决定再试一下，看我能不能再叫它飞起来？我朝它飞去的方向走，走进树林约有两百步光景，在一片小草地上，在枝叶茂密的白桦树底下，我看到的不是山鹬，却又是这位斯略金先生。他面朝天地躺着，双手放在脑后，脸上露出满足的微笑，望着天空，左脚搁在右边膝盖上微微地摇来晃去。他没有看到我走近。离开他没有几步路，叶芙兰姆皮雅埋下眼睛，慢慢地在草地上走来走去；她好像正在青草丛中找寻什么东西，——蘑菇一类的东西吧——，时时弯下身子，伸出手去，而且在低声唱歌。我马上站住了，侧耳倾听。开始我听不清楚她唱的是什么，可是后来我听清楚了这几句人人都知道的古歌中的歌词：

来吧，险恶的黑云，来吧，
你来吧，送我岳父一命归天，
雷劈吧，把我岳母劈入阴司吧，
我亲自动手杀死我年轻的妻子！

叶芙兰姆皮雅越唱下去声音越响亮；她特别用力把最后几个字拖得很长。斯略金还是仰面躺着，一个人在笑，她好像总是绕着他走来走去。

“你看吧！”他终于说了，“并不是只有他们想到这种事！”

“什么?”叶芙兰姆皮雅问道。

斯略金略略抬起头来。

“什么？你唱的是什么?”

“佛洛佳①，你自己知道，歌词是删改不了的，”叶芙兰姆皮雅答道，她转过身来，便看见了我。

① 佛洛佳，符拉季米尔的爱称。——译者注

我们两个人一下子都叫起来，各人往不同的方向跑开了。

我连忙走出树林，穿过一片狭小的林中空地，我才发觉我已经走到哈尔洛夫的花园前面了。

20

我没有时间，而且也没有理由去想我所看到的事情。我只记得一个字眼：“爱的迷药”①。这是我前不久才知道的，而且它的含义我一直弄不明白。我沿着花园的篱笆走，过了一会儿，从一片银白色白杨树（它们还不曾掉过一片叶子，枝叶繁茂，闪闪地在发光）后面看到马尔丁·彼得罗维奇的院子和住宅了。我觉得整个庄园都显得很干净，很整齐、漂亮；到处都可以看出经常严格管理的痕迹。安娜·马尔丁诺夫娜走到台阶上来了，她眯起浅蓝色的眼睛朝树林那个方向望了许久。

“看见老爷吗？”她问一个正从院子走过的农人。

“符拉季米尔·瓦西里叶维奇吗？”那个人脱下帽子回答道。“他好像到林子里去了。”

“我知道他在林子里面。他没有回来吗？你没有看见他吗？”

“我没有看见他——没有。”

农人光着头，站在安娜·马尔丁诺夫娜的面前。

“好，去吧，”她说；“还不要走……站住。……马尔丁·彼得罗维

① 照民间传说，小伙子可能用咒语或者春药迷惑姑娘。——俄文本编者注

奇在哪儿？你知道吗？”

“马尔丁·彼得罗维奇呀，”农人用一种唱歌似的调子答道，他一会儿左手，一会儿右手，轮流地举起来，好像在指什么地方似的，“拿着钓竿坐在那边，池子那儿。他拿着钓竿就坐在芦苇丛中。在钓鱼吧，那只有天晓得了。”

“好啦……去吧，”安娜·马尔丁诺夫娜说，“把那个轮子捡起来；看，它在打滚呢。”

农人跑着去执行她的命令了，她还在台阶上站了一会儿，她的眼睛仍然望着树林的方向。然后她并不作声、威胁地捏紧了一只拳头，慢慢地走回屋子去了。

“阿克秀特卡！”我听见她那命令的声音在屋子里响了起来。

安娜·马尔丁诺夫娜满脸怒容，不知怎么，她本来很薄的嘴唇，现在特别闭得紧紧的。她的衣服并不整齐，一缕松散的头发垂到了她的肩膀上。可是，不管她衣服不整齐，不管她满脸怒容，在我看来，她还是像从前那样地动人，要是我能够吻一吻这只好像也不怀好意的纤手（她就是用这只手怒气冲冲地把那一缕垂下来的头发甩回去两次），那我会觉得多么快乐啊！

21

“难道马尔丁·彼得罗维奇真的成了一个钓鱼的人吗？”我朝着花园另一头的那个池塘走去的时候，这样地问自己道。我登上堤坝，这边望望，那边望望。……在哪儿也看不到马尔丁·彼得罗维奇这个人。

我沿着池塘的一边岸上往前走，后来差不多走到池塘的尽头了，在一条小河湾上，在一片平平的、变成了褐色的芦苇的断梗丛中，我看见一大块灰色的东西。……我仔细一看：这就是马尔丁·彼得罗维奇。他没有戴帽子，满头乱发，穿一件脱了线的破烂的粗布农民对襟外衣，盘着腿，动也不动地坐在光秃秃的土地上；他坐得那样呆，所以我一走近，一只待在离他两步的干泥上的矶鹞就突然飞走了，它叫着，不停地拍着它的小翅膀，飞过了平静的水面。看起来，它附近好久都没有人打扰过，也没有人来吓过它了。哈尔洛夫的整个面貌变得大不同了，所以我的猎狗看见了他，便卒然站住，夹起尾巴狂吠起来。他微微地掉转头来，他那对变野了的眼睛盯住我和我的猎狗。他的白胡子使他的容貌有了很大的改变：他的胡子虽然短，可是浓密、而且鬈曲成环形，好像羔羊皮一样。他的右手拿住钓竿的一端，另一端却在水里微微地摇动。我不觉痛苦得心都紧了；可是我打起精神，走到他面前，向他问好。他慢慢地眨起眼睛来，好像他刚刚醒过来似的。

“您在干什么，马尔丁·彼得罗维奇，”我说道，“在这儿钓鱼吗？”

“是……钓鱼，”他声音嘶哑地答道，把鱼竿朝上抽起来，在它的末端悬着一根一阿尔申长的线，并没有鱼钩。

“您的钓丝断了，”我说，我又看见马尔丁·彼得罗维奇的身边既没有饵罐，也没有蚯蚓。……而且在九月里怎么能够钓鱼呢！

“断了吗？”他说，用手摸摸面孔。“可是这全是一样！”

他又把钓竿抛下去了。

“娜塔利雅·尼可拉叶夫娜的儿子吗？”过了两分钟的光景，他问道，在这中间，我不免暗暗惊讶地端详他。虽然他瘦得很多，他还是一个巨人；可是他的衣服多么破烂，而且他又是多么衰颓啊！

“我正是，”我答道，“我是娜塔利雅·尼可拉叶夫娜·布的儿子。”

“她好吗?”

“我妈妈很好。您的拒绝使她伤心透了，”我又说；“她怎么都没有想到，您会不肯到她那儿去。”

马尔丁·彼得罗维奇埋下头去。

“你可去过……那儿?”他朝一边摇摇头，问道。

“哪儿?”

“那儿……庄子啊。没有去过吗? 去吧，你在这儿干什么呢? 去吧。跟我谈话没有用。我不喜欢。”

他不作声了。

“你老是喜欢背着枪到处游荡！在我年轻的时候，我也是走这条路。只是我的父亲……然而我很尊敬他，我真是这样！现在可没有这种事情。父亲用马鞭子痛抽我，我就停止了！不再游荡了！所以我尊敬他……呜！……是的……”

哈尔洛夫又不作声了。

“你不用待在这儿，”他又开口说。“你到庄子去吧。现在，那里家务管理得很好。佛洛其卡……”他说到这里，迟疑了一下。“我的佛洛其卡什么事都能干。好小子！可也真是一个坏蛋啊!”

我不知道应该怎么说了；马尔丁·彼得罗维奇又非常安静地说下去：

“去看看我的女儿吧。你大概还记得我有女儿吧。她们也是很聪明的……管家人。我可已经老了，小朋友；丢开家务了。你知道，我退休了。”

“很好的退休啊！”我看了看四周，心里想道。

“马尔丁·彼得罗维奇！”我大声说，“您一定要到我们那里去啊。”

哈尔洛夫望着我。

“去吧，小朋友，走开吧；这是我的回答。”

“不要使妈妈伤心，您来吧。”

“去吧，小朋友，去吧，”哈尔洛夫反复地说。“你跟我谈些什么呢？”

“要是您没有轻便马车，妈妈会派她的马车来接您。”

“去吧！”

“这总是真的吧，马尔丁·彼得罗维奇！”

哈尔洛夫又埋下头去，我还觉得，他那像盖上一层土似地变成了黑色的脸颊微微地发红了。

“真的；您来吧，”我继续说。“您坐在这儿干什么呢？为什么要折磨自己呢？”

“这怎么是折磨呢，”他慢吞吞地说。

“就是这样——折磨！”我又说了一遍。

哈尔洛夫不作声了，他仿佛在沉思似的。

这一阵沉默给了我鼓励，我决定坦白地、直截了当地对他说话了。（请不要忘记，那个时候我才十五岁呢。）

“马尔丁·彼得罗维奇，”我挨着他坐下，说起来。“您看，我什么都知道，完全知道！我知道，您女婿怎么对待您，不用说是得到您女儿同意的。现在您落到这种境地了。……可是您为什么要垂头丧气呢?”

哈尔洛夫还是不作声，只是把钓竿放下去；可是我却以为自己是一个多么聪明的人，多么了不起的哲学家！

“不用说，”我又说下去，“您做事太不谨慎，把所有的东西都给了您的女儿。在您这方面说，是非常慷慨的举动——我也不责备您。在我们这个时代，这可是极其少见的行为！然而，要是您的女儿们这样忘恩负义的话，那么，您应该表示轻蔑啊……正是轻蔑……您不应当愁苦……”

“闭嘴!”哈尔洛夫突然从牙齿缝发出来含糊的声音说，他那双注视着池子的眼睛也凶狠地发出光来。“走开!”

“可是，马尔丁·彼得罗维奇……”

“走开，我对你说……要不，我会杀死你!”

我已经挨他很近了；可是我听到他最后一句话的时候，就不自觉地跳了起来。

“马尔丁·彼得罗维奇，您为什么要这样说呢?”

“我会杀死你，我对你说：走开!”从哈尔洛夫的胸腔里迸出了狂暴的叫喊和怒吼来，可是他仍然不回过头，他的眼睛还是怒狠狠地直视着前面。“我要把你抓起来，跟你那一切愚蠢的劝告一块儿扔到水里去。会叫你这个乳臭未干的小孩子知道，还是不要打扰老年人的好!”

我突然想道：“他发疯了!”

我更加注意地望着他，我完全呆了；马尔丁·彼得罗维奇在哭！眼泪一颗接一颗地从眼睫毛下面滚到脸颊上来……可是他的脸上却现出了凶暴的神情……

“走开!”他又叫了一次，“要不，我会杀死你，老天爷！为了使别人不再这样!”

他整个身子仿佛带痉挛性地向着一边抽动，他像野猪似地露出了牙齿；我拿起枪，拔脚就跑。我的狗跟在背后，狂叫着。它也受惊了。

自然，我回家以后，并没有对母亲说过一句跟我看到的事情有关的话；可是我遇见苏威尼尔的时候，鬼知道为什么缘故，我把一切都告诉他了。这个讨厌的人听见了我的话高兴得发出那么尖的大笑声，他甚至接连地跳起来，我差一点要揍他一顿了。

“嗯！我倒想去看看，”他反复地说，还笑得喘不过气来，“看这个傻瓜，这个‘胡瑞典人’哈尔路斯怎么爬进泥地，又怎么坐在那儿的……”

“要是您这样好奇，您就到池塘那儿去看他吧。”

“是的；可是他真要杀死我呢?”

苏威尼尔使我烦透了，我后悔自己不该多嘴。……他又把我的话转告徐特科夫，徐特科夫对这件事的看法跟我有些不同。

“应该报告警察局，”他坚决地说，“而且，也许还需要派一队兵士去呢。”

他这种派一队兵的预感并没有成为事实，可是一件不寻常的事情真的发生了。

22

十月中旬，离我看见马尔丁·彼得罗维奇以后约三个星期的光景，我站在我们宅子二楼上我那间屋子的窗前，我什么也不想，没精打采地望着院子，和院子外面的路。这样讨厌的天气已经连续到第五天了；关于打猎的事，连想都不可能去想了。一切生物都隐藏起来；连麻雀也不再吵闹了，白嘴鸦早已躲得无影无踪。风一会儿低沉地怒号，一会儿又急促地狂啸；透不出一点亮光的、压得很低的天空已经从叫人看见不愉快的灰白色变成了一种阴暗的、更可怕的颜色；雨落着，无情地、连续不断地往下倾注，突然间雨点变得更大，而且更倾斜——打得窗玻璃尖声叫起来。树叶给打得七零八落，树木成了一种灰色的东西：看起来，它身上的一切全给弄光了；但是风突然一下子还要来打击它们。到处有落叶堆积的水荡，水荡里有一些大的水泡，不断地消散，又不断地涌起，它们在水面上跳动，又滑过去了。路上有不少陷人的泥潭；寒气侵入了屋子，进了我的衣服，钻到骨髓里去了；我的身子不觉地打了一个冷颤，我觉得心里真不痛快！正是不痛快，不是忧伤。在我看来，这个世界上，不会再有太阳，有光明，有色彩了，而永远将只是泥泞，粘泥，阴郁的潮湿，愁眉不展的雨天了——风将永远悲号，哀鸣！我就这样出神地站在窗前，我还记得，天骤然变得阴暗起来，这是一种蓝色的昏暗，虽然这时才不过是十二点钟。突然间，我觉得好像看见了一头熊飞快地跑过院子，从大门跑到了台阶上！的确，它不是用四只脚走路的，然而它单靠后面的脚爪站起来的时候，它真像一头熊。我不相信我的眼睛。要是我所看到的东西并不是熊，那么，无论如何，它是一个又大又黑的毛茸茸的东西。……我还来不及想到它可能是什么东西的时候，突然楼下响起了猛烈的叩门声。仿佛有一个完全料想不到的什么可怕的东西闯进我们家来了。我听到了一阵骚动和奔跑的声音……

我连忙下楼，跑进了客厅……

我母亲站在客厅门口发愣，脸正朝着我；在她的背后露出了几张受惊的女人的脸；一个管事、两个听差和一个小听差都吃惊地大张开嘴巴，拥在前厅的门口；餐厅的正中有一个浑身污泥、头发乱蓬蓬、衣服破烂不堪、一身湿透了的人——他湿得全身都在冒气，而且水还一小股、一小股地流到地板上来，——他跪着，笨重地摇摇晃晃，仿佛快要晕过去了，这就是我亲眼看见飞奔过院子的那个怪物！那个怪物究竟是谁呢？哈尔洛夫！我从旁边走过去，我看到的不是他的脸，而是他的头，他用双手捧住头，他的手插在粘满污泥的头发中间。他艰难地、带痉挛性地喘气，他的胸膛里甚至发出一种咯咯的声音。在他整个溅满污泥的黑黑的一团里，就只有狂野地转来转去的小小的眼白还可以清楚地分辨出来。他太可怕了！我记起从前某贵人把他比作第三纪的乳齿象碰了他的钉子的故事。事实上，在原始时代的沼泽里、无穷无尽的淤泥中间，刚刚逃掉了另一个更凶的野兽的追击的那种上古动物也许会有这种样子。

“马尔丁·彼得罗维奇！”母亲后来拍着手，大声叫起来。“这是你呀？天啊，仁慈的上帝啊！”

“我……我……”我听到一种断断续续的声音，仿佛每个字都是费力地、痛苦地拖出来似的，“啊，是我！”

“天啊，你发生了什么事情？”

“娜塔利雅·尼可拉叶夫……娜……我……一直从家里……跑着到您这儿来的……”

“你在这种污泥里跑！你简直不像人了。站起来，坐下吧，无论如何……”她转过去对女仆们说：“你们赶快跑去拿毛巾来。”她又问管事道：“还有没有什么干的衣服？”

管事用手指指，好像在说，哪儿去找这样的尺寸？……

“不过，倒可以拿条毯子来，”他说；“要不，还有不曾用过的新马衣。”

“啊，马尔丁·彼得罗维奇，你还是站起来，站起来，坐下吧，”母亲又说了一遍。

“太太，他们把我赶出来了，”哈尔洛夫突然呻吟地说，他的头向后一仰，两只手却朝前伸出去。“娜塔利雅·尼可拉叶夫娜，他们把我赶出来了！我亲生的女儿，把我从我自己的家里……”

母亲发出了一声惊叹。

“你说什么！赶你出来！多罪过，多罪过！”她划了一个十字。“只是马尔丁·彼得罗维奇，请你行行好吧，站起来呀！”

两个女仆拿着毛巾来了，站在哈尔洛夫的面前，很明白，她们想不出从哪儿下手来揩掉这么一大堆污泥！“把我赶出来了，太太，把我赶出来了，”哈尔洛夫不停地反复说道。管事拿了一条大的羊毛毯子回来，他站在那里也不知道该怎么办。苏威尼尔的头从门外伸了进来，一下子又不见了。

“马尔丁·彼得罗维奇！站起来！坐下！从头到尾讲给我听，”母亲用坚决的口吻命令地说。

哈尔洛夫微微抬起身子……管事想去搀他一把，然而只是弄脏了手，他抖抖手指，就退到门口去了。哈尔洛夫摇摇摆摆，东歪西倒地勉强走到一把椅子跟前坐下。女仆们又拿着毛巾，走到他面前，可是他挥挥手叫她们走开；他也不要毯子。母亲也不再坚持了：很明白，要弄干哈尔洛夫，是不可能的；她们只好赶快把他留在地板上的水迹擦干。

23

“他们怎么把你赶出来的？”母亲等到哈尔洛夫的呼吸平稳了一点，问他道。

“太太！娜塔利雅·尼可拉叶夫娜！”他声音不自然地说，他那不宁地转来转去的眼白又使我吃惊了。“我要对您说真话：我自己应该负最大的责任。”

“这倒是真话；那个时候你不肯听我的劝告，”母亲说，她靠在安乐椅上，用洒了香水的手帕在鼻子跟前轻轻地挥了几挥：哈尔洛夫身上的气味太大了……森林里的沼地上也没有这样强烈的气味呢。

“啊，太太，我的错误不是这个，而是骄傲。骄傲毁了我，就像它毁了纳伏霍多诺索尔大帝①一样。我想，上帝不会在理智上亏待我的；要是我决心这样做——那么，事情就是应当这样做的。……而且那个时候，死的恐怖又在威胁我。……我完全走错路了！我说，我来最后一次发挥我的威力和父权吧！我把一切都送给他们——他们应该一直

① 纳伏霍多诺索尔（公元前604—前562），巴比伦皇帝。据《圣经》记载：他因为过分的骄傲，失了人性，变成野兽了。——译者注

到死都感到这个……”（哈尔洛夫突然全身摇晃起来……）“他们把我当作一条龌龊的狗似的，一脚从家里踢出来了！这就是他们所谓的感恩啊！”

“然而这是怎样发生的……”母亲又说。

“他们把我身边的小听差马克西姆卡弄走了，”哈尔洛夫打断了她的话（他的眼睛还是转来转去，两只手的指头扭结着托住下巴），“拿走了马车，取消了月费，不付指定的赡养费——总之，他们把什么都给我弄掉了。我还是不声不响，忍受着！我这样忍受，还是出于……啊！还是出于我的骄傲。免得我那些凶恶的敌人说：看吧，这个老傻瓜后悔了！就是您，太太，您还记得吗，您也警告过我：您说，犯不着后悔啊！——所以，我就忍受着……只是今天我到我自己的屋子去，这间屋子已经给占据了，我的床铺给丢到贮藏室去了！‘你尽可以在那儿睡觉的；我们出于好心才这样容忍你的；我们家务上需要你的屋子。’这就是对我说的话——谁对我说的呢？佛洛其卡·斯略金，种田的，害人精……”

“可是你的女儿们呢？她们到底怎样？”母亲问道。

“可是我始终忍受着，”哈尔洛夫继续讲他自己的事情；“我心里多么痛苦，痛苦，我又感到羞耻……我真愿意闭上眼睛不再看见这个世界了！太太，我为什么不肯到您这儿来——就是为了这种羞耻，这种悔恨啊！我的好朋友，我还有什么没有试过呢：讲好话，威胁，我也劝告过他们，还有什么没有做到呢！我低声下气请求……就是这样的。”哈尔洛夫表示他是怎样低声下气请求的。“一切都是白费力气！可是我还是忍受着！一开头，在最初那个时期，我倒有不同的想法：我想，我把他们抓来杀死，我把他们全弄死，免得留下一个种子。……让他们尝尝味道！好的，可是到后来我屈服了！我想，十字架已经放在我的身上了；这就是说，我应该准备死了。于是今天，突然间，我像一条狗一样给赶出来了！这是谁呢？佛洛其卡！刚才还承您问到我的女儿，难道她们还有什么自己的意志吗？她们是佛洛其卡的奴隶！是的！”

母亲吃了一惊。

“说到安娜，我还可以理解，她是他的妻子。……可是你第二个女儿为什么……”

“您说叶芙兰姆皮雅吗？她比安娜更坏！她把自己完全交给佛洛其卡了。就是因为这个缘故，她拒绝了您那位兵士。她听佛洛其卡的命令。安娜当然应该生气的，况且她容忍不了她妹妹，可是她也屈服了！这个万恶的坏蛋迷惑了她。看吧，安娜她一定会高兴地想：这是你呀，叶芙兰姆皮雅，你平日总是那样骄傲的，现在你变成什么啦！……哦……啊，啊！我的上帝，上帝啊！”

母亲不安地看了我一眼。我小心地稍微退到一边，免得她会打发我出去……

“我很抱歉，马尔丁·彼得罗维奇，”她说，“我从前所保护的人使你受到那样多的苦，而且居然是这样一个坏人；可是要知道，我也认错他了。……谁能够料到他会干这种事呢！”

“太太，”哈尔洛夫呻吟地说，一面捶自己的胸膛。“我受不了女儿们的忘恩负义。太太，我受不了！您要知道，我把什么，什么都给了她们！此外良心还在折磨我！许多事情……啊！我坐在池子旁边钓鱼的时候，我想过许多事情！我这样想：‘要是你一生对什么人做过什么好事就好啦！像救济穷人，解放农奴，这一类的事情，因为你把他们折磨了一辈子了！在上帝的面前，你不就是他们的被告！他们流的眼泪现在有报应了！’可是现在他们的命运又怎样呢？在我当家的时候，他们已经掉到深渊里去了。我何必隐瞒自己的罪过呢？现在呢，连底也看不到了！所有这些罪过都压在我的心上，我为孩子们牺牲了良心，现在他们却用侮辱来报答我！把我当作狗一样从家里赶出来了！”

“马尔丁·彼得罗维奇，不要再想这件事了，”母亲说。

“您那个佛洛其卡对我说话的时候，”哈尔洛夫又有了力气接下去说，“他对我说，我不能再住在我自己屋子里的时候，就是我亲手安上一木一梁的那间屋子啊，——他对我说这种话的时候，上帝才晓得，我发生了什么事情！头晕脑胀，心如刀割。……好吧！要不是杀死他，就是离开家！……所以我的恩人，娜塔利雅·尼可拉叶夫娜，我就跑到您这儿来了。……我能够到哪儿去安身呢？天下雨，路上又滑。……我，大概摔倒过二十多次吧！现在……我就成了这种怪相……”

哈尔洛夫朝自己身上看了一眼，在椅子上摇来转去，好像要站起来似的。

“你不要说了，不要说了，马尔丁·彼得罗维奇，”母亲连忙说，“这有什么关系呢？你是说把地板弄脏了吗？那太不要紧了！这儿我倒要向你提一个要求。你听我说！现在要把你带到一间单人屋子里去，那儿给你铺好了一张干净的床，——你脱下衣服，洗个干净，就躺下去睡吧……”

“太太，娜塔利雅·尼可拉叶夫娜！我睡不着的！”哈尔洛夫悲哀地说。“好像有铁锤在我的脑子里敲打！你知道，我好像没用的废物一样……”

“你躺下来，睡觉，”母亲固执地又说了一遍。“然后我们端茶来给你喝。好吧，我们再来跟你谈那件事情。不要伤心，我的老朋友！要是他们把你从你自己家里赶出来，你会在我的家里找到一个永久安身的地方。……你知道，我不会忘记，你救过我的命。”

“恩人啊！”哈尔洛夫呻吟地说，用双手蒙住了脸。“现在是您救我的命了！”

这样的哀求差一点把我的母亲感动得流下泪来。

“只要我能够做到的事情，我都愿意帮你，马尔丁·彼得罗维奇；可是你得答应我，以后要听我的话，把一切不好的念头从脑子里赶出去。”

哈尔洛夫把手从脸上拿开。

“要是必需的话，”哈尔洛夫说，“我也能够宽恕他们！”

母亲赞许地点点头。

“我很高兴看到你有这种真正基督教徒的心境，马尔丁·彼得罗维奇；可是这个以后再谈吧。现在你得振作起来，——最要紧的就是去睡觉。”母亲又向着管事说：“你把马尔丁·彼得罗维奇带到亡故老爷的绿书房里去。要是他要什么，都得马上办到！叫人把他的衣服烘干，刷干净——需要哪一种的被单、枕套，你去问女管家吧。听见没有？”

“听见了，”管事说。

“等他睡醒的时候，叫裁缝来量他的衣服尺寸；他的胡子也该剃了。不是马上，是以后剃。”

“听见了，”管事又说了一遍。“马尔丁·彼得罗维奇，请吧。”

哈尔洛夫站起来，望着母亲，要走到她跟前去，却又站住了，深深地鞠一个躬，对着神像①划了三次十字，就跟着管事出去了。我悄悄地跟着他们也溜出屋子去了。

24

管事把哈尔洛夫带进了绿书房，马上就跑去找女管家，因为床上还没有铺上被单。苏威尼尔在前厅遇到了我们，便一跳一蹦地跟着我们进了书房，他马上做鬼脸，哈哈笑着，在哈尔洛夫的周围转来转去，哈尔洛夫微微摊开双手，叉开腿出神地站在屋子当中。水还继续从他身上流下来。

“胡瑞典人啊！胡瑞典人哈尔路斯啊！”苏威尼尔把身子弯到一半，撑住腰，尖声说。“著名的哈尔洛夫族伟大的始祖啊，请来看看你的后代吧！看他成了什么样子？你能够认识他吗？哈，哈，哈！您阁下，让我来吻您的手吧！您为什么戴着一副黑手套呢？”

我想拦住苏威尼尔，要使他感到惭愧……可是没有用。

“他叫我食客，寄生虫！他说，‘你没有自己的屋顶②！’可是现在呢，他也成为一个像我这个罪人那样的食客了！现在马尔丁·彼得罗维奇和苏威尼尔一样都是无家可归的人了！他也得靠施舍过日子了！

① 当时旧俄家庭，餐厅或卧房里都习惯地供着神像。——译者注

② 没有自己的屋顶，就是说，没有自己的家。——译者注

他们要拿着连‘狗闻闻它都会走开的’陈面包皮……说，来，吃吧！哈，哈，哈！”

哈尔洛夫还是垂着头，张着手臂，叉开腿，动也不动地站在那里。

“马尔丁·哈尔洛夫！名门贵族！”苏威尼尔继续尖声地说。“他一向装得多么神气啊，呸，你呀，去你的！他说，不要挨近我，我要揍你！在他大智大慧地放弃财产、分产的时候叫得多么响！‘感恩！’‘感恩！’地叫着。可是为什么就欺负我呢？不送给我什么呢？也许，我会觉得好过一点！就是说，我说了真话，他们会把他剥光的……”

“苏威尼尔！”我叫道。

可是苏威尼尔并不停止说话。哈尔洛夫还是站着不动，仿佛他现在才开始觉得，他身上的衣服多么湿，他在等着人来帮忙他，把湿衣服全脱下来。可是管事还不回来。

“还是一个军人呢，”苏威尼尔又说。“他在一八一二年还拯救过祖国！表现过英勇的行为呢！原来是这么一回事：脱掉那些冻坏了的抢劫者的马裤——这倒是我们干的事情；可是碰到小姑娘对我们顿脚的时候，我们吓得灵魂都掉在马裤里面了……”

“苏威尼尔！”我第二次叫起来。

哈尔洛夫瞟了苏威尼尔一眼，好像他在这个时候以前，都没有注意到苏威尼尔在这里，只是听见我的叫声才引起了注意。

“当心，老弟，”他沙哑地抱怨道。“不要跳出祸事来啊！”

苏威尼尔捧腹大笑起来。

“哈，您真把我吓坏了，最可尊敬的老兄！您是多么可怕啊，真是！您至少得梳梳头发！要不然，等它干透了（但愿没有这样的事），以后就洗不干净了；得用镰刀来割它了。”苏威尼尔突然发起脾气来了。“您又神气活现了！讨饭的，还神气活现呢！现在您的屋顶在哪儿？① 您还不如对我说，您完全在吹牛吧？他说：‘我有家，你无家可归！’他说：‘我是世袭贵族！’② ”（苏威尼尔老是喜欢说这句话。）

“维奇科夫先生！”我说。“您在干什么？冷静一点。”

然而他还是说个不停，还是在哈尔洛夫身边跳来跳去。……管事和女管家还不来！

我害怕了。本来哈尔洛夫在跟母亲说话的时候已经渐渐地安静下来了，到最后，他甚至安于自己的命运了，现在我却看到他又激怒起来：他的呼吸更急促了，他的耳朵下面突然肿起来了，他的手指抖着，他的眼睛又在他那溅满污泥的脸的黑面具中间转动了……

“苏威尼尔，苏威尼尔！”我大声叫道。“您闭嘴，我要告诉妈妈了。”

可是苏威尼尔好像给魔鬼迷住了一样。

“是啊，是啊，最可尊敬的！”他又滔滔不绝地说。“您看，现在我跟您是在一种多么微妙的情形下面了！您的女儿们，和您的好女婿符拉季米尔·瓦西里叶维奇，他们却在您的屋顶下面狠狠地取笑您呢！您至少还可以照您的约言来咒诅他们啊！您连这个都做不到！真是，您哪儿能够跟符拉季米尔·瓦西里叶维奇比赛呢？您还叫他佛洛其卡！对您，他哪儿是佛洛其卡③啊！他是符拉季米尔·瓦西里叶维奇，斯

① “您的屋顶在哪儿？”，就是说：“您的家在哪儿？”——译者注

② 这两句话照字母直译就是：“我有屋顶，你是没有屋顶的人！”和“我的屋顶是世袭的！”——译者注

③ 佛洛其卡是符拉季米尔的爱称，带轻蔑之意，跟另一爱称佛洛佳不同。——译者注

略金先生，地主，老爷啊，至于你①，你算是什么东西呢?”

狂怒的吼声压倒了苏威尼尔的话。……哈尔洛夫爆发了。他的拳头捏紧，而且举起来了，他的脸色发青，他的全是裂纹的嘴唇中间冒出了白沫，他气得发抖了。

“你说，屋顶!”他那钢铁一般的声音响了起来。“你说——诅咒！……不！我不要咒诅他们。……他们不在乎这个！可是屋顶……我要把他们的屋顶弄掉……他们也会跟我一样，没有屋顶②了！他们会认得我马尔丁·彼得罗维奇的！我的力气还没有消失啊！我要叫他们明白：嘲笑我会有什么结果！他们就会没有屋顶了!”

我吓得发呆了，我一生从没有见过这种愤怒到极点的样子。在我面前转来转去的，不像是一个人，倒像一头野兽了！我吓呆了。……可是苏威尼尔呢——他早害怕得躲到桌子底下去了。

“什么也不会有了!”哈尔洛夫发出最后一次的叫声，就从屋子里冲出去了，差一点把走进来的管事和女管家撞倒在地上。……他没命地奔过院子，在大门外消失了。

25

管事带着惶恐的样子，向我母亲报告马尔丁·彼得罗维奇刚才又意外地走了的消息，母亲非常生气。管事不敢隐瞒马尔丁·彼得罗维

---

① 这里用“你”代替“您”，是卑称，有轻蔑之意。——译者注

② “没有屋顶”就是没有家之意。哈尔洛夫因为苏威尼尔不断地提到“屋顶”这个字眼，才起了拆屋顶的念头。——译者注

奇离开的原因；我不得不出来证实他的话。

“这全是你做的好事!”母亲对苏威尼尔嚷道，他像兔子似地窜上前来，甚至吻了她的手。“这一切应当怪你那该死的舌头!”

“开恩吧，我麻上，麻上（马上，马上）……”苏威尼尔讨好地、结结巴巴地说，一面把他的肘子放到背后去。

“‘麻上……麻上……’我知道你那一套‘麻上!’”母亲带着责备的口气重说了他的话，就把他打发走了。然后，她按铃，叫人把克维青斯基找来，于是吩咐他马上坐她的轻便马车到耶西科夫去，无论如何得找到马尔丁・彼得罗维奇，把他带回来。“您不找到他，就不用回来见我!”这个阴沉的波兰人默默地鞠了一个躬，走出去了。

我回到我自己的屋子，又在窗前坐下，我记得，我又把我亲眼看见的事情想了很久。我糊涂了；我怎么也想不通：哈尔洛夫默默地忍受他的家属对他的侮辱，几乎从没有发过一句牢骚，为什么他就不能够控制自己，不能够忍受像苏威尼尔这样一个无足轻重的人的嘲笑和挖苦呢。那个时候我还不明白，空洞的责备即使是出自他所轻视的人的嘴，有时也会给人带来多么无法忍受的痛苦。苏威尼尔提到的他所痛恨的斯略金的名字，就像火花一样掉到火药里面了；那个最痛的地方怎么经得起这最后的一针!

过了一个钟头的光景。我们的轻便马车驶进院子来了；可是只有总管一个人坐在车上。然而母亲明明对他说过：“您找不到他就不用回来见我!”克维青斯基匆匆地跳出马车，跑上了台阶。他的脸上有一种张惶不安的表情，——这几乎是他从来不曾有过的！我马上走下楼，跟在他后面进了客厅。

“好？把他带回来了吗？”母亲问道。

“没有，”克维青斯基答道；“我不可能把他带回来。”

“这为什么？您看见他吗？”

“看见了。”

“他出了什么事情？中风了？”

“并没有，什么事也没有。”

“您到底为什么不带他回来呢？”

“可是他在拆自己的房子。”

“什么？”

“他站在新宅的屋顶上——正在拆屋顶。我敢说，已经扔下了四十块木板，也许还要多呢；椽子也扔下五根来了。”（我记起了哈尔洛夫的话：“他们不会有屋顶了。”）

母亲睁大眼睛望着克维青斯基。

“他一个人……站在屋顶上，在拆屋顶？”

“太太，就是这样。他在顶棚的铺板上走来走去，拆他左边、右边的木板。您明白，他有超人的力气！说一句真话，屋顶可真简陋啊：铺得疏疏落落，用半维尔肖克厚的薄木板盖的，木钉也只有一维尔肖克长①。”

母亲望着我，好像要我来证明，是不是她听错了。“疏疏落落，用半维尔肖克厚薄木板，”她重说了一遍，显然在这些字里面，她连一个

① 造得不整齐，或稀稀落落的屋顶，每两块木板之间留一空隙，铺上另一块木板，这种屋顶造价便宜，可是不结实。半维尔肖克（俄寸）厚的木板是最薄的一种，普通木板有四分之三维尔肖克厚。——作者原注

字的意思也不明白……

“那么，您打算怎样呢？”母亲终于说话了。

“我回来请示的。没有人什么事都做不成。那儿的农人全吓得躲起来了。”

“他的女儿呢——她们怎么样？”

“女儿——什么也做不了。她们跑来跑去……乱嚷乱叫……有什么用处呢？”

“斯略金也在那儿吗？”

“也在那儿。他比谁都叫得凶——可是他毫无办法。”

“马尔丁·彼得罗维奇就站在屋顶上？”

“在屋顶上；这就是说，他站在顶棚的铺板上——正在拆屋顶。”

“是啊，是啊，”母亲说，“用半维尔肖克厚的薄板……”

这显然是一件极不寻常的事情。

应该怎么办呢？派人到城里去找县警察局局长呢，还是召集农人？母亲完全没有主意了。

到我们家来吃午饭的徐特科夫也毫无主意。他果然又提到军队，可是他也没有什么主张，不过表示恭顺和忠诚罢了。克维青斯基明白，他得不到什么指示了，他带着他所特有的带嘲笑的尊敬，对母亲说，倘使她允许他带几个马夫、园丁和别的家仆们去，他倒要试一下……

“对，对，”母亲打断了他的话，“您试一下吧，亲爱的维肯其·奥西波维奇！只是请您快点去，我完全负责！”

克维青斯基冷冷地笑了笑。

“太太，请允许我先向您说明一件事：结果是没法保证的，哈尔洛夫先生力气很大，而且他现在不顾死活了；他认为自己受到的委屈太大了!”

“是啊，是啊，”母亲接口说，“这全是可恶的苏威尼尔闯的祸！这件事我决不会饶恕他的！维肯其·奥西波维奇，您走吧，带着人出发吧。”

“总管先生，您得随身多带些绳子——和消防钩，”徐特科夫用他的低音说，“要是有网的话——不妨也把它带去。有一次我们团里就是这样……”

“亲爱的先生，请您不要教导我，”克维青斯基恼怒地打断了他的话，“没有您，我也知道应该怎么做。”

徐特科夫生气了，就声明，他以为也叫他去……

“不，不!”母亲插嘴说。“你还是留下来的好……让维肯其·奥西波维奇一个人去办吧。……维肯其·奥西波维奇，您走吧。”

徐特科夫气得更厉害了；克维青斯基鞠一个躬，便出去了。

我跑到马房里，亲手给我那匹马匆匆地加了鞍，就跨上它，顺着到耶西科夫的路跑去。

26

雨停了；可是风吹得加倍地厉害，直往我的脸上扑来。半路上，我的马鞍几乎把我翻倒：系马鞍的肚带松了；我跳下马，试着用牙齿勒紧皮带。……我突然听见有人在叫我的名字。……苏威尼尔穿过草地朝着我跑来。

“怎么样，少爷，”他还没有走近，就对我嚷起来了，“您给好奇心抓住了吗？这是没有办法的事。……我也跟着哈尔洛夫的脚迹，一直跑到那儿去。……要知道，这种把戏你一辈子都看不到的！”

“您要去欣赏您亲手制造出来的事情吧，”我愤怒地说，就跳上了马，又打起马飞跑了；可是这个不肯安静的苏威尼尔并不放松我，他甚至在跑的时候，还哈哈地大笑，并且做鬼脸。耶西科夫终于到了——这儿是水堤，那儿是长篱笆和庄子的柳树林。……我到了大门口，跳下马来，系好了马，我吃惊地站住了。

新宅的前面三分之一的屋顶只剩下一个空架子了，宅子两边的地上凌乱地堆了好些板条和木板。我们姑且照克维青斯基的话来说，屋顶是不结实的；然而这样一件事情，还是不可思议的！一个巨大的黑灰灰的东西在灰尘和垃圾飞扬的顶棚铺板上笨拙而迅速地移动，一会儿摇晃剩下的那个砖砌的烟囱（另外的一个烟囱已经倒了），一会儿撕下一块木板，把它扔下去，一会儿抓住了那些叉梁。这就是哈尔洛夫。在我看来，这个时候他完全像一头熊：不论他的头，不论他的背，不论他的肩膀——全像熊，他把腿叉得很开，却并不伸直他的脚掌——这也跟熊一样。狂风从四面吹着他，扬起他蓬乱的头发。从他那撕破了的衣服的裂口里露出来一块一块发红的身上的肉，叫人看见真害怕；他那粗野、沙哑、含糊不清的声音，叫人听着也胆寒。院子里站满了人：农妇，小男孩，女仆紧靠着木栅，稍远一点有一些农人三五成群地聚在一起。我认识的那个老神父，光着头，站在另一所宅子的台阶上，双手捧着一个铜十字架，时时默默地、绝望地把它举起来，好像要让哈尔洛夫看见它似的。叶芙兰姆皮雅站在神父旁边，背靠着墙，动也不动地望着她的父亲；安娜一会儿从小窗里探出头来，一会儿又把头缩了进去，一会儿冲到院子里来，一会儿又回到屋子里去了；斯略金脸色完全惨白，而且显得憔悴，他穿了一件旧的便袍，戴了一顶无边小帽，手里拿着一支单筒来福枪，小步地跑来跑去。他完全是一个所谓的犹太了。他喘着气，威胁着，一直在打颤，在端起枪对哈尔洛夫瞄准，随后把枪搁到肩膀上，又端起枪瞄准，又在叫，又在哭。……他看见我和苏威尼尔，马上就扑到我们跟前来。

“请你们看看，请你们看看，这儿发生了什么事情！”他尖声叫道。“请你们看看吧，他失去理性了，发疯了……你们看他在干什么！我已经派人叫警察去了——可是一个人也不来！一个人也不来！倘使我现在开枪打他的话，法律不能惩罚我，因为每个人都有保护他自己财产的权利！我可要开枪了！真的，我要开枪了！”

他跳到宅子前面去了。

“马尔丁·彼得罗维奇！请您当心！倘使您不下来，我就要开枪了！”

“开枪吧！”屋顶上响起了沙哑的声音。“开枪吧！趁这个时候，我这儿还有一件小礼物送给你！”

一条长木板从高处飞了下来，在空中旋转了两次，哗啦一声落在斯略金的脚跟前，斯略金吓得真的跳起来了，哈尔洛夫哈哈大笑。

“救主耶稣啊！”有人在我背后结结巴巴地说。

我回过头去，这是苏威尼尔。我想道：“啊！现在你也笑不出来了！”

斯略金抓住旁边一个农人的衣领。

“喂，爬上去，爬上去，你们爬上去呀，魔鬼，”他一面哭嚷，一面用力摇那个人，“救救我的产业吧!”

农人走了两步，头往后一仰，挥了挥手，大声叫道：“嗐！您呀！老爷!”他在原处摇动了几下，便转到后面去了。

“梯子！拿梯子来!”斯略金对其余的农人喊道。

“在哪儿去拿梯子呢?”有人回答他道。

“即使有梯子，”一个不慌不忙的声音在说，“谁又愿意上去呢？您把我们当作傻瓜了！他一眨眼就会扭断你的脖子的!”

“他马上会弄死他的，”一个相貌有点愚蠢的金色头发的年轻小伙子说。

“他为什么不弄死他呢?”其他的人接口说。

照我看来，即使明明没有危险，农人还是不愿意执行新主人的命令。他们大概都赞成哈尔洛夫——虽然他把他们吓坏了。

“啊哟，你们这些强盗!”斯略金呻吟地说。“我可要给你们大家……”

可是就在这个时候，起了一声轰隆的巨响，最后一个烟囱倒下来了，就在这一瞬间飞扬起来的黄色尘雾中间，哈尔洛夫发出一声尖锐的叫喊，高高地举起他那双全是鲜血的手，向着我们掉过脸来。斯略金又举起枪对他瞄准了。

叶芙兰姆皮雅拉住他的臂肘制止他。

“你不要干涉我!”他对她恶声嚷道。

“你呀——谅你也不敢!”她的蓝眼睛在蹙得很紧的眉毛底下，发出了威胁的光芒。“父亲在毁他自己的宅子。这是他的产业。”

“你撒谎！是我们的！”

“你说是我们的；我说是他的。”

斯略金气得低声怒骂；叶芙兰姆皮雅的眼睛却牢牢地盯住他的脸。

“啊，你好！我亲爱的女儿，你好！”哈尔洛夫在高处大声吼道。“叶芙兰姆皮雅·马尔丁诺夫娜，你好！你跟你的朋友过得怎么样？你们相亲相爱，过得甜蜜吗？”

“父亲！”叶芙兰姆皮雅的响亮的声音说。

“什么，小女儿？”哈尔洛夫回答道，他靠近墙头了。

我看得出来，他的脸上现出了一种奇怪的微笑，——一种有光彩的、欢乐的，因此也就显得特别可怕的、不怀好意的微笑。……多少年以后，我在一个判了死罪的犯人的脸上看到了这样的一种微笑。

“父亲，停止吧，请下来吧。”（叶芙兰姆皮雅向来不叫他“亲爱的爸爸”。）“我们有罪；我们把什么都还给你。你下来吧。”

“你凭什么处理我们的呢？”斯略金干预地说。

叶芙兰姆皮雅只是把眉头皱得更紧了。

“我把我那一份还给你——什么都交给你。停止吧，父亲！宽恕我们，宽恕我吧。”

哈尔洛夫还是微笑着。

“迟了，我亲爱的，”他说，他的每一个字都发出像青铜一样的声音。“你的铁石心肠感动得太迟了！石头已经滚下山来了——现在来不及阻挡了！所以现在你用不着望我了！我是一个注定要死的人！你还不如去望你那个佛洛其卡吧：看你找到一个多么漂亮的小伙子！再去看看你那位阴险的姐姐：她那根狐狸鼻子又从小窗口里伸出来了，她在那儿唆使她的亲爱的丈夫呢！不，我亲爱的小姐们！你们不要我有一个屋顶——所以我也不会给你们留下一木一梁！它们是我亲手安上的，我要亲手拆毁——完全用我一个人的手！看，我就没有拿斧头！”

他在他自己的手掌心里“呸”了两下，又抓住叉梁了。

“父亲，够了，”这个时候，叶芙兰姆皮雅又说话了，她的声音似乎变得非常地温柔了，“忘记过去的事吧。好吧，相信我吧；你总是相信我的。那么下来吧；到我的卧房里去，睡到我软软的床上。我会把你弄干，使你暖和；我会包扎你的伤口，看，你把你的手都撕破了。你在我那儿会过得像在上帝的怀里一样，吃得舒适，睡得更舒适。是呀，我们都有错！是呀，我们都太傲慢了，我们都有罪；好吧，宽恕我们吧！”

哈尔洛夫摇摇头。

“说得多好听！我决不再相信你们了！你们把我的信任杀死了！什么都杀死了！我从前是一只鹰——为着你们，变成了一条蛆虫……而你们——还要把蛆虫压死？够了！我爱过你，你自己知道的，——不过现在你不是我的女儿，我也不是你的父亲。……我是一个注定要死的人！你不必管我的事情！”哈尔洛夫突然对斯略金怒喝道：“你，开枪呀；胆小鬼，倒楣的勇士！为什么你只是瞄准不开枪呢？是不是你想起了，依照法律，要是接受礼物的人作出侵犯赠与者生命的事，”哈尔洛夫慢吞吞地说，“赠与者就有权要求收回一切吗？哈，哈！不要怕，法律的拥护者！我不会要求收回——我要亲自把一切弄光。……开枪吧！”

“父亲！”叶芙兰姆皮雅最后一次哀求道。

“闭嘴!”

“马尔丁·彼得罗维奇！老兄，请您大量地宽恕吧!”苏威尼尔结结巴巴地说。

“父亲，我亲爱的!”

“闭嘴，母狗!”哈尔洛夫嚷道。对苏威尼尔呢，他连看都不看他一眼，却只是朝他的方向吐了一口痰。

27

在这个时候，克维青斯基带着他的整队人，坐了三辆大车，在大门口出现了。疲乏的马在打响鼻，人们一个接一个地跳进污泥里去。

“嗅!”哈尔洛夫用力大嚷。“军队……那不就是军队！他们开一整队兵士来对付我了。好呀！只是我先警告你们，要是哪一个人走上我这儿的屋顶来，我就要把他倒栽葱地推下去！我是一个严格的主人，不喜欢来得不凑巧的客人！就是这样!”

他双手抓住前面一对叉梁，这就是所谓三角墙的“腿”，——开始用力摇动它们了。他悬在铺板的边沿上，好像在拖曳它们似的，嘴里像船夫一样有节奏地哼着：“又一次！再一次！嗨唷!”

斯略金跑到克维青斯基跟前，就开始抱怨，诉苦。……克维青斯基请斯略金“不要来妨碍”他，便着手执行他所想好的计划。他自己站在宅子前面，为了转移哈尔洛夫的目标起见，他对哈尔洛夫说，他（哈尔洛夫）干的事情，不合他的贵族身份……（“又一次！再一次!”哈尔洛夫哼着。）……而且娜塔利雅·尼可拉叶夫娜非常不满意他的行为，她没有想到他会这样……

“又一次！再一次！嗨唷！”哈尔洛夫继续哼道。

而这个时候，克维青斯基已经派了四个最强壮、最勇敢的马夫到宅子后面去，叫他们从后面爬上屋顶。然而这个突击的计划并没有逃过哈尔洛夫的注意；他突然丢下叉梁，连忙跑到顶楼后面去了。他的样子是那么可怕，所以两个已经爬到铺板上的马夫一下子全顺着水管溜下，到地上来了，这使得家仆的男孩们非常满意，而且甚至哈哈大笑。哈尔洛夫朝着他们的背影挥了挥拳头，便回到宅子的前面一部分来，又抓起了叉梁，又动手摇动它们，又像船夫那样哼起来了……

他突然不作声了，注视着……

“亲爱的马克西姆卡，朋友，同伴！”他嚷道。“我看到的是你吗？”

我朝四面望了望。……真的，小听差马克西姆卡咧开嘴巴，带着得意的微笑，从一群农人中间挤出来，走到前面来了。大概他的主人马具匠放他回家来休息的。

“亲爱的马克西姆卡，我忠实的仆人，爬到我这儿来吧，”哈尔洛夫接着说，“让我们一块儿来打退凶恶的鞑靼人，立陶宛的贼吧！”

马克西姆卡还是得意地微笑着，他立刻爬上屋顶去。……可是有人抓住了他，把他拖到一边去了，——天晓得，这是为什么，可能是做给别人看看吧；他不可能给马尔丁·彼得罗维奇帮大忙的。

“好吧，很好！”哈尔洛夫用威胁的声音说，又去抓叉梁了。

“维肯其·奥西波维奇，请允许我开枪吧，”斯略金对克维青斯基说，“其实，我主要是吓唬他，我的枪里只装了打鸟的小子弹。”

可是克维青斯基还来不及回答他，前面那一对给哈尔洛夫的铁手猛撼着的叉梁歪斜了，发出了裂声，落到院子里面了——哈尔洛夫也没法站稳了，他本人也跟着叉梁一块儿摔了下来，带着很大的响声落在地上。全场的人颤抖起来，发出了大声惊叹。……哈尔洛夫动也不动地伏在地上，屋顶的大梁压在他的背上，还有屋脊上的木雕饰物，这是跟着三角墙一起掉下来的。

28

人们跑到哈尔洛夫跟前，把他背上的大梁搬开，把他的身子翻转过来；他的脸上已经没有一点生气了，他的嘴边都是血，他停止呼吸了。“晕过去了，”走到他身边来的农人们喃喃地说。他们跑到井口去取水，提来满满的一桶水，泼到哈尔洛夫的头上，把他脸上的污泥和尘土洗去了，可是他还是不省人事。他们拖来一条长凳，紧靠着宅子放着，费力地抬起了马尔丁·彼得罗维奇的巨大的身体，把他的头靠着墙放在长凳上。小听差马克西姆卡走了过来，跪下一条腿，把另一条腿伸得远远的，带了点戏剧性地托住他旧主人的手。叶芙兰姆皮雅的脸色像死人一样地惨白，一直站在她父亲的面前，她那对大眼睛毫不转动地盯住他。安娜和斯略金没有走到跟前来。众人都不作声，众人都在等待着什么事情。后来哈尔洛夫的喉咙里发出了一种断断续续的喀噜、喀噜的声音——好像他喘不过气来了……然后一只手——右手微微地动了（马克西姆卡托住他的左手），一只眼睛——也是右眼，睁开来了，慢慢地望望他的四周，好像他醉得很厉害似的，他呻吟起来，——而且发出喉音说：“跌……伤了……”随后他仿佛想了一下，又说："它就在这儿……黑色……小……马！"突然大口大口的血从他的嘴里涌出来——他的全身都在打颤了。……

"完啦！"我想道。……可是哈尔洛夫又睁开了眼睛——还是那只右眼（左眼皮一动也不动，好像死人的眼皮一样），而且注视着叶芙兰姆皮雅，发出了几乎听不出来的声音："唔，亲爱的女儿。……对你我不会……"克维青斯基马上做一个手势，招呼那个仍然站在宅子台阶上的神父过来。……那个老人走来了，可是他的没有力气的膝盖给窄小的法衣绊住了。然而哈尔洛夫的腿突然抽动得不成样子，他的肚皮也是这样；在他的脸上从下到上、时快时慢地抽起筋来。叶芙兰姆皮雅的脸也扭成了同样的怪相，而且在打颤。马克西姆卡划起十字来。……我觉得害怕，就跑到大门口，把胸口挨着大门，不敢朝四周看。过了一分钟，我背后所有人的嘴里都发出了轻微的喃喃声——我明白，马尔丁·彼得罗维奇死了。

验尸的时候发现他的后脑壳给大梁砸碎了，他摔下来时又把胸部撞坏了。

29

"他临终的时候想对她说什么呢？"我骑上我那匹德国种的跑马回家去的时候，这样地问我自己。"我不会咒诅你？还是我不会宽恕你①？"

---

① 哈尔洛夫临终时说，"对你我不会……"，原文是"Тебя я не про……"，而咒诅（проклинать）和宽恕（прощать），原文都是 про 字头，所以德米特里自然地想到这两个字。——译者注

大雨又落下来了，可是我仍旧骑着马慢慢地走。我想尽可能久地没有人来打扰我，我要好好地沉思。苏威尼尔已经搭上一辆跟克维青斯基同时来的大车走了。不管那个时候我是多么年轻，多么轻率，可是意料中的、或者意料不到的（那都是一样！）死常常在所有人的心中唤起的这种突然的、总的（不止是局部的）变化，它的庄严，它的重要性，和它的真实性不能不使我惊愕，我真是惊愕万分。……不过我的惶惑不安的、孩子气的眼睛仍然马上注意到许多事情：我注意到，斯略金迅速而胆怯地把枪扔在一边，就像扔下偷来的东西似的；他和他妻子两个人一下子变成人们不理睬、而且大家疏远的对象；他们两个人的周围马上变成了空旷的地方。……至于叶芙兰姆皮雅呢，虽说她的罪过并不比她姐姐的轻些，可是人们对她并不这样疏远。她倒在死去的父亲脚跟前的时候，她甚至引起了人们的某种同情。不过，她也有错——这一点大家还是感觉到的。“你们伤害了老人家，”一个头很大、头发白了的农人说，他好像一个古代的裁判官似的，一部白胡子和两只手都拄在一根长木杖上面。“你们的灵魂有罪！你们伤害了他！”“伤害”这个字眼马上被大家当作最后判决似地接受了。人民的审判宣布了，我马上明白这个事实。我也看出来斯略金起初不敢出来主持一切。人们并不管他有没有吩咐，就把死者的遗体抬进宅子里去了。没有问过他的意见，神父就到教堂去拿需要的东西；村长就到村子里去派一辆马车进城。连安娜·马尔丁诺夫娜本人也不敢用平常那种威严的口吻来叫人准备茶炊了，“要热水来洗尸体呢。”她的吩咐倒跟恳求差不多——然而人们还是粗暴地回答她……

我仍然在想着这个问题：他本来要对他的小女儿说什么呢？他要

宽恕她呢，还是咒诅她？我最后决定：他要宽恕她。

三天以后，马尔丁·彼得罗维奇的葬仪举行了，由母亲负担全部费用，他的死使我母亲非常伤心，她吩咐不要节省开支。她自己并不到教堂去，因为据她说，她不愿意看见那两个坏女人和那个卑劣的小犹太；不过她派克维青斯基、我和徐特科夫到那儿去；她从那个时候起就只是叫徐特科夫做“乡下老太婆”了！她不许苏威尼尔到她跟前去，而且过了好久，她还生他的气，称他为杀死她朋友的凶手。这种冷淡使他深感痛苦，他经常在我母亲在的屋子的隔壁踮起脚走来走去，发作了一种惊惶不安的、卑怯的忧郁，他一面打颤，一面低声说：“麻上（马上）!”

在教堂里，和在葬仪举行的时候，我觉得斯略金又恢复他的好兴致了。他又像从前一样地发命令，忙起来，还是毫不放松地监督着，不让浪费一文钱，虽然这回办丧事本来并不要他掏腰包。马克西姆卡穿了一件我母亲赏给他的全新的宽大上衣，在唱歌班中发出那样的男高音的歌声，不用说，更没有人会怀疑他对死者的忠诚了！姐妹两个人照例都穿上丧服——可是看起来，她们惶惑不安的样子倒比悲痛多些，尤其是叶芙兰姆皮雅。安娜现出一种温顺的、愁眉不展的样子，可是她并没有哭，只是不停地用她那美丽的、瘦小的手摸她的头发和脸颊。叶芙兰姆皮雅一直在沉思。在哈尔洛夫死去的那一天，我所看到的那种普遍的、不能变更的疏远和谴责，现在我似乎又在所有到教堂参加葬仪的人的脸上，在他们的一切动作上，和一切眼光里看到了，——但是它更严肃，更不带感情的成分了。仿佛所有这些人都感觉到哈尔洛夫家属所犯的罪过——那种重大的罪过——现在已经交给唯一的、公正的裁判者来判断了，因此，他们现在已经没有任何理由为它不安或者愤慨了。他们诚心地替死者的灵魂祷告（那个人活着的时候，他们并不特别喜欢他，他们甚至害怕他）。死来得太突然了。

“兄弟，要是他喝醉倒好了，”在教堂门口，一个农人对另一个农人说。

“有人不喝酒也会醉的，”那个农人答道。“这是多么意外的事情。”

“他们伤害了他，”第一个农人又说了这句决定性的话。

“他们伤害了他，”另外一些农人附和道。

“可是，死者本人不是对你们也很凶吗？”我向一个农人问道。我知道他是哈尔洛夫的农人。

“当然，他是老爷，”农人回答道，“不过……他们还是伤害了他！”

“他们伤害了他……”人丛中又响起了这句话。

在坟地上，叶芙兰姆皮雅还是惘然若失地站在那里。思想……痛苦的思想在折磨她。我看到她对待斯略金的态度，斯略金好几次对她讲话，她对待他，好像她从前对待徐特科夫那样——而且更要凶些。

几天以后，在我们附近流传着一个消息：叶芙兰姆皮雅·马尔丁诺夫娜·哈尔洛娃永远离开了她父母的家，把她的财产全部送给她姐姐和姐夫了——她随身只带了几百个卢布。……“看来，安娜当真独揽一切了！”我母亲说，“只是我们，”她对着那个陪她打牌①的徐特科夫（他现在代替了苏威尼尔的位置），接下去说，“你我的手段太不高明了！”

---

① 原文是皮凯特，这是一种两个人对打的纸牌戏。——译者注

徐特科夫垂头丧气地望着他的厚大的手掌……“它们真不高明!”他好像是在对自己说话……

这以后不久，母亲和我就搬到莫斯科去了，——许多年过去以后，我又有机会见到了马尔丁·彼得罗维奇的两个女儿。

30

但是我的确看见了她们。我是在最寻常的情况下面遇见安娜·马尔丁诺夫娜的。我母亲去世以后，我回到我离开了十五年的故乡，我接到调解人的邀请（那个时候，全俄罗斯正以一种至今大家还未忘记的慢吞吞的方式、在进行交错耕地的定界），要我到寡妇安娜·斯略金娜的领地上去跟我们地区其他的地主一块儿商量事情。老实说，我母亲所称为“小犹太”的那个有一对李子形眼睛的人已经去世的消息一点也不叫我难过，可是我倒有兴趣去看看他的寡妇。在我们家乡，她是出名的最善于管家的。的确，她的领地，庄子，连住宅（我不自觉地望望屋顶，那是铁皮的屋顶了），一切都显得十分井井有条；一切都是整齐的，清洁的，整顿过的，应该油漆的地方都油漆过，仿佛这是德国人的产业一样。不用说，安娜·马尔丁诺夫娜本人老了些；可是她那特殊的、冷酷的、又仿佛含得有恶意的动人地方（有一个时期，它曾经那样地挑动过我），却并没有完全消失。她穿着乡下样式、可是很好看的服装。她接待我们并不亲切（“亲切”这个字眼对她并不适合），却很有礼貌。她看见我，那个可怕的事故的目睹者，连眉毛都没有动一下。她一句话都没有提到我的母亲，她的父亲和妹妹，甚至她的丈夫，好像他们从来没有存在过一样①。

她有两个女儿，都是非常漂亮、体格匀称的小姑娘，都有一张可爱的小脸，乌黑的眼睛里露出来快活而亲切的表情；她也有一个儿子，他长得有些像他父亲，不过也是一个很好的男孩！安娜·马尔丁诺夫娜在地主们讨论的时候，始终保持沉静而尊严的态度，她不显出过分的固执，也不表示特别的贪利。可是没有一个人比她更正确地懂得自己的利益，能够更使人信服地要求和保护自己的权利；一切“适用的”法律，甚至政府的通令，她都记得清清楚楚；她说话不多，而且声音不大，可是每个字都很中肯。讨论结果，我们对她所有的要求都表示同意，我们作了很大的让步，连我们都不禁吃惊了。在回家的路上，有几个地主老爷甚至骂起自己来了；人人都在抱怨，都在摇头。

“这是一个多么聪明的女人!”一个人说。

“狡猾的骗子!”另一个人插嘴说，他是一个比较粗鲁的地主。“真是笑里藏刀!”

“可也真是一个悭吝人!”第三个人接口说。“就是给每个人一小杯伏特加，一点鱼子酱——这对她又算得什么呢?”

“你们对她还期望着什么呢?”一个一直不做声的地主突然脱口说了出来。“谁不知道，她毒死了她的丈夫。”

我惊讶的是，没有一个人认为应当驳倒这个可怕的、而且毫无根据的控诉！更叫我惊讶的是，不管人们发出我在前面提到的那些责骂的议论，大家还是尊敬安娜·马尔丁诺夫娜，连那个粗鲁的地主也并

---

① 原文是 точно водь! в рот набрала，就像嘴里装满了水一样。——译者注

不例外。调解人甚至带着满腔热情地说话了。

“要是让她登上了王位，”他大声说，“准又是一个山米拉米达①或者一个叶卡德林娜二世②呢！农民们对她的服从是可以作为模范的。……孩子们的教育又是可以作为模范的！她有什么样的头脑！什么样的智慧！”

不用提山米拉米达和叶卡德林娜了，——然而安娜·马尔丁诺夫娜过着非常幸福的生活，那倒是真的。她本人，她的家庭，她日常生活的一切，全使人感到一种里外一致的满足和身心健康的愉快的安静。她应该得到多少这样的幸福呢……那是另外一个问题。而且一个人只有在青年时代才会提出这一类的问题。世界上的一切，不论好的，坏的，——并不是按照人的劳绩给他的，而是由于一种还不知道的、却是合乎逻辑的法则的结果，就连我也无从指出这些法则来，虽然有时候我好像隐隐约约地感觉到它们的存在。

31

我向调解人打听叶芙兰姆皮雅·马尔丁诺夫娜的消息，——我才知道，她一离开家，就无影无踪地消失了，而且，“也许，现在她早已上天去了。”

---

① 传说中亚洲古国亚述的女皇，聪明、美丽。她征服了埃及和埃塞俄比亚。在她统治的时期中，建筑了许多城市，包括世界七大奇景之一的“巴比伦空中花园”。——译者注

② 叶卡德林娜二世（1729—1796），俄皇彼得三世皇后，后来篡夺了彼得的皇位，自立为女皇。在她的统治下，国土大为扩张。——译者注

我那位调解人是这样说的。……然而我相信，我看到了叶芙兰姆皮雅，我遇见了她。事情是这样的。

我跟安娜·马尔丁诺夫娜重逢以后大约四年光景，我在彼得堡附近小乡村穆利诺过夏天，这是中等阶级所熟悉的避暑地方。那个时候，在穆利诺附近打猎倒很不坏——我差不多每天都带着枪出去。我有一个同伴，一个出身小市民家庭的维库洛夫。他是一个非常聪明、和善的小伙子，可是他本人却喜欢把自己说成一个品行很不端的人。这个人有什么地方不曾去过，又有什么事不曾干过呢！简直找不出一件可以使他吃惊的事情，他什么都知道。可是他只喜欢打猎，喝酒。且说有一天，我跟他一块儿回到穆利诺去，我们一定要经过一所坐落在十字路口、四周有又高又密的围篱的房屋。我看见这所房屋不止一次了，它每次都引起了我的好奇心：那里有一种神秘的、与世隔离的、阴郁的、静穆的样子，有一种叫人联想到监狱和医院的样子。我们在路上只能看见它那漆成暗红色的尖尖的屋顶。整个围篱上只有一扇大门，就是这扇大门好像也是牢牢地锁住的；那里面永远传不出一点声音来。然而我们还是觉得，一定有人住在那所房屋里面：它一点都不像荒废的住宅的样子。恰恰相反，那里的一切全是非常坚固，结实，牢靠，好像它即使受到围攻，也可以守得住。

“这是什么堡垒吗?”我问我的同伴道。“您知道吧?”

维库洛夫狡猾地眯了眯眼睛。

“一所古怪的建筑物，对不对？它可以使本地的警察局局长得到不少的收入呢!”

“怎么一回事?”

“就有这回事。也许，您听说过一种分离派①教徒——鞭身教徒②，就是不要神父的教徒吗?”

“听说过。”

“唔，这就是他们女教主住的地方。”

“女人吗?”

“是啊——女教主；照他们的说法：圣母。”

“您说什么?”

“我是在告诉您。人们说，她是一个非常严厉的女人。……真是一位女司令官！她管辖成千成万的教徒！要是我能够逮捕所有这一类的圣母多好。……可是空话有什么用?”

他在唤他的彼加希卡，这是一条出色的猎狗，嗅觉非常敏锐，可是一点儿也不懂得站住。维库洛夫不得不绑住它的后足掌，使它不至于那样狂跑。

我老是记住他的话。为了可以经过这所神秘的房屋，我常常故意绕道。再说，有一天，我正走到它的前面，突然——哦，真是奇迹啊！大门的门闩大声响起来了，钥匙在锁孔里发出了“轧轧”的声音，然后大门慢慢地打开了，一个雄伟的马头伸了出来，在彩色的马轭下面露出它那打成辫子的鬃毛——于是一辆小型的马车缓缓地赶到路上来了，就是马贩子、训练马的商人们经常乘坐的那一种车子。离我近一点，马车的皮垫上坐着一个三十岁左右、相貌俊美、堂堂仪表的男子，

① 分离派，十七世纪中叶从正教分出来的教派。——译者注

② 鞭身教徒为分离派之一。他们的教主是“先主”或“圣母”，教主对他们狂热的教徒有绝对的权力，而且可以利用这权力来谋利。——译者注

他穿一件干净的黑色农民外衣，一顶黑色的无檐帽压在他的额上；他小心谨慎地驾着一匹养得肥肥的、背部像炉子一样宽大的马。他的旁边，马车的那一面，坐着一个身材高大，身子笔挺的女人。她头上围了一条珍贵的黑披巾；身上穿了橄榄色天鹅绒的短上衣，系了一条深蓝色梅里诺①羊毛呢的裙子，两只洁白的手庄严地交叉地放在胸前。马车拐到左边路上来了，——女人离开我只有两步的光景；她微微转过头来，我认出叶芙兰姆皮雅·哈尔洛娃来了。我马上就认出她了，我一点儿也没有迟疑，而且也不会迟疑的：像她这样的眼睛，特别是这种弧形的嘴唇——傲慢而肉感的嘴唇，我从来没有在任何另一个女人的脸上看到过。她的脸长了些，瘦了些，皮色变黑了。也现出一些皱纹了；然而特别是脸上的表情变得厉害！它变得那样自信，那样庄严，那样骄傲，我简直没法用语言来形容！她的面貌的任何一部分都表现出来她的权力——这不是单纯的稳定的权力，而是无限的权力；她埋下眼睛，不经意地扫了我一眼，——她的眼光说明她多年来就习惯了只受到人们那种崇敬的、默默的顺从。看得出来，这个女人并不是生活在一群爱慕者的中间，却是一直生活在一群奴隶的中间。明明，连她本人都不记得，什么时候，她的命令或者愿望会不马上执行的！我高声叫她的名字和她的父名；她微微颤动了一下，又看了我一眼，这不是出于惊恐，而是出于一种轻蔑的愤怒：她似乎在说，谁敢来扰乱我？——于是她微微张开嘴，发出了一个命令的字。坐在她旁边的男人跳起来，挥动缰绳打马，马就用快步子向前奔跑，——马车就消

① 西班牙梅里诺出产的羊毛呢。——译者注

失了。

以后我再没有遇见叶芙兰姆皮雅了。马尔丁·彼得罗维奇的女儿怎么会成了鞭身教的圣母——我简直不能想象；可是谁知道呢，也许就是她创造了可以称为“叶芙兰姆皮雅希纳”的这个教派呢，可能这个教派现在已经用她的名字来命名了？什么事都会发生的，什么事都会出现的。

这就是我要讲给你们听的“草原上的李耳王”，和他的家庭以及他的行为了。

讲故事的人沉默了。——我们又闲谈了一会儿，也就各自回家去了。

译后记

俄罗斯伟大的作家伊凡·谢尔盖耶维奇·屠格涅夫（1818—1883）以《猎人笔记》奠定了他在俄罗斯现实主义文学中的地位，又以《罗亭》、《贵族之家》、《前夜》、《父与子》、《烟》、《处女地》等六部长篇小说取得了他在世界文学史上不朽的荣誉。他的每一部长篇小说出版的时候都引起了革命民主主义的批评家热烈的评论和社会的注意。革命民主主义者尽管与屠格涅夫有许多分歧的意见，但是他们对于他的人道主义和他对当前社会问题的敏感性却予以极高的评价。革命民主主义的批评家杜勃罗留波夫在他的论文《真正的日子何时到来?》里说得很清楚："……他很快就猜度到深入社会意识中的新要求和新思想，经常在作品中使人注意（只要环境许可）当前的、开始隐约使社会不安的问题……我们把屠格涅夫在俄国公众中经常获得的那种成功，主要归功于作者那种对社会动态的敏感……"萨尔蒂科夫-谢德林称屠格涅夫为普希金传统的继承者。他继普希金之后暴露了"野蛮的贵族阶级"，并且在农奴制度国家的条件下面把农奴当作人来歌颂。

屠格涅夫的儿童时代是在他母亲的领地斯巴斯科耶-卢托维诺沃村度过的。屠格涅夫的母亲，瓦尔瓦拉·彼得罗夫娜是一个聪明的、有文学修养，同时又非常专横、滥用权力的贵族太太。她的形象后来被屠格涅夫多次地描写在《初恋》、《木木》、《草原上的李耳王》和《普宁与巴布林》等中短篇小说里。屠格涅夫还是在童年、住在他母亲庄园里的时候，就有机会观察地主的专横、任性和残暴的情景，使他从小就感到农奴制度不合理，痛恨农奴主，而且对农奴发生了深刻的同情。也就是那里的大自然的魅力培养了他对祖国大自然温柔而敏感的爱，所以在他的作品里不难找到俄罗斯大自然的迷人的美景。

一八三三年，这正是十二月党人革命失败以后，俄罗斯进步力量觉醒的年代，屠格涅夫进了莫斯科大学。这时候屠格涅夫和当时的大学生一样憎恨专制政治和农奴制度，向往“人类的未来”。一年后屠格涅夫因为果戈理在彼得堡大学任教，转学到那里。几年的大学生活培养了他对文学的兴趣和嗜好。但是他决定献身于俄罗斯文学，还是由于别林斯基的鼓励。一八四三年春天，他在彼得堡第一次见到别林斯基，他们很快成了亲近的朋友。别林斯基在屠格涅夫的生活道路上起了决定性的作用。屠格涅夫在别林斯基的友谊和思想性很强的论文的有益影响下，写出一系列揭发农奴制度残暴和罪恶的作品，就是后来收入《猎人笔记》里的短篇小说和特写。这时期屠格涅夫是四十年代现实主义文学的活跃分子，而且是普希金、果戈理和别林斯基的承继人。

一八五二年《猎人笔记》出版，同时代的人立刻把它当作人道主义作家对农奴制度罪恶的热情控诉书，和保卫被剥夺了人权的农奴的崇高理论来接受了。作者用不可磨灭的艺术的形象描绘出了两个敌对的世界，歌颂俄罗斯农民心灵的高尚和美丽，并且揭露农奴制度保卫者的本质，指出这个阶级的必然灭亡。《猎人笔记》给专制政治一个沉重打击，所以同年沙皇政府以屠格涅夫发表追悼果戈理纪念文为借口，逮捕了他，把他关在彼得堡警察分局，拘留了一个月。在拘留中，屠格涅夫听到“犯了罪”的家奴的哭喊声，写下了反农奴制度的中篇小说《木木》。

《木木》讲到聋哑农奴盖拉新一生的悲剧性的命运。作者用对比的方法描写了地主老寡妇的冷酷与残暴，和农奴盖拉新的真挚的爱，引起人们对农奴命运深刻的同情，而那些沉重的、违反人性的痛苦的场面却叫人愤怒得打颤。《木木》是真实的故事，盖拉新就是作者母亲瓦尔瓦拉·彼得罗夫娜的看门人，哑子安德烈。那个专横的老寡妇就是瓦尔瓦拉。

在五十年代中屠格涅夫虽然还继续描写农奴制度这个题材，但是他的笔触已逐渐转到贵族和贵族知识分子身上去了。他在这个时期所写的一系列的中篇小说都是描写三十到四十年代贵族知识分子的性格和命运的。五十年代是封建农奴制度的普遍危机将临的时期，在贵族社会里，人的尊严是以农奴数目的多少来决定的，那里无所谓智慧，荣誉，高尚的思想和情操，那里充满了庸俗，谄媚，妄自尊大的人。在这种环境里进步的贵族知识分子必然会变成“多余人”，必然会陷在苦闷、孤独和徒然的痛苦里面。但是“多余人”的悲剧倒不仅由于他们和周围的没有生气的环境相冲突，而是由于他们没有勇气反抗这种环境。“多余人”出身于贵族地主阶级，而且是在富裕的生活条件下教养大的，他们没有强烈的意志、充沛的精力足以做一个推翻旧时代、解放俄罗斯人民的革命战士。他们只爱好抽象的理论，会说漂亮话，没有实行的能力，跟实际的活动脱了节。屠格涅夫在《僻静的角落》、《雅科夫·巴生科夫》、《阿霞》中就描写了这种“多余人”的言行不一致、理论与实践不一致的典型特征。

在《僻静的角落》中，屠格涅夫把威列季叶夫，这个漂亮、聪明而有吸引力的年轻人跟外省贵族社会的无聊、庸俗对比地描写，显出他精力过人，才气横溢。但是威列季叶夫却白白地浪费了自己的精力和才能，无所事事地虚度了一生。贵族的生活既不曾培养他的意志力，又没有给予他劳动的习惯，使他能够从熟习的生活圈子里冲出去，连少女玛莎的纯洁而深厚的爱情都不能够挽救他。他终于成为促使她自尽的罪人。作者严厉地批判他的主人公说：威列季叶夫家从来就没有出过一个有出息的人。

在《雅科夫·巴生科夫》里，作者创造了一个“最后的浪漫主义者”雅科夫·巴生科夫，来否定从实际观点看人生的绅士。作者强调他的道德美，指出他富有同情心，不自私自利；他为所爱的姑娘的幸福而克制了自己。可惜在这里作者却用了哀歌式的抒情来刻划这个人物，而不是对他进行批判。杜勃罗留波夫在他的论文《真正的日子何时到来?》中指出雅科夫·巴生科夫基本上和罗亭、拉夫列茨基一样，同属于“多余人”的类型。

在《阿霞》里，屠格涅夫这一次更加彻底地分析贵族知识分子的性格，指出他们精神萎靡，缺乏胆量和男子气。《现代人》的负责人对这个作品一致赞许。屠格涅夫带着热爱和同情来描写小说女主人公阿霞。他在一八五八年春天写信给列夫·托尔斯泰说：“我写阿霞时非常激动，我差不多是含着眼泪写的。”他指出阿霞需要一个英雄，一个不寻常的人，但是当时贵族知识分子中间并没有这样的人。伟大的思想家车尔尼雪夫斯基在《约会中的俄国人》论文里攻击贵族知识分子的懒散、不彻底的性格，并且指出他们共有的软弱，却给了阿霞以极高的评价，在这篇小说里我们还可以找到屠格涅夫许多个人的感受："……这种草原上的香气使我立刻想起我的祖国，在我的灵魂里唤起一种强烈的乡愁。我真想呼吸俄罗斯的空气，我真想在俄罗斯土地上走路。'我在这儿干什么？为什么我要在陌生的国家里流浪，为什么我要生活在陌生人中间？'……"这种对祖国强烈的爱，在屠格涅夫的其它作品里也不难找到。在《罗亭》里作者说过：俄罗斯没有我们任何一个不要紧，但我们却不能少了它。所以屠格涅夫虽然经常住在国外，但是他的眼睛总是望着祖国。

《初恋》是自传性的小说，作者描写了父亲、母亲和他自己，还写出当时腐化贵族生活中的一个少女。娜杰日达厌恶她周围男人的庸俗无聊，梦想着能够给她的生活增加光彩的真正爱情，她以为她在彼得·瓦西里伊奇身上找到了她的理想人物。但是这个三十年代莱蒙托夫的"当代英雄"式的人物并不能使她幸福。小说的主人公，十六岁的符拉季米尔·彼得罗微奇就是年轻时候的屠格涅夫，所以作者用特别抒情的调子写出小说主人公对人生天真的看法、他的热情和初恋的情怀。屠格涅夫承认："《初恋》也许是我最爱的作品，其它作品或多或少有编造的部分，《初恋》却根据真事写成，不加一点修饰，每当我反复阅读时，人物的形象就在我眼前鲜明地现出来了。"

六十年代是十九世纪俄国历史上一个最重要时期，是俄国经济生活和社会生活起深刻变化的时期。沙皇政府由于克里米亚战争失败，又震惊于农民反对地主的暴动，被迫在一八六一年发布文告废除农奴制度。从此俄国由封建君主政体转变为资产阶级君主政体。六十年代开始，革命民主主义者的和贵族自由主义者的思想进行最尖锐、最激烈斗争的时候，屠格涅夫和托尔斯泰、格里戈利维奇一起脱离了由车尔尼雪夫斯基和杜勃罗留波夫所领导的革命民主主义者的机关刊物《现代人》。但是屠格涅夫并没有靠拢过反动势力，虽然他曾认为一八六一年的改革是沙皇政府的英明举动，因此他曾上书亚历山大二世，保证自己的忠诚。屠格涅夫当时的确犯了不小的错误。不过他仍旧跟从前一样，对农奴制度的各种现象和农奴制度的后果，采取不妥协的态度，所以总的说来，他仍然是进步的人道主义思想的作家。

六十年代以后，屠格涅夫虽然写过一些神秘主义的荒诞的作品，但是也写了一些现实主义的作品，如《草原上的李耳王》、《普宁与巴布林》、《活尸》等。

《草原上的李耳王》是屠格涅夫少年时代的回忆，描写斯巴斯科耶-卢托维诺沃村附近小贵族斯捷潘·伊凡诺维奇·雅雷谢夫领地美尔库洛沃村发生的真实事情。斯捷潘·伊凡诺维奇把财产分给两个女儿，身边只留下一个小听差，他是一个身材特别高大而具有非凡力气的人……。他后来被女婿赶走，住在斯巴斯科耶，瓦尔瓦拉·彼得洛夫娜的家里。……一个星期天的早晨他失踪了，不到三小时，美尔库洛沃村有人来通报："斯捷潘·伊凡诺维奇在拆毁他自己的住宅时，从屋顶跌下来，受到了致命的重伤。"雅雷谢夫就埋在斯巴斯科耶-卢托维诺沃村，现在那里还保留着他的坟墓。这个俄罗斯草原上地主的悲剧使屠格涅夫想起了莎士比亚的悲剧《李耳王》中李耳王的命运。作者用现实主义的手法出色地刻划出地主哈尔洛夫一家人的艺术形象，并且指出地主阶级贪婪、残暴、腐朽和剥削的本质。在那种社会里，人的地位，人与人的关系（甚至亲如父女），都是由产业，金钱来决定的。哈尔洛夫分产以后，家庭的关系转变了，女儿们和女婿终于把这个刚愎自用、徒有巨人外表的老人赶出来，逼着他走上了死路。《猎人笔记》的作者又在这里用对比的手法让我们看到农人善良的灵魂，一个头发白了的农人对哈尔洛夫的女儿、女婿说："你们的灵魂有罪，你们伤害了他！"这就是农人的公正的判决。

《普宁与巴布林》是屠格涅夫童年和青年时期的回忆。小说中祖母的形象，和她专横，反复无常，不能容忍一点反对的意见，这跟作者母亲瓦尔瓦拉·彼得罗夫娜有许多相似之处。男孩和普宁的友谊，以及他们朗诵《罗西阿达》诗的事都是根据真事描写的。普宁就是屠格涅夫母亲的秘书、家奴费多尔·伊凡诺维奇·洛巴诺夫。屠格涅夫承认：洛巴诺夫是第一个唤起了他对于俄罗斯文学的兴趣的人。屠格涅夫在这篇小说里还是继续揭发农奴制度的罪恶，歌颂了农奴高尚的感情。巴布林，据作者自己说，也是"照活人摹写的"。巴布林和他年轻朋友们的审判应该是一八四九年彼得拉舍夫斯基派的审判。……

关于屠格涅夫可说的话自然不止这么一些。以上只是简单的介绍。根据这个介绍我们也可以这样说：读屠格涅夫的作品，一方面不应该忽略他的政治的局限性，和他脱离六十年代的革命民主运动的事实，但是另一方面更应该重视他作为俄罗斯伟大的现实主义和人道主义的作家的卓越成就。这是译者的一点粗浅的体会。

我的译文是根据莫斯科国家儿童文学出版社一九五三年版杜包维科夫编选的《屠格涅夫中篇小说集》翻译的，译者注的大部分也是参考杜包维科夫的注释写成的。巴金同志翻译的两篇则是根据莫斯科国家文学出版社一九四六年版《屠格涅夫选集》，并参照 C.Garnett 和 I.Hapgood的英译本译出的。

萧　珊

一九五八年十二月二十三日

（本书根据四川人民出版社 1981 年 8 月版

《屠格涅夫中短篇小说集》排印）

图书在版编目(CIP)数据

萧珊文存/萧珊著. —上海:上海人民出版社,
2018
ISBN 978-7-208-15392-9

Ⅰ.①萧… Ⅱ.①萧… Ⅲ.①萧珊(1917-1972)-
文集 Ⅳ.①I217.2

中国版本图书馆 CIP 数据核字(2018)第 194673 号

责任编辑 赵 伟
封面设计 孙豫苏

萧珊文存
萧 珊 著

出 版 上海人民出版社
(200001 上海福建中路 193 号)
发 行 上海人民出版社发行中心
印 刷 上海商务联西印刷有限公司
开 本 890×1240 1/32
印 张 32.25
插 页 32
字 数 695,000
版 次 2018 年 11 月第 1 版
印 次 2018 年 11 月第 1 次印刷
ISBN 978-7-208-15392-9/I・1765
定 价 138.00 元(全四册)